一本书读完

人类文学的历史

崔佳◎编著

中华工商联合出版社

图书在版编目(CIP)数据

　　一本书读完人类文学的历史／崔佳编著. — 北京：
中华工商联合出版社,2014.11
　　(小故事,大历史)
　　ISBN 978 - 7 - 5158 - 1129 - 1

　　Ⅰ. ①—…　Ⅱ. ①崔…　Ⅲ. ①世界文学 - 文学史 - 通
俗读物　Ⅳ. ①I109 - 49

　　中国版本图书馆 CIP 数据核字(2014)第 244709 号

一本书读完人类文学的历史

作　　者：崔　佳
责任编辑：于建廷　效慧辉
封面设计：映象视觉
责任印制：迈致红
出版发行：中华工商联合出版社有限责任公司
印　　刷：天津市天玺印务有限公司
版　　次：2014 年 12 月第 1 版
印　　次：2024 年 2 月第 2 次印刷
开　　本：710mm×1000mm　1/16
字　　数：500 千字
印　　张：24
书　　号：ISBN 978 - 7 - 5158 - 1129 - 1
定　　价：98.00 元

服务热线：010—58301130
销售热线：010—58302813
地址邮编：北京市西城区西环广场 A 座
　　　　　　19—20 层,100044
http://www.chgslcbs.cn
E - mail：cicapl202@ sina. com(营销中心)
E - mail：gslzbs@ sina. com(总编室)

序　言

　　文学，是人类精神的养料，有时也是人类思想的武器。通过文学作品，我们可以了解历史，可以更深入地认识现实。在阅读中，我们获得精神的支柱，寻找心灵的家园。

　　文学起源于人类的生产生活实践，是思维活动的产物。最先出现的是口头文学，一般是与音乐结合为可以演唱的抒情诗。最早形成书面文学的有中国的《诗经》，印度的《罗摩衍那》和古希腊的《荷马史诗》等。诗歌、散文、小说、戏剧是文学的四大体裁，也是文学创作中最为基本的四种体裁。一部伟大的文学作品就是一个民族心灵的集中反映，一个杰出的文学家就是一个民族心灵世界的英雄。这样的英雄越多，这个民族的文学就越丰富多彩，对人类文学的影响也就越大。

　　人类文学的历史，可以分为东方文学和西方文学两种，东方文学主要是指亚非文学，西方文学主要是指欧美文学，而如果立足中国看世界，也可分为中国文学和外国文学，本书即分成中国篇和外国篇两部分来介绍。人类文学在各自的发展过程中，呈现出不同的面貌和特色，显示出独特的价值。然而，近几个世纪以来，受"西方中心论"的影响，西方文学在人类文学的历史当中，占有明显优势，其实这是不公正的。亚非是世界上两个最大的洲，人口最多，民族最复杂，历史最悠久，文化传统源远流长；并且亚非是人类文明的发祥地，也是世界文学的摇篮，出现了世界上最早的史诗《吉尔伽美什》，而古希伯来的《旧约》更是西方文化文学的两个源头之一。亚非主要国家在公元前三四世纪到十世纪左右创造了灿烂的文化，发展到近现代也涌现出了大批的作家与作品，对人类文化的发展作出了重大贡献，如印度的两大史诗《摩诃婆罗多》《罗摩衍那》和东方诗圣泰戈尔，古希伯莱的《旧约》，阿拉伯的《天方夜谭》，日本的大江健三郎、川端康成等，而中国文学作为东方文学杰出的代表，它曾经产生的世界影响是无比巨大的。

　　在中国，诗歌方面，有屈原、陶渊明、李白、杜甫、白居易、苏轼、辛弃疾、李清照等足可雄视古今中外的伟大诗人；散文方面，有司马迁、司马相如、韩愈、柳宗元、苏轼、王安石等留下千古名篇的文章大家；小说方面，有《三国演义》《水浒传》《西游记》《红楼梦》《阿Q正传》《边城》《四世同堂》《围城》等流传世界各地的伟大作品；戏剧方面，有《窦娥冤》《西厢记》《牡丹亭》《长生殿》《桃花扇》等影响广泛的杰作。

西方文学主要经历了这样一个发展过程：古希腊罗马文学，中世纪文学，文艺复兴文学，17世纪的古典主义文学，18世纪的启蒙主义文学，19世纪的浪漫主义文学和批判现实主义文学，20世纪的现代主义文学和无产阶级文学，在这一发展过程中涌现出了一位位具有划时代意义的文学巨人和伟大作品，古希腊的《荷马史诗》和三大悲剧家，"新时代最初一位诗人"但丁，文艺复兴时期的塞万提斯和莎士比亚，古典主义运动中的莫里哀和弥尔顿，启蒙主义运动中的卢梭和歌德，浪漫主义运动中的雨果和拜伦，批判现实主义运动中的巴尔扎克、狄更斯、列夫·托尔斯泰和陀思妥耶夫斯基，现代主义运动中的卡夫卡、乔伊斯，无产阶级文学阵营中则出现了高尔基，等等。

总之，东西方文学都是人类宝贵的文化遗产和精神财富，各具特色和价值，共同构建人类的心灵家园，一起影响人类的精神世界。

目录

中国篇

汉武帝时，政府设了一个掌管音乐的机构，叫乐府。它的具体任务一是将文人创作的为统治者歌功颂德的诗谱上曲，以备朝廷在举行大典、祭祀和欣赏时用。二是广泛收集民间歌谣曲调、配置歌谱供统治者娱乐。后来人们将乐府中保存下来的歌辞也叫"乐府"，统称为"乐府诗"。

汉代产生了不少不知名的五言诗，其中最著名的是《古诗十九首》。这一组诗代表了汉代文人五言诗的最高成就，同时标志了汉代文人五言诗发展的新阶段。

第三章　魏晋南北朝时期

魏晋时期，"三曹"、"七子"并世而出，为中国文学打开了一个新的局面。在当时建都的邺城，聚集了一大批文人。诗、赋、文创作都有了新的突破。尤其是诗歌，吸收了汉乐府民歌之长，情词并茂，具有慷慨悲凉的艺术风格。

"竹林七贤"鄙视功名，轻视名教，粪土富贵，崇尚自然，高扬自我。他们尚清谈，喜服食，好饮酒，能诗文，擅音律，风度高迈，气概不凡，开一代风气，显一世风流。

陶诗沿袭魏晋诗歌的古朴作风而进入更纯熟的境地，像一座里程碑标志着古朴的歌诗所能达到的高度，同时他又是一位创新的先锋。他成功地将"自然"提升为一种美的至境，开创了田园诗这种新的题材。

南朝乐府民歌产生于晋、宋、齐等朝代，现存歌辞，主要是当时乐府机构为南朝士族的荒淫享乐而采集的，分为"吴歌"和"西曲"两大类。其诗歌形式主要采用五言四句的体制，清新活泼，对后来诗歌形式的发展有较大影响。

北朝是我国文学史上民歌又一次繁荣灿烂的时代，是继周民歌以和汉乐府民歌之后，又一批民间口头创作石破天惊地集中出现。北朝乐府民歌题材范围较广，除恋歌外，还有战歌和牧歌，风格刚健朴质。

在中国文学史上，南北朝是一个酝酿着新变的时期，许多新的文学现象孕育着、萌生着、成长着，透露出新的生机。一种活泼的、开拓的、富于创造力的文学冲动，使文坛出现一幕接一幕新的景观。

第四章　隋唐五代时期

唐初，矫揉造作的"上官体"十分风靡，"四杰"挺身而出，起来反对这种诗坛上的不正之风，他们是唐朝文坛上新旧过渡时期的代表人物，是勇于改革浮艳诗风的先驱，在文学史上起到了承前启后、继往开来的作用。

温庭筠。

作为一国之君，南唐后主李煜在政治上的确是一个昏君，但是，他在词中的地位是非凡的。李煜词突破了晚唐五代词的传统，使词由花前月下娱宾遣兴的应歌之具，发展为歌咏人生的独立抒情文体，开文人抒情词的先河。

第五章　宋代时期

宋词的发展大致可以分为北宋与南宋两个时期。北宋初中期的词沿袭了唐五代词的特点，多写男女爱情、离愁别恨，艺术上多用白描手法。其中成就最高的是柳永，当时谚云："凡有井水饮处，即能歌柳词"。

苏轼一生仕途坎坷，流徙半天下，阅历丰富，学识渊博，天资极高，是文艺通才，诗文书画皆造诣极高。苏轼其文汪洋恣肆，豪迈奔放，与韩愈并称"韩潮苏海"。其诗题材广阔，清新雄健，善用夸张比喻，独具风格，与黄庭坚并称"苏黄"。词开豪放一派，与辛弃疾同是豪放派代表，并称"苏辛"。

李清照对那些既疏于音律，又毫无词境的制作提出批评，为了矫正词风，她在战乱前所作的《词论》中提出词"别是一家"，必须有别于诗的词学主张，确立了词体的独特地位。

南宋中期，伟大词人辛弃疾的出现，标志着宋词的创作又进入了一个高峰期，他完成了爱国豪放词思想与艺术的双重开拓和完美结合。他还与陈亮、刘过等联手进行创作，形成了蔚为壮观的爱国词派，并影响后世文人，文学史上称之为辛派词人。

姜夔在豪放词风独盛的南宋中叶独树一帜，为传统词的发展开拓出新的词境，并在婉约、豪放之外别立一宗，开创了新的词派——格律词派（也有人称为骚雅派、风雅派），在词史上具有重要的意义，对南宋后期词人乃至清代浙西词派都有极大的影响。

活跃在北宋后期诗坛的，主要是追随苏轼和受苏轼影响的一些作家。但他们的诗歌主张和艺术风格，却与苏轼判然有别，其中黄庭坚、陈师道成就较高。到了北宋末年南宋初期，在黄庭坚的影响下，就形成了所谓的江西诗派，成为两宋之交诗坛上最重要的现象。

南宋中期诗坛再度出现繁荣的局面，被称为宋诗的中兴期，涌现出"中兴四大诗人"陆游、杨万里、范成大、尤袤，形成了宋诗创作的第二个高峰。这些作家几乎都从学江西诗法入手，但最终又都能从根本上摆脱江西诗派的束缚，各具独创精神，均能自成体格，打开了宋诗的新局面。

南宋倾覆前后，国破家亡的惨痛再度激发了诗人们的爱国主义感情，此时的诗坛响起了壮怀激烈的战歌和沉痛哀婉的悲歌，文天祥用血泪凝结而成的诗篇是最杰出的代表。

欧阳修是北宋诗文革新运动的领袖和主将，是被苏轼誉为"今之韩愈"的一代文宗。他的文学成就以散文最高，影响也最大。

从文学角度看王安石的作品，无论诗、文、词都有杰出的成就。北宋中期开展的诗文革新运动，在他手里得到了有力推动，对扫除宋初风靡一时的浮华余风作出了重要贡献。

第六章　元代文学

关汉卿是元代剧坛最杰出的代表之一。他的如椽大笔，是推动元杂剧脱离宋金杂剧的"母体"走向成熟的杠杆，是标志戏剧创作走上艺术高峰的旗帜。他的创作"一空依傍，自铸伟词"，"曲尽人情，字字本色"。其剧作如《琼筵醉客》，汪洋恣肆，慷慨淋漓，具有震撼人心的力度。

如果说，关汉卿剧作以酣畅豪雄的笔墨横扫千军，那么，王实甫所写的具有惊世骇俗思想内容的《西厢记》，却表现出"花间美人"般光彩照人的格调。剧坛上的关、王，如同诗坛上的李、杜，是一前一后出现的两对双子星座。

第七章　明代文学

《三国演义》是我国第一部长篇章回小说，也是历史演义小说的开山之作。《三国演义》不仅对中国古代小说和文化产生了深远的影响，而且在世界上特别是亚洲的其他国家广泛流传。

《水浒传》作为一部英雄传奇小说，它揭示了"官逼民反"的现实，塑造了一批栩栩如生的英雄好汉形象。它既是我国英雄传奇小说的光辉典范，也堪称是我国白话文学的一座里程碑，它的出现，标志着白话文体在小说创作方面已经完全成熟。

《西游记》在我国小说史上开拓了神魔小说的新领域，确定了神魔小说在长篇小说中的独立地位；它以游戏笔墨讽刺、批判封建社会的世态人情，使作品洋溢着诙谐幽默的情调，对我国讽刺小说的发展起了积极作用。同时，《西游记》在中国小说史上开辟了浪漫主义的新境界，得以与此前的写实小说分庭抗礼。

明代后期，统治阶级腐朽堕落，社会道德极端败坏，社会上出现了一批暴露现实的腐朽和黑暗的小说，《金瓶梅》是其中很有代表性的一部。作为中国文学史上第一部文人独立创作的长篇小说《金瓶梅》，它直接描写现实生活，表现世态人情，标志着我国古代小说的发展进入了一个新的阶段。

中国的白话短篇小说在宋元时期已较为发达，到了明代，文人创作的拟话本大量涌现，标志着这种文体形式的成熟。其中冯梦龙和凌濛初先后编著的"三言""二拍"乃是这类小说的集成。

《牡丹亭》的爱情描写，具有过去一些爱情剧所无法比拟的思想高度和时代特色。因其思想的深刻性和艺术的完美度，剧本推出之时，便一举超过了另一部古代爱情故事《西厢记》。据记载"《牡丹亭梦》一出，家传户诵，几令《西厢》减价"。

第八章 清代文学

第九章 现代文学

外国篇

第一章　欧洲古代时期

古希腊神话开启了欧洲文学的先河 / 190

在世界各民族的上古时期，都曾产生过本民族的神话，但是就流传至今的各民族神话来看，希腊神话无疑是最丰富多彩的。古代希腊神话是欧洲最古老的文学，内容丰富、形象生动，具有很高的思想意义、认识价值和艺术成就。

盲诗人荷马开始把希腊神话整理成《荷马史诗》 / 192

荷马史诗是欧洲文学史上最早的重要作品。相传史诗是由一个名叫荷马的盲诗人根据流传在小亚细亚一带的史诗短歌整理而成，故称荷马史诗。它是欧洲英雄史诗的永恒典范。

古希腊悲剧的产生 / 195

古希腊悲剧是古希腊文学的一种重要形式，在世界文学史上占有重要的地位，它起源于古希腊的"酒神颂"。古希腊悲剧宝库中的绝大部分作品已在中世纪结束前遗失。我们今天谈论的古希腊悲剧，实际是指埃斯库罗斯、索福克勒斯和欧里庇得斯三人的得以幸存的作品。

古希腊喜剧的产生 / 197

喜剧的原意是"狂欢之歌"，它曾被人们认为是一种低级表演，只能作为舞台上的一种点缀与陪衬，这是喜剧剧本传世较少原因之一。公元前5世纪雅典曾产生过三大喜剧诗人，至今只有阿里斯托芬有作品传世。

第二章　欧洲中世纪时期

基督教文化挤压下成长的中世纪文学 / 200

随着罗马帝国的衰落，"文明"的希腊—罗马文化被各种各样的"蛮人"文化征服，文学就在"黑暗时期"中消亡。在中世纪欧洲封建社会里，思想文化领域由基督教神学统治一切。中世纪欧洲文学大多打上神学烙印。

但丁拉开了人文主义的序曲 / 202

任何一个伟大时代的来临，都需要出现伟大的号手，吹出第一声振聋发聩的号音。1265 年，历史把重任落在了意大利佛罗伦萨一个小贵族家庭的新生儿身上，他就是但丁，一个上天派来结束中世纪黑暗的光明使者。

第三章　欧洲文艺复兴时期

薄伽丘的《十日谈》掀开了文艺复兴运动的第一页 / 206

如果说但丁是站在巨人的肩膀上，因此比别人看得更远的话，那么薄伽丘则是站在但丁的肩膀上，因而比但丁看得更远。与但丁相比，薄伽丘对中世纪黑暗的批判，显得更加广泛，也更加深刻。

第四章　17 世纪古典主义时期

第五章　18 世纪启蒙运动时期

第六章　19世纪浪漫主义时期

照屠格涅夫的说法，他不但创造了俄罗斯语言，还创造了俄罗斯文学，而这两项重大的工作在其他民族需要几代人用几百年甚至更多的时间才能够完成。

第七章　19 世纪批判现实主义文学

作品"，因此被列宁称为具有"最清醒的现实主义"的"天才艺术家"。

契诃夫以短篇小说创作为主，在世界文坛上享有短篇小说艺术巨匠之称。列夫·托尔斯泰说："他就像印象派画家，看似无意义的一笔，却出现了无法取代的艺术效果。"美国评论家弗朗西斯·纽曼也认为契诃夫的短篇小说在艺术上达到了"绝顶完美的地步"。

海明威说："全部美国文学起源于马克·吐温的《哈克贝利·费恩历险记》。"他认为这部小说是美国所有的书中最好的一部。马克·吐温被称为"美国现实主义文学之父"，他的创作把19世纪美国现实主义文学推向了世界的高峰。

19世纪下半叶，北欧批判现实主义文学异军突起，获得很大发展，在当时"除俄国以外，没有一个国家能与之媲美"。丹麦的现实主义作家主要有戈尔施密特和安徒生。"瑞典四杰"易卜生、比昂松、约纳斯·李和谢朗，以及斯特林堡、拉格洛夫的出现，为北欧文学带来了新的繁荣。

第八章　19世纪后期欧洲文学的多元化

19世纪80年代，左拉撰写了一系列重要的论文，对自然主义文学理论作了全面的总结和深入的阐述，并创作了《卢贡—玛卡尔一家人的自然史和社会史》，成为自然主义文学最杰出的代表。

莫泊桑与契诃夫、欧·亨利并列世界三大短篇小说巨匠，对后世产生极大影响，他更是被誉为"短篇小说之王"。他43岁时在疾病残酷的折磨中死去。他曾戏言："我进文坛如一颗流星，出文坛要响起一记惊雷。"他的话完全应验了。

王尔德才华惊世，他是戏剧家、诗人、小说家、散文家、童话作家、唯美主义集大成者。他在戏剧上与萧伯纳齐名，偶尔为之的童话创作便为他赢得了"童话王子"之名。他的一生灿烂如流星，死时年仅46岁。

法国象征主义最后一个诗人瓦莱里在《波德莱尔的位置》一文中这样写道："到了波德莱尔，法国诗歌终于走出了法国国境。它被全世界的人诵读，使人承认它就是现代性的诗歌本身。"

第九章　20世纪现实主义文学

高尔基，被列宁称为"无产阶级文学最杰出代表"，社会主义现实主义文学奠基人，无产阶级革命文学导师。其长篇小说《母亲》塑造了世界文学史上第一批自觉为社会主义而斗争的无产阶级革命者的英雄形象，是社会主义现实主义文学的奠基作。

"革命现实主义"文学多有粉饰和拔高的不"现实"的通病，而肖洛霍夫的《静静的顿河》是一个例外，如他自己所言，他是写"白军对红军的斗争，而不是红军对白军的斗争"，也就是说，是从"人"的角度来审视革命，而不是从革命的角度来批评"人"。

第十章　20世纪现代主义文学

满了喧哗与骚动，却没有任何意义。"福克纳是一个现代经典作家，被认为既深刻地反映了社会历史，同时又是个现代意识很强的作家，被奉为"小说家中的小说家"。

第十一章　东方文学

中国篇

第一章　先秦时期

先秦文学是中华民族文学长河的源头，作为发轫时期的文学，它以其辉煌的成就光耀后代，为中华民族文学的发展打下了坚实而深厚的基础，为后代作家提供了光辉的典范。在这个阶段，文学的创作主体经历了由群体到个体的演变，《诗经》里的诗歌大都是群体的歌唱，从那时到中国文学史上第一位诗人屈原出现，经过了数百年之久。作为中国传统思想渊薮的诸子说理文，与作为古代史家记事文远源的《左传》等，对古代文学乃至文化发挥了巨大而深远的影响。

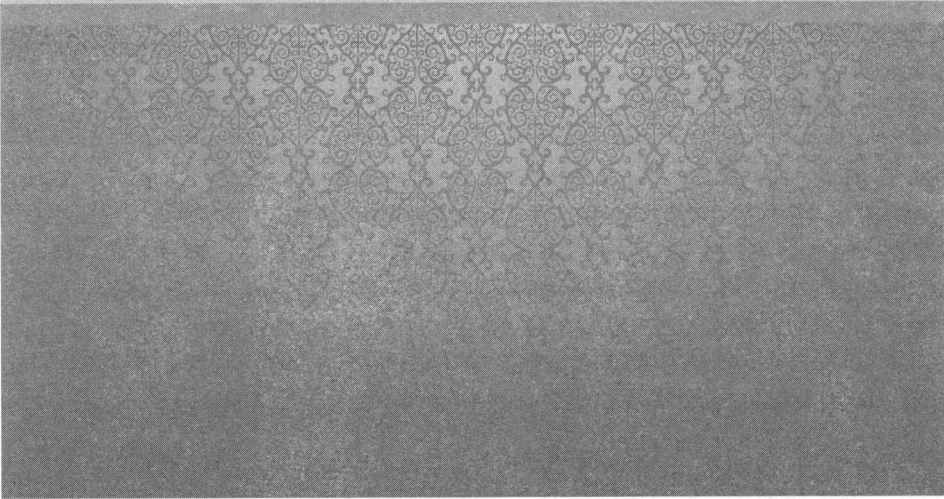

我国第一部诗歌总集《诗经》
最后编定成书

《诗经》是我国第一部诗歌总集，是我国文学光辉的起点，是我国文学发达很早的标志，它所表现的"饥者歌其食，劳者歌其事"的现实主义精神对后世文学影响最大，在我国乃至世界文化史上都占有极高的地位。

关于《诗经》

《诗经》据说是由儒家创始人孔子编定的。共收入自西周初年至春秋中叶大约500

多年的诗歌305篇。《诗经》共有"风"、"雅"、"颂"三个部分，都因音乐得名。"风"是地方乐调，收录当时15国的民歌；"雅"分大、小雅，多为贵族所作的乐章；"颂"是用于宗庙祭祀的乐歌。

"风"是《诗经》中的精华，是我国古代文艺宝库中璀璨的明珠。"风"中的周代民歌以绚丽多彩的画面，反映了劳动人民真实的生活，表达了他们对受剥削、受压迫的处境的不平和争取美好生活的信念，是我国现实主义诗歌的源头。

▲《诗经》插图

"雅"和"颂"都是统治阶级在特定场合所用的乐歌。它们在思想内容上无法与具有现实主义精神和人民性的"风"相比，但由于它们或多或少地反映了社会生活的某些方面，因此，也还具有一定的社会意义和认识价值。

思想内容

《诗经》的思想内容极为丰富，蔚为大观，展现了西周初年到春秋中叶500年间广阔的社会生活图景。

《诗经》中首先值得注意的是反映阶级压迫和奴役的诗篇。它们深刻地揭示了周代奴隶社会的本质面貌，表现了被压迫者痛苦的呻吟和愤怒的抗议。

在《七月》中，我们可以看到奴隶们血泪斑斑的生活，在《伐檀》中，我们可以感悟到被剥削者阶级意识的觉醒，愤懑的奴隶已经向不劳而获的寄生虫、吸血鬼大胆地提出了正义的责问："不稼不穑，胡取禾三百廛兮？不狩不猎，胡瞻尔庭有县貆兮？"有的诗中还描写劳动者对统治阶级直接展开斗争，以便取得生存的权利。在这方面，《硕鼠》具有震颤人心的力量。

《诗经》中尤其应当注意的是其中数量不少的爱情诗。《诗经》中写恋爱和婚姻问题的诗，或歌唱男女相悦之情、相思之意，或赞扬对方的风采容貌，或描述幽会的情景，或表达女子的微妙心理，或嗟叹弃妇的不幸遭遇，内容丰富，感情真实，是全部《诗经》中艺术成就最高的作品。

在《诗经》时代，在某些地域，对男女交往的限制还不像后代那样严厉，由此我们在这些诗中看到年轻的小伙和姑娘自由地幽会和相恋的情景，如《邶风·静女》。

在《诗经》中看到许多情诗，咏唱着迷惘感伤、可求而不可得的爱情。在后人看来，这也许是一种含蓄的微妙的艺术表现，但在当日，恐怕主要是压抑的情感的自然流露吧。此类诗歌如：

蒹葭苍苍，白露为霜。所谓伊人，在水一方。溯洄从之，道阻且长。溯游从之，宛在水中央。（《秦风·蒹葭》）

南有乔木，不可休思。汉有游女，不可求思。汉之广矣，不可泳思。江之永矣，不可方思。（《周南·汉广》）

名作赏析

静女其姝，俟我于城隅。爱而不见，搔首踟蹰。静女其娈，贻我彤管。彤管有炜，说怿女美。自牧归荑，洵美且异。匪女之为美，美人之贻。（《邶风·静女》）

一对情人相约在城隅幽会，但是当那男子赶到时，那女子却故意躲了起来，急得那男子"搔首踟蹰"，那女子这才出来，又赠给那男子一根"彤管"（爱情信物），那男子不禁惊喜交集，因为这"彤管"是心上人送给自己的，所以他觉得真是分外美丽，不同寻常。

《诗经》中还有许多描写夫妻间感情生活的诗。像《唐风·葛生》，一位死了丈夫的妻子这样表示："夏之日，冬之夜，百岁之后，归于其居。"她的遭遇是令人同情的。但也有男子，急切地要把妻子抛弃。在那种妇女毫无地位的时代，弃妇的命运更令人悲哀。《邶风》中的《谷风》，《卫风》中的《氓》，是最著名的两首弃妇诗。

屈原的创作标志着中国诗歌个人独唱时代的到来

屈原以其伟大的创造，开创了我国浪漫主义诗歌的源头，由他奠定的楚辞体成为我国文学史上一种富有特色的文学样式。屈原作品中包含的深厚的历史政治内容，高尚的人格，崇高的爱国主义精神，形成优良的文学传统，与《诗经》并称"风骚"，对后世文学产生了深远的影响。

美政难施的一生

屈原名平，字原，战国末期楚国人，杰出的政治家和爱国诗人。祖先封于屈，于是以屈为姓。屈原年轻时受到楚怀王的高度信任，官为左徒，是楚国内政外交的核心人物。后有上官大夫在怀王面前进谗，于是怀王"怒而疏屈平"。屈原被免去左徒之职后，转任三闾大夫，掌管王族昭、屈、景三姓事务，负责宗庙祭祀和贵族子弟的教育。

▲屈原

后来张仪由秦至楚，以重金收买靳尚、子兰、郑袖等人充当内奸，同时以"献商于之地六百里"诱骗怀王，致使齐楚断交。怀王受骗后恼羞成怒，两度向秦出兵，均遭惨败。于是屈原奉命出使齐国重修齐楚旧好。此间张仪又一次由秦至楚，进行瓦解齐楚联盟的活动，使齐楚联盟未能成功。最后楚国彻底投入了秦的怀抱。屈原也被逐出郢都，到了汉北。

不久，屈原回到郢都。这时，秦约怀王在武关相会，怀王前往，被秦扣留，最终客死秦国。顷襄王即位后，继续实施投降政策，屈原再次被逐出郢都，流放江南，辗转流离于沅、湘二水之间。

公元前278年，秦将白起攻破郢都。次年，秦军又进一步深入。屈原眼看自己的国家已经无望了，也曾认真地考虑过出走他国，但最终还是不能离开故土，于悲愤交加之中，自沉于汨罗江。

《离骚》及其他作品

《离骚》是屈原的代表作之一，该篇诗作长达375句、近2500字，是我国古典文学中最早最长的抒情诗，堪称中国历史第一抒情长诗。

《离骚》的内容可分为前后两部分，前一部分是诗人对自己过去的回顾。他叙述了他的家世出身和政治理想。诗人虽有热爱祖国和人民的心，但却招来贵族群小向他围攻、诽谤，楚王妄信谗言，将屈原放逐，但诗人却不妥协。后一部分写诗人对未来道路的探索。诗人在政治上受到打击、排斥后，对未来感到很彷徨。女媭劝他不要刚强正直，要明哲保身，屈原对此感到很失望。于是他上叩帝阍，但天门不开；他又下求佚女以通天帝，也终无所遇。接着诗人找灵氛占卜，巫咸降神，请求指示出路；灵氛劝他去国远游，巫咸劝他暂留楚国等待时机。最后屈原感到展志无路，时不待人，于是有去国远逝之想。但在去国之际，再次望到自己的故乡，最后决定以身殉国。

《离骚》在艺术上取得的高度成就，与它丰富深刻的思想内容完美地结合在一起，使它成为中国文学史上光照千古的绝唱，并对后世产生了深远的影响。

屈原创作的作品除了《离骚》外，还有《天问》《九歌》《九章》《招魂》，共23篇。其中，《天问》是古今罕见的奇特诗篇，它以问句一连向苍天提出了172个问题，涉及了天文、地理、文学、哲学等许多领域，表现了诗人对传统观念的大胆怀疑和追求真理的科学精神。《九歌》是在民间祭歌的基础上加工而成的一组祭神乐歌，诗中创造了大量神的形象，大多是人神恋歌。

名篇介绍

《离骚》是屈原用他的理想、遭遇、痛苦、热情，以至于整个生命所熔铸而成的宏伟诗篇，其中闪耀着诗人鲜明的个性光辉，这在中国文学史上，还是第一次出现。《离骚》的创作，既植根于现实，又富于幻想色彩。诗中大量运用古代神话和传说，通过极其丰富的想象和联想，并采取铺张描述的写法，把现实人物、历史人物、神话人物交织在一起，把地上和天国、人间和幻境、过去和现在交织在一起，构成了瑰丽奇特、绚烂多彩的幻想世界，从而产生了强烈的艺术魅力。

▲屈原问天图

先秦散文的成就

我国古代散文的发端，可以追溯到殷商时代。到了春秋战国时期，各国诸侯强横跋扈，互相攻伐，这是一个经济政治大动荡的时期，也是学术文化大发展的时期。古代散文也由萌芽逐渐成熟，《尚书》的出现，是先秦散文形成的标志。先秦散文的成就，主要集中在春秋战国时代。这个时代既是社会制度大变革的时代，也是文化学术空前辉煌璀璨的时代，出现了偏重于记述的历史散文和偏重于论说的诸子散文。前者包括《左传》《国语》《战国策》等历史著作；后者是儒、墨、道、法等学派的文章。

诸子散文

春秋时期，奴隶制的衰落和封建制的兴起，使阶级关系发生了急剧的变化，从而打破了贵族官府垄断文化的局面，使文化由贵族转移到了"士"这一阶层手中。私家著述和私人讲学的风气随之兴起。由于"士"阶层比较复杂，在讲学和著述中所代表的阶层利益不同，出现了不同的学派。各家学派相互展开辩论，活跃于政治舞台，形成了"百家争鸣"的局面。各家学派为宣传自己的主张纷纷著书立说，"百家竞作，九流并起。"遂产生了九流十家丰富多彩的诸子散文著作。

名家介绍

孔子，名丘，字仲尼，少时贫贱，做过管仓库和放牧的小吏，30岁开始创立了中国第一所私学，一生主要活动是从事教育，传说有弟子3000人，其中优秀的有72人。孔子是儒家学派的创始人，春秋末期的大思想家、大教育家。孔子是华夏文化承前启后的代表人物，华夏文化的传承离不开孔子的贡献，华夏民族的文化信仰少不了孔子学说，"天不生仲尼，万古如长夜"。

孔子的思想，中心是讲做人的道理。他提出"为政以德"的主张，认为治国要以道德教化为基础；为改变当时"天下无道"的局面，恢复社会安定，他提出以"仁"为核心的道德思想体系，并致力于道德教育。

据《汉书·艺文志》，先秦诸子有儒、道、阴阳、法、名、墨、纵横、杂、农、小说等十家。其中儒家著作有《论语》《孟子》《荀子》；道家著作有《道德经》《庄子》；法家著作有《韩非子》；墨家著作主要有《墨子》；杂家有《吕氏春秋》等。

先秦诸子散文的发展主要经历三个阶段：第一阶段，以春秋战国之交的《论语》《道德经》为代表，它们以简短的不成文的语录体或格言体为主要形式。

《论语》是语录体散文的典范，是孔子的弟子和再传弟子追记孔子的言行思想编纂而成，全书20篇，498章，是儒家思想和中国文化最重要的典籍。《论语》的思想，融政治、道德与教育为一体，而中心是做人的道理，其中包含了许多有普遍意义的原则。全书没有完整的体系和篇章结构；风格温文尔雅、雍容和顺；语言简明深刻、语约义丰，往往在一两句话里包含着深刻的人生哲理和人生经验，不少成为常用的成语或格言。例如，孔子说："岁寒然后知松柏之后雕也。"这既是对松柏的礼赞，又是对一种坚强人格的称颂，形象与哲理交融在一起。

《老子》又名《道德经》，是道家的经典。其文多用韵语，宛若富有哲理的散文诗。

《道德经》原文分上下两篇，上篇《道经》从第1章到第37章，下篇《德经》从第38章至第81章。《道德经》的全部内容，主要是阐述"道"和"德"的深刻含义，它代表了老子的哲学思想。

老子所描述的"道"，是从本体论的角度出发，阐明他的宇宙观，也包括人生哲学和修养方法的原理。他认为"道"是无形无象的，但却是宇宙的本源，万物化生都是出

▲孔子讲学图

于它的运动和变化。"德"的基本内涵，是本体的"道"具体到天地万物所表现出来的一种特性，即具体体现。

老子对"道"与"德"的描述，是从立体面的多层次剖析了宇宙、万物、人类以及人本身的种种内涵。《道德经》像一个包罗万象永不枯竭的奇妙宝藏，不同的人去读理解的道理都是不同的。不仅对不同的人，同样的人随着时间的推移，都有不同的收获。

第二阶段，以战国中叶《孟子》《墨子》《庄子》为代表，它们以富有文学性的对话体为主要形式。

《孟子》以善辩著称，多带驳论性质。其论辩，高屋建瓴，锐气逼人，机锋百出，喷薄有力，往往有一种"其锋不可犯"的气势，使对方理屈词穷，无以置辩。《孟子》虽尚未脱离语录体，但无论从篇章结构，还是文采言辞来说，都较之《论语》有了很大发展。《墨子》成书略晚于《孟子》，在形式上仍属记言，但已不是只言片语而是首尾完整、富有逻辑性的论文了。它质朴无华，以逻辑严密著称。

《庄子》，唐以后又称《南华真经》，也是道家的经典。现存33篇，其中内篇7篇为庄周所作，外篇15篇、杂篇11篇为庄周后学所作。其文汪洋恣肆，想象丰富，构思奇特，机智幽默，善用寓言，风格独

▲老子

特，对后世的影响广泛而深远。《庄子》虽然也未完全脱离对话论辩的形式，但已实现了向专题论文的转化。

第三阶段，以战国末期《荀子》《韩非子》为代表，它们已完全摆脱了以驳论为

主的对话体，成为讲究逻辑、注重修辞的学者个人的论文集，以正面论说为主。

《荀子》可称为长篇专题学术论文集。它论点突出，比喻繁富，注重修辞，表现出高度的组织和驾驭文字的能力和技巧。

《韩非子》多为长篇议论文，有立论，有驳论，峻峭挺拔，切中要害，具有极强的说服力和感染力。这是百家争鸣不断深入的结果，也是先秦论说文体成熟的标志。

较重要的诸子著作还有：《列子》《晏子春秋》《孙子》《商君书》《管子》《吕氏春秋》。

先秦诸子散文风格多样，或气势磅礴，或雄辩锐利，或浪漫奇幻。诸子散文对我国文学的发展，产生了深远的影响。

历史散文

历史散文是在史官文化传统的基础上渐进产生并成熟起来的。历史散文的发展大体上可分为三个阶段：第一阶段以《尚书》和《春秋》为代表，这两部史书体现了早期历史散文的特征。第二阶段以《左传》和《国语》为代表，这两部史书标志着历史散文发展到了一个新的阶段。第三阶段以《战国策》为代表。《战国策》也是一部国别体史书，主要记叙的是战国时期谋臣策士们的言行。在语言艺术上达到了一个新的高度。

《尚书》是中国第一部历史文献的汇编，是记言文之祖，主要内容是记录殷商、西周时期王公的言辞、政令。是史官文化的代表。现存的《尚书》已几经聚散，真伪杂糅。其中《盘庚》三篇和《周书》部分，分别保存了商、周二代的重要文献，具有较强的史料价值和文学价值。

《春秋》相传为孔子所著。它记事极为简略，用字严谨、措辞隐晦，暗喻褒贬。这种写法被后人称之为"春秋笔法"。

《左传》是《春秋左氏传》的简称，相传为鲁国史官左丘明所作。《左传》是中国第一部叙事详尽完整的编年体史书，它以《春秋》为纲，兼采了各国的史书文献、野史逸闻，具体地展现了春秋时代各国的政治、军事、外交、文化等各方面的活动，形象地反映了社会内部的变革及其趋向。突出地表现了作者的"民本"思想。《左传》特别讲究叙事艺术，善于描写战争和"行人"辞令，注重文采、修辞和合理的铺陈夸饰，标志着历史散文的重大发展，也创立了中国历史撰述的优良传统。

《国语》是中国第一部国别体史书，分别记载了周、鲁、齐、晋、郑、楚、吴、越等8国的部分史实，以记言为主。所记内容残缺不全，无论从史学还是文学的角度看都远不如《左传》，但比《尚书》《春秋》等历史散文还是有所发展和提高。

《战国策》是战国时代纵横家的言论总集。它原来的书名并不确定，是在西汉刘向考订整理后，定名为《战国策》的。它铺张雄辩、纵横驰骋；指陈利害、危言耸听；极富于雄辩夸饰的特点，有说服力和鼓动性。比起《左传》来，《战国策》更注重故事情节和人物塑造，如苏秦、张仪、鲁仲连等等，都写得神采奕奕、栩栩如生。《战国策》的出现，标志着历史散文已由纲目式的大事记发展到了以多彩的文笔对历史人物和历史事件作形象生动的刻画，标志着历史散文达到了成熟的阶段。

《左传》和《战国策》对后世的散文家有着深刻影响。司马迁的《史记》，曾经大量采用这两书的材料，并汲取了它们的写作技巧和语言风格。汉代贾谊、晁错等人的政论文章，其雄辩风格得之于这两书

▲ 左丘明

也很多。历代史书的编撰，以至唐宋散文家的记叙文，在语言和表现方法上，也都受到先秦散文的影响。

值得指出的是，先秦历史散文和诸子散文中有不少寓言，诙谐风趣，寓意深刻，为我国寓言文学之鼻祖。

先秦散文在我国文学史上具有重要的地位，它构成了我国散文史上的黄金时代，是我国后代"古文"的楷模。

第二章　秦汉时期

　　秦汉，中国文学的形成期。秦代文学，成就甚微，有影响的作家，唯李斯一人。汉王朝以前所未有的恢宏气度，出现在世界舞台。汉代文学形成许多自身的特点，并构成中国文学史上重要的一环。汉代是我国文学自觉的萌动期，辞赋是汉代文学的代表，吸引了当时大量的才华之士进行创作。"文必秦汉"，以贾谊等汉初文人为主的诸子散文，以司马迁《史记》、班固《汉书》为代表的历史散文，是中国古典散文的典范。汉代文学以它关心社会、关心时事、反映民生疾苦的高度现实主义精神，以它包举宇内、囊括古今的宏大气派对文学传统的塑造起了至关重要的作用，决定了此后中国文学的形态和方向。

汉赋的兴起与发展

　　汉赋，无疑是中国古典文学中一种影响深远的体裁。赋的形成和发展经历了漫长的时间，它大约产生在战国后期，接受了纵横家游说之辞及楚辞的巨大影响，到了汉代瓜熟蒂落，达到了鼎盛时期。汉以后虽然仍有所发展，出现了六朝的骈赋、唐代的律赋和宋代以来的文赋，不乏名篇，但就总体成就来说仍首推汉赋。

▲贾谊

▲枚乘

汉赋的发展

　　汉赋在其发展过程中共经历了三个阶段：

　　西汉初期。这时期的赋在形式上近于屈、宋一体，通常称之为"骚体赋"。骚体赋抒情浓郁，句尾多缀有"兮"、"些"等楚地方言调节音韵，实际上是楚辞的发展和变种。因此汉代人常把它的产生发展同楚辞紧密相连，称为"辞赋"。"骚体赋"的代表作是贾谊的《吊屈原赋》和《鹏鸟赋》。《吊屈原赋》是贾谊去长沙赴任途经湘江时写作的，内容是借哀悼屈原的遭遇来发泄自己的怀才不遇之情，艺术上激昂感愤，风格近似屈原的《离骚》。《鹏鸟赋》在感伤身世的同时表述了一种人生祸福无常，"知命不忧"的思想。艺术上采用人禽问答的结构方式和大量铺陈手法，具有强烈的抒情色彩，预示着新的赋体形式即将产生。

　　西汉前期至东汉中叶。这时期的赋随着枚乘的《七发》出现而分流：一是"骚体赋"继续发展，代表作为董仲舒的《士不遇赋》，司马迁的《悲士不遇赋》等，但它的趋势是由强到弱；另一种是枚乘的《七发》，结构宏大，文辞富丽，标志着汉代散体大赋的正式形成。此后200年间，沿着《七发》的新倾向形成了以铺张描写为能事，追求形式主义的趋势，出现了以司马相如、班固、张衡、东方朔等为代表的60多名辞赋家，约900余篇作品，使汉赋的发展达到顶点。

　　枚乘的《七发》假设楚太子有病，吴客以七事来启发太子，为他治病，从而批判了贵族腐化享乐的生活。《七发》不仅影响到散体大赋的发展，而且在赋中形成了一种主客问答形式的文体——七体，在赋的发展中占有极其重要的地位。

东汉末年。这时政治日趋腐败，社会动荡，战乱频繁，民生凋敝，因而歌颂国势声威、美化皇功帝业的冠冕堂皇的散体大赋衰落，代之而起的是以讽刺现实、述行咏物为主的抒情小赋。代表作是赵壹的《刺世疾邪赋》。

司马相如与扬雄

司马相如，字长卿，四川成都人，汉时文学家。司马相如擅长鼓琴，其所用琴名为"绿绮"，是传说中最优秀的琴之一。司马相如少时好读书、击剑，被汉景帝封为"武骑常侍"，但这并非其初衷，故借病辞官，投奔临邛县令王吉。临邛县有一富豪卓王孙，其女卓文君，容貌秀丽，素爱音乐又善于击鼓弹琴，而且很有文才，但不幸未聘夫死，成望门新寡。

司马相如早已听说卓王孙有一位才貌双全的女儿，他趁一次作客卓家的机会，借琴表达自己对卓文君的爱慕之情，他弹琴唱道，"凤兮凤兮归故乡，游遨四海求其凰，有一艳女在此堂，室迩人遐毒我肠，何由交接为鸳鸯。"这种在今天看来也是直率、大胆、热烈的措辞，自然使得在帘后倾听的卓文君怦然心动，并且在与司马相如会面之后一见倾心，双双约定私奔。当夜，卓

▲司马相如

文君收拾细软走出家门，与早已等在门外的司马相如会合，从而完成了两人生命中最辉煌的事件。后人根据他二人的爱情故事，谱得琴曲《凤求凰》流传至今。

司马相如的名篇《子虚赋》《上林赋》代表了汉代散体大赋的最高成就。这两篇赋虽非一时一地之作，但内容上前后相接，因此司马迁在《史记》里将它们视为一篇，称之为《天子游猎赋》。司马相如的这两篇作品对后世影响极大，后来一些描写宫苑、田猎、巡游的大赋都模仿它。

大赋的另一重要作家是西汉末年的扬雄，其代表作《甘泉赋》《羽猎赋》等，为已处于崩溃前夕的西汉王朝歌功颂德，粉饰太平；晚年对赋有了新认识，称其为"童子雕虫篆刻"、"壮夫不为"，并认为自己早年的赋也和司马相如一样，是"讽一而劝百"。扬雄与司马相如并称为"扬马"，成为后人心目中大赋的典范作家。

名篇介绍

《天子游猎赋》代表了汉代散体大赋的最高成就。内容上表现了汉代帝王的独特生活方式，有推尊天子、贬抑诸侯的倾向。这与汉帝国的国力强盛、天子独尊的经济政治形势是一致的。赋的结尾委婉地表达了作者惩奢劝俭的用心，有讽谏之意。但由于作者是站在统治阶级的立场上渲染贵族的宫苑之华丽和陈设之繁奢，因而它反而迎合了统治者好大喜功的心理。正如扬雄的评价，实际是起了"讽一而劝百"的作用。艺术上它铺排、夸饰，讲究声音美和字形的排列美。

中国古代散文诸体渐趋完备

　　从秦到西汉是中国古代散文诸体渐趋完备的时期。汉兴以后，陆贾、贾谊、刘安诸人总结前代历史教训和诸子百家之说，其文铺张扬厉，纵横捭阖，犹有战国遗风。史传散文中，班固的《汉书》和赵晔的《吴越春秋》都有很高的文学价值；政论散文相继出现了以王充《论衡》王符《潜夫论》为代表的一批积极参与现实的作品。

▲贾谊故居

西汉散文与贾谊

　　西汉前期和中期的散文，《史记》另作别论，以单篇的文章而言，总体上带有显著的政治色彩和实用性质，同时也讲究文采。这一种文章，受国家政治形势变化的影响很大。西汉前期政论散文的代表作，出于贾谊的笔下。稍后的景帝时代，出现了另一位重要的政论散文作家晁错。

　　到了西汉中期，随着国家形势的稳定，专制制度和君主权威的强化，以及辞赋的盛行，散文的内容和风格都相应发生重大的变化。文气"典重迟缓"，出现追求对偶工整的趋向。政论散文，仍以奏疏为主要形式而存在。但贾谊政论散文那一种慷慨激昂的热情，大胆议论的态度和来自战国纵横家的雄姿辩丽的风格，都明显地削弱了，文章并无多少文学价值。

　　贾谊，西汉政治家、文学家，洛阳人。是荀子的再传弟子，18岁时，就以博学能文得到郡守吴公的赏识，汉文帝因吴公的推荐，任其为博士，不到一年又被提升为太中大夫，当时他才23岁，可谓是少年得志。他为汉文帝提出了许多政治改革意见，还积极主张变法，制定了各种仪式法度。汉文帝非常赏识他，想晋升他为公卿，但这遭到朝中老臣的反对，结果文帝让贾谊去做长沙王的太傅。太傅之职有名而无实，位高但权轻，并且当时长沙在人们眼中仍是蛮荒之地，实际上贾谊是被贬了。

　　后来贾谊又被召回长安，任梁怀王的太

名篇介绍

　　《过秦论》分上中下三篇，其主旨如题目所示，是论秦政的过失，这是西汉前期政论散文所集中讨论的问题。上篇竭力夸张秦国力量的强大，和一朝败亡的迅速，以强烈的反差，突出"仁义不施"则必然败亡的道理。文章多铺张渲染，有战国纵横家文的遗风。但它的恢宏气度，则为战国文章所未有，而出自统一王朝的政治家才能具有的开阔眼界。中篇和下篇，提出秦二世和子婴应该采取何种措施，才能挽回败局，实际是比较具体地提出了西汉王朝应该注意的政策。

傅。后来梁怀王骑马时不小心摔死，贾谊一直认为是自己没有尽到太傅的责任，经常悲泣自责，不到 1 年便死去。贾谊死时只有 33 岁，他的死代表着一个时代的结束，在战国时代，只要一个人有才能，善于论辩，就可以凭自己的才学去打动君主，获得地位与权势。但是随着中央集权的大一统帝国的发展，官僚体制越来越完善，纵横家与策士的时代结束了。

贾谊一生写下了一系列政论文，对秦汉之际的历史，以及当代社会的政治、经济、军事、文化诸方面的问题，都提出了尖锐而深刻的看法，为巩固西汉王朝提出一系列具体的建议。他的文章，洋溢着对国家前途的忧患意识，表现出作为政治家的气魄和历史家的睿智，同时充满热情，富于文采。这些文章辑为《新书》，其中《过秦论》《论治安策》最为著名。

东汉散文与王充

有人认为人死以后会化为鬼，鬼具有一定的魔力，对鬼有所冲撞轻者会倒霉败运，重者导致家破人亡。我国东汉前期思想界就充满了类似的荒诞迷信，比西汉后期更为严重；当时不但有经术家专谈天人感应、阴阳灾异、鬼神吉凶，而且由于光武帝的倡导，专门伪造神秘预言的图谶之学也特别风行。中国文化中原有的理性精神，几乎完全被窒息了。这时候一个叫作王充的思想家勇敢地站出来，反抗这种思潮主流。他很风趣地说，从古到今，死者亿万，大大超过了现在活着的人，如果人死为鬼，那么，道路之上岂不一步一鬼吗？王充认为人是由阴阳之气构成的，"阴气主为骨肉，阳气主为精神"，"精神本以血气为主，血气常附形体"，二者不可分离。他精辟地指出："天下无独燃之火，世间安得有无体独知之精！"也就是说，精神不能离开人的形体而存在，世间根本不存在死人的灵魂。至于说有人声称见到了鬼，其实是人的恐惧心理造成的，这样的声音在当时无疑振聋发聩。

王充，字仲任，会稽上虞（今属浙江）人。家境寒素，为人耿介，思想尖锐。短时期做过郡县的属吏，又与上司不和。于是专心于著述。由于他没有进入朝廷的机会，又生活于远离京师的南方，因而更能保持思想的独立。他的著作有好多种，最重要也是唯一流传至今的，是《论衡》85 篇。

▲王充

中国历史上第一部纪传体通史
《史记》的诞生

《史记》的诞生，是中国文化史上的一件大事。鲁迅先生在他的《汉文学史纲要》一书中称赞《史记》是"史家之绝唱，无韵之离骚"。《史记》无论在中国史学史还是在中国文学史上，都堪称是一座伟大的丰碑。史学方面姑且不论，文学方面，它对古代的小说、戏剧、传记文学、散文，都有广泛而深远的影响。

司马迁与《史记》

司马迁，字子长，西汉史学家，文学家，夏阳（今陕西韩城南）人，生于一个史官世家。司马迁幼年好学，师从著名经学大师孔安国、董仲舒等。20岁以后曾屡次出外游历，足迹遍及长城南北、长江两岸，所到之处考察民情风俗，采集典故传说。游历使他开阔了眼界，增长了知识。由于他广闻博识、学厚才丰，30岁时即为郎中，常随汉武帝到各地巡游。

▲司马迁

后来，司马迁继承其父司马谈之职，任太史令，掌管天文历法及皇家图籍，使他有机会遍读皇家所藏图书及各种档案史料，为以后司马迁编写《史记》提供了很大的帮助。随后，司马迁以太史令身份参与改革历法、制定著名的《太初历》。改以正月为一岁之首，这是我国历法史上进行的第一次大改革。《太初历》也成为当时世界上最先进的历法。

任太史令后，司马迁想完成其父编写一部史书的遗愿，于是开始着手编写《史记》。这时，正是汉武帝大举反击匈奴的后期。一次，汉军将领李陵率军出征，结果被匈奴主力包围。在矢尽粮绝，兵士伤亡大部分的情况下被迫投降。消息传到长安，汉武帝大怒。司马迁认为：李陵转战千里，杀敌众多，矢尽粮绝而被迫投降，还是效忠汉朝的。就替李陵辩解，结果得罪盛怒中的汉武帝。于是司马迁获罪下狱，被处宫刑。这种奇耻大辱的遭遇，使司马迁受到极大刺激，曾一度想自杀。但他想起了父亲的遗愿，想到还未完成的史书，就以古人孔子、屈原、左丘明、孙子、韩非等在逆境中发愤有为的事例鼓励自己，决定忍辱负重地活了下来。

经过三年囚禁，司马迁终于被赦出狱，被汉武帝任命为中书令。当时的中书令大都由宦官充任，因此他感到这是一种耻辱。但为了完成〈史记〉的写作，身心备受摧残的司马迁忍辱含垢，决心以残烛之年发愤著书，完成父亲要他完成的史书。经过五年的埋首著述，司马迁终于完成了巨著《史记》，这是我国历史上第一部纪传体通史。书成后不久，司马迁去世。司马迁死后许多年，他的外孙才把这部不朽名著公诸于世。司马迁还撰有《报任安书》，记述了他下狱受刑的经过和著书的抱负，为历代传颂。

▲司马迁祠

正史典范的体例

《史记》是一部贯穿古今的通史，从传说中的黄帝开始，一直写到汉武帝时代（前122年），叙述了我国3000年左右的历史。据司马迁说，全书有本纪12篇，表10篇，书8篇，世家30篇，列传70篇，共130篇。

"本纪"，实际上就是帝王的传记，因为帝王是统理国家大事的最高的首脑，为他们作纪传而名之曰"本纪"，显示天下本统之所在，使官民行事都有一定的纲纪的缘故。同时，也是全书的总纲，是用编年体的方法记事的。在"本纪"的写作中，司马迁采取了详今略远的办法，时代愈远愈略，愈近愈详。

"表"，是以表格形式呈现的各个历史时期的大事记，列记事件，使之纲举而目张，以简御繁，一目了然，便于观览、检索。

"书"，是记载历代朝章国典，以明古今制度沿革的专章，不熟悉掌故的史家，是无法撰写成书的。班固《汉书》改称"志"，成为通例。"书"的修撰，为研究各种专门史提供了丰富的资料。

▲《史记》书影

"世家"是记载诸侯王国之事的。这因诸侯开国承家，子孙世袭，他们的传记也就叫做世家。从西周开始，发展到春秋、战国，各诸侯国先后称霸称雄，盛极一时，用"世家"体裁记述这一情况，是非常妥当的。司马迁把孔子和陈涉也列入"世家"，是一种例外。

"列传"是记载帝王、诸侯以外的各种历史人物的。有单传，有合传，有类传。单传是一人一传，如《李斯列传》等。合传是记二人以上的，如《管晏列传》等。类传是以类相从，把同一类人物的活动，归到一个传内，如《儒林列传》《刺客列传》等。70篇列传的最后一篇，是《太史公自序》，把自序摆在全书的最后，这是古代学者著书的惯例。

总之，司马迁写作《史记》以"本纪"叙帝王，以"世家"载诸侯，以"列传"记人物，以"书"述典章制度，以"表"排列大事，网罗古今，包括百代，打破了以年月为起讫的编年史、以地域划分的国别史的局限，创立了贯穿古今和社会生活各个方面的通史先例，成为正史的典范。

史家之绝唱

《史记》纪事，其时间上起当时人视为历史开端的黄帝，下迄司马迁写作本书的汉武帝太初年间。空间包括整个汉王朝版图及其四周作者能够了解的所有地域。它不仅是我国古代 3000 年间政治、经济、文化等各方面历史的总结，也是司马迁意识中通贯古往今来的人类史、世界史。在这个无比宏大的结构中，包含着从整体上探究和把握人类生存方式的意图。司马迁著史，意在"究天人之际，通古今之变，成一家之言"。究天人之际，探讨天道和人事之间的关系，探讨人类的生存状态。通古今之变，通过历史的发展演变，寻找历代王朝兴衰成败之理。成一家之言，借写这样一部历史著作，来表达他的某些独到的历史见解，表达他的某些社会、政治思想。

史家必备的史才、史胆在司马迁身上达到了高度统一。正如《汉书·司马迁传》所说："其文直，其事核，不虚美，不隐恶"，具有实录精神和批判精神。

《史记》使用了大量的文学手段，达到了很高的文学成就。

在叙事艺术方面，《史记》的叙事方式，基本上是第三人称的客观叙述。司马迁作为叙述者，几乎完全站在事件之外，只是在最后的"论赞"部分，才作为评论者直接登场，表示自己的看法。这种方式，为自如地展开叙述和设置场景提供了广阔的回旋余地。为了再现历史上的场景和人物活动，《史记》很多传记，是用一系列栩栩如生的故事构成的。众多大大小小的故事，构成了《史记》文学性的基础。这是《史记》在中国众多的史籍中特别具有文学魅力的原因之一。《史记》的故事，又有不少是富于戏剧性的。为了追求生动逼真的艺术效果，追求对读者的感染力，他运用了很多传说性的材料，并在细节上进行虚构。这是典型的文学叙述方法。《史记》所创造的"互见法"，也同时具有史学与文学两方面的意义。所谓"互见法"，即将一个人的事迹分散在不同的地方，而以其本传为主，或将同一件事分散在不同的地方，而以一个地方的叙述为主，主体突出，避免重复。

▲ 负荆请罪图

在人物形象塑造艺术方面，《史记》在继承前人的基础上，取得了巨大的发展，把中国文学塑造人物形象的艺术，提高到一个划时代的新高度。从总体上说，《史记》在人物形象塑造方面，具有数量众多、类型丰富、个性较鲜明三大特点。《史记》注意并善于描写人物的外貌和神情，使得人物形象具有可视性。运用生活细节描写，塑造人物形象、表现人物性格、展现其内心世界。运用对话体现人物的生活经历、文化修养、社会地位。运用戏剧性的场景，展示人物性格。善于在激烈的矛盾冲突和强烈的对比中刻画人物。总的说来，司马迁描绘人物形象，主要是在具体的行动中，在尖锐的矛盾冲突中，在人物的命运变化中，在不同人物之间的对比中完成的；由于司马迁对各种人物都有深刻的观察，对人的天性及其在不同环境、地位上的变化有深刻的体验，这些人物形象才能如此活跃而富有生气地浮现在我们面前。

在语言艺术方面，《史记》的语言艺术，也历来受到人们的推崇，被尊为典范，代表了骈文出现以前所谓"古文"的最高成就。司马迁在吸取前人经验的基础上，抛弃了铺张排比，形成淳朴简洁、通俗流畅的散文风格。充满情感、富于生气，根据不同的场面，出于不同的心情，语调有时急促，有时从容，有时沉重，有时轻快，有时幽默，有时庄肃，具有很强的感染力。

▲完璧归赵图

汉乐府的出现

汉武帝时，政府设了一个掌管音乐的机构，叫乐府。它的具体任务一是将文人创作的为统治者歌功颂德的诗谱上曲，以备朝廷在举行大典、祭祀和欣赏时用。二是广泛收集民间歌谣曲调、配置歌谱供统治者娱乐。后来人们将乐府中保存下来的歌辞也叫"乐府"，统称为"乐府诗"。其中的民歌部分，称为"乐府民歌"。来自民间的乐府诗歌，具有浓厚的生活气息，是乐府诗的精华所在。宋人郭茂倩所编的《乐府诗集》，是收集乐府歌词最完备的一部总集。乐府诗分为12类。民间无名氏的作品多数收集在"鼓吹曲"、"相和歌"、"杂曲"、"清商曲"、"横吹曲"这五类中。

乐府诗

汉代诗歌是在《诗经》《楚辞》和秦汉民歌的基础上发展起来的，大致经历了从民间歌谣到文人创作、从乐府歌辞到文人诗即"古诗"、从四言体到五言体、从骚体到七言体、从叙事诗到抒情诗的发展过程。

▲乐府钟

什么叫乐府诗？汉武帝时，政府设了一个掌管音乐的机构，叫乐府。它的具体任务一是将文人创作的为统治者歌功颂德的诗谱上曲，以备朝廷在举行大典、祭祀和欣赏时用。二是广泛收集民间歌谣曲调、配置歌谱供统治者娱乐。后来人们将乐府中保存下来的歌辞也叫"乐府"，统称为"乐府诗"。其中的民歌部分，称为"乐府民歌"。来自民间的乐府诗歌，具有浓厚的生活气息，是乐府诗的精华所在。宋人郭茂倩所编的《乐府诗集》，是收集乐府歌词最完备的一部总集。乐府诗分为12类。民间无名氏的作品多数收集在"鼓吹曲"、"相和歌"、"杂曲"、"清商曲"、"横吹曲"这五类中。

汉乐府民歌题材广泛，内容丰富。其中有些诗揭露了官僚贵族的豪奢与残暴，反映了劳动人民生活的痛苦，展现了汉代社会尖锐的阶级对立，传达出被压迫人民愤怒反抗的呼声。如《相逢行》《妇病行》《东门行》等。乐府诗里最富有斗争性和深刻地反映人民大众的痛苦生活的是"清商曲"里的《东门行》。

有些诗反映了战争和徭役带给人民的痛苦和灾难，如《十五从军征》《战城南》《饮马长城窟》《古歌》等。其中《十五从军征》这首诗这样写道：

十五从军征，八十始得归。道逢乡里人："家中有阿谁？""遥望是君家。松柏冢累累。"兔从狗窦入，雉从梁上飞，中庭生旅谷，井上生旅葵。舂谷持作饭，采葵持作羹。羹饭一时熟，不知贻阿谁。出门东向望，泪落沾我衣。

这是一首短叙事诗，写一个服役几十年的老兵家破人亡的凄惨景象，全篇虽然没有一个反对战争的字，但字字句句都是对战争的控诉。把老兵怀念亲人、孤苦无依的凄楚心情表达得淋漓尽致。

还有些诗反映了社会动乱给人们带来的不幸，如《枯鱼过河泣》《乌生》等等。

在艺术上，汉乐府民歌多采用叙事的形式，具有较强的故事性和鲜明生动的人物形象，如《陌上桑》《孔雀东南飞》《木兰诗》；语言朴实凝练，不事雕琢，如《江南》；句式上灵活多样，有四言、杂言，而其最大贡献是开创并完成了五言诗的形式，不仅影响到东汉文人五言诗的创作，而且直接为建安诗歌的繁荣奠定了基础。

名作赏析

出东门，不顾归，来入门，怅欲悲。盎中无斗米储，还视架上无悬衣。拔剑东门去，舍中儿母牵衣啼："他家但愿富贵，贱妾与君共铺糜，上用仓浪天故，下当用此黄口儿，今非！""咄！行！吾去为迟，白发时下难久居。"《东门行》

这首诗写的是一个被贫困所迫而欲铤而走险的男子，他本已不考虑后果，愤而出走，欲作为当时社会所不容的事，以寻求一家人的活路。但又放心不下，再回转家中，心情更加悲伤。他看到家里罐中无米，架上无衣。这就使他再下决心拔剑出走。善良的妻子不忍心丈夫去冒险，牵衣啼哭，动之以情，晓以利害。最后主人公愤然表示，我头上的白发已渐脱落，再不能苦捱下去了。由于当时统治阶级的政治腐败，贪污横行，急征暴敛，徭役繁重，因此，农村经济破产，广大人民食无米，穿无衣，无法生存下去。这诗就是不甘饿死的农民起来反抗的一种表示，有很积极的意义，是乐府诗中斗争性最强的作品之一。

《孔雀东南飞》

《孔雀东南飞》是反映封建礼教压迫下的婚姻悲剧典型，这诗表现了一对牺牲于旧家庭制度与封建伦理道德下的夫妇的悲剧。

《孔雀东南飞》成功地塑造了几个鲜明的人物形象——刘兰芝、焦仲卿和焦母、刘兄，通过这些人物形象来表现反封建礼教的主题思想。

兰芝是一个知书明理、勤劳能干的女子，她长的也是相貌出众，无与伦比。然而，就是这样一个"精妙世无双"的美人儿，却被婆婆看成眼中钉，恨不得一口把她吃掉。她嫁到焦家两三年，深感"君家妇难为""徒留无所施"。所以她不得不割舍对小姑的顾恋，与丈夫的恩爱，自请遣归。离开焦家，摆脱焦母的蛮横驱使，算是跳出了一个火坑。但是兰芝预料到性情暴如雷的哥哥，不会听凭她的意愿，让她再与仲卿团聚，想到这里，便感到心如油煎。兰芝回到娘家后，果然遇到阿母劝嫁，阿兄逼婚，使她难以忍受，她与仲卿的磐石、蒲苇之盟又不能够实现，最后只得举身赴清池，用死来表现对封建礼教的不满和抗争。

仲卿是个府吏，受封建礼教影响较深，性格比较软弱，但他是非分明，忠于爱情，不为母亲的威迫利诱所动摇，始终站在兰芝一边，以死殉情。

诗中通过对刘兰芝、仲卿爱情命运的描述，无情地鞭挞了封建家长制的罪恶，并表示了对兰芝、仲卿的同情和赞美。

《古诗十九首》的产生

汉代产生了不少不知名的五言诗，其中最著名的是《古诗十九首》。这一组诗代表了汉代文人五言诗的最高成就，同时标志了汉代文人五言诗发展的新阶段。就诗歌的语言技巧、诗中反映的思想情调、生活状况来看，其作者当有一定的社会地位和较高的文化素养，因而我们可以认为这是文人诗。

思想内容

《古诗十九首》的思想内容总的来说比较单薄。生命短促、人生无常，这个主题直接在"古诗"中以强烈的感觉反复出现。有着浓烈的感伤情绪，是东汉时期动乱现实的曲折反映。如：

"人生天地间，忽如远行客"（《青青陵上柏》）

"浩浩阴阳移，年命如朝露。人生忽如寄，寿无金石固。万岁更相送，贤圣莫能度"（《驱车上东门》）

"生年不满百，常怀千岁忧"（《生年不满百》）

《古诗十九首》中所写的游子思妇的篇章最为动人。《明月何皎皎》以思妇在闺中望月的情景，表现了她对丈夫的忧愁不安。《行行重行行》表现了一妻子对丈夫久久不归的思念之情。《迢迢牵牛星》借牛郎织女的神话传说，将情、景、事结合起来，表现了人间的离愁别恨。

"古诗"给人以深刻印象的一点，是表现离人相思的作品特别的多，包括夫妇之间、恋人之间、朋友之间的相思，以及游子对于故乡的怀念，这一类作品几乎占了《古诗十九首》的一半以上。

佳作赏析

迢迢牵牛星，皎皎河汉女。纤纤擢素手，札札弄机杼。

终日不成章，泣涕零如雨。河汉清且浅，相去复几许。

盈盈一水间，脉脉不得语。《古诗十九首》之《迢迢牵牛星》

本诗看似写神话传说，写天上的爱情悲剧，而实则是人间爱情生活的真实写照。此诗产生的年代，正是社会动乱时期，男子从征服役，人为地造成家庭破裂、夫妻分别，尤其给劳动妇女造成的是身心上的双重痛苦。夫妇久别是她们的生活，离愁别恨是她们的伴侣，夫妇团聚就成了她们的向往。此诗抒写的就是这样一种思想感情，这样一种社会现实。这首诗将抒情和写景的结合。诗不拘于神话传说的故事，而立足于写织女的感情。不仅通过织女怅望牛郎、无心弄机杼、泣泪落如雨、脉脉不得语等场景描写来揭示织女的心情感受，抒发织女的离情别绪，也注意了和景物描写结合起来，来达到抒发情感的目的。全诗似句句在写景，又句句在写情，情语景语融合无间。诗写景自然清秀，抒情委婉含蓄，却又协调一致，浑然一体。

艺术成就

以《古诗十九首》为代表的"古诗"，历来受到极高的评价。刘勰《文心雕龙》曾说"古诗"是"五言之冠冕"，钟嵘《诗品》更称其为"一字千金"。他们都高度肯定了"古诗"的艺术成就。

"古诗"的艺术成就，首先表现在感情的真切动人。尽管诗歌所表达的对于人生的看法颇有些颓丧，但那种对人生的迷惘与痛苦的感受，那种强烈的生命意识与个体意识，

▲ "迢迢牵牛星"诗境图

那种要紧紧抓住人生的欲望，却是当时社会的真实产物。诗人们毫无矫饰地、有时是非常大胆地表现着内心世界，使作品产生了很强的感染力。而且，"古诗"所涉及的人生问题，是后代文人仍旧要遇到的问题，这就更容易使他们产生共鸣。

它的语言，既自然朴素，又高度洗练而富于概括力。如《庭中有奇树》一首：

庭中有奇树，绿叶发华滋。攀条折其荣，将以遗所思。

馨香盈怀袖，路远莫致之。此物何足贡？但感别经时。

诗人选择一位妇女欲折花寄远的细节来表达离人相思之情，无一奇僻之思、惊险之句，只是平平道来。但是，通过女主人公折花以后发觉无法寄给远方之人，在树下久久伫立，以至花香染满衣衫的形象，充分地表达了"但感别经时"的一往深情，确可谓"语短情长"。

"古诗"特别擅长借助写景来衬托和抒发感情。像"四顾何茫茫，东风摇百草"，"回风动地起，秋草萋以绿"，都是异常生动而充满情感的句子。

作为汉代五言诗的代表性作品，"古诗"在形式、题材、语言风格、表现技巧等诸多方面，都对后代诗歌产生了深刻的影响。

第三章　魏晋南北朝时期

从汉末大乱到隋代统一，历时约400年，这是中国历史上分裂时间最长的一个时期。这一时期的社会思想自由活跃，各种学说同时并兴，某些异端思想也得以流行。这是继战国"百家争鸣"以后，我国历史上又一个思想解放的时代。玄学的兴起，佛教的兴盛，道教的风行，有力地促进了魏晋南北朝时期文学艺术的发展。鲁迅称"曹丕的时代"是"文学的自觉时代"。随着社会思想的变化，文学日益改变了它作为宣扬儒家政教工具的性质，而越来越多地被用来表现作家个人的思想感情和审美追求。由此成为中国文学史上一个重要的转折，带来了文学的繁荣。这一时期文学繁荣的另一标志是文学集团的空前活跃。先后出现了以曹氏父子为中心的"邺下集团"，以阮籍、嵇康为代表的"竹林七贤"，包括陆机、左思在内的"二十四友"，包括沈约、谢朓在内的"竟陵八友"等。这些文学集团的出现促进了文学的兴盛，造成一些新的文学现象的产生，促进了文学风格的多样化。

"三曹"、"七子"并世而出

东汉末年，社会动荡不安。汉沛国谯（今亳州）人曹操组建青州兵，挟持汉献帝，统一北方，社会有了比较安定的环境。曹操父子皆有高度的文学修养，由于他们的提倡，一度衰微的文学有了新的生机。"三曹"、"七子"并世而出，为中国诗歌打开了一个新的局面。在当时建都的邺城，聚集了一大批文人。诗、赋、文创作都有了新的突破。尤其是诗歌，吸收了汉乐府民歌之长，情词并茂，具有慷慨悲凉的艺术风格，比较真实地反映了汉末的社会现实以及文人们的思想情操。

曹操

曹操是汉末杰出的政治家、军事家和文学家，是建安文学的领袖和杰出的代表。曹操现存诗歌20余首，文140余篇。此外，还撰有军事著作《孙子略解》《兵书要略》《兵法接要》等。还精通书法、音乐、围棋。

曹操诗歌的思想内容反映了时代的乱离和人民的疾苦，如《嵩里行》《苦寒行》等。这类诗歌以其反映现实的真实性和深刻性，被誉为"汉末实录，真诗史也"。曹操的诗歌也表现自己的政治主张与理想，抒写自己的雄心壮志。如《步出夏门行》《短歌行》等。这类诗歌以政治家的气度书写了他的胸襟和抱负。

曹操的诗歌具有深刻的现实主义精神与强烈的抒情性相结合的特点。也具有慷慨悲凉、古朴刚劲、沉郁雄浑的艺术风格。诗人的气质中流露着王者的雄霸之气。前人评论曹操"如幽燕老将，气韵沉雄"；"沉雄俊爽，时露霸气"；"曹公古直，甚有悲凉之句"；"其诗豪迈纵横，笼罩一世"，都恰当地概括了这一艺术风格。曹操诗歌的形式都是乐府，是学习汉乐府的结果，多是借乐府古题写时事。其诗有四言、五言、杂言，四言诗在曹操的笔下又重放异彩，也带动了五言诗的创作。曹操的散文大多是令、表、书、奏一类的实用文体，求实致用，不尚文采。具有清俊通脱、简练明快的特点。

▲曹操

《短歌行》是曹操诗歌的代表作之一。此诗大约作于建安十三年（208）赤壁之战以后，这次战役曹操虽然遭到失败，但他并没有灰心，仍要继续招贤纳士，再图进取，以期实现统一国家的雄心壮志。诗歌感叹人生的短暂，时光的流逝，抒写了渴望招纳贤才的急切心情，以及统一天下的宏伟抱负。曹操唯才是举的主张是一贯的，他曾多次下求贤令，广罗人才。诗歌的主题与曹操平素的政治主张和对人才的认识是一致的。

对酒当歌，人生几何？譬如朝露，去日苦多。慨当以慷，忧思难忘。何以解忧？唯有杜康。青青子衿，悠悠我心。但为君故，沉吟至今。呦呦鹿鸣，食野之苹。我有嘉宾，鼓瑟吹笙。

明明如月，何时可掇？忧从中来，不可断绝。越陌度阡，枉用相存。契阔谈宴，心念旧恩。月明星稀，乌鹊南飞，绕树三匝，何枝可依？山不厌高，海不厌深。周公吐哺，天下归心。

曹操深得《诗经》和汉乐府民歌之精髓，将慷慨悲凉之情，贯于纯正质朴的语言之中。或借古以讽，化而用之，或托物遣兴，古为今用。诗歌意境深远而优美，风格别致而多姿，成为脍炙人口的千古名篇。

曹丕和曹植

曹丕是曹操的次子，其诗歌委婉悱恻，多以爱情、伤感为题材。两首《燕歌行》是现存最早的七言诗。其所著《典论·论文》，是中国文学批评史上的重要著作。

曹植是这一时期最负盛名的作家，流传下来的诗赋文章共有100多篇。曹植的生平以曹丕即位分为前后两期。前期曹植因聪明慧悟、才华横溢，深得曹操的赏识和宠爱，几被立为太子。但他"任性而行，不自雕励，饮酒不节"，终未能得立。前期贵公子的生活和地位，使他的人生中充满着理想，后期受文帝曹丕和明帝曹叡的监控和压制，一直处于被压抑的苦闷之中，深感自己的抱负无法实现，最终抑郁而死。曹植创作以生平的前后期分为两期。前期诗歌的主要内容是表现他的理想和抱负，充满了豪壮的乐观气息和浪漫的情调，如《白马篇》。同时也有表现他贵公子生活的诗篇，如《名都篇》《公宴》《斗鸡》等。后期诗歌则大多是反映他内心痛苦，多为慷慨悲愤、哀怨惆怅之音。有抒发自己和朋友遭迫害的愤懑的，如《赠白马王彪》；有抒写自己被压抑而壮志难酬的苦闷的，如《杂诗》；有借思妇或弃妇题材来寓托自己的身世遭际，以抒发内心悲苦的，如《七哀诗》《杂诗》《美女篇》等；有借游仙题材幻想解脱的，如《游仙诗》《仙人篇》《远游篇》等。

佳作赏析

白马饰金羁，连翩西北驰。借问谁家子，幽并游侠儿。少小去乡邑，扬声沙漠垂。宿昔秉良弓，楛矢何参差。控弦破左的，右发摧月支。仰手接飞猱，俯身散马蹄。狡捷过猴猿，勇剽若豹螭。边城多警急，胡虏数迁移。羽檄从北来，厉马登高堤。长驱蹈匈奴，左顾陵鲜卑。弃身锋刃端，性命安可怀？父母且不顾，何言子与妻？名编壮士籍，不得中顾私。捐躯赴国难，视死忽如归。《白马篇》

《白马篇》是曹植前期诗歌的代表性作品，洋溢着少年意气，充满着乐观向上的情调，也是他前期人格精神的写照。本篇主要运用铺叙描写的方法，塑造了一个武艺高强，不惜为国捐躯的青年英雄形象。诗歌的风格雄劲爽快，充溢着豪侠之气和凌厉的气势。语言精工，辞采华茂，也有偶句的运用。

曹植的诗歌广泛地吸纳、融汇前代诗歌艺术，远借《风》《骚》，近取汉乐府和

《古诗十九首》，并形成了具有时代特点和鲜明个性特征的艺术风格。他的诗既有慷慨悲凉之刚健，也有委婉含蓄之柔美，是刚健与柔美的完美结合。钟嵘《诗品》评价曹植诗歌说："骨气奇高，词采华茂，情兼雅怨，体被文质。"他是诗歌史上第一位大力写作五言诗的诗人，现存九十余首诗中，就有60多首五言诗，他的写作完成了乐府民歌到文人诗的转变，推动了文人五言诗的发展。

除了诗歌方面外，曹植在文、赋的创作上也取得了很高的成就。散文以书表最佳，文采绚丽，抒情性很强，好用排偶、典故，骈俪成分较重，对骈体文的发展有较大影响。其赋咏物、抒情、叙事，各类小赋均有，有《洛神赋》《静思赋》《怀亲赋》等。其中《洛神赋》是其代表作。赋中通过梦幻境界的描写，讲述了一个人神恋爱的悲剧。全篇词采富丽，想象丰富奇特，描写细腻，充满了一种浓厚的神话梦幻色彩。

▲曹植

"建安七子"

在曹氏父子的影响下，文学创作蔚然成风，较为著名的是汉末建安时期七位文学家，他们是孔融、陈琳、王粲、徐干、阮瑀、应玚、刘桢，后人将其并称"建安七子"。又因他们同居邺中，多为邺下文人集团的成员，故又称"邺中七子"。

七子中以王粲成就最高。他的《七哀诗》真实记录了汉末军阀混战给人民带来的悲惨遭遇，表达了对人民的深切同情。他的《登楼赋》抒发了客居荆州时的思乡之情，希望世道太平，以施展自己的抱负和才干。其作品历来为人们所传诵。其他作家，如孔融长于奏议，体气高妙，词采飞扬。陈琳、阮瑀以书檄闻名，前者刚劲，后者晓畅。他们还有乐府诗名世，其中《饮马长城窟行》和《驾出北郭门行》都是反映离乱的杰作。刘桢在当时诗名甚高，时人并称曹（植）刘（桢），其代表作《赠从弟》。

▲孔融让梨图

建安七子的诗歌以五言为主。他们在创作上各有特色，但也具有一些共同的风格：内容上深刻地反映时代的乱离，艺术表现上悲凉慷慨，刚健有力，内容与形式达到了完美的结合。后人因其创作风格集中体现了建安文学的时代风貌，称之为"建安风骨"。

"竹林七贤"开一代风气

魏晋之交，战乱频仍，世事纷扰，在这种大环境大背景下，中国的思想领域发生了一次大裂变，由此也形成了一个强劲的思想解放浪潮，随之亦产出了一个颇具影响力的文化群体，这个群体被人们称之为"魏晋名士"。他们向往理想的社会，推崇高尚的人格。他们中的大多数人深受儒学思想熏陶，却鄙视功名，轻视名教；不少名士身居高位，权势显赫，却否定权威，粪土富贵，崇尚自然，高扬自我。他们尚清谈，喜服食，好饮酒，能文学，擅音律，风度高迈，气概不凡，开一代风气，显一世风流。而"竹林七贤"则是这个群体中最具代表性的人物。

魏晋名士

魏晋之交，战乱频仍，世事纷扰，在这种大环境大背景下，中国的思想领域发生了一次大裂变，由此也形成了一个强劲的思想解放浪潮，随之亦产出了一个颇具影响力的文化群体，这个群体被人们称之为"魏晋名士"。

魏晋名士们生于乱世，却向往理想的社会，推崇高尚的人格。他们中的大多数人深受儒学思想熏陶，却鄙视功名，轻视名教；不少名士身居高位，权势显赫，却否定权威，粪土富贵，崇尚自然，高扬自我。他们尚清谈，喜服食，好饮酒，能文学，擅音律，风度高迈，气概不凡，开一代风气，显一世风流。而"竹林七贤"则是这个群体中最具代表性的人物。

"竹林七贤"常集于山阳竹林之下，肆意酣畅。7人的政治思想和生活态度不同于建安七子，他们大都"弃经典而尚老庄，蔑礼法而崇放达"。在政治上，嵇康、阮籍、刘伶对司马氏集团均持不合作态度，嵇康因此被杀。山涛、王戎等则是先后投靠司马氏，历任高官，成为司马氏政权的心腹。在文章创作上，以阮籍、嵇康为代表。

阮籍

阮籍是"正始之音"的代表。他少时就博览群书，对《老子》和《庄子》尤为喜爱，所以崇尚自然；他对曹魏末年的政治腐败深感不满，对名教道德礼俗更为不屑，史载他会"青白眼"，对礼俗之士就以白眼视之，对同道之人才以青眼相看。阮籍为人狂放不羁，任情自适，整日以酒为友，昏昏沉沉，但在消极避世下面掩藏的是他在黑暗的社会政治中无法施展的才华和雄心，在乖张

▲阮籍

的行为背面藏着的是无法宣泄的对社会对人生不满的苦闷心情。

阮籍的《咏怀》82首是十分有名的抒情组诗。其中有些诗反映了诗人在险恶的政治环境中，在种种醉态、狂态掩盖下的内心的无限孤独寂寞、痛苦忧愤。有些诗表现了诗人害怕政治风险，希冀避世远祸的思想面貌；有些诗借古讽今，寄托了对时政的抨击或感慨，表现了诗人对国事的关切；还有些诗嘲讽了矫揉造作的虚伪的礼法之士。总的来说，阮籍的《咏怀》诗以"忧思独伤心"为主要基调，具有强烈的抒情色彩。在艺术上多采用比兴、寄托、象征等手法，因而形成了一种"悲愤哀怨，隐晦曲折"的诗风。

除诗歌之外，阮籍还长于辞赋和散文。今存散文9篇，其中最长最有代表性的是《大人先生传》。文章借着给"大人先生"立传的机会，激烈地抨击了统治阶级的"礼法"制度，宣泄了内心的积郁，寄托了自己不与物交、神游自得的意趣。

嵇康

嵇康是天生奇才，可以无师自通。由于他少年丧父，少有人对他进行管教，所以形成了倨傲狂放的性格。他和阮籍一样对社会现实充满了不满，可是采取的方式却迥然不同；阮籍只是一味地消极避祸，但是言语非常谨慎，嵇康则公开对抗，直言不讳，出言不逊。后来阮籍为保全自己不得已入仕为官，而嵇康却毫不妥协，终究招来杀身之祸。《晋书》中记载了他行刑那一天的情形：嵇康看看日头，觉得时间还早，就和监斩官要了一张琴，神态自若地弹了一曲《广陵散》，并说道："从前袁孝尼要向我学这曲《广陵散》，我没有教他，可叹《广陵散》就此绝传了！"以此嵇康超迈的性格可见一斑。

▲ 嵇康

嵇康散文的代表作是《与山巨源绝交书》。山巨源就是山涛，阮籍入仕后他也去做官了，并且在升迁之后还推荐嵇康来顶替自己原来的职位。所以嵇康就作此书，表达自己决不屈节妥协的态度，更多的是借此抒发自己愤世嫉俗的情怀以及自己的人生追求和政治见解。

嵇康的诗歌今存60余首，内容上主要表现其"轻世肆志"的人生态度，形式上多受《诗经》影响，以四言为主，其代表作为《赠秀才入军》18首和《幽愤诗》。风格峻切，诗如其人。

陶渊明开创了田园诗题材

陶诗沿袭魏晋诗歌的古朴作风而进入更纯熟的境地，像一座里程碑标志着古朴的诗歌所能达到的高度，同时他又是一位创新的先锋。他成功地将"自然"提升为一种美的至境；将玄言诗注疏老庄所表达的玄理，改为日常生活中的哲理；使诗歌与日常生活相结合，并开创了田园诗这种新的题材。

不为五斗米折腰的陶渊明

陶渊明出身于破落官僚家庭，曾祖陶侃是东晋的开国元勋，官至大司马，封长沙郡公。祖父、父亲均做过太守。外祖父孟嘉曾任征西大将军桓温的长史，但到陶渊明出生时，家道已衰落。青年时期，他曾有"大济于苍生"的雄心壮志，但是，他所生活的东晋时代，举贤不出士族，用法不及权贵，门阀制度极其严酷，使他无法施展自己的才能与抱负。

陶渊明 29 岁时，为谋出路，开始走上仕途。先作江州祭酒，不久，因"不堪吏职"便辞官而归。州府召他任主簿，他不肯就职，在家中闲居了六、七年。36 岁时，做荆州刺史桓玄的僚佐，不久，又辞归。40 岁时，出任镇军将军刘裕的参军，后又作建威将军、江州刺史刘敬宣的参军。41 岁辞归。同年 8 月，在亲友的劝说下，出任彭泽令。任职 80 余天，传来了妹妹死于武昌的噩耗。这时，又正逢督邮来县巡视，县吏告诉他"应束带见之"，渊明说："我岂能为五斗米，折腰向乡小儿！"当天便解绶辞官回乡。他终于同黑暗官场彻底决裂，抛弃功名利禄，归隐田园。

▲陶渊明

辞官之后直到逝世，诗人一直过着隐居田园的清苦生活。44 岁后，家中又不幸遭遇大火，生活更加贫苦。但是，诗人在精神上却恬然自适。因为他永远摆脱了像樊笼一样的腐败庸俗的官场，回到了日夜怀念的田园。退隐之后，他曾躬耕陇亩，和父老乡亲共话桑麻，同农民们保持着融洽亲切的关系。尽管他还和农民有着本质的区别，但他一反地主阶级轻视劳动、鄙视劳动人民的偏见，"不以躬耕为耻，不以无财为病"，却是难能可贵的。这段时期，是他创作的丰收期，写出了大量的田园诗，艺术上也日臻成熟，终至炉火纯青。晚年，他写出了著名的《桃花源记》，阐明社会理想。他所憧憬的桃花源社会，是没有君主，没有剥削，没有战乱，自食其力的社会。这虽然是一种乌托邦式的幻想，但却在一定程度上反映了广大农民的要求，也反衬了现实社会的黑暗。

陶渊明的诗歌

陶渊明是汉魏南北朝800年间最杰出的诗人。陶诗今存125首，多为五言诗。从内容上可分为饮酒诗、咏怀诗和田园诗三大类。

▲陶渊明饮酒图

饮酒诗，陶渊明是中国文学史上第一个大量写饮酒诗的诗人。他的《饮酒》20首以"醉人"的语态或指责是非颠倒的上流社会；或揭露世俗的腐朽黑暗；或反映仕途的险恶；或表现诗人退出官场后怡然陶醉的心情；或表现诗人在困顿中的牢骚不平。从诗的情趣和笔调看，可能不是同一时期的作品。东晋元熙二年（420年），刘裕废晋恭帝为零陵王，次年杀之自立，建刘宋王朝。《述酒》即以比喻手法隐晦曲折地记录了这一篡权易代的过程。对晋恭帝以及晋王朝的覆灭流露了无限的哀婉之情，此时陶渊明已躬耕隐居多年，乱世也看惯了，篡权也看惯了。但这首诗仍透露出他对世事不能忘怀的精神。

咏怀诗，以《杂诗》12首、《读山海经》13首为代表。《杂诗》12首多表现了自己归隐后有志难酬的政治苦闷，抒发了自己不与世俗同流合污的高洁人格。可见诗人内心无限深广的忧愤情绪。《读山海经》13首借吟咏《山海经》中的奇异事物表达了同样的内容，如第10首借歌颂精卫、刑天的"猛志固常在"来抒发和表明自己济世志向永不熄灭。

田园诗是陶渊明文学创作的主要成就，也是我国诗歌史上的创举。著名的田园诗有《归园田居》《和郭主簿》《于西获早稻》《怀古田舍》等。由于他以全部身心热爱着大自然把自己的真切感受注入笔端，所以他笔下的农村田园风光和谐自然，别开生面，后代的评论家、诗人曾给以很高的称誉。

他的田园诗有的是通过描写田园景物的恬美、田园生活的简朴，表现自己悠然自得的心境。或春游、或登高、或酌酒、或读书、或与朋友谈心，或与家人团聚，或盥洗于檐下，或

佳作赏析

少无适俗韵，性本爱丘山。误落尘网中，一去三十年。羁鸟恋旧林，池鱼思故渊。开荒南野际，守拙归园田。方宅十余亩，草屋八九间。榆柳荫后檐，桃李罗堂前。暧暧远人村，依依墟里烟。狗吠深巷中，鸡鸣桑树颠。户庭无尘杂，虚室有余闲。久在樊笼里，复得返自然。（《归园田居》其一）

守拙与适俗，园田与尘网，两相对比之下，诗人归田后感到无比愉悦。南野、草屋、榆柳、桃李、远村、近烟、鸡鸣、狗吠，眼之所见耳之所闻无不惬意，这一切经过陶渊明点化也都诗意盎然了。"暧暧远人村，依依墟里烟"一远一近，"狗吠深巷中，鸡鸣桑树颠"以动写静，简直达到了化境。

采菊于东篱，以及在南风下张开翅膀的新苗、日见茁壮的桑麻，无不化为美妙的诗歌。

他的田园诗有的着重写躬耕的生活体验，这是其田园诗最有特点的部分，也是最为可贵的部分。《诗经》中有农事诗，那是农夫们一边劳动一边唱的歌。至于士大夫亲身参加农耕，并用诗写出农耕体验的，陶渊明是第一位。陶渊明之后的田园诗真正写自己劳动生活的也不多见。《归园田居》其三是这方面的代表作：

种豆南山下，草盛豆苗稀。晨兴理荒秽，带月荷锄归。道狭草木长，夕露沾我衣。衣沾不足惜，但使愿无违。

这是一个从仕归隐田园从事躬耕者的切实感受，带月荷锄、夕露沾衣，实景实情生动逼真。而在农耕生活的描写背后，隐然含有农耕与为官两种生活的对比，以及对理想人生的追求。

他有些田园诗是写自己的穷困和农村的凋敝。如《怨诗楚调示庞主簿邓治中》：

"炎火屡焚如，螟蜮恣中田。风雨纵横至，收敛不盈廛。夏日长抱饥，寒夜无被眠。造夕思鸡鸣，及晨愿乌迁。"

《归园田居》其四：

"徘徊丘垄间，依依昔人居。井灶有遗处，桑竹残朽株。借问采薪者，此人皆焉如。薪者向我言，死没无复途。"

通过这些诗可以隐约地看到，在战乱和灾害之中农村的面貌。

陶渊明的田园诗数量最多，成就最高。这类诗充分表现了诗人鄙夷功名利禄的高远志趣和守志不阿的高尚节操；充分表现了诗人对黑暗官场的极端憎恶和彻底决裂；充分表现了诗人对淳朴的田园生活的热爱，对劳动的认识和对劳动人民的友好感情；充分表现了诗人对理想世界的追求和向往。

作为一个文人士大夫，这样的思想感情，这样的内容，出现在文学史上，是前所未有的，尤其是在门阀制度和观念森严的社会里显得特别可贵。陶渊明的田园诗中也有一些是反映自己晚年困顿状况的，可使我们间接地了解到当时农民阶级的悲惨生活。陶渊明的《桃花源诗并记》大约作于南朝宋初年。它描绘了一个乌托邦式的理想社会。表现了诗人对现存社会制度彻底否定与对理想世界的无限追慕之情。它标志着陶渊明的思想达到了一个崭新的高度。

陶渊明的散文

陶渊明的文、赋作品虽数量不多，但几乎都是历代传诵的名篇佳制。《归去来辞》《桃花源记》《五柳先生传》《感士不遇赋》等都一扫晋宋文坛雕章琢句的华靡之风，感情真挚而强烈，风格质朴而自然，使人可以洞悉诗人坦露的胸襟，听见他那诚挚而又激愤的心声。欧阳修曾数度评价他的作品，甚至说："晋无文章，惟陶渊明《归去来辞》而已！"

陶渊明现存文章有辞赋3篇、韵文5篇、散文4篇，共计12篇。辞赋中的《闲情赋》是仿张衡《定情赋》和蔡邕《静情赋》而作。内容是铺写对爱情的梦幻，没有什么意义。《感士不遇赋》是仿董仲舒《士不遇赋》和司马迁《悲士不遇赋》而作，内容是抒发门阀制度下有志难骋的满腔愤懑;《归去来兮辞》是陶渊明辞官归隐之际与上流社会公开决裂的政治宣言。文章以绝大篇幅写了他脱离官场的无限喜悦,想象归隐田园后的无限乐趣,表现了作者对大自然和隐居生活的向往和热爱。文章将叙事、议论、抒情巧妙地融为一体、创造出生动自然、引人入胜的艺术境界;语言自然朴实,洗尽铅华,带有浓厚的乡土气息。韵文有《扇上画赞》《读史述》九章、《祭程氏妹文》《祭从弟敬远文》《自祭文》;散文有《晋故征西大将军长史孟府君传》,是为外祖孟嘉写的传记;此外还有《五柳先生传》《桃花源记》《与子俨等疏》等。

南朝乐府民歌兴盛

　　南朝乐府民歌产生于晋、宋、齐等朝代，现存歌辞，主要是当时乐府机构为南朝士族的荒淫享乐而采集的，分为"吴歌"和"西曲"两大类。前者产生于六朝都城建业（今南京）及周围地区，这一带习称为吴地，故其民间歌曲称为"吴歌"；后者产生于江汉流域的荆（今湖北江陵）、郢（今江陵附近）、樊（今湖北襄樊）、邓（今河南邓县）等几个主要城市，是南朝西部重镇和经济文化中心，故其民间歌曲称为"西曲"。北魏孝文、宣武时南侵，收得这两种歌曲，借用汉乐府分类，总谓之"清商"。诗歌形式主要采用五言四句的体制，清新活泼，对后来诗歌形式的发展有较大影响。

南朝民歌

　　南朝乐府民歌，以"吴声歌"和"西曲歌"为主，约近500首。吴声歌是长江下游以建业（今南京市）为中心这一地区的民歌，以《子夜歌》《子夜四时歌》《华山畿》《读曲歌》等为代表；西曲歌是长江中游和汉水流域的民歌。南朝乐府民歌内容狭窄，几乎全是反映男女爱情的。

　　南朝民歌风格委婉缠绵、清新自然。郭茂倩《乐府诗集》说："艳曲兴于南朝，胡音生于北俗。"南朝民歌感情的表达不同于北方的粗犷豪放，体现了细腻缠绵、含蓄委婉的特征。语言既有清新浅近、自然天成的一面，也有明丽婉转的一面；既有朴素的方言口语入诗，也有语言技巧的巧妙运用。《大子夜歌》所说："歌谣数百种，子夜最堪怜。慷慨吐清音，明转出天然。"就指出了清新明丽、婉转自然的艺术风格。

　　南朝民歌最突出的艺术技巧就是利用汉语的谐音构成双关隐语。如"理丝入残机，何悟不成匹"（《子夜歌》），"丝"和"思"是同音异字构成双关；布匹的"匹"和匹配的"匹"是同字同音构成双关。又如"合散无黄连，此事复何苦？"用药名的"散"双关聚散的"散"，以黄连的"苦"双关相思的"苦"。其他诸如"藕"与"偶"、"莲"与

佳作赏析

　　始欲识郎时，两心望如一。理丝入残机，何悟不成匹！侬作北辰星，千年无转移。欢行白日心，朝东暮还西。（《子夜歌》）

　　据《宋书·乐志》所载，此歌是位女子所写。写的是一个失恋女子的痛苦心情。第一、二句写开始与郎相识，多盼望两颗心如一。两句追叙初相识时的心情，感想。第三、四句写我将情丝（思）梳理织进那残破的布机，可哪里知道这永远难以成匹（匹配）了！用女子日日作业的布机、丝线、布匹来双关两人不能匹配。"残机"意象的使用更添悲惨景象。第五、六句写我要作那北极星，一千年都不会改变。女子用北极星来比喻自己感情的坚定。第七八句写你却像那天上的白日一样，早上在东晚上却到了西边。用太阳的朝东暮西来喻负心男子感情的不坚定。这与前两句形成对比。

"怜"、"碑"与"悲"、"篱"与"离"等等。双关隐语的运用既体现了作者的丰富联想，也使感情的传达显得含蓄委婉。其次，南朝民歌也善于利用景物传达出深婉的情思，如"渊冰厚三尺，素雪覆千里。我心如松柏，君情复何似？"（《子夜四时歌·冬歌》）以冰雪的厚重宽广衬托自己感情的深厚，以松柏的坚贞喻托自己爱情的坚贞。南朝民歌大多体制小巧，多五言四句。个别也有较长的如《西洲曲》，但也是四句一解。

▲采莲图

《西洲曲》

《西洲曲》代表了南朝乐府民歌的最高成就。这首诗歌最早出现在南朝梁徐陵所编辑的《玉台新咏》之中。宋郭茂倩《乐府诗集》把它收入《杂曲歌辞》。在编辑、流传的过程中，可能是经过文人加工过的。这首诗既保留了民歌的纯真本色和生活气息，又具有精致巧妙的艺术表现方式，是南朝民歌的代表作品。

忆梅下西洲，折梅寄江北。单衫杏子红，双鬓鸦雏色。西洲在何处？两桨桥头渡。日暮伯劳飞，风吹乌臼树。树下即门前，门中露翠钿。开门郎不至，出门采红莲。采莲南塘秋，莲花过人头。低头弄莲子，莲子青如水。置莲怀袖中，莲心彻底红。忆郎郎不至，仰首望飞鸿。鸿飞满西洲，望郎上青楼。楼高望不见，尽日栏杆头。栏杆十二曲，垂手明如玉。卷帘天自高，海水摇空绿。海水梦悠悠，君愁我亦愁。南风知我意，吹梦到西洲。

此诗大致可分为三层：第一层为前六句，写了少女忆梅思人，重游西洲。第二层为中间部分，描写了少女从夏季写到秋季的种种行为动作，反反复复地表达了对情人的思念、期盼、怜爱之情。第三层为最后六句，由望郎而转愿成梦。

▲折梅图

这首诗最突出的艺术特点是把具有季节特征的景物描写与人物的动作描写有机地融合在一起，而极为深挚而曲婉地表达出了缠绵悱恻、刻骨铭心的相思之情。梅花、伯劳、红莲、飞鸿等意象的选择都有季节性的景物特征，也带有江南水乡明丽鲜艳的色调，构成了一幅色调鲜明婉媚的图画，既衬托了少女婉媚动人的形象，也为情思的展开创造了一种物境。同时也是以景写情，甚至让人无法辨识何为景语，何为情语。但最具特色的还是化抽象为具体的以动作表情的写法，忆梅、折梅、寄梅、采莲、弄莲、望鸿、上楼、卷帘等一系列的动作，把少女坚贞不渝的爱情和连绵不断的相思之情，极为深婉而生动地传达出来，巧妙而细腻地描摹出了少女的情感世界。

诗歌具有一定的情节性，它以季节的变化推移为情节的展开线索，但根本还在于抒情，连绵不断的情思是诗歌内在的抒情主线。诗歌还运用了顶针钩句的手法，形成了句句相承、段段相绾、连绵不断的连环勾连式的主体结构，这也便于表现少女缠绵悱恻的相思之情。在修辞上，诗中使用了顶针、钩句、比喻、谐音双关等。种种修辞手法的运用既体现了南朝民歌的语言特色，也增强了诗歌的艺术表现力。另外，诗歌清新淳朴的语言，婉转和谐的韵律，细腻真挚的情感，也都显示着民歌的特色。

北朝乐府民歌的繁荣灿烂

如果说北朝文人诗歌大抵模仿南方风格而又远不能与之分庭抗礼的话，那么，北朝的民歌，却是与南朝民歌风格迥异，而毫不逊色。现存的作品，有六十多首，大多收录在《乐府诗集·梁鼓角横吹曲》中。北朝是我国文学史上民歌又一次繁荣灿烂的时代，是继周民歌以和汉乐府民歌之后，又一批民间口头创作石破天惊地集中出现。北朝乐府民歌题材范围较广，除恋歌外，还有战歌和牧歌，风格刚健朴质。

北朝民歌

如果说北朝文人诗歌大抵模仿南方风格而又远不能与之分庭抗礼的话，那么，北朝的民歌，却是与南朝民歌风格迥异，而毫不逊色。现存的作品，有六十多首，大多收录在《乐府诗集·梁鼓角横吹曲》中，另有几篇收在《杂曲歌辞》和《杂歌谣辞》中。鼓角横吹曲是军乐，也用于仪仗、典礼、娱乐等场合。这些歌曲从北方流入南方，为梁朝的乐府机构所采录，所以在乐曲名称上冠以"梁"字。其中以氐、羌、鲜卑等少数民族的歌谣为多，也有一些出于汉族。

质朴粗犷、豪迈雄壮，是北朝民歌最显著的特色。南朝民歌是城市中的歌，是酒楼和贵族宴会上由歌女们演唱的风情小调，北朝民歌却是在多种多样的生活中产生的。有些题材，如战争生活、北地风光，在诗歌中表现出来，自然就有一种不同于南方歌谣的气象。就如庾信、王褒等人到了北方，即使单纯写景的作品，也比原来在南方之作来得雄壮。也正是因为北朝民歌产生的背景复杂多样，所以尽管现存的数量较南朝民歌远为少，所反映的生活内容却远比南朝民歌来得广泛，涉及社会的各个方面。有的反映北方民族的游牧生活，以及风俗习惯、风光景色。如《敕勒歌》等。有的反映北方民族的尚武精神和粗犷豪迈的个性。如《折杨柳歌辞》《琅琊王歌辞》等。有的反映战争、徭役及生活的苦难。如《木兰诗》《陇上歌》《企喻歌辞》《幽州马客吟歌辞》

名作赏析

敕勒川，阴山下。天似穹庐，笼盖四野。天苍苍，野茫茫，风吹草低见牛羊。（《敕勒歌》）

这首歌是北朝敕勒族的民歌。用二十七字便出色地画出了辽阔苍茫的草原景象，并反映了北方民族的生活面貌和精神面貌，具有无比的魅力，可谓"千古绝唱"。

"敕勒川，阴山下。"两句写大的地理背景，敕勒川之滨，阴山之下。"天似穹庐，笼盖四野。"写天象一个大大的帐篷顶，把广袤的四野都笼罩在里面。用日常生活的物件来比喻苍天，却不显其小气，而显得很大气。"天苍苍，野茫茫，风吹草低见牛羊。"在大的背景描述后，描写具体的景物，又是与生活息息相关的。辽阔的天空是苍苍无际的，四野也是茫茫的一片大草原，一阵风吹过，使草低下来现出吃草的牛羊群。简单几个字却营造出一幅安详、恬静的草原牧歌风光。

等。也有的反映婚姻爱情生活。如《折杨柳歌辞》《捉搦歌》《地驱乐歌》等。

北朝民歌风格粗犷豪放，质朴刚健。北朝民歌多反映北方少数民族大漠、草原上的游牧、征战生活。这种生活造就了民族的粗豪性格，情感体验没有南朝民歌的细腻深婉，而是率直裸露，反映在诗歌的创作风格上就形成了粗犷豪放，质朴刚健的特征。

北朝民歌的艺术虽然没有南朝民歌细腻委婉、优美精致的特点，但是在粗疏质朴中也别开另一种艺术境界。首先，简单质朴的语言造就了凌厉的气势。其次，语言虽然朴素，但是却能创造出浑朴的意境。最典型的就是《敕勒歌》，只是随口唱来，短短几语，那苍茫的景象和雄浑的境界便应声而出，成就了千古绝唱。另外，朴素的语言却也有鲜明生动的形象。北朝民歌的形式除五言外，还有四言、七言、杂言等，不似南朝民歌形式比较单调。

《木兰诗》

《木兰诗》是一首叙事诗，一向被认为是北朝民歌的代表作。

本诗成功地塑造了一个光彩照人的传奇式的女英雄形象。诗中木兰是一个美丽纯真的少女，又是一个挥动金戈、跃马疆场的英雄。在国家需要的时候，她自愿女扮男装，代父从军，驰骋沙场，凭自己高超的武艺和非凡的智慧，立下汗马功劳。在胜利归来后，又不贪图高官厚禄，甘心重返家园过平和的生活。在她身上集中地体现了中华民族普通劳动者的勤劳善良、深明大义、勇敢顽强的人格精神，以及替父解忧、为国尽忠的爱国爱家精神。

本诗叙事完整，剪裁得体。全文以时间为序，按照事件发生、发展、结局的进程进行编排，线索清晰，叙事完整。作者所反映的背景相当广阔，从时间上说长达十年，从空间上说从家庭到战场，到朝廷，再到家庭。面对丰富的材料，作者并不是平铺直叙，而是对事件的整个过程进行了精心的剪裁，当详则详，当略则略。本诗对木兰从军的缘起、准备出征和思念亲人、辞赏还家等情节的描写比较细腻，而对木兰十年的征战生活，则一笔带过。作者如此剪裁意在突出表现木兰的丰富细腻的情感世界，使木兰的形象具有相当浓郁的人情味和生活气息，使人感到木兰是一个有血有肉的英雄。

本诗叙事描写的手段也十分丰富。有对话描写，如木兰织布叹息后，实际上是以父女的对话而展开的；有特意地铺排渲染，如"东市"以下四句，接着"不闻"、"但闻"句又于叙事中兼及抒情，融情于事。有精炼概括的描写，如十年的征战生活；有细腻的场景行为描绘，如家人对木兰的欢迎和木兰归家后的情景，描写得淋漓尽致，字字含情，意味深浓。同时，诗歌使用了排比、对偶、比喻、夸张、叠字等多种修辞手法，也增强了诗歌的表现力和生动性。另外，诗歌以五言为主，兼用七言和九言，几句一换韵，节奏明快而流畅，富有音乐的美感。

南北朝文学酝酿着新变

在中国文学史上，南北朝是一个酝酿着新变的时期，许多新的文学现象孕育着、萌生着、成长着，透露出新的生机。一种活泼的、开拓的、富于创造力的文学冲动，使文坛出现一幕接一幕新的景观，南北朝文学的魅力就在于此。如果没有这段酝酿，就没有唐诗的高潮，也就没有唐代文学的全面繁荣了。南北朝时期，北朝文学不发达。南朝文学则极为繁荣，但士族文人生活圈子狭窄，作品生活内容贫乏，艺术形式上的追求较为突出。此时成就最高的是作家有鲍照、谢灵运、谢朓、庾信。

俊逸不群的鲍照

鲍照，南朝宋文学家，字明远，本籍东海（治所在今山东郯城）。他的青少年时代，大约是在京口（今江苏镇江）一带度过的。鲍照20多岁时，为了谋求官职，去谒见临川王刘义庆，献诗言志，获得赏识，被任为国侍郎。刘义庆在这一年任江州刺史，他也在同年秋到江州赴职。不久，刘义庆病逝，鲍照也随之去职，在家闲居了一段时间。后来，又做过一段时期的小官。

▲鲍照塑像

三年浪游之后，鲍照又一次侧身仕路，这也是最后一次。孝武帝大明五年（461年），做了临海王刘子顼的幕僚，次年，子顼任荆州刺史，他随同前往江陵，任刑狱参军等职。孝武帝死后，刘彧杀前废帝子业自立，子顼起兵反对刘彧，鲍照死于乱军之中。

鲍照一生沉沦下僚，很不得志，但他的诗文，在生前就颇负盛名，对后来的作家更产生过重大影响。他的文学成就是多方面的。诗、赋、骈文都不乏名篇，而成就最高的则是诗歌，其中乐府诗在他现存的作品中所占的比重很大，而且多传诵名篇。最有名的是《拟行路难》18首。

《拟行路难》中有些诗抒发了他在南北分裂、世族当权、动乱不已的黑暗时代有志难伸，怀才不遇的悲愤之情；有些诗表现了他在门阀制度压抑下耿直、孤傲和倔强的性格，反映了他与黑暗现实的尖锐对立；有些诗直接反映了人民在战乱中的痛苦生活。除此之外，鲍照的《代东武吟》《代苦热行》《代出自荆北门行》等还反映了军旅生活的艰辛，抒发了他的报国壮志。这类诗对唐代的边塞诗颇有影响。在诗歌内容上，鲍照熔现实主义和浪漫主义于一炉，受到唐代现实主义大诗人杜甫的推崇。杜甫曾用"白也诗无敌，飘然思不群。清新庾开府，俊逸鲍参军"来赞美李白、鲍照俊逸不群的浪漫主义风格。

鲍照的诗多为五言和七言。其中七言诗变句句押韵为隔句押韵，奠定了后世七言古诗的基本形式。

鲍照的文、赋也很有影响，其中《芜城赋》是六朝抒情小赋的代表作之一，最为传诵。这篇赋的内容是借广陵昔盛今衰的对比映衬，抒发了作者的怀古之情和人生无常的感慨，思想内容和艺术技巧都算得上是一篇杰作。《登大雷岸与妹书》也很有文学价值，融情入景，骈散相间，最为后世所称道。

山水诗人"二谢"

"二谢"指大谢和小谢，大谢是谢灵运，小谢是谢朓。"二谢"的成就主要在于山水诗。

谢灵运，南朝宋诗人，陈郡阳夏人（今河南太康）。因从小寄养在钱塘杜家，故乳名为客儿，世称谢客。又因他是谢玄之孙，晋时袭封康乐公，故又称谢康乐。晋末曾出任为琅琊王德文的大司马行参军，豫州刺史刘毅的记室参军，北府兵将领刘裕的太尉参军等。入宋后，因刘裕采取压抑士族政策，降爵为康乐侯，出任永嘉太守，临川内史等职。元嘉十年（433）被宋文帝（刘义隆）以"叛逆"罪名杀害。

谢灵运出身名门，兼负才华，但仕途坎坷。为了摆脱自己的政治烦恼，谢灵运常常放浪山水，探奇览胜。谢灵运的诗歌大部分描绘了他所到之处，如永嘉、会稽、彭蠡等地的自然景物，山水名胜。其中有不少自然清新的佳句，如写春天"池塘生春草，园柳变鸣禽"（《登池上楼》）；写秋色"野旷沙岸净，天高秋月明"（《初去郡》）；写冬景"明月照积雪，朔风劲且哀"（《岁暮》）等等。从不同角度刻画自然景物，给人以美的享受。

谢灵运的诗歌虽不乏名句，但通篇好的很少。他的诗文大都是一半写景，一半谈玄，仍带有玄言诗的尾巴。但尽管如此，谢灵运以他的创作极大地丰富和开拓了诗的境界，使山水的描写从玄言诗中独立了出来，从而扭转了东晋以来的玄言诗风，确立了山水诗的地位。从此山水诗成为中国诗歌发展史上的一个流派。

▲谢灵运

谢灵运除诗歌外还有赋10余篇，景物刻画颇具匠心，但成就远不及诗歌。

谢朓，字玄晖，南朝齐诗人，祖籍太康。因与谢灵运同族，在我国诗歌发展史上占有重要地位，史称"小谢"。谢灵运是我国诗歌中山水派的创始人，谢朓则集其大成。唐代山水诗人王维、孟浩然等的作品以及唐代诗风，均受他的影响。唐人李白称"蓬莱文章建安骨，中间小谢又清发"。梁武帝则说："三日不诵玄晖诗，即觉口臭。"

谢朓主张"好诗圆美流转如弹丸"，他的诗也确如其言。他和沈约等人共同开创

▲谢朓

了讲究诗歌韵律的"永明体"，在形式上注意声律和对仗，文体一般比较短小。"永明体"促使我国诗歌从比较自由的"古体"走向格律严整的"近体"。

谢朓的一些五言短诗对唐代的五言绝句影响很大，历来评论家大都认为谢朓的诗已有唐人气息，在诗歌史上起着承前启后的作用和地位。后人辑其作品有《谢宣城集》，流传于世。

集六朝之大成的庾信

庾信，字子山，新野县人，南北朝后期优秀辞赋家、伟大诗人，梁代宫体诗人庾肩吾之子。出生于一个"七世举秀才，五代有文集"的世代业儒之家。庾信自幼天资聪敏，"博览群书，尤善《春秋左氏传》"。梁武帝时任尚书度支郎中、通直散骑常侍等职，曾奉命出使东魏。武帝末，遇侯景叛乱，庾信时为建康令，战败逃至江陵，投奔梁元帝。承圣三年（554），奉命出使西魏，被西魏扣留在长安。此后，历仕西魏、北周，官至骠骑大将军，开府仪同三司。世称庾开府。

▲庾信

庾信的创作，以42岁为界分为前后两期。前期仕梁，常随其父庾肩吾及徐摛、徐陵父子出入宫禁，以写绮丽淫靡的宫体诗闻名，时称徐庾体。作品多奉和之作，内容贫乏。但他的咏物和抒情小赋，如《春赋》《对烛赋》《荡子赋》等，自然清丽，在赋的发展史上占有一定的地位。后期羁留北方，位虽显达，但因国破家亡，屈仕异国他乡，生活环境和思想感情发生了很大变化，其创作也一扫前期的绮罗香泽之态，表现出孤独寂寞的羁旅漂泊之感和对故国的深情怀恋。这个时期的诗歌代表作是《拟咏怀》27首，虽属模拟阮籍，实则全是感叹自己的身世。

庾信经历独特，视野开阔，诗名甚高。他的诗赋思乡情切，悲慨苍凉，清新隽永，《哀江南赋》《小园赋》《枯树赋》等在文学史上占有重要地位，代表南北朝赋体文学的最高成就，庾信也因之成为南北朝文坛的泰斗。杜甫称赞"庾信文章老更成，凌云健笔意纵横"，"暮年诗赋动江关"，"清新庾开府，俊逸鲍参军"。后人评价他"集六朝之大成，导初唐之先河"。初唐四杰之一王勃传诵千古的名句"落霞与孤鹜齐飞，秋水共长天一色"，便是从庾信的《马射赋》"落花与芝盖同飞，杨柳共春旗一色"脱胎而来。现有《庾子山集》行世。毛泽东生前十分喜爱庾信写的《枯树赋》，再三吟诵，直到病逝前几天，还叫人读《枯树赋》给他听。

第四章　隋唐五代时期

　　中国古代文学到隋唐五代时期，发展到了一个全面繁荣的新阶段，整个文坛出现了自战国以来所未有的百花齐放、万紫千红的局面。其中诗歌的发展更是达到了高度成熟的黄金时代。大唐300年间，文学以及艺术的各个方面，都取得了巨大的成就，把中国文学、艺术推向一个新的高峰。这是一个神奇的时代，无限的过去都以唐代为归宿，无限的未来又以唐代为渊源，中国文学几千年的艰难跋涉，一代代文人骚客的风流吟唱，似乎都是为了这次总爆发。唐代古文的雄奇峭拔，唐代传奇的文采缤纷，唐代曲子词的清新婉约，以及唐代的书法、绘画、音乐、舞蹈等等，都呈现出前所未有的辉煌。尤其是唐代的诗歌，更是达到了中国诗歌史的巅峰。好像是一个奇迹，其间相继涌现了大批杰出、优秀的诗人。如同连绵的峰峦，皆历历在目。他们杰出的创造，为我们展示了无比广阔的社会生活。

"初唐四杰"改革浮艳诗风

唐初，唐太宗喜欢宫体诗，写的诗也多为风花雪月之作。大臣上官仪也秉承陈隋的遗风，其作风靡一时，士大夫们争相效法，世号"上官体"。在齐梁的形式主义诗风仍在诗坛占有统治地位的时候，"四杰"挺身而出，王勃首先起来反对初唐诗坛出现的这种不正之风，接着其余三杰骆宾王、杨炯、卢照邻也都起来响应，一起投入了反对"上官体"的创作活动之中。"四杰"是初唐文坛上新旧过渡时期的代表人物，他们是勇于改革浮艳诗风的先驱，在文学史上起到了承前启后、继往开来的作用。

王勃与《滕王阁序》

王勃，字子安，今山西河津县人。他是初唐一位才华出众的诗人。王勃少年聪慧，14岁即以诗、词出名，是当时人们所公认的"神童"。20岁以前参加科举考试中举，做过几任小官。王勃一生仕途坎坷，但著作较多，多已经失传，其中的《腾王阁序》最为著名。据说此名篇的创作还有一个有趣的故事。

王勃政治上失意后游历名山大川，寄情于山水之间，曾到过边远的巴蜀地区，这使他大开眼界，诗文功夫更有长进。他才高志更高，但接连受到打击，他的意志不免有些消沉，他孤身一人流落异乡，决定到海南去与父亲团聚。

▲王勃雕像

一路行来，来到了洪州（今江西省南昌市），顺道拜望了洪州都督阎伯屿。他本想尽了礼义后要立即走的，却被好客的主人留住了。时值九月初九重阳节，阎伯屿邀请了许多名士，在重修的滕王阁上登高，欢宴，赋诗。这是一个盛会，才名出众的王勃便被主人留了下来。

这一天，滕王阁上聚集了不少文人学士，阎伯屿有个侄儿，苦读诗文十余年，他想让侄儿为滕王阁作序，再让大家吹捧一番，以此露脸扬名。他的侄儿当然不肯放弃这个机会，为作好序文，精心作了准备。王勃察言观色，已知阎伯屿举办此次盛会的缘由，他才高气盛，自然不甘人后，再瞧瞧那位阎公子一副洋洋得意的神态，明显是志大才疏之流。

酒过三巡，都督府的一个幕僚提出为重修滕王阁作序之事。阎伯屿故作姿态，对众人说："王子安（王勃的字）才情过人，此序应由他作。"其实，他想王勃一定会谦让一番，这样就顺理成章地由他的侄儿来作序。谁知阎伯屿弄巧成拙，席上几个有头脸的名士都附和他的建议，一致推举由王勃作序。

王勃当仁不让，笑说："承蒙诸位如此抬举，我不能扫了大家的雅兴。"说罢就朝安排好笔墨纸张的案子走去。他略一思索，便挥笔疾书，整篇《滕王阁序》一气呵成，字字珠玑，句句精妙。众相争观，交口称赞。阎公子自愧不如，简直怀疑自己是个读十数年诗文的蒙童，阎伯屿感叹道："如此才情，我那侄儿相差何止千里，这样的锦绣文章，惊世骇俗，世间少有。"

王勃离开洪州之后，继续赶往海南，在渡海时遇到风浪，不慎翻船。王勃淹死海中，当时他年仅28岁，一个杰出的诗人，就这样怀着满腔的遗憾离开了人世，只有他写的那篇《滕王阁序》代代相传，永驻人间。

名篇介绍

《滕王阁序》作为一篇赠序文，借登高之会感怀时事，慨叹身世，是富于时代精神和个人特点的真情流露。王勃一生虽连遭挫折，不免产生人生无常、命运多舛的感叹，但我们在文中更多地体验到的却是作者渴望入世的抱负和自强振作的意志。希望和失望兼有，追求和痛苦交织，这正是文章的动人之处。作为一篇杰出的骈文，作者调动了对偶、用典等艺术手段，在精美严整的形式之中，表现了自然变化之趣；尤其是景物描写部分，文笔瑰丽，手法多样，以或浓或淡、或俯或仰、时远时近、有声有色的画面，把秋日风光描绘得神采飞动，令人击节叹赏。

其他三杰

同王勃一样，其他三杰，也是少年有为且才华横溢。骆宾王，浙江义乌人。他出身寒门，七岁能诗，号称"神童"。卢照邻，河北涿县人。年少时，博学能文，极受邓王爱重，比之为司马相如。他一生不得志，因邓王谋反武则天，受株连入狱，出狱后身染恶疾，生活十分艰辛，常乞药乞钱为生，因病恶化，投水而死，故他的诗多忧苦愤激之辞。

杨炯，华阴人。他9岁时就被推举为神童，非常年轻就被授予校书郎官职。也许是由于年少得志，杨炯为人也恃才傲物，他曾经讽刺当时的朝臣为"麒麟楦"，有人问他原因，他说你看玩杂耍的艺人，把画着麒麟样子的布蒙在驴身上，翩翩起舞，待到结束，把布拿下来，驴子还是驴子，并没有变成麒麟。由于他出言无忌，得罪了许多人，不久被贬到外地做小官。杨炯在诗歌上的性格和他在官场上的性格一样，也是锋芒毕露，绝不妥协，当他听说四杰的排名自己在第二的时候，他说："吾愧在卢（照邻）前，耻居王（勃）后。"

唐太宗喜欢宫体诗，写的诗也多为风花雪月之作。大臣上官仪也秉承陈隋的遗风，其作风靡一时，士大夫们争相效法，世号"上官体"。在齐梁的形式

▲骆宾王雕像

主义诗风仍在诗坛占有统治地位的时候，"四杰"挺身而出，王勃首先起来反对初唐诗坛出现的这种不正之风，接着其余三人也都起来响应，一起投入了反对"上官体"的创作活动之中。"四杰"是初唐文坛上新旧过渡时期的代表人物，他们在文学史上起到了承前启后、继往开来的作用，伟大的现实主义诗人杜甫对"四杰"十分敬佩。

孟浩然、王维开拓盛唐山水田园诗派

　　山水田园诗起自晋宋之间。陶渊明为田园诗之祖，谢灵运为山水诗之祖。盛唐山水田园诗派即与陶谢一脉相承，以孟浩然、王维为代表，他们的诗歌以描绘自然山水和田园风光，表现返璞归真、怡情养性的情趣，抒写隐逸生活的闲情逸致，把山水田园的静谧明秀的美表现得让人心驰神往，是唐诗艺苑中的一枝奇葩。

孟浩然

　　孟浩然，湖北襄阳人。是唐代一位不甘隐居，却以隐居终老的诗人。前半生主要居家侍亲读书，以诗自适。曾隐居鹿门山。

　　隐居一段时间，又想有所作为，因而到长安寻觅机会。他的诗得到了很高的评价，名声一时传遍京师，可惜在仕途方面却阻碍重重，始终得不到朝廷重视，孟浩然受到莫大的打击，只得失意地回到鹿门山，悠游山水间。之后虽有一、两次机会，但可惜都没能施展才能。

　　后来好朋友王昌龄来到襄阳，此时孟浩然背上生疽，已经快痊愈了，医生叮咛不可吃鱼虾等食物，可是老朋友相聚，饮酒聊天，无比欢乐，孟浩然竟忘了忌讳，吃了鲜鱼，结果病毒发作死亡。活到五十二岁。

　　孟浩然诗歌绝大部分为五言短篇，题材不宽，多写山水田园和隐逸、行旅等内容。虽不无愤世嫉俗之作，但更多属于诗人的自我表现。他和王维并称，其诗虽不如王诗境界广阔，但在艺术上有独特造诣，而且是继陶渊明、谢灵运、谢朓之后，开盛唐田园山水诗派之先声。孟诗不事雕饰，清淡简朴，感受亲切真实，生活气息浓厚，富有奇妙自得之趣。如《秋登兰山寄张五》《过故人庄》《春晓》等篇，淡而有味，浑然一体，韵致飘逸，意境清旷。

▲孟浩然

王维

　　王维，字摩诘，太原人，是与孟浩然齐名的盛唐山水田园诗派的代表作家，在唐代诗歌史乃至整个中国诗歌史上，占有非常重要的地位。

名作赏析

空山新雨后，天气晚来秋。明月松间照，清泉石上流。竹喧归浣女，莲动下渔舟。随意春芳歇，王孙自可留。王维的《山居秋暝》

此诗最突出的艺术特点是诗情画意，情景交融。这首诗突出地体现了王维诗歌"诗中有画"的特点，作者以画家的匠心布勒画面，既有背景的布置，又有精彩的写景镜头，而且景中有人，恬美的秋日晚景中点缀着富有生活气息的人物活动场景，使画面顿时鲜活起来。而更重要的是诗人把隐逸的情怀、淡泊悠闲的心境和高远雅洁的志趣，与自然恬淡的外在形象描写完全巧妙地熔铸为一炉，给形象注入生命的活力。

王维父亲去逝较早，母亲虔诚信佛30多年，这对王维的思想有一定的影响。王维侍母以孝顺闻名，其母亲去世，他几乎痛不欲生。王维是一个早熟的作家，9岁就负有才名，幼年就通音律，会作文，颇有才名。

他19岁时，到京城考试，获得第一名举子，21岁时考中进士，被任命为大乐丞，因为伶人舞黄狮子得罪朝廷，受牵连被贬到济州（今山东长清县）作司库参军。期间曾一度弃官隐居，后来又回到京城长安。朋友张九龄当宰相，王维上书请求引荐，被任命为右拾遗。三年后，张九龄被贬，他改任监察御史，出使塞上凉州两年。回长安以后，较长时期内供职于朝廷，在郊外的终南山和辋川过着半官半隐的生活，写了大量的山水田园诗。当然，作为朝廷的臣子，他也写过不少奉和、应制的诗歌和颂扬皇上的文章。这是王维由积极进取转向参禅信佛的时期。

安禄山叛乱后，带兵攻入长安，王维被迫出任伪职给事中。但他消极应付，曾经故意服药生病，并想逃走。不久，官军收复了京城，他因做伪官，将受到严厉处分；幸亏他弟弟、刑部侍郎王缙愿意削官为他赎罪而获免，得以从宽发落，只是降了他的官职，成为太子中允。此时，王维对世事官场彻底失去兴趣，笃志信佛，唯以禅诵为事。后来又官至尚书右丞，终年61岁。

王维的山水田园诗是诗情与画意的高度统一。苏轼曾评论说："味摩诘之诗，诗中有画，观摩诘之画，画中有诗。"他善于发现和捕捉自然景物的形象特征和状态，以画家的绘画技巧去构图和选择色彩，并将诗人对自然的独特的情感体验、审美感受和精神境界融入到景物之中，创造出宁静淡泊而又优雅秀美的艺术境界。

《山居秋暝》是王维山水田园诗中具有代表性的作品，这是一首五言律诗。它描绘了山村秋天雨后傍晚清新恬美的山林景色，表现了诗人对自然的热爱和乐于归隐山林的生活意趣。

王维的山水田园诗，其中有些诗在幽邃、寂静、空灵的艺术境界中，直接透入了禅宗佛理的观照，是禅意、禅趣在诗境中的艺术体现。王维的山水田园诗，既有陶渊明诗歌的浑然天成的艺术境界，也有谢灵运诗歌的细致精工的刻写。语言清新明快，洁净洗练，是朴素平淡与典雅秀美的完美结合。而且语言具有极强的艺术表现力。

盛唐边塞诗歌的繁荣

唐代国力强盛，边事增加，战争频繁。盛唐文人们多热衷于功名，渴望施展自己的才华和抱负。从军边塞为国立功成为文人求取功名的一种新的出路，而且他们也向往新奇的边疆生活、边塞风光。在这种社会历史背景下，文人边塞生活的机遇和经历大大增加，由此促进了边塞诗创作的繁荣。盛唐边塞诗派的代表作家是高适、岑参，还有王昌龄、李颀、王之涣、崔颢、王翰等众多作家。

高适

高适，河北沧县人。20岁曾到长安，希望谋得一官半职，自以为唾手可得，谁知，现实偏不使他如愿，仕途不得意。于是北上漫游燕赵之地，这时，正值燕山一带发生北部游民族侵犯唐朝境内的战事，高适主动前往参加战斗，把求取功名的希望寄托在战场上，但战斗结束时，他的愿望又一次落空，只得抱恨而归。此后，他在梁宋一带过了十几年"混迹渔樵"的贫困流浪生活。这一时期，他曾经和李白、杜甫在齐赵一带饮酒游猎，怀古赋诗。

将近50岁时，他才由宋州刺史张九皋推荐，做了一个小官。他不甘作这个"拜迎长官"、"鞭挞黎庶"的小官，于是弃官客居河西，由于河西节度使哥舒翰的推荐，掌幕府书记。安禄山之乱爆发后，他被拜为左拾遗，转监察御史，辅佐哥舒翰守潼关。由于奸相杨国忠等弄权，耽误战机，以致哥舒翰战死，潼关失守，长安城破，玄宗出走四川。这时，高适择小路追赶玄宗，在河池向玄宗面陈了潼关失守的经过和原因，反映了士卒生活艰苦，有些长官只知享乐而军无斗志等情况。玄宗闻言，称赞其忠义。后来又得到玄宗、肃宗的重视，连续升迁，官至淮南、剑南西川节度使，最后任散骑常侍，死于长安。

名篇赏析

北风卷地白草折，胡天八月即飞雪。忽如一夜春风来，千树万树梨花开。散入珠帘湿罗幕，狐裘不暖锦衾薄。将军角弓不得控，都护铁衣冷难着。瀚海阑干百丈冰，愁云惨淡万里凝。中军置酒饮归客，胡琴琵琶与羌笛。纷纷暮雪下辕门，风掣红旗冻不翻。轮台东门送君去，去时雪满天山路。山回路转不见君，雪上空留马行处。岑参《白雪歌送武判官归京》

这是一首咏边地雪景，寄寓送别之情的诗作，全诗句句咏雪，勾出天山奇寒。开篇先写野外雪景，把边地冬景比作南国春景，可谓妙手回春。再从帐外写到帐内，通过人的感受，写天之奇寒。然后再移境帐外，勾画壮丽的塞外雪景，安排了送别的特定环境。最后写送出军门，正是黄昏大雪纷飞之时，大雪封山，山回路转，不见踪影，隐含离情别意。全诗连用四个"雪"字，写出别前，饯别，临别，别后四个不同画面的雪景，景致多样，色彩绚丽，十分动人。"忽如一夜春风来，千树万树梨花开"，意境清新诱人，读之无不叫绝。

高适一生漂泊，后从军驰骋疆场，对边塞风光和军旅生活有着深切地感受。所写诗歌，常结合壮丽的边塞风光，抒发抗敌御侮的爱国思想，以及反映征人思乡、思妇和士卒驰驱沙场的艰苦、牺牲等，诗句慷慨豪放，悲壮苍凉给人以积极奋进的感受。他的边塞诗风格雄浑悲壮，笔力矫健顿挫，气势奔放畅达，境界阔大、形象鲜明。其代表作《燕歌行》，诗中主要反映了士兵征战生活的艰苦和军中将帅的骄奢，也歌颂了战士忘我杀敌的爱国精神和男儿立功绝域的英雄气概，以及对征人、思妇的同情。

岑参

岑参，南阳人，唐代边塞诗派的另一位代表人物，与高适齐名。出身于官僚家庭，曾祖父、伯祖父、伯父都官至宰相。父亲也两任州刺史。但岑参10岁左右，父亲去世，家境日趋困顿。他刻苦学习，遍读经史。20岁至长安，献书求官不成，奔走京洛，漫游河朔。

30岁时考取进士，授官兵曹参军。后来担任安西四镇节度使高仙芝幕府的书记，初次出塞，满怀报国壮志，想在戎马中开拓前程，但未得意。回到长安后，与杜甫等人结交，深受启迪。不久又担任安西北庭节度使封常清判官，再次出塞，报国立功之情更切，边塞诗名作大多成于此时。安史乱后，岑参由杜甫等推荐担任了右补阙，后又改任起居舍人。不满一个月，遭到贬官。罢官后，客死成都旅舍。

岑参的边塞诗主要是歌颂将士的爱国精神，抒发自己建功立业的抱负，记叙军旅生活的种种感受。还有描绘了边疆的奇异壮丽的自然风光和生活风貌，如《白雪歌送武判官归京》等，也有表现边疆的风土人情和各民族之间的文化交流等诗歌。

岑参的诗歌风格与高适接近，都有悲壮的色彩，但岑参还有自己的风格特点，他的诗活泼奔放、雄奇瑰丽、飘逸峭拔。岑参诗歌最显著的艺术特点就是新奇、飘逸、峭拔。此外，岑参与高适相比，高适的诗歌比较质朴，而且善于抒写主观的感受和思想；岑参的诗歌注重艺术技巧，善于写物图貌，描写比较细腻，善于以物象传情。

▲《白雪歌送武判官归京》诗境图

天才诗仙李白横空出世

李白是站在盛唐诗坛高峰之巅的伟大诗人，在中国诗歌的发展史上有着重要的地位和深远的影响。李白的诗具有"笔落惊风雨，诗成泣鬼神"的艺术魅力，他调动了一切浪漫主义手法，使诗歌的内容和形式达到了完美的统一。其诗里洋溢着一股涵盖天地的雄浑之气。"俱怀逸兴壮思飞，欲上青天览明月。"这种博大壮阔的情怀，可以说是唐代诗歌的基调。正因为如此，所以余光中在《寻李白》中这样写道："酒入豪肠，七分酿成了月光，剩下的三分啸成了剑气，绣口一吐就是半个盛唐。"

漫游诗仙

李白，字太白，自号"青莲居士"。祖籍今甘肃省天水市附近，他的祖先在隋朝炀帝时因罪被流放到托克马克附近，李白就出生在那里。他在约 5 岁时，跟随父亲迁居四川，住在今四川省江油县青莲镇。"青莲居士"即由此而来。

李白少年时代的学习范围很广泛，除儒家经典、古代文史名著外，还浏览诸子百家之书，并喜好剑术。他很早就相信当时流行的道教，喜欢隐居山林，求仙学道；同时又有建功立业的政治抱负。

大约 25 岁时，李白离开家乡去外面闯荡世界。在此后十年内，漫游了长江、黄河中下游的许多地方，并在湖北省的安陆与唐高宗时的宰相孙女结婚，后来又搬到了今天的山东济宁。

30 岁时，李白曾经去过都城长安，想争取政治出路，但失意而归。到了 42 岁时，李白因受当时玉真公主等人的推荐，被唐玄宗召入长安，封官为翰林，作为文学侍从之臣，参加草拟文件等工作。

李白开始时心情兴奋，很想有所作为，但当时政

▲李白

治日趋腐败黑暗，奸臣李林甫把持政权，在朝廷上逐渐形成了一个腐朽的统治集团，贤能之士屡遭排斥和迫害。李白秉性耿直，对黑暗势力不能阿谀奉承，因而遭受谗言诋毁，在长安前后不满两年，即被迫辞官离京。此后11 年内，李白继续在黄河、长江的中下游地区漫游。

离开长安后第二年，李白在河南洛阳与杜甫认识，结成好友，同游今河南、山东的一些地方，携手探胜，把酒论文，亲密无间，成为中国文学史上的佳话。次年两人分手，此后未再会面，但彼此都写下了感情深挚的怀念诗篇。

安史之乱爆发后，李白正在宣城、庐山一带隐居。当时，唐玄宗任命他的第 16 子

▲李白举杯邀月图

"我欲因之梦吴越，一夜飞度镜湖月。湖月照我影，送我至剡溪。谢公宿处今尚在，渌水荡漾清猿啼。脚著谢公屐，身登青云梯。半壁见海日，空中闻天鸡。千岩万转路不定，迷花倚石忽已暝。熊咆龙吟殷岩泉，栗深林兮惊层巅。云青青兮欲雨，水澹澹兮生烟。列缺霹雳，丘峦崩摧，洞天石扉，訇然中开。青冥浩荡不见底，日月照耀金银台。霓为衣兮风为马，云之君兮纷纷而来下。虎鼓瑟兮鸾回车，仙之人兮列如麻。"（《梦游天姥吟留别》节选）

从静谧幽美的湖月到奇丽壮观的海日，从曲折迷离的千岩万转的道路到令人惊恐战栗的深林层巅，境界愈转愈奇，愈幻愈真。最后由梦境幻入仙境，更完全是彩色缤纷的神话世界。淋漓挥洒、心花怒放的诗笔，写出了诗人精神上的种种历险和追求，好像诗人苦闷的灵魂在梦中得到了真正的解放。无怪他梦醒后发出了这样的呼声：安能摧眉折腰事权贵，使我不得开心颜！

永王李璘为山南东路、岭南、黔中、江南西路四道节度使、江陵大都督，负责保卫和经管长江中部一带地区。李白怀着消灭叛乱、恢复国家统一的志愿，参加了率师由江陵东下的永王幕府工作。不料李璘不听唐肃宗令，想乘机扩张自己的势力，结果被唐肃宗派兵消灭。李白也因此被降罪，被关在江西九江的监狱，不久流放到贵州桐梓一带。幸而途中遇到皇帝大赦，才得以东归，这时他已经59岁了。

李白晚年流落在江南一带。61岁时，听到太尉李光弼率大军镇守临淮，讨伐安史之乱的叛军，他还北上准备从军杀敌，到半路上因为生病只好返回。第二年在他的本家叔叔当涂（今属安徽）县令李阳冰的住所凄然死去。

"惊风雨，泣鬼神"的诗作

李白诗歌散失不少，今留存下来的有900多首，内容丰富多彩。

李白一生关心国事，希望为国立功，不满黑暗现实。他的《古风》59首是这方面的代表作品。对唐玄宗后期政治的黑暗腐败，广泛地进行了揭露批判，反映了贤能之士没有出路的悲愤心情。

李白固然迫切要求建功立业，为国效劳，但他并不艳羡荣华富贵，而是打算在建树功业以后，要以战国时代高士鲁仲连为榜样，不受爵禄，飘然引退。其思想明显地受到道家特别是庄子的影响。

李白的不少诗篇，表现了对人民生活的关心和同情。这种内容常常结合着对统治者的批判。他的一部分乐府诗，反映妇女的生活及其痛苦。他的《丁都护歌》《秋浦歌》等诗篇，分别描绘了农民、船夫、矿工的生活，表现了对劳动人民的关怀。

李白一生写下了不少描绘自然风景的诗篇。他的"蜀道之难，难于上青天"、"君不见黄河之水天上来，奔流到海不复回"、"飞流直下三千尺，疑是银河落九天"等，形象雄伟，气势磅礴，都是传诵千古的名句。这类诗篇，正像他若干歌咏大鹏鸟的作品那样，表现了他的豪情壮志和开阔胸襟，从侧面反映了他追求不平凡事物的渴望。他的杰作《梦游天姥吟留别》就是这方面的代表。其中梦境的描写，特别令人目眩神迷。

李白还有不少歌唱爱情和友谊的诗篇。其乐府诗篇，常常从女子相思的角度来表达委婉深挚的爱情。李白投赠友人的作品数量很多，佳篇不少。

总之，李白的诗具有"笔落惊风雨，诗成泣鬼神"的艺术魅力，这也是他的诗歌最鲜明的艺术特色。他的诗歌绝句多清新隽永、流畅自然，可谓做到了"清水出芙蓉，天然去雕饰"。

李白在文学史上具有崇高的地位。他继往开来，在屈原之后创造了古代积极浪漫主义的高峰，形成了我国文学史上源远流长的浪漫主义传统，从而开创了以他和杜甫为代表的中国古典诗歌的黄金时代。

▲《望庐山瀑布》诗境图

诗圣杜甫树千秋楷模

　　杜甫是与李白交相辉映的诗坛巨星，他生活在唐帝国由盛转衰的历史时期，以其如椽巨笔为那个风云变幻的时代作了生动真实的艺术写照。杜甫的一生坎坷多难，可是他始终心怀天下，以非凡的毅力，执着的追求，在诗歌园地里辛勤耕耘，其诗各体皆备，五言七律，长词短调，无不驾驭纯熟，曲尽其妙，达到融会各家精华于一炉，又自出机杼，使各种诗歌形式，都达到了全新的境界，影响了历代诗人，因此被誉为"诗圣"。

▲杜甫

▲杜甫李白相会图

无忧的青少年

　　杜甫，字子美，公元712年出生于河南巩义。因母亲去世，童年的杜甫寄居在洛阳的姑母家中，学诗习字很早，十四五岁时便在洛阳"出游翰墨场"，和当时的文人们有了交往。

　　19岁时，杜甫到外面漫游。在外漫游了4年的杜甫回到家乡，再从家乡到东都洛阳参加进士科考试。这时的杜甫，已经是自许"读书破万卷，下笔如有神。赋料扬雄敌，诗看子建亲"了，他抱着"致君尧舜上，再使风俗淳"的政治理想参加这次考试。

　　那时候正是奸相李林甫掌权的时候，李林甫最忌恨读书人，怕这些来自下层的读书人当了官，议论起朝政来，对他不利，于是勾结考官，欺骗玄宗说这次应考的人考得很糟，没有一个够格的。唐玄宗正在奇怪，李林甫又上了一道祝贺的奏章，说这件事正说明皇帝圣明，有才能的人都已经得到任用，民间再没有遗留的贤才了。

　　年少气盛的杜甫，并未将考场得失放在心上。第二年，杜甫又外出游历。29岁时，杜甫回到洛阳，与司农少卿杨怡的女儿结婚，二人感情深厚，杜甫后来辗转漂泊，杨氏一直在他身边陪伴，即使偶有分离，杜甫也多寄诗作以致思念之意。

　　婚后第三年的初夏，李白和杜甫在东都洛阳相会，这是中国诗歌史上的一件大事。杜甫和李白同游王屋山，后又与诗人高适相遇，三人同在河南巡游，非常快乐。不久，高适南游楚地，杜甫与李白便去今天的山东省济南市，他们同游大明湖中的历下亭，同登鹊山湖对面的新亭，两人亲如兄弟。34 岁时，杜甫结束了自落第以来"快意八、九年"的生活，到了京城长安。

官场的沉浮

杜甫在长安待了十年，唐玄宗刚刚封他一个官职，安史之乱爆发了。长安一带的百姓纷纷逃难。杜甫的一家，也挤在难民的行列里，吃尽了千辛万苦，好容易找到一个农村，把家安顿下来。正在这时候，他听到唐肃宗在灵武即位的消息，就离开家投奔肃宗，哪想到在半路上碰到叛军，被抓到长安。

长安已经陷落在叛军手里，叛军到处烧杀抢掠，宫殿和民房在大火中熊熊燃烧。唐王朝的官员，有的投降了，有的被叛军解送到洛阳去。杜甫被抓到长安以后，叛军的头目看他不像什么大官，就把他放了。

第二年，杜甫从长安逃了出来，打听到唐肃宗已经到凤翔（今陕西凤翔），就赶到凤翔去见肃宗。那个时候，杜甫已经穷得连一套像样的衣服都没有了，身上披的是一件露出手肘的破大褂，脚上穿的是一双旧麻鞋。唐肃宗对杜甫长途跋涉投奔朝廷，表示赞赏，派他一个左拾遗的官职。

左拾遗是个谏官。唐肃宗虽然给杜甫这个官职，可并没重用他的意思。杜甫却认真地办起事来，过了不久，宰相房琯被唐肃宗撤了，杜甫认为房琯很有才能，不该把他罢免，就上了奏章向肃宗进谏。这一来，得罪了肃宗，亏得有人在唐肃宗面前说了好话，才把他放回家去。

唐军收复长安以后，杜甫也跟着许多官员一起回到长安。唐肃宗把他派到华州（今陕西华县）做个管理祭祀、学校工作的小官。杜甫带着失意的心情，来到华州。

▲《望岳》诗意图

漂泊流离的生活

47 岁时，杜甫弃官到秦州。因为关中闹了一场大旱灾，杜甫在那里穷得过不下去，带了全家流亡到成都，依靠朋友的帮助，他在成都西郊的浣花溪边，造了一座草堂，在那里过了将近四年的隐居生活。其间，他曾出任剑南节度参谋检校工部员外郎，所以又被人称为"杜工部"。后来，因为他的朋友死去，在成都没有依靠，又带了全家向东流亡。

杜甫晚年携家眷从四川外出漫游，在湘江的船上得病。杜甫抱病卧在船上，思前想后，心潮翻滚。不久，这位被后世誉为"诗圣"的伟大诗人，便在由潭州去岳阳的船上病故，享年 59 岁。

忧国忧民的诗作

杜甫流传下来的诗有 1400 余首，编为《杜工部集》。他的诗，大都一针见血地揭露当时社会的不公平，"朱门酒肉臭，路有冻死骨"等诗句，深深刻在古今中国人的心坎。而他用字的精炼，更是"语不惊人死不休"。他在文学艺术上的成就，虽然没有为他取得富贵名利，但却赢得"诗史"、"诗圣"的美称。

▲杜甫草堂

杜甫诗歌思想的核心是忧国忧民。杜甫的诗歌，反映了当时重大的社会政治事件以及唐王朝由盛到衰的转变，在揭露封建当权势力的腐败、贫富的对立、表现民生疾苦方面，达到前所未有的深度和广度，有强烈的社会现实意义。

杜甫的诗广泛而深刻地揭露统治阶级的罪恶，如《兵车行》反映了天宝年间统治者穷兵黩武连年征战给人民带来的深重灾难；《丽人行》揭露并嘲讽了杨国忠兄妹的荒淫奢侈、骄纵跋扈的丑态，从一个侧面反映了统治集团的腐朽和政治的昏暗；《自京赴奉先县咏怀》更运用强烈对比，揭露了上层统治集团醉生梦死、穷奢极欲、横征暴敛的罪恶，高度概括了贫富对立的严酷现实。

杜甫的诗还真实反映了广大人民深受战乱和各种不合理制度剥削压榨的痛苦。著名组诗"三吏"、"三别"便真切反映了由于唐王朝大肆抽丁抓夫给百姓带来的深重灾难，其中既有已过兵役年龄的老汉，也有不及兵役年龄的中男，甚至连根本没有服兵役义务的老妇也被捉去。所有这类诗，无不表现了作者对下层人民的深刻同情。

也有许多诗抒发了关心国家命运、忧国忧民的思想感情。如那首感时恨别、忧国忧民的五言律诗《春望》。

另外一首《闻官军收河南河北》表现了作者听到官军收复河南、河北，大乱将平消息后的欣喜若狂，表达出渴望祖国复兴统一的强烈爱国感情及对和平生活的渴望，被称为"生平第一快诗"。

白居易创作著名叙事长诗《琵琶行》

白居易是继李白、杜甫之后唐代又一位大诗人，世称"李杜白"为唐代三大诗人。白居易在他那个时代就是偶像级人物，他的文字的影响力不仅在文化圈子里流传，同时也风靡娱乐界。他的《长恨歌》《琵琶行》等流传之广，即使到今天大概都不比《双截棍》差。

少年得名

白居易，字乐天，祖籍山西太原，后迁居陕西渭南。白居易的祖父和父亲，做过县令这类的地方小官，他的祖母和母亲都有一定的文化。在这样的家庭中，白居易很早就识字了。白居易自小聪明，生下来刚六七个月，就能辨认"之"、"无"两个字，五六岁时就开始学写诗，八九岁已懂得声韵。

后来，他的父亲调到徐州一带，全家也随着迁居到那里。这时，恰好这一带发生了叛乱。为了躲避战乱，白居易被送到比较安定的浙江。但借居的亲友家比较穷困，他们过着借米下锅、讨衣御寒的贫困而漂泊不定的生活。这使他对真实的社会生活和人民的困苦，有了感性的认识和了解，对他以后的创作有很大影响。

十五六岁时，白居易带着自己的诗稿，去京都长安。当时，长安有一个文学家顾况，很有点才气，但是脾气高傲，遇到后生晚辈，常常倚老卖老。白居易听到顾况的名气，带了自己的诗稿，到顾况家去请教。

顾况听说白居易也是个官家子弟，不好不接待。白居易拜见了顾况，送上名帖和诗卷。顾况瞅了瞅这

▲白居易

个小伙子，又看了看名帖，看到"居易"两个字，皱起眉头打趣说："近来长安米价很贵，只怕居住很不容易呢！"

白居易被顾况莫名其妙地数落了几句，也不在意，恭恭敬敬地站在旁边请求指教。顾况拿起诗卷随手翻着翻着，他的手忽然停了下来，眼睛盯着诗卷，轻轻地吟诵起来："离离原上草，一岁一枯荣；野火烧不尽，春风吹又生。"顾况读到这里，脸上显露出兴奋的神色，马上站起来，紧紧拉住白居易的手，热情地说："啊！能够写出这样的好诗，住在长安也不难了。刚才跟您开个玩笑，您别见怪。"

打这次见面以后，顾况十分欣赏白居易的诗才，逢人就夸说白家的孩子怎么了不

起。一传十，十传百，白居易也就在长安出了名。不到几年，他考取了进士。唐宪宗听说他的名气，马上提拔他做翰林学士，后来又派他担任左拾遗。

政坛失意

白居易不是那种争名求利、向上级阿谀奉承的官僚。他一面不断地创作新的诗歌，揭露当时社会上的一些不良现象，一面在宪宗面前多次直谏，特别是反对让宦官掌握兵权。

有一回，白居易劝宪宗不要封宦官做统帅，惹得宪宗很气恼。他跟宰相李绛说："白居易这小子，是我把他提拔上来的，怎么对我这样不敬，我实在忍耐不住啦！"李绛说："白居易敢在陛下面前直谏，不怕杀头，正说明他对国家的忠心。如果办他的罪，只怕以后没人敢说真话了。"唐宪宗勉强接受李绛的意见，暂时没有把白居易撤职。但是，过了没有多少天，终于把他左拾遗的职务撤掉，改派别的官职。

▲ 白居易故居

过了几年，白居易在太子的东宫里作大夫，这个职务只是给太子讲道德修养之类的道理，不得干预朝政。有一次，宰相武元衡被人暗杀了。这次暗杀有复杂的政治背景，朝廷的官僚谁也不想开口。只有白居易站了出来，首先向宪宗上了奏章，要求通缉凶手。宦官和官僚抓住这个机会，说白居易不是谏官，不该对朝廷大事乱主张，狠狠地告了一状。

接着，又有一批一向讨厌白居易的官员，乱哄哄造谣污蔑，向白居易泼污水。有人说白居易的母亲是看花掉到井里淹死的，白居易居然还写过《赏花》《新井》的诗，那不是大不孝吗？经过这样罗织罪名，谁也没法给白居易辩护，白居易终于被降职到江西九江去当司马了。

白居易无辜受到贬谪，到了九江后，心情十分抑郁。有一天晚上，他在九江的浔浦口送客人，听到江上传来一阵哀怨的琵琶声，叫人一打听，原来是一个漂泊江湖的老年歌女弹的。白居易见了那歌女，又听她诉说她的可悲身世，十分同情；再联想到自己的遭遇，引起满腔心事。回来以后，写下了著名的叙事长诗《琵琶行》，诗中说："我闻琵琶已叹息，又闻此语重唧唧。同是天涯沦落人，相逢何必曾相识。"

后来白居易又几次回到京城，做过几任朝廷大官。但晚唐时期的皇帝大多平庸荒唐，朝政一团糟，白居易的政治抱负和理想仍无法实现，他的意志逐渐消沉。晚年，他笃信佛教，常常一连几个月不吃荤腥。他和香山寺的和尚如满等来往很密切，不仅结成香火社，还出钱整修了香山寺，他自己也自号为"香山居士"。在当时混乱的朝政中，像白居易这样正直的人不可能有什么作为。他把他全部精力倾注到诗歌创作中去。他的一生一共写了2800多首诗，成为我国文学宝库里的一份十分珍贵的遗产。

诗鬼李贺英年早逝

公元816年，一颗唐代诗坛上闪着奇光异彩的新星过早地陨落了，他就是诗鬼李贺，李贺在古今诗坛算是最不幸的人，猎功名如探囊取物，而徒望进士门槛兴叹，27岁即骑鹤而去。留下的却是宏伟的诗篇。其诡谲的想象，奇特的象征，在大唐诗坛独树一帜。斯人若非英年早逝，可与太白并辔绝驰。

诗鬼李贺

李贺，字长吉，唐代福昌（今河南宜阳）人。李贺是没落皇室的后裔，自称"唐诸王孙"。英年早逝，但留下了"黑云压城城欲摧"，"雄鸡一声天下白"，"天若有情天亦老"等千古佳句。

李贺20岁那年，到京城长安参加进士考试。因他父亲名为晋肃，与进士同音，就以冒犯父名取消他的考试资格。后由于他的文学名气很高，担任了一名奉礼郎的卑微小官，留在京城。在这段时间内，他的诗歌才华受到广泛的称誉，王孙公子们争相邀请他参加宴会，作诗助兴，但没有帮助他在仕途上升迁。李贺本来胸怀大志，性情傲岸，如今作了这样一个形同仆役的小官，感到十分屈辱，就称病辞去官职，回福昌老家过上隐居的生活。

▲李贺塑像

回到故乡以后，李贺把全部的心血都倾注在诗歌创作上。他经常骑着一头跛脚的驴子，背着一个破旧的锦囊，出外寻找灵感。他的诗作想象极为丰富，经常应用神话传说来托古寓今，所以后人常称他为"鬼才"，创作的诗文为"鬼仙之辞"。

长期的抑郁感伤，焦思苦吟的生活方式，贫寒家境的困扰，使得这颗唐代诗坛上闪着奇光异彩的新星，于公元816年过早地陨落了，年仅27岁，他的诗被后世广为流传，成为唐代诗苑中的一株奇葩。

李贺的诗

李贺今存诗200余首，皆呕心而作。从个人命运出发，思考人的命运、生死等人生最基本也是最重要的问题，是李贺诗最重要的内容，诗里表现出一种深沉的生命意识。有时甚至把解脱痛苦的希望寄托在虚无缥缈的神鬼世界，用各种形式来抒发、表现他的追求和苦闷，如《梦天》《秋来》等。这些诗作每每融入极为浓郁的伤感意绪和幽僻怪诞的个性特征。

李贺的诗歌极具个性特征和富有创造力，他继承了楚辞和李白诗歌的浪漫艺术，也受到乐府民歌的影响，又开创了一片神奇怪异的艺术境地。李贺诗歌最显著的艺术特征是幽峭冷艳、奇诡怪诞。

李贺的诗歌以奇特的想象，创造出了许多荒诞怪异的意象，美妙的神仙世界、恐怖的鬼怪形象，以及种种奇奇怪怪的物象都被纳入到诗中，在光怪陆离的艺术境界，表达着他的精神世界。李贺的诗歌在构思与结构上也极具特色，其诗以想象、联想思维为线索，超越了现实的逻辑性，因而时空的转移、章法的变换、意象的组合均变幻莫测。如《金铜仙人辞汉歌》：

> 茂陵刘郎秋风客，夜闻马嘶晓无迹。
> 画栏桂树悬秋香，三十六宫土花碧。
> 魏官牵车指千里，东关酸风射眸子。
> 空将汉月出宫门，忆君清泪如铅水。
> 衰兰送客咸阳道，天若有情天亦老。
> 携盘独出月荒凉，渭城已远波声小。

佳作赏析

老兔寒蟾泣天色，云楼半开壁斜白。玉轮轧露湿团光，鸾珮相逢桂香陌。黄尘清水三山下，更变千年如走马。遥望齐州九点烟，一泓海水杯中泻。李贺《梦天》

李贺在这首诗里，通过梦游月宫，描写天上仙境，以排遣个人苦闷。天上众多仙女在清幽的环境中，你来我往，过着一种宁静的生活。而俯视人间，时间是那样短促，空间是那样渺小，寄寓了诗人对人事沧桑的深沉感慨，表现出冷眼看待现实的态度。想象丰富，构思奇妙，用比新颖，体现了李贺诗歌变幻怪谲的艺术特色。

借金铜仙人迁离长安的历史故事，抒发汉魏易代盛衰兴亡的感慨，并于其中融注了对社会现实和自己身世的感受。诗人想象铜人辞别汉宫时的悲伤情景和凄凉气氛极为逼真，新奇浪漫。"天若有情天亦老"一句，设想奇伟，是千古传诵的名句。

李贺诗歌的语言艺术也有很高的成就。他十分注重词汇的感情色彩和物象色彩的使用，冷艳凄楚的色彩体现着他怪诞的审美取向和力求奇峭的艺术追求。其诗还善于运用比喻、象征、夸张、渲染、拟人等手法，来提升作品的艺术效果。

在中唐诗坛上李贺是个标新立异的作家，但由于过于追求新奇怪异，也有诗意晦涩、神秘难解的缺点。

晚唐出现苦吟诗人两诗囚

在晚唐社会与文学的大背景下，有相当一部分诗人，以苦吟的态度作着"清新奇僻"的诗，代表人物是贾岛和孟郊。元好问《放言》诗曰："长沙一湘累，郊岛两诗囚。"孟郊、贾岛又称"诗囚"。孟郊、贾岛作诗，刻意于锤炼字句，具有清奇苦僻的特色，后人有所谓"郊寒岛瘦"之论。

孟郊

孟郊仕途坎坷，家境贫寒，因此有些诗歌能够反映底层人民的生活，对百姓的贫苦充满了同情。更多的诗歌是抨击世道的昏暗、抒写自己的贫寒与愤懑。此外，还有一些描写骨肉亲情的诗歌，如《游子吟》。

孟郊的诗风与韩愈接近，也有奇崛险怪的风格，但孟郊的气度和才力不及韩愈，又因仕途坎坷，家境贫寒，创作心态也不一样，所以他的诗歌在奇崛险怪之中带有幽僻清寒、凄凉苦涩的情调。苏轼所说"郊寒岛瘦"、"思苦奇涩"都是对其诗风的评价。孟郊的诗歌创作以苦吟著称，元好问曾说"东野穷愁死不休，高天后地一诗囚"（《论诗绝句三十首》）。

他的诗歌非常注重字句的锤炼和构思的新奇，言辞洗练精警，意境清幽峭拔。其诗感情真挚，苏轼说他"诗从肺腑出，出辄愁肺腑"（《读孟郊诗二首》）。他的诗善于写景，但多是借景抒情，景物带着浓重的感情色彩，以寒景冷物表达愁苦凄凉的心境，《秋怀十五首》是这类诗歌的代表作品。孟郊有些诗歌写得浅易自然、朴素真淳，如《游子吟》等，也有轻快明丽之作，如《登科后》的"春风得意马蹄疾，一日看尽长安花"，而这些正是其诗广为流传的作品。

贾岛

贾岛与孟郊同以苦吟著名，苏轼说"郊寒岛瘦"，便是指二人诗多愁苦凄清之境，且诗风孤郁悲凉，凄寒局促。这与他出身平民，屡试不第，性格压抑、内向有关。多五言诗，现存370余首中五言就有300首。

"推敲"一词的由来

贾岛一次骑驴闯了官道。他正琢磨着一句诗，那就是"僧推月下门"。可他又觉着推不太合适，不如敲好。嘴里就推敲推敲地念叨着。不知不觉地，就骑着驴闯进了大官韩愈的仪仗队里。韩愈问贾岛为什么乱闯。贾岛就把自己做了一首诗，但是其中一句拿不定主意是用"推"好，还是用"敲"好的事说了一遍。韩愈听了，哈哈大笑，对贾岛说："我看还是用'敲'好，万一门是关着的，推怎么能推开呢？再者去别人家，又是晚上，还是敲门有礼貌呀！"贾岛听了连连点头。他这回不但没受处罚，还跟韩愈交上了朋友。"推敲"从此也就成了为了脍炙人口的常用词，用来比喻做文章或做事时，反复琢磨，反复斟酌。

贾岛诗多表现贫穷愁苦之态、孤寂索寞之情，题材狭窄。作诗多以铸字炼句为胜，缺乏完整的构思，故有佳句而少有佳篇。《暮过山村》一首中"怪禽啼旷野，落日恐行人"两句，写道路辛苦，羁旅愁思，见于言外。也有豪壮之作，如《剑客》："十年磨一剑，霜刃未曾试。今日把示君，谁为不平事?"《寻隐者不遇》一诗如行云流水，是其中较好的作品。

贾岛晚年名气越来越大，他内心的压抑不平，行为乖张，而作诗之苦，为时人所效法，其影响一直及于宋末。

▲《寻隐者不遇》诗意图

晚唐"小李杜"的崛起

自从孟郊、李贺、柳宗元、韩愈等这批中唐诗人相继去世以后，唐代诗坛上的那种活泼与锐气的诗风也逐渐消失。直到杜牧、李商隐等一批青年诗人的崛起，才使晚唐诗风摆脱一种没落的风气，重新出现生机。"小李杜"指晚唐诗人李商隐和杜牧。为了和盛唐李杜相区别，人们习惯地称李白、杜甫为"大李杜"，称李商隐、杜牧为小"李杜"。"小李杜"并称，主要因为他们当时的诗名大致相当，都是晚唐诗坛上成就最高的作家，其实二者诗歌风格并不一致。

杜牧

杜牧，字牧之，京兆万年（今陕西西安）人，唐代诗人、书法家。是宰相杜佑之孙，继承祖父经邦济世的精神，喜欢谈政论兵。他刚直敢言，又处牛、李党争时期，受党争影响。26岁中进士，在地方做了10年的节度使府幕僚。进入朝廷后，不久又被外放为黄州、湖州等地刺史，官终中书舍人。在仕途不得志中，不免放浪形骸，纵情酒色，"十年一觉扬州梦，赢得青楼薄幸名。"被人视为轻薄放浪，其实并非他的全部。

杜牧今存诗500多首，在艺术上各体皆工，七绝尤佳，有不少为人传诵的名篇。深沉的历史感是杜牧诗中的一个显著特色。无论是感慨往事、针砭现实还是抒写怀抱、描摹自然，都常常流露出伤今怀古的忧患意识。但由于杜牧性格比较开朗乐观，所以他的诗中虽有颓唐的成分，却并不显得消沉，而是在忧郁中透出清丽俊爽。

杜牧的政治诗多揭露时弊和表达他对现实的关切。代表《早雁》以惊飞四散的早雁，比喻在回纥侵略者践踏下被迫流离的边地人民，表现了对难民的深切体贴和同情，也谴责了统治者对他们的漠不关心。此诗通篇采用比兴象征手法，表面上句句写雁，实际上句句写人，含蓄蕴藉，寓意深刻。

▲杜牧

咏史诗讽刺帝王的荒淫，议论朝政得失，很有特色，艺术上也有创新。一部分采用传统手法，借古喻今；另一部分以诗论史，具有史论色彩。分别以《过华清宫》和《赤壁》为代表。《过华清宫》（其一）通过杨贵妃嗜鲜荔枝玄宗命飞骑千里传送的历史事实，深刻揭露和讽刺了统治者骄奢淫逸的生活。作者在史实的基础上，驰骋丰富的艺术想象，既引人入胜，又耐人寻味。全诗不着一

名作赏析

长安回望绣成堆，山顶千门次第开。一骑红尘妃子笑，无人知是荔枝来。杜牧《过华清宫绝句（其一）》

华清宫故址在今陕西临潼的骊山上，是唐代的行宫。这里有温泉，风景幽美，冬暖夏凉，李隆基和杨玉环常来游乐。相传杨玉环喜欢吃鲜荔枝，李隆基每年都命令从四川、广东一带飞马运送到长安，为此跑死了许多人马。《过华清宫绝句》共三首，这是第一首。这首诗通过运送鲜荔枝这一典型事件，形象而深刻地揭露了封建帝王的荒淫腐朽生活。

这首咏史诗是杜牧路经华清宫抵达长安时，有感于唐玄宗、杨贵妃荒淫误国而作的。华清宫曾是唐玄宗与杨贵妃的游乐之所，据《新唐书o杨贵妃传》记载："妃嗜荔枝，必欲生致之，乃置骑传送，走数千里，味未变，已至京师"，因此，许多差官累死、驿马倒毙于四川至长安的路上。《过华清宫绝句》截取了这一历史事实，抨击了封建统治者的骄奢淫逸和昏庸无道，以史讽今，警戒世君。

句议论而题旨自见。《赤壁》写作者凭吊古迹所抒发的历史兴亡的感慨。作者将东吴在赤壁之战中的巨大胜利，完全归之于偶然的东风，不是出于军事上的无知，而是借史事一吐胸中怀才不遇的块垒。此诗用笔锋利，英气逼人，充分体现出杜牧诗"雄姿英发"的特色。这一以诗论史的写法尤为后代许多诗人所仿效。

杜牧的写景抒情诗也取得很高成就，他既善于用凝炼的语言勾勒鲜明的景物意象，又善于把悠远的情思寄托在具体画面之中。如《泊秦淮》以迷茫朦胧的江边月色和柔曼颓靡的流行曲调，构成一幅色彩凄凉暗淡、人物醉生梦死的世情生活图画，而这一切又从抒情主人公的视听感觉中写出，并引起他对前朝亡国教训的联想。清醒与麻木，历史与现实的对照映射，传达出一种浓厚的忧世伤时的感伤情怀。其中的"商女不知亡国恨，隔江犹唱后庭花"成了流传至今的名句。

杜牧论文主张"文以意为主，气为辅，以辞彩章句为之兵卫"，自云"苦心为诗，本求高绝，不务奇丽，不涉习俗，不今不古，处于中间"。他的诗歌实践了这一主张，对后世产生了良好的影响。

李商隐

李商隐，字义山，号玉谿生，怀州河内（今河南省沁阳县）人，晚唐诗人，与杜牧齐名。在词采华艳这一点上，与温庭筠接近，后世又称"温李"。初为牛党令孤楚赏识，被表为巡官。后来，因令孤楚之子令孤绹举荐，中进士，调弘农尉。李党王茂元镇河阳，爱其才，表为掌书记。后来李商隐与王女结婚。这行为被牛党视为背主忘恩。从此他一生处在牛李党争的漩涡里，无法摆脱，郁郁不得志。开始，他虽遭打击，但还有热情，反对宦官和藩镇势力，想有所作为。后来牛党上台，政治上倒行逆施，他再次受到排挤，到桂州、徐州、梓州等地做幕僚，最后在郑州抑郁而死。

▲李商隐

　　李商隐诗现存约600首。其中政治诗感慨讽喻，颇有深度和广度。直接触及时政的诗很多，尤其是《行次西郊作一百韵》，从农村残破、民不聊生的景象，追溯唐朝200年的治乱盛衰，风格接近杜诗。其咏史诗托古讽今，成就很大。这类诗往往讽刺前朝或本朝君王的荒淫误国，也有的则借咏史寄托自己怀才不遇的感慨。这类诗多用律绝，截取历史上特定场景加以铺染，具有以小见大、词微意深的艺术效果。名作如《隋宫二首》《南朝》。他的抒情诗感情深挚细腻，感伤气息很浓，如"夕阳无限好，只是近黄昏"。李诗抒情，较少直抒胸臆，而特别致力于婉曲见意，其诗往往寄兴深微，余味无穷。但刻意求曲有时也带来晦涩难懂的弊病。

　　无题诗是李商隐的独创。它们大多以男女爱情相思为题材，情思婉转沉挚，辞藻典雅精工。如"昨夜星辰昨夜风"、"相见时难别亦难"二首。也有的托喻朋友交往和身世感慨，如"待得郎来月已低"和"何处哀筝随急管"二首。还有一些诗寄兴难明。此外，有少数艳情篇什，轻薄浮艳。这些诗并非作于一时一地，亦无统一思想贯穿，多属于诗中之意不便明言或意绪复杂无法明言的情况，因而统名为"无题"。由于它们比较隐晦曲折，千百年来解说纷纭。

　　李商隐诗歌具有独特的艺术风格，前人曾概括为"深情绵邈"或"沉博绝丽"。具体表现为大量运用比兴寄托，笔下的事物都赋予了作者的性格，以骈文为诗，辞采华丽，音韵铿锵，善用比喻，议论、叙事、抒情与典故相结合。他以意境的深细婉曲和词采的典丽精工创造了诗歌朦胧美的境界，对古典诗歌的发展做出了重要贡献。

　　在诗歌形式上，李商隐也取得很高成就，尤其是七绝和七律。其七绝寄托深远，措辞委婉，七律是杜甫之后少有的杰作，人称

▲《登乐游原》诗意图

"善学少陵七言律，终唐之世，唯义山一人"。李商隐诗歌的影响从晚唐一直及于清代。

韩愈发起古文运动

唐朝韩愈大力反对浮华的骈俪文，提倡作古文，一时从者甚众，后又得柳宗元大力支持，古文创作业绩大增，影响更大，成为文坛的主要风尚，文学史上称其为古文运动。在这场运动中，韩愈的开创之功是不可没的，并且以卓越的理论和创作实践，为古典散文的艺术生命注入了新鲜血液，为散文的历史发展开辟了一条康庄大道。所以，素来不轻易称许别人的苏轼也在《潮州韩文公庙碑》中作了"文起八代之衰"的千古赞誉。

生平简介

韩愈，字退之，河南孟州人，唐代文学家、哲学家。因河北昌黎系韩氏郡望，世称"韩昌黎"，晚年任吏部侍郎，又称韩吏部，谥号"文"，世称韩文公。

▲ 韩愈

韩愈是北魏贵族后裔，父仲卿，为小官僚。韩愈3岁丧父，后随兄韩会贬官到广东。兄死后，随嫂郑氏辗转迁居宣城。7岁读书，13岁能文，关心政治，确定了一生努力的方向。25岁时，进士及第，先后为节度使推官、监察御史。有一年，京畿大旱，民不聊生，韩愈上书御史台论天旱人饥状，请免百姓徭役赋税，得罪德宗，被贬为阳山县令。

唐宪宗时曾任国子博士、史馆修撰、中书舍人等职。后来因谏阻宪宗奉迎佛骨被贬为潮州刺史。穆宗时历任国子祭酒、兵部侍郎、吏部侍郎、京兆尹兼御史大夫。57岁时去世。

"文起八代之衰"

"文起八代之衰"，这句话是苏轼对韩愈的赞誉，从韩愈在中国文学史上的地位和其文学成就看，并非过誉之辞。"八代"指的是东汉、魏、晋、宋、齐、梁、陈、隋，这几个朝代正是骈文由形成到鼎盛的时代，"衰"是针对八代中的骈文而言的。一个"衰"字，表达了唐宋古文家对骈文的贬斥和不满。韩愈倡导的古文运动，提倡"文以载道"，给人一种耳目为之一新的感觉，所以说"起"。

韩愈一生，在政治、文学方面都有所建树，而主要成就是文学。韩愈是唐代古文运动的主要人物。他在散文方面的文学成就很高，主张文以载道，用文章表达自己的思想观点，力主反对六朝以来的骈偶文风，而提倡一种散体。他学习先秦与西汉的文

章，并加以发展创造，形成了自己的一种锋
芒锐利、明快流畅的文章，他写的文章生动
多变而又感情浓烈，具有宏伟奔放的独特风
格。由于他在散文方面的杰出成就，被列为
唐宋八大家之首，苏轼称他为"文起八代之
衰"。

韩愈的散文、诗歌创作，实现了自己的
理论。其赋、诗、论、说、传、记、颂、赞、
书、序、哀辞、祭文、碑志、状、表、杂文
等各种体裁的作品，都有卓越的成就。韩愈
的散文分论说、杂文、传记、抒情四类。他

▲韩愈纪念馆

的论说文多以明儒道反佛教为主要内容，逻辑性强、观点鲜明、锋芒毕露，能体现他
的文风。《师说》《原毁》《争臣记》是代表作。他的小品文笔锋犀利、形式活泼，
《杂说四·马说》充分体现了他的这一特点。韩愈的传记文继承《史记》传统，叙事
中刻画人物，议论、抒情妥帖巧妙。《张中丞传后叙》是公认的名篇。他的抒情文中
的《祭十二郎文》又是"祭文中的千年绝调"，具有浓厚的抒情色彩。

韩愈散文风格从总体上说体现了气势磅礴，汪洋恣肆，自由奔放，感情充沛的特
点。苏洵说："韩子之文，如大江大河，浑浩流转。"韩文的风格来自他的人格和他的
文学主张，人格的浩然正气使其文章理直气壮；不平则鸣的文学主张使其文章情感
强烈。

韩愈散文的艺术手法主要体现在说理、叙事、言情上，三者在不同文体中虽有偏
用，却也常有交融。其论说文观点鲜明，辞锋犀利，气势宏伟，说理透辟，逻辑性很
强，感情强烈。其记叙文常常采用叙事为主，兼以议论和抒情的手法，既能够生动地
刻画出人物形象，又能够体现出作者的思想和情感，如《张中丞传后叙》就采用了这
种手法。其抒情文感情真挚，抒写委婉，如《祭十二郎文》把悼亡的悲情和生活琐事
的描写融会在一起，写得凄婉动人，催人泪下。

柳宗元开游记体散文之先河

柳宗元入朝为官后，积极参与王叔文集团政治革新，公元805年9月，革新失败，被贬为永州司马。永州之贬，一贬就是10年，这是柳宗元人生一大转折。在此期间，他写了大量作品：政论、游记、诗赋、寓言，这些作品，奠定了我们今天对他的评价"古文八大家"之一。柳文中的山水游记最为脍炙人口，它们在柳宗元手里发展成为一种独立的文学体裁，柳宗元也因而被称为"游记之祖"。

一生遭贬

柳宗元出身官宦家庭，少有才名，早有大志。20岁时，柳宗元考中进士，同时中进士的还有他的好友刘禹锡。在朝中做官时，政治上有抱负，有理想。后来，王叔文执掌朝政，采取了一些改革政治的措施，如取消巧立名目的额外赋税，查办贪官污吏等，史称"永贞革新"。柳宗元积极参加这次革新，是核心人物之一，被任命为礼部员外郎，这年他32岁。这次革新很快就失败了。王叔文被杀，参与者都被惩处，柳宗元被贬为永州司马。

永州地处湖南和广东交界的地方，当时甚为荒僻，是个人烟稀少令人可怕的地方。和柳宗元同去永州的，有他67岁的老母、堂弟柳宗直、表弟卢遵。他们到永州后，连住的地方都没有，后来在一位僧人的帮助下，在龙兴寺寄宿。由于生活艰苦，到永州未及半载，他的老母卢氏便离开了人世。

柳宗元被贬后，政敌们仍不肯放过他。造谣诽谤，人身攻击，把他丑化成"怪民"，而且好几年后，也还骂声不绝。由此可见保守派恨他的程度。在永州，残酷的政治迫害，艰苦的生活环境，使柳宗元悲愤、忧郁、痛苦，加之几次无情的火灾，严重损害了

▲柳宗元

他的健康。

永州之贬，一贬就是10年，这是柳宗元人生一大转折。在京城时，他直接从事革新活动，到永州后，他的斗争则转到了思想文化领域。永州十年，是他继续坚持斗争的十年，广泛研究古往今来关于哲学、政治、历史、文学等方面的一些重大问题，撰文著书。

后来柳宗元与刘禹锡等被召回京。但并未被重用，由于武元衡等人的仇视，他们二月到长安，三月便宣布改贬。柳宗元改贬为柳州（今广西柳州市）刺史，刘禹锡为

播州刺史。虽然由司马升为刺史，但所贬之地比原来更僻远更艰苦。柳宗元想到播州比柳州还要艰苦，刘禹锡还有80多岁的老母随身奉养，便几次上书给朝廷，要求与刘禹锡互换。后来因有人帮忙，刘禹锡改贬连州，柳宗元才动身向柳州。

柳州距京城长安，比永州距京城更远，更为落后荒凉，居民多为少数民族，生活极端贫困，风俗习惯更与中原大不相同。柳宗元初来这里，语言不通，一切都不适，但他还是决心利用刺史的有限权力，在这个局部地区继续实行改革，为当地民众做些好事。

长期的贬谪生涯，生活上的困顿和精神上的折磨，使柳宗元健康状况越来越坏，

名篇推荐

《捕蛇者说》写于作者在永州任职时，是柳宗元的散文名篇。课文通过捕蛇者蒋氏对其祖孙三代为免交赋敛而甘愿冒着死亡威胁捕捉毒蛇的自述，反映了中唐时期我国劳动人民的悲惨生活，深刻地揭露了封建统治阶级对劳动人民的残酷压迫和剥削，表达了作者对劳动人民的深切同情。

"说"是我国古代的一种文体，或叙事兼议论，或议论兼叙事，将叙事和评论结合起来，以说明一个道理。

确是未老先衰。他的好友吴武陵多次奔走于执政大臣裴度门下，设法营救他离柳州还京。裴度与柳宗元同系河东人，经裴度说情，宪宗才同意召回柳宗元。然而为时已晚，诏书未到柳州，柳宗元便怀着一腔悲愤离开了人间，当时年仅47岁。临死前，柳宗元写信给好友刘禹锡，并将自己的遗稿留给他。后来刘禹锡编成《柳宗元集》。

"游记之祖"

虽然活了不到50岁，但柳宗元却在文学上创造了光辉的业绩，在诗歌、辞赋、散文、游记、寓言、小说、杂文以及文学理论诸方面，都做出了突出的贡献。

柳宗元重视文章的内容，主张文以明道，认为"道"应于国于民有利，切实可行。他注重文学的社会功能，强调文须有益于世。他的散文风格自然流畅，议论文笔锋犀利、逻辑严密，寓言多用来讽刺时弊，想象丰富、寓意深刻、言语尖锐，，传记散文多以真人真事为基础，略带夸张虚构，《捕蛇者说》《童区寄传》是这类作品的代表作。

柳文中的山水游记最为脍炙人口，它们在柳宗元手里发展成为一种独立的文学体裁，柳宗元也因而被称为"游记之祖"。他对山水游记的发展作出了开创性的巨大贡献。此前南朝的山水游记多用骈文书信体表现，而且是以表现声色之美为主。初盛唐的亭阁山水记多用于刻石记功，缺乏作者的真情实感，真正称得上山水游记的作品并不多。柳宗元

▲《捕蛇者说》文意图

山水游记多作于被贬永州时期。他观察细微，描绘精确，而且字里行间寄托了他遭贬被弃的悲愤。代表作是《永州八记》。一方面，他用精确的语言、细腻的描写，展示了形神兼备的景物图画；另一方面，又通过主观感受的强烈介入和鲜明表现，创造出情景交融的艺术境界，把山水散文创作提高到了一个新的水平，从而确立了山水散文在文学史上的独立地位。

温庭筠开创花间词派

晚唐时期，时局动荡，五代西蜀苟安，君臣醉生梦死，狎妓宴饮，耽于声色犬马。在这种时局下，晚唐五代诗人的心态，已由济世扶危转为寄思艳情，而他们的才华在中唐诗歌的繁荣发展之后，也不足以标新立异，于是把审美情趣由社会人生转向歌舞宴乐，专以深细婉曲的笔调，浓重艳丽的色彩写官能感受、内心体验。这就是花间词派形成的深刻社会政治和文学原因。词派中的花间词派，虽形成于五代，但追本溯源，却是起始于唐代的温庭筠。名极一时的西蜀花间词派就尊温庭筠为鼻祖。

风流才子

温庭筠，本名歧，字飞卿，唐太原祁（今山西祁县）人，世居太原。温庭筠出身于没落的官僚贵族家庭，虽为唐初名声显赫的太原温氏后裔，但是，到他父亲这一代时，早是家道中落，衰微而已。他少年时代，即以善思敏悟。才华横溢而称著乡里。

成年后，温庭筠更是博闻强记，通晓音律，善为管弦，而且，尤以诗词文赋见长。温庭筠刚到首都长安的时候，社会各界人士对他都极其推崇。温庭筠也不是浪得虚名，不但文思敏捷得吓人，音乐方面也是造诣极高，号称只要是有弦的就能弹，只要是有孔的就能吹。参加进士考试的时候，温庭筠从来不打草稿，两只手笼在袖子里靠着桌子，一会儿就万事大吉了。

温庭筠虽然甚有才思，少年有志。然而，仕途却并不得意。从 28 岁到 35 岁的八年之中，他屡屡应试，屡屡不第，尤其是最末一次应试，竟因恃才傲物，讥讽权贵，触犯上司，被诬为"有才无行"，再次名落孙山，以至于一生都未能得中进士。有人说温庭筠仕途不得意主要是因为其相貌丑陋的缘故，在温庭筠的多个外号中，最有名的就是"温钟馗"。连鬼见了钟馗都要吓跑，光从这个绰号，就知道他起码属于严重影响市容那个类型的。

据说温庭筠和歌楼伎馆的关系之瓷实，几乎是他的一大成就，除了宋朝的柳永，少有人达到他这样的专业高度。喜欢拈花惹草也许是温庭筠与生俱来的天性。和所有大才子一样，温庭筠少年就名声在外。他到江淮一带游历，当地的一位官员姚勖很看重温庭筠的才华，给了他不少钱，也是鼓励后辈发奋科举上进的意思。但温庭筠年纪轻轻就不学好，钱一到手，全都拿来花在三陪小姐身上了。姚勖知道了气得不轻，拿板子打了温庭筠一顿后把他赶走了。

后来温庭筠以善于诗词，被当朝宰相选用为考功郎中，进入相国的书馆工作。有一次，宰相看到他填的一首《菩萨蛮》词很好，就假冒自己的名字把它进献给唐宣宗，并再三嘱咐庭筠为其保密。但是，温庭筠非常鄙夷宰相的这种行为，很快便把此事宣捅出去，弄得堂堂相国尴尬异常，大失体面。

▲《商山早行》诗意图

有一次，唐宣宗赋诗，上句用了"金步摇"，但对句一时怎么也想不出来，遂令庭筠来对。庭筠立即以"玉条脱"应对，宣宗听罢非常满意。当时在旁的相国不知温庭筠所对词语的出处，庭筠便告诉他典出《南华经》，并很不客气地指出："《南华经》是一部极普通的书，并非什么生僻著作，相国在公事之余，应读一点古籍才是。"他的这一番语带教训的批评，使宰相出乖露丑，遂把他忌恨在心。在一次科举考试中，庭筠替应试者提笔代劳，事发后，宰相便以他搅扰科场罪名，贬为隋县尉。此后，庭筠依附徐商，被任为巡官。在这段时间，他常与徐商等人往来唱和，吟诗作赋，度过他一生最愉快的几年。徐商提升为宰相后，任庭筠为园子助教。然而，好景不长。这年秋试中他竭力推荐一个考生的文章，而该考生之文以激切的言辞揭斥了时政，温庭筠也因此被罢官。从此，他落魄江湖，四处漂流，几年后，在贫病交加中，客死他乡。

花间词祖

温庭筠是中国文学史上第一个致力于填词的人，其词题材比较狭窄，多以妇女生活为题材，大多是写宫女的宫怨、少妇的闺怨、思妇的青丝、歌伎的生活等。他的词境界与格调都不高，但艺术上的造诣很高，他的词虽然也有清新自然和境界开阔的作品，但总体上看香软浓艳、细腻绵密、委婉含蓄是其基本的艺术风格。他的词辞藻华丽，色彩鲜明，善于写景状物，善于描摹人物的容貌、服饰、情态，并以此来表现或暗示人物的心境、情思，很少直接抒情。他的词也常常运用比兴、象征、暗示、烘托等手法，使艺术表现更加曲婉含蓄。他的词也工于词律，讲究平仄，声律和谐，富于音乐的美感。温庭筠的创作在词境和词艺的探索上都有重要的贡献，对五代词及宋词的婉约风格都有很大的影响。

对于温庭筠的品行，历来毁誉参半。不过从他那些充满脂粉香泽，浓艳重抹，刻意描述女子体态、容貌的词作来看，他的生活确是比较轻浮，比较放荡。这必然会影响他向更高的艺术境界升华，同时，也给后世的词人带来了不甚良好的影响。

佳作赏析

梳洗罢，独倚望江楼。过尽千帆皆不是，斜晖脉脉水悠悠。肠断白蘋洲。温庭筠《望江南》

"梳洗"在晨，"斜晖"临暮，她自始至终倚楼远眺，可眼前过尽的千帆都不是所盼之舟，希望、失望乃至绝望，怎不令人柔肠寸断，哀婉悱恻？"脉脉"、"悠悠"状景切情，尤有神韵。

李煜开文人抒情词的先河

作为一国之君，南唐后主李煜在政治上的确是一个昏君，但是，他在词中的地位是非凡的。在亡国之后，他在宋朝的京城大书特书自己的亡国伤感之情，毫不畏惧。一曲"问君能有几多愁，恰似一江春水向东流"的豪迈思国之感，开创了词亦可抒情的先河。李煜词突破了晚唐五代词的传统，使词由花前月下娱宾遣兴的应歌之具，发展为歌咏人生的独立抒情文体，开文人抒情词的先河。

多才多艺的皇帝

李煜即南唐后主，字重光，号钟山隐士、钟峰隐者、莲峰居士、钟峰白莲居士，徐州（今江苏徐州）人。他是南唐中主的第六个儿子，历史上称他为李后主。

李煜从小就与众不同，尤其是他的长相，丰额骈齿，有一目是重瞳，按照相面人的说法，他很有富贵相。李煜多才多艺，不仅文章出众，而且擅长书法和绘画，造诣也很深。加上他为人厚道，所以备受大家喜爱。按照一般的顺序他是没有机会做皇帝的，但他的五个哥哥都死得很早，所以李煜才被封为吴王，做了太子，成了皇位的继承人。

李煜继位前几年，南唐国势走上了衰落，他的父亲在后周强大的攻势面前，最终将江北领土割让，南唐和后周隔长江对峙，但面对后周强劲的发展势头，南唐上下只是听从命运的安排，已经无力挽救败势了。

在北宋建立后，李煜的父亲就将南唐的都城迁到了南昌，建立了南都，他和文武大臣都搬到那里去了，留下太子李煜守在金陵。几个月后，李煜的父亲病逝，李煜正式继位，当时年仅 25 岁。李煜非常信佛，结果被北宋的皇帝利用。李煜用宫中的钱招募人为僧，金陵的僧人多达万人。李煜退朝后，就和皇后换上僧人的衣服，诵读经书。僧人犯了罪，不依法制裁，而是让他诵佛，然后赦免。北宋皇帝听说之后，就精选了一名口齿伶俐聪明善辩的少年，南渡去见李

▲李煜

后主，和他讨论人生和性命之说，李后主信以为真，以为是难得的真佛出世，从此就很少注重治国安邦以及边防守卫了，而是整天念佛。他面对宋朝的压力，逆来顺受，以图苟且偷安。975 年，宋军进入金陵，李煜被俘，南唐灭亡。宋太祖封他为违命侯，三年后，李后主被毒死，年 42 岁。

帝王词人

李煜在政治上是一个昏君，在文学上却是一个文学家，诗人。

李煜的词，可以分为前后两期，以他降宋时作为界线。前期的词已表现出非凡的才华和出色的技巧，但题材较窄，主要反映宫廷生活与男女情爱，也有写离别相思的作品，写景抒情，融成一片，比较健康可读。

到了后期，李煜由小皇帝变为囚徒。屈辱的生活，亡国的深痛，往事的追忆，"此中日夕只以眼泪洗面"，使他的词的成就大大超过了前期。如《虞美人》（春花秋月何时了）、《浪淘沙》（帘外雨潺潺）、《乌夜啼》（林花谢了春红）、（无言独上西楼）等是他后期的代表作，主要抒写自己凭栏远望、梦里重归的情景，表达了对"故国"、"往事"的无限留恋，抒发了明知时不再来而心终不死的感慨，艺术上达到很高的境界。

李煜的词具有强烈的抒情性和巨大的艺术感染力。李煜词之所以具有撼人心魄的力量，自然是在于真情实感。无论是前期宫廷生活，还是后期的亡国经历，都能毫无造作地、天然本色地呈现在他的笔下。尤其是后期的词作，将人生悲剧的感悟和沉痛的情感体验一泻无遗，它深深地触动了人们心灵，引起了普遍的共鸣。

李煜的词显示了天然本色的艺术品格。李煜词一洗花间词的浓艳华丽，不用典，不藻饰，甚至以俚俗的口语入词，轻浅通俗而又精练传神，体现了清丽自然的语言风格。他善于运用白描的手段摹景写物以及刻画人物的心理、表现人物的情态。

在抒情艺术上，他善于采用景中寓情的手法，把抽象的情思融化到景物之中，创造出情景交融的艺术境界；也善于直抒胸臆的手法，把心底的苦痛悲哀直接地宣泄出来，造成直撼人心的艺术效果；还善于运用对比、比喻、象征等修辞手法，以提高抒情的表现力。如写哀愁的深广、无尽无休："问君能有几多愁，

春花秋月何时了，往事知多少。小楼昨夜又东风，故国不堪回首月明中。雕栏玉砌应犹在，只是朱颜改。问君能有几多愁，恰是一江春水向东流。李煜《虞美人》

此词大约作于归宋后的第三年。词中流露了不加掩饰的故国之思，据说是促使宋太宗下令毒死李煜的原因之一。这首脍炙人口的名作，在艺术上确有独到之处："春花秋月"本是美好，作者却殷切企盼它早日"了"却；小楼"东风"带来春天的信息，却反而引起作者"不堪回首"的嗟叹，因为它们都勾起了作者物是人非的感触，反衬出他的囚居异邦之愁，用以描写由珠围翠绕，烹金馔玉的江南国主一变而为长歌当哭的阶下囚的作者的心境，是真切而又深刻的。结句"一江春水向东流"，是以水喻愁的名句，含蓄地显示出愁思的长流不断，无穷无尽。

▲《虞美人》词意图

恰似一江春水向东流。"（《虞美人》）写离愁的纷乱难以排遣："剪不断，理还乱，是离愁。别是一番滋味在心头。"（《乌夜啼》）李煜词的语言朴素生动，却耐人寻味，达到直白通俗与形象精练统一的完美境界。

李煜词突破了晚唐五代词的传统，使词由花前月下娱宾遣兴的应歌之具，发展为歌咏人生的独立抒情文体，开文人抒情词的先河。王国维《人间词话》中说："词至李后主而眼界始大，感慨遂深，遂变伶工之词而为士大夫之词。"高度评价了李煜在词的历史进程中做出的巨大贡献。

▲南唐文会图

第五章　宋代时期

　　宋代文学在我国文学发展史上有着重要的特殊地位，它处在一个承前启后的阶段，即处在中国文学从"雅"到"俗"的转变时期。所谓"雅"，指主要流传于社会中上层的文人文学，指诗、文、词；所谓"俗"，指主要流传于社会下层的传奇、戏曲。词作为新兴的诗歌形式，从隋唐发轫，至宋代进入鼎盛时期。宋词是我国词史上的顶峰，其影响笼罩以后的整个词坛。宋词实际上是宋代成就最高的抒情诗，使它取得了与唐诗、元曲等并称的光荣。散文，特别是所谓"古文"，在北宋曾有很显著的发展。所谓"唐宋八大家"中占了六位的宋人，全都生活于北宋中期，可见一时之盛。由于社会政治经济的发展向文学提出新的要求，也由于文学本身发展的规律，我国古典诗、词和散文逐渐度过了它的黄金时代，失去支配文坛的地位，小说戏曲等文学样式正在酝酿着更大的文学高潮，进而成为文坛的重心。宋代文学正是处在这样一个过渡的转变阶段。

柳永词的新变

　　宋代立国之初的半个世纪，词并没有随着新王朝的建立而兴盛，基本上是处于停滞状态。直到11世纪上半叶柳永等词人先后登上词坛之后，宋词才开始步入迅速发展的轨道。柳永的词极富开创性，他在扩大词境、发展慢词、丰富词作表现手法上都有杰出贡献。柳永在北宋前期具有广泛的社会影响，"凡有井水饮处，即能歌柳词"。

才子词人

　　柳永，有兄弟三人，分别名为三复、三接、三变，时人称之为柳三变，因排行第七，又称柳七，崇安（今福建崇安县）人，出身于儒宦世家。

　　柳永，不管你怎样看待，也得承认他是中国文学史上首屈一指的风流才子。他不仅是个风流才子，还是个屡试不中的补习生，常喝常醉的酒鬼，出没秦楼楚馆的浪子，仕途坎坷的小官，"奉旨填词"的专业词人，浪迹江湖的游客，自命不凡的"白衣卿相"，歌楼妓女的铁哥，放荡不羁的花花公子，市井街头的自由撰稿人，惹怒皇帝的笨蛋，不修边幅的小丑，敢恨敢爱的汉子，无室无妻的光棍，创新发展宋词的巨匠。

▲柳永

　　也许是应了"文章憎命达"的条律，柳永的一生太倒霉。大约在公元1017年，宋真宗天禧元年时柳永到京城赶考。以自己的才华他有充分的信心金榜题名，而且幻想着有一番大作为。谁知第一次考试就没有考上，他不在乎，轻轻一笑，填词道："富贵岂由人，时会高志须酬。"等了5年，第二次开科又没有考上，这回他忍不住要发牢骚了，便写了那首著名的《鹤冲天》。词中说考不上官有什么关系呢？只要我有才，也一样被社会承认，我就是一个没有穿官服的官。要那些虚名有什么用，还不如把它换来吃酒唱歌。

　　发牢骚的柳永只图一时痛快，压根没有想到就是那首《鹤冲天》铸就了他一生辛酸。柳永这首牢骚歌不胫而走传到了宫里，宋仁宗一听大为恼火，并记在心里。柳永在京城又挨了三年，参加了下一次考试，这次好不容易被通过了，但临到皇帝圈点放榜时，宋仁宗说："且去浅斟低唱，何要浮名？"又把他给勾掉了。这次打击实在太大，柳永就更深地扎到市民堆里去写他的歌词，并且不无解嘲地说："我是奉旨填词。"

　　他终日出入歌馆妓楼，交了许多歌妓朋友，许多歌妓因他的词而走红。作为一介穷书生，流落京城，只有卖词为生。这种生活的压力，生活的体味，还有皇家的冷淡，使他一心去从事民间创作。这种扎根坊间的创作生活一直持续了17年，直到他终于在47岁那年才算通过考试，得了一个小官。

后来柳永出言不逊，得罪朝官，仁宗罢了官。从此，他改名柳三变，专出入名妓花楼，衣食都由名妓们供给，都求他赐一词以抬高身价。他也乐得漫游名妓之家以填词为业。

柳永尽情放浪多年后，身心俱伤，死在名妓赵香香家。他既无家室，也无财产，死后无人过问。谢玉英、陈师师一班名妓念他的才学和情痴，凑一笔钱为他安葬。谢玉英曾与他拟为夫妻，为他戴重孝，众妓都为他戴孝守丧。出殡之时，东京满城妓女都来了，半城缟素，一片哀声。这便是"群妓合金葬柳七"的佳话。谢玉英痛思柳郎，哀伤过度，两个月后便死去。陈师师等念她情重，葬她于柳永墓旁。

柳永的死，虽没有人说他重如泰山，却是难得的幸福和温馨。风流才子，生生死死都风流。千百年来，敢如此沉沦的唯有柳永，沉沦到如此精彩的也只有柳永。

柳永的词

政治上的抑郁失志，生活上的特殊经历，以及他的博学多才，妙解音律，使这位"浅斟低唱"、"怪胆狂情"的浪子，成为致力于词作的"才子词人"，并以"白衣卿相"自许。由于柳永对社会生活有相当广泛的接触，特别是对都市生活、妓女和市民阶层相当熟悉。都市生活的繁华，妓女们的悲欢、愿望及男女恋情，自己的愤恨与颓放、离情别绪和羁旅行程的感受，都是其词的重要内容。此外，也有一些反映劳动者悲苦生活、咏物、咏史、游仙等作品。大大开拓了词的题材内容。

他接受民间乐曲和民间词的影响，大量制作慢词，使慢词发展成熟、并取得了与小令并驾齐驱的地位。在词的表现手法上，他以白描见长；长于铺叙，描写尽致；善于点染，情景交融，抒情色彩强烈；语言浅易自然，不避俚俗，使其词自成一格，广为流传。其代表作《雨霖铃》（寒蝉凄切），此词把男女恋情与羁旅行役结合在一起来写，在倾诉与情人依依惜别的同时，也寓含着词人仕途失意的抑郁、知音不再的悲凉以及江湖飘零的凄苦，感情真切诚挚，情调哀怨伤感，是颇能代表柳词风格的佳作。

▲《雨霖铃》意境图

苏轼将宋代文学推向最高峰

苏轼一生仕途坎坷，流徙半天下，阅历丰富，学识渊博，天资极高，是文艺通才，诗文书画皆造诣极高。在后代文人的心目中，他是一位天才的文学巨匠，人们争相从他的作品中汲取营养。苏轼还以和蔼可亲、幽默机智的形象留存在后代普通人民心目中。苏轼其文汪洋恣肆，豪迈奔放，与韩愈并称"韩潮苏海"。其诗题材广阔，清新雄健，善用夸张比喻，独具风格，与黄庭坚并称"苏黄"。词开豪放一派，与辛弃疾同是豪放派代表，并称"苏辛"。

文豪一生行踪

苏轼，字子瞻，号"东坡居士"，眉州眉山（即今四川眉州）人。他与父亲苏洵、弟弟苏辙皆是文学名家，世称"三苏"；与汉末"三曹"（曹操、曹丕、曹植）齐名。

▲ 苏轼

苏轼禀赋异常，天资绝人，在诗歌、词、散文、绘画、书法等方面均有创造性的贡献，是我国文化史上罕见的全才。苏轼幼年承受家教，深受其父苏洵的熏陶，"学通经史，属文日数千言"。

20岁时，苏轼首次出川赴京，参加朝廷的科举考试。第二年，他参加了礼部的考试，以一篇《刑赏忠厚论》获得主考官欧阳修的赏识，与弟辙中同榜进士。

神宗即位后，任用王安石支持变法。苏轼的许多师友，包括当初赏识他的恩师欧阳修在内，因在新法的施行上与新任宰相王安石意见不和，被迫离京。苏轼眼中所见的，已不是他20岁时所见的"平和世界"。

苏轼不同意王安石的做法，因此不容于朝廷。于是苏轼自求外放，调任杭州通判。苏轼在杭州待了三年，任满后，被调往密州、徐州、湖州等地，任知州。

这样持续了大概十年，苏轼遇到了生平第一祸事。当时有人故意把他的诗句歪曲，大做文章。苏轼到任湖州还不到三个月，就因"文字毁谤君相"的罪名，被捕下狱，史称"乌台诗案"。

出狱以后，苏轼被降职为黄州团练副使。这个职位相当低微，而此时苏轼经此一狱已变得心灰意懒，他带领家人开垦荒地，种田贴补家用。"东坡居士"的别号由此而来。

后来苏轼离开黄州，奉诏赴汝州就任。由于长途跋涉，旅途劳顿，苏轼的幼儿不幸夭折。汝州路途遥远，且路费已尽，再加上丧子之痛，苏轼便上书朝廷，请求暂时不去汝州，先到常州居住，后被批准。当他准备南返常州时，神宗驾崩。

哲宗即位，王安石势力倒台，司马光重新被启用为相，苏轼被召还朝。这之后短短一两年内，苏轼从登州太守，拔升翰林学士，直至礼部尚书。

▲黄州东坡赤壁

不久，苏轼向皇帝提出劝谏不被采纳，他因此既不能容于新党，又不能见谅于旧党，因而再度自求外调。他以龙图阁学士的身份，再次到阔别了16年的杭州当太守。苏轼为官一任总能造福一方，他在治理西湖的过程中，修筑了一道堤坝，也就是著名的"苏堤"。

苏轼在杭州过得很惬意，自比唐代的白居易。但没过多久，王安石再度执政，他就又被召回朝。但不久又因为政见不合，被外放颖州。之后苏轼几次入朝、贬官，饱尝宦海沉浮之苦。一度曾被贬到惠州、儋州（在今海南岛）。

1011年，宋徽宗登基大赦天下，苏轼北返时在常州逝世，享年66岁。

文如行云流水

苏轼的文学观点和欧阳修一脉相承，但更强调文学的独创性、表现力和艺术价值。他的文学思想强调"有为而作"，崇尚自然，摆脱束缚，"出新意于法度之中，寄妙理于豪放之外"。他认为作文应达到"如行云流水，初无定质，但常行于所当行，常止于所不可不止。文理自然，姿态横生"（《答谢民师书》）的艺术境界。

苏轼的文章风格平易流畅，收放自如。其代表性文赋有《刑赏忠厚之至论》《留侯论》《范增论》《贾谊论》《石钟山记》《晁错论》《记承天寺夜游》《赤壁赋》（或称《前赤壁赋》）《后赤壁赋》，等等，对后世影响极大。

苏轼的二赋一出，奠定了他在中国文学史上第一流文章大家的不朽地位。

《前赤壁赋》全文不论抒情还是议论始终不离江上风光和赤壁故事。这就形成了情、景、理的融合，充满诗情画意而又含着人生哲理的艺术境界。本文既保留了传统赋体的那种诗的特质与情韵，同时又吸取了散文的笔调和手法，打破了赋在句式、声律的对偶等方面的束缚，更多是散文的成分，使文章兼具诗歌的深致情韵，又有散文的透辟理念。散文的笔势笔调，使全篇文情郁郁顿挫，如万斛泉涌，喷薄而出。

清代古文家方苞评论《前赤壁赋》时说："所见无绝殊者，而文境邈不可攀，良由身闲地旷，胸无杂物，触处流露，斟酌饱满，不知其所以然而然。岂惟他人不能模仿，即使子瞻更为之，亦不能如此适调而畅遂也。"苏轼通过各种艺术手法表现自己坦荡的胸襟，他只有忘怀得失，胸襟坦荡，才能撰写出"文境邈不可攀"的《赤壁

▲《前赤壁赋》意境图

赋》来。

《后赤壁赋》是《前赤壁赋》的续篇，也可以说是姊妹篇。前赋主要是谈玄说理，后赋却是以叙事写景为主；前赋描写的是初秋的江上夜景，后赋则主要写江岸上的活动，时间也移至孟冬；两篇文章均以"赋"这种文体写记游散文，一样的赤壁景色，境界却不相同，然而又都具诗情画意。前赋是"清风徐来，水波不兴"、"白露横江，水光接天"，后赋则是"江流有声，断岸千尺，山高月小，水落石出"。不同季节的山水特征，在苏轼笔下都得到了生动、逼真的反映，都给人以壮阔而自然的美的享受。

诗作清新雄健

苏轼对社会现实中种种不合理的现象抱着"一肚皮不入时宜"的态度，始终把批判现实作为诗歌的重要主题。他在许多州郡做过地方官，了解民情，常把耳闻目见的民间疾苦写进诗中。更可贵的是，苏轼对社会的批判并未局限于新政，也未局限于眼前，他对封建社会中由来已久的弊政、陋习进行抨击，体现出更深沉的批判意识。如晚年所作的《荔支叹》，从唐代的进贡荔枝写到宋代的贡茶献花，对官吏的媚上取宠、宫廷的穷奢极欲予以尖锐的讽刺。苏轼在屡遭贬谪的晚年仍然如此敢怒敢骂，可见他的批判精神是何等执着！

苏轼一生宦海浮沉，奔走四方，生活阅历极为丰富。他善于从人生遭遇中总结经验，也善于从客观事物中见出规律。在他眼中，极平常的生活内容和自然景物都蕴含着深刻的道理，如《和子由渑池怀旧》。

在这类诗中，自然现象已上升为哲理，人生的感受也已转化为理性的反思。尤为难能可贵的是，诗中的哲理是通过生动、鲜明的艺术意象自然而然地表达出来，而不是经过逻辑推导或议论分析所得。苏轼极具灵心慧眼，所以到处都能发现妙理新意；另外他学博才高，对诗歌艺术技巧的掌握达到了得心应手的纯熟境界，并以翻新出奇的精神对待艺术规范，纵意所如，触手成春。

以"元祐"诗坛为代表的北宋后期是宋诗的鼎盛时期，王安石、苏轼、黄庭坚、陈师道等人的创作将宋诗艺术推向了高峰。然而论创作成就，则苏轼无疑是北宋诗坛上第一大家。在题材的广泛、形式的多样和情思内蕴的深厚这几个维度上，苏诗都是出类拔萃的。清人赵翼评苏诗说："天生健笔一枝，爽如哀梨，快如并剪，有必达之隐，无难显之情，此所以继李、杜后为一大家也。"

词开豪放一派

苏轼在词的创作上也取得了非凡的成就，苏轼对词的变革，基于他诗词一体的词学观念和"自成一家"的创作主张。自晚唐五代以来，词一直被视为"小道"。诗人墨客只是以写诗的余力和游戏态度来填词，写成之后"随亦自扫其迹，曰谑浪游戏而已"。词在宋初文人心目中的地位，是无法与"载道"、"言志"的诗歌等量齐观的。虽然柳永一生专力写词，推进了词体的发展，但他未能提高词的文学地位。这个任务落到了苏轼身上。

扩大词的表现功能，开拓词境，是苏轼改革词体的主要方向。他将传统的表现女性化的柔情之词扩展为表现男性化的豪情之词，将传统上只表现爱情之词扩展为表现性情之词，使词像诗一样可以充分表现作者的性情怀抱和人格个性。

▲《饮湖上初晴后雨》诗意图

苏词既向内心的世界开拓，也朝外在的世界拓展。晚唐五代文人词所表现的生活场景很狭小，主要局限于封闭性的画楼绣户、亭台院落之中。入宋以后，柳永开始将词境延展到都邑市井和千里关河、苇村山驿等自然空间，张先则向日常官场生活环境靠近。苏轼不仅在词中大力描绘了作者日常交际、闲居读书及躬耕、射猎、游览等生活场景，而且进一步展现了大自然的壮丽景色。

苏词对自然山水的描绘，或以奔走流动的气势取胜，有时则把对自然山水的观照与对历史、人生的反思结合起来，在雄奇壮阔的自然美中融注入深沉的历史感和人生感慨，如《念奴娇·赤壁怀古》。

苏轼用自己的创作实践表明：词是无事不可写，无意不可入的。词与诗一样，具有充分表现社会生活和现实人生的功能。由于苏轼扩大了词的表现功能，丰富了词的情感内涵，拓展了词的时空场景，从而提高了词的艺术品位，把词堂堂正正地引入文学殿堂，使词从"小道"上升为一种与诗具有同等地位的抒情文体。

从本质上说，苏轼"以诗为词"是要突破音乐对词体的制约和束缚，把词从音乐的附属品变为一种独立的抒情诗体。苏轼写词，主要是供人阅读，而不求人演唱，故注重抒情言志的自由，虽也遵守词的音律规范而不为音律所拘。正因如此，苏轼作词时挥洒如意，即使偶尔不协音律规范也在所不顾。也正是如此，苏词像苏诗一样，表现出丰沛的激情，丰富的想象力和变化自如、多姿多彩的语言风格。虽然苏轼现存的362首词中，大多数词的风格仍与传统的婉约柔美之风比较接近，但已有相当数量的作品体现出奔放豪迈、倾荡磊落如天风海雨般的新风格。

苏轼的非凡魅力

综上所述，苏轼在文、诗、词三方面都达到了极高的造诣，堪称宋代文学最高成就的代表。从文学史的范围来说，苏轼的意义主要有两点：首先，苏轼的人生态度成为后代文人景仰的范式：进退自如，宠辱不惊。由于苏轼把封建社会中士人的两种处世态度用同一种价值尺度予以整合，所以他能处变不惊，无往而不可。当然，这种范式更适用于士人遭受坎坷之时，它可以通向既坚持操守又全生养性的人生境界，这正是宋以后的历代士人所希望做到的。其次，苏轼的审美态度为后人提供了富有启迪意义的审美范式。他以宽广的审美眼光去拥抱大千世界，所以凡物皆有可观，到处都能发现美的存在。这种范式在题材内容和表现手法两方面为后人开辟了新的境地。

苏轼的作品在当时就驰名遐迩，广受欢迎。北宋末年，朝廷一度禁止苏轼作品的流传，但是禁愈严而传愈广。到了南宋党禁解弛，苏轼的集子又以多种版本广为流传，以后历代翻刻不绝。在后代文人的心目中，苏轼是一位天才的文学巨匠，人们争相从苏轼的作品中汲取营养。苏轼还以和蔼可亲、幽默机智的形象留存在后代普通人民心目中。他在各地的游踪，他在生活中的各种发明都是后人喜爱的话题。在历代文学家中，就受到后人广泛喜爱的程度而言，苏轼是无与伦比的。

李清照提出词"别是一家"

李清照对那些既疏于音律，又毫无词境的制作提出批评，为了矫正词风，她在战乱前所作的《词论》中提出词"别是一家"，必须有别于诗的词学主张，确立了词体的独特地位。李清照关于词"别是一家"的理论，对于后世的影响是极大的，直至明清之间，李渔诸人论词，有"上不似诗，下不似曲"的要求，就是循此说而来的。

杰出的女词人

李清照，号易安居士，是诗、词、散文皆有成就的宋代女作家，但她最擅长的，成就最高的还是词。

李清照的父亲李格非官居礼部员外郎，是位著名学者；母亲王氏是状元的孙女，也工于文章。由于家庭的熏陶，清照年少时就有了诗名。18岁时，与赵明诚结婚。赵明诚是吏部侍郎赵挺之之子，对金石图书颇有研究，学识渊博。这一对情侣真可谓品学匹配，志同道合。

结婚以后，夫妇二人填词吟诗，时相唱和，赏玩书画，研究金石，生活充满诗情画意，十分美满。他们为"尽天下古文奇字之志"，明诚竟辞官不做，夫妇"屏居乡里"十多年。清照常常雪天"顶笠披蓑，循城远览以寻诗"；明诚常为搜集金石名画四处奔走。每得佳句或真迹，常摆宴祝贺，举杯畅饮。

每当夫妇离别之时，李清照总是写下一往情深的诗句相赠。赵明诚非常敬服李清照的才华，称她为"亦师、亦友、亦妻房"；李清照对赵明诚的品学也十分敬重。但是，他们互敬互爱的美满生活，很快便被金人入侵的铁蹄踏破了。在兵荒马乱之中，赵明诚接受了湖州太守的任命，赴任途中不幸染疾去世。清照惊闻噩耗，悲痛欲绝。她忍受着国破家亡、离乡背井的巨大痛苦，写下了充满伤感和悲愤的词章，并在流离颠沛之中，带病坚持整理、校勘了《金石录》。为世人留下了珍贵文物。

▲李清照

李清照这位才华盖世的女词人，大约在70多岁时，于凄凄惨惨的孤寂之中，离开了人世。

李清照出身于宦门，但不慕权贵，敢于大胆发表政见。她早年不避风险，上诗救父；对公爹赵挺之升为宰相，不以为贺反而写诗嘲讽："炙手可热心可寒。"早在青年

名作赏析

红藕香残玉簟秋。轻解罗裳，独上兰舟。云中谁寄锦书来？雁字回时，月满西楼。花自飘零水自流。一种相思，两处闲愁。此情无计可消除，才下眉头，却上心头。（李清照《一剪梅》）

这是一首抒写离情别绪的词，重在写别后的相思之情。上阕虽没有一个离情别绪的字眼，却句句包含着这种情感，极为含蓄。下阕则是直抒相思与别愁。词以浅近明白的语言，表达深思挚爱之情，缠绵感人。

时代，她就以唐玄宗荒淫误国、招致安史之乱的历史教训，劝宋徽宗："夏为殷鉴当深戒，简策汗青今具在。"李清照的高风亮节不仅表现在她政治上的远见卓识，尤其突出地表现在她关心国家民族命运、深切同情陷于外族入侵铁蹄下的人民。她不甘屈辱投降，和丈夫一起流亡江南，耳闻目睹南宋小朝廷只求偏安、不思抗敌的现实，忧国伤时，悲愤交加，写下了掷地有声的铿锵诗句："生当作人杰，死亦为鬼雄。至今思项羽，不肯过江东。"借此歌颂项羽宁肯一死以谢江东父老的英雄豪气，谴责赵构苟且偷安的可耻行为。

婉约正宗

李清照经历了南北分裂之乱，在南渡前后，她的词风变化很大。南渡前，李清照的词多描写少女、少妇的闺中生活，如《如梦令》《怨王孙》两首词，于轻快活泼的画面中见作者开朗欢乐的心情和轻松悠闲的生活。《醉花阴》中含蓄地述说闺中的寂寞和对爱情的向往。《凤凰台上忆吹箫》《一剪梅》等小词也都是她的闺情名篇。南渡后，生活的苦难使她的词风趋于含蓄深沉。《菩萨蛮》《念奴娇》《声声慢》等词表现了词人长期流亡生活的感受。《永遇乐》在这类词中为代表之作。元宵佳节，词人远离那些香车宝马

▲《声声慢》意境图

之邀，独自品尝战火后的凄清，这首词中，她已从自怜飘零之苦进而担忧现实的隐患了。到了《渔家傲》一词，虽然还有无所归处的痛苦感慨，但激昂的格调已表达了词人欲摆脱苦闷、追求自由的愿望。

李清照词风婉约，她善于抒情造境，善于把强烈的感情熔铸在艺术形象里，造成一种情景交融的艺术境界。她还善于从描绘一段情节、一个思想曲折中，显示出感人的意境来。李词语言既浅显自然，又新奇瑰丽，富于表现力。她的词用典不多，却善于运用口语、市井俗语，使词写得明白而家常。李词的音节和谐，流转如珠，富有音乐美。

"横绝六合，扫空万古"的辛词

稼轩词内容的博大精深，表现方式的千变万化，语言运用的不拘一格，构成了稼轩词多样化的艺术风格。其中最能体现他个性风格的则是刚柔相济和亦庄亦谐两种词风。在两宋词史上，辛弃疾的作品数量最多，成就、地位与苏东坡在伯仲之间。就内容境界、表现方法和语言的丰富性、深刻性、创造性和开拓性而言，辛词都可以说是空前绝后的。刘克庄在《辛稼轩集序》中说辛词"大声鞺鞳，小声铿鍧，横绝六合，扫空万古，自有苍生以来所无"。

辛弃疾生平

辛弃疾，字幼安，号稼秆，山东历城（今山东济南）人。他出生时北方久已沦陷于女真人之手。辛弃疾目睹了汉人在女真人统治下所受的屈辱与痛苦，这一切使他在青少年时代就立下了恢复中原、报国雪耻的志向。正由于辛弃疾是在金人统治下的北方长大的，他也较少受到使人一味循规蹈矩的传统文化教育，在他身上，有一种燕赵奇士的侠义之气。

在辛弃疾22岁那年，金主完颜亮大举南侵，在其后方的汉族人民由于不堪金人严苛的压榨，奋起反抗。辛弃疾也聚集了2000人，参加由耿京领导的一支声势浩大的起义军，并担任掌书记。

第二年，辛弃疾奉耿京命南下与南宋朝廷联络。在他完成使命归来的途中，听到耿京被叛徒张安国所杀、义军溃散的消息，便率领50多人袭击敌营，于万军之中把叛徒擒拿带回建康，交给南宋朝廷处决。宋高宗于建康召见，授右承务郎，后又改广德军通判。从此开始了他在南宋的仕宦生涯。辛弃疾惊人的勇敢和果断，使他名重一时。

辛弃疾深谋远虑，智略超群。26岁时向孝宗上奏《美芹十论》，31岁进献《九议》，指陈任人用兵之道，谋划复国中兴的大计。33岁时即预言金朝"六十年必亡，虏亡则中国之忧方大"，也体现出辛弃疾的远见卓识。他还具有随机应变的军事才能，41岁在湖南创建雄镇一方的飞虎军，虽困难重重，但屡建奇功，时人比之为"隆中诸葛"。

▲辛弃疾

辛弃疾南归后本来希望尽展其雄才将略，以"了却君王天下事，赢得生前身后名"。然而，自1163年符离之役失败后，南宋王朝一战丧胆，甘心向金朝俯首称臣，纳贡求和，使得英雄志士请缨无路，报国无门。

辛弃疾积极进取的精神、抗战复国的政治主张与当时只求苟安的政治环境相冲突，他傲岸不屈、刚正独立的个性使他常常遭人忌恨谗害和排挤。42岁的那年，他被弹劾罢职。闲居8年后，朝廷准备北伐，辛弃疾怀着建功立业的希望再度出山，可并未得到重用。68岁时含恨而逝。

别立一宗的辛词

辛弃疾既有词人的气质，又有军人的豪情，他的人生理想本来是做统兵将领，在战场上博取功名，"把诗书马上，笑驱锋镝"（《满江红》）。但由于历史的错位，"雕弓挂壁无用"，"长剑铗，欲生苔"（《水调歌头》），只得"笔作剑锋长"（《水调歌头·席上为叶仲洽赋》），转而在词坛上开疆拓土，将本该用以建树"弓刀事业"（《破阵子》）的雄才来建立词史上的丰碑。

千古江山，英雄无觅孙仲谋处。舞榭歌台，风流总被雨打风吹去。斜阳草树，寻常巷陌，人道寄奴曾住。想当年，金戈铁马，气吞万里如虎。元嘉草草，封狼居胥，赢得仓皇北顾。四十三年，望中犹记，烽火扬州路。可堪回首，佛狸祠下，一片神鸦社鼓！凭谁问：廉颇老矣，尚能饭否？（辛弃疾《永遇乐·京口北固亭怀古》）

这首词是辛弃疾任镇江知府时所作，当时已66岁，他登上北固亭，面对大好河山，追慕古代英雄，感叹自己恢复中原的雄心壮志不能实现，因而怀古喻今，抒发志不得伸、不被重用的忧愤情怀。

这首词辞气慷慨，义重情深。用典贴切自然，都能紧扣题旨，切合当时的实际情况和作者的身世遭遇，增强了作品的说服力和意境美。这首词集中体现了豪放词的特点，闪耀着爱国主义思想的光辉。

辛弃疾写词，有着自觉而明确的创作主张，即弘扬苏轼的传统，把词当作抒怀言志的"陶写之具"，用词来表现自我的行藏出处和精神世界。他在《鹧鸪天》词中明确宣称："人无同处面如心。不妨旧事从头记，要写行藏入笑林。"他也实现了自我的创作主张，空前绝后地把自我一生的人生经历、生命体验和精神个性完整地表现在词作中。与虎啸风生、豪气纵横的英雄气质相适应，辛弃疾崇尚、追求雄豪壮大之美，"有心雄泰华，无意巧玲珑"（《临江仙》），即生动形象地表达出他的审美理想。情怀的雄豪激烈，意象的雄奇飞动，境界的雄伟壮阔，语言的雄健刚劲，构成了稼轩词独特的艺术个性和主导风格。

唐五代以来，词中先后出现了三种主要类型的抒情主人公，即唐五代时的红粉佳人、北宋时的失意文士和南渡初年的苦闷志士。辛弃疾横刀跃马登上词坛，又拓展出一类虎啸风生、气势豪迈的英雄形象。

辛弃疾平生以英雄自许，渴望成就英雄的伟业，成为曹操、刘备那样的英雄："天下英雄谁敌手，曹刘。生子当如孙仲谋。"（《南乡子》）在唐宋词史上，没有谁像辛弃疾这样钟情、崇拜英雄，抒写出英雄的精神个性。英雄的历史使命，是为民族的事业而奋斗终生。辛弃疾的使命感异常强烈而执着："道男儿、到死心如铁。看试手，补天裂。"（《贺新郎·同父见和再用前韵》）"看依然、舌在齿牙牢，心如铁。"

辛弃疾对词的心灵世界也有深广的拓展。南渡词人的情感世界已由个体的人生苦闷延伸向民族社会的忧患，辛弃疾继承并弘扬了这一创作精神，表现出更深广的社会忧患和个体人生的苦闷。如35岁时写的千古名作《水龙吟·登建康赏心亭》，此词充分表现出英雄心灵世界的丰富和曲折性，深度开掘出词体长于表现复杂心态的潜在功能。

辛弃疾对民族苦难忧患的社会根源有着清醒深刻的认识，《美芹十论》和《九议》就透彻地分析了南宋王朝的社会弊端。在词中，他也往往用英雄特有的理性精神来反思、探寻民族悲剧的根源，因而他的词作比南渡词人有着更为深刻强烈的批判性和战斗性。他谴责朝廷当局的苟且偷生："渡江天马南来，几人真是经纶手。长安父老，新亭风景，可怜依旧。夷甫诸人，神州沉陆，几曾回首。"（《水龙吟·为韩南涧尚书寿》）

辛弃疾拓展词境的另一个层面是对农村田园生活和隐逸情趣的表现。辛弃疾在江西上饶、铅山的农村先后住过二十多年，他熟悉也热爱这片土地，并对当地的村民和山水景致作了多角度的素描，给词世界增添了极富生活气息的一道清新自然的乡村风景线，如《清平乐》和《西江月·夜行黄沙道中》。词人用剪影式的手法、平常清新的语言素描出一幅幅平凡而又新鲜的乡村风景画和人物速写图。傲然独立的英雄竟如此亲切地关注那些乡村的父老儿童，体现出辛弃疾平等博大的胸怀和多元的艺术视野。在唐宋词史上，也唯有辛弃疾展现过如此丰富多彩的乡村图景和平凡质朴的乡村人物。

鲜明独特的意象往往体现出诗人的个性风格，而意象群的流变又从一个侧面反映出诗歌史的变迁。相对而言，唐五代词的意象主要来源于闺房绣户和青楼酒馆，至柳永、张先、王安石、苏轼而一变，他们开始创造出与文士日常生活、官场生活相关的意象和自然山水意象。至南渡词又一变，此时词中开始出现与民族苦难、社会现实生活相关的意象。稼轩词所创造的战争和军事活动的意象，又使词的意象群出现了一次大的转换。

稼轩词不仅转换了意象群，而且更新了表现手法，在苏轼"以诗为词"的基础上，进而"以文为词"，将古文辞赋中常用的章法和议论、对话等手法移植于词。以文为词，既是方法的革新，也是语言的变革。前人作词，除从现实生活中提炼语言外，主要从前代诗赋中汲取语汇，而稼轩则独创性地用经史子等散文中的语汇入词，不仅赋予古代语言以新的生命活力，而且空前地扩大和丰富了词的语汇。宋末刘辰翁曾高度评价过稼轩词变革语言之功："词至东坡，倾荡磊落，如诗如文，如天地奇观，岂与群儿雌声学语较工拙，然犹未至用经用史，牵雅颂入郑卫也。自辛稼轩前，用一语如此者，必且掩口。及稼轩横竖烂漫，乃如禅宗棒喝，头头皆是。"（《辛稼轩词序》）经史散文中的语言，他信手拈来，皆如己出。

内容的博大精深，表现方式的千变万化，语言的不主故常，构成了稼轩词多样化

▲辛弃疾故居

的艺术风格。雄深雅健，悲壮沉郁，俊爽流利，飘逸闲适，秾纤婉丽，都兼收并蓄，其中最能体现他个性风格的则是刚柔相济和亦庄亦谐两种词风。写豪气，而以深婉之笔出之；抒柔情，而渗透着英雄的豪气。悲壮中有婉转，豪气中有缠绵，柔情中有刚劲，是稼轩词风的独特之处，也是辛派后进不可企及之处。

辛词风格的多样化，还表现在嬉笑怒骂，皆成佳篇；亦庄亦谐，俱臻妙境。北宋神宗、哲宗两朝，曾盛行过滑稽谐谑词，但包括苏轼在内，整个北宋的谐谑词，都是滑稽调笑，少有严肃的深意。稼轩本富有幽默感，遂利用这一度流行的谐谑词并加以改造，来宣泄人生的苦闷和对社会种种丑行的不满，从此谐谑词具有了严肃的主题和深刻的思想内蕴。如《卜算子》（千古李将军）写贤愚的颠倒错位，《千年调》（厄酒向人时）表现官场上圆滑而不失庄重，严峻而不乏幽默，是辛词的又一风格特色。

在两宋词史上，辛弃疾的作品数量最多，成就、地位与苏东坡在伯仲之间。就内容境界、表现方法和语言的丰富性、深刻性、创造性和开拓性而言，辛词都可以说是空前绝后的。刘克庄即说辛词"大声鞺鞳，小声铿鍧，横绝六合，扫空万古，自有苍生以来所无"（《辛透轩集序》）。他独创出"稼轩体"，确立了豪放一派，影响十分深远。

姜夔别立一宗开创了格律词派

姜夔在豪放词风独盛的南宋中叶独树一帜，为传统词的发展开拓出新的词境，并在婉约、豪放之外别立一宗，开创了新的词派——格律词派（也有人称为骚雅派、风雅派），在词史上具有重要的意义，对南宋后期词人乃至清代浙西词派都有极大的影响。

江湖雅士

姜夔，字尧章，号白石道人。饶州鄱阳（今江西省波阳县）人。他多才多艺，工于诗词，长于书法，吹箫弹琴，精通音律。他童年失去父母，在汉阳的姐姐家，度过了青少年时期。他为人清高，有独立人格，过着以文为生、以文自娱的文人雅士生活，甘守清贫，并不追名逐利、趋炎附势。曾有人送田庄给他，又想为他买官爵，都被他一一谢绝。

姜夔有忧国忧民之心，对当时的政治表示不满，支持辛弃疾抗击金朝统治者的事业。南宋孝宗淳熙三年（1176），他路过曾遭金兵两次破坏的扬州，所见断井颓垣，使他感慨万端，写出著名的《扬州慢·淮左名都》曲谱和歌词。合肥也被金兵蹂躏过，他又在那里写出《凄凉犯》，反映了"边城一片萧索"的荒凉景象。这些作品不仅是艺术创作，也是真实的史料。

▲姜夔

姜夔一生怀才不遇，困顿不得志，终身为布衣，但以诗词、音乐及书法与人交往，浪迹江湖，滞留于江淮湖杭之间，结识了当时宿儒名士如范成大、杨万里、辛弃疾等人，丰富了学识。姜夔也常寄居他们家中，给他经济上不少的帮助。后病死在杭州。

清雅精致的词风

作为一个漂泊江湖的清雅高士，姜夔词的题材并无大的拓展。其词的内容主要是描述个人生活，抒发身世寥落之感和相思别离之情，体现出作者孤芳自赏的雅士风度，飘然不群的清高个性。有些作品也流露出家国之恨、黍离之悲，具有一定的现实性和爱国精神，艺术表现含蓄委婉，情调也较为低沉伤感。爱情词在白石词中占有显著位置，并表现出与传统题材迥然不同的风貌，他用一种独特的冷色调来处理炽热的柔情，将恋情雅化，既深情绵邈，又意境高远。咏物词是白石词的另一重要内容，他常常将

自我的人生失意和对国事的感慨与咏物融为一体，既形神兼备，空灵蕴藉，又寄托遥深，意蕴丰富。

▲姜夔吹箫图（清代任颐作）

　　姜夔的词虽然在内容上并无特别之处，但艺术上颇为精致。他精通音律，能自度曲，所以，他的词一个突出的特色是音节谐婉。同时，也讲究用字，善于渲染气氛。当然，最能代表姜夔词特色的是前人所说的"清空"。所谓"清空"，指的是在情感上主要抒发高洁的上大夫情怀，艺术表现上避实就虚，侧重于空灵的境界，色彩上偏于素净。如《扬州慢·淮左名都》这首词，从序中可知，写的是作者到扬州后，见到扬州遭到兵火之后的感想。其中的忧国之情是显而易见的，但在表现方式上，这首词却避实就虚，扬州的惨状以及作者的感想均通过环境描写、气氛的渲染以及想象来表现，而不作直接的描写。而且强调了"冷月无声"的境界，在这种情景下，"清角吹寒"也只是起"鸟鸣山更幽"的效果。

黄庭坚开创江西诗派

活跃在北宋后期诗坛的，主要是追随苏轼和受苏轼影响的一些作家。但他们的诗歌主张和艺术风格，却与苏轼判然有别，其中黄庭坚、陈师道成就较高。到了北宋末年南宋初期，在黄庭坚的影响下，就形成了所谓的江西诗派，成为两宋之交诗坛上最重要的现象。

黄庭坚生平

黄庭坚，字鲁直，号山谷道人，洪州分宁（今江西省修水县）人。北宋著名文学家、书法家。黄庭坚从小生长在文学气氛浓厚的书香家庭，自幼聪颖，5 岁时能背五经。父亲去世后，15 岁的黄庭坚随舅父到淮南游学，结识了一些文人。

嘉祐八年，黄庭坚首次参加省试，当时传说他中了解元，住在一起的考生设宴庆贺。正在饮酒间，忽然有一仆人闯了进来告诉大家：这里有三个人考中了，而他不在其内。席上落第者纷纷散去，而庭坚仍若无其事，自饮其酒，饮罢，又与大家一同看榜，毫无沮丧的神色。黄庭坚再次参加省试，主考李洵看到他试卷，不禁拍案叫好。说黄庭坚"不特此诗文理冠场，他日有诗名满天下。"就此中了第一名。第二年春天，再到汴京（今河南省开封市）参加礼部考试，中了三甲进士，登上仕途。

神宗即位后，任王安石为宰相，开始实行新法。但是新法一开始就遭到以司马光为首的保守派猛烈反对。后来新旧两党斗争愈演愈烈，革新和保守的斗争逐渐蜕化成官僚集团之间的争权夺利，一直延续到北

▲黄庭坚

宋灭亡。在这场斗争中，黄庭坚站在旧党一边，虽然没有积极参加这场斗争，但他的一生一直卷在斗争的旋涡里。

神宗去世后，哲宗即位，司马光任宰相。因司马光的推荐，黄庭坚参加主持编写《神宗实录》。

《神宗实录》修成后不久，他的母亲去世，黄庭坚便依古制，在家守丧。这时朝中局势有了变化，新党已有卷土重来之势，黄庭坚不敢再入京做官，就上了辞呈。他担心写诗作文会引起不测之祸，就专心练习书法。

但是《神宗实录》的史祸还是降临了。新上台的蔡京等人对旧党主修的这部书大为不满，从中找了一千多条材料，认为不符合事实，是诬蔑毁谤神宗皇帝的大逆不道

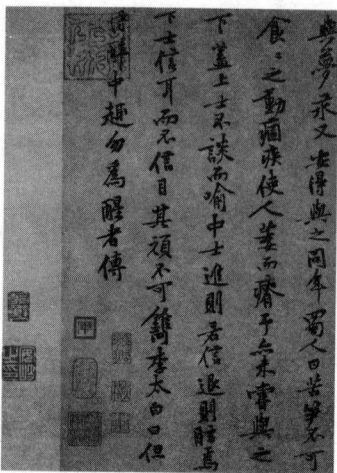

▲黄庭坚书法

之事。于是，凡是参加修《神宗实录》的人都以"诬毁先帝"的罪名受到贬处分。黄庭坚被贬为涪州别驾，安置黔州。

两年后，朝廷又借口把他移到戎州，他就住在州南的一个僧寺里。此时黄庭坚已是遭过文狱的惊弓之鸟，再也不敢多作诗文了，他只得把精力都放在研讨诗歌和书法的艺术上。

晚年，黄庭坚的生活是极其清贫的，政治上遭蔡京等政敌的迫害愈来愈厉害，后终以莫须有的罪名被贬到宜州。

黄庭坚到宜州贬所，初租民房，后迁寺，都被官府刁难，被迫搬到城头破败戍楼里栖身。但黄庭坚终日读书赋诗，举酒唱歌，处之泰然。宜州人民敬其旷达高洁，许多人慕名前往求诗求书，向他请教学问，他也尽量满足来访者的要求。不久病逝于戍楼，终年61岁。

"脱胎换骨"之法

黄庭坚为苏门四学士之一，是江西诗派的开山祖师，生前与苏轼齐名。世称"苏黄"。

在创作上，黄庭坚奉行"自作语最难，老杜作诗，退之作文，无一字无来处"，"虽取古人之陈言入于翰墨，如灵丹一粒，点铁成金也"。《冷斋夜话》载黄庭坚"脱胎换骨"之法，被江西诗派效法，在宋代影响颇大。所谓取古人陈言点石成金，就是根据前人的诗意，加以变化形容，推陈出新，"以腐朽为神奇"。但"脱胎换骨"说不见于山谷的著作中，未必是他诗歌创作的重要主张，他有"文章最忌随人后"、"自成一家始逼真"的名言，他矢志在诗歌上"独立门户"，终于以其独特的诗歌风貌卓然自立。

▲黄庭坚故居

黄庭坚的诗内容丰富，风格奇拗。写景、遣怀、赠答、题画等抒情诗，集中体现了黄诗的独特个性。其独树一帜的诗之个性，还体现在其诗立意深曲，章法细密，起结无端，出人意表，精炼句法，点石化金，下语奇警上。如"桃李春风一杯酒，江湖夜雨十年灯"，"鱼游悟世网，鸟语入禅味"等。

南宋中期涌现 "中兴四大诗人"

南宋中期诗坛再度出现繁荣的局面，被称为宋诗的中兴期，涌现出 "中兴四大诗人" 陆游、杨万里、范成大、尤袤，形成了宋诗创作的第二个高峰。这些作家几乎都从学江西诗法入手，但最终又都能从根本上摆脱江西诗派的束缚，各具独创精神，均能自成体格，打开了宋诗的新局面。

陆游

陆游，字务观，号放翁。他的诗歌内容覆盖了南宋前期社会生活的所有方面。陆游诗具有气吞山河的英雄气概和万死不辞的牺牲精神。这在他一生的诗作中都有充分的反映，直到82岁，他还高唱 "一闻战鼓意气生，犹能为国平燕赵" 的诗句。陆诗还具有对投降派尖锐的讽刺和坚决的斗争。另外，他也有壮志未酬的感叹和对理想境界的寄托，如《书愤》《秋思》《枕上偶成》《十一月四日风雨大作》等。此外，他还有不少像 "山重水复疑无路，柳暗花明又一村"（《游山西村》）和 "小楼一夜听春雨，深巷明朝卖杏花"（《临安春雨初霁》）等歌唱美好生活的诗句。

陆诗的基本特征是现实主义。在表现手法上，他一般不直接对客观事物做具体刻画，而是抒写个人的主观感受，因此，他的诗概括性、抒情性强。陆诗在现实主义基础上，还极富浪漫主义情调。这主要表现在诗人对复国理想追求时的瑰丽想象上。他的想象主要是对抗金战争的想象，包括战斗的阵势、敌军的溃败及朝廷的中兴。夸张也是构成陆诗浪漫主义特征的一个因素。如 "逆胡未灭心未平，孤剑床头铿有声"，"起倾斗酒歌出塞，弹压胸中十万兵" 等诗句，与表现陆诗悲壮、奔放的风格特征极有关联。陆诗语言不尚粉饰、奇险，追求明白如话，自然而精炼。

▲陆游

杨万里

杨万里早期也受江西诗派影响，后来才跳出江西诗派的樊篱。有少部分与政治、社会有关，如《悯农》《初入淮河四绝句》等。但更多的是以自然和日常生活为题材，从而形成了独具风格的 "诚斋体"。

他善于发现和捕捉自然和日常生活中一般人没有注意和描写的富有情趣与美感的景象。例如："莫言下岭便无难，赚得行人空喜欢。正入乱山圈子里，一山放出一山

▲杨万里塑像

拦。"（《过松源晨炊漆公店六首》之五）"柳条百尺拂银塘，且莫深青只浅黄。未必柳条能蘸水，水中柳影引他长。"（《新柳》）诗中所写的这两种情况在以前的诗中是很少见到的，而杨万里则专门注意这方面的情况，读来妙趣横生，颇有新鲜感。

语言上不用典，不避俗俚，平易自然，雅俗共赏。杨万里的诗既有通俗如"拖泥带水"、"手忙脚乱"之类的词语，又有典雅庄重的句子，读来基本上没有语言障碍。这与黄庭坚及其江西诗派喜欢掉书袋用典的作风是完全不同的。

风格幽默风趣。在这一点上，杨万里与苏轼、黄庭坚有类似之处。所以有人说，无趣不成诚斋诗。诚斋体的出现，为宋代诗坛吹进了一股新风，它对后世也产生了重大的影响。

范成大和尤袤

范成大从江西派入手，后学习中、晚唐诗，继承了白居易、王建、张籍等诗人新乐府的现实主义精神，终于自成一家。

▲范成大塑像

其诗题材广泛，风格平易浅显、清新妩媚。他的72首绝句，如《青远店》《州桥》《双庙》等，反映了北方人民的痛苦生活和他们的民族感情。爱国情感激昂悲壮。其《催租行》《后催租行》《缲丝行》等揭露封建剥削的残酷，表现对人民疾苦的同情。他晚年所作《四时田园杂兴》60首，描绘了农村景物、风俗人情和农民生活，风格清新明快，优美流畅，富有韵味，有民歌之特色，是古代田园诗的集大成者。这类诗在南宋末期产生极大影响。

尤袤存古今体诗47首，其中写景咏物寄赠诗，清新流畅，情真意切。杨万里评尤袤的诗的特点为"平淡"，就是指这一类作品。另有像《淮民谣》写重赋扰民："流离重流离，忍冻复忍饥"，是他任泰兴令时为民请命之作，其他如《雪》《送提举杨大监解组西归》，也流露出忧民之情。

文天祥吟出震撼千古的爱国诗歌

　　1279 年正月，元军进攻南宋最后据点厓山，文天祥被押解同行。船过零丁洋，元军逼迫文天祥招降，文天祥写下《过零丁洋》以死言志，严正拒绝。作此诗 20 天后，崖山海战以宋朝惨败而结束，皇帝跳海而死，宋王朝灭亡。南宋倾覆前后，国破家亡的惨痛再度激发了诗人们的爱国主义感情，此时的诗坛响起了壮怀激烈的战歌和沉痛哀婉的悲歌，文天祥用血泪凝结而成的诗篇是最杰出的代表。

留取丹心照汗青

　　文天祥，字宋瑞，号文山，生于江西庐陵（今江西吉安南）淳化乡富田村的一个地主家庭。18 岁时，文天祥获庐陵乡校考试第一名，20 岁入吉州（今江西吉安）白鹭洲书院读书，同年即中选吉州贡士，随父前往临安（今杭州）应试。在殿试中，他作"御试策"切中时弊，提出改革方案，表述政治抱负，被主考官誉为"忠君爱国之心坚如铁石"，由皇帝亲自定为状元。此后十几年中，文天祥断断续续出任瑞州知州、江西提刑、尚书左司郎，或半年或月余。后来又因讥讽贾似道而被罢官。

　　忽必烈即帝位后，改国号为元，于公元 1274 年发兵水陆并进，直取临安。南宋政权一片混乱，朝廷下诏让各地组织兵马"勤王"。文天祥立即捐献家资充当军费，招募当地豪杰，组建了一支万余人的义军，开赴临安。朝廷命令他发兵援救常州，旋即又命令他驰援独松关。由于元军攻势猛烈，江西义军虽英勇作战，但最终也未能挡住元军兵锋。

▲文天祥塑像

　　次年正月，元军兵临临安，文武官员都纷纷出逃。谢太后任命文天祥为右丞相兼枢密使，派他出城与伯颜谈判，企图与元军讲和。文天祥到了元军大营，却被伯颜扣留。谢太后见大势已去，只好献城纳土，向元军投降。

　　元军占领了临安，但两淮、江南、闽广等地还未被元军完全控制和占领。于是，伯颜企图诱降文天祥，利用他的声望来尽快收拾残局。文天祥宁死不屈，伯颜只好将他押解北方。行至镇江，文天祥冒险出逃，经过许多艰难险阻，辗转到达福州，被宋端宗任命为右丞相。

　　元兵南下时，他一再起兵抗御。1278 年，兵败被俘，立即服冰片自杀，未果。降元的张弘范劝降，遭严词拒绝。文天祥曾写《过零丁洋》以明志。

在押往大都的路上，他严词拒绝了元军的劝降。从此，文天祥在监狱中度过了三年。在狱中，他曾收到女儿柳娘的来信，得知妻子和两个女儿都在宫中为奴，过着囚徒般的生活。文天祥深知女儿的来信是元廷的暗示：只要投降，家人即可团聚。然而，文天祥尽管心如刀割，却不愿因妻子和女儿而丧失气节。狱中的生活很苦，可是文天祥强忍痛苦，写出了不少诗篇。《指南后录》第三卷、《正气歌》等气壮山河的不朽名作都是在狱中写出的。

一日，忽必烈亲自劝降，说："现在你如能用对待宋朝那样对我，立即任你为丞相"。文天祥虽被卫士用金棍击伤膝骨，仍泰然处之，昂首挺立，答曰："一死之外，无可为者。"忽必烈十分气恼，于是下令立即处死文天祥。

▲《过零丁洋》诗意图

次日，文天祥被押解到刑场。监斩官问："丞相还有甚么话要说？回奏还能免死。"文天祥喝道："死就死，还有甚么可说的？"他问监斩官："哪边是南方？"有人给他指了方向，文天祥向南方跪拜，说："我的事情完结了，心中无愧了！"于是引颈就刑，从容就义。死后在他的口袋中发现一首诗："孔曰成仁，孟曰取义，唯其义尽，所以仁至。读圣贤书，所学何事？而今而后，庶几无愧。"文天祥死时年仅47岁。

爱国悲歌

文天祥前期的诗文多酬应之作，比较好的诗也只表现了隐逸的志趣，或带有感伤哀愁的情绪。赣州起兵以后，风格为之一变，诗词散文都悲壮刚劲，感人至深。文天祥把国家、人民和自己的遭遇，用诗词逐事记录，并且把从镇江逃出元营后的记事诗，编成《指南录》；又将被俘以后所作，编为《指南后录》；在狱中又集杜甫诗句，成《集杜诗》200首，历述"颠沛以来"的"世变人事"，抒发自己的亡国之痛。他的《正气歌》，历数史书所传各代不畏强暴、不惜牺牲的人物，表示自己准备随时献出生命的决心，尤为数百年来传诵不绝之作。

▲文天祥书写《正气歌》

一代文宗欧阳修首倡诗文革新运动

公元 1057 年 2 月，欧阳修以翰林学士身份主持进士考试，他极力提倡平实的文风，并以主考官的身份把那些写作浮文的考生一律"刷"掉。就是这一次，苏东坡、苏辙和曾巩同中进士。他还扶持了王安石、苏舜钦、尹洙等一批新文学的中坚力量。一时间，品德高尚、才华出众的文学俊杰风起云涌。这次考试为北宋诗风文风转变的一大契机。此后散文与诗歌创作出现繁荣局面，诗文革新运动进入高潮。

诗文革新运动的领袖

欧阳修，字永叔，号醉翁，晚年又号六一居士，是我国著名的文学家，庐陵（今江西永丰）人。他四岁的时候，父亲病死，母亲带着他到随州（今湖北随县）依靠他叔父生活。欧阳修的母亲一心想让儿子读书，可是家里穷，买不起纸笔。她看到屋前的池塘边长着荻草，就用荻草秆儿在泥地上划着字，教欧阳修认字。幼小的欧阳修在母亲的教育下，很早就爱上了书本。

欧阳修十岁时候，经常到附近藏书多的人家去借书读，有时候还把借来的书抄录下来。一次，他在一家姓李的人家借书，从那家的一只废纸篓里发现一本旧书，他翻了一下，知道是唐代文学家韩愈的文集，就向主人要了来，带回家里细细阅读。

宋朝初年的时候，社会上流行的文风讲求华丽，内容空洞。欧阳修读了韩愈的散文，觉得它文笔流畅，说理透彻，跟流行的文章完全不一样。他就认真琢磨，学习韩愈的文风。长大以后，他到东京参加进士考试，连考三场，都得到第一名。

欧阳修 20 多岁的时候，他在文学上的声誉已经很大了。他官职不高，但是十分关心朝政，正直敢谏。当范仲淹得罪吕夷简、被贬谪到南方去的时候，许多大臣都同情范仲淹，只有谏官高若讷认为范仲淹应该被贬。欧阳修十分气愤，写信责备高若讷不知道人间有羞耻事。为了这件事，他被降职到外地，过了四年，才回到京城。

这一回，欧阳修为了支持范仲淹新政，又出来说话，使朝廷一些权贵大为恼火。他们捕风捉影，诬陷欧阳修一些罪名，朝廷又把欧阳修贬谪到滁州（今安徽滁县）。

名篇推荐

《醉翁亭记》是作者被贬到滁州任太守第二年时写的。在滁州的西南面有一座琅琊山，树木繁茂，泉水清激，野花怒放，禽鸟叫啾，风景秀丽。在此欧阳修修建了一座醉翁亭。经常邀宾朋往游，赏景赋诗，投壶对弈，饮酒行令，陶醉在山光水色之中，忘记了被贬的痛苦与羞辱。此文中有名句："醉翁之意不在酒，在乎山水之间也"，此佳句常被后人引用。

滁州四面环山，风景优美。欧阳修到滁州后，除了处理政事之外，常常游览山水。当地有个和尚在滁州琅琊山上造了一座亭子供游人休息。欧阳修登山游览的时候，常在这座亭上喝酒。他自称"醉翁"，给亭子起个名字叫醉翁亭。他写的散文《醉翁亭记》，成为人们传诵的杰作。

欧阳修当了十多年地方官，宋仁宗想起他的文才，才把他调回京城，担任翰林学士。

欧阳修担任翰林学士以后，积极提倡改革文风。有一年，京城举行进士考试，朝廷派他担任主考官。他认为这正是他选拔人才、改革文风的好机会，在阅卷的时候，发现华而不实的文章，一概不录取。

欧阳修不但大力改革文风，还十分注意发现和提拔人才。许多原来并不那么出名的人才，经过他的赏识和提拔推荐，一个个都成了名家。最出名的是曾巩、王安石、苏洵和他的儿子苏轼、苏辙。在文学史上，人们把欧阳修等六个人和唐代的韩愈、柳宗元合起来，称为"唐宋八大家"。

64岁时，他以太子少师的身份辞职，归于颍州（今安徽阜阳）。次年卒，谥文忠。

欧阳修的散文

欧阳修是北宋诗文革新运动的领袖和主将，他继承了韩愈古文运动的精神，在散文理论上，提出文以明道的主张。他所讲的道，主要不在于伦理纲常，而在于关心百事。他取韩愈"文从字顺"的精神，大力提倡简而有法和流畅自然的文风，反对浮靡雕琢和怪僻晦涩。他不仅能够从实际出发，提出平实的散文理论，而且自己又以造诣很高的创作实绩起了示范作用。欧阳修散文成就突出，散文发展史上的地位类似于中唐韩愈。政论文在欧阳修散文中占有很大比重。这类作品多是奏章，一般以说理见长，逻辑严密、中心突出，但也不乏委婉变化之妙。如著名作品有《朋党论》《纵囚论》《原弊》等。

欧阳修曾著《新五代史》，并与宋祁合编《新唐书》，对历史的精确了解，使欧阳修的史论文也极具特色。《五代史伶官传序》是其史论的名篇。文章以后唐庄宗李存勖沉溺逸乐、宠信乐官而致亡国的历史事实，说明"忧劳可以兴国，逸豫可以亡身"的普遍规律，见解深刻，令人深思。

▲ 醉翁亭

欧阳修的杂记类文章也极具特色。这类文章往往不是单纯记游、记事，而是借一景一物，一人一事，抒发其人生感慨，寄托其人生理想。著名的如《丰乐亭记》和《醉翁亭记》。

王安石提出"实用"的文学主张

王安石不仅是一位杰出的政治家和思想家，同时也是一位卓越的文学家。他为了实现自己的政治理想，把文学创作和政治活动密切地联系起来，强调文学的作用首先在于为社会服务。由于他以"务为有补于世"的"实用"观点视为文学创作的根本，他的作品多揭露时弊、反映社会矛盾具有较浓厚的政治色彩。这种观点的提出对扫除宋初风靡一时的浮华余风作出了贡献。但是，他的文学主张，却过于强调"实用"，对艺术形式的作用往往估计不足。

十一世纪的改革家

王安石，宋代改革家、思想家和文学家，字介甫，号半山，江西临川（今江西抚州）人，世称临川先生，王荆公。他年轻时候，文章写得十分出色，得到欧阳修的赞赏。王安石20岁中进士，做了几任地方官。他在鄞县（今浙江鄞县）当县官的时候，正逢到那里灾情严重，百姓生活十分困难。王安石兴修水利，改善交通，治理得井井有条。每逢青黄不接的季节，穷人的口粮接不上，他就打开官仓，把粮食借给农民，到秋收以后，要他们加上官定的利息偿还。这样做，农民可以不再受大地主豪强的重利盘剥，日子比较好过一些。

王安石做了20年地方官，名声越来越大。后来，宋仁宗调他到京城当管理财政的官，他一到京城，就向仁宗上了一份万言书，提出他对改革财政的主张。宋仁宗刚刚废除范仲淹的新政，一听到要改革就头疼，把王安石的奏章搁在一边。王安石知道朝廷没有改革的决心，跟一些大臣又合不来，他就趁母亲去世的时机，辞职回家。

宋神宗即位后，深得其赏识。1069年，王安石出任参知政事，次年，又升任宰相，开始大力推行改革。

王安石变法以"富国强兵"为目标，从

佳作赏析

世皆称孟尝君能得士，士以故归之，而卒赖其力以脱于虎豹之秦。呜乎，孟尝君特鸡鸣狗盗之雄耳，岂足以言得士！不然，擅齐之强，得一士焉，宜可以南面而制秦，尚何取鸡鸣狗盗之力哉？夫鸡鸣狗盗之出其门，此士之所以不至也。（王安石《读孟尝君传》）

读《孟尝君传》，字不满百，却极富艺术魅力。作为"文短气长"的典范之作，结构上的转接处理尤为关键。文章首先摆出世人都认可的定论，突兀一峰，造成极难攻破的印象，然后加以驳斥。第一层陡转："呜乎，孟尝君特鸡鸣狗盗之雄耳，岂足以言得士！"一语道破，论点鲜明，理直气壮，力透纸背。孟尝君只不过是鸡鸣狗盗之雄，归附他的人根本就不会是什么治国安邦的贤才。第二层接转推进，加以论证，从反面驳斥。阐明了得一真士，武可以挽狂澜于既倒，文可以出经济之策。反问句语气强烈，不容辩驳。第三层，再转推进，点明孟尝君不能真得士的原因。物以类聚，人以群分，贤士能识仁主，良禽才栖良木。最后的论断斩钉截铁，铿锵有力。

新法实施，到守旧派废罢新法，前后将近15年时间。由于受到以司马光为代表的大官僚大地主集团的坚决反对，神宗后来也动摇、妥协，革新派内部又产生裂痕等，新法终被全部废止。

变法失败后，王安石气愤得上书辞职。宋神宗也只好让王安石暂时离开东京，到江宁府去休养。第二年，宋神宗又把王安石召回京城当宰相。刚过了几个月，天空上出现了彗星。这本来是正常的自然现象，但是在当时却被认为是不吉利的预兆。宋神宗又慌了，要大臣对朝政提意见。一些保守派又趁机攻击新法。王安石竭力为新法辩护，要宋神宗不要相信这种迷信说法，但宋神宗还是犹豫不定。王安石没办法继续贯彻自己的主张，再一次辞去宰相职位，回江宁府去了。从此，王安石闲居江宁，著书作文。

宋哲宗即位后，保守派得势，此前的新法都被废除。政局的逆转，使王安石深感不安，当他听到免役法也被废除时，不禁悲愤地说："亦罢至此乎？"不久便郁然病逝，终年65岁。

王安石的散文

王安石作为北宋著名的改革家，论文强调"适用"、"济世"，因而其文重经术，切世用，有鲜明的政治倾向，多服务于他革新政治的事业。王安石的散文是欧阳修所进行的散文革新的继续，但在艺术风格上具有自己的强烈个性。总的说来，王安石的散文是政治家的散文，不以感人擅长，但以服人称胜。作品的内容与社会政治有紧密关系，而且见解精辟，往往能发人所未发，显示了王安石非同寻常的眼光与思想。这些特点突出地表现在他数量最多的政论性散文中，这些散文往往是长篇大论，或高屋建瓴，鞭辟入里；或绵里藏针，说理充分。都表现了无可辩驳、真理在握的高度自信。

▲荆公亭

他的另外一些散文虽然写得不长，但也表现了同样的特点。例如《游褒禅山记》虽是一篇游记，却如议论文，议论精辟，给人以深刻的启示。《读孟尝君传》不过90字，却推翻了千古定论。《读孟尝君传》分析历史事实，驳斥了孟尝君养士的传统观念，畅谈如何才算"得士"的问题。即使像《伤仲永》这样的小品文，作者的用心也不在表现文思上，其实际的用意是强调后天学习的重要。

第六章　元代文学

　　元代的历史并不长，但在整个中国文学史上，元代文学却呈现出异常活跃而繁荣的面貌。由于社会内部经济、文化诸条件的变动，促使文学同大众传播媒介结合，戏曲、小说成为新兴的文学样式，走在中国文学发展进程的前沿。而传统的文学样式——诗、词、文，仍与知识阶层的生活与心理有密切关系，也不同程度地受到来自通俗文学的冲击和影响，呈现某些新的特点。关汉卿、王实甫、马致远都可以说是元代的专业剧作家，正是以他们为代表的一些杰出作家，使元杂剧的创作日趋成熟。与城市经济文化密切联系的白话小说在元代继续发展，并获得新的成就。关于元代小说，另外值得注意的是文人创作的文言小说。元代文言小说虽留存数量不多，但不仅继承、发展了宋代小说的新因素，而且超出唐传奇。

关汉卿推动元杂剧走向成熟

在汉代戏曲史上，有一粒蒸不烂、煮不熟、捶不扁、炒不爆、响当当的铜豌豆，那就是关汉卿。关汉卿是元代剧坛最杰出的代表之一。他的如椽大笔，是推动元杂剧脱离宋金杂剧的"母体"走向成熟的杠杆，是标志戏剧创作走上艺术高峰的旗帜。关汉卿和他笔下的窦娥，都是有着蒸不烂、煮不熟、捶不扁、炒不爆、响当当的铜豌豆精神的人物，他们成为中国人精神文化史上无法绕过的丰碑。

生平与创作旨趣

关汉卿，字汉卿，号已斋叟，大都（今北京）人。生卒年及生平均不详，主要活动在大都一带。他的户籍属太医院户，但并未发现他本人从医的记载。金灭亡时，他还是少年；入元之际大概已年近半百。他活跃于杂剧创作圈中，和许多作者演员交往，有时还"面傅粉墨"，参加演出，成为名震大都的梨园领袖。

▲关汉卿

关汉卿的前半生，是在血与火交织的动荡不宁的年代中度过的。作为封建时代的知识分子，关汉卿熟读儒家经典，深受儒家思想影响，所以，在他的剧作中，常把《周易》《尚书》等典籍的句子顺手拈来，运用自如。不过，他又生活在仕进之路长期堵塞的元代，科举废止、士子地位的下降，使他和这一代的许多知识分子一样，处于一种进则无门、退则不甘的难堪境地。和一些消沉颓唐的儒生相比，关汉卿在困境中能够调适自己的心态。他生性开朗通达，放下士子的清高，转而以开阔的胸襟，"偶倡优而不辞"。在他的散曲套数中，自称"我是个蒸不烂、煮不熟、捶不扁、炒不爆、响当当一粒铜豌豆"，宣称"则除是阎王亲自唤，神鬼自来勾，三魂归地府，七魄丧冥幽；天那，那其间才不向烟花路儿上走"。这既是对封建价值观念的挑战，也是狂傲倔强、幽默多智性格的自白。由于关汉卿面向下层，流连市井，受到了生生不息、杂然并陈的民间文化的滋养，因而写杂剧，撰散曲，能够左右逢源、得心应手地运用民间俗众的白话、三教九流的行话，而作品中那些弱小人物的悲欢离合，也流露着下层社会的生活气息与思想情态。

创作艺术

关汉卿一生创作了60余种杂剧，保存至今的有18种。按题材内容，大致可分为三类：第一类是揭露社会黑暗，歌颂人民反抗斗争精神的社会剧，有《窦娥冤》《鲁斋郎》《蝴蝶梦》等；第二类是反映妇女悲惨命运并大力颂扬女性在抗争中的智慧和胆略的爱情风月剧，有《救风尘》《望江亭》《谢天香》《金线池》等；第三类是采用历史题材，借以表达作者对现实社会认知的历史剧，有《单刀会》《西蜀梦》等。

元朝，是儒家思想依然笼罩朝野而下层民众日益觉醒、反抗意识日益昂扬的年代；在文坛，雅文学虽然逐渐失去往日的辉煌，但它毕竟浸入肌肤，余风尚炽，而俗文学则风起云涌，走向繁盛。这两股浪潮碰撞交融，缔造出奇妙的文化景观。关汉卿生活在这种特定的历史阶段，他的戏剧创作及其艺术风貌，便呈现出鲜明而驳杂的特色。一方面，他对民生疾苦十分关切、对大众文化十分热爱；另一方面，在建立社会秩序的问题上他认同儒家仁政学说，甚至还流露出对仕进生活的向往。他一方面血泪交迸地写出感天动地的《窦娥冤》，另一方面又以憧憬的心态编写了充满富贵气息的《陈母教子》。就其全部文学创作的总体风格而言，既不全俗，又不全雅，而是俗不脱雅、雅不离俗。就创作的态度而言，他既贴近下层社会，敢

▲《单刀会》剧照

于为人民大声疾呼，却以不失厚人伦、正风俗的儒学旨趣。他是一位勇于以杂剧创作来干预生活积极入世的作家，又是一位倜傥不羁的浪子，还往往流露出在现实中碰壁之后解脱自嘲、狂逸自雄的心态。总之，这多层面的矛盾，是社会文化思潮来回激荡的产物。惟其如此，关汉卿才成为文学史上一位说不尽的人物。

艺术上，关汉卿的杂剧故事复杂，情节曲折，引人入胜，每个情节都经得起推敲，丝丝入扣；人物性格富有个性，极少概念化、模式化色彩，因此，为中国古代戏曲人物画廊提供了大量栩栩如生的形象，如窦娥、赵盼儿等，直至今天，仍为大家所熟知；语言既切合人物的身份，又贴近当时口语，是"本色派"代表。这些特点，特别是塑造人物的本领，使他成为中国古代戏剧成就最高的剧作家。

《窦娥冤》

《窦娥冤》的全名是《感天动地窦娥冤》，是关汉卿最为杰出的作品，也是元杂剧中最著名的悲剧。

在关汉卿笔下，《窦娥冤》中女主人公的悲剧命运，是最具有震撼力和典型意义的。窦娥是一位善良而多难的女性。她出生在书香之家，父亲是"幼习儒业，饱有文章"的书生。窦娥家境贫寒，3岁丧母，幼小的年纪过早地遭受失恃之痛和穷困之苦，从小养成了孝顺的品格。父亲为了抵债，忍心将她出卖，让她成了债主蔡婆婆的童养媳，这加重了她幼小心灵的创伤。她在蔡家平淡地度过了一段相当长的时期。岂料至17岁，即婚后不久，丈夫因病去世，窦娥随即变为寡妇。世事的多变、接踵而来的苦

▲ 《窦娥冤》剧照

难，不仅使窦娥磨练出应对灾变的心理承受能力，同时，也使她对"恒定不变"的天理产生怀疑。她出场时，便满怀幽怨地唱道："满腹闲愁，数年禁受，天知否？天若是知我情由，怕不待和天瘦。"然而，饱受折磨的窦娥万万没有想到，她一生中最大的苦难还在后头。

在剧中，窦娥的婆婆蔡氏以放债来收取"羊羔儿利"，无力偿还其债务的赛卢医起了杀蔡婆婆之心，蔡氏在危难之际意外地被张驴儿父子救出。可是，张氏父子不怀好意，乘机要将蔡氏婆媳占为己有。窦娥坚意不从。张驴儿怀恨在心，趁蔡氏生病，暗中备下毒药，伺机害死蔡氏，逼窦娥改嫁；可是，阴差阳错，张的父亲误喝有毒的汤水，倒地身亡；张驴儿见状，当即心生歹念，嫁祸于窦娥，以"官休"相威胁，实则强行逼窦娥"私休"。窦娥一身清白，不怕与张驴儿对簿公堂，本以为官府能判个一清二楚；岂料贪官是非不分，偏听偏信，胡乱判案，屈斩窦娥，造成千古奇冤。

《窦娥冤》成功地塑造了窦娥这一典型的艺术形象。首先，写出了窦娥性格的丰富性。在她身上，既有善良温驯、孝顺忠贞的一面，又有刚强倔强、反抗邪恶的一面，是二者的对立统一。同时这些优秀品质还和一定程度的封建伦理道德观念揉和在一起，使之成为下层女子的典型代表。其次，写出了窦娥性格的流动性。窦娥从恪守妇道的平凡女子转变为敢于斥天责地、痛斥官府的反抗者，其性格是随着现实矛盾斗争的发展而逐渐变化的，关汉卿对这一转变过程进行了精心描述，既有连续性，又有阶段性，极富层次感。

关汉卿采用现实主义与浪漫主义相结合的创作手法，营造出浓郁的悲剧氛围，收到了良好的艺术效果。《窦娥冤》深刻地揭示了窦娥悲剧产生的社会根源与必然性，反映了封建社会具有本质意义的重大问题，主题鲜明，具有深刻的现实主义精神；而窦娥在刑场上的三桩誓愿竟然一一应验，以及结尾的鬼魂诉冤与清官断案，显然是超现实的幻想性描写，反映了下层民众的美好愿望，带有强烈的浪漫主义色彩，同时也深化了主题，使作品的悲剧气氛更加浓重。

元代剧坛的一朵奇葩——《西厢记》

如果说，关汉卿剧作以酣畅豪雄的笔墨横扫千军，那么，王实甫所写的具有惊世骇俗思想内容的《西厢记》，却表现出"花间美人"般光彩照人的格调。剧坛上的关、王，如同诗坛上的李、杜，是双子星座。《西厢记》的戏剧情节，环绕着两条相互缠绕的线索展开，涌现了多次矛盾激化的场面。它一环扣着一环，一波接着一波，有起有伏，有开有阖，扣人心弦，引人入胜。作者以高超的写作技巧，让观众得到了完美的艺术享受。

王实甫的《西厢记》

王实甫，名德信，大都人，生卒年与生平事迹俱不详。《录鬼簿》把他列入"前辈已死名公才人"而位于关汉卿之后。王实甫经常混迹艺人官妓聚居的场所，与市民大众十分接近。王实甫创作的杂剧计有 14 种。完整地保留下来的，除《西厢记》外，还有《破窑记》四折和《贩茶船》《芙蓉亭》曲名一折。至于其他作品，均已散佚不传。

《西厢记》是元杂剧作品中最为杰出的经典，故事取自唐元稹传奇小说《莺莺传》。

《莺莺传》原题《传奇》，载于《异闻集》，《太平广记》收录时改作《莺莺传》又因其中有赋《会真诗》的内容，亦称《会真记》。写张生与崔莺莺恋爱后又将她遗弃的故事。文笔优美，描述生动，尤长于人物性格和心理描述。据此改写的戏曲剧目多不可数。如宋代赵令畤有鼓子词《商调蝶恋花》，金代董解元有《西厢记诸宫调》，元代王实甫有杂剧《西厢记》，明代李日华、陆采各有《南西厢记》，周公鲁有《翻西厢记》……其中以王实甫的版本最为成功，他浓笔重塑的张生形象使原作最大的弱点得以纠正，而红娘的塑造几近家喻户晓，《拷红》一折屡演不衰。此本的文学价值极高，一曲"碧云天，黄花地，西风紧，北雁南飞"堪为千古绝唱。

▲张生与崔莺莺

经典的爱情故事

《西厢记》写张生与崔莺莺这一对有情人冲破困阻终成眷属的故事，全剧共 5 本 21 折。

前朝崔相国死了，夫人郑氏携小女崔莺莺，送丈夫灵柩回乡，途中因故受阻，暂

▲《西厢记》插图一

住河中府普救寺。这崔莺莺年方19岁，针织女工，诗词书算，无所不能。她父亲在世时，就已将她许配给郑氏的侄儿郑尚书之长子郑恒。

小姐与红娘到殿外玩耍，碰巧遇到书生张珙。张珙本是西洛人，是礼部尚书之子，父母双亡，家境贫寒。他只身一人赴京城赶考，路过此地，忽然想起他的八拜之交杜确就在蒲关，于是住了下来。听状元店里的小二哥说，这里有座普救寺，是则天皇后香火院，景致很美，三教九流，过者无不瞻仰。

张生来到普救寺，遇见莺莺，惊其艳丽而生情。为能多见上几面，便借宿普救寺，并乘机与莺莺之侍女红娘搭言。

张生从和尚那里知道莺莺每夜都到花园内烧香。夜深人静，月朗风清，张生来到后花园内，偷看小姐烧香。随即吟诗一首："月色溶溶夜，花阴寂寂春；如何临皓魄，不见月中人？"莺莺也随即和了一首："兰闺久寂寞，无事度芳春；料得行吟者，应怜长叹人。"张生夜夜苦读，感动了小姐崔莺莺，她对张生即生爱慕之情。

名作赏析

碧云天，黄花地，西风紧，北雁南飞。晓来谁染霜林醉？总是离人泪。（《端正好》）

寥寥几句点染了一幅空间广阔、色彩斑斓的图画：蓝天白云，黄花满地，西风凄紧，北雁南飞，霜林染红。前四句，一句一景，以具有深秋时节特征的景物，衬托出莺莺为离别所烦恼的痛苦压抑心情。后两句是莺莺自问自答，在为离别的痛苦而流了一夜眼泪的莺莺心目中，经霜的树林是被她的离情感动而变红的。一个"染"字，沟通了景与情的联系，使得大自然的景物融入凝重的离愁，蒙上一层沉郁忧伤的感情色彩，萧瑟的秋景与悲凄的心境化而为一，无法分开，创造了委婉深沉、令人感伤的悲凉意境。

叛将孙飞虎听说崔莺莺有"倾国倾城之容，西子太真之颜"。便率领5000人马，将普救寺层层围住，限老夫人3日之内交出莺莺做他的"压寨夫人"，大家束手无策。莺莺是位刚烈女子，她宁死也不愿贼人抢了去。危急之中夫人声言："不管是什么人，只要能杀退贼军，扫荡妖氛，就将小姐许配给他。"张生的好友杜确，乃武状元，任征西大元帅，统领10万大军，镇守蒲关。张生先用缓兵之计，稳住孙飞虎，然后写了一封书信给杜确，让他派兵前来。杜确很快打退了孙飞虎。

崔老夫人在酬谢席上以莺莺以许配郑恒为由，让张生与崔莺莺结拜为兄妹，并厚赠金帛，让张生另择佳偶，这使张生和莺莺都很痛苦。看到这些，丫鬟红娘安排他们相会。夜晚张生弹琴向莺莺表白自己的相思之苦，莺莺也向张生倾吐爱慕之情。

因多日不见莺莺，张生害了相思病，趁红娘探病之机，托她捎信给莺莺，莺莺回信约张生月下相会。夜晚，小姐莺莺在后花园弹琴，张生听到琴声，便翻墙而入，莺莺见他翻墙而入，怪他行为下流，发誓再不见他，致使张生病情愈发严重。莺莺借探病为名，到张生房中与他幽会。

老夫人怀疑莺莺与张生有越轨行为。于是叫来红娘逼问，红娘无奈，只得如实说来。红娘向老夫人替小姐和张生求情。老夫人无奈，告诉张生如果想娶莺莺小姐，必须进京赶考取得功名方可。莺莺小姐在十里长亭摆下筵席为张生送行。

▲《西厢记》插图二

张生考得状元，写信向莺莺报喜。这时郑恒又一次来到普救寺，捏造谎言说张生已被卫尚书招为东床佳婿。于是崔夫人再次将小姐许给郑恒，并决定择吉日完婚。恰巧成亲之日，张生以河中府尹的身份归来，征西大元帅杜确也来祝贺。真相大白，郑恒羞愧难言，含恨自尽，张生与莺莺终成眷属。

艺术成就

《西厢记》以很高的艺术水平来展现一个美丽的爱情故事，使得它格外动人。从剧情来说，由于《西厢记》是一部多本戏，结构布置得很巧妙，写得波澜起伏，矛盾冲突环环相扣。

剧中主要人物张生、崔莺莺、红娘，各自都有鲜明的个性，而且彼此衬托，相映生辉；在这部多本的杂剧中，各本由不同的人物主唱，有时一本中有几个人的唱，这也为通过剧中人物的抒情塑造形象提供了便利。

张生的性格，是轻狂兼有诚实厚道，洒脱兼有迂腐可笑。这个人物身上带有元初像关汉卿、王实甫这些落拓文人的"成色"，又反映出元代社会中市民阶层对儒生的含有同情的嘲笑。张生在《西厢记》中，是矛盾的主动挑起者，表现出对于幸福的爱情的直率而强烈的追求。他的大胆妄为，反映出社会心理中被视为"邪恶"而受抑制的成分的蠢动；他的一味痴情、刻骨相思，又使他符合于浪漫的爱情故事所需要的道德观而显得可爱。

▲《西厢记》插图三

莺莺的性格显得明朗而又丰富。在作者笔下，莺莺始终渴望着自由的爱情，并且一直对张生抱有好感。只是她受着家庭的严厉压制和名门闺秀身份的约束，又疑惧被母亲派来监视她的红娘，所以她总是若进若退地试探获得爱情的可能，并常常在似乎是彼此矛盾的状态中行动：一会儿眉目传情，一会儿装腔作势。因为她的这种性格特点，剧情变得十分复杂。但是，她终于以大胆的私奔打破了疑惧和矛盾心理，显示人类的天性在抑制中反而会变得更强烈。

名作赏析

见安排着车儿、马儿，不由人热热煎煎的气；有甚么心情花儿、靥儿，打扮得娇娇滴滴的媚；准备着被儿、枕儿，只索昏昏沉沉的睡；从今后衫儿、袖儿，都揾做重重叠叠的泪。兀的不闷杀人也么哥？兀的不闷杀人也么哥！久已后书儿、信儿，索与我凄凄惶惶的寄。（《叨叨令》）

一曲《叨叨令》，将"车、马，花、靥，被、枕，衫、袖，书、信"这些常用词带上"儿"字，加上一些叠音形容词，如热热煎煎、娇娇滴滴、昏昏沉沉之类，用排比句巧妙组合衔接，并间以反复的感叹，造成音韵的回环往复，产生一唱三叹、声情并茂的艺术效果。把莺莺柔肠百结的离别苦痛写得哀哀切切，见情见态。莺莺那种如泣如诉、呜呜咽咽的声气口吻，宛然在侧。

红娘在《西厢记》中是一个非常重要的角色。她在剧中只是一个婢女身份，却又是剧中最活跃、最令人喜爱的人物。她机智聪明，热情泼辣，又富于同情心，常在崔、张的爱情处在困境的时候，以其特有的机警使矛盾获得解决。她代表着健康的生命，富有生气，并因此而充满自信。所以这个小小奴婢，却老是处在居高临下的地位上，无论张生的酸腐、莺莺的矫情，还是老夫人的固执蛮横，都逃不脱她的讽刺、挖苦乃至严辞驳斥。她不受任何教条的约束，世上什么道理都能变成对她有利的道理。所以她的道学语汇用得最多，一会儿讲"礼"，一会儿讲"信"，周公孔孟，头头是道，却无不是为己所用。这个人物形象固然有些理想化的成分，却又有一定的现实性。在她身上反映着市井社会的人生态度，而市井人物本来受传统教条的束缚较少，他们对各种"道理"的取舍，也更多的是从实际利害上考虑的。

《西厢记》的语言是非常优美的，它把剧中的爱情故事描述得风光旖旎，情调缠绵，声口灵动，彼此相得益彰。剧中的曲词，和关汉卿杂剧以本色为主、朴素流畅不同，它明显地偏向于华美，形成一种诗剧的风格。当然，这里面也有不少近于本色的段落，但一般也写得比较精巧；更有许多曲词，广泛融入唐诗、宋词的语汇、意象，运用骈偶句式，以高度的语言技巧造成浓郁的抒情气氛。

第七章　明代文学

　　元代末年所形成的自由活跃的文学风气，在明初以残酷的政治手段所保障的严厉的思想统治下戛然而止。明代初期的著名作品几乎都集中在元明之际，主要成就体现在新兴的长篇小说和传统的诗文创作两个方面。《三国演义》与《水浒传》是划时代的作品，二者的崛起标志着中国古代长篇小说创作在它的初始阶段就达到了辉煌的高峰。从弘治到隆庆的近百年是明代文学的中期。这是明代文学从前期的衰落状态中恢复生机、逐渐走向高潮的时期。明代中期文学是俗文学的兴盛和雅俗传统的混合。这一时期，顺应着市民阶层文艺需求的增长，出版印刷业出现空前的繁荣。《水浒传》和《三国演义》等小说在嘉靖时期开始广泛地刊刻流传，戏曲作家也陆续增多。小说《西游记》也是完成于明代中期。明代后期的通俗形式的文学也取得了重大成就。长篇小说《金瓶梅》，短篇小说集"三言"和"二拍"，戏剧如汤显祖的《牡丹亭》等，都在各自领域中达到了新的历史高度。

《三国演义》成为历史演义小说的开山之作

长篇历史章回小说《三国演义》属于世代累积型小说，它的成型有一段漫长的历史过程，主要经过了史书记载、艺人讲唱和作家加工三个阶段，是史书与讲史相结合、民间智慧结晶和作家艺术才能相结合的产物。明清小说的繁荣，正是《三国演义》开先河的。它对后世文学和人民生活的影响，都是巨大而深远的。自罗贯中以后，一些文人步其后尘，把中国每个朝代的历史，都写成一部"演义"。它也是中国人民最爱看的古典小说之一。人们阅读它，不仅可以得到高度的艺术享受，还可以获得各方面的丰富知识。可以说，《三国演义》既是一部伟大的文学作品，又具有历史教科书、军事教科书、生活教科书的功能。

成书过程、作者及版本

历史上的"三国"，本身是一个龙腾虎跃，风起云涌的时代。陈寿的一部《三国志》和裴松之的注就包蕴着无数生动的故事，为文学家的艺术创造提供了丰富的素材。而在民间，又不断地流传和丰富着三国的故事。到隋代，文艺表演中已有"三国"的节目。李商隐有《骄儿》诗云："或谑张飞胡，或笑邓艾吃。"可见到晚唐，连儿童也熟悉三国的故事。在宋代的"说话"艺术中，已有"说三分"的专门科目和专业艺人。在戏曲舞台上，金元时期也搬演了大量的三国戏。在长期的、众多的群众传说和民间艺人创作的基础上，罗贯中"据正史，采小说，证文辞，通好尚"，创作了《三国志演义》这部历史演义的典范作品。

▲ 罗贯中塑像

关于《三国志演义》的作者罗贯中的生平资料，目前知之甚少。明代无名氏的《录鬼簿续编》记载说："罗贯中，太原人，号湖海散人。与人寡合。乐府隐语，极为清新，与余为忘年交。遭时多故，各天一方。至正甲辰复会，别来又六十余年，竟不知其所终。"据此可见他籍贯太原，大约生活在1310至1385年之间。相传他颇有政治抱负，而且是施耐庵的"门人"。他一生著述颇丰，题名罗贯中的作品，有长篇小说《隋唐两朝志传》《残唐五代史演义传》《三遂平妖传》及杂剧《宋太祖龙虎风云会》等，他还是《水浒传》的编写者之一。

罗贯中《三国志演义》现存的最早刊本是嘉靖本，全书24卷，240则，题"晋平阳侯陈寿史传，后学罗本贯中编次"。它集中并充实了宋元时期讲史话本和戏曲中的精彩部分，把《三国志平话》的故事作了全部改写，删去了像司马仲相断狱、孙秀才发现天书和刘、关、张太行山落草等荒诞的故事，增加了许多史实，扩充了篇幅，从而成为一部"文不甚深、言不甚俗"的长篇巨著。

继嘉靖本《三国志通俗演义》之后，新刊本大量出现，它们都以嘉靖本为主，只做了些插图、考证、评点和文字的增删，卷数和回目的整理等工作。清康熙年间，毛宗岗对嘉靖本《三国志演义》作了一些修改，主要是辨正史事，增删文字，更换论赞，改回目为对偶，至于内容无甚改动。毛本《三国》，正统的道德色彩更加浓厚，但在艺术上有较大的提高，其评点文字也多有精到的见解，故成为后来最流行的本子。近人常将它简称为《三国演义》，并渐渐地与《三国志演义》混为一谈，甚至将在文学史上最具代表意义的书名《三国志演义》取而代之了。

理想和迷惘中重塑历史

《三国演义》用"依史以演义"的独特的文学样式，描写了起自黄巾起义、终于西晋统一的近百年历史。"依史"，就是"事纪其实，亦庶几乎史"，对历史的事实有所认同，也有所选择，有所加工；"演义"，则渗透着作者主观的价值判断，用一种自认为理想的"义"，泾渭分明地去褒贬人物，重塑历史，评价是非。统观全书，作者显然是以儒家的政治道德观念为核心，同时也糅合着千百年来广大民众的心理，表现了对于导致天下大乱的昏君贼臣的痛恨，对于创造清平世界的明君良臣的渴慕。这也就是一部《三国演义》的主旨。

作为明君良臣的主要标志，就是能在政治上行"仁政"，人格上重道德，才能上尚智勇。自从孟子精心设计出一套"民为邦本"、"仁政王道"的社会政治蓝图之后，中国历代的知识分子一直为之奋斗不息，也为广大的百姓向往不已。小说在以蜀为中心，展开三国间的错综复杂的争斗故事时，就把蜀主刘备塑造成一个仁君的典范。刘备从桃园结义起，就抱着"上报国家，下安黎庶"的理想。一生"仁德及人"，所到之处，"与民秋毫无犯"，百姓"丰足"，所以"远得人心，近得民望"，受到人们的普遍爱戴。刘备就是作者理想中的"仁德"明君。

与刘备相对照的是，作者又塑造了一个残暴的奸雄曹操。曹操也是一个"人杰"，但他心灵深处所信奉的人生哲学是"宁教我负天下人，休教天下人负我"。热情款待他的吕伯奢一家，竟被他心狠手辣地杀得一个不留。他为报父仇，进攻徐州，所到之处，"尽杀百姓"，"鸡犬不留"。对部下，更是阴险、残酷，如在与袁绍相持时，日久缺粮，就"借"仓官⑩的头来稳定军心。其他如割发代首、梦中杀人等等，都表现了他工于权谋，奸诈，残忍，毫无爱民之心。与此相类的，如董卓、袁绍、袁术、曹睿、孙皓、刘禅等，既无曹操的雄才大略，却似曹操那样轻民、残民，因此必然走向灭亡。这种对于蔑视黎元、残杀无辜的乱臣贼子的愤恨，正反映了广大民众对于"仁政"的渴慕。

《三国演义》在人格构建上的价值取向，是恪守以"忠义"为核心的伦理道德规范。全书写人论事，都鲜明地以此来区分善恶，评定高下，而不问其身处什么集团，也不论其出身贵贱和性别，只要"义不负心，忠不顾死"，都一律加以赞美。特别是对诸葛亮的忠，关羽的义，作者更是倾注了全部的感情，把他们塑造成理想人格的化身。诸葛亮的一生，连他的敌人也佩服他"竭尽忠诚，至死方休"。关羽死守下沛，身陷绝境时，就决心为义而死。后来又是从大义出发，身在曹营心在汉，不为曹操的金钱美女所动心。当他一旦得知刘备的消息，便挂印封金，夺关斩将而去。他们的忠义观念、道德品格显然是属于封建性质的，但同时也应该看到，小说通过赵云投刘备、徐晃归曹操、田丰为袁绍所忌等故事的描写，反复强调

▲ 刘备

"良禽相木而栖，贤臣择主而事"的思想，说明这种"忠"并不是忠于一姓之天下，也不是仅忠于"正统"的刘蜀，具有一定的开放性、灵活性。因此，《三国演义》中以"忠义"为核心的道德标准，又与渗透着民间理想的政治标准紧密地联系在一起，反映着当时的一种较为普遍的社会心理。

波澜壮阔、气势恢宏的历史画卷

《三国演义》是在陈寿《三国志》等历史记载的基础上，按照一定的美学理想所创作的一部历史演义小说，有虚有实。清代的章学诚认为它是"七分事实，三分虚构"。这个定量的分析被后人普遍接受。但《三国演义》之所以在虚实结合方面比较成功，主要不是在"量"的搭配上比较合理，而是在对小说与历史的"质"的差异上有着比较清醒的认识和恰当的处理。它在按照一定的政治道德观念重塑历史的同时，也根据一定的美学理想来进行艺术的创造，使实服从于虚，而不是虚迁就实。小说中的主要人物形象已经全非历史人物的本来面目，情节故事也多经过张冠李戴、移花接木、添枝生叶等艺术处理。它已不是真实的历史，而是借三国史实的基干和框架，另描了一幅波澜壮阔、气势恢宏的历史画卷。

▲ 桃园结义剧照

在人物塑造方面，采用类型化的写法，专门突出人物的某一个特点，并通过夸张、对比、烘托等手法，把这一特点发展到极端。比如曹操的奸诈、诸葛亮的智慧、刘备的仁厚、关羽的忠义、张飞的勇猛等，性格鲜明，形象生动，成为家喻户晓的人物。所以《三国演义》中，有名有姓的人物达400人，给

人印象深刻的也不下数十。毫无疑问，这是《三国演义》最突出的成就。

叙事结构上，以蜀汉为中心，以三国矛盾斗争为主线，精心结构无数的故事，虽事件复杂，却不琐碎支离，有曲折变化，然脉络分明，构成了一个基本完美的艺术整体。

具有"文不甚深，言不甚俗"的语言特色。《三国演义》的语言与《水浒传》等小说是不同的，它是文言，但又夹杂着白话；是白话，但又有不少文言成分。可谓雅而不涩，俗而不俚。这种别具一格的语言风格使它既能发挥白话之长，又能避免纯粹的文言之短。

英雄传奇小说《水浒传》出现

　　《水浒传》作为一部英雄传奇小说，它揭示了"官逼民反"的现实，塑造了一批栩栩如生的英雄好汉形象，在中国小说史上占有重要一席之地。它在艺术上取得了极高的成就。金圣叹说："《水浒传》一百八个人性格，真是一百八样"。作品中塑造了一系列具有鲜明个性令人难忘的艺术典型。《水浒传》既是我国英雄传奇小说的光辉典范，也堪称是我国白话文学的一座里程碑，它的出现，标志着白话文体在小说创作方面已经完全成熟，对后世的中国乃至亚洲叙事文学创作影响极大。

成书过程、作者及版本

　　《水浒传》所写宋江起义的故事源于历史真实。从南宋起，宋江的故事就在民间广泛流传。到了元代，已经出现了大批"水浒戏"。它们对宋江等人形象的刻画比较集中，但性格不很一致，也无共同的主题，不过"三十六大伙，七十二小伙"、"寨名水滩，泊号梁山"的说法大体相同。这说明宋元以来的水浒故事丰富多彩并正在逐步趋向统一，小说戏曲作家们纷纷从中汲取创作的素材而加以搬演。正是在这基础上，产生了一部杰出的长篇小说《水浒传》。

　　关于《水浒传》的作者，文献记载不尽一致。目前，多数学者认为是施耐庵所作，其门人罗贯中大概在他的基础上又有所加工。施耐庵的生平事迹，缺乏具体而又可靠的史料记载，目前所知甚少。

　　《水浒传》的版本相当复杂。今知有 7 种不同回数的版本，而从文字的详略、描写的细密来分，又有繁本与简本之别。目前多数学者认为，简本是繁本的节本，而不是由简本发展成繁本。简本一般都有平田虎、王庆两传，但文字简陋、缺乏文学性，现在只是作为研究资料来使用。

▲施耐庵

奸逼民反与替天行道

　　《水浒传》最早的名字叫《忠义水浒传》，甚至就叫《忠义传》。小说描写了一批"大力大贤有忠有义之人"，未能"酷吏赃官都杀尽，忠心报答赵官家"，却被奸臣贪官逼上梁山，沦为"盗寇"；接受招安后，这批"共存忠义于心，同著功勋于国"的英雄，仍被误国之臣、无道之君一个个逼向了绝路。作者为这样的现实深感不平，发愤而谱写了这一曲忠义的悲歌。

最能体现作者这一编写主旨的是宋江这一形象。宋江作为小说中的第一主角，就是忠义的化身。他的性格在既矛盾又统一的忠和义的主导下曲折地发展。他作为一个县衙小吏，能"仗义疏财，济困扶危"，结交天下豪杰，但又有忠君孝亲、安于现状的习性。从"义"字出发，他"担着血海也似干系"救晁盖，也同情他们被逼上梁山，但又认为"于法度上却饶不得"。"杀惜"后，他辗转避难，就是不想去水泊投奔晁盖，"上逆天理，下违父教，做了不忠不孝的人"。但与此同时，贪官污吏对他的残酷迫害，逼着他向梁山一步一步靠近。浔阳楼吟反诗，自然地流露了被"冤仇"所郁积的叛逆情绪。从江州法场的屠刀下被解救出来后，他一方面感激众位豪杰不避凶险，极力相救的"义"，另一方面也深感到"如此犯下大罪，

▲李逵

闹了两座州城，必然申奏去了"，再难在常规情况下尽"忠"，于是他表示"今日不由宋江不上梁山泊投托哥哥去"。上梁山后，他牢记着九天玄女"替天行道为主，全仗忠义为臣，辅国安民，去邪归正"的"法旨"，一再宣称："小可宋江怎敢背负朝廷？盖为官吏污滥，威逼得紧，误犯大罪；因此权借水泊里避难，只待朝廷赦罪招安。"他坐上第一把交椅后，即把"聚义厅"改成"忠义堂"，进一步明确了梁山队伍"同心合意，同气相从，共为股肱，一同替天行道"的基本路线。就在"替天行道"、"忠义双全"的旗号下，他带领众兄弟惩恶除暴，救困扶危；创造条件，接受招安；征破辽国，平定方腊；直到饮了朝廷药酒，死在旦夕，还表白："我为人一世，只主张'忠义'二字，不肯半点欺心。今日朝廷赐死无辜，宁可朝廷负我，我忠心不负朝廷！"盖棺论定，宋江就是一个"忠义之烈"。自称为"书林""儒流"的《水浒》作者，以"忠义"为指导思想来塑造宋江，并描写了以宋江为首的一支"全仗忠义"、"替天行道"的武装队伍。

《水浒传》在歌颂宋江等梁山英雄"全仗忠义"的同时，深刻地揭露了上自朝廷、下至地方的一批批贪官污吏、恶霸豪绅的"不忠不义"。小说中第一个正式登场的人物是高俅，他因善于踢球而得到皇帝的宠信，从一个市井无赖遽升为殿帅府太尉，于是就倚势逞强，无恶不作。整部小说以此人为开端，确有"乱自上作"的意味。这样，从手握朝纲的高俅、蔡京、童贯，到称霸一方的江州知府蔡九、大名府留守梁世杰、高唐知州高廉，直到横行乡里的西门庆、蒋门神、毛太公、祝朝奉，乃至陆谦、富安、董超、薛霸等爪牙走狗，相互勾结，狼狈为奸，把整个社会弄得暗无天日，民不聊生，不反抗就没有别的出路。于是，一批忠义之士不得不"撞破天罗归水浒，掀开地网上梁山"。

《水浒传》作为一部长篇小说，第一次如此广泛而深刻地揭露了封建社会的黑暗，并揭示了"奸逼民反"的道理，是很有意义的。但作者在这里要强调的乃是这样一个

悲剧："全忠仗义"的英雄不能"在朝廷"、"在君侧"，而反倒"在水浒"；"替天行道"的好汉改变不了悖谬现实，而最后还是被这个"不忠不义"的社会所吞噬。作者在以"忠义"为武器来批判这个无道的天下时，对传统的道德无力扭转这个颠倒的乾坤感到极大的痛苦和悲哀，以致对"忠义"这一批判武器自身也表现出了一种深沉的迷惘。

▲武松打虎图

当然，作为一部长篇小说，其故事又在民间经过几代人的不断积累和加工，全书的思想内涵就显得丰富复杂，并非"忠义"两字所能概括。但是，《水浒传》的题材毕竟有它的特殊性，不管作者如何极力把它拉入"忠义"的思维格局，以及故事在流传过程中掺杂了多少市井小民的意识，作品最终还是在客观上展示了我国封建社会中的一场惊心动魄的农民起义。

小说作者站在造反英雄的立场上，沿着"乱自上作"、"造反有理"的思路，揭示了封建社会的基本矛盾，艺术地再现了中国古代农民起义的发生、发展和失败的全过程，并从中总结了一些带有规律性的东西。这在整部中国文学史上是十分罕见、难能可贵的。正是在这个意义上，可以说《水浒》是一部悲壮的农民起义的史诗。

用白话塑造传奇英雄的群像

《水浒传》第一次将白话运用到了绘声绘色、惟妙惟肖的程度，使它成为中国白话文学的一座里程碑，《水浒传》的语言是高度口语化的，与《三国演义》的文白相杂不同，因此更为准确生动。它是我国第一部纯粹用白话写成的长篇小说，标志着古代通俗小说语言艺术的成熟。它以生动流畅的白话口语为基础，经过文人的锤炼加工，成为纯熟的优秀的文学语言。《水浒传》的叙述语言形象传神，明快洗练，充满生活气息，极富表现力，叙事写人多用白描，往往寥寥几笔，就能达到绘声绘色、形神毕肖的地步；绘景状物则简练生动，使人如身临其境，景物描写与人物的性格特征、心理活动和谐地结合在一起。《水浒传》语言艺术最突出的特点是人物语言的个性化，往往可以从说话看出人来，不同的人物有不同的语言风格，各自的语言反映了各自的性格特点，这也是它塑造人物的主要手段。

《西游记》开创了我国神魔小说新领域

　　《西游记》被誉为明代"四大奇书"之一，它在我国小说史上开拓了神魔小说的新领域，确定了神魔小说在长篇小说中的独立地位；它以游戏笔墨讽刺、批判封建社会的世态人情，使作品洋溢着诙谐幽默的情调，对我国讽刺小说的发展起了积极作用。同时，《西游记》在中国小说史上开辟了浪漫主义的新境界，得以与此前的写实小说分庭抗礼。

题材演化、作者及版本

　　《西游记》的成书与《三国演义》《水浒传》相类似，都经历了一个长期积累与演化的过程。但同前两部书也有不同之处：《三国》《水浒》是在历史真实的基础上加以生发与虚构，是"实"与"虚"的结合而以"真"的形象问世；而《西游记》的演化过程则是将历史的真实不断地神化、幻化，最终以"幻"的形态定型。

　　玄奘取经原是唐代的一个真实的历史事件。贞观三年（629），玄奘为寻求佛家真义，经历百余国，费时 17 载，前往天竺取回梵文大小乘经论律 657 部。这一非凡的壮举，本身就为人们的想象提供了广阔的天地。归国后，他奉诏口述所见所闻，由门徒辑录成《大唐西域记》一书。此书尽管"皆存实录，匪敢雕华"，但以宗教家的心理去描绘的种种传说故事和自然现象，难免已染上了一些神异的色彩。后由其弟子撰写的《大唐大慈恩寺三藏法师传》，在赞颂师父，弘扬佛法的过程中，也不时地用夸张神化的笔调去穿插一些离奇的故事。于是，取经的故事在社会上越传越神，唐代末年的一些笔记如《独异志》《大唐新语》等，就记录了玄奘取经的神奇故事。

▲吴承恩

　　真正完成西游故事由历史向神话转变的，是南宋时刊印的"讲经"话本《大唐三藏取经诗话》，已出现了三藏法师、猴行者、深沙神的形象，勾画出了《西游记》的大体框架。

　　元代是取经故事进入平话与戏曲创作而渐趋定型的阶段。西游故事在元杂剧中得到了充分表现，并进一步神怪化，尤其是杨景贤 6 本 24 折的《西游记杂剧》，首次出现了猪八戒的形象，猴行者也演变为"齐天大圣"孙悟空。在话本创作方面，至迟在元明之际出现了一部《西游记平话》，从现存的片段材料看，它大大发展了西天取经的主体故事，孙悟空的形象已相当生动，至此，西游故事的主要人物和情节结构已大体定型。

▲美术片《大闹天宫》剧照

明代是西游故事的总结与写定阶段。在世代累积和民间文学的基础上，明代中叶又有大手笔对流传久远的西游故事做出了创造性的总结，最终写成《西游记》这部神奇浪漫的巨著，其中既有艺术文字方面的加工、整理，也有思想内涵方面的提炼、升华。

《西游记》的作者，一般认为是吴承恩。吴承恩，字汝忠，号射阳居士，淮安山阳（今江苏淮安）人。幼年"即以文鸣于淮"，但屡试不第，约40多岁时，始补岁贡生。因母老家贫，曾出任长兴县丞两年，"耻折腰，遂拂袖而归"。后又补为荆府纪善，但可能未曾赴任。晚年放浪诗酒，终老于家。除《西游记》以外，他还著有《射阳先生存稿》四卷和志怪小说集《禹鼎志》（今失传，只留有序）。

《西游记》的版本较为复杂。现存最早的《西游记》刊本是明万历二十年金陵世德堂的《新刻出像官版大字西游记》，共100回，但无唐僧出身的情节。其他三种明代刊本，也均无此情节。著名的清代刊本有汪象旭编的《西游证道书》张书绅编的《新说西游记》等，这些清刊本均为100回，均将作者误题为丘处机，也都有玄奘出身一节故事。另外，还有明刊简本两种，一般认为是百回本的删节本。

▲《西游记》插图

寓有人生哲理的"游戏之作"

《西游记》写的是唐僧西天取经的故事，但小说的主要人物并非唐僧，而是孙悟空，因此，《西游记》实际上也是一部英雄传奇。关于《西游记》的主题或思想，历来有不同说法。"或云劝学，或云谈禅，或云讲道"，其实正如鲁迅所说，"实出于游戏"。《西游记》作为一部神魔小说，既不是直接地抒写现实的生活，又不类于史前的原始神话，在它神幻奇异的故事之中，诙谐滑稽的笔墨之外，蕴含着某种深意和主旨。

从《西游记》的基本间架与整体结构来看，作品无疑宣扬了儒释道相融合的心学，蕴含有修心炼性、以心说法的寓意。孙悟空无法无天的大闹天宫，实质上是表现人心的极度放纵；"心猿"终归被压到五行山下，则表明放纵之心挣脱不出尘世之网，由此"放心"告终而"收心"开始；西天取经修成正果的征途，实际上是象征着"心猿"归正的历程。

从孙悟空这一艺术形象的内蕴来看，作品又在相当程度上体现了对自由的强烈追求、对自我价值的强烈肯定，显示出明代中叶个性解放思潮的影响。从石猴出世到大闹天宫，主要写悟空对绝对自由的追求，在他身上具有冲决一切束缚与羁绊、藐视一切礼法和权威的叛逆精神，这是社会发展带来的人的觉醒的必然反映；从皈依佛门到取回真经，主要突出悟空降妖除魔的大智大勇，他的英勇无畏，百折不挠，敢于斗争，也善于斗争的英雄性格与为崇高理想而献身的可贵精神，由此得到充分表现。

艺术特色

《西游记》在艺术表现上的最大特色，就是以诡异的想象、极度的夸张，突破时空，突破生死，突破神、人、物的界限，创造了一个光怪陆离、神异奇幻的境界。在这里，环境是天上地下、龙宫冥府、仙地佛境、险山恶水；形象多身奇貌异，似人似怪，神通广大，变幻莫测；故事则上天入地，翻江倒海，兴妖除怪，祭宝斗法；作者将这些奇人、奇事、奇境熔于一炉，构筑成了一个统一和谐的艺术整体，展现出一种奇幻美。这种奇幻美，看来"极幻"，却又令人感到"极

▲《西游记》剪纸

真"。因为那些变幻莫测、惊心动魄的故事，或如现实的影子，或含生活的真理，表现得那么入情入理。那富丽堂皇、至高无上的天宫，就像人间朝廷在天上的造影；那等级森严、昏庸无能的仙卿，使人想起当朝的百官；扫荡横行霸道、凶残暴虐的妖魔，包含着铲除社会恶势力的愿望；歌颂升天入地、无拘无束的生活，也寄托着挣脱束缚、追求自由的理想。小说中的神魔都写得有人情，通世故。像"三调芭蕉扇"写铁扇公主的失子之痛，牛魔王的喜新厌旧；铁扇公主在假丈夫面前所表现的百般无奈，万种风情；玉面公主在真丈夫面前的恃宠撒娇，吃醋使泼，真是分不清是在写妖还是写人，写幻还是写真。这部小说就在极幻之文中，含有极真之情；在极奇之事中，寓有极真之理。

与小说在整体上"幻"与"真"相结合的精神一致，《西游记》塑造人物形象也自有其特色，即能做到物性、神性与人性的统一。它的几个主角如孙悟空、猪八戒等，都写得异常生动，惹人喜爱。这些人物之所以刻画得很成功，是因为作者在塑造他们时，往往是将神性、人性、动物性三个方面结合起来，把他们当人来写，使之具有人的思想、行为的人性的特点，同时又有神的威力和动物的外貌等特点，既亲切又具有超现实的色彩。

在情节的设计上，《西游记》往往戏笔与幻笔相间，将事件写得波澜起伏，峰回

路转，离奇而不悖情理，奇幻而自有逻辑，引人入胜。比如三调芭蕉扇就是一个十分精彩的例子。其中孙悟空得到灵吉菩萨的"定风丹"，又变成小虫子飞入罗刹女肚中，逼她给扇。孙悟空似乎稳操胜券，不料得的是假扇，火因此更大。他只好利用牛、罗矛盾，假扮牛魔骗得真扇，至此看来，问题已经解决，然而求胜心切的孙悟空却又忘了问缩扇之法，又被扮装成八戒的牛魔骗了回去。真是曲折有致，趣味横生。

　　《西游记》在艺术表现上的另一个特点，就是能"以戏言寓诸幻笔"，中间穿插了大量的游戏笔墨，使全书充满着喜剧色彩和诙谐气氛。这种戏言，有时是信手拈来，涉笔成趣，无关乎作品主旨和人物性格的刻画，只是为了调节气氛，增加小说的趣味性。

中国第一部文人独立创作的长篇小说《金瓶梅》

明代后期，统治阶级腐朽堕落，社会道德极端败坏，社会上出现了一批暴露现实的腐朽和黑暗的小说，《金瓶梅》是其中很有代表性的一部。作为中国文学史上第一部文人独立创作的长篇小说《金瓶梅》，它直接描写现实生活，表现世态人情，标志着我国古代小说的发展进入了一个新的阶段。

成书过程、作者与版本

《金瓶梅》的成书，与"四大奇书"中的另外三种不同，并没有经过一个世代积累的过程。第一次透露世上存在《金瓶梅》这样一部小说的信息，见于万历二十四年袁宏道给董其昌的信。袁宏道在信中问："《金瓶梅》从何得来？"袁宏道的弟弟中道也曾回忆董其昌对他说过："近有一小说，名《金瓶梅》。"据当时这些广闻博识的文人的口气，可知这部小说刚刚成书不久。在现存的《金瓶梅词话》中存在着的一些话本故事、时曲小调等，也只是作为"镶嵌"在作家独立构思的蓝图上的个别片段，它们不是《金瓶梅》的雏形作品，也不能证明此前曾经有过一部雏形作品。事实上，至今也未见一个《金瓶梅》的主要人物和主要情节曾经世代流传过。

《金瓶梅》是中国第一部文人独立创作的白话长篇小说，一般认为，它写成于明代万历前中期。它的出现，标志着我国古代小说的发展进入了一个新的阶段。

《金瓶梅》的作者署名为"兰陵笑笑生"，显系化名，真实姓名究竟是谁，迄今尚无定论。它的作者"兰陵笑笑生"到底是谁？这个问题从明代以来已经有了多个答案，比如王世贞、屠隆、李开先、李渔、冯梦龙、汤显祖、贾三近等。但是到目前为止，还没有一种说法得到学界的普遍认同。另外也有一些学者提出，《金瓶梅》是在民间说唱文学的基础上由某个文人整理写定的。这个说法虽然可以找到许多文本上的证据加以支持，但是文本之外的证据却很少。

《金瓶梅》刊刻之前已有抄本在社会上流传，其初刻于万历四十五年（1617 年），现存最早的刊本《新刻金瓶梅词话》（1932 年在山西发现）乃据初刻本翻印；明末崇祯年间所刻之《新刻绣像批评金瓶梅》则经过删削和修改，尤其是第一回作了很大改动，这从一定程度上改变了这部书的主题。另外一个重要的本子乃清初康熙年间刊行的《皋鹤堂批评第一奇书金瓶梅》，此即张竹坡评本。此外清代还出现了一些其他删改本，然多背离原著甚远。

封建末世的世俗人情画

《金瓶梅》的书名，乃是由小说中的潘金莲、李瓶儿、庞春梅三人的名字合成。故事开头借《水浒传》中"武松杀嫂"一节而演化开来，虽然小说中的时代设定在北宋末年，但其所反映的生活场景却是属于晚明时期的。小说以西门庆这个人物为核心，描述了他在对金钱、女色、权势的追逐中耗尽生命的短暂一生，与此同时，小说中又以大量笔墨描写了一个暴发户家中成群妻妾勾心斗角、争风吃醋的生活图景，刻画了潘金莲这样一个乖巧机变、情欲旺盛而又阴险狠毒的不幸的女性形象。此外，作者又对官场的腐败、世态的炎凉多有揭示。在这部小说中，我们看到的是一个冷酷无情、弥漫着欲望气息的成人社会，作者以一种冷静的自然主义的笔调在叙述这个社会的聚散离合，描述它的短暂的繁华和彻底的毁灭，除了一丝宗教拯救的渺茫希望之外，看不到多少理想的色彩。

《金瓶梅》犹如一幅历史的画卷，暴露了封建社会的种种罪恶，尤其是把矛头集中到封建的统治集团和新兴的商人势力，从而触及到了当时社会的基本矛盾。《金瓶梅》的价值，还不仅仅在于暴露和批判，更重要的还在于，作者笔下的西门庆，是个官僚、恶霸、富商三位一体的人物，他一方面疯狂地追求权、钱、色，欲壑难填、罪恶累累，一方面不顾传统道德，蔑视封建秩序，胆识皆俱，精明强干。正当他的商业兴旺发达之时，他自己却纵欲身亡。这既是人生矛盾的体现，也深刻地写出了古老的中国从封建宗法开始迈向资本主义商品社会的艰难步伐。《金瓶梅》还为读者展示了一个与传统观念完全不同的女性世界。以潘金莲、李瓶儿、庞春梅为代表的一大批女性，她们无所谓道德和名节，有着超常的情欲、物欲和肉欲。而且自私、狠毒、虚荣、妒忌，是丑恶的代表，但却是一种顺应历史发展的丑恶。她们的活动，体现了用一种邪恶的、赤裸裸的人欲来替换虚伪的温良恭俭的道德境界。

白话长篇小说发展的里程碑

《金瓶梅》作为第一部文人独立创作的白话长篇小说，在艺术上虽有诸多粗俗之处，但它在许多方面做出了历史性的贡献，具有里程碑的意义。

在创作题材上，从描述英雄豪杰、神仙妖魔转向家庭生活、平凡人物。它是第一部以家庭生活和世态人情为题材的长篇小说，主要通过普通人物的人生际遇来表现社会的变迁，具有强烈的现实性、明确的时代性，这标志着我国古代小说艺术的渐趋成熟和现实主义创作方法的重大发展，为此后的世情小说开辟了广阔的题材世界，并使之成为此后小说的主流。

在创作主旨上，从立意歌颂理想变为着重暴露黑暗，从表现美转为表现丑。《金瓶梅》之前的长篇小说，在批评社会黑暗的同时，更多的是着力讴歌美好的理想，表现出浓厚的浪漫主义色彩；而《金瓶梅》则实现了中国古代小说审美观念的大转变，极写世情之恶、生活之丑，是一部彻底的暴露文学。它在表现丑的时候，常常用白描手法，揭示人物言行之间的矛盾，达到强烈的讽刺效果，这种写法对此后的讽刺文学有极大的影响。

在人物塑造上，从单色调变为多色调，从平面化转向立体化。《金瓶梅》的叙事重心从以往的以组织安排故事为主转向以描写人物为主，并且克服了先前小说中人物性格单一化、凝固化的倾向，注重多方面、多层次地刻画人物性格，能细致入微地揭示人物复杂的内心世界，在一些人物形象中出现了美丑并举的矛盾组合，写出了人物性格的丰富性、流动性。

在叙事结构上，从线性发展转向网状交织。此前的长篇小说基本上是由一个个故事联结而成，采用的是线性发展的结构形式，而《金瓶梅》则从生活的复杂性出发，发展为网状结构。全书围绕西门庆一家的盛衰史而开展，并以之为中心辐射到整个社会，使全书组成一个意脉相连、情节相通的生活之网，既千头万绪，又浑然一体。

▲流落美国的《金瓶梅》精美清代插图

在语言艺术上，从说书体语言发展为市井口语。此前长篇小说的语言深受"说话"技艺影响，《三国志演义》属于半文半白的演义语体，至《水浒传》《西游记》白话语言日渐成熟，同时也向着规范化和俚俗化的方向发展，而《金瓶梅》却代表了小说语言发展的另一方面，即遵循口语化、俚俗化的方向发展。它运用鲜活生动的市民口语，充满着浓郁淋漓的市井气息，尤其擅长用个性化的语言来刻画人物，神情口吻无不惟妙惟肖。

作为文人独立创作的第一部长篇小说，《金瓶梅》标志着我国古代长篇小说发展的一个飞跃，极大地推动了后代作家的独创性，从此文人独创长篇小说成为风尚。作为世情小说的开山之作，《金瓶梅》为后世的小说创作开辟了新纪元，奠定了世情小说的发展基础，它对世情小说的几个流派都产生了巨大影响。

中国的白话短篇小说
"三言二拍"问世

　　中国的白话短篇小说在宋元时期已较为发达，宋代小说家话本中的某些篇目得以保存在明人所刻的《清平山堂话本》中，使我们可以略窥当时白话小说的概貌。到了明代，文人创作的拟话本大量涌现，标志着这种文体形式的成熟。其中冯梦龙和凌濛初先后编著的"三言"（《喻世明言》《警世通言》《醒世恒言》）、"二拍"（《初刻拍案惊奇》《二刻拍案惊奇》）乃是这类小说的集成。

思想内容

　　"三言二拍"中的明代作品，涉及到了当时社会生活的各个方面，其中大多数是围绕市民生活及其兴趣点展开的，颇为全面地反映了晚明市民阶层的情感意识、道德观念和价值取向，具有鲜明的时代特征。

▲冯梦龙塑像

　　表现婚姻爱情生活是"三言"中最具特色的题材，在"二拍"中也占有一定比例，此类题材一方面继承了宋元话本的传统，同时也表现出新的发展。一类作品反映了新兴市民阶层对旧的封建传统意识的突破，对新的婚姻爱情观念的追求，也就是提倡男女双方的相互尊重和相互平等，同时对男女情爱和情欲给予大力肯定，在很大程度上冲决了礼教之大防，如《蒋兴哥重会珍珠衫》《卖油郎独占花魁》等；另一类作品反映了被压迫妇女追求自由幸福的强烈愿望，揭露了封建势力和传统礼教的虚伪与凶残，带有人文主义的特点，如《杜十娘怒沉百宝箱》《玉堂春落难逢夫》等。

　　"三言二拍"还大胆地揭露统治阶级倒行逆施的罪恶本质与官场吏治的腐败黑暗，同时也体现出清官贤士的正义感和下层人物的反抗精神。此类作品有的是直接面向现实，表现朝廷内部的忠奸斗争，如时事政治小说《沈小霞相会出师表》；有的是描写了官吏的昏庸无能、暴虐残酷，甚至是径直为盗的丑恶行径，如《进香客莽看金刚经》；有的是暴露社会邪恶势力对美好事物的摧残，如借神灵惩邪恶的神异小说《灌园叟晚逢仙女》等。

　　"三言二拍"中也有描写市民生活以及他们的思想观念，形象地展现了晚明商品经济发展的图景。此类作品一反重农抑商的传统意识，商业商人得到应有的关注和肯定，追逐货利、发财致富已成为新的社会风尚，不少商人也被塑造成正面形象。如果说"三言"中的此类作品着重写的是商人的重义守信，反映的是商人刚刚登上历史舞台时的精神面貌，那么"二拍"则着重写的是商人发家暴富的白日梦，表现出已经占据历史舞台的商人迅速崛起的态势和积极进取的精神。

▲《杜十娘怒沉百宝箱》故事图

艺术成就

"三言二拍"作品大多写的是耳目之内、日用起居之事，题材平凡，人物普通，但"三言二拍"采用巧合误会的手法，把情节弄得迷离恍惚，运用复线结构，使两条线时分时合，相互交叉，把简单、平凡的故事写得摇曳多姿，做到"无奇之所以为奇"。

"三言"最成功的地方表现在人物塑造上，它的一些人物如杜十娘、秦重、莘瑶琴等，都刻画得非常出色。之所以能做到这一点，当然与情节的曲折、人物的语言等有关，但最引人注目的是它在细节和心理描写上的精细、独到，以此来展示人物的心理与性格。例如《杜十娘怒沉百宝箱》中，李甲出卖杜十娘的第二天早上，杜十娘暗暗打量李甲，竟然发现李"欣欣似有喜色"，一个细节，就将李甲的卑劣性格暴露无遗。诸如此类的描写在"三言"中比比皆是。

"令《西厢》减价"的《牡丹亭》惊艳现身

《牡丹亭》的爱情描写，具有过去一些爱情剧所无法比拟的思想高度和时代特色。作者明确地把这种叛逆爱情当作思想解放、个性解放的一个突破口来表现，不再是停留在反对父母之命、媒妁之言这一狭隘含义之内。《牡丹亭》因其思想的深刻性和艺术的完美度，剧本推出之时，便一举超过了另一部古代爱情故事《西厢记》。据记载"《牡丹亭梦》一出，家传户诵，几令《西厢》减价"。

织梦人汤显祖

汤显祖，字文仍，号若士，又号清远道人。江西临川人，宦途不得意，退居乡里，进行戏剧创作，就像他在《牡丹亭》里一首《蝶恋花》中写的那样："忙处抛人闲处住。百计思量，没个为欢处。白日消磨断肠句。世间只有情难诉。玉茗堂前朝复暮。红烛迎人。俊得江山助。但是相思莫相负。牡丹亭上三生路。"

他在戏剧创作上重视文辞，不愿遵守格律，与吴江派恰成对比，所以称他这种有这样创作风格的人为临江派。汤显祖为此派宗师，又因他住的地方叫玉茗堂，所以这派也称玉茗堂派。汤显祖的主要著作被称为《临川四梦》，即《还魂记》（《牡丹亭》）《紫钗记》《邯郸记》《南柯记》。其中最出色，对后世影响深远的是《牡丹亭》。

▲汤显祖

艺术与思想的完美合璧

《牡丹亭》成于万历二十六年（1598），据作者说，其题材来源是多方面的，其中明代话本《杜丽娘慕色还魂》影响最大。汤显祖对话本《杜丽娘慕色还魂》的加工改编主要表现在以下几个方面：一是突出杜宝等人的卫道士立场；二是改变杜、柳门当户对的关系；三是改话本杜丽娘封建淑女色彩为叛逆女性；四是强调追求自由爱情的艰难曲折。使这一传统的"还魂"母题具有了崭新的思想内容。

《牡丹亭》的主题是写"情"，而当时的封建环境提倡的是"理"。作者认为"情有者理必无，理有者情必无"，所以写杜丽娘情真情深，热情地追求自己幸福，就是对"理"的蔑视。把"情"作为人间美梦，为之生死相许，反映了作者追求个性自由的艺术理想。

这一主题是用浪漫主义的创作手法实现的。杜丽娘因情而死，又还魂重生，为当时有些人所不理解，认为还魂是不可能的，所以情节不合理。汤显祖在《牡丹亭题辞》中的一段话算是对当时这些人最好的教育。他说："如丽娘者，乃可谓有情之人耳。情不知所起，一往情深，生者可以死，死者可以生。生者不可与死，死者不可复生者，皆非情之至也。梦中之情，何必非情，天下岂少梦中之人耶？"

《牡丹亭》是一部爱情剧。少女杜丽娘长期深居闺阁中，接受封建伦理道德的熏陶，但仍免不了思春之情，梦中与书生柳梦梅幽会，后因情而死，死后与柳梦梅结婚，并最终还魂复生，与柳在人间结成夫妇。剧本通过杜丽娘和柳梦梅生死不渝的爱情，歌颂

▲《牡丹亭》插图

了男女青年在追求自由幸福的爱情生活上所作的不屈不挠的斗争，表达了挣脱封建牢笼、粉碎宋明理学枷锁，追求个性解放、向往理想生活的朦胧愿望。

但是《牡丹亭》的爱情描写，具有过去一些爱情剧所无法比拟的思想高度和时代特色。作者明确地把这种叛逆爱情当作思想解放、个性解放的一个突破口来表现，不再是停留在反对父母之命、媒妁之言这一狭隘含义之内。作者让剧中的青年男女为了爱情，出生入死，除了浓厚浪漫主义色彩之外，更重要的是赋予了爱情能战胜一切，超越生死的巨大力量。戏剧的崭新思想是通过崭新的人物形象来表现的。《牡丹亭》最突出的成就之一，无疑是塑造了杜丽娘这一人物形象，为中国文学人物画廊提供了一个光辉的形象。杜丽娘性格中最大的特点是在追求爱情过程中表现出来的坚定执着。她为情而死，为情而生。她的死，既是当时现实社会中青年女子追求爱情的真实结果，同时也是她的一种超越现实束缚的手段。

《牡丹亭》的出现在中国历史上还具有重大的文化意义，主要表现在以下几个方面：一是以情反理，反对处于正统地位的，肯定和提倡人的自由权利和情感价值，褒扬像杜丽娘这样的有情之人，从而拨开了正统理学的迷雾，在受迫害最深的女性胸间吹拂起阵阵和煦清新的春风。二是崇尚个性解放，突破禁欲主义。肯定了青春的美好、爱情的崇高以及生死相随的美满结合。三是在商业经济日益增长、市民阶层不断壮大的新形势下，对于正在兴起的个性解放思潮起了推波助澜的作用。

《牡丹亭》除了有深刻的思想内涵和重大的文化意义外，其艺术成就也是非常卓越的。一是把浪漫主义手法引入传奇创作。首先，贯穿整个作品的是杜丽娘对理想的强烈追求。其次，艺术构思具有离奇跌宕的幻想色彩，使情节离奇，曲折多变。再次，从"情"的理想高度来观察生活和表现人物。二是在人物塑造方面注重展示人物的内心世界，发掘人物内心幽微细腻的情感，使之形神毕露，从而赋予人物形象以鲜明的性格特征和深刻的文化内涵。三是语言浓丽华艳，意境深远。全剧采用抒情诗的笔法，

▲汤显祖纪念馆

倾泻人物的情感。另一方面，具有奇巧、尖新、陡峭、纤细的语言风格。这些特点向来深受肯定。一些唱词直至今日，仍然脍炙人口。表现出很高的艺术水准。

《牡丹亭》因其思想的深刻性和艺术的完美度，剧本推出之时，便一举超过了另一部古代爱情故事《西厢记》。据记载"《牡丹亭梦》一出，家传户诵，几令《西厢》减价"。此剧在封建礼教制度森严的古代中国一经上演，就受到民众的欢迎，特别是感情受压抑妇女。有记载当时有少女读其剧作后深为感动，以至于"忿惋而死"，以及杭州有女伶演到"寻梦"一出戏时感情激动，卒于台上。杜丽娘与柳梦梅的爱情故事体现了青年男女对自由的爱情生活的追求，显示了要求个性解放的思想倾向。《牡丹亭》中个性解放的思想倾向影响更为深远，从清朝《红楼梦》中也可看出这种影响。

第八章　清代文学

　　清代文学集封建时代文学发展之大成，是古代文学的一个光辉总结。各种文体无不具备，蔚为大观，诸多样式齐头并进，全面繁荣。诗、词、散文等传统文学样式，清代使之得到复兴；小说、戏曲、民间讲唱等新兴文学样式，清代使之达到登峰造极的高度。

　　清代小说是中国古典小说的全面成熟期，也是清代文学辉煌的标志。清代文言小说在明代传奇复苏的基础上更进一步，获得了巨大成功。清代初年，蒲松龄的《聊斋志异》，成为文言小说发展史上前无古人后无来者的艺术典范。清代中叶，《儒林外史》和《红楼梦》两部巨著把我国古典小说的创作推到了顶峰。清代戏剧是在明代戏剧的基础上发展起来的，也获得了重大的成就。清初剧坛，承晚明戏剧高度繁荣之余波，戏曲创作的高潮进一步向纵深发展。康熙年间洪升的《长生殿》和孔尚任的《桃花扇》是两部传奇杰作，它们"借离合之情，写兴亡之感"，在思想上和艺术上都代表了清代戏剧的最高成就。

洪升创作"千百年来曲中巨擘"《长生殿》

洪升与孔尚任是清代最优秀的戏曲作家，两人并世齐名，时称"南洪北孔"。洪升历时十余年对前人的一些作品进行了总结性的加工，写就了他规模巨大的传奇《长生殿》，可以说是前人有关李、杨爱情故事的集大成者。洪升又把他自己对历史和人生的见解和理想寄寓在李、杨的爱情故事之中，使得《长生殿》不仅文辞优美，而且主题深刻，成为"千百年来曲中巨擘"。

洪升其人

洪升，字方思，号稗畦，浙江钱塘人。出生于明王朝覆灭后的第二年，当时清朝正在进行统一全国的战争，浙江又是反清斗争比较激烈的区域之一，所以他的青少年时代是在动荡中度过的。他在 25 岁以前就到过北京，后因家庭受到清王朝的迫害，弟兄都流落在外。再次北上后，在京城度过了长期的国子监生的生活。他的《长生殿》经过了十余年的努力于康熙二十七年（1688）定稿。次年因在佟皇后丧期演唱这戏，得罪皇族，削籍回乡，从此失去了仕进的机会。晚年抑郁无聊、纵情湖山之间，在浙江吴兴夜醉落水而死。

▲《长生殿》故事图

洪升在钱塘，曾先后师事陆繁绍、沈谦、毛先舒等。陆工骈体文，沈擅长词曲，毛本知名学者，亦善填词，通音律，这使他具备了良好的文学修养，为以后的戏曲创作准备了必要条件。他交游很广，师友大都是中下层的文人。其中有不少人由于对亡明的怀恋，而对清廷采取消极不合作的态度，或因感慨沦落而对现实多所指责，这些对他的思想也有很大的影响。

洪升的性格清高孤傲，在京师"交游宴集，每白眼踞坐，指古摘今，无不心折"。流露在《长生殿》中的民主思想和民族感情，是和他的生活遭际密切相关的。

可怜一曲《长生殿》

《长生殿》是一部爱情悲剧的巨作，取材于唐明皇与杨贵妃的恋爱故事。叙述唐明皇在开元以后，纵情声色，委政权奸，国政日非。杨贵妃恃宠善妒，杨国忠招权纳贿，激起拥有重兵之番将安禄山称兵造反。哥舒翰潼关不守，兵败降贼。明皇束手无策，仓皇幸蜀，逃至马嵬驿，随行将士杀死杨国忠，陈元礼纵兵逼宫，贵妃佛堂自缢，摇摇将坠的大唐江山到此才获得一线转机。从帝妃之间产生了一点真情的那一刻，杨玉环为卫护自己与李隆基稳定的关系，她妒忌、侦审、吵闹、百般邀宠；而作为天子的唐明皇则是"弛了朝纲，占了情场"。然而，马嵬驿之变不是戏剧的结束，此后，洪升把情感的实现寄托到理想的天国，男女主人公飞升仙境，在情悔与梦幻中，爱情最终得到升华与净化。

《长生殿》不是简单的爱情剧，它是在广阔的社会政治背景下诉说众人皆知的李杨爱情故事。帝妃间"真心到底"的海誓山盟与天上人间的不尽思念，是洪升对至情理想的讴歌与悲剧性呼号；与此同时，在剧中展示的社会动乱、民生疾苦的长幅画卷里，又分明寄寓着洪升的民族兴亡感和对帝王"溺情误国"的政治批判。所以，《长生殿》对李杨形象的塑造，赞扬针砭兼而有之。

《长生殿》继承了《梧桐雨》《浣纱记》等通过爱情故事反映一代兴亡的手法，特别是上卷以更多的批判态度揭露封建统治者昏庸腐朽和政治上的黑暗，基本上采取了现实主义的创作方法。下卷在对爱情悲剧的处理上，通过一些幻想的形式，歌颂精诚感动天地的爱情，这又吸取了《牡丹亭》的浪漫主义手法，但由于缺乏现实基础，显得虚无缥缈，冗漫弛缓。

▲《长生殿》剧照

《长生殿》的结构宏伟，场面壮丽，而又排场紧凑，组织严密。《长生殿》所写的内容很广，涉及的人物和事件也很多，但能够紧紧围绕李杨爱情这一主线展开情节，按与主线关系的紧密程度组织材料，所以，基本上做到了不枝不蔓。这对于一部大型作品来说，是相当不容易的。而且写实的上半部与写幻的下半部，能相互依存，互相呼应，融为一体，体现了作者的独特匠心。

借离合之情，写兴亡之感的《桃花扇》

《桃花扇》通过男女主人公侯方域和李香君的爱情故事反映明末南明灭亡的历史戏剧。所谓"借离合之情，写兴亡之感，实事实人，有凭有据。"剧本中绝大部分人物是真人真事，所写的一年中重大历史事件甚至考证精确到某月某日，但由于并不是历史书籍，剧中加入故事情节，人物感情刻画，从深度和广度反映现实，并且有很高的艺术表现力，是一部对后来影响很深的历史剧。

孔尚任其人

继《长生殿》之后问世并负盛名的《桃花扇》，是一部演近世历史的历史剧。作者孔尚任一生的升沉荣辱颇具戏剧性，而且与康熙皇帝有着直接的关系。

▲孔尚任

孔尚任，字聘之，号东塘，曲阜人。他生于清朝，青年时代曾努力争取由科举进入仕途，为此还卖田纳粟捐了监生的科名，却未达到目的。康熙皇帝第一次南巡，返程过曲阜祭祀孔子，孔尚任被推举在祭曲后讲经，受到康熙的称许，让他引驾观览孔庙、孔林，当即指定吏部破格任用。这样他就由一个乡村秀才陡然成了国子监博士。这种非同寻常的际遇，孔尚任自然是感动之至，为此写了《出山异数记》。康熙看中的是他是一位有才学的圣裔，特拔入仕含有表示尊孔崇儒的意思。次年，孔尚任在国子监做了半年的学官，又受命随同工部侍郎去淮扬治理下河，疏浚黄河海口。康熙可能是有意给他个升转正途的机会，但事情却走向了另外的方面。当时的河道总督靳辅不同意疏浚下河海口，和下河衙门官员发生争执，闹到朝廷中形成两派官僚互相攻击，下河工务时起时停，3年下来靳辅一方胜利，撤销了下河衙门。

他结交的名士不少是前朝遗老，在晤谈中常听到他们缅怀往事，感慨兴亡。他在幼年时曾听前辈人讲过李香君的故事，很感兴趣，此时听他们更加有声有色地讲述，感动中生发了创作欲望。下河衙门解散后，孔尚任待命扬州，乘机去南京游览，在秦淮河船上听人讲明末旧事，看了已经破残的明故宫，到栖霞山访问了隐居的身历北京甲申之变和南京弘光败局的张怡，也就是写进《桃花扇》中的历史见证人张瑶星道士。这无疑是一次有意识的创作访问。孔尚任到淮扬治河，没有做出什么业绩，却成了《桃花扇》创作的机缘，并为其日后的创作做了极充分的准备。

孔尚任返北京后，又做了多年的国子监博士，才转为户部官员。他有一种被冷落的感觉，有诗云："十年南北似浮家，名姓何人记齿牙？"在和京中的骚人墨客结社唱酬的同时，孔尚任悄悄写起了《桃花扇》。《桃花扇》定稿后，一些王公官员竟相借抄，康熙也索去阅览。《桃花扇》上演后，引起朝野轰动，孔尚任也随之不明不白地被罢官。

▲《桃花扇》故事图

《桃花扇》底系兴亡

《桃花扇》表现了明末时以复社文人侯方域、吴次尾、陈定生为代表的清流同以阮大铖和马士英为代表的权奸之间的斗争，揭露了南明王朝政治的腐败和衰亡原因，反映了当时的社会面貌。桃花扇是侯方域、李香君定情之物。孔尚任以此记录着男女主人公的沉浮命运，又用它勾连出形形色色的人物活动。戏从赠扇定情开始，侯李的爱情与当时复社反对阉党余孽阮大铖的斗争纠缠在一起。侯方域在南京旧院结识李香君，共订婚约，阉党余孽阮大铖得知侯方域手头拮据，暗送妆奁用以拉拢。香君识破圈套，阮大铖怀恨。南明王朝建立后，阮诬告侯方域迫使他逃离南京。得势的阮大铖欲强迫香君改嫁党羽田仰遭拒，香君血溅定情诗扇。友人杨龙友将扇上迹点染成折枝桃花，故名桃花扇。后来，侯方域被捕入狱，李香君被迫做了宫中歌妓。直到清兵席卷江南，南明小朝廷覆灭。当这对夫妻不期而遇，已是国破家亡。国已破，何为家？一个道士撕破了这柄扇子，他们一起出家，也结束了爱情。

《桃花扇》运用了"借离合之情，写兴亡之感"的艺术构思，结构严谨，组织巧妙。剧本以一生一旦的爱情悲欢为主线，串联起南明政权各派各系以及社会中各色人物的活动与矛盾斗争，纷繁错综、起伏转折而有条不紊。在侯、李爱情这条主线中，作者又以一把宫扇作为贯穿之物，让它在情节发展的关键时刻多次出现，充分发挥了这个小道具的作用；桃花扇既是侯、李坚贞爱情和高尚节操的象征，也是马、阮之流祸国殃民的见证，因而成为离合之情与兴亡之感的凝聚点，体现了"南明兴亡，遂系之桃花扇底"的艺术匠心。

▲《桃花扇》剧照

文言小说的最高成就——
《聊斋志异》

在以志怪传奇为特征的文言小说中，最富有创造性、文学成就最高的是清初蒲松龄写的《聊斋志异》。公元1679年，《聊斋志异》青柯亭刊本一出，就风行天下，翻刻本竞相问世，相继出现了注释本、评点本，成为小说中畅销书，到《红楼梦》出来，这个势头也未减弱。影响更大的是它还引起不少作者竞相追随仿作，文言小说出现了再度蔚兴的局面。《聊斋志异》不仅在中国文学史上产生了深远巨大的影响，还冲破国界，走向了世界。从19世纪中叶，《聊斋志异》流传国外，迄今已有20多个语种的选译本、全译本。

科举中挣扎一生的蒲松龄

蒲松龄，字留仙，一字剑臣，号柳泉。生于山东淄川县（今淄博市淄川区）。蒲氏虽非名门大族，却世代多读书人。他的父亲自幼习举子业，乡里称博学洽闻，科举失意，遂弃儒经商，积蓄20多年，赢得家资颇丰实。待经过明清易代之际的战乱，年纪渐老，无心经营，加以子女较多，食指日繁，家道便衰落下来。他无力延师，亲自教子读书，将科举功名的希望寄托在儿子们身上。

▲ 蒲松龄

蒲松龄兄弟4人，唯他勤于攻读，文思敏捷，19岁初应童子试，便以县、府、道三试第一进学，受到当时做山东学政的文学家施闰章的奖誉。此后却屡应乡试不中。他在科举道路上挣扎了大半生，直到年逾古稀，方才援例取得了个岁贡生的科名，不数年也就与世长辞了。

蒲松龄一生位卑家贫。他25岁前后与兄弟分居，只分得几亩薄田和三间老屋。他志在博得一第，锐意攻读，常与同学研讨时艺，联吟唱酬，无暇顾及家计，子女接连出生，生活便陷入窘境。31岁时，曾南游做幕僚，在做江苏宝应县令的同乡孙蕙衙门里帮办文牍。他极不甘心为人做幕僚，仅一年便辞幕返家。

此后数年间，他辗转于本县缙绅之家，做童蒙师，或代拟、誊抄文稿，以养家糊口。康熙十八年，进入本县毕家坐馆。毕氏在明末是显赫的大官宦之家，馆东毕际有在清初曾任南通州知州，罢职归田，为本县的一大乡绅。蒲松龄在毕家一面教毕际有的几个孙子读书，研习举业，一面代馆东写书札，应酬贺吊往来。蒲松龄诗文俱佳，毕际有一派风雅名士气度，宾主相处十分融洽。在毕家，蒲松龄生活安适，受到礼遇，有东家丰富的藏书可读，还可以继续写《聊斋志异》，按期去济南应试。所以，他尽管时有寄人篱下之感，但也别无更佳处境。如此，他在毕家足足待了30个年头，70岁方才撤帐归家，终其余年。

蒲松龄困于场屋，大半生在缙绅人家坐馆，生活的内容主要是读书、教书、著书，可谓一位标准的穷书生。这种身世地位便规定了蒲松龄一生的文学生涯，也是摇摆于文士的雅文学和民众的俗文学之间。收有其诗词文章的《聊斋文集》文言短篇小说集《聊斋志异》可归于前者；用当地民间曲调和方言土语创作出的聊斋俚曲、以极其通俗的语言所撰写的一系列与百姓生活密切相关的聊斋杂著可归于后者。另外，有人认为长篇小说《醒世姻缘传》亦出自蒲松龄之手。

蒲松龄自谓"喜人谈鬼"、"雅爱搜神"。他在康熙十八年春，将已作成的篇章结集成册，定名为《聊斋志异》，并且撰写了情辞凄婉、意蕴深沉的序文《聊斋自志》，自述创作的苦衷，期待为人理解。此后，他在毕家坐馆

版本推荐

蒲松龄生前无资刻印《聊斋志异》这部卷帙甚巨的作品，然而早在他创作之际，便有人传抄；他逝世后抄本流传愈广。半个世纪后，《聊斋志异》终于被人据抄本编成16卷本刊刻行世，世称青柯亭本。嗣后近200年间刊印的各种本子，都由之而出。青柯亭本并非全本，除删掉了数十篇，还改动了一些有碍时忌的字句。1962年中华书局出版了由张友鹤辑校的《聊斋志异》会校、会注、会评本，共12卷，收作品491篇，是目前最为完备的本子，简称"三会本"。

的日子里仍然执著地写作，直到年逾花甲，方才逐渐搁笔。《聊斋志异》是蒲松龄大半生陆续写作出来的。

狐鬼世界的建构

《聊斋志异》谈鬼说狐，却最贴近社会人生。在大部分的篇章里，与狐鬼花妖发生交往的是书生、文人，发生的事情与书生、文人的生活境遇休戚相关，即便是没有直接关系的，也没有超出他们的目光心灵所关注的社会领域，从这里也就表现了一种既宽广而又集中的独特的视角。联系作者蒲松龄一生的境遇和他言志抒情的诗篇，则不难感知他笔下的狐鬼故事大部分是由他个人的生活感受生发出来，凝聚着他大半生的苦乐，表现着他对社会人生的思考和憧憬。就这一点来说，蒲松龄作《聊斋志异》，像他作诗填词一样是言志抒情的。

蒲松龄由于科举失意，长期为官宦人家私塾教师，这对《聊斋志异》创作的影响是至关重要的。因此，对科举制的抨击与批判，反映了科举的弊端是《聊斋志异》的一个主要内容。作品一方面揭露考场的腐败不公，讽刺考官的不学无术，认为考官"心盲或目瞽"，如《司文郎》《王子安》等。另一方面又反映了考生灵魂被扭曲的情况，如《叶生》《胡四娘》等。

由于蒲松龄身居下层，深知民间疾苦，所以《聊斋志异》中有许多揭露黑暗之作，如《席方平》，通过"冥间"一件冤狱的处理过程，深刻地揭露了当时现实社会中封建官府的暗无天日，和人民的含冤莫伸。还有《促织》《窦氏》等等，这些作品表现了蒲松龄对黑暗势力的痛恨，也表现了他的正义感。

蒲松龄对爱情的美好向往，促使他写作了许多表现婚姻爱情的作品。如《婴宁》《青凤》《黄英》等。在这一类作品里，女主角往往集年轻、美丽、聪明、活泼、温柔于一身，更多的或是青春貌美的花妖，或是情操高尚、才识过人的狐魅。她们扮演主动追求爱情的角色。男主人公则往往是潦倒、不得志的中下层书生。这些作品都强调了平等自由的爱情，在一定程度上否定了"理"与"礼"。这除了作为现实的一种补偿之外，其中还蕴含对两性关系的思索。这一类作品是《聊斋志异》中最动人的篇章。

文言短篇的艺术创新

《聊斋志异》在艺术上兼采众体之长，不仅继承了魏晋志怪和唐人传奇的优秀传统，而且还从史传文学、白话小说中吸取了有益的营养，形成了自己独特的艺术风格，代表了我国古代文言小说所已经达到和能够达到的最高水平。

作者有意将幻异境界与现实社会联结在一起，以寄托自己的孤愤和理想，使作品既驰骋天外，充满浓郁的浪漫气息；又立足现实，蕴含有深厚的生活内容。幻想性与真实性的相反相成，对立统一，构成了《聊斋志异》的突出特点。

▲《聊斋志异》故事图

大量的非现实性艺术形象的塑造成功，是《聊斋志异》的主要艺术成就。这些形象塑造的基本方式是：以他们作为"人"所表现出来的社会性为核心，巧妙地融合进他们作为"物"的自然属性或幻想属性，使之成为一种人性和物性复合统一的艺术形象。这样，这些花妖狐魅既多具人情，和蔼可亲，使人忘其为异类；又蕴含着他们本体的固有气质和超现实的神异性，让人觉得可望而不可即，大大增强了形象的美感。

《聊斋志异》的情节离奇曲折，幻诞诡谲，但在作品提供的特定情境之内，却又顺理成章，是按照某种固有的逻辑必然出现的。其情节的内在逻辑，主要包括人物性格逻辑和幻想逻辑，二者往往蕴含在同一个情节系列中，达到了高度的和谐统一，构成了作品幻中有真、真中有幻的艺术特色。

《聊斋志异》采用的是优美、典雅、精练、传神的文言，又做到了文言体式与生活神髓的高度统一，因此形成一种既典雅工丽又清新活泼的语言风格。如《婴宁》中，写婴宁爱笑，就用了"笑容可掬"、"嗤嗤笑不已"、"笑不可遏"、"复笑不可仰视"、"笑声始纵"、"狂笑欲堕"等，总共不下 20 余处，但无一处相同，各有特色，且符合不同的情境。

《儒林外史》奠定了我国古典
讽刺小说的基础

18世纪中叶，我国文坛出现了两部影响深远的伟大作品——《儒林外史》和《红楼梦》。两部书的作者吴敬梓和曹雪芹有着相近似的生活经历，又都不约而同地用白话小说的形式，把自己大半生的亲身经历和体验或直接或间接地写了出来。最终二人皆死于穷困潦倒之中。当吴敬梓的灵柩运往南京时，有人曾题诗说："著书寿千秋，岂在骨与肌。"的确，《儒林外史》一书为吴敬梓赢得了不朽的身后名，它是我国古代讽刺文学中最杰出的代表作，标志着我国古代讽刺小说艺术发展的新阶段。

坎坷磊落的文人

吴敬梓，字敏轩，安徽全椒县人。他出身的那个大官僚地主家庭，在明清之际有过50年光景的"家门鼎盛"时期。曾祖吴国对是顺治年间的探花，"一时名公巨卿多出其门"，祖辈也多显达。但到了他父亲吴霖起，家道开始衰微。吴霖起是康熙年间拔贡，做过江苏赣榆县教谕。为人方正恬淡，不慕名利，对吴敬梓的思想有一定影响。

吴敬梓年幼聪颖，才识过人，少时曾随父宦游大江南北。23岁时，父亲去世。他不善谋生，又慷慨好施，挥霍无度，被族人看作败家子。33岁迁居南京，家境已很困难，但仍爱好宾客交游，"四方文酒之士，推为盟主"。在这种"失计辞乡土，论文乐友朋"的生活中，使他有可能从朋友中接触到清初进步的哲学思想。吴敬梓早年也热衷科举，曾考取秀才，但后来由于科举的不得意，同时在和那批官僚、绅士、名流、清客的长期周旋中，也逐渐看透了他们卑污的灵魂，特

▲吴敬梓塑像

别是由富到贫的生活变化，使他饱尝了世态炎凉，对现实有比较清醒的认识，从而厌弃功名富贵，而以"一事差堪喜，侯门未曳裾"自慰，并提出"如何父师训，专储制举才"的疑问。36岁时，安徽巡抚赵国麟荐举他应博学鸿词考试，他以病辞，从此也不再应科举考试。

此后，吴敬梓的生计更为艰难，靠卖书和朋友的接济过活。在冬夜无火御寒时，往往邀朋友绕城堞数十里而归，谓之"暖足"。在经历了这段艰苦生活之后，他一面

更加鄙视那形形色色名场中的人物，一面向往儒家的礼治，在他40岁时，为了倡捐修复泰伯祠，甚至卖掉最后一点财产——全椒老屋。吴敬梓怀着愤世嫉俗心情创作的《儒林外史》大约完成于50岁以前。

吴敬梓晚年爱好治经，著有《诗说》七卷（已佚）。51岁时，乾隆南巡，别人夹道拜迎，他却"企脚高卧向栩床"，表示了一种鄙薄的态度。54岁时，在扬州结束了他穷愁潦倒的一生。

封建社会的照妖镜

《儒林外史》通过对儒林文士生活和精神状态的现实主义描写，绘制出一轴色彩斑斓的士林人物长卷。它以功名富贵为中心，站在俯视整个封建文化的高度，对科举制度统治下的儒林群像和儒林心态作了深刻的剖析，既是一部儒林丑史，又是一部儒林痛史。不仅如此，作者还提出了儒林群体的命运这一历史的课题，孜孜不倦地探求儒林的真正出路。因此小说的思想内容可大致分为两个部分：一是对科举制度的严峻批判；二是对理想人生的热切追求。

《儒林外史》俯仰百年，写了几代儒林士人在科举制度下的命运，他们为追逐功名富贵而不顾"文行出处"，把生命耗费在毫无价值的八股制艺、无病呻吟的诗作和玄虚的清谈之中，造成了道德堕落，精神荒谬，才华枯萎，丧失了独立的人格，失去了人生的价值。对于理想的文人应该怎样才能赢得人格的独立和实现人生的价值，吴敬梓又陷入理性的沉思之中。

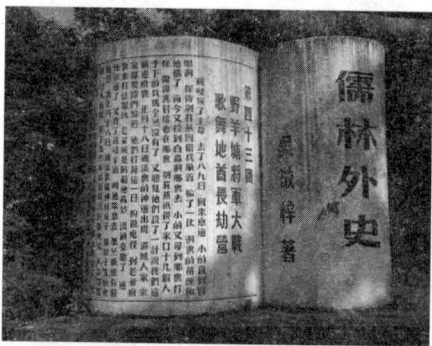
▲《儒林外史》雕塑

《儒林外史》是一面封建社会的照妖镜。它通过对封建文人、官僚豪绅、市井无赖等各类人物无耻行为的真实生动的描写，深刻地揭露了行将崩溃的封建制度的腐朽性，强烈地抨击了罪恶的科举制度，并涉及了政治制度、伦理道德、社会风气等等，客观上否定了整个封建制度。否定、鞭挞科举制度，谴责官僚集团，揭露封建礼教，同情人民群众，这样一些内容使《儒林外史》成为一部具有进步的民主思想的名著。《儒林外史》还写了一些下层人民，表现了作者对他们深切的同情和热爱，颂赞他们正义、朴实的高贵品质和非凡的才能。鄙视功名的王冕，真诚善良的伶人鲍文卿，淳朴的农村小生产者卜老爹和牛老爹，便是这类人物的代表。

讽刺文学的精品

《儒林外史》最主要的艺术成就，是它富有民族特色的讽刺艺术，它将中国古代讽刺艺术推向了新的高峰，并形成了自己的独特风格。在《儒林外史》之前，《西游记》《西游补》《金瓶梅》等小说中，已有讽刺的成分，但是，往往不是流于插科打诨，就是等同谩骂，还不能说是真正意义的讽刺小说。《儒林外史》则不同，正如鲁迅所说："《儒林外史》出，乃秉持公心，指摘时弊，机锋所向，尤在士林；其文又戚而能谐，婉而多讽。于是说部中乃始有足称讽刺之书。"（《中国小说史略》）可见，《儒林外史》足称讽刺之书的原因主要表现在两方面：一是出于公心。也就是说，它并不是由于个人遭遇，深受科举之害，或是由于对某个人的不满，出于愤激之情才写出的，而是出于公心（社会责任感、忧患意识等），看到了科举制度的普遍危害和士林的种种丑态，才有这部小说的问世；二是能用比较冷静、客观、委婉的手法来写，从真实可信的细节和语言入手来讽刺，既能感受到作者的忧世之心，同时又可见讽刺之意。《儒林外史》对清末的谴责小说有直接的影响。

《儒林外史》是有着思想家气质的文化小说，有着高雅品位的艺术精品。它与通俗小说有不同的文体特征，因而其叙事方法也发生了明显的变化。

《儒林外史》继承并发展了《金瓶梅》的写实观念，真正完成了古代小说从传奇性向现实性的转变，是小说发展史上具有美学内涵的一大跃升；与此相适应，《儒林外史》已从故事型小说跨入到性格型小说，它有意淡化故事情节，弱化戏剧性的矛盾冲突，用寻常细事，通过精细的白描来再现生活，塑造人物。

▲《范进中举》插图

《儒林外史》改变了传统小说中说书人的评述模式，采取了第三人称隐身人的客观观察的叙事方式，由人物形象自己呈现在读者面前，大大缩短了小说形象与读者之间的距离。作品的叙事角度也随之发生变化，作者已经能够把叙事角度从叙述者转换为小说中的人物，通过不同人物的不同视角和心理感受，写出他们对客观世界的看法，丰富了小说的叙事角度。

在中国古代长篇小说中，《儒林外史》的结构形式颇有特色。它没有贯穿首尾的中心人物与主要事件，而是分别以一个或几个人物为中心，组成一个个相对独立的故事。各个故事随着有关人物的出现而展开，又随着有关人物的隐去而结束，故鲁迅称它是"事与其来俱起，亦与其去俱讫，虽云长篇，颇同短制"。实际上全书以对儒林的厄运进行反思为中心题旨，将各自独立的故事情节和复杂的社会生活内容统摄起来，因此结构仍不失谨严完整，布局也不失和谐统一。

中国古典文学的总结《红楼梦》问世

　　清朝乾隆年间，京城文人学士及王公贵族中，流行着这么一句话："开谈不说《红楼梦》，读尽诗书也枉然"。这就是说：不管你读了多少诗文著作，如果没有看过《红楼梦》的话，也等于白费功夫。的确，在明清小说中，最为后人称道的莫过于《红楼梦》。它是中华民族灿烂文化的集大成者和象征，它既是中国古典文学的总结，又是中国新文学的发端。因此，鲁迅说："自有《红楼梦》出来以后，传统的思想和写法都打破了。"

"生于繁华，终于沦落"的一生

　　《红楼梦》的原作者曹雪芹，名霑，字梦阮，号雪芹、芹圃、芹溪，是我国伟大的现实主义作家。先世本汉人，但很早就成了正白旗内务府"包衣"，康熙朝时，已是煊赫一时的贵族世家。从曾祖父曹玺起，经祖父曹寅，父辈曹颙、曹頫，三代世袭江宁织造，祖父曹寅一代是曹家鼎盛时期，曹寅的两个女儿都被选作王妃。康熙6次南巡，有5次都以曹家的江宁织造署为行宫，后4次是在曹寅任内，可见当时曹家权势的显赫以及和康熙关系之密切。曹寅是当时的"名士"，能写诗、词、戏曲，又是有名的藏书家，著名的《全唐诗》就是由他主持刻印的。这样的家庭传统对培养曹雪芹的文艺才能起了一定的作用。曹寅死后，曹颙、曹頫相继承袭职位。其时清宫廷内部斗争异常激烈，雍正五年曹雪芹父亲曹頫因事被株连，获罪落职，家产抄没，次年全家北返，家道遂衰。到了乾隆初年，曹家又遭一次更大的祸变，从此就一败涂地了。

▲ 曹雪芹塑像

　　曹雪芹一生恰好经历了曹家盛极而衰的过程。他13岁前曾在南京过了一段"锦衣纨绔"、"饫甘餍肥"的生活，13岁迁居北京后，初在宗学工作了一段时间，这时他结识了敦敏、敦诚兄弟，晚年在西郊"蓬牖茅椽，绳床瓦灶"，生活更为困顿。曹雪芹从宫廷贵族下降到"举家食粥"的不平常经历，使他对社会上种种黑暗和罪恶的认识比别人更全面、更深刻，对封建阶级没落命运的感受也比别人更深切，同时也使他有机会接触更广阔的社会现实，这都为他的创作提供了坚实的生活基础。

　　《红楼梦》写于曹雪芹凄凉困苦的晚年。创作过程十分艰苦。小说第一回说"曹雪芹于悼红轩中，披阅十载，增删五次"，真是"字字看来皆是血，十年辛苦不寻常"。可惜没有完稿，就因幼子夭折、感伤成疾，还不到 50 岁，就在贫病交迫中搁笔长逝了。死后，留下的只有琴剑在壁，"新妇飘零"，连他手稿也无人整理。几个好友草草地殡葬了这位伟大的作家。

▲北京曹雪芹纪念馆

博大精深的思想

《红楼梦》的思想内容是中国古代小说中最复杂的。它以贾宝玉、林黛玉、薛宝钗爱情故事为主线，表面看来似乎与一般的才子佳人小说没有太大的区别，但实际上，却与一般的才子佳人小说有着本质的区别。这就是它的着眼点并不在爱情，而是以爱情为线索，通过贾府由盛而衰的描写，展现了贾宝玉和一群红楼女子以及许多人的悲剧命运、广大的社会生活面、深入的人生体验、不同人生价值观的冲突等。其思想之复杂、内容之广泛、主题之模糊，中国古代小说中无出其右，正因为如此，就给读者留下了极大的解释空间，而这也正是《红楼梦》的巨大魅力之一。

小说在内容上给人印象最深的是两个方面：一是社会的复杂，二是书中强烈的悲剧气氛。《红楼梦》所反映的社会生活面之广，是罕有其匹的。从皇帝、后妃到贩夫走卒、婢女优伶都有所反映，而且更重要的是写出了他们之间的复杂关系。既反映了阶级压迫、贵族生活的豪富、下层人民的困苦，也反映了科举制度、封建礼教、不同人的命运等。用形象化的手法，从不同的角度立体地展示了社会全貌，这超过了以往任何一部小说。这也是《红楼梦》的巨大成就之一。

▲《红楼梦》插图 1

另外，《红楼梦》中的悲剧气氛是非常强烈的。小说中，整个社会不断走向衰落，贾府及其他三大家族也不断衰落，贾府中的人，特别是那些纯洁、美丽，惹人怜爱的女性也一个个无可挽回地酿成悲剧，最终的结果是一无所有。这一切都像宿命一样，令人遗憾，但又无可奈何。当那些美的代表或象征走向毁灭的时候，没有人不为之深深叹息。这种悲剧气氛正是《红楼梦》最能打动人的地方之一。从《红楼梦》描写贾府衰败的过程，也可以看出一代王朝走向衰败的社会面貌，与过去小说、戏曲中那种廉价的大团圆结局与之相比，《红楼梦》的这种结局无疑要深刻动人得多。

古典小说前所未有的高峰

《红楼梦》在继承中国古代小说艺术传统的基础上，有了很大的创造和发展，达到了我国古典小说前所未有的高峰。

曹雪芹在全书第一回就表明了自己的创作主张。他不蹈历来野史的旧辙，更反对才子佳人小说的"千部一腔，千人一面"和"假捏出二人名姓，又必旁添一小人，拨乱其间"；而是根据自己"半世亲见亲闻来创作"，"其间离合悲欢，兴衰际遇，俱是按迹循踪，不敢稍加穿凿，至失其真"。曹雪芹正是以 10 年辛勤的劳动，对生活素材进行了严格的挑选，把自己观察、体验到的丰富的社会生活作了高度的加工、提炼，才能创作

▲《红楼梦》剪纸

出像《红楼梦》这样典型、这样集中、这样完美地反映社会生活的作品。它像生活本身那样丰富、复杂而且浑然天成，表现了现实主义创作方法的高度成就。

曹雪芹在广阔的社会背景下，以精雕细琢的工夫，描绘了一大批活生生的典型形象，他们有正面的，有反面的，有主要的，也有次要的。而且其中不少形象，如宝玉、黛玉、宝钗、凤姐、刘姥姥等已流行在生活之中，成了不朽的典型。曹雪芹在描写人物时，根据他们所处的不同地位，分别采用不同手法。对一些主要人物，通过不同情节，从不同的角度层层深入地镂刻出他最主要的性格特征：如宝玉对女孩子的热爱与同情；黛玉的孤高自许、多愁善感；宝钗的虚伪和会做人；王熙凤的泼辣、奸诈和狠毒；都表现得特别的突出。对人物其他方面的特征则采用了前后重点不同的补充描写的方法，从而使这些形象表现得十分深刻、饱满，给人以不可磨灭的印象。对比较次要的人物，一般是先用淡淡的几笔带过，等到一定时候，就抓住典型事件集中描写，突出其性格特征。

黛玉马上看将起来，宝玉见他像在默诵书上的词句，便说着那书道："我就是个'多愁多病的身'，你就是那'倾国倾城的貌'。"黛玉满脸绯红，怒道："你这该死的，把这些淫词艳曲弄来，说这混帐话欺负我。我告诉舅舅、舅母去。"

▲《红楼梦》连环画

《红楼梦》善于把人物放在特定的艺术气氛里，来烘托出人物的内心情绪，给读者以强烈的感染。这是继承和发展了我国古典诗词和戏曲中情景交融的描写。在用环境来烘托人物性格方面，《红楼梦》也达到了极高的成就，在潇湘馆、蘅芜院和秋爽斋等描写中，环境的特点和人物性格无不异常协调。如潇湘馆的竹林、垂地的湘帘、悄无人声的绣房和透出幽香的碧纱窗，组成了一个富有诗情画意的境界。这个境界不仅和黛玉的气质完全相吻合，而且它反过来又把黛玉的形象衬托得更优美动人。

在我国古典小说中向来不大重视人物的内心描写，但在《红楼梦》中则有许多地方描写得极为深入、细腻，成功地揭示了人物的精神面貌和他们的内心秘密。

《红楼梦》的语言最成熟，最优美。其特点是简洁而纯净，准确而传神，朴素而多彩，达到了炉火纯青的境界。小说中那些写景状物的语言，绘色绘声，使读者仿佛身临其境。宝钗扑蝶、黛玉葬花、晴雯补裘、湘云醉卧芍药园等，全然是一幅幅美丽的图画，在这些画面里，人物的神态也得到了充分的表现。《红楼梦》中的诗词能和人物、故事紧紧揉合在一起，它们被熔铸在整个艺术形象中，从而对人物性格的塑造，起了相当重要的作用。

《红楼梦》在艺术结构方面所取得的成就也是非常突出的，在它以前的长篇小说以《三国演义》的结构为最完整。但《红楼梦》比起《三国演义》来表现出更宏伟、更严密、更完整。小说为了表现十分丰富复杂的社会生活以及服从作品中矛盾斗争和人物性格发展的要求，全书以贾宝玉和林黛玉的爱情和贾府的由盛而衰为线索，把众多人物和复杂、纷繁的事件组织在一起，这些人物、事件交错发展，彼此制约，构成了一个巨大的艺术结构。这个结构的内部百面贯通，筋络相连，纵横交错，但又主次分明，有条不紊，它使我们感到生活的河流在那里波澜壮阔、汹涌澎湃地前进。

▲《红楼梦》剧照

晚清社会的"群丑图"四大谴责小说

经过中日甲午战争失利、戊戌变法失败、八国联军侵华这一系列巨大的变故，古老的中国一步步滑到亡国的边缘，国人对腐败的清政府也完全丧失了信心。同时，清政府苟延残喘，对社会的控制能力也越来越弱。在这样的情况下，小说界出现了大量抨击时政、揭露官场阴暗与丑恶的作品。这一类小说大都写得很尖锐，但由于作者迎合读者求一时之快的心理，描写往往言过其实，显得浮露而缺乏深度。所以鲁迅认为这一类小说还不够格称作讽刺小说，就把它们别称为"谴责小说"。主要有李宝嘉的《官场现形记》吴趼人的《二十年目睹之怪现状》刘鹗的《老残游记》曾朴的《孽海花》，这四部小说合称为清末四大谴责小说。

《官场现形记》

李宝嘉的《官场现形记》首开近代小说批判现实的风气，问世之后，立即在社会上引起很大反响，并且成为此类小说的样板，各种模仿的"现形"之作接踵而至。

作品从改良主义的立场出发，对中国封建社会崩溃前夕的官僚体制进行了总体解剖与全面批判，集中暴露了各地各类大小官吏的丑恶嘴脸，是一幅晚清官场的群丑图。作者对官场的揭露主要表现在以下方面：一是卖官鬻爵、贪赃纳贿，"千里为官只为财"，放眼官场，上至朝廷王公大臣、下至州县佐杂胥吏，无不贪污贿赂，利欲熏心。二是道德沦丧、寡廉鲜耻，各级官吏为了升官发财，任何卑鄙无耻、丧心病狂的勾当都干得出来，传统的人格情操全然泯灭，官场的文化品位荡然无存，以至于作者直斥晚清官场为"畜生的世界"。三是惧洋媚外、奴性十足，这些官僚无论职位高下，都患有恐洋症，在洋人面前，立时现出卑躬屈膝、百般讨好的洋奴丑态。

在艺术上，小说受《儒林外史》影响较大。首先，全书的结构由许多短篇故事连缀而成，每个故事都有一定的独立性和完整性，一人之事完，即转入下一人。这种结构与作者企图广泛地反映官场的整体现状有关。其次，长于使用讽刺艺术，诙谐、滑稽而又冷峻、尖刻，作者善于抓住人物言行之间的自相矛盾，彰显其可笑之处；也善于运用夸张、漫话化的闹剧手法，突出故事情节的荒诞性；然后用嬉笑怒骂而不失幽默风趣的语言，完成老辣恣肆的讽刺。但有时渲染过甚，溢恶违真。再次，惯用白描手法描绘人物，尤擅长细节渲染。除《官场现形记》以外，李宝嘉还有《文明小史》《活地狱》等长篇小说和《庚子国变弹词》。

《二十年目睹之怪现状》

吴趼人的《二十年目睹之怪现状》是一部带有自传色彩的作品。全书以主人公九死一生奔父丧始，至其经商失败止。卷首九死一生自白他出来应世的20年间所遇见的只有"蛇虫鼠蚁"、"豺狼虎豹"、"魑魅魍魉"，小说就是展示这种怪现状，笔锋触及相当广阔的社会生活面，上自部堂督抚，下至三教九流，举凡贪官污吏、讼棍劣绅、奸商钱房、洋奴买办、江湖术士、洋场才子、娼妓娈童、流氓骗子等，狼奔豕突，显示了日益殖民地化的中国封建社会肌体的溃烂不堪。

小说富有特色的部分是对封建家庭的罪恶与道德沦丧的暴露。在拜金主义狂潮的冲击下，旧式家庭中骨肉乖违，人伦惨变，作者以犀利的笔锋直揭那些道貌岸然的正人君子的丑恶灵魂。作家揭发官场黑幕，亦颇重从道德批判切入，直斥"这个官竟然不是人做的，头一件先要学会了卑污苟贱"。贯穿全书的反面人物苟才，便是这种"行止龌龊，无耻之尤"的典型。此外，书中对于清末官吏的庸懦猥琐、恐外媚外，也有相当生动的刻画，体现了作家的爱国义愤。小说还万花筒似地展示了光怪陆离的社会龌龊诸相，其中作家揣摩最为熟透的则是"洋场才子"。这些浮薄子弟，徜徉花国酒乡，胸无点墨，大言炎炎，笑柄层出，斯文扫地，充分显示了畸形社会中一部分知识分子的空虚和堕落。

本书也反映了作家追求与幻灭的心史历程。书中着意推出一些正面人物如吴继之、九死一生、文述农、蔡侣笙等，寄托着作家的理想和追求。吴继之由地主、官僚转化为富商，是我国小说中最早出现的新兴资产阶级形象。然而作家笔下商场人物的心理构型仍然是旧的，作家着力刻画的是他们的义骨侠肠，彼此间肝胆相照的深情厚谊，都还缺少商业资本弄潮儿的气质，他们最后的破产则反映了半封建半殖民地的中国社会中新兴资产阶级的命定归宿。

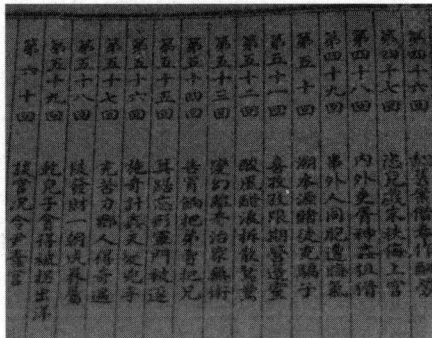

▲《二十年目睹之怪现状》书影

《二十年目睹之怪现状》外，吴趼人的三部写情小说《恨海》《劫余灰》《情变》，也曾在小说史上产生重要影响。前二者开民初哀情小说、苦情小说之先河，并确立了"发乎情，止乎礼义"的写情规范；后者着重写"痴"、写"魔"，开孽情小说一路。

《老残游记》

刘鹗的《老残游记》是一部饱含作者身世、家国、社会诸多感情的"哭泣"之作，也是一部欲唤醒民众的"醒世"之作。《老残游记》的作者刘鹗，字铁云，丹徒（今江苏镇江）人。刘鹗知识广博，做过官，也是著名的实业家。小说通过摇串铃的江湖医生老残游历山东一带的所见所闻，在一定程度上反映了晚清的社会政治状况，并寄托了作者补救封建残局的思想。

《老残游记》最突出的成就是对过去文学作品很少揭露的"清官"暴政的谴责。曹州知府玉贤是远近闻名的"办盗""能吏"，在他治理下，曹州府据说有"路不拾遗的景象"。他在衙门前，设了十二架站笼，没有一天是空的，不到一年就站死两千多人。但他所办的"盗","十个中倒有九个半"是无辜的百姓。于朝栋父子三人被诬站死，真犯抓住，却被故意放掉；一家杂货店主的独生子酒后失言，说了几句玉贤"糊涂"、"冤枉人"的话，立即以"谣言惑众"的罪站死。整个曹州府，"人人都担着三分惊险，大意一点儿，站笼就会飞到脖子梗上来的！"老残说："这个玉太尊不是个有才的吗？只为过于要做官，且急于做大官，所以伤天害理的做到这样。"揭露了这个"清官"的卑劣本质。书中还写了一个被称为"清廉得格登登"的刚弼，自命不要钱，不受贿，主观臆断，刚愎自用，滥施酷刑，屈杀好人。刘鹗在自己写的评语中说："赃官可恨，人人知之；清官尤可恨，人多不知。""历来小说皆揭赃官之恶，有揭清官之恶者，自《老残游记》始。"《老残游记》对所谓"清官"的刻画，丰富了中国小说的艺术形象，使人们看到在封建社会里这类残民以逞的"清官"比贪官更加可恶。这是这部小说言他人未曾言的独到之处。

▲刘鹗

小说中用了近五分之一的篇幅写隐居荒山的两个奇人玙姑和黄龙子，借他们的言行宣扬了作者所信奉的太谷学说：认为处世接物要以人情为根据，做到"发乎情，止乎礼义"；儒、释、道三教殊途同归，"其同处在诱人为善，引人处于大公"。因此《老残游记》也被认为是太谷学派北宗的内典传道书，蕴涵着丰富而深厚的文化信息。但书中又借黄龙子等人之口，大骂"北拳南革"，说义和团是"疫鼠"、"害马"，革命派如佛经中之魔王阿修罗，搅坏了世道。这又表现了作者与时代潮流相悖的一面。

《老残游记》与其他同时的谴责小说相比，没有笔无藏锋、讽刺肤浅的毛病，在艺术上很有特色。它既有对中国传统文学表现手法的批判和继承，也有对外国文学创作技法的借鉴和吸收。如在人物塑造上，综合运用了正面叙事、侧面烘托、细节描绘、议论评点、气氛渲染等等多种传统手法，也受外国小说影响，对人物作细致入微的长段的心理描写。这部小说文字优雅，叙景状物尤为出色。如写桃花山的月夜，黄河冰岸的雪景，大明湖、千佛山的风光，色彩鲜明，极富诗情画意，向为人所称道。由于《老残游记》在艺术技巧方面比较圆熟并且思想内容较为深刻，被联合国教科文组织列为世界名著之列。

▲曾朴

《孽海花》

在数以千计的晚清小说中，曾朴的《孽海花》的成就是比较高的。《孽海花》初印本原署"爱自由者发起，东亚病夫编述"，"东亚病夫"即曾朴。

《孽海花》和别的小说不同，书中人物，无不有所影射。作品以金雯青和傅彩云的故事为主要线索，通过当时京城内外官僚名士、封建文人的思想生活和社会风气，展现了清末的政治、经济、外交和社会生活的情况，对封建统治阶级的腐朽和帝国主义的侵略野心，作了一定程度的揭露和批判。

作品用了不少篇幅，描写了当时上层社会的风尚，揭露了官僚名士们的生活。外表看来，这些人都很"高雅斯文"，但灵魂很卑劣，生活很腐朽。小说中的男主角金雯青就是这类人物的代表。曾朴在批判这些官僚名士的同时，也指出科举制度是专制君主用来使"一般国民，有头无魂，有血无气"，以便"维持他们专制政体的工具"。

《孽海花》比起其他谴责小说来思想水平要高，这表现在揭露封建统治阶级种种罪恶的时候，有时能把批判的矛头一直指向最高封建统治者。作品还揭露了帝国主义的侵略意图，并把它和批判封建统治阶级的腐朽联系起来。此外，小说不仅歌颂了冯子材、刘永福等抗敌英雄，还表现出资产阶级民主革命的要求，认为奴乐岛（隐指中国）缺乏自由，而"不自由毋宁死"，肯定并宣扬了"天赋人权，万物平等"的民主主义启蒙思想。歌颂了孙中山、陈千秋等的资产阶级革命活动家，在他们身上寄托了拯救祖国的希望。

但上述进步的思想内容，在整个作品中不是很突出的。小说思想上的缺憾在于，写当时上层社会的轶闻艳情过多，而且缺乏应有的批判。作者的进步观点有时是很不明确的。

《孽海花》艺术上有一定成就。小说在结构上很有特色。以作者的话说："《孽海花》和《儒林外史》虽然同是联缀多数短篇成长篇的方式，然组织法彼此不同。譬如穿珠，《儒林外史》等是直穿的，拿着一根线，穿一颗算一颗，一直穿到底，是一根珠琏。我是蟠曲回旋着穿的，时收时放，东交西错，不离中心，是一朵珠花。譬如植物学里说的花序。《儒林外史》等，是上升花序或下降花序。从头开去，谢一朵，再开一朵，开到末一朵为止。我是散形花序，从中心干部一

▲《孽海花》剧照

层一层的推展出各种形色来，互相连结，开成一朵球一般的大花。"

第九章　现代文学

　　中国现代文学发端于五四运动时期，但以鸦片战争后的近代文学为其先导。现代文学是新民主主义革命时期现实土壤上的新的产物，同时又是旧民主主义革命时期文学的一个发展。在革命风暴中诞生、发展、逐渐走向成熟的我国现代文学，以其崭新的姿态，前进在今日世界进步文学之林。这一时期的文学一方面跟我国民族文学遗产保持承续的关系，一方面吸收了世界文学中有益的成分。涌现了一批优秀的作家和作品，小说方面如鲁迅的《阿Q正传》，茅盾的《子夜》，老舍的《骆驼祥子》，巴金的《家》《春》《秋》等；话剧方面如曹禺的《雷雨》《日出》，老舍的《茶馆》等；诗歌方面则以郭沫若、艾青等人的创作为代表。总之，现代文学都以革命的政治内容和全新的艺术形式的统一，为光辉灿烂的中国文学编织出璀璨夺目的花环。

鲁迅奠定中国现代文学基础

　　鲁迅在文学文化史上的贡献，标志着他是 20 世纪的世界文化巨人之一。他站在中国文学与世界文学已经达到的高峰之上，又扎根于中国人民的现实生活斗争的土壤之中，广泛地"综合"与变革，创造了"内外两面，都和世界的时代思潮合流，而又并未梏亡中国的民族性"，同时又具有独特个人风格的"现代中国人"的文学，"参与世界的事业"，达到了 20 世纪中国文学与世界文学的高峰。美国友人斯诺在悼念鲁迅时，即将他比作"法国革命时的伏尔泰"，又将他看作"苏俄的高尔基"，是颇有见地的。

生平与创作

　　鲁迅，中国现代伟大的文学家、翻译家和新文学运动的奠基人。原名周树人，字豫才，浙江绍兴人，出身于破落的封建家庭。"鲁迅"是他 1918 年为《新青年》写稿时开始使用的笔名。7 岁开始读书，12 岁从寿镜吾老先生就读于三味书屋。13 岁那年家里发生一场很大的变故，经济状况渐入困顿，接着父亲一病不起，使他饱尝了冷眼和侮蔑的滋味。

▲ 鲁迅

　　鲁迅在矿路学堂毕业后，考取官费留学，于 1902 年东渡日本，原学医，后从事文艺工作，企图用以改变国民精神。1909 年回国，先后在杭州、绍兴任教。辛亥革命后，曾任南京临时政府和北京政府教育部部员、佥事等职，兼在北京大学、女子师范大学等校授课。

　　1918 年 5 月，首次用"鲁迅"为笔名，发表中国现代文学史上第一篇白话小说《狂人日记》，对人吃人的制度进行猛烈地揭露和抨击，奠定了新文学运动的基石。五四运动前后，参加《新青年》杂志的工作，站在反帝反封的新文化运动的前列，成为五四新文化运动的伟大旗手。

　　1918—1926 年间，陆续创作出版了《呐喊》《坟》《热风》《彷徨》《野草》《朝花夕拾》《华盖集》《华盖集续编》等专集，表现出爱国主义和彻底的民主主义的思想特色。其中，1921 年 12 月发表的中篇小说《阿 Q 正传》，是中国现代文学史上杰出的作品之一。1926 年 8 月，因支持北京学生爱国运动，为反动当局所通缉，南下到厦门大学任教。1927 年 1 月到当时革命中心广州，在中山大学任教。"四·一二"事变以后，愤而辞去中山大学的一切职务。其间，目睹青年中也有不革命和反革命者，受到深刻影响，彻底放弃了进化论幻想。1927年10月到达上海。

1930年起，鲁迅先后参加中国自由运动大同盟、中国左翼作家联盟和中国民权保障同盟等进步组织，不顾国民党政府的种种迫害，积极参加革命文艺运动。1936年初"左联"解散后，积极参加文学界和文化界的抗日民族统一战线。从1927—1936，创作了《故事新编》中的大部分作品和大量的杂文，这些作品收录在《而已集》《三闲集》《二心集》《南腔北调集》《伪自由书》《准风月谈》《花边文学》《且介亭杂文》等专集中。鲁迅的一生，对中国的文化事业做出了巨大的贡献；他领导和支持了"未名社"、"朝花社"等进步的文学团体；主编了《国民新报副刊》《莽原》《奔流》《萌芽》《译文》等文艺期刊；热忱关怀、积极培养青年作者；大力翻译外国进步的文学作品和介绍国内外著名的绘画、木刻；搜集、研究、整理了大量古典文学，批判地继承了中国古代文化遗产，编著《中国小说史略》《汉文学史纲要》《唐宋传奇集》《小说旧闻钞》等等。

1936年10月19日病逝于上海。鲁迅的一生，表现了中国人民临危不惧、挺身而起的崇高的品质。

▲北京鲁迅博物馆内景

从《呐喊》到《彷徨》

在"五四"当时白话文和文言文的尖锐对垒中，鲁迅是以白话写小说的第一个人。他写下将近30篇小说，充分地表现了从辛亥革命前夕到第一次国内革命战争之前这一时期的历史特点。这是一个痛苦的时代，一个希望和失望相交织的时代。鲁迅的小说集中地揭露了封建主义的罪恶，反映处于经济剥削和精神奴役双重压力下的农民生活的面貌，描写在激烈的社会矛盾中挣扎着的知识分子的命运。这些小说随后结成为《呐喊》和《彷徨》两个短篇集。

《呐喊》共收1918至1922年间写的14篇小说。鲁迅把这个集子题作《呐喊》，意思是给革命者助阵作战，使他们不惮于前驱。小说具有充沛的反封建的热情，从总倾向到具体描写，都和"五四"时代精神一致，表现了文化革命和思想革命的特色。

1918年5月，鲁迅在《新青年》上发表的短篇小说《狂人日记》，是一篇具有划时代意义的作品，它宣告一个崭新的文学世纪的开始。在艺术方法上，明显地具有"淡淡的象征主义色彩"。在《狂人日记》问世之前，白话体诗歌和散文已经出现，但真正具有深邃的革命思想和文学革命的风貌，将彻底的反封建精神与崭新完美的艺术形式很好地结合起来的作品，则是这篇《狂人日记》。也可以说，《狂人日记》是中国现代小说的开山之作。继《狂人日记》之后，鲁迅写了《孔乙己》和《药》。

农村生活和农民形象在鲁迅小说中占有显著的地位，《阿Q正传》以塑造辛亥革命时期一个农民的典型取得了非凡的成就。《祝福》把人物放在更复杂的社会关系里，为农民的命运而提出的强烈的控诉。这篇小说是鲁迅1924至1925年间小说合集《彷徨》中的第一篇。

和农民一样，知识分子也是鲁迅小说里描写的重要对象。鲁迅亲身经历了近代思想文化界的变化，对各类知识分子作过深刻的观察。《在酒楼上》和《孤独者》写的是辛亥革命以后知识分子彷徨、颠簸以至没落的过程。

▲阿Q雕塑

出现在鲁迅笔下的也有另外一些知识分子的形象：属于孔乙己一个类型的，鲁迅在《白光》里又描写了陈士成的一幕喜剧性的悲剧。和《狂人日记》里的狂人一个类型的，鲁迅在《长明灯》里又描写了一个试图吹熄"不灭之灯"的疯子。《长明灯》结尾处的歌声和《药》里瑜儿坟上的花环含有同样的意义。

▲《社戏》插图

从《呐喊》到《彷徨》，每一篇作品的题材内容和艺术构思都不一样，这不仅由于鲁迅在创作过程中经过反复地酝酿，而且也是他长期生活考察和艺术探索的结果。在表现手法上，小说都从多方面作了尝试和创造。茅盾在评论《呐喊》时说："十多篇小说，几乎一篇有一篇新形式，而这些新形式又莫不给青年作者以极大的影响，必然有多数人跟上去试验。"

▲《祝福》舞台剧照

鲁迅小说富于独创性，具有非常突出的个人风格：丰满而又洗练，隽永而又舒展，诙谐而又峭拔。这种风格的形成又在不同程度上受到中外古典文学的涵养。鲁迅的小说具有最清醒的现实主义精神；鲁迅先生学习西方小说结构经济、灵便、多样的优点，打破中国传统的章回小说单一的形式，创造了中国现代小说的新形态。称鲁迅是中国现代小说之父，也不算过分。鲁迅是塑造典型人物形象的文学大家，为中国现代文学的艺术殿堂塑造了第一批永垂不朽的典型形象，如阿Q、闰土、祥林嫂、吕纬甫、子君、孔乙己、四铭等。

杂文和散文

鲁迅在进行小说创作的同时，还写了不少杂文、散文和散文诗。杂感是他直接解剖社会、抨击敌人的艺术武器：犀利活泼，不拘格套。散文和散文诗则以清新隽永的风格，包含着更多叙事和抒情的成分。这些作品的思想内容互有高低，但总的倾向是一致的，并且以其新颖多彩的形式，丰富和充实了现代文学最初 10 年间的成就。

杂文"萌芽于'文学革命'以至'思想革命'"，和过去这一类文章的传统形式不同，它是适应五四运动而产生的一种新的文体，一开始就受到鲁迅的重视。杂文是鲁迅一生运用最多的文学形式。通过杂文，鲁迅显现出他不屈不挠与旧势力战斗到底的革命者形象。他的杂文多收于《三闲集》《二心集》《且介亭杂文》《且介亭杂文二集》和《且介亭杂文末编》中。

鲁迅杂文形象性很强，他文章中的说理、论辩、批判、驳论等逻辑力量都是透过鲜明的形象来体现的，因而他的杂文具有浓郁的艺术色彩。鲁迅杂文的文体自由多变，短评是他常用的形式。他的文风或严峻凛然，或清新隽永，或锋芒毕露，或泼辣犀利，或意味深长，多姿多彩不拘一格。他的杂文是现代文学中有重大影响的一种文体。

鲁迅还是现代散文诗的重要的开创者，这部分作品收于《野草》集中。鲁迅先生的散文诗《野草》是中国文学史上的里程碑之作。《野草》是一部象征主义的艺术精品，其中最具艺术特色的是运用象征方法而创造的各种形象。

鲁迅的回忆散文收于《朝花夕拾》集中。这些散文，是"回忆的记事"，比较完整地记录了鲁迅从幼年到青年时期的生活道路和经历，生动了描绘了清末民初的生活画面，是研究鲁迅早期思想和生活以至当时社会的重要艺术文献。

巴金完成《家》的创作

　　在中国文学史上，在现当代文学的历史天空中，巴老是一颗耀眼的明星。巴金的创作生命贯穿了他的整个人生历程。现代文学史上的巴金主要凭着以《激流三部曲》为代表的小说奠定了他的地位，当代文学史上的巴金则凭着以《随想录》为代表的散文而竖起了他文学道路上的另一座丰碑。

屈指可数的优秀作家

　　巴金原名李尧棠，字芾甘。出生在四川一个世代官宦的人家。他自幼受到母亲的良好教育。母亲不仅教他认字，而且还教导他做人的道理，教他爱一切人，这种泛爱思想对巴金后来的人生道路起着潜在的影响，巴金曾感激地说："我的第一位先生是我的母亲。"

▲老年巴金

　　"五四"运动爆发，当时巴金还只有15岁，可是这个早熟聪慧的少年的心地一下子被一把火炬点燃了。他贪婪地阅读各种新书报，吸收一切新的思想。以后巴金更积极参加学生运动，编刊物，写文章，发传单，反对当地军阀。

　　1927年初，巴金赴法留学，客居异国的孤寂生活加深了他的忧郁和苦闷。于是，他开始写小说，第一部文学创作《灭亡》就产生了。这部作品1928年写成，1929年在当时影响最大的文学杂志《小说月报》连载发表。巴金犹如一颗新星在中国文坛升起。《灭亡》的成功，激发了巴金的创作兴趣和信心，1928年回国后，他专心致力于小说创作。他白天写，黑夜写，不顾天寒地冻，酷暑炎热；他没有休息，没有娱乐，忘了疲倦，忘了健康，埋头写作。勤奋结出了丰硕的果实，使他成了一个多产作家，20年间，他出版了20部中、长篇小说，13部短篇小说集，18个散文集，连同译作达七八百万字。他为中国新文学运动作出了不可磨灭的实绩，受到了文学界和广大读者的尊敬。

　　新中国成立以后，巴金怀着火一样的热情，歌颂这壮丽的时代。他写了许多歌颂新生活的散文，反映志愿军生活的短篇小说和通讯。五六十年代，特别是极左思潮严重的日子里，巴金曾受到多次粗暴的围攻批斗。他惶惑，想不通，但并未减弱他创作中、长篇小说的强烈愿望。特殊时期，巴金当然无法逃脱这一历史性的劫难。面对肉体的折磨，他也想到过死，但他终究没有屈服，他顽强地活下来。他把自己关在家中，开始翻译赫尔岑花费 15 年以上时间写成的史诗式巨著《往事与随想》。1978 年起，他在香港《大公报》连载散文《随想录》。20 世纪 80 年代初被确诊患上帕金森氏症后，仍然在病魔的折磨下坚持创作。他的创作可谓字字艰辛，句句是血。2005 年 10 月 17 日 19 时零 6 分在上海逝世。享年 101 岁。

巴金的创作

巴金自留法归来后，孜孜不倦地进行创作，他以炽烈的情怀表现知识青年反抗现实、献身理想的活动及其矛盾苦闷的思想感情，鞭挞封建礼教、封建制度的不义与罪恶并展示其必然崩溃的命运，是他在这一时期创作的小说的两个基本主题。前者以《灭亡》和总题为《爱情三部曲》的《雾》《雨》《电》为代表，具有浪漫主义的色彩。后者以根据自己在封建家庭生活经历创作的《激流三部曲》（《家》《春》《秋》）为代表，更多现实主义的刻画。其他中、短篇小说还从多方面描写了工人、农民的苦难生活和反抗斗争，以及异国人士的受难和悲哀。

抗日战争时期，巴金在迁徙不定的生活中先后写有《抗战三部曲》（《火》）和《憩园》《第四病室》，以及继《家》之后代表了他创作最高成就的《寒夜》等中长篇作品。还出版了短篇小说集《还魂草》《小人小事》和《龙·虎·狗》、《怀念》等 5 部散文集。这些描写小人小事的作品，揭示金钱造成的罪恶，病人遭受的苦难，家庭经历的悲剧，以及市井小民间的纠纷，透视出社会底层的种种世相，控诉阴沉寒冷的黑暗现实。

1978 年底至 1986 年 7 月写成 5 集 150 篇《随想录》后告别文坛。他以强烈的历史责任感和严于自剖的品格，推心置腹地与读者交流自己对祖国和人民命运的深沉思索。他还以极大的热情关注、支持旨在繁荣社会主义文学事业的各种活动。《随想录》出版后，轰动文坛，活画出一位心地坦诚的作家的纯洁灵魂。

名作推荐

巴金的代表作，在几代读者中最具影响的作品是《家》《春》《秋》。这部蜚声海内外的长篇巨制，通过一个大家庭的没落和分化，描绘出封建宗法制度的崩溃和革命潮流在青年一代中掀起的改变旧生活的伟大力量。作者对题材熟悉和感受的亲切，使作品获得了巨大的震撼力。在动荡、巨变、大浪淘沙的年代里，《家》《春》《秋》奏起的时代进行曲，在对青年进行反封建的启蒙教育方面，曾起了很大的作用。特别是其中的《家》，起的作用更大。中国的封建社会延续了两千年，反封建的任务异常艰巨。200 多年前，伟大的曹雪芹写了《红楼梦》，成为不朽的世界文学名著。巴金的《家》、《春》《秋》是继《红楼梦》之后，描写封建旧家庭败落的最优秀的小说。艺术上，这三部长篇也是巴金全部作品中成就最显著的作品。人物形象有血有肉，同一类人物也有很细微差别。巴金不是凭客观冷静地描写取胜，而是靠澎湃的激情折服人。他的小说，人物众多，头绪纷繁，却写得有条不紊，起伏有致。

《子夜》确立茅盾中国社会剖析派小说坛主地位

　　《子夜》是中国现代著名作家茅盾创作的长篇小说，初版印行之时（公元1933年）即引起强烈反响。瞿秋白曾撰文评论说："这是中国第一部写实主义的成功的长篇小说……1933年在将来的文学史上，没有疑问的要记录《子夜》的出版"。历史的发展证实了瞿秋白的预言。半个多世纪以来，《子夜》不仅在中国拥有广泛的读者，且被译成英、德、俄、日等十几种文字，产生了广泛的国际影响。日本著名文学研究家筱田一士在推荐10部20世纪世界文学巨著时，便选择了《子夜》，认为这是一部可以与《追忆逝水年华》《百年孤独》媲美的杰作。

伟大的革命现实主义作家茅盾

　　茅盾本名沈德鸿，字雁冰，"茅盾"是他的第一篇小说《幻灭》在《小说月报》连载时，第一次使用的笔名。1896年7月4日生于浙江桐乡县乌镇。他出生于书香世家，父亲是一个"维新派"的医生。由于父亲早逝，他是在母亲的教育下长大成人的。

　　在私塾中读过《三字经》，也上过新学，家庭开明，可以自由地读《三国》《水浒》和《聊斋》等闲书。中学时代开始参加学生运动，因反对学监的学潮曾被嘉兴府中学斥退，后转入杭州的安定中学。中学毕业后考入北京大学预科，三年预科期满毕业后，因家庭经济陷入困境，未能继续在北大学习。

▲青年茅盾

　　经朋友介绍进入当时的文化界十分著名的"上海商务印书馆编译所"工作，改革老牌的《小说月报》，成为文学研究会的首席评论家。就在这时候，接着他参与了上海共产主义小组，筹建中国共产党，下广州参加国民党第二次代表大会，任过国民党中央宣传部的秘书，宣传部的代部长是毛泽东。

　　国共合作破裂之后，自武汉流亡上海，后东渡日本，开始写作《幻灭》《动摇》《追求》和《虹》，遂拿起小说家的笔。这段上层政治斗争的经历铸成他的时代概括力和文学的全社会视野，早期作品的题材也多取于此。左联期间他写出了《子夜》《林家铺子》《春蚕》。抗战时期，辗转于香港、新疆、延安、重庆、桂林等地，发表了《腐蚀》和《霜叶红似二月花》《锻炼》等。文艺界为他庆了五十寿，他的声名日隆。

　　建国之后，他历任文联副主席、文化部长、作协主席，并任全国政协副主席，他已很难分身创作。到了"史无前例"的日月，挨批靠边，稍稍平稳便秘密写作《霜叶红似二月花》的"续稿"和回忆录《我走过的道路》。1981 年辞世。

茅盾的创作

　　《子夜》出版于 1933 年，震动了中国文坛，瞿秋白把这一年称为"子夜年"，可见它的影响之大。这部长篇围绕着民族资本家吴荪甫与买办赵伯韬之间的尖锐矛盾，全方位、多角度地描绘了 30 年代初中国社会的广阔画面：工人罢工，农民暴动，反动当局镇压和破坏人民的革命运动，帝国主义掮客的活动，中小民族工业被吞并，公债场上惊心动魄的斗法，各色地主的行径，资本家家庭内部的各种矛盾……通过这些多姿多彩的生活画面，艺术地再现了第二次国内革命战争时期的风云，反映了革命深入发展，星火燎原的中国社会风貌。茅盾以《子夜》这部长篇杰作的创作，为中国革命事业建立了不可磨灭的历史功绩。

　　除长篇《子夜》之外，茅盾还有由《幻灭》《动摇》《追求》三个略带连续性的中篇组成的《蚀》，以及短篇小说《春蚕》《林家铺子》。《蚀》描绘了大革命前后某些小资产阶级知识青年的生活经历和思想动态。《林家铺子》以林老板经营的小店铺的兴衰沉浮为中心，多方面地描写了林老板与整个社会的联系，阐释了林家小店铺的破产是整个工商业共同的前途的重要思想。《春蚕》通过农民老通宝一家人蚕花丰收，而生活却更加困苦的事实，明明白白地告诉人们：农民真正的出路，需在丰收之外去寻找。如同《子夜》一样，《林家铺子》和《春蚕》也是很有代表性的社会剖析小说。

　　除了小说，茅盾还写了不少散文。如果说，茅盾的小说主要是借刻画人物的性格和命运来反映时代面貌，那么，他的散文便大多是通过对于世态人情的直接描摹和辛辣讽刺，来揭露旧社会的腐朽和没落的。

我国第一部白话短篇小说集《沉沦》问世

　　1921 年 10 月，郁达夫出版我国现代文学史上第一部白话短篇小说集《沉沦》，由此奠定了他在新文学运动中的重要地位。郁达夫在文学创作的同时，积极参加各种反帝抗日组织，先后在上海、武汉、福州等地从事抗日救国宣传活动，并曾赴台儿庄劳军。郁达夫的一生，胡愈之先生曾作这样的评价：在中国文学史上，将永远铭刻着郁达夫的名字，在中国人民反法西斯战争的纪念碑上，也将永远铭刻着郁达夫烈士的名字。

名作推荐

　　《沉沦》的主人公"他"是一个日本留学生，因为追求自由和个性解放，反抗封建专制，被学校开除，因而为社会所不容。他以青年人所特有的热情渴望和追求真挚的友谊与纯洁爱情，但受到"弱国子民"身份的拖累，这种热情受到侮辱和嘲弄，在异国他乡倍感孤独和空虚，成为了"忧郁症"的患者。

　　他不甘沉沦，但又不可自拔地沉沦下去，在彷徨失措中，来到酒馆妓院，毁掉了自己纯洁的情操。事情过后又自悔自伤，感到前途迷惘，绝望中投海自杀。他在异国的遭遇，与祖国民族的命运密切相连，因而主人公在自杀前，悲愤地对着当时的社会环境疾呼："祖国呀祖国！我的死是你害我的！你快富起来，强起来吧！你还有许多儿女在那里受苦呢！"

　　小说强烈地表达了一代青年要求自由解放、渴望祖国富强的心声。在处于半封建半殖民地屈辱地位的中国青年中引起同病相怜的强烈共鸣。

为民族解放事业殉难的烈士

　　郁达夫，名文，字达夫，1896 年 12 月 7 日出生于浙江富阳一个知识分子家庭。幼年贫困的生活促使发奋读书，成绩斐然。后来随长兄赴日本留学，毕业于东京帝国大学经济学部。他精通五门外语，分别为日语、英语、德语、法语、马来西亚语。由于对中国古典文学浓厚的兴趣，又广泛阅读外国文学作品，从而走上文学创作的道路。1921 年，他和郭沫若、成仿吾等发起成立创造社。他的第一本也是我国现代文学史上的第一本小说集《沉沦》，被公认是惊世骇俗的作品。

　　郁达夫在文学创作的同时，积极参加各种反帝抗日组织，先后在上海、武汉、福州等地从事抗日救国宣传活动，并曾赴台儿庄劳军。1938 年底，郁达夫应邀赴新加坡办报并从事宣传抗日救亡，星洲沦陷后流亡至苏门答腊，因精通日语被迫做过日军翻译，其间利用职务之便暗暗救助、保护了大量文化界流亡难友、爱国侨领和当居民。1945 年 8 月 29 日，被日本宪兵残酷杀害，终年 49 岁。1952 年经中央人民政府批准，追认为革命烈士。

　　郁达夫的一生，胡愈之先生曾作这样的评

价：在中国文学史上，将永远铭刻着郁达夫的名字，在中国人民反法西斯战争的纪念碑上，也将永远铭刻着郁达夫烈士的名字。

郁达夫的创作

郁达夫一生著述颇丰。1928年起，郁达夫陆续自编《达夫全集》出版，其后还有《达夫自选集》《屐痕处处》《达夫日记》《达夫游记》《闲书》《郁达夫诗词抄》《郁达夫文集》，以及《达夫所译短篇集》等。郁达夫的创作风格独特，成就卓著，尤以小说和散文最为著称，影响广泛。其中以短篇小说《沉沦》《春风沉醉的晚上》，中篇小说《迷羊》《她是一个弱女子》和《出奔》等最为著名。小说多以失意落魄的青年知识分子作为描写对象，往往大胆地进行自我暴露，富于浪漫主义的感伤气息，笔调洒脱自然，语言清新优美，具有强烈的主观抒情色彩。

郁达夫一生为新文学的发展做出了杰出贡献。他的早期小说创作成为前期创造社浪漫主义倾向的突出代表，并且为一些后起的作家所仿效，在20年代形成以抒情笔调写小说的艺术流派。他的散文表现出直抒胸臆的率真，行文跌宕多姿，宛如行云流水，很有艺术魅力。晚年则主要写旧体诗，抒发爱国情感。他

▲《沉沦》书影

才华横溢，具有浓厚的诗人气质，是五四新文化运动健将。他的充满浪漫主义感伤色彩的小说、散文和诗歌，既反映了他本人坎坷的生活道路和曲折的创作历程，又表现出五四以后一个复杂而不平常的现代作家鲜明的创作个性和独特的艺术风格。

老舍开创现代市民文学新风貌

在中国现代作家中，老舍是为数不多能引起世界级轰动的作家之一。日本成立了"老舍研究会"，还率先出版了《老舍小说全集》；欧美等国也纷纷翻译老舍的作品；苏联的一位教授说："在苏联没有'老舍热'，因为根本没有凉过。"老舍的作品在那里行销数百万册。

老舍自传

1949 年前，老舍曾写过一篇自传，质朴自谦，妙趣横生。这篇自传全文如下：舒舍予，字老舍，现年 40 岁，面黄无须。生于北平。3 岁失怙，可谓无父；志学之年，帝王不存，可谓无君。无父无君，特别孝爱老母，布尔乔亚之仁未能一扫空也。幼读三百篇，不求甚解。继学师范，遂奠教书匠之基。及壮，糊口四方，教书为业，甚难发财，每购奖券，以得末彩为荣，示甘于寒贱也。27 岁发愤著书，科学哲学无所懂，故写小说，博大家一笑没什么了不得。34 岁结婚，今已有一男一女，均狡猾可喜。闲时喜养花，不得其法，每每有叶无花，亦不忍弃。书无所不读，全无所获并不着急，教书作事均甚认事，往往吃亏，亦不后悔。如此而已，再活 40 年也许能有点出息。

自传句句含情，表现了老舍谦虚质朴，开朗乐观的性格。

老舍作品

老舍作品甚多，有 16 卷《老舍文集》问世。主要作品有长篇小说《猫城记》《离婚》《骆驼祥子》《四世同堂》；中篇小说《微神》《月牙儿》《我这一辈子》；话剧《龙须沟》《茶馆》等。

▲ 老舍

老舍以长篇小说和剧作著称于世。他的作品大都取材于市民生活，为中国现代文学开拓了重要的题材领域。他所描写的自然风光、世态人情、习俗时尚，运用的群众口语，都呈现出浓郁的"京味"。优秀长篇小说《骆驼祥子》《四世同堂》便是描写北京市民生活的代表作。

长篇小说《骆驼祥子》成功地塑造了祥子、虎妞两个形象，是老舍的代表作。从反映市民生活的深度和艺术魅力两方面审视，《骆驼祥子》都代表老舍创作的最高水平。作者怀着炽烈的爱和深深的同情，描写了从农村流落到北京城里的祥子三起三落的悲惨遭遇，讲述了在黑暗的社会环境腐蚀下，祥子从一个善良、本分、富有正义感的人力车夫，开始在生活上、人格上、政治上一步步走向堕落，最后变得人不人不鬼的悲剧历程，真实地揭示了旧社会对劳苦大众的残酷剥削。军阀、特务、车厂老板乃至虎妞，都如同毒蛇一样，死死地缠着祥子，害得他成了一个可悲的牺牲品。祥子的命运，是旧中国广大城市贫民悲惨命运的缩影。祥子的堕落是令人心痛的，但这是对吃人的旧社会的有力控诉。老舍用他那犀利的文笔，准确地描画出祥子身上农民的性格、气质和心理特征。这个如同骆驼一样吃苦耐劳的汉子，是那么淳朴、善良、宽厚；而他的堕落，又是那么令人深思。虎妞外貌又老又丑，个性泼辣、厉害、粗鲁，从里到外，都被作者描画得活灵活现。另外，通过虎妞畸形的、变态的心理和行为，也巧妙地反衬出刘四这一类半殖民地社会里地痞恶棍的生活。这三个形象也为中国现代文学的人物画廊增添了多彩的光辉。

1951 年初创作的话剧《龙须沟》上演，获得巨大成功。剧本通过大杂院几户人家的悲欢离合，写出了历尽沧桑的北京和备尝艰辛的城市贫民正在发生的天翻地覆的变化，是献给新中国的一曲颂歌。《龙须沟》是老舍创作新的里程碑，他因此获得"人民艺术家"的荣誉称号。《茶馆》以一座茶馆作为舞台，展开了清末戊戌维新失败、民国初年北洋军阀盘踞时期、国民党政权崩溃前夕三个时代的生活场景和历史动向，写出旧中国的日趋衰微，揭示必须寻找别的出路的真理。老舍的话剧艺术在这个剧本中有重大突破。《茶馆》是当代中国话剧舞台享有盛名的保留剧目，继《骆驼祥子》之后，再次为老舍赢得国际声誉。

名作推荐

1957 年发表的《茶馆》，不但是老舍戏剧创作的高峰，也是新中国戏剧创作中具有里程碑意义的杰作。《茶馆》通过茶馆中人物的对话、行动等描写，表现了帝国主义操纵的军阀混战给社会造成的混乱，给人民带来的深重灾难，充分展示出人民与旧时代之间的特殊的矛盾冲突，揭示了那个时代的腐朽和被埋葬的必然趋势。

剧本三万字，写了三个"朝代"，时间跨度五十年，写活了七十个人物。它以高度的艺术概括，浓郁的民族气派，浓重的历史含量和浓厚的生活气息，谱写出一部史诗性的画卷。曹禺说："这第一幕是古今中外剧作中罕见的第一幕。如此众多的人物，活灵活现，勾画出了戊戌政变后的整个中国的形象。这是四十分钟的戏，也可敷衍出几十万字的文章，而老舍先生举重若轻，毫不费力地把泰山般重的时代变化托到观众面前，这真是大师的手笔。"

文学史上一部风格独特的
讽刺小说《围城》

《围城》这个题目具有隐喻意义。小说中引用了一句英国的古话，说"结婚仿佛金漆的鸟笼，笼子外面的鸟想住进去，笼子内的鸟想飞出来，所以结而离，离而结，没有了局"。又取意于法国成语"被围困的城堡"，"城外的人想冲进去，城里的人想逃出来"。但无论是"金漆的鸟笼"还是"被围困的城堡"，它们隐喻的不仅仅是现实中的婚姻关系，实际上还隐喻了理想与现实的关系，人与人之间的关系，即人生万事普遍存在的"二难处境"。

钱钟书其人

钱钟书，是位学贯中西而富才情的学者，江苏无锡人，周岁抓周，抓了一本书，父亲为他正式取名"钟书"。上小学时。父亲为钱钟书改字"默存"，要他少说话。后来钱钟书考入清华，立即名震校园，不仅因为他数学只考了15分，更主要的是他的国文、英文水平使不少同学佩服得五体投地。他到清华后的志愿是：横扫清华图书馆。他的中文造诣很深，又精于哲学及心理学，终日博览中西新旧书籍。最怪的是他上课从不记笔记，总是边听课边看闲书或作图画，或练书法，但每次考试都是第一名，甚至在某个学年还得到清华超等的破纪录成绩。毕业后以第一名成绩考取英国庚子赔款公费留学生，赴英国牛津大学留学。与杨绛结婚，同船赴英。从牛津获副博士学位后。

▲钱钟书

又赴法国巴黎大学进修法国文学。归国后，先后任昆明西南联大外文系教授、湖南蓝田国立师范学院英文系主任。

钱钟书具有过目不忘的记忆力，博古通今，他也曾讲过："东海西海，心理枚同；南学北学，道术未裂。"而且他还具有滔滔不绝的口才，非凡的机智与睿智，淡泊宁静毁誉不惊的人格，使得他极富传奇色彩，风靡海内外。有位外国记者如是说，"来到中国，有两个愿望，一是看万里长城，二是见见钱钟书"，简直把他看作了中国文化的"奇迹"与象征。一些人来自各个国家，不远万里来"朝圣"，然而，他却常常闭门谢客，避之唯恐不及。曾有一次，一位英国女士来到中国，给钱钟书打电话，想拜见他，钱钟书在电话中说："假如你吃了一个鸡蛋觉得不错。又何必要认识那下蛋的母鸡呢？"风趣若是。

"文化大革命"中，钱钟书、杨绛均被"揪出"作为"资产阶级学术权威"，经受了冲击。有人写大字报诬陷钱钟书轻蔑领袖著作，钱钟书、杨绛用事实澄清了诬陷。1998 年 12 月 19 日，因病在北京逝世。在翌日新华社播出的新闻通稿中，出现"永垂不朽"字样。

▲钱钟书与杨绛

钱钟书的创作

钱钟书作品有散文集《写在人生边上》短篇小说集《人·兽·鬼》长篇小说《围城》等。作品具有机智隽永的特点。钱钟书学贯中西，博通古今。学术著作《谈艺录》对中西诗学作了精微的辨析、比较和阐发，是中国最早的中西比较诗论，书中颇多新鲜独到的见解。《管锥编》对中国古代多部典籍作了考释，并比较研究了中西文化和文学，融广博的知识和精卓的见解于一体。《宋诗选注》体现了新的选诗原则和注释标准，对诗歌创作中的问题作了精见迭出的阐发。这些著作在国内外学术界享有很高声誉。

《围城》是中现代文学史上一部风格独特的讽刺小说。《围城》动笔于 1944 年，完稿于 1946 年，其时，作者正蛰居上海，耳闻身受日本侵略者的蛮横，"两年里忧世伤生"，同时又坚韧地"锱铢积累地"把自己对人生、对学术的感悟与思考付诸笔端，先后完成了小说《围城》和学术著作《谈艺录》。

作者在《围城》初版的序言里曾自述创作意图说："我想写现代的某一部分社会，某一类人物。"参照小说内容，可以看到，作者着意表现的是现代中国上层知识分子的众生相。通过主人公方鸿渐与几位知识女性的情感、婚恋纠葛，通过方鸿渐由上海到内地的一路遭遇，《围城》以喜剧性的讽刺笔调，刻画了抗战环境下中国一部分知识分子的彷徨和空虚。作者借小说人物之口解释"围城"的题义说：这是从法国的一句成语中引申而来的，即"被围困的城堡"。"城外的人想冲进来，城里的人想逃出来。"小说的整个情节，是知识界青年男女在爱情纠葛中的围困与逃离，而在更深的层次上，则是表现一部分知识者陷入精神"围城"的境遇。而这正是《围城》主题的深刻之处。

▲《围城》剧照

《围城》表现出了对世态人情的精微观察与高超的心理描写艺术。作者刻画才女型人物苏文纨的矜持与矫情，小家碧玉式的孙柔嘉柔顺后面深隐的城府，可谓洞幽烛微；而对嘴上机敏而内心怯弱、不无见识而又毫无作为的方鸿渐的复杂性格心态的剖析，则更是极尽曲折而入木三分。《围城》的描写，自始至终又都贯穿着嘲讽的喜剧情调。小说的基本情节，都围绕着方鸿渐展开，小说的诸多人物，场面也大都从方的观点展现，方的观人阅世的揶揄态度，以及隐含在他背后的小说作者的嘲讽口吻，交错交融，使《围城》的讽刺门手法别具一格。

可以这样说，钱钟书的《围城》将语言运用到了登峰造极的境界。因此，读《围城》不能像读一般小说那样只注重情节而忽视语言了，如果那样的话，《围城》也就失去了其存在的意义。

国际知名文学评论家夏志清认为《围城》是"中国近代文学中最有趣、最用心经营的小说，可能是最伟大的一部"。小说出版后即被翻译成多国文字，在世界上广有影响。

曹禺发表"天才之作"《雷雨》

　　曹禺在中国话剧史上是继往开来的重要作家。在他之前的话剧先驱者们，大都是以话剧作为宣传鼓吹民主革命思想的工具，因此没有机会更多推敲话剧的艺术问题。曹禺继承了先驱者们反帝反封建的民主精神和为人生的艺术主张，同时广泛借鉴和吸收了中国古典戏曲和欧洲近代戏剧的表现方法，把中国的话剧艺术提到了一个新的高度。

曹禺其人

　　曹禺，原名万家宝，祖籍湖北潜江，生于天津一个封建官僚家庭。从小爱好文学和戏剧，读了不少古今中外的文学作品。1922年入天津南开中学，参加南开新剧团，演出中外剧作，显示了表演才能，并广泛涉猎新文学作品，开始写作小说和新诗。1928年考入南开大学政治系。1930年转清华大学西洋文学系，广泛接触欧美文学作品，深为古希腊悲剧作家及莎士比亚、契诃夫等人的剧作所吸引，同时也陶醉于中国的传统戏剧艺术。

　　曹禺的作品，不但提高了戏剧文学的水平，对导演、表演艺术和舞台美术也发生了深刻的影响，使话剧成为真正的综合性艺术，为话剧争取了更多的观众，并使职业剧团得以存在，从而发展提高了剧场艺术。

曹禺的作品

　　曹禺的《雷雨》成为中国话剧艺术成熟的标志。其后的《日出》也是公认的杰出作品。

　　《雷雨》通过周鲁两家8个人物间错综复杂的矛盾冲突，反映了清末民初约30年的社会生活。周朴园是带有浓厚封建色彩的中国资产阶级代表人物。他平时道貌岸然，但在骨子里却是个专横、残暴、冷酷、虚伪的人。他对侍萍始乱终弃，导致了日后令人

▲曹禺

心悸的悲剧。他忏悔自己的过失，只是为了享用这忏悔所造成的心灵慰藉，并非良心发现。作者给他的结局是：家破人亡后，孑然一身，独自忍受残酷的精神煎熬。繁漪在周家这个地狱般的公馆里生活了18年，她把周萍当作了自己生命的绿洲，但是周萍对她也是始乱终弃。热情似火的繁漪绝望了，于是她以全部精力捣毁了这个封建小王朝。周萍是个阔少爷，他继承了父辈的冷酷与自私，却在魄力与气概上大大退化，成

为一个怯懦柔弱的空心人。他引诱了后母，又缠住四凤，却从未动过真情，他已丧失了启动真情的能力。他唯一有价值的举动是他的开枪自杀。《雷雨》的人物刻画、结构方式和台词技巧一直为人称道，它奠定了曹禺在中国现代戏剧史上的大师地位，同时也是中国话剧艺术成熟的标志。

▲《雷雨》剧照

《日出》以交际花陈白露和乡村教师方达生为中心，以陈的客厅和三等妓院宝和下处为活动场所，把社会各阶层各色人等的生活展现在观众面前，揭露剥削制度"损不足以奉有余"的本质。在艺术创作上，作者采用横断面的描写，力求写出社会生活的真实面貌，因而《日出》具有纪实性特点，一切都像生活本身而不像"戏"。剧本的人物刻画极见功力，如骄奢淫逸、心黑手狠的银行经理潘月亭，醉生梦死奴气十足的留学生张乔治，饱食终日无所用心的面首胡四和顾八奶奶，受尽侮辱与伤害的妓女翠喜，孤苦无告的小东西，走投无路的小书记员黄省三，乃至未曾出场而左右着所有出场人物命运的金八，都显得栩栩如生。主人公陈白露年轻美丽、生性高傲却又靠仰人鼻息过活，她厌恶周围鄙俗的人们和丑陋的世界，却又沉湎于放荡的生活而不能自拔，她并未失却良心和正义感，却又是一副玩世不恭的派头，她同外部世界、同她自身都处于矛盾、对立的状态，最终只得一步步堕落，走向死亡。作者对陈白露的描写集中表现了《日出》的艺术风格。

曹禺的作品除《雷雨》《日出》外，还有《原野》《蜕变》《北京人》《家》（根据巴金同名小说改编）、《艳阳天》（电影剧本）、《明朗的天》《胆剑篇》（与梅阡等合作）、《王昭君》。此外，曹禺还翻译了莎士

▲《日出》剧照

比亚的《罗密欧与朱丽叶》等。

朱自清为现代语体散文作出了开拓性贡献

朱自清的一生，是从作家到学者的一生，在他有限的生命中，他始终把自己的研究工作与文学创作和鉴赏活动紧紧联系在一起，身后留下著作20余种，约200万言，这是留给后人的取之不尽、用之不竭的宝贵财富。

腹有诗书气自"清"

朱自清，字佩弦，原籍浙江绍兴，生于江苏东海，长于扬州。1920年毕业于北京大学哲学系。在大学读书后期，受"五四"运动的影响，开始写新诗，一直继续到毕业后在江浙一带当中学教师的时期。1925年任清华大学教授，转而从事散文创作，成为现代著名的散文作家。1931年留学英国、漫游欧洲，次年回国，仍至清华大学任教授。

抗战期间，在昆明西南联大任教。由于昆明物价飞涨，家庭人口多，花费大，入不敷出，生活极为困苦，朱自清得了胃病，在这种艰苦的条件下，他仍日以继夜工作，进入了高产创作时期，先后有《伦敦杂记》《新诗杂话》《诗言志辨》《经典常谈》等著作问世。

1946年回到清华，胃病更加恶化，他抱病完成了《论雅俗共赏》《语文影响及其他》等著述。

朱自清的散文

朱自清的性格特点是中正平和，所以他最适宜写散文，而不是诗；因为诗需要激越、激情甚至偏激。作为散文大家，他的一些代表作一发表，就广为流传。

▲朱自清

他的散文中艺术成就较高的是收入《背影》《你我》诸集里的《背影》《荷塘月色》《温州和踪迹》之二的《绿》等抒情散文。朱自清的散文不仅以描写见长，并且还在描写中达到情景交融的艺术境界。

他的散文，有写景文、旅行记、抒情文和杂文随笔诸类。先以缜密流丽的《桨声灯影里的秦淮河》《荷塘月色》等写景美文，显示了白话文学的实绩；继以《背影》《儿女》《给亡妇》等至情之作，树立了文质并茂、自然亲切的"谈话风"散文的一种

名作推荐

朱自清成名作《桨声灯影里的秦淮河》，记叙夏夜泛舟秦淮河的见闻感受，作者在声光色彩的协奏中，敏锐地捕捉到了秦淮河不同时地、不同情境中的绰约风姿，引入发思古之幽情。富有诗情画意是文章的最大特色，秦淮河在作者笔下如诗、如画、如梦一般。奇异的"七板子"船，足以让人发幽思之情；温柔飘香的绿水，仿佛六朝金粉所凝；缥缈的歌声，似是微风和河水的密语……平淡中见神奇，意味隽永，有诗的意境，画的境界，正所谓是文中有画，画中有文。《桨声灯影里的秦淮河》这篇文章明显地体现了朱自清散文缜密、细致的特色。朱自清在描绘秦淮河的景色时，将自然景色、历史影像、真实情感融会起来，洋溢着一股真挚深沉而又细腻的感情，给人以眷恋思慕、追怀的感受。

▲朱自清荷塘边雕像

典范；最后以谈言微中、理趣盎然的杂感文，实现了诗人、学者、斗士的统一。他对建设平易、抒情、本色的现代语体散文做出了贡献。他的写景散文在现代文学的散文创作中占有重要地位，他运用白话文描写景致最具魅力。如《绿》中，就用比喻、对比等手法，细腻深切地画出了梅雨潭瀑布的质和色，文字刻意求工，显示出驾驭语言文字的高超技巧。他的炉火纯青的文字功力在《荷塘月色》中更是表现得淋漓尽致。比如在描写月色下的荷花之美时，作者将它比喻为明珠，碧天的星星、出浴的美人；在形容荷花淡淡的清香时，又用了"仿佛远处高楼上飘过来的渺茫的歌声似的"一句，以歌声比喻香气，以渺茫比喻香气的轻淡，这一通感手法的运用准确而奇妙。

与上述绚丽浓艳的比喻相比，朱自清还有另一语言风格的散文，即用平易的语言，在朴素的叙述中寄寓真挚深沉的情愫。这类作品常常能表现作者正直、热情、进步的心怀，如《生命的价格——七毛钱》《白种人——上帝的骄子》等均为这一风格的代表作，其中影响最大的是《背影》。这篇散文描绘了一幅父子车站送别的图画。文中用平易的文字描写了父亲爬上站台的动作，于滑稽、笨拙的动作中，传达出父子间的真情。这篇散文洗去了他往日的铅华，透过父亲的一举一动，读者似乎看到了作者惨淡的家境。

儿童文学家冰心发表《寄小读者》

1923 年初，冰心赴美国求学，应《晨报副刊》之约，冰心在国外为《儿童世界》专栏写下了一篇篇脍炙人口的通讯。这些通讯于 1926 年结集出版为《寄小读者》。从形式上说，这是一部带有游记性质的散文集，但它直接是写给小朋友们看的，便成了一部儿童文学作品，也由此，冰心又拉开了一扇文体的大门，即儿童文学。

一片冰心在玉壶

冰心，福建长乐人，原名谢婉莹，幼年时代就广泛接触了中国古典小说和译作。其父亲是一位参加过甲午战争的爱国海军军官，在海浪、舰甲、军营中冰心度过了着男装、骑马、射击的少年生活。中华民族饱受列强欺凌的屈辱历史，更激发了她的爱国之情。

"五四"时期，在协和女子大学理科就读，后转文学系学习，曾被选为学生会文书，投身学生爱国运动。1921 年参加茅盾、郑振铎等人发起的文学研究会，努力实践"为人生"的艺术宗旨，出版了小说集《超人》，诗集《繁星》等。

1923 年赴美留学，专事文学研究。曾把旅途和异邦的见闻写成散文寄回国内发表，结集为《寄小读者》，举世为之瞩目，至今仍然声誉不衰。这是冰心早期散文的代表作，也是中国现代最早的儿童文学作品。她的散文比小说和诗歌有更高的成就，在当时被称为很有魔力的"冰心体"。回国后，相继在燕京大学、清华大学女子文理学院任教。抗战胜利后，冰心带着三个孩子跟随丈夫吴文藻教授去日本，被日本东京大学聘为第一任外籍女教授，登台讲授《中国新文学》。1951 年，冰心全家回到北京，开始了她专业作家的生活，直到 1999 年逝世，享年 99 岁。

▲青年冰心

冰心的创作

冰心属于"五四"新文学运动中涌现出的第一批现代作家，是其中最知名的作家之一，为文学研究会的重要成员。在新思潮的激荡下，1919 年 9 月她以"冰心"的笔名发表了第一篇小说《两个家庭》，揭示了为了事业改良家庭生活的必要性。以后，她又发表了《斯人独憔悴》等揭示社会、家庭、妇女等人生问题的"问题小说"。

▲ 老年冰心

与此同时，她写作散文，1921 年发表的《笑》，被认为是新文学运动初期一篇具有典型意义的美文。1923 年秋，冰心赴美国威尔斯利女子大学研究院学习英国文学，从这时至 1926 年，她把自己在旅途和异国的见闻感受以及对往事的追忆，陆续写成亲昵恳切的 29 封寄小朋友的信，发表在《晨报》的《儿童世界》专栏，并结集为《寄小读者》于 1926 年出版。这是冰心早期散文的代表作，也是中国现代最早的儿童文学作品。她的散文比小说和诗歌有更高的成就，在当时被称为很有魔力的"冰心体"。

冰心早期的散文作品张扬"爱的哲学"，大胆抒写个性，擅长营造柔美、空灵的意境，这部分作品都收于《往事》《寄小读者》等集子。《往事》中的散文多为回忆性作品。《寄小读者》用书信体形式向少年读者报道自己身处国外的生活和心态。这两部集子的共同之处是，大多通过对过去和当前的景物描写，抒发作者内心的情思，表达对自然、母爱的赞美，所以这些作品实为抒情散文，笔调轻盈、文字隽丽、感情细腻，既发挥了白话文流畅的特点，又兼有文言文凝练简洁之长。

她还受泰戈尔《飞鸟集》的影响，写出了 300 多首无标题的格言式自由体小诗，结集为《繁星》和《春水》，在"五四"新诗坛上别具一格，显示了女作家特有的思想感情和审美意识，很受读者欢迎。

郭沫若的新诗奠基作《女神》出版

《女神》出版于 1921 年 8 月，这是我国现代文学史上一部具有突出成就和巨大影响的新诗集，尽管在《女神》出版以前已经有新诗集出现，但它真正是以崭新的内容和形式为中国现代诗歌开拓了一个新天地。她带着狂飙突进的"五四"时代精神，带着不同于其他白话诗的鲜明艺术性，为新诗奠定了浪漫主义的基础。《女神》也是新诗真正取代旧诗的标志。它成功地创造、运用了自由体形式，将新诗推向新的水平，是中国现代新诗的奠基之作。

才高学深

郭沫若，原名郭开贞，又名郭鼎堂。四川乐山人。作家、诗人、剧作家、历史学家、考古学家、古文字学家、社会活动家。

郭沫若可以算是中国现代作家中人生最顺遂的。他经历丰富，学识渊博，在文学、史学上均做出卓越成就，政治上始终跟随进步力量，在社会上有巨大的号召力。他以自己多方面的成就为后人树立了一座不可企及的丰碑。

郭沫若幼年入家塾读书，奠定了他深厚的古典文学修养，少年时留学日本，接触了泰戈尔、歌德、莎士比亚、惠特曼等外国作家的作品。五四运动爆发后，他在日本福冈发起组织救国团体夏社，投身于新文化运动，写出了《凤凰涅》《地球，我的母亲》《炉中煤》等诗篇，代表作《女神》是中国现代新诗的奠基之作。1921 年 6 月，他和成仿吾、郁达夫等在日本成立了创造社，编辑《创造季刊》，提出"文学为艺术"的口号，将文学的艺术价值放在首位，从而为中国现代文学创作出一批有开创意义的作品。从日本回国后，他创作了"女性三部曲"：历史剧《王昭君》《聂莹》《卓文君》，对传统女性观念提出抗议。1927 年他以诗人的敏感预见到蒋介石对国共合作的叛变，预先发出檄文，随后流亡日本十年。其间运用历

▲郭沫若

史唯物主义观点研究中国古代历史和古文字学，著有《中国古代社会研究》《甲骨文字研究》等著作，成绩卓著，开辟了史学研究的新天地。抗战开始后，他只身回国，除积极参与抗战活动外，还写了《棠棣之花》《屈原》等 6 部充分显示浪漫主义特色的历史剧，这是他创作的又一重大成就。这些剧作借古喻今，紧密配合了现实的斗争。

中华人民共和国成立后，郭沫若在政坛上十分活跃，曾任政务院副总理、中国科

学院院长、中国科技大学校长、中国科学院哲学社会科学部主任、全国人大常委会副委员长等职，以主要精力从事政治社会活动和文化的组织领导工作以及世界和平、对外友好与交流等事业。虽然在政治风浪中，他曾经做过许多违心之论，但就明哲保身的宗旨和趋利避害的天性来看，他的行为也无可厚非。综其一生，郭沫若实在可以算作时代的幸运儿，以自己的智慧和能力掌握了时代给予的机遇，在他的时代里游刃有余地生活、创作。1978 年 6 月 12 日，在北京逝世，终年 86 岁。

现代新诗的奠基作

郭沫若的代表作《女神》是中国现代新诗的奠基之作，它出版于 1921 年 8 月，全诗共三辑，以第三辑最为重要。他的许多代表诗篇皆出于此，如《凤凰涅槃》《天狗》《炉中煤》《匪徒颂》等。

《女神》所表达的思想内容，首先是"五四"狂飙突进时代改造旧世界、冲击封建藩篱的要求。主人公以一个追求个性解放的叛逆者形象出现，要求打破一切封建枷锁，歌唱一切破坏者。其次，是对祖国深情的热爱和对美好明天的憧憬。诗中歌唱太阳、光明、希望，处处洋溢着积极进取的欲望。

《女神》在艺术上取得了新诗最辉煌的成就，它是"五四"时期浪漫主义的瑰丽奇峰。《女神》的格式追求"绝对自由，绝对自主"，而不受任何一种格式的束缚。它的形式自由多变，依感情的变化自然地形成"情绪的节奏"。《女神》的浪漫主义特征主要表现在：诗中采用了比喻、象征的手法，并常借助神话传说、历史故事表达感情。《女神》的诗风多豪壮、雄健、颇具阳刚之美。郭沫若的诗可以说是新诗中豪放的先驱，但同时，他也有许多清丽婉约之作。

闻一多曾盛赞《女神》："若论新诗，郭沫若君的诗才配称新呢，不独艺术上他的作品与旧诗词相去甚远。最要紧的是，他的精神完全是时代的精神——二十世纪的时代的精神。有人讲文艺作品是时代的产儿。《女神》真不愧为时代的一个肖子。"

《女神》不仅是某一时代的肖子，而且其中有些篇章，如《维纳斯》《地球，我的母亲》《凤凰涅槃》《天狗》《炉中煤》和《天上的街市》等都是不朽的诗篇，将感动所有时代的读者。

闻一多提出新格律诗的三美

　　有人这样称颂闻一多：你是一团火，照彻了深渊；指示着青年，失望中抓住自我。你是一团火，照明了古代；歌舞和竞赛，有力猛如虎。你是一团火，照亮了魔鬼；烧毁了自己！遗烬里爆出个新中国！的确，闻一多的诗具有极强烈的民族意识和民族气质。爱国主义精神贯穿于他的全部诗作，成为他诗歌创作的基调。而新格律诗理论的奠基工作也主要是由他完成的，他的新诗理论的核心是"三美"：音乐美、绘画美和建筑美。

悲情诗人闻一多

　　郭沫若的"才"、徐志摩的"情"、闻一多的"悲"，后人熟知，他们都是 20 世纪 20 年代风靡一时的著名诗人，然命运却颇为不同。徐志摩在创作的高峰期，生命戛然而止，给文坛留下许多婉转缠绵的爱情故事，但作为诗人，他留下的是永远的未完成式；郭沫若作为诗人，起点很高，他的《女神》在中国新诗史上是一座丰碑。但他的后半生，把诗当作政治表态的工具，艺术上大失水准，成为这位才子诗人一生的最大败笔，让后人对他的评价毁誉参半。闻一多的诗人生涯，有

▲闻一多塑像

一个完满的句号，但因由书斋学者转而成为民主斗士而被暗杀，给历史留下悲壮的一幕。

　　闻一多，名亦多，字友三，生于湖北浠水。祖上世代耕读，是典型的书香门第，他从小就浸染于浓郁的传统文化氛围中，酷爱古典诗文，这深刻地影响了他的一生。1912 年考取北京清华学校，曾任《清华周报》编辑、《清华学报》学生部编辑，发表旧体诗文多篇。

　　1921 年，清华文学社成立，闻一多为其重要成员。在清华文学社作《诗的格律研究》的学术演讲，次年写成《律诗底研究》，开始进行系统的新诗格律化的理论研究。后来去美

名作推荐

　　闻一多的诗作不多，但却质量上乘，掷地作金石声，因此而饮誉当时文坛并在中国现代文学史上占有重要的地位。第一部诗集《红烛》主要收诗人在清华园和留美期间的诗作，计有 62 首。诗集分为红烛、李白篇、雨夜篇、青春篇、孤雁篇、红豆篇六个部分。强烈的爱国主义思想和为祖国的进步事业献身精神，是贯穿全书的中心思想。

国留学，学习绘画，进修文学，研究中国古典诗歌和英国近代诗歌。

回国后，闻一多历任南京大学、武汉大学、青岛大学、北京艺术专科学校、政治大学、清华大学、西南联合大学教授，曾力辞清华文学院院长职务，一副自命清流的名士派头，生活安逸，家庭和美，进入中国上流社会。

"七七事变"的炮声摧毁了闻一多清静的学者生活。闻一多随清华南迁长沙，与北京大学、南开大学合并为长沙临时大学。不久，政府决定三校继续西迁昆明，成立"西南联合大学"。闻一多与几位教授一起随学生步行团，长途跋涉三千里，步行至昆明。

刚到昆明的闻一多一心研究《诗经》古代神话，不问时事，被人戏称为"何妨一下楼先生"。日本军队攻陷郑州长沙后，继续攻打贵阳，昆明形势十分危急，闻一多对国民政府的消极抗日十分不满，开始参加学生组织的讲演会，十分善于演讲的闻一多颇受学生拥戴，并且极大鼓励了昆明的抗日热潮，闻一多也加入了改造国民党一党专制的民主运动，极受国民党忌恨，但因云南省主席龙云支持民主运动，国民党政府也奈何不得闻一多等人。

1946 年，昆明警备司令为讨好蒋介石，密拟黑名单，准备暗杀知名人士，昆明城里人心惶惶，许多人都力劝闻一多不要再在公众面前演讲，已知悉内情的朋友也告诉黑名单上排在李公朴后面的就是闻一多，闻一多明知有险，仍毫不畏惧，主持召开李公朴的追悼会，并当场怒斥捣乱的军统特务，发表了有名的"最后一次讲演"。

《死水》

闻一多在他不多的创作中取得了很高成就，《红烛》和《死水》这两本诗集以及关于新诗理论的论述，奠定了他在中国文学史特别是中国新诗史上的重要地位，成为五四以来中国诗坛三大流派之一的格律诗派的主要代表。

1928 年，第二本诗集《死水》出版，收诗作 28 首，作品内容更为充实，形式整齐，语言凝练，形成了独具的沉郁奇丽的艺术风格。《死水》是闻一多的代表作。从抒情内容上看，它表达的是诗人自海外归国后，因目睹了军阀混战、民不聊生的惨状而引起的愤懑情绪。在艺术上，它实现了闻一多自己所倡导的诗歌"三美"原则（音乐美、绘画美、建筑美）。首先看它的音乐美：《死水》每行都由 4 个音尺构成，如"这是一沟绝望的死水，清风吹不起半点漪沦。"诗的每节押韵，这样的音尺和韵脚排列，读起来节奏分明，音韵铿锵。其次看它的建筑美：全诗 5 节，每节 4 行，每行都是 9 个字，外形方正整齐，造成视觉上的均衡美、对称美。再次看它的绘画美：此诗注意挖掘语言的色彩感，选用大量富丽的辞藻，构成美丑迥异、富有暗示性的画面。

中国现代文学史上最具
才子风范的徐志摩

　　徐志摩既学贯中西又才华横溢，他短短的一生，带给中国人很多震撼：他惊世骇俗地挑战了中国传统的旧社会、放肆率性地追寻人性的自由与自我理想的实践。和一切浪漫主义的诗人一样，他一生的情爱史不只轰轰烈烈并且悖礼违俗。现在的中国人喜爱他，不只是因为他的诗，他在文坛上的贡献和地位，更因为他在一个古老历史的国度里展现了执着信仰、追求真爱的年轻生命。

"康桥诗人"徐志摩

　　徐志摩是中国现代文学史上一个知名度甚高而又很不寻常的人物，在中国，曾有很长一段时间、他甚至被否认在文学史上的地位，而至今他却又是比同年代的作家拥有更多的读者及认同，他的诗作是列入中学必读的课程。

　　徐志摩，中国诗人，散文家，留学美国时改字志摩，浙江海宁人。1916 年入北京大学法科。然后赴美国学习银行学，又入伦敦剑桥大学当特别生，并开始新诗创作。1923 年参与成立新月社，同时也加入了文学研究会。1924 年，与陈西滢等创办《现代评论》周刊，并任北京大学教授。1925 年，历游苏、德、意、法诸国。同年出版第一本诗集《志摩的诗》。这一年还写了诗集《翡冷翠的一夜》和散文集《巴黎的鳞爪》《自剖》《落叶》中的大部分作品，是他创作最多的一年。这以前的诗作，大多是对于黑暗封建势力的不满，带有激烈的燃烧性的热情，但也流露出享乐主义的生活哲学和庸俗的生活情趣。

▲徐志摩

　　1931 年，与陈梦家、方玮德创办《诗刊》季刊。这一时期的诗作，抹去了以前的火气，调子低沉，多是颓唐失望的叹息。同年 11 月，因飞机失事遇难。

　　徐志摩短短 36 岁的一生，带给中国人的震撼还不只这些，他是一位理想的追寻者、更还是实践者；他惊世骇俗地挑战了中国传统的旧社会、放肆率性地追寻人性的自由、与自我理想的实践。和一切浪漫主义的诗人一样，他一生的情爱史不只轰轰烈烈、并且悖礼违俗，至今仍受争议；他和媒妁之言妻子的离婚，成为当时报纸的头条新闻，称作中国现代史上第一桩"西式"离婚；他的离婚宣言、发表成了文章、宣示

▲徐志摩故居

了中国青年追求恋爱自由的新世纪的到来；他的第二次婚姻、娶的是朋友的妻子，婚礼上、证婚人给的不是祝词、而是咒骂。而他一生中一直念念不忘的却又是另一个女人，甚至因为赶赴她的演讲而撞机身亡……他的一生毁誉参半，然而至今中国人还是喜爱他、不只是因为他的诗、他在文坛上的贡献和地位，更因为他在一个古老历史的国度里展现了执着信仰、追求真爱的年轻生命。

新诗中的绝唱

徐志摩的诗集除《志摩的诗》外，还有《翡冷翠的一夜》《猛虎集》及身后陈梦家为之编辑的《云游》。《再别康桥》一诗虽然体现了他后期创作的特点——轻柔似的微哀，但今天读起来，却让人觉得诗人在十分用心地描写康桥的景色，借此来掩盖其哀伤。

《再别康桥》是一首优美的抒情诗，宛如一曲优雅动听的轻音乐。1928 年秋，作者再次到英国访问，旧地重游，勃发了诗兴，将自己的生活体验化作缕缕情思，融汇在所抒写的康桥美丽的景色里，也驰骋在诗人的想象之中。

全诗以"轻轻的""走""来""招手""作别云彩"起笔，接着用虚实相间的手法，描绘了一幅幅流动的画面，构成了一处处美妙的意境，细致入微地将诗人对康桥的爱恋，对往昔生活的憧憬，对眼前的无可奈何的离愁，表现得真挚、浓郁、隽永。

这首诗表现出诗人高度的艺术技巧。

▲《再别康桥》诞生地

诗人将具体景物与想象糅合在一起构成诗的鲜明生动的艺术形象，巧妙地把气氛、感情、景象融汇为意境，达到景中有情，情中有景。诗的结构形式严谨整齐，错落有致。诗的语言清新秀丽，节奏轻柔委婉，和谐自然，伴随着情感的起伏跳跃，犹如一曲悦耳徐缓的散板，轻盈婉转，拨动着读者的心弦。

诗人闻一多 20 年代曾提倡现代诗歌的"音乐的美""绘画的美""建筑的美"，《再别康桥》一诗，可以说是"三美"具备，堪称徐志摩诗作中的绝唱。

中国新诗发展史上坚持最久成果最丰硕的诗人艾青

在中国现代新诗发展史上，艾青是继郭沫若、闻一多等人之后推动一代诗风的诗人。艾青是中国新诗发展史上坚持最久，成果最丰，贡献最大的诗人。他是我国现实主义诗人的杰出代表，诗坛泰斗，也是世界诗坛的巨匠之一。周红兴在其写于1987年的《艾青传》中说："现在，一些有识之士，如西班牙的戈麦斯，巴西的亚马多，澳门的官龙耀，或撰写文章，或发表演讲，一致呼吁，诺贝尔文学奖应当发给艾青！"可见其诗歌魅力之大。

勇敢的"吹号者"艾青

艾青，原名蒋海澄，出生于浙江金华乡间一个地主家庭，但由一个贫苦妇女的乳汁养育长大，从幼年起心灵便濡染了农民的忧郁。曾赴法国巴黎勤工俭学。回国后因参加中国左翼美术家联盟，创办春地艺术社等活动被捕入狱。

艾青失去了画具，只好进行比较简便的诗歌创作。这一写，就一发而不可收，就写出了他个人也是新诗史上最感人的诗篇。没想到，一位大诗人就这样从监狱中诞生了。这再一次证明，"不幸"是诗歌的温床——对于诗人诗歌来说，这到底是幸还是不幸？在那批"狱中诗篇"中，最催人泪下的，是《大堰河——我的保姆》。据说，这首诗的第一个读者是艾青的一个狱中难友。那人已经被判了死刑，他用上海话念诵这首诗，念着念着，就哭了。

▲艾青

1937年7月起，艾青到武汉、桂林等地投身抗日救亡运动，先后多次被毛泽东主席召见，约谈文艺问题，此时，艾青已是解放区最有影响的抒情诗人。北平解放后，艾青随军进入北京，参加了中央美院的接管工作，任军代表，并参加了新的筹备工作。1957年被错划为右派，先后到黑龙江、新疆、石河子劳动，1979年回京重返诗坛。1996年5月在北京逝世。

艾青的诗

艾青在1933年发表了第一首诗，也是他的成名作《大堰河——我的保姆》，奠定了他诗歌的基本艺术特征和他在现代文学史上的重要地位。

艾青30年代的作品，或写异域的现代都市，或写半殖民地的中国的现实，大都闪烁着象征主义的色彩与批判的锋芒。其中，《大堰河——我的保姆》是最著名的篇什。这首诗以抒情主人公"我"与乳母大堰河及其一家的关系为主线，以大堰河一生的悲惨遭遇为副线，深刻地展示了旧中国农村凋敝衰败的景象和勤劳善良的中国农民的凄苦人生，同时也抒发了诗人对大堰河的真挚感情。这首诗写于诗人被监禁期间，一个下雪的早晨，羁难中诗人由眼前飘洒的雪片，联想到大堰河"被雪压着的草盖着的坟墓"，含泪写下了这首诗。毫无疑问，他从农民母亲那里获得了对抗命运的力量。

▲艾青诗歌馆

抗战爆发后，艾青立刻投身于伟大的民族解放战争之中。他以自己的作品，悲愤地诉说着民族的苦难。同时，他也以真诚的歌喉，倾吐着对祖国大地的热爱。诗人把自己比拟为一只鸟，即使喉咙嘶哑，也要歌唱"这被暴风所打击着的大地"，即使死了，"连羽毛也要腐烂在土地里面。"诗人放声赞颂那些为祖国和民族挺身而战的战士。《他死在第二次》《吹号者》都是这类诗篇的杰作。可以说，艾青自己也是一位勇敢的"吹号者"，他用诗歌吹响了民族解放战争的战斗号角。

从吹奏芦笛到吹响号角，艾青诗歌创作轨迹的演变，在中国新诗史上有重要意义。艾青的诗，把现代派诗艺与为民族、人民呼喊的内容结合起来，从而接通了五四时期《女神》等作品开启的战斗传统，又对后来的年轻诗人提供了有益的启示。"七月派"诗人绿原曾说："中国的自由诗从'五四'发源，经历了曲折的探索过程，到三十年代才由诗人艾青等人开拓成为一条壮阔的河流。"

▲艾青诗碑

他的诗集《大堰河》《北方》《他死在第二次》《向太阳》《献给乡村的诗》《反法西斯》《旷野》《黎明的通知》《雪里钻》等，咏叹民族命运，呈现出忧郁、感伤逐渐转向悲壮、高昂的诗风。在诗学上受凡尔哈仑等外国现代诗人的影响。

朴素、凝练、想象丰富、意象独特、讲究哲理，是艾青诗歌的一贯特点。从诗歌风格上看，1949年前，艾青以深沉、激越、奔放的笔触诅咒黑暗，讴歌光明；1949年后，又一如既往地歌颂人民，礼赞光明，思考人生。他的"归来"之歌，内容更为广泛，思想更为浑厚，情感更为深沉，手法更为多样，艺术更为圆熟。

中国文学大事年表

公元前 14 世纪至前 11 世纪

《尚书》中的《盘庚》约产生于此时或此后，标志着上古散文的发端。

公元前 11 世纪至前 771 年西周时期

四言诗兴起并出现繁荣局面。《诗经》中的作品均约产生于西周至春秋中叶。

公元前 544 年春秋周景王元年

《诗经》于此时已大致编定。

公元前 479 年春秋周敬王四十一年

孔子广收弟子，传授"六艺"，创立儒家学派；《论语》系其弟子及再传弟子于战国初编定，该书开创了语录体。老子在世约与孔子同时，《老子》系战国时人编定。

公元前 475 年战国周元王元年

进入战国时期，思想学术活跃，逐渐形成处士横议、百家争鸣的局面。战国时期，历史散文、诸子散文繁荣；各种寓言在散文中大量出现。

公元前 464 年战国周贞定王五年

《左传》记事基本上止于本年，成书当在此后。《国语》成书约在《左传》同时或前后。

公元前 278 年战国周赧王三十七年

屈原为战国时期楚国诗人，骚体诗、楚辞的开创者，代表作品有《离骚》《九歌》《天问》《九章》等。

公元前 239 年战国秦王政八年

吕不韦门客编撰《吕氏春秋》成书，为战国后期杂家代表著作。

公元前 168 年汉文帝前十二年

贾谊作有《吊屈原赋》《鹏鸟赋》等，为西汉初期骚体赋代表作品；又作有《过秦论》《陈政事疏》等，为西汉初期政论散文代表作品。晁错的政论散文《论贵粟疏》约作于本年。

公元前 140 年汉武帝建元元年

枚乘作有《七发》，标志着汉代散体大赋的正式形成。

公元前 138 年汉建元三年

司马相如约于本年应诏见汉武帝。在此前后作有《子虚赋》《上林赋》，为西汉散体大赋的代表作品。

公元前 93 年汉武帝太始四年

司马迁于汉武帝太初元年开始撰写《史记》，至本年作《报任安书》时基本完成，为第一部纪传体通史著作，开创中国古代史传散文的形式。

公元前 11 年汉成帝元延二年

扬雄从汉成帝游猎，作有《甘泉赋》《羽猎赋》等。

公元 82 年汉章帝建初七年

班固于汉明帝永平年间开始撰写《汉书》，至本年基本完成，为第一部纪传体断代史著作。

公元 97 年汉永元九年

王充著有《论衡》85 篇。

公元 163 年汉桓帝延熹六年

东汉后期，五言诗渐趋成熟。约产生于汉桓帝、灵帝时期的《古诗十九首》，为五言诗发展成熟的标志。

公元 196 年汉献帝建安元年

建安时期，五言诗创作出现繁荣局面，七言诗逐渐发展成熟。邺下形成以三曹为核心的文人集团，这一时期的诗风文风，后人称之为"建安风骨"。

公元 217 年汉建安二十二年

曹丕作有《燕歌行》，为七言诗发展成熟的标志。民间长篇叙事诗《孔雀东南飞》约产生于建安时期或建安以后。

公元 223 年魏黄初四年

曹植的《洛神赋》和五言诗《赠白马王彪》作于本年。

公元 240 年魏齐王正始元年

"竹林七贤"为这一时期的代表作家。正始时期与整个曹魏后期的文学风貌，后人称之为"正始体"。正始时期，诗歌中开始出现玄理，为后来玄言诗之滥觞。

公元 263 年魏元帝景元四年

阮籍作有五言《咏怀》诗 82 首，为时代较早、规模较大的个人抒情组诗；又作有散文《大人先生传》等。嵇康作有散文《与山巨源绝交书》等。

公元 285 年晋太康六年

陈寿的《三国志》成书。为继《汉书》之后又一部纪传体断代史著作。

公元 427 年南朝宋文帝元嘉四年

陶渊明为田园诗传统的开创者。其诗歌代表作品还有《饮酒》20 首、《读山海经》13 首等。

公元 433 年南朝宋元嘉十年

谢灵运为最早大量写作山水诗的诗人，山水诗开始兴起，后经长期发展，逐渐形成山水诗派。

公元 479 年南朝齐高帝建元元年

东晋以来，至南朝宋、齐间，乐府民歌兴盛。长江下游一带流行"吴声歌"（《子夜歌》等），长江中游一带流行"西曲歌"（《石城乐》等）。

公元 499 年南朝齐东昏侯永元元年

谢朓继谢灵运之后，进一步发展了山水诗传统。

公元 531 年南朝梁武帝中大通三年

北朝乐府民歌《木兰诗》约产生于北魏时期（后经文人加工）。

公元644年唐贞观十八年

王绩所作《野望》为唐初出现的较成熟的五言律诗。贞观时期，上官仪"的宫廷诗流行，时号"上官体"。

公元663年唐高宗龙朔三年

王勃的《滕王阁序》约作于本年。

公元676年唐高宗上元三年

"初唐四杰"的诗歌创作标志着唐代诗风的转变，被视为"唐音"的发端。

公元700年唐武周圣历三年

陈子昂反对六朝以来的绮靡诗风，为唐诗的革新发展奠定了理论基础。武周时期，张若虚继卢照邻、骆宾王之后进一步发展了七言歌行，作有《春江花月夜》等。

公元713年唐玄宗开元元年

盛唐诗歌创作空前繁荣，诗人辈出，风格流派纷呈，为中国诗歌发展史上的高峰。

公元728年唐开元十六年

孟浩然入长安，次年应进士不第，与张九龄、王维交游。王维与孟浩然齐名，并称"王孟"，同为盛唐山水田园诗派代表诗人。

公元730年唐开元十八年

李白初入长安，求仕不成。在此前后的十多年间，漫游长江、黄河中下游一带。

公元735年唐开元二十三年

杜甫本年在洛阳应试不第。

公元738年唐开元二十六年

高适的《燕歌行》作于本年。高适与岑参齐名，同为盛唐边塞诗派代表诗人。

公元744年唐天宝三载

李白与杜甫本年在洛阳会见，后同游梁、宋及齐、鲁一带。

公元802年唐贞元十八年

白居易与元稹定交，二人后在诗坛上齐名，并称"元白"，同为中唐时期"新乐府运动"的倡导者。

公元804年唐贞元二十年

本年，元稹作传奇《莺莺传》，李绅作《莺莺歌》。中唐时期，传奇创作繁荣。

公元805年唐顺宗永贞元年

参与革新的柳宗元、刘禹锡等八人被贬，柳宗元贬永州司马。韩愈被贬为阳山令，韩愈诗与孟郊齐名，并称"韩孟"，代表中唐诗坛上奇崛险怪的一派。

公元806年唐宪宗元和元年

白居易作七言歌行《长恨歌》。

公元815年唐元和十年

白居易贬江州司马，作《与元九书》，为"新乐府运动"的诗歌理论著作。

公元816年唐元和十一年

李贺诗瑰丽奇特，自成一家，被称为"长吉体"。本年秋，白居易在江州作有七言长篇歌行《琵琶行》等。

公元 825 年唐敬宗宝历元年

杜牧作《阿房宫赋》，为唐代文赋的代表作品。

公元 858 年唐大中十二年

李商隐与杜牧齐名，世称"小李杜"；又与温庭筠齐名，并称"温李"。

公元 960 年宋太祖建隆元年

宋王朝建立。宋初数十年间，诗、词、文均承晚唐五代余风。

公元 978 年宋太平兴国三年

李煜国亡被俘后作有〔虞美人〕（春花秋月何时了）、〔浪淘沙〕（帘外雨潺潺）等。

公元 1044 年宋欧仁宗庆历四年

欧阳修作有《朋党论》，曾巩作有《上欧阳舍人书》等。

公元 1053 年宋仁宗皇祐五年

柳永为宋代第一个专力写词的词人，其词作扩大了词的体制及表现领域，标志着宋代词风的转变。

公元 1057 年宋嘉祐二年

欧阳修主持进士考试，倡导平易朴实的文风，苏轼、苏辙、曾巩等人及第。这次考试为北宋诗风文风转变的一大契机。此后散文与诗歌创作出现繁荣局面，诗文革新运动进入高潮。北宋诗文革新运动的散文代表作家欧阳修、王安石、苏洵、苏轼、苏辙、曾巩继承韩愈、柳宗元的散文传统并有所发展，与韩柳被后人合称为"唐宋八大家"。

公元 1058 年宋嘉祐三年

王安石作《上仁宗皇帝言事书》，长达万言，为宋代政论散文中的巨制。

公元 1079 年宋神宗元丰二年

苏轼一度因诗被诬下狱，后谪贬黄州，史称"乌台诗案"。

公元 1084 年宋元丰七年

司马光等修成《资治通鉴》，为中国古代第一部编年体通史著作。

公元 1086 年宋哲宗元祐元年

司马光执政，尽废新法，史称"元祐更化"。元祐时期，苏轼门下的黄庭坚、秦观、张耒、晁无咎号"苏门四学士"，与陈师道、李廌又合称"苏门六君子"，同为北宋后期代表作家。黄庭坚与苏轼并称"苏黄"，其诗另辟蹊径，号称"山谷体"，开"江西诗派"诗风。

公元 1101 年宋徽宗建中靖国元年

苏轼遇赦北归，中途卒于常州。苏轼继欧阳修之后完成北宋诗文革新运动。女词人李清照本年与赵明诚结婚，主张词"别是一家"。

公元 1165 年宋孝宗乾道元年

"隆兴和议"成立，此后宋金战事稍息。辛弃疾本年作有《美芹十论》。

公元1166年宋乾道二年

陆游本年作有《游山西村》诗等。陆游与尤袤、杨万里、范成大并称"尤杨范陆"，后人称之为南宋"中兴四大诗人"。

公元1176年宋孝宗淳熙三年

姜夔本年作有自度新曲〔扬州慢〕《淮左名都》等。

公元1210年宋宁宗嘉定三年

陆游作绝笔诗《示儿》，为古代作诗最多的诗人之一，其诗被称为"放翁体"。

公元1271年宋度宗咸淳七年

蒙古改国号为"大元"，元王朝建立。宋末爱国诗文成为文学创作的主流，代表作家有文天祥、汪元量、刘辰翁等。文天祥作有诗《正气歌》《过零丁洋》，文《指南录后序》等。

公元1295年元成宗元贞元年

元贞、大德年间，杂剧创作出现高峰。代表作家有关汉卿、白朴、马致远、王实甫等。

公元1341年元顺帝至正元年

元代长篇讲史话本有所发展，至正年间新安虞氏刻有包括《三国志平话》在内的《全相平话五种》，为明代长篇章回小说的滥觞。元代末期，由宋代温州南戏发展而来的南戏出现兴盛局面。高明所作《琵琶记》，标志着南戏发展的新阶段。

公元1368年明太祖洪武元年

明王朝建立。元在全国范围内的统治结束。长篇章回小说发展成熟，后成为明清及近代长篇小说的唯一形式。元末明初，罗贯中在民间创作和历史资料的基础上，写成长篇小说《三国志演义》，为古代历史演义小说代表作品。元末明初，施耐庵在民间创作和历史资料基础上写成长篇小说《水浒传》，为古代英雄传奇小说代表作品。

公元1573年明神宗万历元年

嘉靖后期至万历初年之间，吴承恩在民间创作基础上写成长篇小说《西游记》，为古代神魔小说代表作品。署名"兰陵笑笑生"的《金瓶梅》约作于隆庆、万历年间，为第一部以现实社会及家庭日常生活为题材的长篇世情小说。

公元1621年明熹宗天启元年

冯梦龙所编的古代短篇白话小说集《喻世明言》（又称《古今小说》）于本年刊行，其后又陆续编有《警世通言》，《醒世恒言》刊行，合称"三言"，共收宋元话本和明代拟话本120篇。

公元1627年明天启七年

凌濛初编写的短篇白话小说集《初刻拍案惊奇》于本年刊行，《二刻拍案惊奇》于崇祯五年刊行，合称"二刻"，共有拟话本78篇，为继"三言"之后由文人创作的小说集。

公元1679年清康熙十八年

蒲松龄的《聊斋志异》约于本年前后基本写成，此后不断有所修改，为清代短篇文言小说代表作品。

公元 1688 年清康熙二十七年

洪升撰成传奇《长生殿》。次年因在皇后丧期内演出，洪升被革除国子监生员籍，观剧者赵执信被革职，查慎行被除籍。

公元 1699 年清康熙三十八年

孔尚任撰成传奇《桃花扇》。孔尚任与洪升齐名，时号"南洪北孔"，同为清代戏曲代表作家。

公元 1754 年清乾隆十九年

吴敬梓的《儒林外史》约写成于乾隆初期，为清代长篇小说的代表作品之一。

公元 1763 年清乾隆二十九年

曹雪芹的《红楼梦》标志着中国古代长篇小说发展的高峰。

公元 1903 年清光绪二十九年

梁启超创办《新小说》（月刊），发表《论小说与群治的关系》，倡导"小说界革命"；同时倡导"文界革命"。谴责小说兴起。本年，李宝嘉的《官场现形记》开始在《世界繁华报》上连载，吴趼人的《二十年目睹之怪现状》开始在《新小说》上连载，刘鹗的《老残游记》开始在《绣像小说》上连载，金天翮的《孽海花》第 1、2 回在《江苏》月刊上发表（后由曾朴续写成书），被称为晚清"四大谴责小说"。

公元 1918 年

鲁迅的短篇小说《狂人日记》发表，为中国现代文学史上第一篇白话小说。

公元 1920 年

歌谣研究会在北京大学成立，为现代第一个民间文学研究团体。胡适的新诗集《尝试集》出版，为中国现代文学史上第一部白话诗集。郭沫若的长篇新诗《凤凰涅槃》发表。

公元 1921 年

现代第一个文学社团"文学研究会"在北京成立，发起人为郑振铎、周作人、茅盾（沈雁冰）、叶绍钧（圣陶）等。"创造社"在日本东京成立。创建人为郭沫若、郁达夫、成仿吾、田汉等。

公元 1921 年 7 月

中国共产党成立。郭沫若的新诗集《女神》郁达夫的小说集《沉沦》出版。《沉沦》为中国现代文学史上第一部白话小说集。鲁迅的小说《阿 Q 正传》于本年底在《晨报副刊》上连载，次年 2 月载毕。

公元 1923 年

鲁迅的小说集《呐喊》周作人的散文集《自己的园地》，闻一多的诗集《红烛》冰心的诗集《繁星》《春水》出版。

公元 1924 年

鲁迅、钱玄同、周作人等在北京组织"语丝社"，创办《语丝》周刊。《现代评论》周刊在北京创刊，主要撰稿人有胡适、陈西滢、徐志摩等，被称为"现代评论派"。

公元 1925 年

鲁迅与韦素园、李霁野、曹靖华、台静农等在北京组织"未名社"，办有《莽原》《未名》半月刊等。鲁迅的杂文集《热风》徐志摩的诗集《志摩的诗》出版。

公元 1928 年

太阳社与创造社倡导"无产阶级革命文学"，引起强烈反响，并在新文学阵营内部发生论争。《新月》月刊在上海创刊，"新月社"正式开始活动，主要成员有胡适、徐志摩、陈西滢、梁实秋等。丁玲的小说《莎菲女士的日记》闻一多的诗集《死水》朱自清的散文集《背影》出版（发表）。

公元 1930 年

"中国左翼作家联盟"（简称"左联"）在上海成立，鲁迅、夏衍（沈端先）、冯乃超、钱杏邨、田汉、郑伯奇、洪灵菲为常委，先后接办或创办《萌芽月刊》《拓荒者》《文学导报》（初名《前哨》）、《北斗》《文学月报》等。茅盾的长篇小说《蚀》出版。

公元 1933 年

茅盾的长篇小说《子夜》短篇小说《春蚕》，巴金的长篇小说《激流三部曲》第1 部《家》等出版（发表）。

公元 1934 年

曹禺的剧本《雷雨》发表。

公元 1936 年

10 月 19 日，鲁迅在上海逝世（生于 1881 年）。

公元 1944 年

老舍的长篇小说《四世同堂》第 1 部《惶惑》发表（第 2 部《偷生》于次年发表；第 3 部《饥荒》于 1947～1949 年间在美国完成）。8 月，日本帝国主义投降，抗日战争结束。9 月，郁达夫在苏门答腊被日本宪兵杀害（生于 1896 年）。

公元 1947 年

钱钟书的长篇小说《围城》出版。

公元 1949 年

10 月，中华人民共和国成立。中华全国文学艺术工作者代表大会（简称"文代会"）于建国前夕在北京召开。

外国篇

第一章　欧洲古代时期

　　古希腊文学是西方文学真正的开端。希腊文学的发展大致可以分为三个阶段：从氏族向奴隶社会过渡阶段，这时产生了神话和史诗；古典时期，即奴隶制全盛时期，产生了悲剧、喜剧、散文和文艺理论；希腊化时期，文学崇尚修辞技巧，内容贫乏，主要成就是新喜剧。古希腊文学在思想上和艺术上都具有首创的性质，后世欧洲的现实主义和浪漫主义方法都可以溯源到希腊。

古希腊神话开启了欧洲文学的先河

在世界各民族的上古时期，都曾产生过本民族的神话，但是就流传至今的各民族神话来看，希腊神话无疑是最丰富多彩的。古希腊神话故事的形成时期很早，它乃是处在生产力发展水平低下时期的远古人类借助想象征服自然力的产物，是古希腊一代代人集体创作的结晶。由此，古代神话必然包括神的故事和人与神之间的关系和冲突的故事，即英雄传说两个方面。古希腊神话是欧洲最古老的文学，它的出现开启了欧洲文学的先河。

神的故事

古代希腊神话是欧洲最古老的文学，内容丰富、形象生动，具有很高的思想意义、认识价值和艺术成就。

文字记载的希腊神话最早见于荷马史诗，其后，诗人赫西俄德的长诗《神谱》对宇宙的起源和神的谱系作了最早的描述，成为后来希腊神话作品的底本。此后，我们在古希腊的诗歌、戏剧、哲学和历史著作中也可以看到有关神话的记述。现今看到的希腊神话故事，又是在上述记载的基础上经后人的整理形成的。

希腊神话包括神的故事和英雄传说两大部分。

神的故事讲述的是诸如创世、诸神的产生、神的谱系、人的诞生、神与人的关系等等以神的活动为主要内容的故事。赫西俄德告诉我们，宇宙最初的形态是混沌一团，混沌神的名字叫卡俄斯。混沌中首先出现地母该亚，该亚又生出代表天空的天神乌拉诺斯。天神与地母结合生出 6 男 6 女，总名叫做提坦。乌拉诺斯仇视自己的孩子，一出生就将他们关在了地下。被激怒的该亚鼓动孩子们起来造反，并帮助提坦神之一的克拉诺斯打败父亲，救出了其他兄弟姐妹，克拉诺斯自己当上了神王。克拉诺斯随后娶自己的妹妹瑞亚为妻，因为他听说将来自己的一个小儿子会把自己赶下王位，所以他也像父亲乌拉诺斯一样对待子女，将瑞亚所生的孩子一个个都吞进肚里。最小的儿子宙斯出生了，母亲瑞亚将他藏了起来。宙斯渐渐长大后，有勇有谋。宙斯设法让父亲吐出了所有的子女，然后与兄弟姐妹们一道发动了一场与父亲的战争。经过 10 年的奋战，克拉诺斯最终被推翻，新一代神王宙斯统治了世界。这样的神话显然是在人类蒙昧时代早期产生的，既带有原始社会血亲杂交的痕迹，也反映了母系社会的特征。

到了氏族社会后期，父权制代替了母权制，社会的进程也在神话中得到了反映，新的一组神话——"奥林匹斯神话系统"出现了。在这个系统中，与宙斯有血缘关系的 12 位亲属为主要神祇。主要的神有神王宙斯，神后赫拉，宙斯的哥哥冥王哈得斯、海神波塞冬，还有宙斯的儿子太阳神阿波罗、战神阿瑞斯、工匠之神赫菲斯托斯，智慧女神雅典娜、爱神和美神阿佛洛狄忒。此外，还有 9 个缪斯是文艺女神，3 个摩伊勒是命运女神。诸神以这种组织化的形式共同居住在希腊北部的奥林匹斯山上。

英雄传说

英雄传说的主角是半人半神的英雄，源于古老的祖先崇拜观念。英雄传说带有一定的历史真实性，是对氏族首领和祖先的赞颂，但同时也是后人想象力创造的产物。人们将祖先与神的血缘相联系，他们是神与人结合所生的后代，个个都是智勇双全，有超人的力量。英雄们为民除害，披荆斩棘，为集体的利益不顾个人得失，建立了丰功伟绩，得到一代代后人的景仰和崇拜，久而久之，便被神化了。古希腊的英雄传说，最著名的有建立了12件功勋的大力士赫拉克勒斯的故事、伊阿宋率众英雄夺得金羊毛的故事、忒修斯的故事、俄狄浦斯的故事等等。

在古希腊人的想象中，神和英雄具有神人同形同性的特点。他们认为神长着人一样的外貌形象，具有人的喜怒哀乐的感情和勇敢、机智、坚强、脆弱、狡猾、忌妒等品性，也参与人世的纷争，甚至神跟人之间还可以谈情说爱、生男育女。

希腊神话想象丰富，形象优美，情节曲折，富含哲理，有很高的审美价值和艺术魅力。它对古代希腊的史诗、悲剧、喜剧、绘画、雕刻等各种文艺样式，对后代的罗马文学以及文艺复兴时期以后各个历史时期的欧美文学，都产生了难以估量的影响。

▲表现古希腊神话内容的名画《春》

盲诗人荷马开始把希腊神话整理成《荷马史诗》

荷马史诗包括《伊利亚特》和《奥德赛》两部史诗，它们是欧洲文学史上最早的重要作品。相传史诗是由一个名叫荷马的盲诗人根据流传在小亚细亚一带的史诗短歌整理而成，故称荷马史诗。后来由学者用文字写定下来，成为欧洲英雄史诗的典范作品。

盲诗人荷马

荷马约生活于公元前9到前8世纪，古希腊盲诗人，生平和生卒年月不可考。相传记述公元前12世纪—前11世纪特洛伊战争及有关海上冒险故事的古希腊长篇叙事史诗《伊利亚特》和《奥德赛》，即是他根据民间流传的短歌综合编写而成。

《荷马史诗》被称为"希腊的圣经"。公元前11世纪到公元前9世纪的希腊史称作"荷马时代"，就是因荷马史诗而得名。荷马史诗是这一时期唯一的文字史料。

荷马史诗相传是由盲诗人荷马写成，实际上它是许多民间行吟歌手的集体口头创作。史诗包括了迈锡尼文明以来多少世纪的口头传说，到公元前6世纪才写成文字。它作为史料，不仅反映了公元前11世纪到公元前9世纪的社会情况，而且反映了迈锡尼文明。

荷马史诗包括《伊利亚特》和《奥德赛》两部

▲荷马

分。全诗语言简练，情节生动，形象鲜明，结构严密，是古代世界一部伟大的作品。两部史诗都分成24卷，《伊利亚特》共有15693行，《奥德赛》共有12110行。

《伊利亚特》

《伊利亚特》属于战争史诗，描写希腊人围攻特洛伊城的故事。希腊联军主将阿喀琉斯因喜爱的一个女俘被统帅阿伽门农夺走，愤而退出战斗，特洛伊人乘机大破希腊联军。在危急关头，阿喀琉斯的好友帕特洛克罗斯穿上阿喀琉斯的盔甲上阵，被特洛伊大将赫克托耳杀死。阿喀琉斯悔恨至极，重上战场，杀死赫克托耳，特洛伊老王以重金赎还儿子尸体。史诗在赫克托耳的葬礼中结束。

《伊利亚特》的主题是赞美古代英雄的刚强威武、机智勇敢，讴歌他们在同异族战斗中所建立的丰功伟绩和英雄主义、集体主义精神。

《伊利亚特》塑造了一系列古代英雄形象。在他们身上，既集中了部落集体所要求的优良品德，又突出了各人的性格特征。阿喀琉斯英勇善战，每次上阵都使敌人望风披靡。他珍爱友谊，一听到好友阵亡的噩耗，悲痛欲绝，愤而奔向战场为友复仇。他对老人也有同情之心，允诺了白发苍苍的特洛伊老王要求归还赫克托耳尸体的请求。可是他又傲慢任性，为了一个女俘而和统帅闹翻，退出战斗，造成联军的惨败。他暴躁凶狠，为了泄愤，竟将赫克托耳的尸体拴上战车绕

▲反映《伊利亚特》内容的绘画

城三圈。与之相比，特洛伊统帅赫克托耳则是一个更加完美的古代英雄形象。他身先士卒，成熟持重，自觉担负起保卫家园和部落集体的重任。他追求荣誉，不畏强敌，在敌我力量悬殊的危急关头，仍然毫无惧色，出城迎敌，奋勇厮杀。他敬重父母，深爱妻儿，决战前告别亲人的动人场面，充满了浓厚的人情味和感人的悲壮色彩。

《奥德赛》

如果说《伊利亚特》是部集体英雄主义的交响曲，《奥德赛》则是人征服自然的凯歌。如果说，《伊利亚特》展现了战争的恢宏场景，《奥德赛》则是以个人命运为主线的创作。如果说，《伊利亚特》金戈铁马，富于慷慨悲壮、激昂急促的阳刚之风，《奥德赛》则一波三折，满含浪漫旖旎、徐缓肃穆的阴柔之美。

《奥德赛》属于漂流史诗，描写战后奥德修斯回家时海上漂流历险的故事。他的漂流形成了西方最早描写个人经历作品的旅程文学传统。

全诗讲述奥德修斯返家最后 42 天发生的事情。围绕奥德修斯返家，诗人展开两条并行的线索，一条以奥德修斯返乡为主线，一条以其妻在家乡被求婚者所纠缠、其子外出寻父为

> **阅读版本推荐**
>
> 《奥德纪》杨宪益译，人民文学出版社，1979 年版
>
> 《伊利亚特》罗念生、王焕生译，人民文学出版社，1996 年版

副线。两条线索时有交错，前后呼应。奥德修斯是伊萨卡岛之王，他聪明、勇敢、果断、坚毅。在特洛伊战争中，他多次使用计谋，屡建奇功，最后是他提出了木马计。使特洛伊人上当，攻破城池。在返家途中，他与惊涛骇浪和妖魔鬼怪搏斗，战胜了无数次的惊险，克服了荣华富贵和爱情的诱惑，最终回到了家乡。但是面临他的是一场恢复王位和向求婚者复仇的斗争。在这场斗争中奥德修斯的机智和果断发挥到了极致，

▲反映《奥德赛》内容的绘画

他装扮成一个流浪乞丐试探妻子的忠诚，了解求婚者们的情况。最后他突如其来，在宴会上向毫无准备、枉自得意的求婚者反击，杀死了他的对手，夺回了财产，恢复了王位，最后与妻儿团聚。

史诗通过对奥德修斯海上历险的描写，讴歌了古代英雄在同自然力的抗争中所体现出来的机智勇敢和战胜一切困难的坚强意志，表达了主人公对部落集体和乡土的眷恋之情。在人物塑造上，史诗做到形象鲜明、个性突出。作者在赞美奥德修斯的机智善谋、勇敢坚强、热爱乡土的主导性格的同时，又写出他性格中狡猾多疑、贪财自私的一面，使人物形象丰满多样。《奥德赛》的艺术成就还在于首创倒叙手法，做到布局巧妙，节奏明快，充满浪漫主义幻想色彩，是欧洲第一部以个人的漂泊遭遇为主要内容的文学作品。

古希腊悲剧的产生

古希腊悲剧是古希腊文学的一种重要形式，在世界文学史上占有重要的地位，它起源于古希腊的"酒神颂"。希腊悲剧直接起源于祭祀酒神狄俄尼索斯的仪式。春天的酒神祭有歌队参加表演，歌队队员披着山羊皮扮演半羊半人神上场，一面唱着赞美酒神的颂歌，一面跳着简单的舞蹈，随后歌队队长站出来回答歌队的问话，讲述酒神在尘世的冒险、苦难和胜利的故事，后来又加进了表演动作的演员，悲剧便由此产生。古希腊悲剧宝库中的绝大部分作品已在中世纪结束前佚失。我们今天谈论的古希腊悲剧，实际是指埃斯库罗斯、索福克勒斯和欧里庇得斯三人的得以幸存的作品。

悲剧之父埃斯库罗斯

埃斯库罗斯是雅典的悲剧作家，被后人尊为"悲剧之父"。他流传下来的完整剧本有 7 部。

埃斯库罗斯最著名的作品是《被缚的普罗米修斯》，取材于古希腊神话。普罗米修斯盗取火种给人间，激怒了嫉恨人类文明进步的宙斯。宙斯为了惩罚普罗米修斯，派威力神和暴力神将他用铁链锁起来，钉在高加索山上，让一只老鹰日复一日啄食他的心肝。懦弱的河神劝其向宙斯屈服，但被他拒绝。普罗米修斯知道宙斯会和某一女神结婚，将生下一个比他强大的儿子把他推翻。宙斯派神使赫耳墨斯来逼迫他讲出这个秘密，他坚决拒绝，最后被雷电打入地狱。

诗人赋予这个古老的神话以崭新的意义，描绘了一个热爱人类，反抗暴君，不怕牺牲，敢于斗争的英雄形象。

▲埃斯库罗斯塑像

戏剧中的荷马

索福克勒斯是雅典的悲剧作家。他对古希腊的悲剧做出了杰出贡献，塑造的悲剧人物丰富多彩，悲剧形式也臻于完善，因此，他又有"戏剧中的荷马"之称。

索福克勒斯最著名的悲剧是《俄狄浦斯王》。取材于神话传说：太阳神曾谕示忒拜王拉伊俄斯必死于儿子之手。儿子一出生，国王

阅读版本推荐

《埃斯库罗斯悲剧集》陈中梅译，辽宁教育出版社，1999 年版
《索福克勒斯悲剧二种》罗念生译，人民文学出版社，1979 年版
《欧里庇得斯悲剧集》周作人译中国对外翻译出版社，2003 年版

便命令牧羊人将其抛弃荒山，但牧羊人将婴儿送给了科林索斯国王的仆人，该仆人抱回的孩子由其国王养大成人，取名俄狄浦斯。太阳神谕示俄狄浦斯将来要杀父娶母，为了逃避这个可怕的命运，他远走他乡，但在途中偶杀生父拉伊俄斯。在忒拜城郊他猜中司芬克斯之谜后被拥立为王，便娶王后（他不知道她正是自己的生母）为妻并生儿育女。当瘟疫流行后求太阳神神示，得到的回答是：必严惩杀前国王的凶手才可消除瘟疫。俄狄浦斯王于是认真查处，最后发现追查的对象正是他自己，便以戳瞎双目和自行流放作了自我惩罚。

这部悲剧，因为主题与艺术的出色，这部剧被誉为"十全十美的悲剧"。

▲索福克勒斯塑像

舞台上的哲学家

欧里庇得斯是雅典的悲剧作家。他流传下来的 18 部剧本，大多借神话传说题材来反映现实社会问题。代表作是《美狄亚》，该剧的题材和人物取自希腊神话中关于英雄伊阿宋冒险盗取金羊毛的传说。但是，传说中深受赞扬的英雄伊阿宋，在此剧中却变成贪图富贵抛弃妻子另娶公主的趋炎附势的卑鄙小人。对于弃妇美狄亚，剧作家却深表同情，赞扬她在被丈夫抛弃、遭国王驱逐的恶劣命运下，运用自己的智慧和计谋同命运作斗争。美狄亚用巧计毒死国王和公主，严词斥责伊阿宋的背叛和狡辩，又采用杀死自己的儿子来使丈夫因断绝后代而永远痛苦，然后乘龙车逃出国境。

欧里庇得斯的悲剧语言明晰流畅，说理性强，善于在剧中议论各种社会问题，有"舞台上的哲学家"之称。

▲欧里庇得斯塑像

古希腊喜剧的产生

喜剧的原意是"狂欢之歌"，它同悲剧一样也是起源于祭祀酒神，农民在葡萄丰收时节化装成鸟兽，举行狂欢游行，除演唱酒神事迹外，还即兴表演根据时事或笑闻编成的歌舞，这种表演是一种欢乐喧闹的场面，包括互相嘲弄、戏谑，有时语言甚至达到猥亵的程度。这就形成了它与悲剧完全不同的风格，被人们认为是一种低级表演，只能作为舞台上的一种点缀与陪衬，这是喜剧剧本传世较少原因之一。公元前5世纪雅典曾产生过三大喜剧诗人，分别是克拉提诺斯、欧波利斯和阿里斯托芬，只有阿里斯托芬有作品传世。

喜剧的产生

喜剧的原意是"狂欢之歌"，它同悲剧一样也是起源于祭祀酒神，农民在葡萄丰收时节化装成鸟兽，举行狂欢游行，除演唱酒神事迹外，还即兴表演根据时事或笑闻编成的歌舞，这种表演是一种欢乐喧闹的场面，包括互相嘲弄、戏谑，有时语言甚至达到猥亵的程度。这就形成了它与悲剧完全不同的风格，被人们认为是一种低级表演，只能作为舞台上的一种点缀与陪衬，这是喜剧剧本传世较少原因之一。

喜剧的主要思想在两个演员的争论中展开，最后在一阵痛打和下流的对骂中得到解决。斗争的一方胜利后，是一些欢乐的场面，以宴会或者婚礼显示胜利。喜剧的舞台动作较为剧烈、频繁，演员们不穿厚底靴，以便能够灵活地表演。由于喜剧表演常常会带有一些下流的成分，所以希腊妇女只被允许观看悲剧。

喜剧之父

阿里斯托芬是古希腊和欧洲政治讽刺喜剧的创始人。他拥护民主制度，主张恢复旧日抗击波斯侵略时代的爱国主义精神。在文艺观点上，他认为喜剧诗人应该有严肃的政治目的，要以坚持正义、教育人民为己任。他流传下来11部喜剧（如《骑士》《云》《鸟》和《阿卡奈人》等），内容涉及到雅典奴

《阿卡奈人》介绍

《阿卡奈人》是阿里斯托芬第一部成功的喜剧。在"开场"中，农民狄开俄波利斯看见雅典公民大会不让一个提倡议和的人讲话，他给了那人八块钱币，派他同斯巴达人议和。在"进场"中，雅典附近受战祸最深的阿卡奈人（合唱队）用石头追打狄开俄波利斯，指责他叛国。他在"对驳场"中争辩说，他并不想投靠斯巴达人，他本人也受到他们的蹂躏，但雅典人也要对引起战争负责。有一些阿卡奈人不服，请主战派将领拉马科斯来帮忙，狄开俄波利斯当场和他扭打，把他打败，并去和伯罗奔尼撒人通商。接着的"插曲"表现了作交易的场面，显示和平的好处。拉马科斯再度出征，在"退场"中，他跛着脚上场，他在战争中负伤，痛苦万分。狄开俄波利斯却由两个吹双管的女子伴着，饱食大醉，得意洋洋。

隶制国家衰落时期的各种社会问题。

代表作《阿卡奈人》以雅典和斯巴达为首的两个阵营间爆发的伯罗奔尼撒战争为背景，通过雅典农民狄开俄波利斯与敌方斯巴达单独媾和，以及他与主战派将领拉马科斯的冲突，揭示了当时正在进行的内战给人民带来的苦难，表达了作者和广大农民反对内战、要求和平的愿望。

《阿卡奈人》通过漫画式的夸张手法和表面上很不严肃的讪笑打诨的场面来反映生活，很像闹剧。该喜剧的政治作用在于扫除雅典公民中的主战心理，号召订立和约。诗人在剧中指出，战争对政治煽动家和军官有利，对人民有害；他认为战争双方都有过错，主张各城邦团结友好，发扬马拉松精神，共同对付波斯的侵略威胁。阿里斯托芬正是从这个思想高度去俯视脚下的现实，才把生活中丑陋的本质挖掘出来，尽情地加以嘲笑。

阿里斯托芬的喜剧善于用夸张的手法、荒诞的情节、漫画式的形象来讽刺揭露当权者和各种社会丑恶现象。想象丰富，风格多样，语言诙谐锋利，但剧中人物爱发议论，缺乏个性和内心活动。阿里斯托芬在喜剧艺术上有很高成就，被称为"喜剧之父"。

第二章　欧洲中世纪时期

公元476年，罗马帝国灭亡，标志奴隶社会崩溃，欧洲进入中世纪。中世纪的欧洲，基督教是封建社会的重要精神支柱，教会成为封建阶级的重要组成部分。教会垄断中世纪文化教育，它用圣经解释一切，抵制古代的文化、哲学、政治和法律，一切从零做起，让科学教育、文化、艺术都成为阐发和维护宗教教义的婢女。基督教排斥异教文化，仇恨人民文化。与此同时，教会与世俗封建政权沆瀣一气，对异教徒、行吟诗人、作家和学者进行残酷的迫害。宗教裁判所利用火刑柱、刑讯室和焚葬场，使千万人蒙受灾难。中世纪的文学主要是教会文学、骑士文学、英雄史诗和城市文学。前两者主要为教会和封建统治阶级的利益服务。中世纪的终结和现代资本主义纪元的开端，是以一位大人物为标志的。这位大人物就是意大利人但丁，他是中世纪的最后一位诗人，同时又是新时代的最初一位诗人。

基督教文化挤压下成长的中世纪文学

1054 年基督教内部东西两派正式分裂后，西派的天主教在中世纪欧洲各国思想领域中的地位进一步强化。宗教教义就是政治信条，教会垄断了文化教育。当时《圣经》的词句在任何一个法庭上都具有法律效力，一切学术科学都成了神学的奴婢，一切文化艺术都被染上了宗教色彩，在这种独特的环境里，形成了独具特色的中世纪文学。欧洲中世纪文学按其性质分类，主要包括教会文学、英雄史诗、骑士文学和城市市民文学。

▲摩西十诫

上帝的赞歌：教会文学

教会文学是直接为基督教神学服务的文学。其基本内容是讴歌上帝的英明伟大，赞美圣徒的高尚德行。其中，基督故事和神秘剧一般以《圣经》为题材，描写耶稣的出生、传教、受难、升天和复活等事迹，宣扬上帝万能，反叛上帝必受惩罚。圣徒传和奇迹剧歌颂笃信基督、清心寡欲、一生赎罪而创造奇迹的圣徒高僧，美化殉教、献身、追求死后幸福的来世思想。其他如道德剧、赞美诗等也都具有浓厚的宗教气息。艺术上，教会文学大多采用神秘、梦幻和象征、寓意手法，渲染浪漫奇迹色彩。

▲欧洲中世纪的骑士

冒险加爱情：骑士文学

骑士文学是中世纪欧洲封建文学的典型之作，也是骑士制度的一种产物。在中世纪的欧洲，各个封建领主之间常有武力冲突，领主们养了许多骑士用以自卫，形成骑士制度。它与教会相辅相成，成了中世纪欧洲社会的两大精神支柱。骑士制度的发达，促使骑士文学的形成与发展。

骑士文学一般采用传奇的体裁，即非现实的叙事诗和幻想小说；以忠君、护教、行侠为内容；以英雄与美人，冒险与恋爱为题材；采用即兴的、自由的、浪漫的创作方法编撰而成。这类作品均由封建社会帮闲的行吟诗人和宫廷诗人（或称弦歌诗人）所作。随着时代的发展，其形式由韵文渐变为散文，内容由英雄传奇逐渐变为牧场传奇，最后演变为恶汉传奇。

拯救人类的赞歌：英雄史诗

英雄史诗原先在民间口头流传，后来由教会神职人员用文字写定。早期英雄史诗大多反映氏族社会末期生活，歌颂部落英雄为民除害、为民造福的事迹。其中，英国的《贝奥武甫》，讴歌为民杀死水妖、除灭火龙而牺牲的部落英雄贝奥武甫。约在公元6、7世纪，北欧出现了神话和英雄史诗，其中最为著名的是冰岛的《埃达》与《萨迦》。欧洲早期英雄史诗因产生较早，带有较多的神话色彩，但在用文字写定过程中不可避免地打上基督教的烙印，如《贝奥武甫》中把水妖格伦德尔说成是出卖耶稣的叛徒该隐的后代等。

中世纪中期的英雄史诗是封建国家形成时期的产物。史诗的主人公都是体现忠君、爱国、护教思想的英雄形象。中期英雄史诗的主要作品有法国的《罗兰之歌》，西班牙的《熙德之歌》，古罗斯的《伊戈尔远征记》和德国的《尼伯龙根之歌》等。

文艺复兴的前驱：城市文学

城市文学又名市民文学，是12世纪以后随着城市的兴起而产生的一种反映新兴市民阶级思想情趣的文学。它取材于现实生活，揭露讽刺封建贵族和宗教

▲中世纪作家笔下的传奇英雄

僧侣的专横、贪婪、愚蠢和伪善，表现市民的聪明才智和进取精神，具有鲜明的反封建、反教会倾向。艺术风格生动活泼，语言通俗易懂，生活气息浓郁。

中世纪欧洲的城市文学反映了市民的要求，具有反封建、反教会的倾向。他们在作品中常常以机智战胜残暴愚蠢的封建主，对自己的胜利抱乐观态度，表现得很有信心。而市民对世俗生活的兴趣，又使城市文学具有较多的现实主义因素。城市文学的这些新的特点，使它成为文艺复兴时期文学的前驱。

但丁拉开了人文主义的序曲

　　任何一个伟大时代的来临，都需要出现伟大的号手，吹出第一声振聋发聩的号音。1265 年，历史把重任落在了意大利佛罗伦萨一个小贵族家庭的新生儿身上，他就是但丁，一个上天派来结束中世纪黑暗的光明使者。在漫长的中世纪，文学沦为了教会的奴婢，随着但丁《神曲》的创作完成，预示着中世纪的黑暗走向了终结，同时拉开了文艺复兴时期人文主义的序曲。

天才之子：但丁

　　但丁·阿利盖里，意大利诗人，被恩格斯誉为"中世纪的最后一位诗人，同时又是新时代的最初一位诗人"。

　　但丁出生于一个没落贵族的家庭，但丁早年曾师从著名学者布鲁内托·拉蒂尼，系统学习拉丁文、修辞学、诗学和古典文学，对罗马大诗人维吉尔推崇备至。在绘画、音乐领域，但丁也造诣不凡。此外，但丁精心研究神学和哲学，古代教父圣·奥古斯丁的思想对他影响尤深。

　　但丁有过一次刻骨铭心的爱情，在其文学创作中留下了不可磨灭的烙印。但丁少年时曾在一次宴会上见到一位容貌清秀、美丽动人的姑娘贝阿特丽齐。但丁非常喜欢她，宴会后常找机会去看望她。随着年龄的增长，但丁把贝阿特丽齐当作自己精神上的爱慕对象。这种爱情给但丁以神奇的力量，他为她写下了一系列抒情诗篇。但不幸的是贝阿特丽齐却与一位银行家结婚，不久死去。但丁为此悲伤万分，又写了一系列的悼念诗。

▲但丁

　　但丁把为贝阿特丽齐写的诗收集在一起，用散文串联起来，说明每首诗的写作动因，取名《新生》。诗中抒发了诗人对少女深挚的感情，纯真的爱恋和绵绵无尽的思念，风格清新自然，细腻委婉。这部诗集是当时意大利文坛上"温柔的新体"诗派的重要作品之一，也是西欧文学史上第一部剖露心迹，公开隐秘情感的自传性诗作。诗中但丁追求纯洁的爱情，把贝阿特丽齐看作是上帝派来拯救他灵魂的天使，一个神化的女性。从此之后，贝阿特丽齐成了但丁作品中一个象征性的理想人物。

　　青年时期的但丁还积极参加城邦的政治活动。当时的意大利正处于分裂状态，佛罗伦萨是斗争最激烈的地点。代表新兴市民阶级利益的贵尔夫党经过激烈斗争，战胜了代表封建贵族势力的基伯林党。但贵尔夫党很快分裂为黑党和白党两派，二者又展开激烈的斗争。但丁属于白派，反对教皇干涉城邦内政。1302年，黑党在教皇的帮助下取胜，但丁被加上莫须有的罪名，被赶出城邦，开始了近20年的流放生活。

大约在1370年，在流亡生活最痛苦的时候，但丁开始了《神曲》的创作，这是他长期酝酿和构思的一部巨著。但丁说过，他写《神曲》的目的是"要使生活在这一世界的人们摆脱悲惨的遭遇，把他们引到幸福的境地"。但丁想寻找意大利民族的出路，渴求祖国和平统一，人民安家乐业，在作品中他表现了他的理想和愿望。

流放期间，但丁曾游说意大利一些城国，要它们支持白党，但没有取得成效。1321年，但丁病逝于拉文那。

人文主义文学的序曲：《神曲》

《神曲》是但丁于流放期间历时14年完成的长篇诗作，原名为"喜剧"。中世纪时，人们对"喜剧"的解释与今人不同，其意为结局令人喜悦的故事。后来，人们在原书名前加上修饰语"神圣的"，既表示对诗人的崇敬，也暗指此诗主题之庄严深奥。在我国，则将书名译为"神曲"。

《神曲》是中世纪封建文学的终结，又是文艺复兴时期人文主义文学的序曲。它集中反映了新旧交替时代的社会矛盾，以及由此带来的但丁世界观的矛盾，即基督教神学思想和资产阶级人文主义思想的矛盾。

《神曲》全诗长14000多行，由《地狱》《炼狱》和《天堂》三部分构成，主要是但丁幻游三界的神奇描述。诗人自叙在1300年春天，诗人迷失于一座黑暗的森林之中，正当他努力向山峰攀登时，唯一的出口又被象征淫欲、强暴和贪婪的母豹、雄狮和母狼拦住去路。诗人惊慌不已，进退维谷。值此危急关头，罗马大诗人维吉尔突然出现，他受已成为天使的但丁精神上的恋人贝阿特丽齐之托，救但丁脱离险境，并游历地狱和炼狱。在维吉尔的带领下，但丁首先进入地狱，但见阴风怒号，恶浪翻涌，其情可怖，其景惊心。地狱分九层，状如漏斗，越往下越小。居住于此的，都是生前犯有重罪之人。他们的灵魂依罪孽之轻重，被安排在不同层面中受罪。这里有贪官污吏、伪君子、邪恶的教皇、买卖圣职者、盗贼、淫媒、诬告犯、高利贷者，也有贪色、贪吃、易怒的邪教徒。诗人最痛恨卖国贼和背主之人，把他们放在第九层，冻在冰湖里，受酷刑折磨。

从冰湖之底穿过地球中心，就来到了炼狱。炼狱是大海中的一座孤山，也分九层。这里是有罪的灵魂洗涤罪孽之地，待罪恶炼净后，仍有望进入天堂。悔悟晚了的罪人不得入内，只能在山门外长期苦等。炼狱各层中分别住着犯过骄、妒、怒、惰、贪、食、色等基督教"七罪"中罪过较轻者的灵魂。但丁一层层游历，最后来到顶层的地上乐园，维吉尔随即离去。此时天空彩霞万道，祥云缭绕。在缤纷的花雨中，头戴橄榄叶桂冠、身着狸红长裙、披着洁白轻纱的贝阿特丽齐缓缓降临。贝阿特丽齐一边温柔地责备诗人不该迷误于象征罪恶的森林，一边指引他饱览各处胜境。在她指点下，但丁进入"忘川"，顿觉神清气爽，忘却了往昔的痛苦，随后贝阿特丽齐带他进入天堂。

天堂共有九重天，天使们就住在这里，能入天堂者都是生前的义人。天堂气象宏伟庄严，流光溢彩，充满仁爱和欢乐。在第八重天，但丁接受了三位圣人关于"信、望、爱"神学三美德的询问，顿感神魂超拔，跟随圣人培纳多进入神秘明丽的苍穹，欲一窥"三位一体"的深刻意义，但见金光一闪，幻想和全诗在极乐的气氛中戛然而止。

▲《神曲》插图

但丁的这部作品，同中古时期的其他作品一样，字里行间充满了寓意。整个作品的主题思想还是比较清楚的，即人经过了迷惘和苦难，到达了真理和至善的境界。在作品中但丁通过自己的叙述或通过与鬼魂谈话，反映了中古时期文化领域内的各种成就，并说出了他对各种事物的看法和评价，有史以来第一次表达了带有新时代特征的新思想和新世界观。但丁在《神曲》中广泛而深刻地暴露了当时的政治和社会现实。在批判封建主义的同时，他对作为西欧封建制度的精神支柱并垄断了当时全部文化的教会发动了猛烈的攻击。他严厉地批判统治阶级的寡廉鲜耻以及对人民的残酷压榨；他否定神权统治和教会至上的观点，坚决反对教皇掌握世俗权力；他揭露教会的罪恶，谴责僧侣们的无耻勾当。不仅如此，他对新兴市民阶级的自私以及正在形成的资本主义关系的弊端也作了一定的指责。

《神曲》中写的虽是来世，但反映的却都是现世的事物，这充分显示了但丁对于现世生活的兴趣和关心。他认为人应当克服惰性，追求荣誉；应当以历史上的英雄人物为榜样，学习他们的伟大思想和坚强意志，从而掌握自己的命运。但丁在《神曲》中还反对中世纪的蒙昧主义，提倡发展文化、追求知识、追求真理。他对古典文化也十分敬仰，并以维吉尔作为理性和哲学的化身，引导他游历地狱和炼狱。

第三章　欧洲文艺复兴时期

　　"文艺复兴"名义上是为了恢复古典的文学艺术，实际上是当时新兴资产阶级借此名义来发展科学技术，要求在思想上摆脱封建主义的束缚，建立以人为中心的"人文主义"思想。意大利诗人和学者彼特拉克第一次提出了和基督教教会抗争的这种进步思想，他被称为"人文主义之父"。和他同时代的著名人文主义者还有但丁和薄伽丘。人文主义文学的主要成就是小说与戏剧，同时创造了新体裁，流浪汉小说和悲喜混杂剧。采用民族语言写作，标志着各国民族文学诞生。意大利是文艺复兴的发源地，薄伽丘的《十日谈》拉开了欧洲文艺复兴的序幕。法国文艺复兴文学的最高成就是拉伯雷的长篇小说《巨人传》，描写了全面发展的理想人，体现了西方通俗文化品格狂欢化精神。西班牙文学在小说方面的代表作家作品是塞万提斯的《堂吉诃德》，体现了理想主义精神。英国文艺复兴文学的最大成就是莎士比亚创作的37部戏剧。

薄伽丘的《十日谈》掀开了文艺复兴运动的第一页

薄伽丘用笔做武器，在《十日谈》中入木三分揭露了当时许多披着神职外衣的江湖骗子的丑恶嘴脸，批判了政治的腐败。该书成书于1350年左右，当时正是西方神权统治一千多年，最黑暗，也是即将出现资本主义曙光的时候。《十日谈》可以说是欧洲文艺复兴运动的第一声号角，它吹响了封建神权统治的丧钟，掀开了文艺复兴运动的第一页。

站在但丁肩膀上的薄伽丘

乔万尼·薄伽丘和彼特拉克一样同属于意大利最初的人文主义作家。他的父亲是佛罗伦萨的商人，母亲是法国人。童年时期，薄伽丘就表现出桀骜不驯的性格，是个爱惹是生非的"孩子王"。成年后他拒绝父亲要他涉足商界的殷切希望，对古典文化的研究和文学创作情有独钟。薄伽丘的学习过程也与别人不同，他不愿意完全按照刻板的师徒教学模式按部就班地掌握知识，而是按兴趣和需要大量阅读、钻研古代典籍，自学成才。他是意大利第一个通晓希腊文的学者，对拉丁文和当时流行的俗语也掌握得炉火纯青。在商贾云集、世风开放的佛罗伦萨、那不勒斯等地，青年薄伽丘也曾一度放荡不羁，追求声色犬马的享乐生活，直到父亲的商行破产，不久老父又撒手人寰，薄伽丘才如梦初醒，浪子回头，节衣缩食地赡养家人。后来的薄伽丘回忆早年的荒唐经历，常有不堪回首之感，但当我们看到《十日谈》中那一幅幅五光十色的风俗画，读到一则则散发着浓郁市民生活气息的故事时，却不能不感慨生活对作家的厚赐。才华过人的薄伽丘用俗语和拉丁语写了不少作品，又对古典文化颇有研究，这使他声望日增。1373年，他受聘在圣斯德望修道院主持面向公众的但丁讲座，这在当时可是一件极为荣耀的事情。

薄伽丘初登文坛时曾立志做个优秀的诗人，这是当时文学界的传统：轻散文重韵文。他曾在自传中说，自己独自研究赋诗法，尽力领悟诗歌艺术的真谛。他也确曾创作过不少爱情题材的抒情诗和叙事长诗，但比起他的挚友、诗人彼特拉克那清新、流丽的诗歌，薄伽丘自愧弗如，于是专心致力于散文体的小说创作。要说讲故事，薄伽丘的确是个行家里手，青

▲薄伽丘

年时期写成的中篇小说《菲亚美达》，就把自己对那不勒斯国王罗伯特的女儿玛丽娅的爱情演绎得委婉动人，甚得时人好评。

薄伽丘最重要的作品，是他的短篇小说集《十日谈》，这部文艺复兴早期产生的名著，为作家赢得了"欧洲短篇小说之父"的不朽声名。晚年，致力于《神曲》研究，并撰写《但丁传》。

"人曲"《十日谈》

1348年，意大利的佛罗伦萨发生了一场可怕的瘟疫，每天都有大批的尸体运到城外。昔日美丽繁华的佛罗伦萨城，变得坟场遍地，尸骨如山，惨不忍睹。这件事给薄伽丘强烈的震撼。为了记下人类的这场灾难，他以这场瘟疫为背景，写下了一部当时意大利最著名的短篇小说集《十日谈》。当时，《十日谈》被称为"人曲"，是和但丁的《神曲》齐名的文学作品，也被称为《神曲》的姊妹篇。

小说背景是欧洲大瘟疫时期，佛罗伦萨十室九空，丧钟乱鸣，一派恐怖景象。7位男青年和3位姑娘为避难躲到郊外的一座别墅中。此处宛如世外桃源，但见春光明媚，流水淙淙，花团锦簇，鸟鸣啁啾。欢乐总与青春相伴，惊悸之情甫定，10位贵族青年便约定以讲故事的方式来度过这段时光，用笑声将死神的阴影远远抛诸脑后。他们每人每天讲一个故事，一共讲了10天，恰好有了100个故事，这是《十日谈》书名的由来。

▲佛罗伦萨

翻看《十日谈》，就仿佛在欣赏一幅意大利文艺复兴时期市民生活的"清明上河图"。尽管小说的素材不仅仅来源于意大利的城镇社会，连中世纪的传说乃至东方文学中的某些故事都成为薄伽丘编织故事的素材凭据，但所有的故事却都是讲给意大利市民阶级听的，从内容到叙述形式都符合他们的审美趣味。故事中的人物几乎包括了当时社会的各行各业人士：从封建贵族中的国王、王子、贵妇人到宗教界的神父、修女、修士；从学者、诗人、艺术家、穷学生到银行家、旅店老板、船主、面包师、手艺人；从农夫、奴仆、朝圣香客到高利贷者、守财奴；从酒鬼赌徒、海盗、无赖到流浪汉、落魄士兵、招摇撞骗的食客，真是你方唱罢我登场，搬演了一幕幕或喜或悲、妙趣横生的话剧。

小说的主旨在抨击禁欲主义，歌颂爱情，肯定人的自然欲望。在第四天的故事开头，作家自己出面讲了个"绿鹅"的故事，颇能表达薄伽丘的创作意图。一位父亲将儿子从小带至深山中隐修，以杜绝人欲横流的尘世生活的诱惑。儿子到了18岁，随父亲下山到佛罗伦萨，迎面碰上一群健康、美丽的少女。头一次见到女性的小伙子问父亲这是些什么东西，父亲要他赶快低下头去，说这是些名叫"绿鹅"的"祸水"。岂料一路上对任何事物都不感兴趣的儿子却偏偏爱上"绿鹅"，恳求父亲让他带一只回去喂养。老头儿这时才明白，"自然的力量比他的教诫要强得多了"。

《十日谈》塑造了众多敢爱敢恨的女性形象，这给读者留下了深刻的印象。在薄伽丘看来，要想突破禁欲主义的束缚，首先就必须把受压迫最深的女性的天性解放出来。为此，作家在小说中公开自称是个天生的"多情种子、护花使者"，要为女性仗义执言。《十日谈》中也有许多正面歌颂青年男子冲破封建教条、追求爱情幸福的故事，即使在今天来看也是格调高雅、健康的。

作家肯定人的自然欲望，赞美爱情，同情女性，就必然要抨击禁欲主义，揭露宗教人士的虚伪和神学教条对人的正常欲望的压抑，这是《十日谈》主题的正反两个方面。作者对那些利用宗教身份为幌子，专行男盗女娼之事的主教、院长、教士们，作家则毫不留情地予以辛辣的讽刺。例如第三天第八个故事，一位修道院长愚弄一对农民夫妇，以满足自己的禽兽欲望。他将农夫关入地窖，让农夫误以为到了阴间，自己趁机去奸淫农夫的妻子。不料农夫之妻怀孕，为掩盖丑行，修道院又将农夫放出，还无耻地宣称正是由于他的虔诚祷告，农夫才得以生还并喜得贵子。

▲《十日谈》插图

版本推荐

《十日谈》（青少版：缩写本）（意）薄伽丘原著，张宜界改写，上海人民美术出版社，2002年版。

《十日谈》（意）薄伽丘著，方平，王科一译，上海译文出版社，2004年版。

《十日谈》以散文体的意大利通俗语写成，这不仅为意大利散文创作奠定了基础，也对欧洲短篇小说的发展做出了开拓性的贡献。

100个故事长短不一，最短的约千字左右，最长者则达15000字左右。从叙述的角度看，故事多采用作家所说的"平铺直叙"的方法，但在许多故事中，作家注意到了情节发展的转承转合，笔法简繁有度，人物形象也十分鲜明、生动，语言个性化，富有喜剧性。因此，正是薄伽丘创立了欧洲文学史上短篇小说这种新的艺术形式。

整部书的总体结构也颇具特色，它基本上以"天"为单位，根据故事内容的特点，把100个故事按不同主题或类分开，每篇故事之前，都有讲故事人的一段开场白，引出故事。人们称《十日谈》的结构为"框形结构"，它被许多后来者所模仿，影响欧洲短篇小说集的构成形态达300年之久。

《十日谈》以其对现世幸福的大胆追求和对禁欲主义的猛烈抨击，体现了人文主义的时代精神，也就必然遭到天主教的极度仇视。教会公开谩骂《十日谈》是一部"淫邪之书"，社会上的各种反动保守势力也联合起来围攻作家，薄伽丘甚至遭到人身威胁，作家终于动摇了。

　　《十日谈》完成 3 年后，薄伽丘写了最后一部小说《大鸦》，令人惊讶地全盘否定了自己的叛逆思想，斥责女人是万恶之源，爱情是淫荡的肉欲。如果不是彼特拉克的劝阻，作家甚至打算将《十日谈》付之一炬。

　　1374 年，彼特拉克病逝，薄伽丘失去了最好的朋友和知音，精神上遭到沉重打击，翌年便在病痛和贫困中辞世。教会仍然没有放过他，挖掉了他的坟墓，砸毁了他的墓碑。

▲欧洲的大瘟疫

　　薄伽丘晚年思想的转变及身后的凄凉结局实在是文学史上的一个悲剧，但他用《十日谈》为自己在读者心中树立了一座真正的纪念碑，它是任何势力也无法损毁的。

《巨人传》开创了法国长篇小说的先河

一位伟人曾经说过，欧洲文艺复兴是一个需要巨人而且产生巨人的时代。拉伯雷就是文艺复兴高潮时期产生的一位法兰西文学巨人，他的长篇小说《巨人传》是一部"充满巨人精神的奇书"。欧洲文艺复兴时期，各国都有长篇巨著问世，《巨人传》是其中一部杰作，1532年，《巨人传》的出版开创了法国长篇小说的先河。

"伟大的笑匠"拉伯雷

拉伯雷年出生在法国中部都兰省的希农城，父亲是个有钱的法官。他在父亲的庄园里度过了自由自在而快乐幸福的童年。十几岁后，他被迫接受死气沉沉、枯燥无味的宗教教育，之后又进修道院当了修士。

▲拉伯雷

修士的生活，刻板乏味，又受清规戒律的束缚，这使拉伯雷非常反感。他开始学习希腊文，通过希腊文了解希腊和罗马的古代文化。当时，修道院反对学习古代文化，认为学习希腊文是追求异端学说，所以修道院搜走了拉伯雷的所有书籍。拉伯雷愤怒之下换了一个修道院。

在新修道院里，他幸运地遇上一个也喜欢古代文化的主持人，加上他们又是老相识，拉伯雷终于可以自由地研究古代文化了。后来，拉伯雷跟随大主教出使罗马，游览文艺复兴运动的发祥地，访问了许多名人和古迹，学习了宗教、哲学、数学、音韵、法律、考古、医学、天文等许多知识，终于成了一个博学的人。

拉伯雷最为后人称道的是他的长篇巨作《巨人传》。《巨人传》前两部出版后，受到了城市资产阶级和社会下层人民的热烈欢迎，但又受到了教会和贵族的极端仇视，并被法院宣布为禁书。后来在国王的特许发行证的保护下，拉伯雷以真实名姓出版了《巨人传》的第三部。但国王不久死去，小说又被列为禁书，出版商被烧死，拉伯雷被迫外逃。

回国后，拉伯雷担任了宗教职务，业余时间为穷人治病。后又去学校教书。在学校教书期间，他完成了《巨人传》的第四、第五部。这部小说的创作前后经历了20年的时间。《巨人传》出版后风靡一时。

《巨人传》揭露了中世纪教会的黑暗和腐朽，反映了文艺复兴时期人文主义者对资产阶级这个性解放的追求。在拉伯雷的理想社会里，人性是善良的，人民是纯朴的，他的理想的行为准则就是："你爱做什么，就做什么"。在读拉伯雷的《巨人传》时，人人可以快意地笑，爽朗地笑，尽情地笑，这就是他被人们誉为"伟大的笑匠"的原因。拉伯雷在巴黎去世时，他笑着说："拉幕吧，戏做完了。"

人文主义的巨人

长篇小说《巨人传》共五部，第一部的主人公是国王格朗古杰的儿子卡冈都亚。他生下来便会说话，喝17000多头母牛的奶，他的衣服用12000多尺布制成。这种夸张的描写是要说明人的力量是巨大的。卡冈都亚最初受中古经院教育的毒害，后来人文主义教育才把他解救出来。他到巴黎旅行，在实际生活中得到锻炼。这时，他的国家受到邻国国王毕可肖的侵略，他率领若望修士等击退敌人。他建立德廉美修道院酬答若望的功劳。

第二部的主人公是卡冈都亚的儿子庞大固埃。他一开始就受人文主义教育。祖孙三代巨人，一代比一代受到更好的教育，一代比一代幸福，反映了人类不断进步的思想。

第三部用很多篇幅讨论巴汝奇要不要结婚的问题，在这里作者对宗教迷信加以揭露和嘲笑。随后庞大固埃、若望修士和巴汝奇等一起出发到世界各地寻找"神瓶"。

第四、五两部写他们在旅行中遇到无数骇人听闻的事。第四部的第五章到第八章写巴汝奇和羊商斗智的一段是书中最精彩的故

▲卡冈都亚从娘胎里爬出来

事之一，饶有民间故事风味。第五部的讽刺比前四部更尖锐，对违反自然、抵制科学的教会势力和危害人民的封建司法作了猛烈的抨击。庞大固埃一行人走过许多地方后，终于找到了"神瓶"。"神瓶"给他们的答复是："喝呀。"作者的意思是教人吸取人类的知识，以此来武装自己。

第五、《巨人传》是一部讽刺小说，鞭挞了法国16世纪封建社会，具有浓厚的反封建思想和人文主义色彩。卡冈都亚从娘胎里爬出来不是"呱呱坠地"，而是连叫三声："喝！喝！喝！"叫渴声惊天动地，庞大固埃出生时也是大叫大嚷要吃要喝。小说家显然是借新生婴儿的第一声呼叫，来传达他压抑多年的心声，来发泄一种强烈的情绪和感情，对中世纪黑暗的神权统治表示强烈的不满，渴望思想解放，渴望人性自由，渴望科学知识，渴望教育革新，渴望社会平等，渴望和平生活，渴望理想社会。如果用一个字概括《巨人传》的主题，那就是一个"渴"字。怪不得拉伯雷最后把庞大固埃封为"渴人国"的开明国王。

拉伯雷的巨人思想贯穿在整部作品中，体现在三个巨人的形象上。他们一方面食

▲《巨人传》插图

量过人，饕餮好酒，纵情享乐。作者以赞赏的口吻肯定他们的享乐人生观，这是对僧侣主义和禁欲主义的嘲讽。另一方面，他又把一些优良品质赋予他的巨人。格朗古杰爱和平，爱人民。他的国土被敌人侵略时，他首先想到的不是自己的统治地位，而是人民的利益。卡冈都亚对教会很不恭敬。巴黎圣母院是教会权威的象征，卡冈都亚却把它的大钟从钟楼上取下来，作为马铃，使巴黎大学神学家们惊慌失措，乱成一团。他指出教会是是非丛生之地，修道生活是违背自然的。他主张人们自由发展，不受宗教教条的束缚。庞大固埃体现出文艺复兴时期的好奇心理和创造精神，他游历冒险是为了探索宇宙的秘密，寻求真理。这三个巨人的形象虽然表面上荒诞不经，甚至不可思议，但实际上作者是把他们作为人的力量的象征来塑造的。16世纪新兴资产阶级意识到，要解放被封建制度束缚了几百年的生产力，人的力量的解放是首要问题。卡冈都亚和庞大固埃是知识渊博的人，是人文主义者拉伯雷的理想人物。

版本推荐

《巨人传》（名著名译插图本）（法）拉伯雷著，鲍文蔚译，人民文学出版社，2004年版。

《巨人传》描写的德廉美修道院体现了作者的社会理想。在这个修道院里，人与人之间的关系不是尔虞我诈，而是互相信任。不论男女，都可随时进院修道，也可随时退出。他们不受任何教规的约束，"可以光明正大地结婚，人人都可以发财致富，自由自在地生活。"修道院只有一条院规："做你所愿做的事。"拉伯雷标榜的社会原则体现了文艺复兴时期资产阶级个性解放的要求。

《巨人传》的主要特点是揭露性强。作者认为宗教迷信妨碍社会向前发展。他揭露反动的罗马教廷，说它是"对世界的威胁"。他愤怒抨击封建司法。拉伯雷继承了法国中古城市文学的传统，对后来的讽刺文学有很大影响。

《巨人传》没有严密的结构。第一、二两部还有一定的脉络可寻，故事围绕着卡冈都亚和庞大固埃两个巨人的经历而发展。最后三部只凭庞大固埃等的游历冒险这条线索把故事无限地延长下去。作者利用这种结构形式，在广阔的背景上揭露封建社会的黑暗和罪恶。他特别注意人物外形的描绘，但有前后不一致之处。庞大固埃在第二部还是个魁梧的巨人，第三部以后却好像和平常人一样了。

此外，《巨人传》的语言富于创造性，有时气势磅礴，热情充沛，有时庄严雄辩，但也有一些段落流于庸俗粗野。拉伯雷大量运用各行各业的语言，这说明他对社会下层的行话也很熟悉。

欧洲第一部现实主义长篇小说的出版

1605 年和 1615 年西班牙作家塞万提斯分两部分出版了他的反骑士小说《堂吉诃德》。这部书对当时流行的骑士小说是一个反讽，从这部书出版后，骑士小说开始销声匿迹，退出文坛。《堂吉诃德》是一部脍炙人口的世界名著，是欧洲长篇小说发展史上的一座里程碑。从艺术角度讲，塞万提斯通过《堂吉诃德》的创作奠定了世界现代小说的基础，就是说，现代小说的一些写作手法，如真实与想象、严肃与幽默、准确与夸张、故事中套故事，甚至作者走进小说对小说指指点点，在《堂吉诃德》中都出现了。

塞万提斯的冒险生涯

米盖尔·德·塞万提斯·萨维德拉，是文艺复兴时期西班牙的伟大作家，他的一生经历，是典型的西班牙人的冒险生涯。

塞万提斯出生于马德里附近的一个小城镇的贫困之家，父亲是一个跑江湖的外科医生。因为生活艰难，塞万提斯和他的 7 个兄弟姊妹跟随父亲到处东奔西跑，直到1566 年才定居马德里。颠沛流离的童年生活，使他仅受过中学教育。

23 岁时，他到了意大利，当了红衣主教胡利奥的家臣。一年后不肯安于现状的性格又驱使他参加了西班牙驻意大利的军队，准备对抗来犯的土耳其人。他参加了著名的雷邦多大海战，这次战斗中，以西班牙为首的联合舰队重创了土耳其人的舰队。带病坚守岗位的塞万提斯在激烈的战斗中负了 3 处伤，以至被截去了左手，此后即有"雷邦多的独臂人"之称。经过了 4 年出生入死的军旅生涯后，他带着基督教联军统帅胡安与西西里总督给西班牙国王的推荐信踏上归途。

不幸的是，途中遭遇了土耳其海盗船，他被掳到阿尔及尔。由于这两封推荐信的关系，土耳其人把他当成重要人物，准备勒索巨额赎金。做了奴隶的塞万提斯组织了一次又一次的逃跑，却均以失败告终，但

▲塞万提斯

他的勇气与胆识却得到俘虏们的信任与爱戴，就连奴役他们的土耳其人也为他不屈不挠的精神所折服。1580 年，亲友们终于筹资把他赎回，这时他已经 34 岁了。

以一个英雄的身份回国的塞万提斯，并没有得到国王的重视，终日为生活奔忙。他一面著书，一面在政府里当小职员，曾干过军需官、税吏，接触过农村生活，也曾

被派到美洲公干。他不止一次被捕下狱，原因是不能缴上该收的税款，也有的是遭受无妄之灾。就连他那不朽的《堂吉诃德》也有一部分是在监狱里构思和写作的。塞万提斯十分爱好文学，在生活窘迫的时候，卖文是他养活妻儿老小的唯一途径。他用文学语言给一个又一个商人、一种又一种商品做广告。他写过连他自己也记不清数目的抒情诗、讽刺诗，但大多没有引起多大反响。他也曾应剧院邀请写过几十个剧本，但上映后并未取得预想的成功。他出版的田园牧歌体小说《伽拉苔亚》（第一部），虽然作者自己很满意，但也未引起文坛的注意。塞万提斯50多岁开始了《堂吉诃德》的写作。

《堂吉诃德》第一部出版后，立即风行全国，一年内竟再版了6次。这部小说虽然未能使塞万提斯摆脱贫困，却为他赢得了不朽的荣誉。书中对时弊的讽刺与无情嘲笑遭到封建贵族与天主教会的不满与憎恨。于是，有人出版了一部伪造的续篇，站在教会与贵族的立场上，肆意歪曲、丑化小说主人公的形象，并对塞万提斯本人进行了恶毒的诽谤与攻击。塞万提斯为了抵制伪书的恶劣影响，赶写了《堂吉诃德》第二部，人们的热情和喜爱不减，然而，穷困交加的塞万提斯不久在马德里因水肿病逝世。

梦幻骑士堂吉诃德

关于《堂吉诃德》，作者在序言中申明："这部书只不过是对于骑士文学的一种讽刺"，目的在于"把骑士文学地盘完全摧毁"。但实际上，这部作品的社会意义超过了作者的主观意图。在这将近100万言的作品中，出现了西班牙在16世纪和17世纪初的整个社会，公爵、公爵夫人、封建地主、僧侣、牧师、兵士、手艺工人、牧羊人、农民，不同阶级的男男女女约700个人物，尖锐地、全面地批判了这一时期西班牙的政治、法律、道德、宗教、文学、艺术以及私有财产制度，使它成为一部"行将灭亡的骑士阶级的史诗"，一部伟大的现实主义文学名著。

作品主要描写主人公堂吉诃德因沉迷于骑士小说，决定外出历险，做一名行侠仗

▲《堂吉诃德》漫画

义的骑士。临死前，他醒悟到自己迷信骑士小说之过。塞万提斯通过堂吉诃德的故事嘲讽了流行一时的骑士小说，指出它们既违背现实的真实又缺乏艺术的真实。从此以后，骑士小说在西班牙和欧洲一蹶不振。

堂吉诃德是一个不朽的典型人物。在第一部中写道，这个瘦削的、面带愁容的小贵族，由于爱读骑士文学，入了迷，竟然骑上一匹瘦弱的老马，找到了一柄生了锈的长矛，戴着破了洞的头盔，要去游侠，锄强扶弱，为人民打抱不平。他雇了附近的农民桑丘·潘沙做侍从，骑了驴儿跟在后面。堂吉诃德又把邻村的一个挤奶姑娘想象为他的女公主。于是他以一个未受正式封号的骑士身份出去找寻冒险事业，他完全失掉对现实的

感觉而沉入了漫无边际的幻想中，唯心地对待一切，处理一切，因此一路闯了许多祸，吃了许多亏，闹了许多笑话，然而一直执迷不悟。他把乡村客店当作城堡，把老板当作寨主，硬要老板封他为骑士。店老板乐得捉弄他一番，拿记马料账的本子当《圣经》，用堂吉诃德的刀背在他肩膀上着实打了两下，然后叫一个补鞋匠的女儿替他挂刀。受了封的骑士堂吉诃德走出客店把旋转的风车当作巨人，冲上去和它大战一场，弄得遍体鳞伤。他把羊群当作军队，冲上去厮杀，被牧童用石子打肿了脸面，打落了牙齿。桑丘·潘沙一再纠正他，他总不信。他又把一个理发匠当作武士，给予迎头痛击，把胜利取得的铜盆当作有名的曼布里诺头盔。他把一群罪犯当作受迫害的绅士，杀散了押役救了他们，要他们到村子里找女公主去道谢。

在第二部中，他继续去冒险，又吃了许多苦头，弄得一身病。主仆二人在巴塞罗那遇到了旁人装扮的"白月骑士"。堂吉诃德被"白月骑士"打败后，只得服从命令，从此停止游侠活动。堂吉诃德回家后一病不起。临终时，他回光返照，承认自己不是骑士堂吉诃德，而是善人吉哈诺。

堂吉诃德这个人物的性格具有两重性：一方面他是神志不清的，疯狂而可笑的，但又正是他代表着高度的道德原则、无畏的精神、英雄的行为、对正义的坚信以及对爱情的忠贞等等。他越疯疯癫癫，造成的灾难也越大，几乎

谁碰上他都会遭到一场灾难，但他的优秀品德也越鲜明。桑丘·潘沙本来为当"总督"而追随堂吉诃德，后看无望，仍不舍离去也正为此。堂吉诃德是可笑的，但又始终是一个理想主义的化身。他对于被压迫者和弱小者寄予无限的同情。从许多章节中，我们都可以找到他以热情的语言歌颂自由，反对人压迫人、人奴役人。也正是通过这一典型，塞万提斯怀着悲哀的心情宣告了信仰主义的终结。这一点恰恰反映了文艺复兴时期旧的信仰解体、新的信仰（资产阶级的）尚未提出的信仰断裂时期的社会心态。

在创作方法上，塞万提斯善于运用典型化的语言、行动刻画主角的性格，反复运用夸张的手法强调人物的个性，大胆地把一些对立的艺术表现形式交替使用，既有发人深思的悲剧因素，也有滑稽夸张的喜剧成分。尽管小说的结构不够严密，有些细节前后矛盾，但不论在反映现实的深度和广度上，还是塑造人物的典型性上，都比欧洲在此以前的小说前进了一大步，标志着欧洲长篇小说创作跨入了一个新的阶段。

最伟大的戏剧天才莎士比亚诞生

莎士比亚在人类文学史上是首屈一指的人物，虽然他用英文写作，但是他是一位真正闻名世界的文学大师。他的作品被译成许多种文字，不同国家的人都读他的作品，上演他的戏剧。一代代的读者都研读他的作品，企图获得他的文学气质。他的戏剧，不仅艺术成就极高，而且放射出的强烈的人文主义思想光芒，其意义早已超出了他的时代和国家的范围。他的朋友、著名的戏剧家本·琼斯说："他不只属于一个时代而属于所有世纪。"

英国最伟大的剧作家

莎士比亚出生在英国中部爱汶河畔的斯特拉特福镇，父亲是个商人。4岁时，他的父亲被选为"市政厅首脑"，成了这个拥有两千多居民，20家旅馆和酒店的小镇镇长。这个小镇经常有剧团来巡回演出。莎士比亚在观看演出时惊奇地发现，小小的舞台，少数几个演员，就能把历史和现实生活中的故事表现出来。他觉得神奇极了，深深地喜欢上了戏剧。他经常和孩子们一起，学着剧中的人物和情节演起戏来，并想长大后从事与剧本相关的工作。但不幸的是，他父亲经商失利，14岁的莎士比亚只好离开学校，给父亲当助手。

▲莎士比亚

18岁时他结了婚，不到21岁，已有了3个孩子。他的妻子比他大8岁，莎士比亚对自己的婚事常常感到遗憾，在他的作品中曾说："女人应该与比自己年纪大的男子结婚"。不过，他对辛勤持家，抚养孩子成人的妻子依然关怀备至。

1586年，富于进取精神的莎士比亚随一个戏班子步行到了伦敦，并找到一份为剧院骑马的观众照看马的差使。这虽然是打杂，但毕竟跟戏剧挂上钩了，莎士比亚尽心尽力地干这份工作，他干得很出色。骑马来的观众都愿意把马交给他。莎士比亚常常忙不过来，只得找了一批少年来帮忙，他们被叫做"莎士比亚的孩子们"。

莎士比亚头脑灵活，口齿伶俐，工作之余，还悄悄地看舞台上的演出，并坚持自学文学、历史、哲学等课程，还自修了希腊文和拉丁文。当剧团需要临时演员时，他"近水楼台先得月"，再加上他的才华，他终于能演一些配角了。演配角时，莎士比亚也认真演好，他出色的理解力和精湛的演技，使他不久就被剧团吸收为正式演员。

那时候，伦敦的剧团对剧本的需要非常迫切。莎士比亚决定尝试写些历史题材的剧本。

27岁那年，他写了历史剧《亨利六世》三部曲，剧本上演，大受观众欢迎，他赢得了很高声誉，逐渐在伦敦戏剧界站稳了脚跟。

1595年，莎士比亚写了悲剧《罗密欧与朱丽叶》，剧本上演后，莎士比亚名震伦敦，观众像潮水一般涌向剧场去看这出戏，并被感动得流下了泪水。

▲《麦克白》剧照

随着一系列剧本的成功上演，莎士比亚已经很有钱了，他所在的剧团建成了一个名叫环球剧院的剧场，他当了股东。他还在家乡买了住房和土地，准备老了后回家备用。

不久，他的两个好友为了改革政治，发动叛乱，结果逮捕。莎士比亚悲愤不已，倾注全力写成剧本《哈姆雷特》，并亲自扮演其中的幽灵。

在以后的几年里，莎士比亚又写出了《奥赛罗》《李尔王》和《麦克白》，它们和《哈姆雷特》一起被称为"莎士比亚的四大悲剧"。

1616年，莎士比亚由于生病离开了人世。在他的墓碑上刻着这样的碑文："看在上帝的面上，请不要动我的坟墓，妄动者将遭到诅咒，保护者将受到祝福。"

西方的梁祝

爱情是文学作品永恒的主题。古往今来，不知有多少人为之倾倒，用炽热的感情唱出一曲曲爱的赞歌。尽管我们都衷心祝愿有情人终成眷属，文学史上还是留下了许多凄恻哀婉的爱情故事。莎士比亚的《罗密欧与朱丽叶》，就是一部反映人文主义者爱情、理想与封建压迫之间冲突的一出充满诗意的悲剧。剧本根据一个流传久远的故事创作而成。情节是这样的：

在维洛纳城，卡普列特与蒙杰克两大家族之间有着不共戴天之仇。然而，浪漫的爱情却偏偏在这两个家族之间发生了。

清晨，卡普列特庄园正在举办盛大的舞会。舞曲声传来，罗密欧的朋友梅尔库乔和本沃里奥劝说罗密欧一起戴上假面具混入家族仇敌卡普列特家参加舞会。在舞会高潮的时候他们混入场内。

达官贵人提巴尔特和被选定为朱丽叶的未婚夫的帕里斯在欣赏着朱丽叶那迷人的舞姿。趁梅尔库乔吸引人们注意的机会，罗密欧走近朱丽叶，向她倾诉爱

▲《罗密欧与朱丽叶》插图

慕之情。他的假面具意外地掉了，年轻人那英俊的面孔深深地吸引住了朱丽叶。意外的暴露迫使罗密欧和他的朋友不得不匆匆离开庄园。奸诈的提巴尔特发现了罗密欧和他的朋友们，并且告诉了朱丽叶的父亲。

舞会结束后，这对一见钟情的恋人互诉爱慕之情，约定翌日成婚。在昏暗的教堂密室里，劳伦斯神父为这对恋人举行订婚仪式，他希望通过这桩婚姻，消除两家族之间的仇恨。

然而，可怕的灾难降临了。傲慢的提巴尔特阴险地杀害了梅尔库乔，而他自己也在决斗中死于为友复仇的罗密欧之手。罗密欧被判终生离开维洛纳城。

朱丽叶的父亲逼女儿嫁给帕里斯伯爵。绝望的朱丽叶找到劳伦斯神父恳求帮助。神父想出一个办法，建议她喝一种假的毒药，喝完后会像死去一样昏睡，她的父母以为她真的死了，就会在家族墓地给她举行葬礼。神父会把实情告诉罗密欧，让罗密欧连夜赶回，带着苏醒后的朱丽叶一起远走高飞。

▲《罗密欧与朱丽叶》剧照

晚上，朱丽叶假装答应父母第二天嫁给帕里斯。第二天早晨，当父母和新郎来找朱丽叶时，他们见到的是躺在床上一动不动的朱丽叶。朱丽叶服毒自杀的消息不胫而走，迅速传遍全城。得知心上人噩耗的罗密欧不知内情急奔维洛纳城。

卡普列特家族墓地，全城的人们都来参加葬礼。当人们离开时，罗密欧冲入墓地。他目不转睛地看着自己的心上人，喝下随身带来的毒药，倒在了朱丽叶身旁。苏醒过来的朱丽叶看见身边死去的罗密欧悲痛已极。

失去罗密欧，生命于她已毫无意义，她拔出匕首，刺入自己的胸膛。

看着死去的儿女，双方老人终于抛弃前嫌把手伸向对方。爱情的力量远远超出了维洛纳城两个家族之间的不共戴天之仇。

王子复仇记

在莎士比亚的戏剧中，篇幅最长、也受到最多讨论的就是《哈姆雷特》。许多文学家、评论家和学者，一致认为《哈姆雷特》是莎翁最伟大的作品。本剧自问世以来，就引起广泛评论，伏尔泰、尼采、王尔德、艾略特都曾论述此剧。《哈姆雷特》是莎士比亚最著名的一部悲剧，它突出地反映了作者的人文主义思想。

丹麦王子哈姆雷特在德国威登堡大学求学。他是个乐观、充满理想的青年。但是，父王老哈姆雷特突然身亡、叔父克劳迪斯登上王位、母亲改嫁新王等一连串不幸的消息，沉重地打击了他。他对这个世界感到厌倦。更使他烦恼的是，他不清楚父亲的死因。

哈姆雷特回国奔丧，父亲的鬼魂告诉他：自己是被弟弟克劳迪斯害死的。克劳迪斯乘国王午睡时，用毒草汁滴入他的耳朵里，毒死国王。鬼魂要哈姆雷特为他报仇，但不要伤害王后，让上天去裁决她。

从此，哈姆雷特装出狂妄怪诞、精神失常的样子。哈姆雷特的恋人奥菲利娅把他的行为告诉了自己的父亲——御前大臣波洛涅斯，御前大臣又报告了国王克劳迪斯。克劳迪斯对哈姆雷特的"发疯"表示怀疑，多次授命朝臣刺探虚实。

▲《哈姆雷特》国内剧照

哈姆雷特渴望复仇，但一直得不到机会。正在他犹豫之际，王宫里来了一班戏子，哈姆雷特乘机安排了一场戏，邀请奸王和王后一起观看演出。这出戏讲的是一件发生在维也纳的谋杀案：一个公爵的近亲觊觎公爵的权位和财产，在花园里把公爵毒死，又骗取了公爵夫人的爱情。哈姆雷特发现奸王观看演出时脸色阴沉，坐立不安，中途离座而去。鬼魂的话已经证实：奸王确是弑君篡位的恶棍。

诡计多端的克劳迪斯为摸清哈姆雷特"演戏"的意图，授意王后找哈姆雷特谈话。可是他又怕王后与王子有母子之情，对自己隐瞒真实情况，便派波洛涅斯躲在内宫帷幕后面偷听。王子要母亲用镜子照一照自己的灵魂，帷幕后面的波洛涅斯内心恐慌，大喊救命。哈姆雷特以为这是奸王，一剑刺去，波洛涅斯随即丧命。

奸王以哈姆雷特杀害御前大臣为借口，把他"护送"去英国，妄图借刀杀人，要英王加以杀害。不料王子的船遇到海盗，被放回本国。王子走后，奥菲利娅因伤心过度，发狂落水而死。

不久，哈姆雷特和波洛涅斯之子雷欧提斯在奥菲利娅的葬礼上相遇，仇人见面，分外眼红。雷欧提斯向哈姆雷特提出挑战。阴险的克劳迪斯"建议"他俩比剑，唆使雷欧提斯在剑上涂上毒药，自己又置备毒酒，阴谋让哈姆雷特或死于剑下，或饮鸩身亡。

▲《哈姆雷特》电影剧照

比剑休息时分，雷欧提斯乘其不备，用毒剑刺伤了哈姆雷特。哈姆雷特顿时警觉，夺过此剑刺中了雷欧提斯。雷临死有所醒悟，揭露了克劳迪斯的阴谋。这时王后因误饮了毒酒而死。哈姆雷特怒不可遏，拼出全力刺向克劳迪斯。王子终于和弑君夺位的野心家同归于尽。

第四章　17世纪古典主义时期

　　17世纪是一个处于变化中的世纪。革命刚刚露出曙光，而顽固势力的阴影依然遮天蔽日。历史站在转折点上，各种思潮泥沙俱下。文艺复兴时期的人文主义思想、现实主义创作倾向仍有一定影响，但基本上走向衰落，风行一时的是巴洛克风格和古典主义。17世纪英国进步文学的主流是资产阶级革命文学。诗人约翰·弥尔顿是资产阶级革命文学的主要代表，对英国资产阶级共和国的成立做出了重大贡献。虽然巴洛克风行一时，但在整个17世纪，欧洲文学的最主要成就是古典主义文学。顾名思义，之所以称古典主义，是因为它在文艺理论和创作实践上以古希腊、罗马为典范。自文艺复兴后，欧洲思潮中的一个特点就是向往古希腊和罗马的文明，这种热情持续了数百年之久。古典主义最早出现于法国，影响到欧洲其他国家，流行近200年，一直持续到19世纪。古典主义第一阶段的代表作家有高乃依。从1660至1688年是古典主义文学最繁荣的时期，代表作家有拉辛、莫里哀等。

17 世纪中叶英国最杰出的诗人弥尔顿出现

17 世纪 40 年代，英国革命爆发。人民经过公开审判，处决了国王查理一世，并在打了一场激烈的内战之后建立了以克伦威尔为首的资产阶级政权。在文学上，革命主要表现于两个方面：一是有大量的传单和小册子印行，各种集团特别是属于革命阵营左翼的平均派和掘地派通过它们来发表政见；二是出现了一个革命的大诗人——弥尔顿。弥尔顿对于革命的贡献，首先在于他的政论文。他的文章虽然句式繁复，却有雄奇之美。1660 年革命遭受了重大挫折，王朝复辟。这时弥尔顿已经双目失明，受政治迫害，但他痛定思痛，把自己的一腔孤愤写进了他一生最后的三大作品：《失乐园》《复乐园》和《力士参孙》。

革命诗人弥尔顿

弥尔顿出生于伦敦一个富裕的清教徒家庭。父亲爱好文学，受其影响，弥尔顿从小喜爱读书，尤其喜爱文学。16 岁时入剑桥大学，并开始写诗，后来取得硕士学位。因目睹当时国教日趋反动，他放弃了当教会牧师的念头，闭门攻读文学 6 年，一心想写出能传世的伟大诗篇。

▲弥尔顿

为了增长见闻，弥尔顿到当时欧洲文化中心意大利旅行，拜会了当地的文人志士，其中有被天主教会囚禁的伽利略。弥尔顿深为伽利略在逆境中坚持真理的精神所感动。翌年听说英国革命即将爆发，便中止旅行，仓促回国，投身革命运动。弥尔顿站在革命的清教徒一边，开始参加宗教论战，反对封建王朝的国教。他在一年多的时间里发表了 5 本有关宗教自由的小册子，又为争取言论自由而写了《论出版自由》。

中年以后，弥尔顿从政，他写了许多观点鲜明的政治文章。其时恰逢英国内战，共和、复辟大动乱。弥尔顿曾在其国务会议中任拉丁文秘书，当王政复辟后，弥尔顿被捕入狱。

一切结束后，弥尔顿重新开始诗歌创作，并以口述的形式写就了使他名扬后世的三部伟大著作：长诗《失乐园》和《复乐园》，诗剧《力士参孙》。弥尔顿死于 1674 年 11 月 8 日，死后他与乔叟、莎士比亚齐名。

就 17 世纪而言，弥尔顿所代表的英国文学与风行一时的法国古典主义不同，他真正继承了文艺复兴的精神，又开启了启蒙运动的先河，具有重要历史功绩。就文学成就而言，300 多年以来，大浪淘沙，但弥尔顿的声名和他的作品一样不朽，并影响到了整个世界。

《失乐园》

《失乐园》是弥尔顿的代表作。这部叙事长诗共分 12 卷，一万余行，取材于《旧约·创世纪》。

作品中描写天使撒旦率众反抗上帝，败后被打入地狱，变成魔王。听说上帝在创造新的世界伊甸园，里面居住新的种族"人类"。撒旦决心以引诱人类来完成复仇使命。他飞出地狱之门，来到伊甸园。先是偷听了亚当和夏娃的谈话，知道上帝禁止人吃智慧树的果实。他变形为蟾蜍，使夏娃做了一个想吃智慧果的梦，后又变形为蛇，引诱夏娃偷尝智慧果。亚当为了和夏娃共命运，也吃了禁果。上帝知道后，将他们逐出伊甸园。亚当和夏娃擦干懊悔的眼泪，携手踏上孤寂的路途。撒旦及众魔受到上帝的诅咒，蜕变为蛇，用腹行路，终生吃土。

弥尔顿在诗歌开篇处指出，《失乐园》的目的是证明"上帝对待人的行为是正确的"。但是，诗歌中的上帝形象并不那么可爱。他要人绝对服从，显得独断专横，预见到人要堕落，却又禁食智慧果，显得不合情理。和抽象，灰暗，遥远的上帝相比，撒旦的形象具体而又可信。初看起来，撒旦与上帝为敌，诡计多端，是诗歌中罪恶的化身。但是，渐渐地，读者便发现撒旦其实追求自由，怀疑上帝的统治，对上帝的权威提出挑战。撒旦被天雷打入地狱后，和其他造反的天使在火海中遭受煎熬，仍然表现出昂扬的斗志。他说，"战场失败有什么可怕？我的不可征服意志，报复的决心，切齿的仇恨和永不屈膝投降的志气并没有丧失。"威武不屈，坚持斗争，反对上帝的撒旦颇像革命时期的弥尔顿。因为弥尔顿和撒旦一样，都是挑战权威的叛逆者，而这两个叛逆者似乎都以失败告终。作品中的撒旦是一个敢于反抗上帝权威和专制统治的叛逆者，也是英国资产阶级革命者的象征。长诗同时探讨了英国革命失败和人类不幸的根源。

《失乐园》结构上继承了古希腊罗马的史诗传统，描写了天堂和地狱、混沌和人间多种壮阔的场景。比如，描写天国的战争时，撒旦发明了火药，动用了排炮，打得天兵天将狼狈不堪，场面十分雄伟奇特。诗歌的用典设喻，内外古今，无所不包。长诗用素诗写成，简练的英语和古典拉丁语相结合，成就了一种"庄严和崇高的文体"。《失乐园》格调高亢，壮怀激越，气魄宏大，形象雄伟。它是 17 世纪英国诗坛的一部杰作，是英国资产阶级革命的宏伟史诗。

名作介绍

《复乐园》在思想上与《失乐园》一脉相承，主要写耶稣受洗后在荒郊经受利诱威逼的考验战胜撒旦，开始布道，替人类恢复乐园，颂扬了主人公完美的道德品质和非凡的精神力量，显示了诗人对资产阶级革命坚定的信仰和始终不渝的态度。

《力士参孙》通过以色列民族英雄参孙的斗争精神，反映了封建王朝复辟后作者的内心痛苦、所受的迫害和复仇的决心。

古典主义悲剧的创始人高乃依

　　1636 年高乃依的 5 幕韵文剧《熙德》公演，轰动巴黎，为法国古典主义戏剧的建立奠定了基础。不过，由于这个悲喜剧违背了古典主义的三一律，在评论界引起了一场论战，在当时的红衣主教兼首相黎塞留的授意下，法兰西学院在 1638 年发表了《法兰西学院对〈熙德〉的批评》。小小的剧本，竟由法兰西学院出面干涉，这在法国戏剧史上算得上一件大事。

法国悲剧之父

　　高乃依生于鲁昂的一个律师家庭，长大后继承父业。然而他爱好诗歌，在一次偶然的机缘下写出第一部喜剧《梅里达》，此后接连又创作了五部作品。当时的红衣主教黎塞留为巩固中央集权制、确立自己在文学领域的领导地位，到处收买御用文人。他很欣赏高乃依的才华，将他吸收到 5 人写作班子。高乃依也为自己能跻身上流社会而庆幸，视黎塞留为自己的保护人和导师。可是高乃依生性耿直，一次竟敢对权倾朝野的主人说："我的声名是全靠我自己挣来的。"他还对黎塞留的诗文坦率指出其中的缺点，因而不再受青睐，不久也就离去了。

▲高乃依纪念币

　　后来，高乃依根据西班牙英雄传奇创作的《熙德》在巴黎公演，轰动全城，成为法国戏剧史的第一个光辉篇章。但是黎塞留授意法兰西学院，以不符合古典戏剧奉为圭臬的三一律为由，对《熙德》口诛笔伐。小小的剧本，竟由法兰西学院出面干涉，这在法国戏剧史上算得上一件大事。高乃依在强大的压力下不得不蛰居鲁昂。四年后复出，成功地推出三部杰作《贺拉斯》《西拿》《波里厄克特》。那是他的创作旺盛期，年年都有作品问世。

　　高乃依入选法兰西学院后，正式放弃律师工作。但是《佩尔塔里特》的失败又给他沉重的打击，搁笔将近七年。以后虽与莫里哀合作写出富有诗情的《普赛克》也无济于事。那是因为时代变了。法国穷兵黩武完成了统一大业，太阳王路易十四时期的豪气渐渐耗尽，宫廷沉湎于逸乐享受，上行下效，社会风气萎靡。高乃依的英雄主义已唤不起观众的热情。戏剧讲究缠绵悱恻，舞台已是后来者拉辛的天下。

　　高乃依的一生共写了 30 多部剧本。晚年，他曾与年轻的拉辛进行过抗衡，终于在悲剧《苏连娜》失败后，永远地退出了舞台。

《熙德》

高乃依所作的《熙德》，是法国第一部古典主义名剧，取材于西班牙史。熙德是历史上的英雄，此剧作于 1636 年公演时轰动了巴黎。

剧中的主人公罗狄克是西班牙贵族青年，其父狄哀格是卡斯蒂利亚王国的老臣。罗狄克与伯爵高迈斯的女儿施曼娜相爱，不久将要举行婚礼。当时，国王正在为太子选师傅，高迈斯自恃对国家有功，认为这个位置非他莫属。但国王选中了狄哀格，高迈斯觉得受到了屈辱，于是与狄哀格发生了争吵。盛怒之下的高迈斯打了狄哀格一记耳光，根据封建荣誉观，挨人耳光乃是奇耻大辱，狄哀格对罗狄克说："没有光荣，我也不配生存"，要儿子为他报

仇雪耻。罗狄克面临着重大的抉择：要家庭荣誉，还是要个人爱情？最后他决定要洗刷家庭所受的耻辱，在决斗场上杀死了高迈斯伯爵。

施曼娜得知后痛不欲生，她高喊着"以血抵血"，请求国王处决罗狄克。但在内心深处，她仍一往情深地爱着罗狄克，她对保姆所说的"我要他的头，又怕得到手"真实地反映了她的复杂心理。因此，当罗狄克主动跑到施曼娜跟前请她处置时，她反倒犹豫起来。

这时，摩尔人前来进犯，狄哀格鼓励儿子上阵杀敌，报效国家。罗狄克出奇制胜，击溃了入侵者，还俘获了摩尔人的两个国王，他们都把罗狄克尊称为"熙德"（即"君王"之意）。当罗狄克大胜而归后，施曼娜再次向国王提出报杀父之仇的要求，并选定了另一个向她求爱的贵族青年唐桑士为她的决斗手。国王接受了她的请求，当场宣布：谁在决斗中获胜，施曼娜就做谁的妻子。罗狄克认为，人心是不能用武力赢得的，因此在决斗前他向施曼娜表示："我是去赴死，不是去决斗"。其实，施曼娜的内心一直是矛盾的，她对罗狄克的爱情始终没有动摇，此时她向罗狄克吐露了真情，要他"只许打胜，不许打败"。英雄受到爱情的激励，在决斗中击败了对手。故事的结局是美满的：遵照国王的旨意，施曼娜服丧一年之后，与罗狄克结为夫妻。

古典主义喜剧的创始人莫里哀

1664 年 5 月，在凡尔赛宫的盛大节日晚会上演出《伪君子》（初演时为 3 幕）。这部喜剧大胆地讽刺了封建社会的基础之一——天主教会，被国王下令禁演。莫里哀经过 5 年不懈地斗争，利用教皇颁布"教会和平"诏书的机会，使这个剧本以 5 幕诗体喜剧的形式于 1669 年再度公演。在这部思想深刻、艺术成熟的政治喜剧里，莫里哀塑造了一个性格突出而又有极大概括意义的典型形象骗子答尔丢夫，后来这个名字就成了"伪君子"的同义语。

"法兰西精神"的代表者

莫里哀，生于巴黎一个具有"王室侍从"身份的宫廷室内陈设商家庭。中学受到良好教育。他自童年时代就对戏剧产生了浓厚的兴趣，不愿意走他父亲给他选择的经商道路。他向父亲宣称放弃世袭权利，与朋友们组成"光耀剧团"在巴黎演出，取艺名为莫里哀。但因缺乏经验，经营惨淡，负债累累，还因此被捕入狱，由父亲保释出狱。他重振剧团，到外省流浪，几乎踏遍了整个法国。

▲莫里哀

在 13 年的流浪艺人生活中，他历经坎坷，却加深了对法国社会的观察和理解，也磨练了他戏剧艺术的才华。后来他返回巴黎演出了独幕喜剧《多情的医生》，为取得保护又收回"王室侍从"头衔。即使这样，在等级森严的封建制国家里，他的创作道路仍极为坎坷。为了争取剧本的上演，不得不进行持久的艰苦的斗争。他是杰出的喜剧诗人、编剧戏剧理论家，又是优秀的演员，饰演了许多重要的角色，演技和嗓子为当时的人们所称道。他为法国培养出一批有才能的青年演员。他的剧团成了今日法兰西喜剧院。他长期紧张工作使他积劳成疾，得了肺结核，在参加《没病找病》演出后在巴黎去世。

莫里哀共留下了 30 多部剧作和 8 首诗。第一部重要现实主义喜剧是《可笑的女才子》，后来又演出了反对封建夫权思想、歌颂恋爱自由的社会问题喜剧《丈夫学堂》和《太太学堂》。1664 年在凡尔赛宫的盛大节日晚会首演《伪君子》。此剧是部思想深刻、艺术成熟的"政治喜剧"，塑造了一个性格突出而又有极大概括意义的典型形象骗子答尔丢夫，后来成了"伪君子"的同义语。演出了《唐璜》和《恨世者》后，莫里哀对喜剧形式作了多方面的探索。又推出了《乔治·唐丹》《悭吝人》等剧，《悭吝人》是最深刻的"性格喜剧"之一。之后又写了几出芭蕾舞喜剧，最后杰作是谴责自私自利的资产者为了自己健康而牺牲女儿美满的爱情的《没病找病》。

莫里哀的喜剧种类和样式多样化，已超越古典主义的范围。他又是法国芭蕾舞喜剧的创始人。他的喜剧都有闹剧成分，坚持平民趣味。但革新了民间的闹剧，在风趣、粗犷之中表现出严肃的态度。他的喜剧都是直接为舞台演出而写作的。他把日常的生活用语提炼后搬上舞台，显得自然生动。他自觉地站在人民大众一边的民主主义精神，反映了他具有法国社会第三等级的反封建倾向。

莫里哀有一套有创见的现实主义喜剧理论和编导经验，主张作品要自然、合理，强调以社会效果进行评价。他的喜剧已成为典范性作品，影响了许多国家喜剧的发展。在法国，他代表着"法兰西精神"。

伪君子答尔丢夫

《伪君子》是一出五幕诗体喜剧。故事发生在巴黎富商奥尔恭家中。这一天，奥尔恭去乡下办事，不料家中人——奥尔恭的母亲柏奈尔夫人、儿子达米斯、女儿玛丽亚娜、续弦夫人欧米尔、姻兄克雷央特和女仆桃丽娜——为一个叫答尔丢夫的人争执起来。答尔丢夫本是外省的一个没落贵族，可是后来穷得连双鞋也没有，于是走了宗教这条路。奥尔恭在教堂里结识了他，马上被他苦修节欲的"虔诚"所打动，不仅施舍钱给他，还把他接回家中，尊为圣徒，奉为良心导师。答尔丢夫受到宠信，便处处以宗教道德标准约束奥尔恭一家人的行为，此举深得奥尔恭和虔诚的柏奈尔老夫人的欢心，可是其他人对此却积怨颇深。

这一天，老夫人要求全家人都要听答尔丢夫的话，众人不服，结果不欢而散。不久，奥尔恭回来了，第一件事就是问"答尔丢夫呢？"桃丽娜快人快语："他的身体别提多么好啦！又胖又肥，红光满面，嘴唇红得都发紫啦！他晚饭吃了两只竹鸡，外带半只切成细末的羊腿。一离饭桌，就回到了卧室，一下子躺在暖暖和和的床里，安安稳稳地一直睡到第二天早晨。他老是那么勇气十足，早饭喝了四大杯葡萄酒。"奥尔恭丝毫不理会桃丽娜对这个所谓苦修节欲的圣徒的嘲讽，只是一连串说着："怪可怜的！"姻兄克雷央特也劝诫奥尔恭，不要被答尔丢夫矫饰的热诚所迷惑，"他是把侍奉上帝当作了一种职业、一种货物，利用上帝的圣名作武器来刺死我们。"不过奥尔恭置若罔闻，还想把女儿玛丽亚娜嫁给答尔丢夫。玛丽亚娜已经与瓦赖尔订婚，两人正处于热恋中，所以坚决反对父亲的这个愚蠢的决定。欧米尔为了帮助她，预备与答尔丢夫好好谈一谈。桃丽娜请出了答尔丢夫，后者一出场的第一句话就是要仆人把他苦修用的鬃毛紧身衣和鞭子藏起来，第一个动作则是丢给桃丽娜一块手帕，并说："把你的胸脯遮起来，我不便看见，因为这种东西，看了灵魂就会受伤，能够引起不洁的念头。"欧米尔来了，答尔丢夫却马上变了一副嘴脸，百般向她挑情，甚至动手动脚。他没料到，他的这些情话，恰被躲在一边的达米斯听到。正巧奥尔恭进来，达米斯当即把答尔丢夫的这一丑行告诉了父亲。答尔丢夫哭叫起来："老兄，是的，我是一个坏人，一个罪人，一个不讲信义、对不起上帝的可怜的罪人，一个世上从未见过的穷凶极恶的人。无论人们怎样责备我，说我犯了多大的罪恶，我也绝不敢自高自大来替自己辩护。"没想到，他的这番话比抵赖辩解还令奥尔恭感动。奥尔恭认定答尔丢夫蒙受了不白之冤，于是将儿子赶出家门，不仅剥夺了儿子的财产继承权，还写下契约把全部家产赠送给答尔丢夫，又决定当天晚上就让答尔丢夫和玛丽亚娜结婚。

▲《伪君子》剧照

在这严重的局面下，为了让奥尔恭明白真相，欧米尔设下巧计，她让丈夫藏在桌子下，然后叫人去请答尔丢夫。答尔丢夫果然露出色鬼本相，欧米尔提出此举会得罪上帝，答尔丢夫无耻地声言："这在我是算不了一回事的。"紧要关头，忍无可忍的奥尔恭冲了出来，大骂答尔丢夫。此时，答尔丢夫抛掉画皮，露出狰狞面目，宣布全部财产都是自己的，还扬言要揭穿奸计。原来，奥尔恭的一位朋友犯了法，逃亡前把一个机密的首饰盒托付给他保管，但他竟然把它交给了答尔丢夫。全家人闻之此事，顿时一片慌乱。

不一会儿，执法吏到来，宣布凭契约，所有财产已经归答尔丢夫所有，勒令奥尔恭一家明日搬出。答尔丢夫又在国王面前控告了奥尔恭，并领来了宫廷侍卫官预备逮捕奥尔恭。但是，最后侍卫官逮捕的却是答尔丢夫，原来国王英明，认出答尔丢夫就是有人向他报告过的那个著名的骗子。国王念奥尔恭旧日有功，原谅了他私通罪犯的过错，发还财产。奥尔恭感恩不尽，高兴之余，答应玉成瓦赖尔与女儿的婚事。

答尔丢夫这个形象是莫里哀最高的艺术成就之一，由于这一形象的典型概括性，答尔丢夫一词在法语中已经成了"伪君子"的同义语。又由于莫里哀成功地调动全部构思和艺术手法塑造了一个伪善的性格，这出戏剧也成了一部典型的性格喜剧，在欧洲古典主义喜剧中占有重要地位。

第五章　18 世纪启蒙运动时期

　　18 世纪初期，欧洲古典主义文学占有相当的优势，但随着封建专制王权的逐渐衰落，新兴资产阶级启蒙思想家在思想领域发起启蒙运动，在文学艺术领域也迫切要求摆脱古典主义的束缚。在他们的倡导下，一种以揭露封建制度罪恶，表现普通平民生活和理想为内容的文学应运而生，形成了一股启蒙文学的潮流。启蒙文学具有鲜明的政治性和民主性，它继承和发扬了人文主义文学的传统，充分体现了 18 世纪欧洲的时代风貌。18 世纪的启蒙文学的主要成就在于现实主义小说，启蒙作家继承了文艺复兴时期流浪汉小说的优良传统，较为真切地反映了英国社会的现实生活。这一时期成就最大的作家是笛福和菲尔丁。在法国，以孟德斯鸠、伏尔泰、卢梭为代表的启蒙思想作家用他们充满战斗精神的笔锋创作了大量的启蒙文学经典作品。德国启蒙作家在反封建专制统治的斗争中逐渐创立了德国的民族文学，莱辛和席勒是重要作家，而歌德则把德国文学推向最高峰。

《鲁滨逊漂流记》为英国现实主义小说奠基

笛福在西方文学发展史上占据着一个特殊的位置，被称为"现代小说之父"。18世纪，长篇小说兴起，笛福作为西方新兴资产阶级的代言人，他的创作开辟了以写实为风格，追求逼真效果的现代长篇小说发展的道路。在浩如烟海的书籍中，《鲁滨逊漂流记》是举世公认的最严格意义上的不朽杰作，被认为是塑造了现代文明、影响了人类历史的不多几种文学作品之一。

戴过枷锁的作家

丹尼尔·笛福是英国18世纪启蒙文学的重要作家，他的代表作《鲁滨逊漂流记》是一部流传很广、影响很大的文学名著，它表现了强烈的资产阶级进取精神和启蒙意识。

▲ 戴枷锁的笛福

笛福的父亲为伦敦的制烛商，后来改营屠宰。家庭不信国教，颇能以另外的角度看待世界。笛福不喜欢当牧师，在一所进步的学校学习，获益匪浅。20岁左右当中间商。24岁早婚，新娘带来丰厚的嫁妆，从此经营袜织品，7年后亏空。在政府谋些小差使，因子女众多，甚为艰难。41岁时发表讽刺诗《真正的英国人》，为威廉三世唱颂歌。次年发表《处理异教徒的最佳捷径》，假托对方的口吻，说出满纸是反讽意味的话。因讽刺当政的托利党的宗教政策，他被捕入狱，戴枷示众三次，善于机变的笛福早写好《立枷颂》。打油诗的玩世不恭，为托利党政治家哈利赏识，受命收集情报。买卖彻底破产后，10年间债主不断上门。1704年创办《评论》杂志，周刊，为社论开先河。因游戏笔墨，后来又曾下狱两次。晚年著书立说颇多，在昏睡中死去。

荒岛上的鲁滨逊

《鲁滨逊漂流记》这部小说是笛福受当时一个真实故事的启发而创作的。小说是以第一人称写的。鲁滨逊在青年时代不安于平庸的小康生活，违背父亲的劝告，私自逃走，到海外经商。他为摩尔人所掳，做了几年奴隶。后来，他逃往巴西，成了种植园主。由于缺乏劳动力，他到非洲购买奴隶。途中遇难，他独自漂流到南美附近的无人荒岛。

小说主要描写他在岛上 28 年的生活。漂流到荒岛上的鲁滨逊很快战胜了忧郁失望的心情，从破船上搬来枪械和工具，依靠劳动改善了自己的环境。他猎取食物，修建住所，制造各种用具，种植谷类，驯养山羊，表现出不知疲倦、百折不挠的毅力。独自生活多年后，他遇见一些土人到岛上来举行人肉宴，他从他们手中救出一个将要被杀的土人，把他收为自己

版本推荐

《鲁滨逊漂流记》（英）丹尼尔·笛福原著，肖泾译，光明日报出版社，2000 年版；《鲁滨逊漂流记》（英）笛福著，罗志野译，漓江出版社，1996 年版。

的奴隶，取名"星期五"。最后，他帮助一个舰长制服叛变的水手，搭乘舰长的船返国。他又获得历次冒险所积累的财物，成为巨富，并派人到他经营过的荒岛，继续垦殖。

我们从这部小说可以认识到资本主义原始积累时期新兴资产阶级的精神面貌。作者在鲁滨逊身上注入自己的理想，把他塑造成为资产阶级心目中的英雄人物，对他的品质极力加以美化。鲁滨逊的父亲具有保守的世界观，而鲁滨逊则不安于现状，他总是在行动，在追求。他在荒岛上不惜劳力，不怕艰难，凭着似乎是开辟新天地的热情，用自己的手创造了自己的小王国。他勤劳的目的当然是为了个人生存，为了创造私人财富。他的活动还给人以个人能够创造一切财富的假象。鲁滨逊这个形象也反映了殖民主义者的一些特点。他贩卖黑奴，经营种植园，在荒岛上以代表资本主义文明的火枪和基督教征服土人，并把资本主义社会人与人的关系带到了岛上。以上种种，作者都以肯定的态度加以叙述。

《鲁滨逊漂流记》的主人公是普通的中产阶级人物，这是和英国过去的传奇与流浪汉小说不同的。作者擅长写具体的行动和环境的描写，使读者如身临其境，信以为真。他塑造的唯一人物具有典型意义。

《汤姆·琼斯》为英国批判现实主义小说奠基

1749 年，菲尔丁出版了《汤姆·琼斯》，为 19 世纪英国批判现实主义小说奠定基础。这部小说在叙述角度、结构、人物塑造等方面都富有创造性，同时继承和发扬了英国幽默讽刺文学的传统，被视为英国小说发展史上的里程碑。菲尔丁与笛福、理查生并称为"英国现代小说的三大奠基人。"

菲尔丁

菲尔丁出生于英国西南部的一个贵族家庭。父亲是上校军官，母亲是乡绅的女儿。少年时代的菲尔丁过着富裕的生活，幼年受教于一个牧师，随后在贵族学校接受中等教育。在 16 岁以前，他已经精通了希腊文和拉丁文，读了许多古典名著。21 岁时，他赴荷兰学习语言，兼攻法律。可惜家道中落，在荷兰只念了一年就不得不退学。

菲尔丁回到英国后，他没有走同阶层的其他青年所走的道路——寻找有声望的保护者，而是决定自力更生。他毅然选择了写剧本开始自己的职业生涯。由于他才学渊博、谈吐幽默，立即受到文艺界的欢迎，很快正式踏上伦敦剧坛。

成为职业剧作家后，他共写了 25 部剧本。这些剧本谴责贵族阶级的道德腐化，揭露英国政府的贪污腐败，艺术上广泛地吸收了民间戏剧的手法，把诙谐怪诞的成分与现实生活中的重大政治问题杂糅在一起，创造了社会政治喜剧这一体裁，因此锋芒毕露。伦敦剧院的老板们怕开罪权势集团，拒绝上演菲尔丁的戏剧。于是，菲尔丁和一个朋友合伙买下一个剧团，亲自主持小剧场戏剧。他的社会和政治喜剧触怒了当权的辉格党的首领，剧院不得不关闭，他的戏剧生涯也就被迫结束了。同年，菲尔丁在他 30 岁的时候改学法律，仅用了 3 年的时间就完成了 7 年的课程，取得律师资格，并曾在伦敦威斯敏斯特区任法官，后来又担任伦敦警察厅长，训练了最早的一批侦查犯罪活动的侦探警察。菲尔丁是个绝对正直的人，这种职业经历使他加深了对社会的认识，为创作积累了广泛的素材。菲尔丁同时又兼营报刊，撰写文学批评、杂文、小说。

▲菲尔丁

《汤姆·琼斯》

菲尔丁共创作 5 部长篇小说，其中最著名的是《汤姆·琼斯》。这部小说在叙述角度、结构、人物塑造等方面都富有创造性，同时继承和发扬了英国幽默讽刺文学的传统，被视为英国小说发展史上的里程碑。

就作品反映现实的广度和深度来说，这部作品可以称为英国 18 世纪社会的散文史诗。全书共分 18 卷，人物有四十多个，中心情节是描述弃儿汤姆·琼斯的生活遭遇。汤姆·琼斯是私生子，出世不久即被抛弃。后为绅士奥尔华绥所收养。奥尔华绥让汤姆·琼斯与庄园主女儿苏菲亚产生了爱情，布力非对此非常嫉妒，极力在舅父奥尔华绥面前中伤汤姆·琼斯。于是汤姆·琼斯被逐，四处流浪。到了伦敦，他因打伤了一个流氓而下了监狱。苏菲亚的父亲强迫苏菲亚嫁给布力非，苏菲亚违抗父命，也逃到伦敦，找到汤姆·琼斯。最后，汤姆·琼斯的身份得到揭示，原来是奥尔华绥的亲妹妹的私生子，和布力非是异父同母的兄弟。全书以布力非迫害汤姆·琼斯的阴谋败露，汤姆·琼斯与苏菲亚结婚而结束。

小说的社会背景十分广阔，前六卷写乡村，中间六卷写由乡村到伦敦旅途中的情景，最后六卷写伦敦。作者通过各类不同人的言行和思想感情，概括了当时英国社会生活的全貌，同时，通过各类人物的命运及相互关系的描写，表现了善必将战胜恶的人道主义理想。

版本推荐

《汤姆·琼斯》（英国）亨利·菲尔丁著，黄乔生译，译林出版社，2004 年版；

《弃儿汤姆·琼斯的历史》（英国）亨利·菲尔丁著，萧乾译，太白文艺出版社，2005 年版。

《波斯人信札》 开哲理小说之先河

　　1721 年启蒙运动的先驱孟德斯鸠化名"波尔·马多"发表了名著《波斯人信札》。《波斯人信札》是孟德斯鸠的唯一的一部文学作品。大约从 1709 至 1720 年，他花了十年时间酝酿和写作。书信体小说在 18 世纪的法国十分盛行。这本书可以说是一部游记与政论相结合的小说，也可以说是一部哲理小说，它为 18 世纪的法国文学所特具的哲理小说体裁奠定了基础。

孟德斯鸠

　　孟德斯鸠出生于波尔多附近的贵族家庭。他的祖父和伯父相继担任波尔多法院院长，父亲是军人。家庭的影响，使他从小就关心国家政治事务，尤其对法律有浓厚的兴趣。早年就读于波尔多大学，毕业后当律师，长期在巴黎专门研究法律。后来继承了伯父的爵位和遗产，成为孟德斯鸠男爵，还一并继承了伯父在波尔多议会兼法院主席的职务，若干年后，他把这个公职转卖他人。他对地质学、生物学和物理学都有兴趣，写了不少论文。他还曾经营葡萄酒生产和出口生意，是资产阶级化了的贵族，因此在思想上对封建体制不满，决定了能够成为启蒙思想者。

▲孟德斯鸠

　　孟德斯鸠发表的书信体讽刺小说《波斯人信札》，是他的代表作，一举成名。之后他去巴黎，出入宫廷和文艺沙龙，并进入法兰西学士院。后半生他博览群书、到欧洲各国旅行，交游甚广，重点研究过英国的宪法和议会制度，被选为英国皇家学会。回法国后，历时 20 年写出政治理论史和法律史专著《论法的精神》，主张三权分立。

哲理小说的先河

　　《波斯人信札》是法国启蒙运动思想家孟德斯鸠的第一部、也是唯一的一部小说。该书一出版便取得巨大的成功，一时出现洛阳纸贵，有的书商在巴黎大街上看见文人模样的过客就拉住他："先生，请你给我写一本《波斯人信札》吧！"当年就出了四版，印刷十来次，还有若干伪版，并立即被译成欧洲各国文字。孟德斯鸠靠着这部处女作，从一个外省法官，跻身巴黎上流社会，出入著名沙龙，于 38 岁就摘取了法兰西学士院院士的桂冠，得到了法国知识分子梦寐以求的荣誉，这一切应归功于该书的美学价值和认识价值。

《波斯人信札》，写两位波斯青年乌斯彼克和里卡初到法国，以东方人的标准和波斯社会准则衡量法国社会，有种种观感，通过信札的形式写下来，寄给在意大利定居的波斯朋友。两人居住在巴黎的时间正是路易十四逝世的前后，法国社会正经历着深刻的变化。乌斯彼克的思想比较成熟，他是由于政治原因离开祖国的，在巴黎遥控波斯宫廷，信中有许多戏剧性和刺激性的细节，合乎读者猎奇心理。里卡聪明乐观，得以出入上流社会，主要写法国有趣的风俗习惯。

这部书通过两个波斯人漫游法国的故事，揭露和抨击了封建社会的罪恶，用讽刺的笔调，勾画出法国上流社会中形形色色人物的嘴脸，如荒淫无耻的教士、夸夸其谈的沙龙绅士、傲慢无知的名门权贵、在政治舞台上穿针引线的荡妇等。书中还表达了对路易十四的憎恨。

全书借波斯人之口宣扬孟德斯鸠的批判精神和反传统思想，他揭露政府弊端，倡扬反教会观点，针砭社会积弊。作品没有完整情节，只是通过零星的故事和人物议论，抒发作者的启蒙思想，同时以清新明快的风格、嬉笑怒骂而富于哲理的语言，为哲理小说开了先河。

版本推荐

《波斯人信札》（法）孟德斯鸠著，梁守锵译，商务印书馆，2006年版；

《波斯人信札》（法）孟德斯鸠著，罗大冈译，人民文学出版社，2000年版。

博马舍架起了近代喜剧的桥梁

博马舍是18世纪后半叶法国最重要的剧作家，他的代表作喜剧是《塞维尔的理发师》和《费加罗的婚礼》。博马舍喜剧的出现意味着古典主义喜剧向资产阶级喜剧的过渡完成。博马舍的喜剧标志着古典主义戏剧向近代戏剧的转变，对以后欧洲现实主义戏剧的发展作出了贡献。

博马舍

博马舍出生于巴黎一个钟表匠的家庭。成年后，做过宫廷表师和公主的竖琴教师。由于同王室的关系，与人合作做投机生意发了财，进入了上流社会。结婚后改以妻子领地名称"博马舍"为名，成为贵族。他的合伙人去世后，博马舍与其继承人发生诉讼，结果败诉破产。此后，他一面经商，一面写作，完成了《塞维勒的理发师》《费加罗的婚姻》《有罪的母亲》三部喜剧。三部喜剧有共同的主人公费加罗，被称为"费加罗三部曲"。

▲博马舍

《费加罗的婚姻》

《费加罗的婚姻》，又名《狂欢的一日》。剧中，阿勒玛维华伯爵与罗丝娜结婚3年了，现完全暴露了他轻浮淫邪的本性。他企图趁罗丝娜的第一使女苏珊娜与仆人费加罗结婚之际，偷偷赎回他曾经宣布放弃的贵族特权——初夜权。并利用权势，软硬兼施，想诱逼苏珊娜顺从，满足他的兽欲。医生巴尔多洛赶来了，他对3年前遭受费加罗的捉弄耿耿于怀，想破坏费加罗的婚姻，给予报复。而伯爵的女仆马尔斯林从前跟巴尔多浩生过一个私生子，如今又想将费加罗从苏珊娜的身边抢过来，这就给费加罗的婚姻造成了重重的障碍。费加罗机巧、诡谲，在苏珊娜的帮助下，先把罗丝娜争取到自己一边，因为罗丝娜对于丈夫的荒淫无耻也是深感不满的。伯爵想收回初夜权的阴谋被费加罗粉碎了，但他并不甘心，利用自己是"全省首席法官"的权势，又对费加罗进行报复。费加罗以乐观主义的斗争精神同伯爵巧手周旋。他诙谐幽默、锋芒毕露的话语，无情揭露了伯爵的嘴脸。接着，费加罗把原先被伯爵利用来反对自己的人，如巴尔多洛、马尔斯林以及喜好帮闲拍马的音乐教师等人都拉到自己的一边。并在婚礼之夜，设下圈套，让伯爵在众目睽睽之下当众出丑。他与苏珊娜终于在那狂欢之夜喜结良缘。

18 世纪 70 到 80 年代的法国，处于资产阶级大革命的前夜，各种思想空前活跃。作者通过这个富于表现力的婚姻题材的喜剧，形象地揭示了当时社会的阶级矛盾，尽情地嘲讽了封建贵族势力的荒淫无耻、腐朽没落，热情地歌颂了资产阶级雄心勃勃的风貌。

《费加罗的婚姻》虽然故事假托发生在西班牙，实际上反映的是法国的现实生活。作者同情、歌颂费加罗这样的第三等级，对阿勒玛维华伯爵和整个贵族阶级进行了尖锐的揭露和讽刺。费加罗出身贫寒，地位低贱，但他始终能维护自己的基本人格和尊严，不向权贵低头。他以下层平民所特有的顽强和乐观精神，最后以胜利告终。这一结局预示着贵族阶级已走向衰落，第三阶层正在崛起。这部喜剧情节紧凑，冲突鲜明，人物性格饱满，讽刺辛辣，后为莫扎特改编成同名歌剧。

启蒙运动的领袖与杰出作家伏尔泰

伏尔泰在文学上的独特成就是多部哲理小说，尤以《老实人》最为著名。《老实人》是一部乐观主义的讽刺性哲理小说，该小说相信"世界是一个所有的最好的可能都会发生的世界，同时在这个世界中一切又都必然是罪恶的"。这个理论是哲学家莱布尼兹的观点。但是伏尔泰拒绝接受哲学家的关于罪恶和死亡都是普遍和谐的一部分这一观点，于是他就写作了《老实人》来展示哲学家的这一思想的荒谬性。

伏尔泰

伏尔泰24岁就已闻名于世，在其一生的60年间，他是法国文学的主要人物。他出生于巴黎一个富裕的资产阶级家庭，曾在耶稣会主办的贵族学校读书。中学毕业后，曾因写诗讽刺权贵，两次被捕入狱。在狱中，他开始写史诗《亨利亚特》和第一部悲剧《俄狄浦斯王》。他的《俄狄浦斯王》在巴黎上演，获得成功，从此跻身文坛。

▲伏尔泰

长期以来，他避居英国，潜心钻研考察英国的政治、哲学和自然科学。他发表的《哲学书简》表现了伏尔泰对英国的印象，宣传了唯物主义哲学思想。因法国政府查禁此书并下令逮捕作者，伏尔泰被迫隐居偏僻的西雷村的庄园，在女友家埋头创作15年。这时间他完成了悲剧《恺撒之死》《穆罕默德》，讽刺长诗《奥尔良的少女》，哲理小说《查第格》，历史著作《路易十四时代》，以及科学论著《牛顿哲学原理》，等等。

1746年伏尔泰当选为法兰西学院院士。他抱着"开明君主"的幻想，应邀访问柏林，但终因失望而同普鲁士国王决裂。他离开柏林，在法国与瑞士的边境费尔奈庄园定居，度过了他的最后20年。这期间完成的著作有小说《老实人》和《天真汉》等。

伏尔泰一生著作颇丰，最有价值的是哲理小说。在紧张的创作之余，他每日接待来自各地的哲学家、艺术家，并与欧洲各方人士保持通讯联系，他定居的费尔奈庄园成了欧洲启蒙运动的中心。1778年伏尔泰返回巴黎，同年去世。

伏尔泰的"黄金国"

《老实人》是伏尔泰重要的哲理小说，作品通过老实人的种种意外的遭遇，以幽默诙谐的笔调和漫画夸张的手法，表达了作者启蒙哲学思想。老实人，一个法国男爵的养子，曾轻信邦葛罗斯的说教，认为世界"尽善尽美"，但流浪中的重重磨难，女友不幸的遭遇，同伴们的苦难经历以及无休止的战乱、凶杀、奸淫、掳掠彻底地粉碎了他盲目乐观主义的幻想。奉信世界十全十美的邦葛罗斯也处处遭到现实的嘲弄，他先是染上性病，烂

版本推荐

《老实人》（法）伏尔泰著，傅雷译，安徽文艺出版社，1998年版。

掉半截鼻子，后遭宗教裁判所的火刑，沦为奴隶。老实人历尽磨难，认识到世界就像一个屠宰场，他抛弃了乐观主义。最后他找到了一个黄金国，国内遍地都是黄金、碧玉和宝石，人人过着自由平等，快乐而富裕的生活。当然，这只是伏尔泰的理想。小说批判了盲目乐观主义思想，揭露了封建制度的腐朽和教会的反动。

在艺术上，小说把哲学的论争带进了文艺领域，用离奇荒诞的情节，具有突出思想特征的人物形象，夸张和讽刺相结合的艺术手法来反映客观现实，表达生活哲理，收到了奇特的艺术效果。小说有辛辣的讽刺和荒谬的夸张，又不乏轻松、诙谐的嬉笑；有俏皮的警句，又充盈哲理的光芒，使读者有一种酣畅淋漓又余味无穷的感觉。

卢梭的创作开浪漫主义先声

1761 年，卢梭出版了《新爱洛绮丝》，在法国文学史上，第一个把爱情当作人类高尚情操来歌颂。自传体小说《新爱洛绮丝》出版后，成为人人争看的畅销书，并被翻译成多种语言，风靡全欧，开浪漫主义先声。

卢梭

卢梭出身下层，一生困顿。在《论科学与艺术》《论人类不平等的起源》和《社会契约论》等著作中，他谴责封建专制，反对暴力和不平等，提倡"天赋人权"，主张国家应以社会契约为支柱，形成民主政权。这一学说成了资产阶级推翻封建专制的强大思想武器。

▲卢梭

卢梭的文学作品主要有《新爱洛绮丝》《爱弥尔》和自传体散文《忏悔录》。《爱弥尔》是一部表达作家教育思想的哲理小说。《忏悔录》以坦率的方式表达了自己的感情，赞扬了自己善良本性和所受历史名人的影响，并指出他身上的缺点乃是万恶社会扭曲所致而非本性。

卢梭把人类分为"文明人"和"原始人"，认为正是文明社会使人与人的关系变得虚伪、冷酷、不平等，并产生罪恶。因此，他美化原始社会，赞扬人类的原始状态，强调抒写个人对大自然的感情。他认为，只有这样，人们才能心胸开阔，精神爽朗，忘却世俗的纷扰，这就是他的"返回自然"的口号。在文学创作上，虽然他认为艺术会败坏风俗，剧场是伤风败俗的场所，但他的崇尚自我、抒发感情、热爱自然的特点，使作品充满了热情和幻想，开了一代文风，对浪漫主义文学产生了巨大影响。

名作推荐

卢梭在悲惨的流亡生活中，感到有为自己辩护的必要，于是怀着激愤的心情，写下了《忏悔录》。在书中，他回忆了自己五十多年的经历，在表白自己"本性善良"的同时，也暴露了自己的种种劣迹，他想强调一个哲理：人性本善，是罪恶的社会环境使人堕落。

《新爱洛绮丝》

《新爱洛绮丝》是卢梭著名的书信体小说。作品描写的是平民出身的家庭教师圣·普洛和贵族学生朱丽小姐的不幸爱情故事。这对情人的故事同中世纪法国哲学家阿贝拉尔与学生爱洛绮丝相爱的情节相似，故取名"新爱洛绮丝"。

贵族小姐朱丽出身名门，温柔贤淑，恪守贵族的传统观念。其父专横霸道，等级观念森严。对朱丽的婚姻大事，父亲毫不犹豫地选择了门当户对的贵族青年伏尔玛。但是，朱丽深深爱着圣·普洛。

普洛虽是平民出身，但学识渊博，人品高尚。他来到朱丽家当家庭教师之后，由于和朱丽朝夕相处，彼此产生了爱情。普洛十分珍惜他和贵族小姐朱丽之间的感情，怀着一颗真诚的心对待她。而朱丽经过激烈而痛苦的思想斗争，终于冲破了家庭长期灌输给她的封建等级观念，接受了普洛的爱情。他们通过信件互相倾诉衷肠，表示要"尽人类的一切职责"，好好地生活。但是，悲剧发生了。

朱丽的父亲作为贵族阶级传统观念的维护者，是决不允许自己的女儿和一个第三等级的平民结婚的，他粗暴地粉碎了这一对年轻恋人对美好生活的希望，硬把女儿嫁给了贵族青年伏尔玛。普洛离开了朱丽，去世界各地漂流，把失恋的痛苦深深埋在心底。

几年过去了，普洛割不断对朱丽的思念，鬼使神差地又回到了朱丽的家。这时，朱丽和伏尔玛住在瑞士一处风景秀美的地方，已经有了孩子。

朱丽和伏尔玛结婚时，曾向他袒露了自己和普洛的那段恋情，伏尔玛理解和谅解了朱丽，所以这次普洛重又出现，伏尔玛表现了宽宏的态度，并请普洛作自己孩子的家庭教师。

普洛在朱丽家住下之后，虽然双方旧情未泯，但彼此都努力克制自己的感情，恪守伦理道德，还算相安无事。但是，内心感情的压抑毕竟是不能持久的，一次普洛和朱丽在莱蒙湖泛舟的时候，普洛"很想抱她一起跳下湖里，在她的拥抱中结束我的一生，也结束我的痛苦。"但是，理智终于控制了感情，冷静下来之后，他不由得仰天发问："我何以会和她有这样大的距离？"

对朱丽来说，她的痛苦是双重的，一方面她难以割舍与普洛铭心刻骨的情愫，另一方面，理智又使她必须遵守妇道，维护对丈夫的忠贞。心灵的痛苦，精神的创伤，终于把朱丽压垮了。在一次抢救落水的孩子时得了病，含恨离开了这个世界。临终时，她说："上帝保卫了我的名誉，他预告了我的不幸，未来的事谁又能担保呢？再活下去，我也许就有罪了！"

席勒发表德国第一部有政治倾向的戏剧

　　1784 年，席勒的 5 幕悲剧《阴谋与爱情》首演。《阴谋与爱情》是德国狂飙突进运动最重要的创作成果之一，也是青年席勒创作的顶峰，同时它又是德国市民悲剧的代表作。该剧达到了市民悲剧前所未有的革命高度。其反封建性，尤其体现在它并不取材于历史，而是直接取材于席勒生活的时代，观众对此剧的现实性一目了然，而法兰西共和国则由于此剧的反封建思想，授予席勒荣誉公民的称号。

席勒

　　席勒出生于符腾堡公国的马尔巴赫城，父亲是医生，母亲是面包师的女儿。席勒从童年时代就对诗歌有兴趣。9 岁进入拉丁语学校，但 13 岁就被强行选入军事学校，这是所不让学生有任何自由的专制学校，人称"奴隶养成所"，在此度过的 8 年囚徒式生活，使席勒对专制充满了憎恨。好在有一位思想进步的心理学教师，使席勒接触了莎士比亚、卢梭、歌德等人的著作，并接受了狂飙突进的影响，他开始秘密地写诗、写戏剧。

▲ 席勒

　　17 岁时，席勒开始在杂志上发表了一些抒情诗，而且开始写剧本《强盗》。席勒从军事学校毕业后到斯图加特当军医。席勒自费发表《强盗》后，该剧首次在曼海姆上演，引起巨大反响，据说当时剧院就像疯人院，人们顿足、叫喊，素不相识的人们抽泣着拥抱在一起，有评论家把席勒誉为德国的莎士比亚。后来上演的《阴谋与爱情》，有强烈的狂飙突进色彩，而《堂·卡洛斯》的上演，则标志着席勒向古典主义的转变。完成《堂·卡洛斯》剧后，席勒写出了名诗《欢乐颂》。

　　1787 年，席勒前往诗人荟萃的魏玛，结识了赫尔德。席勒的反抗精神渐渐消退，此时中断了文学创作。

　　从 1794 年开始，席勒与歌德在文学创作中开始合作，10 年之中，硕果累累，文学史家称这 10 年为古典文学时期。席勒因长期生活困难而体弱多病，他与病魔斗争了 14 年之久，于 1805 年 5 月 9 日病逝。终年 46 岁。

《阴谋与爱情》

席勒的代表作是《阴谋与爱情》。这是一部市民悲剧，直接取材于德国现实。悲剧主要情节是：

斐迪南少校和露伊丝是一对热恋中的情人，但是在他们之间有一道人为的障碍：斐迪南的父亲瓦尔特是公国的宰相，而露伊丝的父亲是宫廷乐师米勒。悬殊的门第给这对情人带来无尽的苦恼。

宰相瓦尔特是靠使用阴谋手段害死了前任宰相之后获得现在这个位置的。此人阴险、毒辣、冷酷无情。为了向上爬，他怀着卑鄙的个人目的，千方百计地讨好公爵。现在机会来了，他秉承公爵的旨意，逼迫儿子斐迪南娶公爵情妇、英国女子米尔佛特为妻。为了达到这一目的，瓦尔特极力破坏斐迪南和露伊丝之间的关系。他花言巧语，用名利地位引诱自己的儿子，但斐迪南不为所动。瓦尔特又跑到米勒家中，侮辱、谩骂露伊丝，并威胁要逮捕他们全家。

一向胆小怕事的米勒，在瓦尔特的辱骂面前，表现了做人的尊严。米尔佛特夫人也威胁露伊丝，让她放弃对斐迪南的爱情。露伊丝明确表示："我不怕报复"。

斐迪南虽然出身名门，但他只有在平民的家庭中才感到平静和幸福。他痛恨父亲靠阴谋手段飞黄腾达的历史，所以当父亲逼他和米尔佛特夫人结婚时，他扬言要当众揭穿父亲丑恶的罪行，这才使老奸巨猾的瓦尔特不得不收敛一下。

瓦尔特的秘书伍尔牧早就觊觎露伊丝的美色，为了讨好上司和占有露伊丝，他与宰相合谋，设下了陷阱，逮捕了露伊丝的父母米勒夫妇。伍尔牧对露伊丝说，要想释放米勒夫妇，露伊丝必须给宫廷侍卫长写假情书，并且发誓不能透露写信的原因。露伊丝这个单纯、善良的姑娘，在邪恶势力和陷阱阴谋面前，显得是那样柔弱和无助，她对生活，对同斐迪南的爱情已经感到绝望了。为了双亲，露伊丝违心地给宫廷侍卫长写了假情书。

▲《阴谋与爱情》剧照

伍尔牧故意让这封信落到斐迪南手里，斐迪南又惊又疑，再三追问露伊丝。露伊丝为了实践不泄漏写信原因的诺言，拒不回答斐迪南。斐迪南在痛苦绝望中，毒死了露伊丝，露伊丝死前说明了真相，斐迪南追悔莫及，也服毒自尽。

《阴谋与爱情》不仅是席勒最成功的剧作，是"狂飙突进"运动最成熟的果实，它的上演也是"狂飙突进"运动的最后一次高潮。恩格斯称赞《阴谋与爱情》是"德国第一部有政治倾向的戏剧"。

歌德把德国文学推到一个前所未有的高峰

　　歌德是德国 18 世纪末 19 世纪初最伟大的诗人、作家和思想家。是他，把一向地位不高的德国文学推到了一个前所未有的高峰，并获得了不朽的世界性声誉。他的《浮士德》同《荷马史诗》、但丁的《神曲》和莎士比亚的《哈姆雷特》一样被誉为"名著中的名著"，既是启蒙主义文学的压卷之作，也是欧洲与世界文学史上最具价值和最富影响的作品之一。

文学世界里"奥林匹斯山上的宙斯"

　　歌德出生在莱茵河畔法兰克福市的名门。其父家资殷厚，曾购得皇家顾问的头衔。其母是法兰克福终身市长的女儿。在这样的家庭条件下，歌德从小就受到良好的教育。从 16 岁起，他先后在莱比锡大学和斯特拉斯堡大学学习法律。可是他对法律没有兴趣，在文学、绘画和自然科学的学习上倒是花费了更多的精力。他早期的创作尝试明显地受到了宫廷文学和古典主义的影响。但就在他走进斯特拉斯堡大学的时候，一个决定性的转折出现在他的面前。

▲歌德

　　斯特拉斯堡地处德法边境，对于接受法国革命思想来说有近水楼台之便。70 年代，这里成为"狂飙突进"运动的策源地。在这里，歌德受到了卢梭、斯宾诺莎的影响，更为重要的是，他在这里找到了自己的良师——"狂飙突进"运动的领袖赫尔德，是他把歌德引导到荷马与莎士比亚的艺术世界之中，引导到对民间歌谣的收集和学习之中，使这位正在觉醒的天才摆脱了宫廷文学和古典主义的束缚，写下了许多脍炙人口的名篇。

　　歌德以法学博士的学位结束了大学生涯后，回到法兰克福实习法律业务。但他的主要精力仍然投入到了文学创作之中，先后完成了历史剧《葛兹·封·伯利欣根》和书信体小说《少年维特之烦恼》。这两部作品为歌德赢得了德国和全欧的声誉，使他成为"狂飙突进"运动的主将。

　　后来，应卡尔·奥古斯特公爵之邀，歌德来到面积不到 40 平方公里，人口不过 10 万的封建小邦魏玛公国，抱着对开明君主的幻想，以枢密顾问、内阁大臣的身份，开始了为期10年的社会改良实践。整整10年，歌德在劳而无功的繁忙公务中虚耗了自己的天才，几乎没有进行什么文学创作，只是为王公贵族们写些应制之作。在漫长的克制、妥协和深深的痛苦之后，歌德再也无法忍受这种令人窒息的环境，改名换姓，独自一人乘驿车逃离了魏玛，朝着向往已久的意大利奔去。

意大利的漫游使诗人饱览了宏伟壮丽的自然风光和美不胜收的古代艺术，并促成了他艺术理想的一个重要的转变。他批判地回顾了自己的过去，放弃了"狂飙"式的幻想而转入了对宁静、和谐的"古典主义"的追求。

歌德返回魏玛后，结了婚，推掉了政务的重担。不久，法国大革命爆发了，歌德始而为之欢呼，但渐渐地对革命中的暴力流血产生了憎恶，甚至写了一些作品对革命加以诋毁和嘲弄。

1794年，歌德与席勒交往，开始了两位伟大作家携手合作的光辉的10年。

在隐居独处中，歌德度过了他漫长的晚年。以一种超人的毅力，他完成了不朽巨著《浮士德》。1832年3月22日，歌德于魏玛病逝，终年83岁。

▲歌德（右）与席勒

歌德在自然科学研究方面也卓有成就。他是公认的世界文学巨匠之一，恩格斯称他为"最伟大的德国人"，是文学领域里"奥林匹斯山上的宙斯"。

《少年维特的烦恼》

《少年维特之烦恼》是一本书信体小说，也是德国文学中第一部具有国际影响的作品。该书很大程度上是根据作者自己的生活经历写成。这部小说发表后引起青年人的强烈共鸣，立即风靡欧洲，奠定了歌德在国际文坛的地位。

维特是一个受狂飙突进运动影响而觉醒的市民青年，在才智方面高于周围社会，他爱读荷马史诗和莱辛的作品，尤其擅长雕塑和绘画，这使他为周围的人们所嫉妒。维特同封建文明格格不入，经常沉浸在山谷、溪畔、森林、草地等大自然的怀抱，非常喜欢率真的儿童和质朴无华的农民。

一次，他到一个小城处理母亲的遗产，在乡村舞会上结识了夏绿蒂。维特深爱夏绿蒂，是因为她身上体现了自然美、质朴、率真和宗法古风。维特不是没有理性，他知道夏绿蒂已有了未婚夫阿尔伯特，为了摆脱这种无望的爱情，也为了在社会中有所作为，他

▲《少年维特之烦恼》插图

离开夏绿蒂，到外地一个公使馆中当秘书。可是官场社会庸俗、丑恶，普通的公务员"地位欲最旺盛"，公使大人更是个爱行使长官意志的笨伯，特别是森严的等级观念让维特无法忍受，在一次晚会中，他因出身市民、地位低下，居然被那些有门第的人当场赶了出来。

于是维特辞去秘书职务，回到夏绿蒂身边。二人往来频繁，自然引起了阿尔伯特的不满，夏绿蒂也跳不出平庸生活的圈子，宁肯服从礼俗而牺牲爱情，于是她婉言劝阻维特。维特失去生活支柱，"周围一切都是黑暗，没有希望、没有安慰、没有前途"，下定决心自尽。

最后一次他同夏绿蒂告别，二人读抒情诗，读到动人处他们压抑许久的感情被激发出来，两人抱头痛哭、拥抱狂吻，之后夏绿蒂从迷狂中醒来，悔恨交加。维特怅然离去。第二天，维特借阿尔伯特的手枪结束了自己的生命。

浮士德与魔鬼的契约

《浮士德》是歌德倾毕生心血所完成的史诗性的巨著。它取材于16世纪德国有关江湖术士约翰·乔治·浮士德的民间传说。那时，德国就出版了名为《约翰·浮士德的一生》的故事书，讲述了浮士德与魔鬼订约，漫游世界，享尽各种人间欢乐，最后惨死于魔鬼之手的故事。文艺复兴以来，不断有人利用这一传说来进行创作。

诗剧开头为"天上序幕"，描写上帝与魔鬼靡菲斯特的打赌，为浮士德的追求和探索拉开序幕。浮士德追求知识、追求生活享受、从政、追求古典美、创造事业构成诗剧主要内容。

浮士德博士躲在书斋里钻研各种知识，从占星学到炼金术，但年过半百仍一无所获，看不到生命的价值和意义究竟是什么。这是他的知识悲剧。这时魔鬼来访，他与浮士德订约，愿为浮士德服务效力，然而浮士德一旦满足就必须死，其灵魂归魔鬼所有。

魔鬼首先把浮士德带到魔女处喝了魔汤，使他返老还童，引诱他追求生活享受。浮士德爱上了市民的女儿格蕾辛，然而他们的爱情不容于世俗，格蕾辛也因溺婴罪被处死。这是他的生活悲剧或爱情悲剧。

浮士德走出个人爱情的世界，决心从政。他来到一个封建小邦，发行纸币解决了财政危机，封建宫廷更加荒淫享乐。这是他的政治悲剧。

官场黑暗令浮士德对政治大失所望，使他转而追求古典美的宁静与和谐。魔鬼将他带回书斋。封建贵族们要观赏古代美人海伦，浮士德靠魔鬼的帮助，再现了海伦的形象。然而浮士德本人爱上了海伦，于是又在魔鬼的帮助下，靠一个只有灵魂没有肉体的人造人——何蒙古鲁士的引导来到古希腊，娶了美人海伦，生下了儿子欧福良。欧福良的形象是以英国诗人拜伦为原型的，他生来喜爱高飞，渴望战斗，听到远方自由的呼唤，他如闻号令，奋不顾身向高空飞去，不幸陨落在父母脚下。海伦悲痛欲绝，不顾浮士德的苦留，腾空飞去，只将她的白色长袍和面纱留在了浮士德的怀中。浮士德对古典美的追求，又似幻灭而告终。

浮士德在空中看到波涛汹涌的大海，顿时产生了征服大海的雄心，借魔鬼之力，他帮助一个皇帝平定了叛乱，得到一片海边的封地。按照浮士德的命令，魔鬼驱使百姓为他移山填海，变沧海为桑田。此时，浮士德已是百岁的老人，忧愁使他双目失明。魔鬼命死魂灵为他掘墓，浮士德听到铁锹之声，还以为是群众在为他开沟挖河。想到自己正在从事的伟大事业，他不由得脱口赞道："你真美啊，请停留一下！"浮士德依约倒地而死。魔鬼正要夺走他的灵魂，这时天降玫瑰花雨，化为火焰，驱走了魔鬼。当浮士德因满足而死时，他的灵魂并未归魔鬼占有，而是被天使们接到天国。因为只要是自强不息的，就能得到拯救。

《浮士德》具有宏伟的艺术结构，把神话与现实、古往今来的各种人物和天上、人间、魔界的各种场面巧妙地熔铸一炉，构成了一幅千变万化、丰富多彩的历史画卷。《浮士德》是欧洲文学史堪与荷马史诗和但丁《神曲》并列的伟大诗篇。

第六章　19 世纪浪漫主义时期

　　浪漫主义文学产生在 18 世纪末 19 世纪初这个激动人心的特定时期。这个时代是欧洲社会人的精神和个性大释放时期。轰轰烈烈的大革命，自由竞争的新局面，启蒙理想的破灭，使这一时期的人处于憧憬与失望的波峰浪谷之中，释放并表现自我成为一股潮流，浪漫主义即是这股文学潮流的折射。浪漫主义在 18 世纪末兴起于德国，然后迅速传遍欧洲各国，并远涉美洲，成为一股世界性的文学思潮。浪漫主义最早的主要表现是德国的狂飙突进时期。海涅、歌德、席勒等人的创作也在德国浪漫主义文学中占有重要地位。19 世纪初英国浪漫主义文学的代表是拜伦、雪莱和济慈等人。法国浪漫主义的代表是雨果，他的《克伦威尔》序言和《爱尔那尼》一剧的上演成功，标志着浪漫主义对古典主义的胜利。

海涅的创作代表 19 世纪前期
德国文学最高成就

　　浪漫主义兴起于 18 世纪末，19 世纪头 30 年成了德国文学的主潮。由于受到以黑格尔为代表的德国古典哲学的直接影响，德国浪漫主义文学具有浓厚的唯心主义和神秘主义色彩。早期浪漫派以文艺刊物《雅典娜神庙》为阵地，又称耶拿浪漫派。代表人物是施莱格尔兄弟。后期浪漫派以阿尔尼姆、布伦坦诺、格林兄弟等为代表，他们先后聚集在海德堡和柏林，分为海德堡浪漫派和柏林浪漫派。1830 年之后又出现以海涅为代表的新浪漫派。海涅是 19 世纪前期德国文学最高成就的代表。

德国的伟大诗才

　　海涅出生在莱茵河畔杜塞尔多夫一个破落的犹太商人家庭。1795 年，拿破仑的军队曾开进莱茵河流域，对德国的封建制度进行了一些民主改革。法军的这些改革，使备受歧视的犹太人的社会地位得到改善，因此海涅从童年起就接受了法国资产阶级革命思想的影响。

　　年轻时，海涅先后在波恩大学和柏林大学学习法律和哲学，他听过浪漫主义作家奥古斯特·威廉和唯心主义哲学家黑格尔的讲课。海涅早在 20 岁时就开始了文学创作，他的早期诗作：《青春的苦恼》《抒情插曲》《还乡集》《北海集》等组诗，多以个人遭遇和爱情苦恼为主题，反映了封建专制下个性所受到的压抑以及找不到出路的苦恼。

　　从 1824 年到 1828 年间，海涅游历了祖国的许多地方，并到英国、意大利等国旅行。由于他广泛接触社会，加深了对现实社会的理解，写了四部散文旅行札记。其中《哈尔茨山游记》《英国片断》《北海纪游》等散文是名篇。在海涅看来，他的抒情诗只是无害的"商船"，而这些作品是为他的抒情诗护航的"战舰"，充满了金鼓杀伐之声。这四部札记的主要倾向是抨击德国的封建反动统治，期望德国能爆发一场比较彻底的资产阶级革命，这四部旅行札记的创作表明，海涅在思想上已成长为一个革命民主主义者，在艺术上，海涅已从青年时代对个人遭遇与感情的描写，转向对社会现实的探讨，走向现实主义道路。

▲海涅

1841 年，海涅完成讽刺长诗《阿塔·特洛尔》。阿塔·特洛尔是一头熊，在一个马戏班里学会了跳舞，后来逃脱了主人的锁链回到山中，并开始按照"众生平等"的原则改造动物世界。在阿塔·特洛尔看来，人类不过是"用异族的毛皮遮掩蛇似的裸体"的畸形的族类，根本不配统治动物世界。"我们的基本法律应当是：一切造物完全平等，我们不分什么信仰，不分毛皮，不分气味。严格的平等！"阿塔·特洛尔的形象是嫉贤妒能者的典型，具有重要的美学意义。

1843 年，海涅在巴黎结识了马克思和恩格斯，这对他的创作有一定影响。1844年，海涅发表《新诗集》，收入 1830—1844 年间的诗作，抒写爱情的欢乐和痛苦，表达对祖国和亲人的怀念，其中也包括政治抒情诗《西里西亚织工之歌》。在这部诗集的最后一部分就是长诗《德国，一个冬天的童话》。

海涅晚年思想上的矛盾与怀疑突出的表现在他对共产主义的信念与理解上，他思想上的矛盾是那个时代的产物。同时，也反映了海涅本身资产阶级世界观的局限。海涅一方面称自己为"人类解放斗争中的一名勇敢的战士"，他要唱"一支新的歌"，要"在地上建立起天堂"，预见了共产主义最终将取得胜利，同时又对共产主义满怀恐惧，担心它会毁坏艺术，破坏他心爱的东西。海涅思想上的这种矛盾表现了他作为一位革命民主主义诗人在世界观上的局限。1856 年 2 月 27 日，海涅逝世。

德国，一个冬天的童话

《德国，一个冬天的童话》，是海涅别离祖国 13 年后回国探亲的产物，记述了他在德国的所见所闻所感。诗人亲眼看到祖国仍受专制主义的压迫和奴役，人民仍在艰难困苦和不自由的深渊中挣扎，封建落后的德国社会就像冬天一样阴冷萧条，那里发生的一切就像童话里的故事一样荒诞可笑。所以他把在汉堡写成的长诗命名为《德国，一个冬天的童话》。

长诗对德国的现实进行了激烈的批判。诗人对当时德国社会仍然流行浪漫派的麻醉人民的"断念歌"和"催眠曲"深感不满，表示要创作"一首新的歌，更好的歌"，鼓舞人民"在大地上建立起天上的王国"，在这个"地上天国"里，有面包、玫瑰、美和欢乐。诗人高呼，"我们要在地上幸福生活，绝不让懒肚皮消耗双手勤劳的成果"，至于"天堂，我们把它交给那些天使和麻雀"。

诗人把德意志的 36 个小国称为 36 个粪坑，把封建专制的堡垒——普鲁士的国徽上的鹰称为一只"丑恶的凶鸟"，发誓"一旦落入我的手中，我就揪去你的羽毛，还切断你的利爪。把你系在一根长竿上……唤来莱茵区的射鸟能手，来一番痛快的射击。谁要是把鸟射下来，我就把王冠和权杖授给这个勇敢的人！"诗人讽刺封建专制的精神支柱——天主教会，把科隆大教堂比作"精神的巴士底狱"，要"把教堂的内部当作马圈使用"，把供奉在神龛里的三个"圣王"（基督教传说中的东方三博士，比喻俄、普、奥三皇"神圣同盟"）"装进那三只铁笼里"，挂在教堂的塔顶上示众。诗人为他们找到了自然的归宿——坟墓，表示要用暴力把这些"可怜的迷信残骸"清除。诗人批判了德国的国粹主义，通过红胡子大帝（腓特烈大帝）的传说指出，不能将国家的希望寄托在红胡子这样的中世纪的幽灵身上，德国人民要自己解放自己，因为"从来没有神，没有救世主"。诗人还对汉堡资产阶级庸俗的市侩社会作了尖锐的讽刺，批判了德国资产阶级的软弱性和妥协性。诗人最后警告反动统治者，"不要得罪活着的诗人，他们有武器和烈火，比天神的闪电还凶猛。"

长诗既有革命鼓动家的热情，也有理想主义者的沉思，巧妙地把现实生活图景与幻想梦想的境界结合起来，把辛辣讽刺与轻快抒情交织在一起，成功地表现了诗人对祖国的爱。长诗嬉笑怒骂，运用自如，显示了诗人卓越的艺术技巧。后世诗人兼哲学家尼采盛赞海涅是自马丁·路德以来最伟大的语言艺术大师。

叛逆的天才诗人拜伦创作绝顶
天才之作《唐璜》

拜伦是 19 世纪初叶英国最伟大的浪漫主义诗人。世界诗歌史上罕见的天才，不可模仿，蘸着心灵的血液写在天空之上。然而，他又广泛地被人模仿着，也广泛地被人辱骂着。他是一个复杂的人，并喜爱描写自己的复杂性。在整个 19 世纪，他成为具有浪漫主义情调的"拜伦式英雄"的同义语：一个神秘、爱嘲弄、甚至有罪恶的艺术形象，当然也是一个被驱逐的流浪者。由于人们对于他的性格十分关注，以至于对作者的兴趣远远超过对作品的兴趣。

拜伦

拜伦生于英国的一个破落的贵族家庭，一个真正的贵族世家，但趋于没落。其父约翰·拜伦是个浪荡的花花公子，为追逐财产而结婚。败掉自己的财产和妻子的嫁妆后，离家出走，另找新欢，最后死在法国。母亲是苏格兰富裕的贵族家庭出身，但文化水平不高，而且性格乖僻，丈夫死时小拜伦刚刚 3 岁，她和儿子移居苏格兰，过着拮据孤独的生活。在那里拜伦受到了苏格兰长老教会的加尔文教徒的道德熏陶。由于母亲没有良好教养而脾气乖戾，对拜伦有时溺爱，有时暴躁，这对形成拜伦放荡不羁的习性有一定影响。

拜伦的叔爷去世后，把勋爵封号传给年仅 10 岁的拜伦，使他成为拜伦勋爵六世，还有两处地产——纽斯泰德寺院和罗岱庄园，是亨利八世封给拜伦家族的，是当时英国最大的工业中心。家境从此好转。

1800 年他迁居伦敦。为了与显赫的身份相配，他被送进哈罗公学。可能是在此时期，他有一次不幸的初恋：他真心地爱上邻家姑娘玛丽，却被玛丽玩弄，为他一生留下创伤。中学毕业后进入剑桥，学习历史和文学。但他不爱学习，很少听课，却广泛阅读了英国和欧洲的文学、历史和哲学著作，受到卢梭影响。

▲拜伦

他天生跛足，由于不适当的治疗变得更糟。但他志向高远，渴望运动，打板球、拳击、击剑、骑马、游泳。同时，也追逐年轻贵族所追求的时尚——放荡悠闲。拜伦在性格上发展了两个突出的特点：顽强的反抗精神和浪漫的性格。

拜伦有神圣的使命感。他积极参加政治活动。同情工人自由主义运动。成年后，适逢欧洲各国民主民族革命兴起的时代，他反对专制压迫，支持人民革命的民主思想。

20 岁时，他出国游历，先后去许多国家。这次旅行大开他的眼界，使他看到西班牙人民抗击拿破仑侵略军的壮烈景象和希腊人民在土耳其奴役下的痛苦生活。在旅途中写下的长诗《恰尔德·哈罗德游记》。长诗塑造了一个漂泊四方的流浪者恰尔德·哈罗德的形象，他想投入到大自然的怀抱里，把自己和大自然融合在一起，却始终摆脱不掉忧郁的情绪和孤独厌世的人生观，在很多方面都是诗人自己的化身——出身高贵、智力超人、感受敏锐、富有教养、举止优雅。这首长诗轰动了当时英国文坛，使拜伦立刻成为著名诗人。正如他自己在日记中所写："当我在清晨醒来，已经名声远扬，成了诗坛上的拿破仑"。

1811 年，英国发生了破坏机器的群众运动，当局要把破坏机器者一律处死。拜伦在上议院发表演说为工人辩护，并发表了政治讽刺诗《织机法案编制者颂》。

1816 年他前往瑞士，在那里结识了雪莱。后来他又到了意大利，积极参与了烧炭党人反对奥地利侵略者的斗争，作了长诗《青铜纪事》。烧炭党失败后，1823 年夏天，他决定到希腊去参加希腊反对土耳其的民族解放战争。他乘着自己出资装备的战舰"赫尔克利斯"号驶往希腊，受到人民的热烈欢迎，被任命为向利杜潘进军的远征军总司令。因过分劳累患了热病，1824 年逝世，临终前还在呓语："前进——前进——要勇敢"。年仅 36 岁。希腊视他为民族英雄，为他举行了三天国丧，灵柩上覆盖着黑色斗篷，上放钢盔、宝剑和桂冠。他的心脏葬在希腊。他的遗体运回英国纽斯泰德，姐姐奥古斯达为他写铭文："这里葬着乔治·戈登·拜伦，《恰尔德·哈罗德游记》作者的遗骸，他于 1824 年 4 月 19 日在希腊西部的迈索隆吉翁逝世，当时他正在英勇奋斗，为这个国家夺回她往日的自由和光荣"。

拜伦一生为民主、自由、民族解放的理想而斗争，而且努力创作，他的作品具有重大的历史进步意义和艺术价值，他未完成的长篇诗体小说《唐璜》，是一部气势宏伟，意境开阔，见解高超，艺术卓越的叙事长诗，在英国以至欧洲的文学史上都是罕见的。

拜伦的作品、他笔下的拜伦式英雄以及他本人的传奇般的个性对一代又一代的人产生了巨大的影响。在拜伦的时代，人们注重的是他的创作中浪漫的一面，如《恰尔德·哈罗德游记》的前两章和他的戏剧作品；现代人关注的则是拜伦的另一面，评论家们赞赏他对蒲柏的古典主义的继承，强调他的那些讽刺性作品和他对虚假的感情、伪善的社会道德的蔑视。因此，现代人看到的是一个明朗、庄严的拜伦，他的《恰尔德·哈罗德游记》的第三和第四章、讽刺诗《审判的幻景》，尤其是《唐璜》更受现代人的青睐。

绝顶天才之作《唐璜》

《唐璜》是拜伦的代表作，也是欧洲浪漫主义文学的代表作品。这部以社会讽刺为基调的诗体小说虽未最后完成，但因其深刻的思想内容、广阔的生活容量和独特的艺术风格，被歌德称为"绝顶天才之作"。

《唐璜》的主题是对英国和欧洲贵族社会、贵族政治的讽刺。主人公唐璜是西班牙贵族青年，16 岁时与一贵族少妇发生爱情纠葛，母亲为了避免丑事远扬，迫使他出海远航。于是，通过唐璜的冒险、艳遇和各种经历，广泛地描绘了 18 世纪末 19 世纪初欧洲社会的现实生活。唐璜在海上遇到风暴，船沉后游抵希腊一小岛，得到海盗女儿海蒂的相救。诗歌歌颂了他们牧歌式的真诚爱情。但是海盗归来，唐璜遭受厄运。此后，唐璜被当作奴隶送到土耳其市场出卖。又被卖入土耳其苏丹的后宫为奴，逃出后参加了俄国围攻伊斯迈城的战争，立下战功后被派往彼得堡向女皇叶卡捷琳娜报捷，得到女皇的青睐，成为宠臣。诗歌中一个场景接着一个场景呈现在读者的眼前。情节发生在 18 世纪末，但是，描绘的却是 18 世纪末至 19 世纪初欧洲社会的现实生活。诗人是用过去的革命经验和当时的现实相比，鞭挞了"神圣同盟"和欧洲反动势力，号召人民争取自由、打倒暴君。

诗歌对英国贵族和资产阶级的拜金主义作了淋漓尽致的揭露和讽刺。英国统治阶级夸耀"自由"和"权利"，但是唐璜初次来到伦敦，就遭到了强盗的袭击。诗歌痛斥英国贵族卡斯尔累爵士为"恶棍"和"奴隶制造商"，谴责当时备受统治阶级称赞的惠灵顿为"第一流的刽子手"。英国上流社会外表华丽，内部却糜烂透顶，丑陋不堪。

《唐璜》中的主人公唐璜源自西班牙传说中的人物，多次成为文学作品的题材。传统的唐璜形象是个玩弄女性，没有道德观念的花花公子。但在拜伦笔下，这个人物在多数情况下却以被勾引的角色出现。他的被迫出走，就是因为他或多或少地是那个有夫之妇的牺牲品。唐璜不同于拜伦其他诗歌中的英雄人物，作者无意将他塑造成"拜伦式的英雄"，其中却

▲《唐璜》插图

不乏诗人自传的成分。唐璜热情、勇敢、拒绝虚伪的道德信条。在面临饿死的危险时，他拒绝吃被打死的人，其中不乏象征的意义。他没有忧郁绝望的天性，在士兵中间，只有他表现出对一个土耳其小姑娘的命运真正的关心。他的爱情故事大多是对上流社会虚伪道德的讽刺，而他和海盗女儿海蒂的经历，更多的是体现一种充满诗意的理想。

"天才的预言家" 雪莱

　　雪莱和拜伦是人类诗歌艺术史上两座并立的高峰，他们的创作成就与壮丽人生，在当时和后世都产生了巨大的冲击与深远的影响。雪莱歌颂的西风已经成了一种象征，一种无处不在的宇宙精神，一种打破旧世界，追求新世界的西风精神。诗人以西风自喻，表达了自己对生活的信念和向旧世界宣战的决心。因此，恩格斯把雪莱称作"天才的预言家"。

叛逆诗人

　　雪莱出生于乡间地主家庭，父亲是个爵士，颇有家产而目光短浅。但家族传统中也有反叛性，最经常的表现形式是私奔。母亲是郡里有名的美人，不过她更喜欢强悍的男性，作为长子雪莱太羸弱了，所以母亲对他很冷淡。雪莱6岁开始学拉丁文，12岁进伊顿公学，他长得太美了——一种孩子的稚嫩和女性的柔媚，加上他居然公开反叛学校里残酷的学仆制度，一些同学组织了"恼雪团"欺负他，这可能也加重了他的反叛性格。此外，雪莱一直都很虚弱，神经疾患，发烧，需要用鸦片，这些培养了他的诗人气质。

▲雪莱

　　18岁时，雪莱进入牛津大学，他有"骂自己的父亲和国王的习惯"，被同学称作"疯子雪莱"和"不信神的雪莱"。为此，在圣诞节他回到家乡时遭到母亲的惩罚：母亲不让女儿们和雪莱有接触，已经订婚的表妹也被解除与雪莱的婚约，嫁给了一位正统的绅士。雪莱准备了毒药和手枪，不过未走上绝路。他回到学校，不久就发表了《无神论的必要性》，甚至寄了两份给主教，因此而被学校开除。

　　于是，父亲停止给他钱，他只得暂时住在伦敦。此时，他妹妹的朋友、16岁的哈丽特·韦斯特布鲁克因家庭压力，请求雪莱的保护，二人出走，在爱丁堡结婚。

　　1814年10月，雪莱和哈丽特抱着朝圣的心情访问葛德文，见到了葛德文三个女儿中的两个——范妮和珍妮，随后又和他17岁的女儿玛丽成为朋友，玛丽对雪莱产生了爱情。葛德文与哈丽特都表示反对，二人出奔国外，珍妮自愿追随，过了一段穷困潦倒的流浪生活。因为是三人行，所以遭到世俗的诋毁和遗弃。

　　1815年雪莱的祖父去世，每年给雪莱1000英磅。从这年秋季起，他逐渐进入创作的盛年。1816年三人再到瑞士，初识拜伦，两人住在日内瓦湖畔，驾小艇互访。同年底返回英国后，噩耗接踵而至，首先是哈丽特溺死在伦敦海德公园河中，然后是也爱着雪莱的范妮在孤独中服毒自尽，雪上加霜的是大法官因雪莱"道德有问题"而剥夺了他对一子一女的监护权。

1817年，在与玛丽补办了正式婚礼之后，他们定居于伦敦附近的马洛镇，以乐善好施赢得当地村民的尊敬。因为患肺病，在1818年，雪莱永远离开英国，前往意大利。意大利使人迷醉，雪莱进入不可思议的创作黄金时代，在1819年写下了《解放了的普罗米修斯》《钦契》《西风颂》和政治抒情诗《给英格兰人的歌》等名篇。

雪莱和拜伦同往地中海，一起泛舟、骑马、射击、谈诗。雪莱佩服拜伦诗才豪放，拜伦钦佩雪莱纯洁无瑕。

1822年7月8日，雪莱驾帆船出海，暴风突起，舟沉而死。10天后发现尸体，年仅29岁。根据当地法律，必须火化，拜伦参加了火化，举行了符合雪莱性格的希腊式"赫克托尔"葬礼，把乳香、酒、盐和油倒在柴火堆上。心脏未受损，与骨灰葬在罗马的新教徒墓地。旁边长眠着夭折的儿子威廉和好友济慈。墓志铭上刻着"波西·比西·雪莱，众心之心"，下面还有莎士比亚的诗句："他的一切未曾消逝，只经历了一场海的变异，变得更加丰富，更加奇丽"。

追求新世界的西风精神

《西风颂》共分5节，前3节写"西风"。那狂烈的西风，它的威力可以将一切腐朽的生命扯碎，天空在它的呼啸中战栗着。看吧！那狂暴犹如狂女的头发，在天地间摇曳，布满整个宇宙；那黑夜中浓浓的无边际的神秘，是西风力量的凝结；那黑色的雨、冰雹和火焰是它的帮手。这力量足以打破一切。

在秋天，西风狂暴地将陈腐的生命吹去，以横扫千军之势除去没有生机的枯叶，吹去那痨病似的生命。然而，它没有残杀一粒生命。它要将种子放进冬天深深的心中，在那里生根发芽，埋下春的信息。然后，西风吹响春的号角，让碧绿、香气布满大地，让它们随着西风运行的足迹四处传播。经过西风的破坏和培育，生命在旺盛地生长；那景象、那迷人的芳香在迅速地蔓延着，那污浊的、残破的东西已奄奄一息，在海底战栗着。

诗人用优美而蓬勃的想象写出了西风的形象。那气势恢宏的诗句，强烈撼人的激情把西风的狂烈、急于扫除旧世界创造新世界的形象展现在人们面前。诗中比喻奇特，形象鲜明，枯叶的腐朽、狂女的头发、黑色的雨、夜的世界无不深深地震撼着人们的心灵。

诗歌的后两段写诗人与西风的应和。"我跌在生活的荆棘上，我流血了!"这令人心碎的诗句道出了诗人不羁心灵的创伤。尽管如此，诗人愿意被西风吹拂，愿意自己即将逝去的生命在被撕碎的瞬间感受到西风的精神，西风的气息；诗人愿奉献自己的一切，为即将到来的春天奉献。在诗的结尾，诗人以预言家的口吻高喊："冬天已经来了，春天还会远吗？"

这里，西风已经成了一种象征，它是一种无处不在的宇宙精神，一种打破旧世界，追求新世界的西风精神。诗人以西风自喻，表达了自己对生活的信念和向旧世界宣战的决心。

法国浪漫主义学运动的领袖雨果

　　维克多·雨果是法国浪漫主义学运动的领袖，是法国文学史上最伟大的作家之一。他的一生几乎跨越整个19世纪，他的文学生涯达60年之久，创作力经久不衰，其著作等身，包括26卷诗歌、20卷小说、12卷剧本、21卷哲理论著，合计79卷之多，他的作品文采斐然激情四溢内容广博思想深刻，给法国文学和人类文化宝库增添了一份十分辉煌的文化遗产。

永远的人道主义者

　　雨果1802年生于法国南部的贝尚松城。祖父是木匠，父亲是共和国军队的军官，曾被拿破仑的哥哥西班牙王约瑟夫·波拿巴授予将军军衔，是这位国王的亲信重臣。

　　雨果天资聪慧，9岁就开始写诗。15岁写的《读书乐》受到法兰西学士院的奖励；20岁时因发表诗集的《颂歌与杂诗》，国王路易十八赐给他年金。

▲雨果

　　1827年，雨果发表剧本《克伦威尔》及其序言。剧本虽未能演出，但那篇序言却被认为是法国浪漫主义的宣言，成为文学史上划时代的文献。它对法国浪漫主义文学的发展起了很大的推动作用。

　　1830年，雨果的剧本《欧那尼》在法兰西院大剧院上演，产生了巨大的影响，确立了浪漫主义在法国文坛上的主导地位。《欧那尼》写的是16世纪西班牙一个贵族出身的强盗欧那尼反抗国王的故事，雨果赞美了强盗的侠义和高尚，表现了强烈的反封建倾向。

　　法国发生"七月革命"后，封建复辟王朝被翻了。雨果热情赞扬革命，歌颂那些革命者，写诗哀悼那些在巷战中牺牲的英雄。

　　1831年发表的《巴黎圣母院》是雨果最富有浪漫主义小说。小说的情节曲折离奇，紧张生动，变幻莫测，富有戏剧性和传奇色彩。

　　"七月革命"之后，法国建立了以金融家路易·菲力浦为首的大资产阶级统治的"七月王朝"。"七月王朝"不断对雨果进行拉拢，1841年雨果被选入法兰西学士院，路易·菲力浦封他为法兰西贵族世卿，还当上了贵族院议员。雨果创作中的斗争热情减弱了，期间他只写了一个神秘主义剧本《卫戍官》，上演时被观众喝倒彩，遭到了失败。雨果为此沉默了将近10年没有写作。

"七月王朝"被推翻后，法国成立了共和国。开始雨果对革命并不理解，但当大资产阶级阴谋消灭共和国时，雨果却成了一个坚定的共和主义者。当路易·波拿巴发动政变时，雨果参加了共和党人组织的反政变起义。路易·波拿巴上台后建立了法兰西第二帝国。他实行恐怖政策，对反抗者无情镇压。雨果也遭到迫害，不得不流亡国外。

▲放逐者的悬台，这是雨果的儿子夏尔在1853年在泽西岛上为他拍摄的

流亡期间，雨果一直坚持对拿破仑三世的斗争，他写政治讽刺小册子和政治讽刺诗，猛烈抨击拿破仑三世的独裁统治。这时期，他先后发表了长篇小说《悲惨世界》《海上劳工》和《笑面人》。

《悲惨世界》是雨果的代表作，揭露了资本主义社会的尖锐矛盾和贫富悬殊，描写了下层人民的痛苦命运，提出了当时社会的三个迫切问题："贫穷使男子潦倒，饥饿使妇女堕落，黑暗使儿童赢弱，"猛烈抨击了资产阶级法律的虚伪。全面反映了19世纪前半期法国的社会政治生活。所以，小说受到全世界人民的欢迎。

普法战争爆发后，法国在色当兵败，普鲁士军队直逼巴黎。在这国家危亡的紧要关头，雨果在流亡了19年之后回到了祖国。他到处发表演讲，号召法国人民起来抗击德国侵略者，保卫祖国。他还用他的著作和朗诵诗歌得来的报酬买了两门大炮，表现了崇高的爱国精神。

巴黎公社起义时，雨果并不理解这次革命。但当公社失败后，反动政府疯狂镇压公社社员时，雨果又愤怒谴责反动派的兽行，他呼吁赦免全部公社社员，并在报纸上宣布将自己在比利时首都布鲁塞尔的住宅提供给流亡的社员作避难所。为此，他的家遭到反动暴徒的袭击，他自己险些丧命，但他仍然坚持自己的立场。

在他生命的最后10年，雨果仍然创作不辍。完成《凶年集》《九三年》《历代传说》等。

1885年5月22日，雨果与世长辞。灵柩停在凯旋门下一昼夜，群众仍围住不散。巴黎公社的老战士发表宣言，号召社员们参加葬礼。6月1日，政府为雨果举行国葬，送葬者达百万，人们高唱《马赛曲》，把雨果送至先贤祠。

雨果小说创作的里程碑

雨果是法国文学史上伟大的小说家之一。他的小说是资产阶级人道主义的教科书，是浪漫主义精神的集中体现，是将浪漫主义和现实主义进行结合的最初尝试。《巴黎圣母院》是雨果小说创作的里程碑，集中体现了当时浪漫主义者对社会和个人的看法。壮阔、雄伟，熔各种浪漫主义手法为一炉。充满了反封建、反教权和反社会黑暗的浪漫主义战斗精神。

流浪艺人爱斯美拉尔达是一位美丽动人、心地纯洁的吉卜赛少女。当她在巴黎圣母院前格雷弗广场载歌载舞欢度"愚人节"时，圣母院副主教克洛德对她动了淫心，当即指使他的养子、圣母院畸形敲钟人喀西莫多去劫持少女。少女被正在巡逻的国王卫队长法比救下，她随即爱上了这个轻浮而又负心的军官。

▲巴黎圣母院

当爱斯美拉尔达与法比幽会时，克洛德扮妖刺伤了法比，并嫁祸于少女。爱斯美拉尔达因此被判绞刑。爱斯美拉尔达宁死也不愿屈从于克洛德的淫威，拒绝了克洛德的以贞操换生存的无耻要挟。

行刑之日，喀西莫多从法场上将少女抢入圣母院楼顶避难，日夜守护着她。当法庭无视圣地避难权决定逮捕少女时，乞丐王国的流浪汉们闻讯攻打圣母院，国王下令镇压。混战之中，克洛德将少女劫出圣母院，再次逼迫她屈从自己的淫欲。遭到拒绝后，克洛德将少女交给了追捕的官兵，眼看着少女被绞死。绝望的喀西莫多认清了克洛德的真面目，将他从楼顶上推下摔死，自己则抱着少女的遗体默默死去。

作品通过法国路易十一时期一个天真少女惨遭封建王朝和教会迫害而死的故事，表达了作者反封建反教会的民主精神和人道主义思想。爱斯美拉尔达是个纯洁善良、宽厚正直的吉卜赛姑娘，她面对克洛德的淫威宁死不屈，敢于给烈日下遭受皮鞭抽打的喀西莫多送去一坛解渴的泉水。然而，这样一个光彩照人的形象却惨死在中世纪教会的暴虐之下，作家对她的悲惨遭遇寄予了深切的同情。

巴黎圣母院的钟楼怪人喀西莫多是作者着力刻画的又一个人物。他虽然貌丑，但内心却无比善良。雨果认为，"仁慈"和"爱情"可以出现奇迹，爱斯美拉尔达的一口清凉泉水，使他第一次感到人间温暖，从而唤醒了内心深处判别美丑的本能，激起了善行的激情。从此，他不仅能识别爱斯美拉尔达的美，也能判别克洛德的恶，并

▲《巴黎圣母院》剧照

作出种种非凡的举动。作者借此来歌颂真、善、美。

克洛德是巴黎圣母院副主教，他虚伪、阴险、歹毒，企图占有爱斯美拉尔达，而当目的不能达到时，便煽动宗教狂热，诬陷她是女巫，最后把她送上绞架。他是恶的代表。然而，作者没有对他作简单处理。克洛德并不是天生的恶人。早年也是一个聪明可爱、充满幻想的孩子，但在宗教统治一切的年代里，他只得在"弥撒书和辞典中长大"。他也有过爱心，收养过弟弟和被遗弃的喀西莫

多，但教规逐渐使他的人性异化。吉卜赛女郎的出现，使他的"信仰生存"出现了危机。尽管他认为这是魔鬼作怪，会将他带入地狱，但他仍然无法抗拒这一诱惑。这说明，人文主义的春风不仅唤醒了广大市民争取爱情幸福的意识，同时也动摇了宗教圣职人员禁欲主义的"铜墙铁壁"，"人性"开始冲击"神性"。但是，在宗教毒汁里浸泡太久的克洛德，无法像正常人那样爱一个女子，一旦目的不能达到，妒忌便有可能变为可怕的迫害，加上副主教的地位和权力，惨剧更加无法避免。雨果是通过这个性格矛盾的形象更深刻地表达了主题。

俄国文学之父普希金

普希金是俄国浪漫主义文学的代表，后期则转向现实主义。他被称为"俄罗斯诗歌的太阳"。按照屠格涅夫的说法，他不但创造了俄罗斯语言，还创造了俄罗斯文学，而这两项重大的工作在其他民族需要几代人用几百年甚至更多的时间才能够完成。他不但是俄罗斯浪漫主义的杰出代表，同时又是俄罗斯现实主义的奠基人。

近代俄罗斯文学的奠基人

普希金出生于莫斯科一个古老的贵族家庭。双亲赋闲，伯父是名著名诗人，父母也爱好文学，家里沙龙经常高朋满座。在家庭教师的照料下，普希金自幼熟读古典著作，7 岁开始写诗。到 12 岁，进入彼得堡专为贵族子弟开办的高级法政学校。这里号称"自由的摇篮"，他受到法国资产阶级启蒙思想的影响。卫国战争爆发后，他结识了一些驻扎在学校的进步军官，从而了解到许多政治新闻，读了不少查禁的文学作品，大大拓宽了他的政治视野。此时他正式开始了诗歌创作，还在"十二月党人"的秘密集会上朗读自己的诗作。

▲普希金

从学校毕业后，普希金以 10 品文官官衔在外交部任职，同时积极参加文学和社交活动。

1820 年，普希金完成了叙事长诗《鲁斯兰与柳德米拉》，根据民间传说改编。脱稿的当天，老诗人茹科夫斯基把自己的画像赠给普希金，上写："失败的老师赠予成功的学生。"他在文坛上锋芒毕露，特别是那些"自由诗歌"的影响与日俱增，沙皇当局对此极为恐慌，沙皇亚历山大一世说："普希金弄得俄国到处都是煽动性的诗歌，所有青年都争相传诵，应该把他流放到西伯利亚去。"不久，普希金被流放西伯利亚，但由于茹科夫斯基等著名诗人的奔走，才以调任名义改为流放南方。在赴任途中他患病，恰遇卫国战争英雄、老将军拉耶夫斯基一家，便随同他们转赴高加索和克里米亚等地休养。

难忘的 4 个月的旅行结束后，普希金到了任上。长官宽厚慈祥，派他去考察风土民情。于是，他一方面与"十二月党人"的南社频繁接触。另一方面领略了绮丽的克里米亚风光。雄伟的高加索群山、浩瀚的海洋、峻峭的克里米亚海岸、广阔的草原，无不给了他新灵感，使他写出了一组叙事诗：《高加索俘虏》《强盗兄弟》《茨冈》等，都具有积极的、叛逆的浪漫主义色彩。

1823 年，普希金被调到敖德萨，在南俄总督手下，因为迷恋上总督夫人，引起总督憎恨。沙皇将普希金革职，转而将他流放到他父亲的领地米哈依洛夫村，过了两年被幽禁的生活。

"十二月党人"起义失败后不久，新继位的沙皇尼古拉一世为了收买人心而把普希金招回，但普希金并没有被收买，他向沙皇表示："我会站在叛乱者的行列里"。"十二月党人"就义一周年时，他写了《阿里昂》表示与"十二月人"共命运。

1828 年，诗人在舞会上遇到绝代佳人娜塔丽亚·冈察洛娃，对方刚 16 岁，诗人一见钟情，马上求婚，次年被接受，二人订了婚，父亲送他一个领地。普希金为了办理财产过户手续而来到父亲的领地波尔金诺，因为瘟疫流行，只好住了 3 个月，这是灵感爆发的 3 个月，文学史上称为"波尔金诺之秋"，他完成了《叶甫盖尼·奥涅金》，四个小悲剧，写了一些短篇小说《别尔金小说集》和许多抒情诗。《驿站长》开了俄国文学的"小人物"题材的先河。

普希金从波尔金诺回到莫斯科不久，和 19 岁的娜塔丽亚·冈察洛娃结婚。娜塔丽亚迷恋上流社会、宫廷舞会，二人迁居彼得堡。不久，在皇村花园里散步时偶遇沙皇，尼古拉一世也垂涎于娜塔丽亚，为了能经常看到娜塔丽亚，而于 1833 年赐给普希金一个通常给予贵族少年的宫廷近侍的头衔，普希金感到屈辱，又不得不在宫廷供职。不久，沙皇追求诗人的妻子已经成为社交界公开的新闻。

于是，诗人转向小说创作，写了反映破落贵族带领农民起义的长篇小说《杜布洛夫斯基》。参加暴动的贵族形象深深吸引着普希金，为了了解普加乔夫起义的历史，1833 年，他到民间采访，又去了波尔金诺，在那里又完成了叙事诗《青铜骑士》小说《黑桃皇后》等重要作品。小说《黑桃皇后》在俄国文学史上是第一个批判资本主义金钱骑士的作品。1836 年完成的《上尉的女儿》描写了 18 世纪 70 年代的普加乔夫起义，揭示了农民起义的原因。塑造了普加乔夫的形象：热爱自由、宁死不屈的英雄。

1836 年普希金还创办了《现代人》，发表总结自己创作的著名短诗《纪念碑》。

名篇介绍

《上尉的女儿》取材于 18 世纪的普加乔夫起义。贵族青年格里尼奥夫在一场暴风雪中偶遇普加乔夫，并送给普加乔夫一件兔皮袄御寒。后来格里尼奥夫在服役时爱上了要塞司令库兹米奇的女儿玛丽娅，这导致了他与施瓦勃林的决斗。不久，要塞被普加乔夫的起义军攻陷，司令夫妇被处死，格里尼奥夫和玛丽娅也被捕，普加乔夫因念旧情，释放了格里尼奥夫，并成全了他和玛丽娅的婚姻。最后起义失败，普加乔夫被处死。

由于普希金的进步思想威胁着沙皇的统治，引起彼得堡统治集团的不满，他们终于使用阴谋手段，借法国公使馆的丹特士男爵调戏娜塔丽亚之机，挑起二人的决斗。1837 年 1 月 27 日，普希金瞒着妻子去与丹特士决斗，在决斗中身负重伤，被抬回家时还对妻子说："我多么幸福啊，我还活着，你就在我身边。你放心吧，你没有过错，一切都会好的。"两天后逝世。

俄罗斯生活的百科全书

《叶甫盖尼·奥涅金》是普希金的代表作。这部诗体小说广阔地反映了19世纪20年代俄国的社会生活，真实地表现了那一时代俄国青年的苦闷、探求和觉醒，提出了许多重要的社会问题，因此别林斯基把它称为"俄罗斯生活的百科全书和最富人民性的作品。"

贵族青年奥涅金早已厌倦了彼得堡上流社会的浮华生活，为了继承遗产，来到了伯父的乡间庄园。通过朋友连斯基介绍，奥涅金结识了地主拉林一家。奥涅金豪放不羁的性格，超凡脱俗的风度，强烈地吸引着拉林的长女达吉雅娜。热情纯真的少女向奥涅金倾吐了爱慕之情，然而正在探求一种新的生活道路的奥涅金不愿以对妻儿的义务约束自己，拒绝了她的爱。

一次，应连斯基邀请，奥涅金参加了达吉雅娜命名的晚会。但当他不得不与他素来厌恶的邻村地主同席，当他看到达吉雅娜因他的出现而举止慌乱，失魂落魄时，他又深悔自己的到来。一种被愚弄的感觉促使他对连斯基报复。他故意向连斯基的未婚妻大献殷勤。被激怒了的连斯基提出决斗，结果饮弹身亡。奥涅金悔恨不已，开始了长达3年的漫游。

当他再度回到彼得堡时，达吉雅娜已成了一位雍容华贵、仪态万方的贵夫人。一种仰慕、追悔的感情促使奥涅金狂热地追求她。达吉雅娜伤心、痛苦，泪流满面，但还是拒绝了奥涅金的追求。

作品的中心主人公是贵族青年奥涅金。奥涅金有过和一般的贵族青年相似的奢靡的生活道路，但是当时的时代气氛和进步的启蒙思想、亚当·斯密的《国富论》和卢梭的《社会契约论》拜伦颂扬自由和个性解放的诗歌，都对他产生了影响，使他对现实的态度发生了变化。他开始厌倦上流社会空虚无聊的生活，抱着对新的生活的渴望来到乡村，并试图从事农事改革。但是，华而不实的贵族教育没有给予他任何实际工作的能力，好逸恶劳的恶习又在他身上打下了深深的烙印，加之周围地主的非难和反对，奥涅金到头来仍处于无所事事、苦闷和彷徨的境地，染上了典型的时代病——忧郁症。

奥涅金与达吉雅娜和连斯基的关系，进一步显示了主人公身上的深刻矛盾。如果说奥涅金误解和拒绝达吉雅娜对他的真挚的感情还多少带有不满上流社会庸俗习气的因素的话，那么他为了维护个人的虚荣而轻率地与连斯基进行的决斗则暴露了唯我主义的灵魂。奥涅金后来对已成为贵夫人的达吉雅娜的追求虽不乏真情，但其中更多的已是贵族子弟的虚荣。作品留给奥涅金的依然是迷惘的前程和一事无成的悲哀。

作者在奥涅金身上准确地概括了当时一部分受到进步思想影响但最终又未能跳出其狭小圈子的贵族青年的思想面貌和悲剧命运，从而成功地塑造出了俄国文学中的第一个"多余人"形象。

第七章　19世纪批判现实主义文学

19世纪30年代，欧洲社会发生了巨大的变革，在资本主义最发达的英、法等国，工业革命使资产阶级政权日益巩固和发展，同时资本主义的弊端也日益暴露，劳资矛盾日益加深。浪漫主义文学已经不能满足时代的要求，代之而起的是真实表现现实生活、深刻揭示社会矛盾的现实主义文学。作家们从理想的天空回到"坚实"的陆地，深入揭露和批判社会的种种矛盾，批判现存秩序。作家从狂想转入冷静，从积极呐喊转为深沉思索。人们希望看到有血有肉的活生生的人。作品中小人物增多，普通人受到关注，决定了欧洲小说越来越贴近现实。同时，欧洲叙事传统为它奠定了基础，客观性、分析性、唯物性增多，主观性引退，总体上是叙事文学。这股文学潮流，由于它对现存秩序的鲜明、强烈的揭露和批判，而被后人称为批判现实主义文学，影响十分巨大。

19 世纪欧洲批判现实主义的
奠基作品《红与黑》问世

　　1830 年，司汤达的代表作长篇小说《红与黑》问世，它是 19 世纪欧洲批判现实主义的奠基作品。《红与黑》现在已经被世界公认为文学史上的经典。它是法国批判现实主义的第一部杰出作品。作者被誉为法国以至整个欧洲批判现实主义文学的奠基人之一。

司汤达

　　1783 年 1 月 23 日，司汤达生于法国格勒诺布勒城的一个资产阶级家庭。他的本名叫亨利·贝尔。他早年丧母，父亲是一个有钱的律师，信仰宗教，思想保守，司汤达在家庭中受到束缚和压抑，从小就憎恶他父亲。

▲司汤达

　　1799 年，司汤达以优异的成绩毕业于当地的中心学校，来到巴黎，在军部谋到一个职务。从此，他跟随拿破仑的大军，参加了两种力量，两种制度在整个欧洲的大搏斗。直到 1814 年，拿破仑垮台，波旁王朝复辟，司汤达被"扫地出门"，不得已离开巴黎，侨居意大利的米兰。

　　他在米兰期间，读书、旅行、研究意大利的音乐和美术，与从事意大利民族解放战争的烧炭党人有所交往。1815 年，他的第一部作品音乐家传记问世，从此开始他的写作生涯。

　　1821 年，意大利的烧炭党人的起义遭到镇压，司汤达被当局视为危险分子，被迫离开米兰回巴黎。在巴黎，他一面写作，一面认真观察复辟时期的社会生活，对自己时代的矛盾有了深刻的认识，终于写出了深刻反映七月革命前的法国社会现实的长篇小说《红与黑》，使他成为 19 世纪杰出的批判现实主义作家。

　　1841 年底，司汤达去世。墓碑上刻着他生前用意大利文写好的铭言："米兰人亨利·贝尔长眠于此，他生活过、写作过、恋爱过。"

批判现实主义文学奠基作

　　《红与黑》是司汤达的代表作，也是 19 世纪法国批判现实主义文学奠基作。小说副标题是"1830年纪事"。作者根据1827年《司法公报》上一则情杀案件，有意识地将其发展成为具有鲜明政治色彩和深刻社会内容的作品，展现"19世纪最初三十年间压在法国人民头上的历届政府所带来的社会风气"。作品的题目富有象征意义：红，象征革命；黑，意味着王政复辟时期的黑暗统治。

　　主人公于连·索瑞尔是一个锯木厂主的儿子，怀有强烈的向上爬的个人野心，从小就崇拜拿破仑，想靠建立军功而飞黄腾达。但在复辟年代，他的希望不能实现，他看出只有通过教会的道路，才能达到目的。他把一部拉丁文《圣经》背得烂熟，当地神甫很信任他，介绍他到市长德·瑞那家里当家庭教师。不久，因和德·瑞那夫人恋爱，他被迫离开市长家，到神学院学习。后来他去巴黎，当了德·拉·木尔侯爵的秘书，得到侯爵的赏识重用，和侯爵的女儿玛蒂尔德发生恋爱关系，侯爵只好赠给他土地、金钱、贵族封号和军衔。正当他踌躇满志的时候，德·瑞那夫人在教士威逼下写来一封揭发他的信，使侯爵取消了女儿和他的婚约。于连野心未遂，一怒之下用手枪打伤了德·瑞那夫人，因而被捕，最后被判死刑。

　　于连代表当时中小资产阶级出身的知识分子右翼，他们和当权的贵族、教会有矛盾的一面，因为封建等级制度是他们想爬到上层地位的障碍；但更主要的是他们和上层妥协的一面。他们和封建统治阶级有千丝万缕的联系，他们根本不要推翻封建制度，只想自己爬到上流社会，满足权势和财富的欲望，和贵族、僧侣一道维护封建制度，统治人民。于连的形象就是这一阶层在法国1830年七月革命前的典型形象。

版本推荐

《红与黑》（法）司汤达著，郝运译，上海译文出版社，2006年版；

《红与黑》（世界少年文学精选）（法）斯汤达原著，陈婉琪改写，北京出版社，2003年版。

文坛上的"拿破仑"巴尔扎克

巴尔扎克是19世纪法国伟大的批判现实主义作家，欧洲批判现实主义文学的奠基人和杰出代表。一生创作96部长、中、短篇小说和随笔，总名为《人间喜剧》。其中代表作为《欧也妮·葛朗台》《高老头》。100多年来，他的作品传遍了全世界，对世界文学的发展和人类进步产生了巨大的影响。马克思、恩格斯称赞他"是超群的小说家"、"现实主义大师"。

用笔横扫世界的巴尔扎克

巴尔扎克出生于法国中部图尔城中产者家庭。父亲原是个农民，因善于经营，跻身于资产阶级，曾任文官。巴尔扎克虽然是长子，但很少得到家庭的温暖，出生不久便被送到图尔近郊，由一个宪兵的妻子抚养，几乎被家人遗忘。稍大一些便被送到旺多姆教会学校寄读，过着极其严格的幽禁生活，学习的制度古板而严肃，教师冷漠而残酷，回到家以后得不到父母的宠爱，有的是接连不断的白眼和呵斥。巴尔扎克对母亲先是害怕，后是冷淡，最后发展到憎恨，他说："我从来没有母亲，她实在太可怕了。"

▲巴尔扎克

巴尔扎克决意到书籍的王国里去寻找他的乐趣。他说："只有读书才能维持我的头脑活着。"1813年巴尔扎克带着狂欢后的倦怠离开旺多姆教会学校，次年随父母迁往巴黎。在巴黎，巴尔扎克以超人的忍耐力想尽一切办法完成了学业，并顺利进入大学学习法律。在校期间，去律师事务所当文书。这使他认识到巴黎是可怕的魔窟，了解到很多为法律治不了的万恶之事，也看到了资本主义法律的虚伪，为他日后的创作提供了最好的素材。

在巴黎的圣安东郊区，莱特居耶尔街9号五层楼的一间阁楼是巴尔扎克献身文学的起点。1820年《克伦威尔》创作的失败，使他的生计受到了影响，父母也向他发出最后的通牒。为了生存，他决定与"魔鬼"订立契约，"卖文"为生，发表了许多"日常消费"的浪漫小说，这些小说光怪陆离，杂乱无章，粗制滥造，平庸无奇。听他朗读作品的院士认为："作者应该做无论什么事，除了从事文学。"而他对于批评的回答是——在室内的拿破仑石膏塑像的佩剑剑鞘上写下誓言："这把长剑所没有完成的，我要用笔来完成。"

1825 年他又异想天开，与一位出版商合作，出版古典作品，谋求利益，结果欠债达万余法郎。为了还债，相继经营刷厂、铸字厂，结果是债台高筑，沉重的债务令他年轻的梦幻成为永远，但是商人丢失的无非是钱财，作为文学家，获得了无比丰厚的创作素材。这巨额债务像噩梦一样缠绕着巴尔扎克，直至 1850 年他生命的最后一刻。但他并未消沉，在他书房中布置了一座拿破仑的肖像，并写下了激励自己一生的座右铭："我要用笔完成他用剑所未能完成的事业。"

1829 年 3 月《朱安党人》的问世，标志着一个伟大的文学家的诞生。他的创作进入了一个全新的时期。这是他以现实主义的手法写作的第一部成功作品。作品无论从结构、表现技巧以及军事细节方面都显示出伟大小说家的才华，为巴尔扎克向现实主义道路的发展奠定了坚实的基础。

此后，1830 年到 1832 年，作为文坛新秀，他接连创作了 17 部中短篇小说，显示出惊人的创作速度与才华。以后的岁月，佳作迭出，特别是《高老头》《欧也妮·葛朗台》以及《幻灭》的发表。巴尔扎克以其对现实观察之仔细，对社会本质揭露之深刻，塑造人物形象之生动，艺术手法之高超，使他无可争议地列入世界文学史一流作家之林。

罕见的巨构《人间喜剧》

《人间喜剧》再现了 1816—1848 年，也就是"王政复辟"到七月王朝期间广阔的社会图景。巴尔扎克采取了分类整理和人物再现的方法，将它组合成有机的整体。所谓分类整理，就是将作品按其类别分为风俗研究、哲学研究、分析研究三大类，其中风俗研究最为重要，数量最多，因此又将其分为私人生活、外省生活、巴黎生活、军事生活、乡村生活等 6 大场景。

《人间喜剧》从各个方面反映了法国当代社会生活，如"私人生活"着重描写人们在童年、少年时代的生活，由于感情冲动或经验不足而酿成的过失与灾难，代表作有《高利贷者》《夏倍上校》《高老头》等。

"外省生活"着重描写人们成年时代的行为，处于因热衷于个人盘算、利欲和野心而引起的冲突之中，代表作有《欧也妮·葛朗台》《搅水女人》《幻灭》等。

"巴黎生活"着重描写大都会的风俗，汇合了"大善与大恶"、朴素的情感与肆无忌惮的欲念，代表作有《法西诺·卡纳》《邦斯舅舅》等。

"政治生活"着重描写人与人、集团与集团间的利害关系，代表作有《恐怖时代的一个插曲》等。"军事生活"着重描写动荡社会中征服与防御间的矛盾，如《舒昂党人》《沙漠里的爱情》。"乡村生活"

▲《欧也妮·葛朗台》插图

描写乡村各阶层的矛盾，代表作有《幽谷百合》《农民》等。

巴尔扎克的《人间喜剧》以高瞻远瞩的历史目光，从研究客观世界的宏观出发，洞悉整个法兰西政治、经济、思想、道德以及历史发展的总趋势，达到一般作家所达不到的深度和广度。《人间喜剧》的目的是研究整个社会，做社会这个历史学家的书记，写出一部法国社会的风俗史，这使他能站在现实主义的高度，展示历史的发展。

巴尔扎克以阶级斗争的观点深入探讨各阶级的动向，指出"模范社会的最后残余怎样在暴发户的进攻下最后被扫除"，深刻反映出时代的本质。它以经济决定一切的观点，研究金钱征服整个社会的历史进程，揭露本质，打中要害，非凡夫俗子，犬儒文丐所能比拟。

巴尔扎克认为，人是社会的产物，环境可以决定和改变人，他总是着重描写环境对人物性格形成的作用。作品开头往往是在大段精细而富有典型特征的环境描写之后，再列出人物与情节。他的环境描写包括时代背景、社会风貌、人物关系和日常生活的物质条件。不同的环境成为不同人物性格形成与发展的依据。

巴尔扎克的人物，是共性与个性的统一体，是时代本质的艺术再现。那些充满贪婪、野心、拜金、兽性的人物，都是从时代的五脏六腑中孕育出来的，都是现实的嫡生子女，通过这些典型，再现出产生他们的环境即社会的本质。

巴尔扎克在突出人物的个性特征时，尤其善于突出"这一个"，他让他的主人公被某种情欲甚至怪癖控制着，达到病态的、疯狂的、不可遏制的、叫人难以置信的程度，他们宁可不分昼夜地将自己焚烧在这种情欲的孽火中，死而无悔。比如高老头的爱女，葛朗台的爱钱，贝姨的妒忌，邦斯的古董癖，于勒的好色，都给人留下难以忘怀的印象，产生震撼人心的感情力量，反而达到比真人还真实的艺术效果。

《人间喜剧》是巴尔扎克以毕生精力完成的光辉创作群，堪称是人类精神文明的奇迹。恩格斯认为它是"现实主义的最伟大的胜利"，"给我们提供了一部法国社会，特别是巴黎上流社会的卓越的现实主义历史"。在表现手法上，"除了细节真实外，还更真实地再现了典型环境中的典型人物""我从这里，甚至在经济细节方面（如革命的动产和不动产的重新分配）所学到的东西，也要比上学时所有职业的历史学家、经济学家和统计学家那里学到的全部东西还要多。"

"新艺术的法典"《包法利夫人》

　　福楼拜的《包法利夫人》被认为是"新艺术的法典",一部"最完美的小说",
"在文坛产生了革命性的后果"。波德莱尔、左拉等人纷纷给予这部作品极高的评价。
由于这部作品的问世,福楼拜在一夜之间成为足可与巴尔扎克、司汤达尔比肩的小说
大师,举世公认的杰出的文体家。他曾是莫泊桑文学上和精神上的导师,也是世界上
许多国家的同行们公认的语言艺术大师。

福楼拜

　　福楼拜,一个独身主义者,一个冷漠的悲观主义者。他憎恨人间的丑恶,逃避尘
世的喧嚣,悄然隐居乡间,藏身于艺术的象牙塔中,寻寻觅觅,度过了孤独而寂寞的
一生。他的小说在对生活做现实主义的无情解剖与批判时,并不描绘令人振奋的理想
的光环,主人公几乎都是难以自救的失败者。他自己说:"我的性格本身就有缺陷,寻
找的还永久是缺陷。"

　　1821年福楼拜出生于法国南方塞纳河畔的名城卢
昂。其家族在乡间世代行医,家境并不富裕,医道也
并不高明。但到父亲这辈,彻底改换门庭。父亲才智
出众,就读于巴黎医学院,获得博士学位,学成后回
卢昂行医,技术高超的外科医生,任市立医院院长30
年,谢世时全城停业为他送葬。母亲是诺曼底名门望
族的后裔,其父亲也是一名医生。福楼拜还有一个哥
哥、一个妹妹。按风俗,哥哥去学医,好继承父亲衣
钵。父亲让福楼拜去学法律。医院的环境培养了他与
宗教格格不入的思想,也培养了他的悲观厌世情绪,
还培养了他的冷静的分析解剖意识。

　　福楼拜自幼喜欢文学,大量阅读名著,中学时就
办了一种手抄本的杂志。中学毕业后他去巴黎攻读法
律,但他把大量时间花在阅读文学作品和结交文人学

▲福楼拜

士。不久因癫痫病发作,不得不返乡治疗,从此因祸得福,永远告别了法律。这种脑
病使人的思维异常敏锐。

　　父亲过世后,福楼拜接受了不少遗产,同母亲以及外甥女一道住在卢昂市郊的克
鲁瓦塞别墅,终身未娶,与母亲相依为命,稳定生活,直至去世。

　　福楼拜一生交友不广,不喜欢社交,而且很少外出旅游,除了为了创作的需要去
收集素材。他在青年时期与作家杜冈、诗人布耶结下深厚的友谊,一有新作,总是先

念给他们听。这二人虽然本身是成就不大的作家，但却有很好的艺术鉴赏力和判断力，能够直言不讳地提出比较中肯的意见，对福楼拜在创作上由浪漫主义转向现实主义起了不可忽视的作用。同他关系不错的还有乔治·桑、左拉、莫泊桑等。

1846 年 7 月，福楼拜在巴黎结识了女诗人路易丝·高莱，她不久就成了福楼拜的密友和情妇。友情持续了 10 年，留下大量信札，是研究他的创作思想的第一手资料。高莱两次向他求婚，可能是他的俄狄浦斯情节作怪，他拒绝了。

1880 年因中风去世，终年 59 岁。

一部"最完美的小说"

1857 年，福楼拜代表作长篇小说《包法利夫人》，轰动文坛。小说描写的是一位小资产阶级妇女因为不满足平庸的生活而逐渐堕落的过程。主人公爱玛为了追求浪漫和优雅的生活而甘堕落与人通奸，最终因为负债累累无力偿还而身败名裂，服毒自杀。这里写的是一个无论在生活里还是在文学作品中都很常见的桃色事件，但是作者的笔触感知到的是旁人尚未涉及的敏感区域。爱玛的死不仅仅是她自身的悲剧，更是那个时代的悲剧。作者用很细腻的笔触描写了主人公情感堕落的过程，作者很努力地找寻着造成这种悲剧的社会根源。作品出版后受到当局指控，罪名是败坏道德，毁谤宗教。此后，他一度转入古代题材创作，于 1862 年发表长篇小说《萨朗波》。但 1870 年发表的长篇小说《情感教育》，仍然是一部以现实生活为题材的作品。小说在揭露个人悲剧的社会因素方面，与《包法利夫人》有异曲同工之妙。

福楼拜主张小说家应像科学家那样实事求是，要通过实地考察进行准确的描写。同时，他还提倡"客观而无动于衷"的创作理论，反对小说家在作品中表现自己。在艺术风格上，福楼拜从不作孤立、单独的环境描写，而是努力做到用环境来烘托人物心情，达到情景交融的艺术境界。他还是语言大师，注重思想与语言的统一。他认为："思想越是美好，词句就越是铿锵，思想的准确会造成语言的准确。"又说："表达愈是接近思想，用词就愈是贴切，就愈是美。"因此，他经常苦心磨练，惨淡经营，注意锤炼语言和句子。他的作品语言精练、准确、铿锵有力，是法国文学史上的"模范散文"之作。正因为如此，《包法利夫人》表现出了惊人的完美，被誉为"最完美的小说"，"新艺术的法典"等。

福楼拜是 19 世纪中叶法国杰出的批判现实主义小说家，出自其笔下的《包法利夫人》《情感教育》和《布瓦尔和佩库歇》等作品所呈现出来的独特风格，对 19 世纪末及至 20 世纪文学，尤其是现代主义文学的发展有着极其深远的影响，被誉为"自然主义文学的鼻祖"、"西方现代小说的奠基者"。

英国文学的一个里程碑《名利场》

1847 年，萨克雷开始创作长篇连载小说《名利场》，小说发表后立即引起轰动，被认为是英国文学的一个里程碑，是他生平著作里最经得起时间考验的杰作，奠定了他在文学史上的地位。

萨克雷

萨克雷是英国 19 世纪杰出的批判现实主义小说家，1811 年 7 月 18 日出生在印度加尔各答附近的阿里帕小镇，父亲是英国东印度公司的税收员兼行政官，家境富裕。4 岁时父亲去世，母亲改嫁，他继承了父亲的一笔相当丰厚的遗产。6 岁时被送回英国读书，11 岁入查特豪斯私立学校，从该校毕业后进入剑桥大学三一学院。但他对当时的学校教育不感兴趣，在剑桥未得学位就中途离校去德国的魏玛游学，并结识了大学者歌德等名流。后来，他听从家人建议，回到伦敦学习法律，但因兴趣不浓又放弃了律师职业。

他主办《国旗》周刊，并前往巴黎专攻美术，后又半途而废。1836 年，他出任伦敦《立宪报》驻巴黎的记者。不久，《立宪报》停刊，他又回国，立志以写作为生，为报刊撰稿，并与爱尔兰一位陆军上校的女儿结婚。婚后生下三个女儿，四年后妻子患病，从此精神失常直至去世。

▲萨克雷

萨克雷自 1833 年起在报纸杂志上发表了很多文章，用了不少笔名，也出了好几本集子，颇得好评，但直到长篇小说《名利场》问世，他才被公认是一位天才小说家。为了保障病妻弱女的生活，他发愤写作，自绘插图，作品接二连三地发表，同时还在英国各地和美国演说、讲学。1857 年，他在牛津选区竞选下议院议员失败。1859 年他担任新创刊的《康希尔杂志》的第一任主编。最后，他终于积劳成疾，于 1863 年圣诞节前夕因心脏病发作在伦敦去世。

萨克雷是处于发展阶段的英国工业资本主义社会的严峻法官。其作品对英国社会的种种势利风尚、投机冒险和金钱关系进行了极深刻

版本推荐

《名利场》（英）萨克雷著，杨必译，人民文学出版社，2000 年版；《名利场》（彩色插图本）（英）萨克雷著，彭长江译，国际文化出版公司 2006 年版。

的揭露。他著有多部小说、诗歌、散文、小品，以特写集《势利人脸谱》和代表作长篇小说《名利场》最为有名。

《名利场》

长篇小说《名利场》是萨克雷的成名作和代表作。《名利场》通过主要人物的遭遇和各式各样势利者的事迹，揭发了英国社会中的金钱统治和门第的权势。小说的副标题是《没有正面主人公的小说》。女主人公蓓基·夏泼出身贫寒，父母双亡，在学校中遭受歧视，感到忿懑不平，离校后便开始投机、冒险的生活。她认为她没有条件成为一个"有品德"的女人，她靠自己的美貌，利用一切手段，力图在上流社会里取得一个稳固的地位。她虽然费尽心机，但上流社会始终门禁森严，她的出身和贫寒阻碍她获得成功。作者借此来批判社会上的种种丑行，但也以欣赏态度描写了她那不择手段的个人奋斗，并把责任归于社会，为她开脱。这部作品的主要成就在于塑造了一个小资产阶级冒险家的典型，并通过蓓基的遭遇，揭露了封建贵族和资产阶级社会中的利害关系和腐朽堕落的风尚。小说着重剖析主要人物的阴暗的心理活动，善于运用冷嘲热讽的笔调。书中穿插着许多与情节无关的议论。萨克雷因《名利场》叱咤文坛，与狄更斯齐名。

西方女性文学的迅速崛起

19世纪是真正意义上的西方女性文学产生的时期。从某种意义上说，这是一个女性想象力得以驰骋的黄金时代。需要指出的是，这也是西方历史上一个重要的文化转型时期。在这个世纪里不仅妇女生活状况有了前所未有的变化，女性文学传统也得到前所未有的加强。女作家人数剧增，涌现了一批才华出众、卓尔不群的女作家和许多经典作品。被伍尔夫称为英国最伟大的四位女作家简·奥斯丁、夏洛蒂·勃朗特、艾米莉·勃朗特和乔治·艾略特都生活在19世纪。

勃朗特三姐妹

勃朗特三姐妹是英国家喻户晓的作家：夏洛蒂·勃朗特在《简爱》中对女性独立性格的叙述，艾米丽·勃朗特在《呼啸山庄》中对极端爱情和人格的描写，安妮·勃朗特在《安格妮斯·格雷》中让人印象深刻的寂寞情绪，令人回味无穷。

她们出生在英国北部约克郡的穷牧师家庭，幼年时母亲因肺癌去世，生活十分凄苦，夏洛蒂是老三，上面还有两个姐姐，老四是唯一的儿子勃兰威尔，艾米莉和安妮是老五、老六。生活的艰难，家庭的重担，使父亲变得日益暴躁。哈沃斯村地处山区，远离尘世，她们几乎与外界隔绝。

1825年，姐妹们在邻近的一所慈善学校读书时，流行斑疹伤寒，两个姐姐去世。她们开始领略命运的残酷。剑桥大学毕业的父亲早年在爱尔兰办过学校，懂得如何启迪孩子们的智慧，他教四个孩子读书、绘画、弹琴、唱歌。孩子们最喜欢的还是写作。哈沃斯的旷野高地赋予孩子们无穷的遐想，她们读了许多有趣的书，以丰富的想象力编出许多迷人离奇的故事和小剧。幼年的夏洛蒂已经创作出22本线装的作品。

1831年，15岁的夏洛蒂到伍勒小姐办的学校学习了一年，她的求知欲得到满足，能力也得到了发挥。1835年，为了使正在学习绘画的弟弟有足够的钱进皇家学院，他重返伍勒小姐的学校当了一名教师。工作三年，在清规戒律下一直郁郁寡欢。在此期间，她试着写了几首诗歌，寄给骚塞，遭到讥讽。逆境造就了她自尊的性格，而对生活的深刻理解又使她在爱情婚姻上形成了迥异于当时流行的门当户对的金钱婚姻的爱情观，因此，她先后拒绝了两位青年的求婚。在1839和1841年，她曾两次到富人家里当家庭教师，在当时这是屈辱的职业。1842年，夏洛蒂和艾米莉在姨妈的赞助下，来到比利时的首都布鲁塞尔，学习法语和德语。她们进了埃热夫妇办的学校，一年的愉快生活后，姨妈去世，她们回到家乡。

1843年，夏洛蒂只身回到埃热夫妇的学校，当英语老师，并爱上了埃热先生，但她努力克制住情感，在1844年回到家乡。办学的计划落空后，姐妹们和弟弟都在家，勃兰威尔自暴自弃，父亲体弱多病，在沉闷的气氛下，她们开始重拾儿时的爱好，写作。1845 年秋季的一天，夏洛蒂偶然发现了艾米莉的一卷诗歌，她极力劝说她出版，三个人都拿出自己的得意之作，倾尽钱囊，在 1846 年出版了一本诗集，为了避免当时对妇女的偏见和歧视，她们使用了笔名。可是只卖出去两本。她们并不气馁，继续创作。

1846 年，她们先后完成了《教师》《呼啸山庄》《安格妮斯·格雷》。作品又先后被数家出版社拒绝。夏洛蒂又写出了《简爱》。1847 年，《简爱》率先出版，马上轰动一时，到年底再版时，《呼啸山庄》和《艾格妮斯·格雷》也出版了。前者遭到非议、后者反响不大。不幸的是，第二年艾米莉和勃兰威尔相继去世。5 个月后，小妹安妮也死于肺结核。

夏洛蒂在 1849 年出版了另一部《谢莉》。同年和第二年，她两次来到伦敦，见到许多名人，并和大文豪萨克雷进行了探讨，她还到苏格兰游玩了几日。1850 年，她几经交涉，再版了两位妹妹的遗作，她又结识了第一个为她写传记的盖斯凯尔夫人，二人成为好友。她拒绝了第三位求婚者。1851 年，她第三次到伦敦参加文化活动，受人瞩目。回到家后，她开始了《维莱特》的创作。1852 年年底，她父亲的副牧师尼古拉斯向她求婚，父亲不同意，夏洛蒂起初也不同意，但夏洛蒂逐渐发现对方是个诚实可靠的人，便说服了父亲，在 1854 年 6 月结了婚。夏洛蒂成了姐妹六人中唯一结了婚的一个。可惜的是病魔袭来，1855 年 3 月，已经怀有身孕的夏洛蒂离开了人间，年仅39 岁。

▲《简爱》书影

夏洛蒂·勃朗特的代表作《简·爱》塑造了敢于冲破年龄、门第和传统观念束缚，去追求真正的爱情的女性形象。作品采用自叙和回忆的形式，让主人公直接向读者讲述童年的苦难、慈善学校的冷酷，使人有身临其境之感。小说中人物感情跌宕起伏，颇具吸引力。

夏洛蒂的妹妹艾米莉·勃朗特的代表作《呼啸山庄》是一部充满浪漫和怪诞色彩的作品。小说主人公希斯克利夫粗犷、自尊。他不相信上帝能改变自己的卑微地位。他也不听从坏人能改恶从善的说教，他用极端残酷的手段报复仇人，成了一个失去理性的恶魔式的人物。小说控诉和揭露了冷酷的社会对人性的摧残，表现了强烈的反压迫、争自由的叛逆思想。

博学的女作家：乔治·艾略特

女作家乔治·艾略特，本名为玛丽·安·依文斯，出生于英国渥尔维克郡的阿伯利乡间，父亲是一位农庄管理人，她是维多利亚女王时代三大小说家之一，与狄更斯和萨克雷齐名。

年轻时，由于长相平凡，曾经为此苦恼，但因其学识渊博，往往在言谈间散发一股无法言喻的知性魅力，旁人因而能感受其内心世界之广阔与浩大。三十几岁时，她因翻译工作而开始文学生涯，之后还担任杂志的编辑。在此期间经由介绍，她认识了一生的挚爱路易斯，路易斯已有妻室，但艾略特依旧不顾外在压力，与其同居；两人随后迁居德国。回国后，虽不见容于当时社会，但两人仍恩爱幸福，在工作与生活中，相互扶持。

由于曾在两所宗教气息浓厚的学校就读，艾略特受宗教影响颇深；平日最喜研究语言，拉丁文、法文、德文、意大利文、希伯来文、希腊文皆能通晓。她一生笃信宗教，却依然极富怀疑精神，1841 年，随父迁居考文垂，结识自由思想家查尔斯·布雷，受其

▲乔治·艾略特

著作影响，艾略特遂放弃基督教，强烈质疑宗教。因之，在其著作中，偶见其对宗教的理性批判。

因为爱人路易斯的鼓励，艾略特年近 40 岁才开始写作，发表文章于杂志上。1859 年，才真正发表她的第一部长篇小说《亚当·比德》，这部小说一年内再版了 8 次，受欢迎程度不在话下。此后，她发表了两部极为成功、最为著名之作《织工马南传》与《福洛斯河上的磨坊》，奠定了在英国文坛的地位。

狄更斯出版他的巅峰之作《双城记》

　　狄更斯是英国文学史上批判现实主义的创始人和代表人物，他的创作已具有世界意义。艺术上以妙趣横生的幽默、细致入微的心理分析，以及现实主义描写与浪漫主义气氛的有机结合著称。马克思把他和萨克雷等称誉为英国的"一批杰出的小说家"，《双城记》是狄更斯的巅峰之作。

狄更斯其人

　　被誉为英国的写实主义大师的狄更斯，在他多年的写作生涯中，共创作了 15 部长篇小说和许多篇中短篇小说，以及散文、剧作、游记等等。

　　查尔斯·狄更斯出生于英国朴次茅斯一个海军小职员家庭。12 岁那年，狄更斯的父亲因负债而被关进负债人监狱，他也因此辍学，在一家皮鞋油公司当了一名学徒。悲惨的生活、坎坷的经历，在狄更斯幼小的心灵上留下深深的伤痕。

▲狄更斯

　　15 岁时，狄更斯到一家律师事务所当抄写员，接触了许多诉讼案和社会上的各种人物。1831 年，他成了一名报社记者，经常奔走于城乡之间，对英国社会有了更广泛的了解。青年时代的狄更斯靠自学和深入生活，获得了广博的知识和文学素养。1833 年开始发表特写，后创作小说。

　　30 年代是狄更斯的早期创作时期。1836 年，他发表了处女作、特写集《波兹札记》。狄更斯的第一部长篇小说《匹克威克外传》1837 年开始在报纸上连载。这是英国批判现实主义文学的奠基之作。小说通过匹克威克及其朋友们的游历，广泛反映了英国城乡的社会风貌，也描绘了作者向往的"古老而美好的英格兰"。《奥列弗·退斯特》是一部社会问题小说。小说通过孤儿奥列弗的遭遇尖锐地讽刺了慈善机构的欺骗性和残酷性，愤怒地谴责了资产阶级法律保护富人、扼杀人性、迫害穷人的本质。

　　狄更斯创作的一开始就把真实地反映现实生活、尖锐地揭露社会黑暗作为自己的主要任务。但是，这一时期他对社会的本质认识尚不深入，因此作品谴责的对象往往局限于个别的坏人，结构也往往以暴露黑暗开始，以大团圆结束。风格上幽默多于讽刺，幻想和乐观的色彩较浓。

　　40 年代初，狄更斯应邀访问了美国，对美国的奴隶制度和虚伪的民主制度大为失望。1844 年起，他长期侨居欧洲大陆，欧洲大陆的革命斗争和英国国内的社会现状加深了他对资本主义社会的认识。这一时期，他写出了《老古玩店》《圣诞欢歌》《马丁·朱什尔维特》《董贝父子》和《大卫·科波菲尔》等著名小说。《大卫·科波菲尔》是半自传体性质的小说，作品中的主人公始终保持优良的品质，乐于助人，依靠自己的聪明才智和艰苦奋斗，终于获得成功。小说以此否定了大资产阶级以损人利己的卑鄙手段攫取名利的道路。这一时期，狄更斯的小说批判性有所加强，批判的锋芒指向主宰社会的金钱关系，尽管在情节处理上还往往以大团圆为结局，但乐观幻想的成分已大大减少，失望的阴影逐渐增多。

1849 年，狄更斯开始主办报刊，积极宣传自己的政治观点。他后来的许多作品都发表在他自己主办的报刊上。此外，他还组织过业余剧团。50 年代，狄更

▲《匹克威克外传》漫画

斯的创作进入高峰时期，写出了《荒凉山庄》《艰难时世》《小杜丽》《双城记》《远大前程》和《我们共同的朋友》等长篇小说。

狄更斯由于常年的辛勤写作损坏了健康，在轻度中风之后，仍然坚持写作，1870年去世。

狄更斯在作品中塑造了众多的人物形象，性格真实生动。他以高度的艺术概括、生动的细节描写、妙趣横生的幽默和细致入微的心理刻画，真实地反映了英国 19 世纪的社会风貌。狄更斯的创作贴近生活，又有浓郁的浪漫色彩，总体上说，小说结构巧妙，层层设疑，环环相扣，故事波澜起伏，情景交融，具有巨大的艺术感染力和认识价值。

《双城记》

《双城记》是狄更斯的代表作。小说真实地反映了法国大革命前夕贵族阶级与平民的尖锐阶级矛盾以及人民群众高涨的革命热情。

故事发生在巴黎和伦敦。巴黎医生梅尼特因目睹厄弗里蒙地侯爵兄弟草菅人命的暴行，被侯爵关入巴士底监狱。梅尼特在监狱中写下了血书，控诉侯爵兄弟奸污农妇，并杀害农妇和她丈夫、弟弟的罪行。18 年后，身心交瘁的梅尼特被他的英国朋友劳雷、女儿露茜以及仆人救出，到了伦敦。

厄弗里蒙地侯爵的妻子十分贤惠，他看不惯侯爵弟兄的作为，教育儿子查理斯将来好好做人。现在查理斯长大了，母亲也已去世，她决心放弃贵族身份，去英国自食其力。他和梅尼特父女同路，由于他的热情相助，博得了梅尼特父女的好感。

到英国后，查理斯化名代尔那常来梅尼特家，并和露茜相爱。结婚前，代尔那向梅尼特公布了自己的真实身份，梅尼特虽然痛苦地知道了代尔那是自己仇人之子，但为了女儿的幸福，他把痛苦埋在内心深处。

英国青年律师卡尔登也早已暗暗爱上了露茜，当露茜与代尔那结婚后，这位正直的青年衷心祝愿他们幸福。

版本推荐

《双城记》（英）狄更斯著，石永礼，赵文娟译，人民文学出版社，2004年版；

《双城记》（英）狄更斯著，张玲，张扬译，上海译文出版社，2006年版。

在法国，代尔那的父母早已死去，叔父厄弗里蒙地侯爵飞车压死一个小孩，被孩子父亲加斯伯杀死。1789年法国大革命爆发了，情绪激昂的群众攻下了巴士底狱。群众领袖得伐石是梅尼特的老管家，得伐石太太便是当年被侯爵折磨致死的农妇的妹妹。她像复仇女神一般，狂热地投入了这场革命之中。

代尔那家的总管被捕，代尔那听说后，立即赶回法国营救这位无辜的管家。但他一到巴黎便被抓起来了。得伐石太太在法庭上宣读了从监狱里找到的梅尼特的血书，真是字字血、声声泪，激起了群众的义愤。作为侯爵一家的后代，代尔那被判处绞刑。

这时，卡尔登来到巴黎，他买通狱卒，麻醉了代尔那，让人送他出去，自己顶替代尔那。为了露茜的幸福，具有人道主义理想的青年卡尔登勇敢地走上了断头台。

遵照卡尔登事先的安排，梅尼特父女和苏雷先生备好了马车，等代尔那一到，马车立即出发，直奔国境，朝英国驶去。

如果说厄弗里蒙地兄弟集中体现了统治阶级的罪恶和可悲下场，那么侯爵兄弟的儿子和侄儿代尔那形象则体现了作者对贵族阶层的劝告。代尔那与家庭决裂，放弃贵族特权和财产，以教书为生，选择了自食其力的道路。革命者得伐石太太的形象具有两重性。她的父兄和姐姐死于侯爵之手，同贵族有深仇大恨。革命爆发后，她毅然拿起武器，率领妇女攻打巴士底狱。随着时间的推移，得伐石太太变成了一个冷酷无情的复仇女神，竟然把无辜的贵族子弟代尔那送上断头台。作者赞扬她的革命精神，称她是"伟大的女人"。同时，又从人道主义的立场对她的报复成性持批评态度。

小说中的梅尼特医生和得伐石太太形成对照。梅尼特医生一身正气，目睹贵族倒行逆施，挺身揭发，却遭到迫害。但是他不计前嫌，同意女儿路茜和仇人的后代代尔那结婚，并且在后者被革命者逮捕时，挺身相救。梅尼特医生善良、正直和以德报怨，是作者的理想人物，也表明作者希望用仁爱来代替仇恨、以博爱来取代残杀的愿望。卡尔登也和得伐石太太形成对照。他为了所爱之人的幸福甘愿自我牺牲，在代尔那处于危急关头以生命的代价相救，换来了心上人的家庭幸福。卡尔登的举动的确惊世骇俗，本质上仍然体现了作者的人道主义思想。

果戈理奠定了 19 世纪俄国批判现实主义文学的基础

果戈理是俄国现实主义文学的奠基人。他的创作与普希金的创作相配合，奠定了19 世纪俄国批判现实主义文学的基础，是俄国文学中自然派的创始者。以其创作加强了俄国文学的批判和讽刺倾向。他对俄国小说艺术发展的贡献尤其显著，车尔尼雪夫斯基称他为"俄国散文之父"。

果戈理

果戈理出生在乌克兰的一个小地主家庭。爱好戏剧的父亲和乌克兰丰富多彩的民间文学对他早年生活产生过影响。中学毕业后，果戈理来到彼得堡，他找到一个小公务员的职位，这段经历为他后来创造同类形象提供了丰富的素材。

1831 年，果戈理以小说集《狄康卡近乡夜话》步入文坛，年仅 22 岁。这部小说集是浪漫主义与现实主义创作相结合的产物，被普希金誉为"极不平凡的现象"，从而奠定了果戈理在文坛的地位。1835 年，果戈理出版中篇小说集《米尔格拉德》。同年，他又出版小说集《彼得堡故事》。在写作小说的同时，果戈理又创作了《婚事》等多部剧作，并于1836 年完成五幕讽刺喜剧《钦差大臣》，该剧演出轰动一时，但作者却遭到贵族社会的攻击，被迫离开祖国。

名篇介绍

《钦差大臣》的剧情似乎是基于一场偶然的误会，但是在这偶然中包含着必然。以市长安东·安东诺维奇为代表的官僚集团和以赫列斯达科夫为代表的纨绔子弟是"俄罗斯丑恶"的体现者。作者的讽刺犀利、辛辣。如赫尔岑所说："在他之前，从来没有一个人把俄国官僚的病理解剖过程写得这样完整。他一面嘲笑，一面穿透进这种卑鄙、可恶的灵魂的最隐秘的角落。"喜剧中潜在的正面形象是"笑"，作者赋予这种"笑"以抨击丑恶的深刻的社会内容，并取得了极佳的艺术效果。

1841 年，果戈理在国外完成长篇小说《死魂灵》第一部。出版后，再次震动俄国文坛，俄国批判现实主义文学由此形成波澜壮阔的主潮。他接着写《死魂灵》的第二部，想在其中塑造出正面的地主形象。1848 年，果戈理回到祖国。晚年，他贫病交加。1852 年，他以毁稿而终止了自己的创作生涯。

俄国文坛上划时代的巨著

果戈理的代表作《死魂灵》是俄国批判现实主义文学发展的基石，也是果戈理的现实主义创作发展的顶峰。别林斯基高度赞扬它是"俄国文坛上划时代的巨著",是一部"高出于俄国文学过去以及现在所有作品之上的","既是民族的,同时又是高度艺术的作品。"

《死魂灵》书名本意是指死去的农奴,而实质上指的是虽生犹死的地主。小说以骗子乞乞可夫为连缀人物,以其为牟取暴利而奔走于偏僻乡村收购死农奴的户籍为情节主线,巧妙地引出了五个乡村地主的形象。

《死魂灵》的基本情节是六等文官乞乞科夫企图利用购买"死魂灵"牟取暴利的故事。俄国地主把农奴叫做"魂灵",当时俄国地主不仅拥有土地,而且拥有农奴,主人可以任意买卖他们。每10年,国家进行一次人口调查,调查后死掉的农奴在国家户口花名册上仍然存在,地主照样为他们纳税,直到下次注销为止。乞乞科夫想趁新的人口调查没有进行之前,买进1000个死魂灵,再到救济局抵押,每个魂灵200卢布,就可以赚20万。他拜访了不少地主,买了许多死农奴,但最后事情败露,乞乞科夫逃之夭夭。

▲ 果戈理的墓地

《死魂灵》刻画了俄国地主的丑恶群像。乞乞科夫拜访的第一个地主叫玛尼洛夫。他是个精神极端贫乏,空虚无聊,无所事事,整天沉溺在毫无边际的幻想之中的地主。他没有个性,对任何事情,任何人都非常满意。玛尼洛夫经常抽着旱烟管,坐在屋门口幻想在自己庄园的池塘上架一座桥,桥上可以开商店。他幻想在河边建造一幢大宅子,修筑一座高高的塔楼,从那儿甚至可以看见莫斯科。他相信自己很有学问,可是书房里的一本书看了两年才看到第14页。他非常醉心于"优美的礼节",可他的礼貌让人觉得虚假而可笑。当乞乞科夫来到他家门口时,两人谁也不愿先进门,互相谦让了两个小时,结果两人侧着身子稍微挤了一下,同时走了进去。总之,玛尼洛夫的思想感情畸形发展,是个百无聊赖、毫无价值的废物。

泼留希金是乞乞科夫拜访的最后一个地主。他又贪婪又吝啬。泼留希金有万贯家财,上千个农奴,但他仍然不满足,满脑子都想着搜刮更多的财物。他每天在村子里转来转去,东瞅瞅西看看,凡是他眼睛看见的,能拿得动的东西,他都捡回家扔在自己的院子里。什么锈铁钉、碎碗片、旧鞋跟,女人用过的破布等等他都要,以至于他走过的路根本用不着打扫。他吝啬到令人难以想象的程度。他自己吃的穿的比一个乞丐还不如,家里几十个农奴只穿一双靴子。儿子和女儿都受不了他,从家里跑掉了,而他一文钱也不给儿女。有一次女儿带着他的小外孙回来看他,他把小外孙抱在膝盖上玩了半天,临走时只给小外孙一枚细纽扣做礼物,女儿气得发誓再不回家了。总之,通过这些地主形象,果戈理深刻揭露了俄国专制农奴制的反动和腐朽。

屠格涅夫的《父与子》
激起巨大的反响

　　《罗亭》《贵族之家》《父与子》《前夜》……在长达40年的写作生涯中，屠格涅夫留下了许多优美如诗的作品，他笔下的俄罗斯是那么美丽，就像天空和微风一样，带给人们光明和纯净。但是他一生却受了很多苦，得不到温暖的亲情和梦寐以求的爱情，幸好有温暖的友情，让他从未对人性失去希望。他就像一棵大橡树，牢牢地站在俄罗斯大地上，永远屹立不摇。

屠格涅夫

　　屠格涅夫出生在俄罗斯中部奥勒尔省的一个贵族之家，父亲是个濒临破产的骠骑兵上校。母亲从她叔父那里继承了一大笔财产，是个拥有5000农奴的大地主，她对农奴残暴专横。屠格涅夫从小就对农奴制产生反感。

　　9岁屠格涅夫随全家迁到莫斯科，就读于一所寄宿学校。15岁进入莫斯科大学语文系，他在这里参加过赫尔岑等人组织的革命小组。一年后，他又随家迁到彼得堡，转到彼得堡大学哲学语文系，这年开始了早期文学创作活动，写了一些诗。其父在这一年病逝。屠格涅夫大学毕业后去柏林大学留学，研习哲学、历史和古典语言，同时游历了荷兰、法国、奥地利、瑞士、意大利等国。23岁时，第一次发表作品，是两首诗。

　　回国后，在他的故居逗留期间，曾与他母亲身边的一个女奴发生关系，后来这个女奴给他生了一个女儿。9年后，他把女儿送到巴黎，交给他的密友抚养。屠格涅夫应他母亲的要求而到内务部特别办公厅供职两年。

　　25岁时，他结识了两个对他来说至关重要的朋友，一个是别林斯基，当时文坛上最活跃的人物，革命民主主义者、文学批评家，屠格涅夫受到不少熏陶。另一个是维亚尔多，著名法国女歌唱家，随歌舞团来彼得堡演出意大利歌剧，屠格涅夫一见倾心，维亚尔多有很高的文化教养，聪明迷人，但已是有夫之妇。因此屠格涅夫与其保持纯洁的友谊关系，而一生未娶。作家后来写的许多充满诗意的爱情作品都与这一经历有关。而这也是作家特别留恋法国的原因，他与法国作家左拉、福楼拜、都德、龚古尔以及莫泊桑交往甚密，并热衷于将俄国文学传播到欧美。

1847 年，屠格涅夫陪别林斯基去普鲁士治病，在其影响下写了几篇特写。是年，《现代人》刊登了他的随笔，此后《猎人笔记》的第一篇出乎意料地大获成功。别林斯基认为，"在他以前任何人都没有以这样接近的角度，接近了人民。"屠格涅夫以前一直怀疑自己的才能而欲放弃文学事业，现在重新振作起来，在《现代人》上陆续刊出他 21 篇随笔，1852 年，《猎人笔记》单行本出版。

50—60 年代，屠格涅夫创作进入高潮。他先后完成长篇小说《罗亭》《贵族之家》《前夜》《父与子》和《烟》，中篇小说《多余人日记》《僻静的角落》和《初恋》等，成功地塑造了一批"多余人"和"新人"形象。

1872 年，屠格涅夫迁居巴黎。在巴黎，他同福楼拜、左拉等法国作家交往甚密，并在向西欧宣传和介绍俄国文学成就方面作了大量工作。后在巴黎去世，遗体运回国内，安葬在彼得堡沃尔科夫公墓。

《父与子》

《父与子》是屠格涅夫最著名的长篇小说。贵族子弟基尔沙诺夫大学毕业后，带着他的朋友、平民出身的医科大学生巴扎罗夫到父亲的田庄作客。巴扎罗夫的民主主义观点，同基尔沙诺夫一家、特别是同阿尔卡狄的伯父巴威尔的贵族自由主义观点发生了尖锐的冲突，在这场冲突中巴扎罗夫占了上风。有一次，巴扎罗夫和阿尔卡狄到省城去参加舞会，遇见贵族寡妇奥津左娃，巴扎罗夫对她产生了爱情，但是遭到拒绝。最后巴扎罗夫回到父母家中，在一次解剖尸体的时候感染病菌而死。

小说反映了农奴制改革前夕民主主义阵营和自由主义阵营之间的尖锐的思想斗争。巴扎罗夫是一个激进的民主主义者。他具有坚强的性格和埋头工作的习惯。在政治上，他反对农奴制度，批判贵族自由主义，否定贵族的生活准则；在哲学上，他是个唯物主义者，重视实践，提倡实用科学；但是他也表现出某些庸俗唯物主义的观点，例如否定艺术的作用，等等。

《父与子》出版以后引起当时批评界的强烈反应。自由主义者不满意作者让巴扎罗夫在精神上战胜贵族；有些民主主义者则认为作者的同情仍在贵族一边，巴扎罗夫的形象是对革命民主主义者的歪曲。这只能说是屠格涅夫本身的世界观矛盾的结果。

陀思妥耶夫斯基的创作代表了
俄罗斯文学的深度

陀思妥耶夫斯基，高尔基誉之为"最伟大的天才"之一，鲁迅先生则把他称作"人类灵魂的伟大的审问者""残酷的天才"。他所走过的是一条极为艰辛、复杂的生活与创作道路，是俄国文学史上最复杂、最矛盾的作家之一。即如有人所说"托尔斯泰代表了俄罗斯文学的广度，陀思妥耶夫斯基则代表了俄罗斯文学的深度"。

"人类灵魂的伟大的审问者"陀思妥耶夫斯基

陀思妥耶夫斯基 1821 年出生在俄罗斯的一个医生家庭。他的童年是在父亲的庄园里度过的，因而接触到了农奴的实际生活。1834 年他进入莫斯科契尔马克寄宿中学，毕业后入彼得堡军事工程学校，在该校工程部制图局工作。一年后，他自动离职，专门从事文学创作。1846 年，他写出了自己的第一部作品《穷人》。小说一出版，即轰动文坛，受到读者的普遍赞扬。文学批评家别林斯基称之为"社会小说的第一次尝试"。

1849 年 4 月 23 日他因牵涉反对沙皇的革命活动而被捕，并于 11 月 16 日执行死刑。在行刑之前的一刻才改判成了流放西伯利亚。在西伯利亚他的思想发生了巨变，同时癫痫病发作的也愈发频繁。1854 年他被释放，但是要求必须在西伯利亚服役。1858 年他升为少尉，从此可以有自己的时间来思考与写作。从假处决事件到西伯利亚服刑这十年时间是他人生主要的转折，他开始反省自己笃信宗教。也正是在西伯利亚，他遇到了今后的妻子——玛丽亚·季米特里耶夫娜·伊萨耶娃。1860 年，陀思妥耶夫斯基返回圣彼得堡，次年发表了第一部长篇《被侮辱与被损害的》。这部作品可以被看作是他前后期的过渡作品，既有前

▲陀思妥耶夫斯基

期的对社会苦难人民的描写，又带有后期的宗教与哲学探讨。这段时间他文学上有所进展，但生活却连遭打击。

1864 年他的妻子和兄长相继逝世，他还需要照顾兄长的家人，这使得他濒临破产。他希望通过赌博来还清债务，却欠下更多债，整个人陷入消沉之中。

为了躲避债主，他被迫到欧洲避债。出版商答应给他预付款，但是要求他要在半年内写一部长篇小说。陀思妥耶夫斯基当时正在写《罪与罚》，没有时间再写一部，

但是出于生计只得同意。1866 年他的代表作《罪与罚》出版，事实上陀思妥耶夫斯基许多世界文学杰作都是先发表于报章文艺副刊，受到俄国人普遍欢迎欲罢不能，再予出版社出版；受欢迎程度达到陀思妥耶夫斯基以口述说话方式，同时说不同三篇小说故事给三位秘书写，堪称文学特技。而另一部长篇离交稿一个月，还没有写。在朋友介绍下，他认识了速记学校的高才生安娜，两人高效率的工作，一个月内完成了《赌徒》，于 1867 年出版。同年两人结婚，在安娜的鼓励与帮助下，他的生活才开始安定下来。1868 年他完成了《白痴》。1872 年完成了《群魔》。1873 年开始他创办"作家日记"期刊，很受欢迎。1880 年他发表了《卡拉马佐夫兄弟》这部他后期最重要的作品。1881 年陀思妥耶夫斯基准备写作《卡拉马佐夫兄弟》第二部。2 月 9 日他的笔筒掉到地上，滚到柜子底下，他在搬柜子过程中用力过大，结果导致血管破裂，当天去世。

1866 年《罪与罚》的发表，为他赢得了世界性的声誉。而 1880 年发表的《卡拉马佐夫兄弟》，更是作者哲学思考的总结，被称为人类有文明历史以来最为伟大的小说。

陀思妥耶夫斯基并非开创心理叙事的鼻祖，但他绝对是发展心理和意识描写的一代宗师，其身后影响巨大，现实主义派的作家从他的创作中可以吸收到有益的营养，现代派作家则把他的作品奉为经典，而称他本人为他们的先驱和导师。

高尔基誉之为"最伟大的天才"之一，说他一方面"以自己的天才力量震撼了全世界"，另方面又在作品里鼓吹"一种非常丑恶和可耻的东西"。这是因为他的作品，对资本主义和专制主义双重压迫下俄国城市平民的悲惨处境，作了触目惊心的真切描绘，但又醉心于刻画他们的近乎狂乱、痴癫的病态心理，甚至认为真正的幸福存在于忍耐、顺从和受苦受难之中。鲁迅先生则把他称作"人类灵魂的伟大的审问者""残酷的天才"。他所走过的是一条极为艰辛、复杂的生活与创作道路，是俄国文学史上最复杂、最矛盾的作家之一。即如有人所说"托尔斯泰代表了俄罗斯文学的广度，陀思妥耶夫斯基则代表了俄罗斯文学的深度"。

《罪与罚》

《罪与罚》是陀思妥耶夫斯基的一部重要作品，它为作家赢得了极大的声誉。小说将紧张的情节与广阔的社会画面结合为一体，深刻地揭示了社会在伦理、宗教、道德诸方面所发生的变化，这部小说又被文学史家称之为"社会伦理小说"。

《罪与罚》的主题思想主要是通过大学生拉斯柯尔尼科夫体现出来的。男主人公天性善良，才思敏捷，但又忧郁孤僻，冷漠无情，似乎是陀思妥耶夫斯基笔下的又一个"双重人格"的形象。他有一种"理论"，认为人分为两类，一类是"普通的人"，一类是"不平凡的人"。"普通的人"平庸地度过一生，没有任何建树，只是"繁殖同类的材料"；而"不平凡的人"则能驾驭普通人，能够为所欲为，"推进这个世界"。他决定去实践自己的这一"理论"，这也是他杀人的主要动机。一方面，他感到这一想法的可怕、卑鄙、下流，竭力想摆脱这一想法；另一方面，他目睹周围巨大的贫富差距和社会的不公平，全家人在生活上的走投无路，又使他下定决心杀人。他在犯罪前激烈的内心冲突，不仅让人看到他异常复杂的个性，也间接地展示了拉斯柯尔尼科夫的"理论"产生的社会根源。然而杀人之后，主人公并未能解决自己的思想矛盾，他的内心斗争反而更加激烈了，在肯定自我和否定自我这两者之间痛苦地摆动。最后，他在妓女索尼雅的感召下接受了良心的审判，决定自首。拉斯柯尔尼科夫的"理论"实际上是一种争取生存权利的理论，一种抗议社会不公平的无政府主义态度，但它也在一定程度上体现了资本主义社会弱肉强食、适者生存的残酷竞争原则。

拉斯柯尔尼科夫的"理论"及其实践都是矛盾的，也是行不通的，但作者却为这一理论提供了一个合理的归宿——走向宗教信仰。索尼雅曾对拉斯柯尔尼科夫说："您离开了上帝，上帝惩罚了您。"索尼雅善良、虔诚、温和，她为了一家人的生活，甚至不惜卖淫。作家在她身上体现了爱与宽恕的精神，但尤其重要的是，她是被作为人类苦难的象征来描写的，拉斯柯尔尼科夫跪倒在她面前的一幕是具有象征意义的，男主人公说："我不是向你膜拜，我是向人类的一切痛苦顶礼膜拜。"她是作家的理想，是作家心目中"美好未来的保证"，同时她也为拉斯柯尔尼科夫指出了"第三条路"——将"普通的人"和"不平凡的人"联系在一起的，或者说，超越并最终消融这一划分的，就是宗教意义上的宽容与和解。

《罪与罚》具有极高的艺术成就，全面展现了陀思妥耶夫斯基的创作特色：一、人物性格的塑造不是通过作者对人物由外入内的描写，而是通过人物意识由内向外的表述；二、在人物独立于作者的基础上，人物的思想和他们对话中表达的不同观点，和作家的声音处于平等地位，构成小说的复调；三、运用象征、梦境、典故、暗示等艺术手法，扩展作品的思想容量。

托尔斯泰的创作代表了俄罗斯文学的广度

　　列夫·托尔斯泰以其三大杰作《战争与和平》《安娜·卡列尼娜》和《复活》，登上了当时欧洲批判现实主义文学的高峰。他以自己有力的笔触和卓越的艺术技巧，留下了"世界文学中第一流的作品"，因此被列宁称为具有"最清醒的现实主义"的"天才艺术家"。美国著名文学教授兼批评家哈洛·卜伦甚至称之为"从文艺复兴以来，唯一能挑战荷马、但丁与莎士比亚的伟大作家"。

列夫·托尔斯泰

　　列夫·托尔斯泰出生在一个贵族庄园。其父亲参加过卫国战争，服役至中校。母亲的陪嫁是3000多俄亩土地和1500名农奴。托尔斯泰兄弟姐妹五人，三个哥哥一个妹妹，他排行第四。母亲很有文化素养，聪慧善良，可惜在托尔斯泰两岁时即去世。9岁时父亲亡故，托尔斯泰由姑母和亲戚监护长大。托尔斯泰自幼酷爱文学，兴趣非常广泛，虽然接受了典型的贵族教育，但由于生活在农村，所以对俄国的自然风光、农村生活有着特殊的感情，很爱和农民的孩子一起玩耍。

▲列夫·托尔斯泰

　　13岁，因监护人变化，全家迁居喀山。托尔斯泰自幼接受的是典型的贵族家庭教育，16岁考上喀山大学，攻读东方语文系，准备当外交官。当时托尔斯泰贪玩，又迷恋于社交活动，所以考试成绩常不及格。第二年转入法律系。托尔斯泰不喜欢形式主义的课程，但对哲学尤其是道德哲学有浓厚兴趣，拼命读卢梭、笛卡儿、斯宾诺莎的著作，喜爱卢梭的著作及为人。

　　19岁时，托尔斯泰以"健康不佳和家庭原因"自动申请退学。在这不久之前，他们兄弟析产，托尔斯泰分得了世袭领地波良纳和300农奴。托尔斯泰回到家后，从事农业，一边着手改善农民的生活和习惯，一边为了准备硕士学位的考试而自学。这个时期是托尔斯泰人生探索、寻找自己的开始。

　　1851年起在驻高加索军队中服役，任低级军官，曾参加克里米亚战争。后来两度到欧洲旅游考察，第二次考察回来后，继续以自己的方式尝试改革俄国社会。一方面在自己的领地内创办了20多所学校，对农民子弟普及教育，并担任地主和农民的和平调解人及法庭陪审员等职，尽可能维护农民的利益；同时对哲学、宗教、伦理道德问题进行广泛的研究，结果得出否定人类历史发展规律而认为古老宗法制农民是最高道德理想的化身的错误结论。

1862 年同莫斯科名医别尔斯的女儿索菲娅·安德列耶夫娜结婚，这时托尔斯泰已经 34 岁了。索菲亚聪明能干，很有文学才气，婚后不仅为托尔斯泰操持家务、治理产业，而且在文学创作上也是丈夫的得力助手，托尔斯泰后来的许多手稿，都是索菲亚誊抄出来的，比如抄写过多次的《战争与和平》。由于婚后的幸福，更主要是由于托尔斯泰对社会生活矛盾本质的深刻认识，托尔斯泰从 1863 年起停办杂志和学校，他脱离社交、安居田园、购置产业，过着俭朴、宁静、和睦的生活，埋头于文学创作。

1881 年迁居莫斯科，直到 1901 年一场大病痊愈后才又回到波良纳居住。在此期间，受俄国资本主义迅猛发展、封建农奴制进一步瓦解及人民革命斗争日益高涨的影响，他积极参加救济灾民的活动，参加莫斯科贫民区人口调查，访问监狱、法庭、教会和修道院等，还加紧对哲学、宗教、道德、伦理等问题的深入研究，最终促成自己的世界观由贵族地主向宗法制农民的转变。他辞去县贵族长的职务，从事体力劳动，力图按照农民的方式生活

▲列夫·托尔斯泰墓地

1910 年 11 月 10 日，他经过长期激烈的思想斗争，最终决定摆脱贵族生活，把财产交给妻子，弃家出走，以实现自己"平民化"的夙愿。结果途中身染肺炎，这年 11 月 20 日在阿斯塔波沃车站逝世。依照他生前的愿望，遗体安葬在波良纳的一个悬崖附近，坟上没有十字架，也没有墓碑。

三部长篇巨制

《战争与和平》是托尔斯泰的代表作之一，是一部史诗型长篇小说。小说以 1812 年俄法战争为中心，从 1805 年彼得堡贵族沙龙谈论对拿破仑作战的事写起，中经俄奥联军同拿破仑部队之间的奥斯特里茨战役、1812 年法军对俄国的入侵、鲍罗金诺会战、莫斯科大火、法军全线溃退，最后写到 1820 年十二月党人运动的酝酿为止。全书以包尔康斯基、别祖霍夫、罗斯托夫和库拉金四个豪族为主线，在战争与和平的交替中，展现了当时社会、政治、经济、家庭生活的无数画面；描绘了 500 多个人物，上至皇帝、大臣、将帅、贵族，下至商人、士兵、农民；反映了各阶级和各阶层的思想情绪；提出了许多社会、哲学和道德问题。它又是一部歌颂人民战争的史诗。

安德烈是个探索型的青年贵族知识分子，他才智过人，意志坚强，性格内向，喜欢作严肃的思考和自我分析，并具有较强的社会活动能力。他鄙视庸俗的上流社会，一度渴望在战场上赢得荣誉和功名。奥斯特里茨战役中的遭遇使他放弃了虚荣心，同

时也产生了消极厌世思想，在经历了一场严重的精神危机之后，安德烈又开始积极探索人生的真谛。他参加过斯别兰斯基的改革工作，但没有结果。1812 年卫国战争时，他再次来到前线。祖国的苦难使他减少了贵族习气，在与普通士兵的接近中，为他们的勇敢、乐观和爱国精神所深深触动。他开始明白战争的胜负取决于人民，在决定性的鲍罗金诺战役中他又一次身负重伤，并在未婚妻娜塔莎的照料下平静地离开了人世，安德烈鄙视贵族上流社会和积极探索人生意义的特点使他成为作家理想的贵族阶级优秀分子的代表。

作家经过 12 次精心修改而完成第二部里程碑式的长篇巨著《安娜·卡列尼娜》也是托尔斯泰的代表作之一。作品的问世，是托尔斯泰的批判现实主义新发展的标志，也是他的世界观矛盾的更集中的表现。起初，他只打算写一部家庭生活小说，叙述一个已婚女子的不贞和由此产生的悲剧。但 70 年代俄国资本主义的急剧发展，冲击着许多阶级和阶层，造成社会的大动荡。这引起作者的注意，促使他大大扩充了原来的构思，引进了广泛的社会生活内容，提出很多迫切的社会问题。

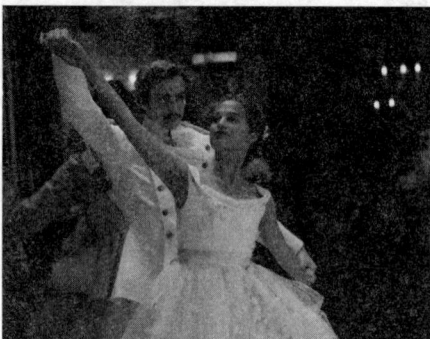

▲《安娜·卡列尼娜》剧照

小说在广阔的社会背景中展现了安娜形象的悲剧命运，以及造成这一悲剧的原因。安娜在年轻的时候就由姑妈做主嫁给了比她大 20 岁的省长卡列宁，这桩封建婚姻中埋下了安娜悲剧命运的种子。卡列宁被贵族上流社会视作"有事业心"的出类拔萃的人物，实际上却是沙俄时代一架典型的官僚机器。他道貌岸然、冷酷虚伪，缺乏真正的人的感情。婚后 8 年，安娜只能把全部的情爱倾注在孩子谢辽沙身上。沃伦斯基的热烈追求，唤醒了安娜沉睡的爱情。她决心不顾丈夫的威胁，离家与所爱的人一起生活。

由三个社交圈构成的京城上流社会，极端伪善，荒淫无耻，可是却不容许安娜触犯他们的所谓道德规范。卡列宁在上流社会的支持下，拒绝离婚，并夺走了安娜的儿子。安娜始终处在可怕的侮辱和精神折磨的阴影之下。与此同时，沃伦斯基也日益暴露了贵族社会纨绔子弟的平庸面目。尽管安娜的爱情在精神上提高了他，使他稍许改变了生活的轨迹，但是他并不可能真正了解安娜的内心世界。安娜终于意识到她所处的贵族社会中的一切"全是虚伪！全是谎言！全是欺骗！全是罪恶！"她没能得到她所追求的幸福，却在愤懑和绝望中结束了自己的生命。显而易见，安娜是那个黑暗社会的牺牲品。

最充分地反映托尔斯泰后期世界观矛盾的，要算是他最后一部长篇小说《复活》。他起初的构思是以一件诉讼案为基础，写一本道德教诲小说。但在 10 年创作过程中，他数易其稿，主题前后迥异，最后写成一本表现尖锐的阶级对立、政治意义很强的社会问题小说。它对俄国旧社会的揭露和批判空前激烈，而对托尔斯泰主义的宣传也异常集中。可以说，这部书是托尔斯泰世界观和创作的总结。

　　《复活》写贵族青年聂赫留朵夫诱奸了农奴少女卡秋莎·玛丝洛娃，随后遗弃了她，使她备受凌辱，沦为娼妓，最后又被诬告犯杀人罪而下狱，并判处流放西伯利亚。聂赫留朵夫作为陪审员在法庭上与她重新见面，受到良心谴责，决定赎罪，为她奔走申冤，上诉失败后又陪她去流放。他的行为感动了玛丝洛娃，使她重又爱他。但她为了不损害他的名誉地位，终于同一个"革命者"结婚。通过这些情节，作者反映了各个方面的社会生活，刻画了各个阶级的人物。

契诃夫为小人物哭泣和歌唱

契诃夫是19世纪俄国批判现实主义的最后一个杰出的小说家，剧作家，以短篇小说著称于世，是世界三大短篇小说家之一。其剧作也对20世纪戏剧产生了很大的影响。他坚持现实主义传统，注重描写俄国人民的日常生活，塑造具有典型性格的小人物，借此真实反映出当时俄国社会的状况。其作品具有高度的幽默性和艺术性。他的作品以语言精练、准确见长，他善于透过生活的表层进行探索，将人物隐蔽的动机揭露得淋漓尽致。托尔斯泰赞美他为"完美的人"。

契诃夫

契诃夫出生在亚速海沿岸的一个小城。祖父是农奴，1841年，他祖父赎得了本人和家属的人身自由。父亲在城里开了一个小杂货店，出售茶叶、砂糖、肥皂等小商品。严厉的父亲经常命令儿子在学业之余站柜台、做买卖，学会应付顾客和玩弄买卖上的小骗术。此外，还要无休止地在教堂唱圣歌、做祷告。因为童年的生活困苦，后来契诃夫说他"小时候没有童年生活。"

▲契诃夫

1876年，父亲破产，一家人迁往莫斯科，只留下契诃夫一人在家乡继续学习。他不得不一边上学，一边当家庭教师以维持生计。他从小生活在贫困、屈辱、虚伪、庸俗的小市民习气的包围中，加上他从小注意观察周围生活和独立思考的习惯，这为他将来成为一个最善于揭示日常生活悲剧的作家奠定了基础。度过了相当艰苦的三年后，契诃夫中学毕业，进入莫斯科大学攻读医学。大学一年级，他便开始文学创作。当时，为了赚钱养家和供自己上大学，他的创作不得不求速成，作品也难免粗糙。契诃夫大学毕业后，开始在莫斯科附近的地区行医，这使他有机会接触农民、地主和官吏、教师等各式人物，扩展了视野，丰富了生活见识。与此同时，他继续在杂志上发表小说。在1888年以前，他创作的题材之多和数量之大，都委实惊人，一生470部小说中的约400部，都写于这个时期。

1890年4月，为探索人生和深入了解社会，不辞辛苦到政府放逐犯人的库页岛，访问了近万名囚徒和移民。这次8个月的远东之行，丰富了他的生活知识，中断了同反动报刊的合作，认识到一个作家不应不问政治。不久完成长篇报告文学《库页岛》，据实揭露俄国专制统治的凶残。他还曾出国到米兰、威尼斯、维也纳和巴黎等地疗养和游览。

1892 年在莫斯科省谢尔普霍夫县购置了梅里霍沃庄园，后因身染严重的肺结核病迁居雅尔塔。在此期间，同托尔斯泰、高尔基、布宁、库普林，以及画家列维坦、导演斯坦尼斯拉夫斯基交往密切，结下深厚友谊。1900 年获俄国科学院名誉院士称号。1901 年与莫斯科艺术剧院演员奥尔迦·克尼佩尔结婚。

受 19 世纪末俄国革命运动高涨的影响，契诃夫积极投身于各种社会活动，1898 年支持法国作家左拉为德雷福斯辩护的正义行为，1902 年为伸张正义愤然放弃自己俄国科学院名誉院士的称号，1903 年曾出资帮助为争取民主自由而受迫害的青年学生等等，表明他的坚定的民主主义立场。

1904 年 6 月契诃夫病重后前往德国治疗，后去世，终年 44 岁，遗体运回莫斯科安葬。

契诃夫的创作

契诃夫早期的创作大多是幽默讽刺的短篇小说，可分为两类，一类是嘲笑揭露专制警察制度和小市民奴性心理的，如《小公务员之死》《变色龙》等，在笑声中包含着辛酸、讽刺后潜藏着忧郁；一类是反映劳动人民不幸命运与痛苦生活的，如《哀伤》《苦恼》《万卡》等，带有浓重的阴郁和伤感的情调。

中期的创作主题与题材有变化，中篇小说增多，关注知识分子的精神世界，容量扩大，幽默减少，悲喜剧成分增多。艺术上愈深沉愈完美了。《第六病室》是俄国社会的缩影，批判了托尔斯泰的不抵抗主义。《带阁楼的房子》批判了错误思潮"小事情"论。

晚期的契诃夫受到时代的革命气息，坚信新生活一定到来，题材范围更加扩大，批判愈加深刻。《套中人》中的别里诃夫是旧制度的卫道者，新事物反对者的典型。《姚内奇》写庸俗琐屑的生活环境使姚内奇从一个有朝气的知识分子堕落为无理想的、对平庸生活心满意足的资产阶级俗物。《农民》反映了农民的贫困生活。《在峡谷里》描写了资本主义在俄国农村的发展。《新娘》发出了对新生活的呼唤。

名篇介绍

《套中人》是契诃夫的代表作之一，堪称俄国文学史上精湛而完美的艺术珍品。《套中人》也成为因循守旧、畏首畏尾、害怕变革者的符号象征。

《套中人》写一个小城的中学古希腊文教员别里科夫，他在晴天也穿着雨鞋，带着雨伞出门，习惯于把一切日常用具装在套子里面。他与世隔绝，好比一个装在套子里的人，却喜欢到处告密，长期危害了这个小城居民的自由，小城的生活因而变得死气沉沉。他也想到结婚，但害怕"生出什么事来"，久久不敢向女方求婚，后来看见她竟骑自行车上街，认为太不体面，因此和她哥哥争吵，从楼梯上被推下来，不久即死去。

在专制制度濒临崩溃的年代，作者痛感改变俄国现状的必要，塑造了别里科夫这一典型。他是官方制度的维护者，告密的小人，"他像害怕瘟疫一样，害怕一切新事物，害怕一切超出平凡庸俗的生活常轨以外的东西。"作者认为，知识分子的猥琐生活同样是一种"套子"，它窒息了他们的创造精神。

契诃夫从 19 世纪 80 年代起同时进行戏剧创作。他的《樱桃园》展示了俄国贵族庄园无可挽回的没落及其为资本势力代替的客观历史过程；同时借青年主人公的形象使告别过去的哀伤同向往美好未来的乐观情绪交织在一起，砍伐樱桃园的刀斧声伴随着"新生活万岁"的欢呼声，尽管这"新生活"并不明确。这部剧作的题材、倾向和风格，与作家中后期的一些小说基本一致。都没有离奇曲折的情节，而是通过各色普通人物的日常生活，揭示社会的重要迫切问题。剧情的开展朴质自然，同时含有丰富的潜台词，洋溢着浓郁的抒情，充满诗意。

▲《樱桃园》剧照

美国批判现实主义文学的奠基人马克·吐温

　　海明威说："整个现代美国文学都来源于马克·吐温的著作《哈克贝利·费恩历险记》，这是我们最优秀的一部书，此后还没有哪本书能和它匹敌。"马克·吐温被称为"美国现实主义文学之父"，他的创作把19世纪美国现实主义文学推向了世界的高峰，他在作品中所表现出来的讽刺艺术将永远成为人类的瑰宝；他的创作，艺术地、忠实地，同时又是无情地、批判地记录了美国这一时期从资本主义走向帝国主义的演变过程，成为历史的可靠见证。

美国式幽默：水深两浔

　　马克·吐温的名字本身就代表了他的风格：幽默、诙谐。这是他22岁那年在密西西比河上学习轮船驾驶时的留下的印迹，在他28岁时第一次使用，这是密西西比河上水手的行话，意为"水深两浔"，即12英尺深。他被美国著名的文学评论家豪威尔斯誉为"美国文学中的林肯"，除了赞扬这方面，还有另一个原因，就是林肯特别爱讲笑话，他有一句口头禅："这使我想起一个小笑话"，而马克·吐温简直就是那个时代的"脱口秀"专家。在中国人看来，马克·吐温的故事像是儿童文学，马克·吐温的幽默有点太粗俗过分，这可能是文化差异，尤其是，这是美国那个时代的民族文化精神的产物。

　　马克·吐温本名塞缪尔·朗荷恩·克莱门斯。4岁时全家迁居到密西西比河边的小镇汉尼伯尔，父亲是当地的一个小法官，母亲是肯塔基人，热情善良。幼年时代的马克·吐温非常顽皮，好几次险些淹死，还有一次带一个同龄的小姑娘去山洞中探险，惊动了全镇人前来寻找。马克·吐温12岁时父亲去世了，一年以后，他结束了学校生活，开始在哥哥创办的《信使报》当排字工人。工作余对读书产生强烈爱好，学习法语，偶尔写些滑稽小品。

　　后来他结识了轮船领港员霍勒斯·毕科斯比，引起了对航行的兴趣，拜对方为师，成为领港员——汽船司机。他要根据测水员的报告驾驶，而测水员的一句行话是 mark twain，说明这是安全水位，否则就有搁浅的危险。他毕生的笔名由此而来。四年的水上生

▲马克·吐温

活，他一方面阅读了莎士比亚、但丁、乔叟、塞万提斯、伏尔泰、萨克雷、狄更斯、拜伦、彭斯等人的作品，一方面接触了许多形形色色的人物，深入了解了社会。南北战争爆发后，他结束领港员的生活，和哥哥一道去内华达州"淘金"，不但没有发财，还把自己的积蓄全赔了进去。

接着他在弗吉尼亚城的《企业报》担任记者，从1863年开始，以马克·吐温的笔名在报纸上发表以水手生活为主题的幽默小品。1865年，他在纽约的《星期六新闻》上发表了第一部短篇小说《卡拉维拉斯镇著名的跳蛙》。

1867年，受报社委托，他以记者身份乘轮船去欧洲和中东旅行，中途发回50篇通讯，后经过整理，在1869年结集为《傻子出国旅行记》，以轻松幽默的风格轰动了美国的文学界和新闻界，成为有名人物。

1870年，马克·吐温与纽约州一位富商的女儿奥莉维亚·兰顿小姐结婚，虽然妻子来自保守的上层社会，但婚后几十年，她始终是忠实的伴侣和助手。同年发表的《竞选州长》，以其深刻的主题、幽默的语言、令人喷饭的情节和滑稽的场面，标志着他的艺术达到了新的高度。

1874年，马克·吐温夫妇定居于康涅狄格州的哈特福德，邻居华纳也是一位作家，结果二人合写了长篇小说《镀金时代》，这是一部现实主义的杰作，是美国的第一部"黑幕小说"，镀金时代也成了历史学家用来专指19世纪70—80年代的专有名词。这部作品还标志着马克·吐温早期创作的结束，从此后，夸张滑稽、粗犷奔放的特点逐渐消失，代之以温和抒情的幽默，文笔也开始精致起来。在哈特福德定居的近20年中，他创作了10多部长篇小说，是一生中的多产时期。

1876年的《汤姆·索亚历险记》，深深蕴含着作家对自己童年生活的追忆和怀念。小说从儿童视角出发，把儿童的感受和体验表现得十分生动鲜明。对美国南方社会闭塞沉闷、保守虚伪的氛围的讽刺和鞭挞。1884年的《哈克贝利·费恩历险记》，是作家的最重要代表作，也是美国文学史上的经典。

80年代，马克·吐温还出版了两部借古喻今的讽刺小说：《王子与贫儿》和《亚瑟王朝上的康涅狄格州美国人》。从80年代后期开始，马克·吐温致力于创办出版公司，结果在1899年终于倒闭，为了还清债务，他开始进行全球性巡回讲演，走遍国内各城市、澳大利亚、新西兰、锡兰、印度等地。这一时期的代表性作品有短篇小说《百万英镑》《败坏了赫德莱堡的人》，长篇《傻瓜威尔逊》等。

晚年的马克·吐温反对帝国主义列强对弱小民族、国家的侵略压迫，同情和支持殖民地、半殖民地人民的反抗斗争，写下了《赤道环游记》《给坐在黑暗中的人》等作品，表明了自己民主主义和人道主义的立场。

美国的流浪汉小说

《哈克贝利·费恩历险记》是马克·吐温的代表作，也是美国文学史上一部影响深远的作品。

野孩子哈克贝利·费恩是酒鬼的儿子，从小缺乏家教，虽然被道格拉斯寡妇收养，却受不了寡妇华森小姐的那套严厉的管教，只有和汤姆等孩子玩强盗游戏才觉得自在开心。有一天，失踪一年多的父亲突然回来了，父亲酩酊大醉后要打哈克，哈克伪造了一个自己被杀的假象，然后躲到一个小岛上，在那里遇到了华森小姐的黑奴吉姆。吉姆是得知自己要被卖掉的消息才逃出来的。二人准备乘木筏漂流到没有奴隶制的自由州去。一路上，哈克为究竟应不应该帮吉姆而苦恼，但还是掩护了吉姆。后来，他们救了两个骗子"公爵"和"国王"，他们一路行骗，最后竟然背着哈克卖掉了吉姆。哈克和好朋友汤姆一道经过复杂的过程救出了吉姆。

哈克是小说的中心人物，也是美国文学史上一个著名的富于正义感和叛逆精神的儿童形象。小说开始时，他虽然活泼好动，爱好自由生活，但因为长期受到种族主义反动说教和社会风气的影响，歧视吉姆，常常捉弄他，一度想写信告发吉姆的行踪。经过与吉姆同行的日日夜夜，他终于认同了吉姆，决心帮助他获得自由。小说以颇具戏剧性的笔触描写了哈克内心斗争的结果：他拿起了那封告发信说道："好吧，那么，下地狱就下地狱吧"，随后就一下子把信撕碎了。这段非常传神的描写诚如作家所言，是"健全的心灵（即民主理想）与畸形的意识（即种族偏见）发生了冲突，畸形的意识吃了败仗"。哈克的思想转变和多次帮助吉姆渡过难关的行动，说明既然种族主义谬论连一个孩子都蒙骗不了，那么蓄奴制度的崩溃确实是历史的必然，同时也表明了作家提倡白人黑人携手奋斗，共创民主自由新世界的先进思想。

《哈克贝利·费恩历险记》作为美国文学中的一颗明珠，在语言艺术上具有其独特性，即口语化语言的运用。这种口语化语言的特征是：一、主人公叙述者的语言常常打破语法常规、与叙述者的儿童式思维契合、动词时态随意转换；二、其他人物语言多为土语方言，甚至俚语。《哈克贝利·费恩历险记》的口语化语言开创了美国小说语言的新风，对美国后世作家产生了深远的影响。

这部小说也比较全面地体现了马克·吐温创作的艺术魅力。首先，作品把现实主义的真实性和浪漫主义的抒情性很好地糅合在一起，哈克与吉姆的漂流经历充满了传奇色彩，密西西比河上和沿岸的自然景物在作者笔下也闪烁着奇异壮丽的光华，而沿岸一带的城乡生活描写则翔实真切，具体可感。这种奇妙的融合尤其体现在哈克的思想斗争中，作家既纤毫毕露地呈示了人物意识活动的逻辑轨迹，又不无幽默风趣地调侃嘲弄了宗教谬说给一个孩子造成的荒唐观念。其次，作品采用第一人称叙事方式，从哈克的视角反映生活、刻画形象，亲切生动，引人入胜。再次，作品的语言颇具特色，作家在广泛采用美国南方方言和黑人俚语的基础上，经过精妙地提炼加工，形成了一种富于口语化特征的文学语言、简洁生动、自然含蓄，是英语文学的典范。

100多年来，这部小说一直受到世界各国人民的热烈欢迎，专家们也好评如潮。英国诗人艾略特认为哈克的形象是不朽的，堪与堂吉诃德、浮士德、哈姆雷特比美，美国小说家海明威热情洋溢地称颂它："整个现代美国文学都来源于马克·吐温的著作《哈克贝利·费恩历险记》，这是我们最优秀的一部书，此后还没有哪本书能和它匹敌。"

19世纪下半叶北欧批判现实主义文学异军突起

19世纪下半叶，北欧批判现实主义文学异军突起，获得很大发展，在当时"除俄国以外，没有一个国家能与之媲美"。丹麦的现实主义作家主要有戈尔施密特和安徒生。基维是芬兰小说和戏剧的奠基人，"瑞典四杰"易卜生、比昂松、约纳斯·李和谢朗，以及斯特林堡、拉格洛夫的出现，为北欧文学带来了新的繁荣。

为"未来一代"创作的安徒生

安徒生生于丹麦中部小城奥登塞一个贫困家庭，父亲是鞋匠，母亲是洗衣工，这使他从小就体会到下层人民的疾苦。1819年，他在哥本哈根皇家剧院当小配角，后因嗓子失润被解雇，从此开始学习写作。

安徒生以长篇小说闻名文坛，但以童话闻名于世。他以其丰富多彩、充满魅力的童话，第一次为北欧文学赢得了世界性的声誉。

《即兴诗人》带有自传性质，描写一个穷苦的孤儿在善良的贵族的帮助之下奋斗成才，获得幸福的故事。这种题材在十九世纪的欧洲小说中屡见不鲜，反映了资本主义兴起时期社会的动荡，冲击着旧关系的格局，为人们改变命运提供了可能性。这部小说注重事实描写，同时表现人物的内心世界，以及作者的体验和理解，引起当时读者的广泛关注。德译本最先问世，短时间之内即行再版，安徒生因为德国读者的反应而深受鼓舞，原本对德国一直抱有好感，至此视同第二故乡。英译本出版以后，有评论把它与拜伦的《恰尔德·哈罗尔德游记》相比，在英美赢得了很大声誉。在丹麦国内，批评家一直认为长篇小说是安徒生创作的主要体裁，1843年出版的德文版《安徒生文集》，所收的作品是诗、小说和剧本，并没有把他的童话包括在内。

▲安徒生

从1835年发表第一部童话集《讲给孩子们听的故事》起，此后每年的圣诞节，安徒生都要写一本童话集，作为新年礼物送给小朋友，一生共发表童话故事86篇。安徒生毕生致力于童话创作，终身未婚，1875年8月在哥本哈根梅尔彻的宅邸辞世。

安徒生早期的童话浪漫主义色彩浓郁，想象奇特，天上飞的、地上爬的、水里游的和田里长的，无所不包。代表作有《豌豆上的公主》《海的女儿》《皇帝的新装》

《丑小鸭》等。其中以《海的女儿》最为优美感人。故事描写大海的公主小人鱼向往陆地上的人类生活，情愿忍受割舌之苦，以大海里300年自由自在的生活换取人世上短暂的一世；宁愿自己化成泡沫，也不愿伤害所爱的王子，歌颂了小人鱼对美好理想的追求和为了理想甘愿自我牺牲的美德。

20世纪40年代中期以后，他开始描写现实生活中人民的悲惨遭遇和凄凉身世，童话中夸张和想象的成分减少，思想性、哲理性加强。如《卖火柴的小女孩》《柳树下的梦》《园丁和主人》等接近现实生活的"新童话"。《卖火柴的小女孩》描写圣诞节晚上一个小女孩赤足在雪地里沿街叫卖火柴，用节日之夜小女孩的饥寒交迫与富人的灯红酒绿作鲜明对照，揭示贫富悬殊的社会现实。

安徒生的童话爱憎分明，闪烁着民主思想的锋芒，流露出人道主义的精华；语言自然清新，流畅优美，充满浓郁的乡土气息，不仅受到全世界儿童的喜爱，也深受成年人的青睐。

▲《卖火柴的小女孩》配图

一个伟大的问号

亨利克·易卜生是挪威人民引以为豪的戏剧大师、欧洲近代戏剧新纪元的开创者，他在戏剧史上享有同莎士比亚和莫里哀一样不朽的声誉。在西方现代戏剧史上，许多不同流派的剧作家，如瑞典的斯特林堡、英国的萧伯纳、德国的霍普特曼、美国的奥尼尔，无不把易卜生当作自己的导师。瑞典批评家马丁·拉姆指出："易卜生是戏剧史上的罗马，条条大道出自易卜生，条条大道又通向易卜生。"

易卜生出生于挪威海滨一个小城斯基恩。少年时期，因父亲破产，家道中落，没有进成大学，不满16岁就到一家药店当学徒。社会的势利，生活的艰辛，培养了他的愤世嫉俗的性格和个人奋斗的意志。在繁重而琐碎的学徒工作之余，他刻苦读书求知，并学习文艺写作。1848年欧洲的革命浪潮和挪威国内的民族解放运动，激发了青年易卜生的政治热情和民族意识，他开始写了一些歌颂历史英雄的富有浪漫色彩的剧作。接着，他先后在卑尔根和奥斯陆被剧院聘为导演和经理，达十余年之久。这段经历加深了他对挪威社会政治的失望，于是愤而出国，在意大利和德国度过27年的侨居生活，同时在创作上取得了辉煌的成就，晚年才回奥斯陆。

▲易卜生

易卜生一生共写了20多部剧作，除早期那些浪漫抒情诗剧外，主要是现实主义的散文剧即话剧。这些散文剧大都以常见而又重大的社会问题为题材，通常被称为"社会问题剧"。《社会支柱》《玩偶之家》《群鬼》和《人民公敌》是其中最著名的代表作。

▲《玩偶之家》剧照

易卜生的整个创作生涯恰值19世纪后半叶。在他的笔下，欧洲资产阶级的形象比在莎士比亚、莫里哀笔下显得更腐烂、更丑恶，也更令人憎恨，这是很自然的。他的犀利的笔锋饱含着愤激的热情，戳穿了资产阶级在道德、法律、宗教、教育以及家庭关系多方面的假面具，揭露了整个资本主义社会的虚伪和荒谬。《玩偶之家》就是对于资本主义私有制下的婚姻关系、对于资产阶级的男权中心思想的一篇义正词严的控诉书。

海尔茂律师刚谋到银行经理一职，正欲大展宏图。他的妻子娜拉请他帮助老同学林丹太太找份工作，于是海尔茂解雇了手下的小职员柯洛克斯泰，准备让林丹太太接替空出的位置。娜拉前些年为给丈夫治病而借债，无意中犯了伪造字据罪，柯洛克斯泰拿着字据要挟娜拉。海尔茂看了柯洛克斯泰的揭发信后勃然大怒，骂娜拉是"坏东西"、"罪犯"、"下贱女人"，说自己的前程全被毁了。待柯洛克斯泰被林丹太太说动，退回字据时，海尔茂快活地叫道："娜拉，我没事了，我饶恕你了。"但娜拉却不饶恕他，因为她已看清，丈夫关心的只是他的地位和名誉，所谓"爱"、"关心"，只是拿她当玩偶。于是她断然出走了。

女主人娜拉表面上是一个未经世故开凿的青年妇女，一贯被人唤作"小鸟儿"、"小松鼠儿"，实际上她性格善良而坚强，为了丈夫和家庭不惜忍辱负重，甚至准备牺牲自己的名誉。她为挽救丈夫的生命，曾经瞒着他向人借了一笔债；同时想给垂危的父亲省去烦恼，又冒名签了一个字。就是由于这件合情合理的行为，资产阶级的"不讲理的法律"却逼得她走投无路。更令她痛心的是，真相大白之后，最需要丈夫和她同舟共济、承担危局的时刻，她却发现自己为之做出牺牲的丈夫竟是一个虚伪而卑劣的市侩。她终于觉醒过来，认识到自己婚前不过是父亲的玩偶，婚后不过是丈夫的玩偶，从来就没有独立的人格。于是，她毅然决然抛弃丈夫和孩子，从囚笼似的家庭出走了。

但是，娜拉出走之后怎么办？这是本剧读者历来关心的一个问题。

在世界文学史上，易卜生曾经被称为"一个伟大的问号"。这个"问号"至今仍然发人深省，促使人们思考：在资本主义私有制经济基础被摧毁之后，还应当怎样进一步消除和肃清易卜生在《玩偶之家》等剧中所痛斥的资产阶级的传统道德、市侩意识及其流毒。在这个意义上，易卜生的戏剧对于以解放全人类为己任的无产阶级，正是一宗宝贵的精神财富。

第八章 19世纪后期欧洲文学的多元化

19世纪最后30年，是欧美文学的一个转折时期。主潮式的文学发展模式受到冲击，多元格局初步形成。浪漫主义文学已经失去了锋芒，作为主潮的批判现实主义继续发展，俄国、挪威等国最为出色，但"一统天下"的地位开始动摇。而自然主义文学的出现，虽然不是独领风骚，但声势和影响却超过了现实主义文学，成为令人瞩目的新流派。标榜"为艺术而艺术"的唯美主义和象征主义文学也闪亮登场。四大主要文学流派汇合成19世纪后期欧洲文学多元化的格局。

法国自然主义文学流派的领袖左拉

　　左拉，自然主义文学的领袖，主张以科学实验方法从事文学创作，按生物学法则描写人，冷静客观地记录现实生活的一切方面。他强调深入体察社会，大量掌握生活素材，所遵循的基本上还是现实主义的创作方法。其长河小说《卢贡—马卡尔家族》影响巨大。1908 年，法兰西共和国政府以左拉生前对法国文学的卓越贡献，为他补行国葬，遗体移置先贤祠。

左拉

　　左拉生于巴黎，他在法国南部埃克斯城度过童年，7 岁丧父后生活贫困，18 岁时随外祖父来到巴黎，由于中学会考失败而不得不独自谋生，备受冷遇。后来到阿歇特出版社当打包工人，因写的诗受到老板赏识而提升为广告部主任，从此开始为报刊撰文，并发表了《给妮侬的故事》等富有浪漫主义色彩的小说。1865 年因第一部长篇小说《克洛德的忏悔》被警方认为"有伤风化"而遭解雇，此后成为职业作家。1902年，他在巴黎的寓所煤气中毒，不幸逝世，因为是烟囱被堵，有人怀疑是右派分子的谋害。

▲左拉

左拉的创作

　　左拉深受泰纳关于运用自然科学研究文艺问题的理论的影响，在 19 世纪下半叶科学技术迅速发展的条件下，决心利用生物学、生理学、遗传学等的科学实验方法来指导写作。1868 年发表了体现其文学主张的小说《黛莱丝·拉甘》和《玛德莱纳·菲拉》，并于同年开始构思系列小说《卢贡—玛卡尔一家人的自然史和社会史》，为这个家族制订了世系分支图表即谱系树，在每部小说中出现的这个家族的人物都有亲缘关系和遗传因素的影响。

　　从第一部《卢贡家族的命运》到最后一部《帕斯卡医生》，左拉共花 25 年时间完成了 20 部小说，其中最有名的有《小酒店》《娜娜》《萌芽》《土地》和《金钱》等。它们是"第二帝国时代一个家族的自然史和社会史"，从政治、军事、金融、宗教、商业、工人、农民、科学艺术和日常生活等各个角度构成了一幅反映第二帝国时期社会现实的大型历史画卷。左拉的文学成就以及他在《实验小说论》和《自然主义小说家》等文集中阐述的文学理论，使他成为自然主义文学流派公认的领袖。莫泊桑、于斯曼等追随他的文学青年常在他的梅塘别墅里聚会，他们以普法战争为题材联合写作出版的中短篇小说集《梅塘之夜》，使这个文学流派以"梅塘集团"闻名于世。

继《卢贡—玛卡尔一家人的自然史和社会史》之后，左拉写作了三部曲《三名城》，即《卢尔德》《罗马》和《巴黎》。1894 年后，犹太籍法国军官德雷福斯被诬陷为叛徒的冤案引起轰动，法国为此分成了两派。左拉为了伸张正义，全力投入了为德雷福斯鸣冤的斗争，并于 1898 年 1 月发表了致共和国总统的公开信《我控诉》，结果被法庭处以罚款和一年徒刑。他于宣判当天逃亡英国。在流亡期间写作《四福音书》。次年 7 月，德雷福斯案件真相大白，他回到法国，两个月后，因煤气中毒去世。

左拉是公认的法国自然主义文学流派的领袖。作家的文学观点及大量的小说作品表明，他的自然主义实际上是现实主义在新的历史和社会条件下的一个发展阶段，它强调运用自然科学的手段和细节详实的资

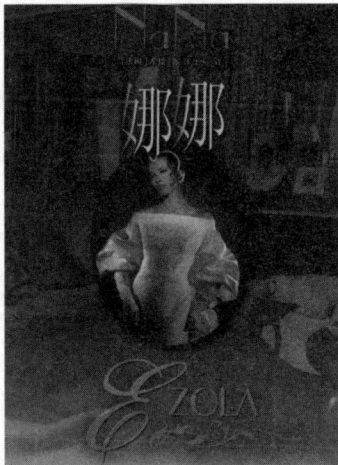

▲ 《娜娜》书影

料客观地描绘社会现象，发展和丰富了传统的现实主义创作方法，只是有时过分夸大了遗传因素和情欲的作用。尤其是他的许多作品，并不完全符合他的理论，而是远远超出了自然主义小说的规范，是继承和发展了现实主义的传统。

"短篇小说之王" 莫泊桑

　　莫泊桑与契诃夫、欧·亨利并称为世界三大短篇小说巨匠，对后世产生极大影响，他更是被誉为"短篇小说之王"。其小说构思别具匠心，情节变化多端，描写生动细致，刻画人情世态惟妙惟肖，令人读后回味无穷。他43岁时在疾病残酷的折磨中死去。他曾戏言"我进文坛如一颗流星，出文坛要响起一记惊雷"，他确实度过了从"像一颗流星一样步入文坛"到"像一声响雷一样从人间消失"的辉煌而短暂的一生。

莫泊桑的文学人生

　　莫泊桑出生于法国北部诺曼底省一个没落贵族之家，在卢昂中学上学时就爱好文学，练习写作。1870年进入大学法律系，适逢普法战争爆发，同年7月应征入伍。战争结束后，先后在海军部和教育部当小职员。其间孜孜不倦地学习写作，并拜现实主义文学大师福楼拜为师。福楼拜教他敏锐观察事物的方法和不落窠臼的文笔。80年代，莫泊桑又与侨居法国的著名俄国作家屠格涅夫多所交往，向他学习短篇小说的创作技巧，如谋篇布局、叙事抒情、典型提炼、细节刻画、流畅文笔等。这些文学大师的帮助指导，对莫泊桑创作的走向成熟起了重要作用。莫泊桑早年曾有诗集《墙》和《水边》等，但没什么反响。

▲莫泊桑

　　1880年4月，他的第一部充满爱国主义激情的短篇小说《羊脂球》在左拉主编的小说集《梅塘晚会》上发表，使他一举成名，并从此走上专业作家的道路。他的绝大部分传世之作就是在1880年至1890年这10年期间创作的。其中有中短篇小说350多篇，长篇小说6部，游记3部，文学理论和政论文章若干。

　　莫泊桑的文学成就主要以短篇小说创作最为突出。其中从题材方面来看，又以反映世态炎凉，讽刺拜金主义；同情劳动人民疾苦，赞扬他们的淳朴正直品质；描写普法战争，反映法国人民爱国情绪等方面为主。反映世态炎凉，讽刺拜金主义与虚荣心的作品主要有《我的叔叔于勒》《项链》《一家人》《老人》等。描写百姓困苦，歌颂他们淳朴正直品质的作品有《归来》等。

　　描写普法战争，反映法国人民爱国情绪方面的作品，是莫泊桑短篇小说中的精华。如《羊脂球》《菲菲小姐》《两个朋友》《米龙老爹》《索瓦热老婆婆》等均为名篇。

莫泊桑在这些作品中控诉了普鲁士侵略者的罪行，讴歌了下层人民的反抗侵略的爱国主义壮举。

莫泊桑的长篇小说分别是《一生》《漂亮朋友》《温泉》《皮埃尔和若望》《像死一般坚强》《我的心》等6部。其中主要是揭露统治集团内部腐朽、贪婪、尔虞我诈、荒淫无耻生活及第三共和国的黑暗政治内幕等。总体看不如短篇小说影响大，但其中《一生》《漂亮朋友》等也被列入世界名著之林。

成名作和代表作《羊脂球》

短篇小说《羊脂球》是莫泊桑的成名作和代表作。它以普法战争为背景，描写10个乘客同坐一辆马车出逃的沿途表现。这10个乘客中有3对上流社会夫妇，2个修女，1个民主党人和1个名叫羊脂球的妓女。他们出逃时只有羊脂球带有食物，羊脂球将食物分给大家共同享用。后车到多特小镇，大家住进了一家旅店。当地一个普鲁士军官以扣留众人为要挟，要求羊脂球与他过夜，遭到具有爱国心的羊脂球的拒绝。而同伴出于自身考虑，软硬兼施，迫使羊脂球违心地答应了敌军官的要求。可第二天上路后，这些所谓的"正人君子"却把羊脂球当为贱货，连话也不和她说，并自己吃着各种食物，将羊脂球饿在一边。

《羊脂球》的故事情节并不复杂，主要是围绕旅店里羊脂球是否答应敌军官的要求而展开。在同车的旅伴看来，羊脂球是个妓女，与人睡觉应该不成问题，但羊脂球却不答应。她不答应就危及同伴的安全，故事也就起了波澜。作者正是在这种波澜中刻画了各个人物的性格特征。羊脂球虽然是个妓女，但她具有乐于助人的品质，更重要的是她有强烈的爱国心，她对敌军官的无理要求断然拒绝。而那3对上流社会夫妻，一个个道貌岸然，实际出逃是为了躲避战争、转移财产和发国难财。他们劝说羊脂球也是为了自己能脱身上路。至于那个民主党人更活脱脱是个夸夸其谈、假仁假义的伪君子和色鬼。他们地位比羊脂球高，爱国高调唱得比羊脂球响，可一到关键时刻就暴露出了其贪生怕死、自私自利的本性。作者用这种对比描写的手法，揭示了所谓的上流人物，在大敌当前，连个妓女也不如。从而通过一个侧面，比较生动地反映了普法战争期间的法国社会风貌，以及各阶层人物的立场态度。

《羊脂球》以一个简单的故事，概括反映重大社会主题，可看出作者高超的艺术水平。首先，作者善于精心挑选故事给予高度概括和典型化，从而反映重大主题并赋予各个人物鲜明的个性特点和其所属阶级党派的共性特征。其次，作者非常注意细节描写的真实性。如羊脂球将所带食物分给同伴享用和那些上流社会人物顷刻食尽的细节描写，既反映了羊脂球乐于助人的品质，也有力地揭示了那些正人君子的虚伪与贪婪。

王尔德发表小说
《道林·格雷的画像》

　　1891 年，唯美主义的集大成者王尔德发表小说《道林·格雷的画像》，小说描写主人公在享乐主义的引导下，纵情声色，最后走向犯罪的道路。而他的画像在他死时却从衰老变得青春焕发。作者以此体现艺术至高无上的观点。两年后，他的诗剧《莎乐美》也面世，诗剧借用《圣经》题材，写主人公为了瞬间的美的享受，不顾一切，牺牲一切。

快乐王子王尔德

　　王尔德出生于爱尔兰首府都柏林的一个富有家庭，是家中的第二个儿子。他的父亲是一位十分高明的眼科和耳科专家，母亲是一名颇有才华和名气的诗人、政论家。王尔德很小的时候，母亲就认为他是一个"颖异"的孩子。因为她本来很希望生个女儿，所以在好长一段时期内，一直把小王尔德打扮成女孩的模样。童年时，王尔德曾经跟从访求古董的父亲到法、德两国旅行，并掌握了两国语言。这些旅行激发了他对神话和轶闻传说的爱好。在家中定期举办的沙龙上，他常常听到母亲在客人面前高谈阔论，无形中也练就了他的智慧和辩才。王尔德从小就深受父母的影响和熏陶，可以说，他一生中最好的教育，是在他父亲的早餐桌上和母亲的会客厅中得来的。

　　11 岁的小王尔德进入波尔托拉皇家学校学习。这是一所新教徒办的学校，在这里王尔德开始接触到宗教教义，但他似乎一点儿也不虔诚。他每天打扮得像个摩登公子，头戴大礼帽进出学校，那副滑稽可笑的样子，引来不少老师和同学侧目而视，他自己却觉得十分得意。年幼的王尔德有着惊人的领悟力，读书一目十行，过目不忘，但他的数学成绩却糟透了，作文也不见得如何出色。毕业后，就读于都柏林的三一学院。在那里，他的学业平平，但在临毕业前，却由于《希腊喜剧诗人残篇》的论文而获得了帕克利主教金质奖章，随即进入牛津大学马格林达学院攻读古希腊经典著作。这时，他年仅 20 岁，开始为杂志撰稿。

　　在牛津，王尔德住的房间出名的装饰华美。房间的四壁涂满了美丽的彩色，台子上和书架上都放满了各色各样的古玩。这些古玩都是从他爱好考古、收藏

▲ 王尔德

的父亲那里拿来的。一方面是父亲的禀性遗传，一方面是受到颓废侈靡的社会风气的影响，他的服饰更加标新立异。

1877年，王尔德去意大利、希腊旅行了一遭。在意大利，他凭吊了英国诗人济慈的墓，寻访了意大利大诗人但丁的墓和英国诗人拜伦的旧居。在欧洲文明的发祥地希腊，他接触到许多非基督教文化，这些虽尚不足以把他造就成一个"健全的异教徒"，可是把他平日梦想中的美境大大地证实了，并且还给了他许多平日所梦想不到的美。意大利、希腊之行加速了他的艺术理论和美学思想的形成过程，用他自己的话说："这次旅行使我对忧愁的崇拜，变而为对美的崇拜了。"回到牛津，他便以"美学教授"自居，宣扬起唯美主义文艺思想，在他的周围，也逐渐聚集起一批趣味相投的"崇拜者"。

1878年，王尔德的一首题为《拉凡纳》的诗歌荣获大学的纽狄盖特奖金，因此在他次年于牛津毕业的时候，已经在文学界颇有名气

名篇介绍

王尔德的《快乐王子》这本童话集，共包括快乐王子、夜莺与玫瑰、自私的巨人、神奇的火箭、忠实的朋友、小公主的生日、渔夫和他的灵魂、星孩、年轻的国王等九篇童话故事，几乎每一个童话都有一个因为至爱而变得至美的形象。作品虽有时流露出消极、悲观的思想，但它们所表现的幽默感和结构美使它们载入了英国儿童的史册。其中，"快乐王子"是影响面最广的一篇。王子看到人间的种种苦难和不幸后，决心尽可能帮助那些最不幸的人。一只小燕子帮了他的忙。最后，小燕子冻死在王子的脚下，快乐王子痛碎了一颗铅制的心。本篇阐述的是作者的幸福观。

了。这时他的父亲已经去世，母亲迁来伦敦和他一起居住。在母亲的文艺沙龙中，王尔德大出风头，他那奇异的服饰，骇俗的理论，滔滔不绝的辩才和机智锋利的谈吐一时成了人们注目的焦点和谈论的话题。有不少人对他的离经叛道大为不满。他甚至被作为讽刺对象画进了伦敦《笨拙》杂志的漫画中。与此同时，他和罗斯金、罗塞蒂等人的关系日益紧密，一起大力倡导唯美主义运动。1881年7月，第一部精装的《王尔德诗集》在伦敦出版，收录了他上一年以前完成的部分诗作。这本薄薄的小书，标志着王尔德正式走上文坛的开始。他的第一本童话集《快乐王子》问世后，人们才真正将他视为有影响力的作家。

王尔德成人后，继承了他父亲英俊潇洒的相貌，也遗传了其放荡不羁的品性，甚至有过之无不及。1891年，他结识了一名21岁青年，两人后来竟然发展成为同性恋人。青年的父亲就是最早制定拳击规则的大名鼎鼎的昆斯伯里侯爵，知情后岂能咽下这口恶气，于是当众羞辱了王尔德。王尔德不堪忍受，向法庭起诉，不料正中了侯爵的圈套。侯爵反控王尔德有伤风化，证据确凿罪名成立，被判处两年徒刑。王尔德在监狱中度过了艰难而又漫长的两年，监狱恶劣的环境、黑暗的管制使他痛不欲生。刚入狱的几个月，连读书写作的权利也没有，初失自由的王尔德被憋闷得喘不过气来，每天都在近乎疯狂的挣扎中度过。马丁将王尔德狱中的生活逐日记录下来，后来以《狱中的诗人》为名整理出版。在这部书的扉页上，醒目地写着几个大字："莫读此，倘使你今天要幸福。"可以想见王尔德在狱中的悲惨境遇。在他服刑期间，他的妻子在

意大利热那亚去世。

王尔德出狱后，移居到法国第普附近的一个小村庄。他完成了他的最后一部诗作《雷丁监狱之歌》。此后数年，他在穷愁潦倒中度过。1900 年 11 月 30 日，在加入了罗马天主教数天之后，这位命运乖戾的天才离开了人间。

唯美主义的代表作

王尔德唯——部长篇小说《道林·格雷的画像》可以说是唯美主义的代表作。

这是一个将幻想和现实奇妙地揉合在一起的富有象征意义的故事。小说的大意是：英俊少年格雷幻想永存青春，画家哈尔华德为他画了一幅奇妙的肖像，它能够反映格雷由于放荡生活在脸上留下痕迹的后果。亨利爵士是一个享乐主义者，又是一个靡非斯特式的人物，他百般引诱格雷，使他逐渐沉湎于酒色。格雷先后害死了女演员赛琵尔和谋杀了哈尔华德，他的每一件堕落秽行，都使自己画像的脸上多添了一分狰狞，身上多增了一斑血迹。当帮助格雷毁尸的化学家肯培尔因良心发现而自杀，报仇心切的赛琵尔的弟弟又被流弹打死后，格雷有了生命的安全，却无法获得心灵的平静。在心中升起一瞬间对纯洁的青春的惆怅后，邪恶的念头又压倒了他，他决心刺杀画像中的丑类，毁掉他灵魂堕落的唯一证据。一刀刺去，格雷自己却应声而倒，尸体变得丑陋不堪，而那画像重新焕发出青春和美好的光华。

王尔德通过这一故事指出，美是高于一切的。画像之所以能得到生命，甚至能比现实中的真人更能体现其本来面目，是因为哈尔华德在创作肖像时，没有掺杂丝毫功利。道德的杂念，倾注了单一的对"美"的追求。它寓意艺术比现实更能忠实地反映特性和现象的精神及本质，这正是王尔德哲学和美学思想的精髓所在。可以看出，这篇小说的灵感来源于他一向奉为典范的巴尔扎克的作品《驴皮记》，但所表现的主题及内涵无疑要比后者丰富得多。

书中主人公之间的矛盾实际上就是作者内心矛盾的写照。在一封给一个崇拜者的信中，王尔德曾明白写道："巴齐尔·哈尔华德是我心目中我自己的形象，亨利爵士是世人心目中我的形象，道林是我但愿自己能够成为的形象……"然而，这部小说并不是简单的自我剖析，它涉及到许多作者本人及他同时代人极感兴趣的问题，以及艺术、道德和生活的相互关系，美的欣赏与滥用等等。这些问题有的作者得出了自己的答案，有的则没有。即使是作者自以为已得出的答案，是否正确作者也并不能肯定。日后的王尔德最终也陷入了格雷面临的美与道德冲突的困境中，并在向道德挑战的危险游戏中毁灭了自己。王尔德为《道林·格雷的画像》作的自序 1891 年单独发表在《双周评论》上。序言批判了 19 世纪末日渐衰落的现实主义和浪漫主义文学，反复宣扬了他的唯美主义思想，不啻就是他的一篇完整的唯美主义美学思想的宣言。

《道林·格雷的画像》出版后，读者评价纷纭不一，这种争论无形中给王尔德带来了巨大的名声。

波德莱尔出版惊世骇俗诗集《恶之花》

波德莱尔在 19 世纪中叶独步文坛，标新立异的奇才，以惊世骇俗的诗集《恶之花》和数十篇见解独特的文艺批评，赢得了巨大声誉，被誉为唯美主义和象征主义的共同先驱。他把丑与恶升华为艺术美，为后人表现社会的病态美开辟了道路。他把诗歌从大自然拉进大都市，以其独有的角度深入描写畸形变态的巴黎生活，为诗歌创作拓展了一个新领域。

恶魔诗人

在 19 世纪中叶文学史的转折时期，波德莱尔宣称：“大名鼎鼎的诗人早已割据了诗的领域中最华彩的省份。因此我要做些别的事。”

波德莱尔做了什么事呢？他认为“18 世纪流行的是虚伪的道德观，由此产生的‘美’也是虚伪的。所以 18 世纪是一个普遍盲目的时代。”因此，他对诗的性质作了激烈的变革：“什么叫做诗？什么是诗的目的？就是把善同美区别开来，发掘恶中之美。”“透过粉饰，我会掘出一个地狱！”

波德莱尔生在一个受过法国大革命洗礼的美术教师家中，6 岁丧父，母亲改嫁，从此他陷入孤独，成了一个忧郁的哈姆雷特。

他所生长的城市巴黎，当时是文化艺术的中心，各国的作家、艺术家纷纷来此相聚，艺术气氛相当浓厚。诗人在这种气氛中生活、成长，逐渐形成了对艺术的敏感，也认识了这座五光十色、放荡不羁的城市。十七、八岁时，他经常在拉丁区的诗人画家中作客为朋，变成一个极端的浪漫派。后来，他又决定到印度去旅行，不料这位思想豪放的文学青年却在远渡重洋途中怀念起家乡来。于是，他停下脚步，逗留在印度洋中当时法国的殖民地留尼汪岛和毛里求斯岛上。这南国明媚的阳光和葱郁诱人的景色也未能把诗人多留一些时候，不久，他便匆匆地赶回了巴黎。这是他一生中最远的旅行，虽然旅途中外界景物并没有引起他很大的兴趣，然而却极大地丰富了他内心的感受。所以，我们不难在他作品中读到许多描写海洋、阳光和异国情调的主题。

回到巴黎后，波德莱尔索取了父亲的遗产，得到

▲波德莱尔

了一笔相当大的款项。于是就奢侈地生活起来，他住着豪华的宅邸，穿着风雅的衣着。依他看来，物质上追求完美，不过是"精神上胜人一筹的象征"而已。他母亲看到他这样铺张浪费、挥金如土，会很快耗尽父亲的遗产，就为他找了一位法律顾问，限定了每月的花费。从此，波德莱尔便一直过着艰苦的日子，而生活的艰苦却促使他拼命地写作。

波德莱尔在苦闷中写诗，但发表的不多。开始时，波德莱尔主要写艺术批评，以犀利的笔锋阐明自己独到的见解和思想观点，又以优美的风格创作了不少出色的散文诗。二月革命时期，傅立叶的空想社会主义理想鼓舞了他，他创办报纸，发表了好些激烈的文章。人们看到他活跃在街头的革命群众中，火药熏黑了他的双手。然而不久，理想破灭了，波德莱尔又回到了他的文学生涯中。后来，他接触到美国作家爱伦·坡的作品。这两位诗人在思想上、经历上和才智上有着惊人的相似之处。在以后的 10 年中，波德莱尔不断地翻译出版爱伦·坡的短篇小说。他认为，爱伦·坡是他苦难中的一位朋友，又是创作理论上的老师。爱伦·坡丰富怪诞的想象力以及他冷静准确的分析使波德莱尔受到了很大的启发，使他脱离了当时浪漫主义诗歌的个人情感与忧愁苦闷的泥潭，并且发挥了想象力在诗歌中的重要作用。

波德莱尔受美国诗人爱伦·坡的启发，写成《恶之花》，于 1857 年出版。此书一出，舆论大哗，波德莱尔也一举成名，但他因《恶之花》成就的却是"恶之名"，波德莱尔成了"恶魔诗人"。法兰西帝国法庭曾以"有伤风化"和"亵渎宗教"罪起诉，查禁《恶之花》并对波德莱尔判处罚款。

1864 年，波德莱尔旅行到达布鲁塞尔。一年后，病倒在那里。1867 年，他在巴黎逝世。死时，只有 46 岁。

诗人的生命是短暂的，留下的作品也很少，除文艺批评论著外，只有一本诗集《恶之花》和两本散文诗集——《巴黎的忧郁》《人工天国》。然而，这些为数不多的短小诗文却在某种意义上为世界文坛开创了一个新纪元，启发了整个一代现代派诗人和象征主义艺术家，成为人们至今还在研究和欣赏的艺术品。

毒草乎，香花乎，《恶之花》

波德莱尔的《恶之花》，是一卷奇诗，一部心史，一本血泪之书。恶之为花，其色艳而冷，其香浓而远，其态俏而诡，其格高而幽。它绽开在地狱的边缘。

1857 年，《恶之花》经过多年的蓄积、磨砺，终于出现在巴黎的书店里。它仿佛一声霹雳，刹那间震动了法国诗坛，引起了沸沸扬扬的议论；它又像是一只无情的铁手，狠狠地拨动着人们的心弦，令其发出"新的震颤"。

虽然，《恶之花》遭到了"普遍的猛烈抨击，引起了人们的好奇"。"好奇"，正是作者的追求；"抨击"，也不能使他退缩。但是，跟在"抨击"之后的却是法律的追究，这是他万万没有想到的。第二帝国的法庭自然不配做诗国的裁判官，可就在文学界，这本不厚的小书也引起了数番舌战，在相当长的时间里，毁誉参半，相持不下。而且，毁中有誉，誉中有毁，莫衷一是，竟使得波德莱尔在法国文学史上的地位久久不能排定。

诗集《恶之花》初版时共收诗100首，分5个部分，出版后即遭攻击和诽谤，甚至受到法院制裁。第二版删除了6首，又增收30多首新作，分为6个部分。诗人死后，他的朋友们编订了第三版，共收诗157首，其中包括被删的6首，仍为6部分。

第一部分《忧郁与理想》，描写诗人物质上的匮乏和精神上的痛苦，虽然试图追求美和爱情来排遣愁思，实现理想，但结果失败。第二部分《巴黎风光》，把目光从内心

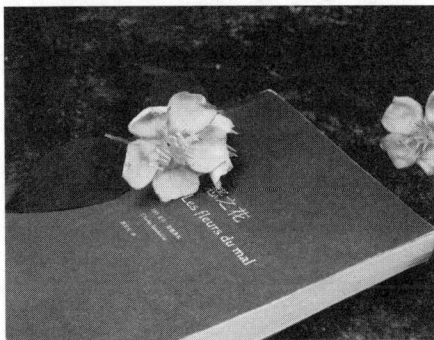

▲《恶之花》书影

转向外部，静观巴黎城市的景色和社会现象，心中感到忧伤。但是，现实是丑恶的、悲惨的，只能给诗人带来失望。于是诗人想乞灵于酒，这样就写下第三部分《酒》，诗人求助于酒，然而酒的天堂是虚幻的，酒也不能解决问题，于是诗人又深入到罪恶中去体验生活，这些题材构成第四部分《恶之花》。深入到罪恶中去体验快感和痛苦，得到的却是绝望和对自己的厌恶。接着，诗人写下第五部分《叛逆》，对天主发出反抗的叫喊，可是，任你怎样大声疾呼，天主也不理睬，最后，诗人只得向死亡寻求解脱，这样，就由第六部分《死亡》作为全部诗集的终曲。然而，要注意的是，诗人并不是甘心束手待毙的，死亡在这里不过是寓意，实际上诗人是要遁入另一个世界去从事新的探索，也就是说，诗人并没有完全放弃他的希望。所以，《恶之花》实际是一部对腐朽的资本主义社会进行揭露、控诉，因为她就是进行反抗的诗集，我们在读这部诗集时，应当注意到其包含的社会意义，而不要被那些表象所迷惑。

《恶之花》是诗人追求光明、理想的一份失败记录。其形式和内容在法国诗歌发展史上具有划时代意义。它具有古典诗歌的明晰稳健，格律精严，音韵优美的特点，因内容奇特、想象奔放、放荡不羁而开创了一种新的创作方法，成为法国象征派诗歌的先驱，影响深远。

第九章　20世纪现实主义文学

　　20世纪是一个波澜起伏、动荡不安的世纪，人类历史上两次空前的浩劫，两种意识形态的对峙以及第三世界的崛起，使20世纪的现实主义文学不能不打上了时代的深刻烙印。现实主义作家接受了前辈们的批判精神、广泛地反映社会生活和塑造典型人物等最基本的创作方法。同时他们并不故步自封，也接受新时期涌现的文学流派的新手法，以丰富传统的现实主义。他们在20世纪上半叶的文坛占据了举足轻重的地位。但是，第二次世界大战后至50年代，欧美现实主义文学出现不同程度的衰落趋势。大约从70年代开始，欧美现实主义文学又出现复兴的端倪，即所谓回归现象。及至80年代，有的现代派作家甚至也采用了现实主义的艺术手法来写作。这种现象对现实主义本身无疑是一种激励。一个值得注意的现象是，20世纪上半期的拉美，现实主义文学获得了迅速发展，它们为下半叶的"文学爆炸"奠定了基础。

高尔基完成长篇小说《母亲》的创作

1906 年，高尔基的代表作、长篇小说《母亲》完成。它描绘了无产阶级波澜壮阔的革命斗争，塑造了工人党员巴维尔和革命母亲尼洛芙娜的感人形象。这部小说极大地鼓舞了工人群众，使沙俄统治者十分惊恐。《母亲》被公认为世界文学史上崭新的、社会主义现实主义奠基作品。

高尔基

高尔基 1868 年出生在伏尔加河畔一个木匠家庭。由于父母早亡，他 10 岁时便出外谋生，到处流浪。他当过鞋店学徒，在轮船上洗过碗碟，在码头上搬过货物，给富农扛过活。他还干过铁路工人、面包工人、看门人、园丁……

在饥寒交迫的生活中，高尔基通过顽强自学，掌握了欧洲古典文学、哲学和自然科学等方面的知识。只上过两年小学的高尔基在 24 岁那年发表了他的第一篇作品，那是刊登在《高加索日报》上的短篇小说《马卡尔·楚德拉》。小说反映了吉卜赛人的生活，情节曲折生动，人物性格鲜明。报纸编辑见到这篇来稿十分满意，于是通知作者到报馆去。当编辑见到高尔基时大为惊异，他没想到，写出这样出色作品的人竟是个衣着褴褛的流浪汉。编辑对高尔基说："我们决定发表你的小说，但稿子应当署个名才行。"高尔基沉思了一下说道："那就这样署名吧：马克西姆·高尔基。"在俄语里，"高尔基"的意思是"痛苦"，"马克西姆"的意思是"最大的"。从此，他就以"最大的痛苦"作为笔名，开始了自己的创作生涯，而他的原名是阿列克塞·马克西莫维奇·彼希可夫。

青少年时期漂泊流浪的生活，使高尔基亲眼看到并亲身体验到俄罗斯劳苦大众在沙皇统治下的艰难生活。高尔基对腐朽的旧制度充满厌恶和憎恨。他在作品中抨击了沙皇制度的黑暗，揭露了资本主义社会的阶级剥削和压迫。他的作品受到广大读者的欢迎，但沙皇政府对此十分害怕，曾几次监视、拘禁和逮捕高尔基，并将他流放。镇压不但没有使他屈服，反而更加坚定了他斗争的意志和决心。

1906 年，高尔基的代表作、长篇小说《母亲》完成。它描绘了无产阶级波澜壮阔的革命斗争，塑造了工人党员巴维尔和革命母亲尼洛芙娜的感人形象。这部小说极大地鼓舞了工人群众，使沙俄统治者十分惊恐。《母亲》被公认为世界文学史上崭新的、社会主义现实主义奠基作品。

革命导师列宁是高尔基的良师益友。列宁不断地在思想、工作和生活上关怀、帮助高尔基。在列宁的建议、鼓励之下，高尔基创作了自传三部曲：《童年》《在人间》和《我的大学》。自传三部曲不仅反映了作家本人的生活经历以及他接受马克思主义以前艰苦的思想探求过程，而且广泛概括了 19 世纪 70—80 年代的俄国社会生活，描写了劳动人民的悲惨生活和遭遇，歌颂了他们的优秀品质。

高尔基的最后一部作品是长篇小说《克里姆·萨姆金的一生》。他一生创作了大量各种体裁的作品，为无产阶级文学宝库留下了一笔巨大的财富。

《母亲》

在世界文学中，《母亲》是一部划时代的巨著，开辟了无产阶级文学的新纪元。《母亲》也标志着高尔基在探索正面人物方面达到了新的高峰。《母亲》以对新的革命现实的真实描写，以对时代本质的深刻概括，以具有高度思想性和艺术性的英雄人物形象以及新的创作方法开创了无产阶级文学的新纪元。

《母亲》深刻地反映了 20 世纪初无产阶级政党领导下波澜壮阔的群众革命斗争：工人运动从自发到自觉，从经济斗争转到政治罢工，农民和工人在斗争中结成同盟。小说第一次塑造了具有社会主义觉悟的无产阶级英雄的形象，因而在世界文学史上占有极为重要的地位。

为了表现小说的主题思想，作者精心设计了三组人物。第一组是革命者，包括革命工人和革命知识分子；第二组是工农群众，其中最重要的是母亲和农民雷宾的形象；第3组是敌人，这里有厂主、沙皇宪兵、法庭庭长，检察官等。在这三组人物中，高尔基突出了巴维尔和母亲这两位主要英雄人物（巴维尔是作为先进工人的代表，母亲则是作为革命群众的代表）。小说的中心思想主要是通过他们两人的成长以及群众的觉悟展示出来的。小说分为两部分。第一部分重点写巴维尔率领的马克思主义工人小组在社会民主工党领导下成长的过程，第二部分重点写马克思主义小组在群众中的作用和人民群众的觉醒。小说的人物形象体系和结构都是经过作者精心安排的。

名篇介绍

《童年》是高尔基自传体小说三部曲中的第一部，也是高尔基写得最投入最富有魅力的作品。小说真实地描述了阿廖沙苦难的童年，深刻地勾勒出一幅十九世纪俄国小市民阶层庸俗自私、空虚无聊的真实生动的图画，同时又展现了下层劳动人民的正直、纯朴、勤劳。书中塑的外祖母形象是俄罗斯文学中最光辉、最富有读音的形象之一。《在人间》描绘阿廖沙岁走向社会外出谋生的经历。他备受生活煎熬，做过各种工役，受尽欺凌、侮辱、愚弄、甚至毒打和陷害，体验了社会生活底层的艰辛，认识到人性的丑恶。不过，外婆的善良、厨师的正直、玛戈尔皇后的博学，又使他看到生活的光明面。

《我的大学》写于1922年，是高尔基自传体小说三部曲中的最后一部，作品描写了当时俄国知识分子的精神生活和民粹派反抗沙皇统治的活动，展示了这一时期俄国知识分子的思想状况。16 岁的阿廖莎到喀山上大学，但那时的大学对穷苦的孩子是关着大门的。于是，他上了一所特殊的大学——"社会大学"。在"社会大学"，他接触到许多知识分子，获得了启迪、受到了教育、开拓了思想。对市民习气的厌恶，对美好生活的向往感动了一代又一代的人。在普通人的喜怒哀乐中，融合着美好的品质和深重的灾难。

史诗性长篇小说《静静的顿河》问世

肖洛霍夫是苏联文学的杰出代表，也是第一个获得东西方公认的苏联作家。苏联解体后，俄罗斯的文学史界正在重新审视"苏联文学史"，应该说，许多以前的革命现实主义作家都在新的文学史中失去了一席之地，而唯有肖洛霍夫以他的一部长篇小说《静静的顿河》和一部短篇小说《一个人的遭遇》牢牢屹立。究其原因，是因为肖洛霍夫的作品在思想性和艺术性上都经得起时间的考验：在思想性上，他超越了时代的局限，高歌人道主义主题。在艺术性上，他坚持真正的现实主义，使作品具有不凡的魅力。

肖洛霍夫

肖洛霍夫出生在顿河维申斯克镇，他的一生中绝大部分时间在那里度过。他仅受过4年教育，靠自学成才，是顿河哥萨克地区多姿多彩的生活给予了后来成为作家的肖洛霍夫取之不尽的创作素材。国内革命战争时期，顿河地区的斗争十分激烈和残酷。少年时代的肖洛霍夫不仅是这场斗争的目击者，而且直接参与了红色政权组建时的一些工作，如担任办事员和扫盲教师，参加武装征粮队等。

▲肖洛霍夫

1922年，肖洛霍夫来到莫斯科，开始从事文学活动，并参加了文学团体"青年近卫军"。他的处女作是小说《考验》。1926年，他出版小说集《顿河故事》和《浅蓝的原野》（后合为一集），受到文坛的关注。在集子的20多篇小说中，作家把严峻而复杂的社会斗争浓缩到家庭中间和个人关系之间展开，在哥萨克内部尖锐的阶级冲突的背景中展示了触目惊心的悲剧情景和众多的悲剧人物。早期作品特色鲜明，但艺术上还欠成熟。1926年，他开始创作史诗性长篇小说《静静的顿河》，1940年完成。小说引起了极大的反响。

卫国战争时期，肖洛霍夫上过前线，写了许多通讯、特写和短篇小说。1943年开始发表反映卫国战争的长篇小说《他们为祖国而战》（未完成）。1957年发表的短篇小说《一个人的遭遇》产生了很大的影响，被称为当代苏联军事文学新浪潮的开篇之作。

肖洛霍夫的笔始终与顿河哥萨克的命运相连。他的作品反映了处于历史转折时期的哥萨克人民的生活变迁，塑造了许多个性鲜明的哥萨克形象，并开创了独特的悲剧史诗的艺术风格。1965 年，肖洛霍夫因其"在描写俄国人民生活各历史阶段的顿河史诗中所表现出来的艺术力量和正直品格"而获得诺贝尔文学奖。1984 年因病去世，终年 79 岁。

《静静的顿河》

《静静的顿河》共分 4 部。第一部着重描写一次大战前后哥萨克社会的风土人情，展示剽悍尚武、不受羁绊的哥萨克精神，以及葛利高里与阿克西妮亚的爱情生活。第二部在二月革命、科尔尼洛夫叛乱、十月革命和国内战争等重大历史事件的衬托下，写葛利高里受到革命哥萨克的影响，但又在红军和白军之间摇摆。第三部描写了 1918 年春至 1919 年 5 月间哥萨克地区出现的叛乱，葛利高里成为叛军的

版本推荐

《静静的顿河 》（苏）肖洛霍夫著，李志刚等译，中国戏剧出版社，2002 年版；

《静静的顿河 》（苏）肖洛霍夫著，金人译，人民文学出版社，2000年版。

一员。第四部写白军被击溃，哥萨克叛乱被平息，阿克西妮亚被流弹打死，葛利高里在走投无路的情况下回到已建立苏维埃政权的家乡。

《静静的顿河》是一部气势雄浑的史诗性作品，作家的笔触伸向了广阔的空间，波澜壮阔的历史事件和丰富深邃的人物命运水乳交融；在叙事方式上，小说突破了悲剧的传统模式，没有刻意制造的悲剧效果，却将读者引向更为深远和开阔的精神境界；小说中人物众多，个性鲜明，男女主人公塑造得丰满而有深度；作者厚实的生活积累，使得作品的画面极为生动，关于哥萨克习俗细节的描写和民歌民谣的运用，又使得作品充满了顿河乡土气息。

苏联社会主义建设时期出现了两个著名作家

　　"左"的倾向在20世纪30年代中后期的苏联文坛占据了主导地位，多姿多彩的文学局面不复存在。这一时期，奥斯特洛夫斯基靠顽强的毅力创作了长篇小说《钢铁是怎样炼成的》。40年代初期法西斯的入侵，使卫国战争文学成为文坛的主流。战后，"无冲突论"曾在苏联文坛泛滥一时。这时期，阿·托尔斯泰推出了自己的优秀作品《苦难的历程》。

奥斯特洛夫斯基

　　奥斯特洛夫斯基生于乌克兰一个工人家庭。当过童工，饱尝过屈辱。十月革命后投身于捍卫苏维埃政权的斗争。1920年秋在战斗中负重伤，转到劳动战线，跳进第聂伯河打捞木材，因而患上伤寒和风湿症。后来又因劳累过度，健康日益恶化，终于全身瘫痪。双目失明。他以惊人的毅力和病魔斗争，在病榻上创作了《钢铁是怎样炼成的》。1934年冬，他开始写《暴风雨所诞生的》。小说以1918年末到1919年初国内战争为背景，反映乌克兰人民击败波兰侵略者的英勇斗争。全书原计划写三卷，作者只完成第一卷便去世了。

▲奥斯特洛夫斯基

　　《钢铁是怎样炼成的》描写保尔·柯察金作为一个普通工人的儿子，经历第一次世界大战、十月革命、国内战争和国民经济恢复时期的严峻生活，把对旧生活自发的反抗改变为自觉的阶级意志。保尔的成长不是"性格的自我发展"，而是如同作者在回忆自己一生时所说："钢是在熊熊大火和骤然冷却中炼成的……我们这一代也是在斗争和艰苦考验中锻炼出来的。"

　　保尔的英雄主义是早期布尔什维克的理性真诚，个人价值和集体事业在观念上处于和谐状态。小说不仅通过一个接一个的困境来塑造这位主人公，还通过激动人心的独白、发人深省的警句格言直抒这种赤诚情怀。一次，保尔来到烈士墓前悼念为革命而牺牲的战友时，曾默默地想到："人最宝贵的是生命。它给予我们只有一次。人的一生应当这样度过：当他回首往事时不因虚度年华而悔恨，也不因碌碌无为而羞耻。这样在他临死的时候就能够说：'我已把我整个的生命和全部精力都献给最壮丽的事业—为人类的解放而斗争。'"

阿·托尔斯泰

阿·托尔斯泰出生于萨马拉一贵族家庭。1901 年进入彼得堡工学院，中途退学，投身文学创作。他早年醉心于象征派诗歌，之后转向现实主义小说的创作，出版过中篇小说集《伏尔加河左岸》和长篇小说《跛老爷》等。第一次世界大战期间，他曾以战地记者身份上过前线。

1918 年，阿·托尔斯泰出国，侨居巴黎和柏林，写了自传体小说《尼基塔的童年》，并开始写《苦难的历程》第一部《两姐妹》。1922 年他与白俄决裂，次年返回莫斯科。此后，他先后完成了《粮食》《伊凡雷帝》《苦难的历程》的后两部《一九一八年》和《阴暗的早晨》以及历史小说《彼得大帝》。

▲阿·托尔斯泰

《苦难的历程》是阿·托尔斯泰的代表作，从构思到完成，历时 20 载。三部曲的第一部《两姐妹》侧重描写的是主人公个人的命运，反映的是个人对时代的感受，带有"家庭生活"小说的特点。第一次世界大战前夕到十月革命前夕的俄国社会动荡不安，但是作为俄国资产阶级知识分子典型的 4 个主人公却都沉湎于个人的爱情而置身于社会斗争之外，生活十分空虚。小说第二部《一九一八年》则开始转向了史诗式的描写。作者在国内战争的巨大历史画面上展示人物的命运。在暴风骤雨的年代里，4 个主人公的个人生活都遇到了不幸，但在斗争中有的找到了革命的真理，有的仍在进行艰苦的探索。小说最后一部《阴暗的早晨》在同样广阔的背景上描写了1919 年前后苏联人民抗击外国干涉者和白匪军的英勇斗争，4 个主人公也在经历了洗炼之后，先后走向了革命。他们在莫斯科重逢，并一起倾听了列宁关于电气化计划的报告。小说预示着"阴暗的早晨"以后将迎来幸福的、阳光明媚的白天。

名篇介绍

长篇小说《彼得大帝》主要描写彼得大帝一生的业绩及其对俄国的贡献，展现了俄国十七世纪末十八世纪初宏伟壮阔的生活图景和历史事件。小说共分三卷，第一卷发表于 1930 年，主要描写了彼得为争取权力而进行的斗争，描写了宫廷贵族之间的倾轧，描写了彼得为促进国家西欧化而采取的最初一些措施。第二卷出版于1934 年，描写了彼得为夺取水域而进行的斗争，描写了西欧各国之间的冲突，描写了彼得为准备"北方战争"而从事的外交和军事活动。第一、二卷仅仅是第三卷的一支序曲，而第三卷才是长篇小说最主要的部分。可惜第三卷未完成，作者便去世了。作者准备描写彼得大帝的立法工作和改革活动，描写俄国军队保卫尤里耶夫和纳尔瓦城的英勇斗争，还将描绘国际上的叱咤风云和西方一些国家——法国、波兰和荷兰的绚丽多姿的图景。

罗曼·罗兰以《约翰·克利斯朵夫》开创了长河小说

罗曼·罗兰的《约翰·克利斯朵夫》开创了"长河小说"。它反映了世纪之交风云变幻的时代和具有重大意义的社会现象。该小说于 1913 年获法兰西学院文学奖金，由此罗曼·罗兰被认为是法国当代最重要的作家。1915 年，为了表彰"他的文学作品中的高尚理想和他在描绘各种不同类型人物所具有的同情和对真理的热爱"，罗曼·罗兰被授予诺贝尔文学奖。

罗曼·罗兰

罗曼·罗兰是 19 世纪末和 20 世纪前半期法国最杰出的现实主义作家。他出生于法国中部高原上的小镇克拉姆西的一个公证人的家庭。15 岁随父母迁居巴黎。1886 年考入巴黎高等师范学院学习文学和历史，一度去意大利考察艺术。

▲罗曼·罗兰

罗曼·罗兰年轻的时候非常崇拜三个人：贝多芬、莎士比亚和列夫·托尔斯泰。可是托尔斯泰在他写的一本名为《怎么办？》的小册子里偏激地排斥世人看中的文学、艺术。他甚至把莎士比亚称作四流的作家，认为贝多芬不过是肉欲的引诱者。这使 22 岁的罗曼·罗兰困惑不解，就好似正在大海上航行的船失去罗盘一样，怎么办呢？

他思索再三，给列夫·托尔斯泰写了一封信，诉说内心的矛盾。很快，托尔斯泰回了他一封长信。在信中，托尔斯泰阐述了他泛爱的人道主义思想。他认为，无论从事哪一样事业，包括文学艺术的动机，都应该是为了爱全人类，而不是为了爱事业本身。艺术家如果没有这样的爱，他的作品就不会有价值。只有沟通人类的情感，消除人类的隔膜的作品，才是成功的作品；只有为了坚定的信仰而能牺牲一切的艺术家，才是有价值的艺术家。托尔斯泰这一番话，给罗曼·罗兰留下极深的印象，对他一生都产生了影响。

很长时间，罗曼·罗兰住在巴黎一幢五层小楼顶层的两间小屋里。他每日的生活就是读书、做笔记、写文章，一天只睡 5 个小时。寓所附近有一个公园，但是罗曼·罗兰很少到那里去散步，他所有的休息就是变换一下自己正在干的事，譬如，放下哲学书，拿起一本莎士比亚的诗集，或是放下写作的文章，给朋友复信，他唯一的娱乐，是在黄昏的时候，坐在钢琴前面弹奏一曲贝多芬。

这时的罗兰还默默无闻，他写了许多剧本却无处发表，因为他对当时文坛的浅薄非常不满。他和朋友一起自编自写，出版了个刊物，他的剧本、名人传记以及后来使他名声大噪的《约翰·克利斯朵夫》，都先发表在这个刊物上。这个刊物不为赚钱，所以既不登广告，也不问销路，当然也就没有稿酬，罗兰的生活是非常清苦的，但是信仰支撑着他，就如《约翰·克利斯朵夫》的主人公所说的，"成功不是他的目的，信仰才是他的目的"。罗曼·罗兰的信仰是沟通人类的同情，实现世界的和平、爱、真理和公道。

从1904年开始，罗曼·罗兰用了8年时间创作出10卷长篇小说《约翰·克利斯朵夫》。他说："民族太小了，世界才是我们的题目。"他成功了。《约翰·克利斯朵夫》使罗兰在1915年获得诺贝尔文学奖。

然而，罗曼·罗兰成名的那年，第一次世界大战爆发了，伴随成名而来的却是骂名。罗兰因为反对战争，主张人道、和平，特别是他发表的反战政论《超乎混战之上》，使他成为被民族沙文主义昏了头脑的国人攻击的众矢之的。卖国贼是他的头衔，协助敌人是他的罪状。一时间，他成了法国报纸咒骂的中心。一位"爱国者"收集了许多照片和所谓证据，编成厚厚一册，作为罗曼·罗兰"通敌"的铁证，许多朋友也纷纷离他而去。幸而罗兰当时住在瑞士，如果在法国的话，他很可能被狂热的"爱国者"所暗杀。但罗兰不为所动，矢志不渝。战争结束，大浪淘沙，那些咒骂他的人和文章以及加在他头上的骂名，自是灰飞烟灭。

第二次世界大战期间，罗曼·罗兰在沦陷的法国闭门写作，表达他对侵略战争的抗议。他的书籍被纳粹分子焚毁，法国傀儡政府禁止学校用他的作品作为教材和读物，罗兰处在很艰难的境遇中。1944年8月，巴黎光复，12月罗曼·罗兰与世长辞，他到底看到了自己毕生追求的信仰又重现光明。

长河小说

《约翰·克利斯朵夫》是罗曼·罗兰的代表作。主人公约翰·克利斯朵夫是一个个人反抗社会的小资产阶级民主主义知识分子形象。

克利斯朵夫的性格特征主要通过他的三个生活阶段显示出来。他早年生活在德国，童年和少年时代就表现出出众的音乐天赋，但卑微的出身使他从小感受到了生活的艰辛和社会的不平，开始形成反抗意识。年轻的音乐家鄙视封建贵族，痛恨资产阶级暴发户，不愿让他们

> **版本推荐**
>
> 《约翰·克利斯朵夫》（法）罗曼·罗兰著，傅雷译，内蒙古文化出版社，1996年版。

将把艺术当作享受的玩物，但因此他也遭到社会的排斥和打击。后又因仗义救人，造成命案，不得不流亡法国。到了巴黎以后，他目睹巴黎文学界乃至整个社会的堕落，十分失望。为了维护艺术的纯洁和人格尊严，他毅然对法国艺术界进行了激烈抨击。可是，他的反抗始终是孤独的，唯一理解和支持他的只有好友奥里维。克利斯朵夫的

社会地位使他同情下层人民，但他身上的个人英雄主义意识和对艺术作用的错误估计，又使他无法很好地与人民结合在一起，并从中找到精神力量。好友奥里维在"五一"示威斗争中受伤死去，对克利斯朵夫是沉重打击，从此他逃避斗争。晚年的克利斯朵夫反省自己的一生，不再过问世事。他陶醉在爱情之中，向现实妥协，与过去的敌人讲和，同时致力于宗教音乐创作，在追求内心和谐中死去。

▲《约翰·克利斯朵夫》插图

小说中，克利斯朵夫具有真诚、执着、坚强的性格和强烈的反抗精神。作品力图将这一形象塑造成高于庸俗资产阶级社会的英雄人物。毫无疑问，克利斯朵夫的反抗具有积极意义，但是他的思想局限又使他陷入深刻的矛盾，并导致个人反抗以失败告终。克利斯朵夫的反抗、失败、动摇、幻灭的生活历程，包含着丰富的社会内容。它深刻地概括了19世纪末20世纪初具有民主主义思想的小资产阶级知识分子的精神面貌，广泛地反映了这一时期欧洲资本主义社会的现实和矛盾，尖锐地批判了腐朽文化对真正艺术的摧残。

《约翰·克利斯朵夫》开创了"长河小说"这一艺术体裁。作品以主人公一生为主要线索，构成了基本情节。次要的人物虽各自有其独特的命运和遭遇，但时时呼应主线。整部作品就像一条由许多支流汇集而成的大河，奔腾不息。《约翰·克利斯朵夫》又是一部"音乐小说"，这不仅是因为小说写的是音乐家的一生，而且整部小说无处不富有音乐色彩。主人公的喜怒哀乐、悲欢离合，巧妙地被编织在交响乐般的旋律之中，形成一个和谐而完美的整体。

刘易斯和斯坦贝克获诺贝尔文学奖

　　刘易斯和斯坦贝克是 20 世纪美国现实主义文学的杰出代表。1930 年，刘易斯因在小说创作中"描述的刚健有力、栩栩如生和以机智幽默创造新型性格的才能"，成为美国历史上第一个荣获诺贝尔文学奖的作家。斯坦贝克因"通过现实主义的、富于想象的创作，表现出同情的幽默和对社会的敏锐的观察"，获 1962 年诺贝尔文学奖。

第一个获诺贝尔文学奖的作家

　　刘易斯生于明尼苏达州一个医生家庭。从耶鲁大学毕业后，他在纽约等地当记者和编辑，并开始文学创作。

　　1920 年，刘易斯出版小说《大街》，一举成名。女主人公卡罗尔·肯尼科特，随医生丈夫迁居到他的故乡明尼苏达的格佛普里雷镇，一条丑陋的大街横贯小镇，周围是毫无美感的建筑，居民思想保守、令人乏味。卡罗尔几经努力，想改变小镇的沉闷风气，但都失败，多遭非议。甚至连丈夫也不支持她，卡罗尔一度出走华盛顿，然而卡罗尔对那里的自由生活也感到空虚，而且因为离开了小镇，对小镇的弊端倒能看得更清楚了，觉得她尚可接受。于是，卡罗尔最后还是回到小镇回到丈夫身边定居下来。小说表现了对童年生活的报复：对美国传统价值观念的揭露和批判。

▲刘易斯

　　他的另一部重要作品是《巴比特》，作品嘲讽了社会的市侩习气。巴比特是个很有成就的房地产经纪人，他每日的生活都是一个模式，属于典型的中产阶级。表面上夫妻、父子、父女彬彬有礼，实际上冷若冰霜。巴比特加入俱乐部，参加同仁大会，投入竞选，偶尔打球，但他仍感生活贫乏，曾设法逃避家庭与子女的拖累，去追求所谓自由的新天地，他想回到大自然、想永远不再做生意、想与情人生活下去，但他的反叛没有使他得到道德上的满足和净化，最后他还是回到家里成为昔日生活方式的俘虏。

　　"巴比特"成了所有盲目遵从本阶级社会道德标准的商人的代名词。但巴比特又不仅仅是个可鄙的人物，他的反叛使他有令人同情之处。

　　刘易斯的作品大多以乡村和小市镇生活为题材，并擅长用批判而又同情的笔调描写美国中产阶级的生活。他的小说风格粗犷、幽默、富有活力。他还善于使用夸张和讽刺的手法，充满乡土气息。他是美国文学史上第一个获诺贝尔文学奖的作家。

乡土作家斯坦贝克

1902年2月27日斯坦贝克生于加利福尼亚州赛利纳斯。他自幼生活在小镇，做过牧场工人、木工学徒、油漆匠、运输工、实验室助手等。就学于斯坦福大学时，曾从事各种体力劳动。独特的生活经历使之熟悉乡野的自然风光与乡土人情。

▲斯坦贝克

上大学期间即开始创作，最早的几部作品并未引起重视。直至1935年《托蒂亚平地》问世，才受到文艺界及广大读者的关注。小说以西班牙与印第安混血儿聚居的贫民窟为背景，描写了一群淳朴、善良的流浪汉，反映出他们之间的友谊及乐观幽默的天性，富有民间文学色彩。此后，又成功地创作了长篇小说《相持》中篇小说《鼠与人》。1939年发表的长篇小说代表作《愤怒的葡萄》，以农业工人约德祖孙三代的生活经历为主线，描绘出30年代大萧条时期农民的痛苦生活，揭示出深刻的社会问题，在美国人民中引起强烈反响。它不仅标志着斯坦贝克创作的高峰，也堪称美国20世纪最重要的作品之一。获1940年普利策小说奖。

第二次世界大战期间，出任欧洲战地记者，写报道和宣传品。同时创作了以战争为背景的中篇小说《月亮下去了》，战后又发表的中篇小说《珍珠》。斯坦贝克迁居纽约后发表《灼热》等长篇小说。60年代，发表的《烦恼的冬天》，是他晚年的一部力作，和作家过去风格不同，整部作品显得凝重、沉郁。

斯坦贝克一生共作有17部小说、诸多短篇故事、剧本等。其作品洋溢着浓郁的乡土气息，风格清新自然。他因"通过现实主义的、富于想象的创作，表现出同情的幽默和对社会的敏锐的观察"，获1962年诺贝尔文学奖。为表彰他在"和平时期对美国的服务"，1964年获总统自由奖。

20世纪美国现实主义文学中出现了两个女性作家

在20世纪美国现实主义文学中，有两个著名的女性作家不容忽视，一个是号称"中国通"的赛珍珠，一个是仅仅凭一部作品就屹立于美国文坛的玛格丽特·米切尔。

"中国通"赛珍珠

女作家赛珍珠生于西弗吉尼亚州希尔斯博罗，她幼年随传教士父母来中国居住，大学毕业后，她又作为传教士来华，1935年离开中国。

1931年出版长篇小说《好土地》，写中国农民从一无所有达到富裕的故事，表现农民对土地的眷恋。小说被授予普利策奖。《好土地》与其后迅速推出的《儿子们》和《分家》，构成《土地之家》三部曲。

此后30余年里，她以美国知识分子中的中国通身份撰写了大量文学、书信、政论、新闻作品，1938年因"对中国农民生活史诗般的真切而材料丰富的描述，以及传记方面的杰作"获诺贝尔文学奖，但也激起中美两国的种种争议。有的美国汉学家和中国左翼作家指责她对中国缺乏深刻了解，误导美国公众对华认识。她本人对中国革命抱有怀疑与抵触，后期小说《爱国者》和《龙种》等错误较多。

80年代以后，中国学者重新研究评价赛珍珠，肯定她的部分艺术成就，也指出她的历史局限性和一定程度上的文化偏见。1933年，她曾将中国文学名著《水浒传》译成英文，并将书名改为《四海之内皆兄弟》出版。

▲赛珍珠

亚特兰大的"女英雄"

女作家玛格丽特·米切尔出生于美国南部佐治亚州亚特兰大市。她曾担任地方报纸《亚特兰大报》的记者。婚后辞去报职，潜心写作。

米切尔一生中只发表了《飘》这部长篇巨著，但这部仅有的小说奠定了她在美国文学史上不可动摇的地位。她从1926年开始着力创作《飘》，10年之后，作品问世，一出版就引起了强烈的反响。

《飘》的出版使玛格丽特几乎在一夜之间变成了当时美国文坛的名人，成了亚特

▲玛格丽特·米切尔

兰大人人皆知的"女英雄"。这突如其来的盛誉彻底改变了她的生活。《飘》出版后的第九天，玛格丽特在给佛罗里达一位教授的信中讲述了她的体会："小说出版的当天，电话铃每三分钟响一次，每五分钟有人敲门，每隔七分钟有一份电报送上门来。公寓门口总站着十几个人，他们在静候着玛格丽特出来，以便请她在小说上签名。""我不知道一个作家的生活会是这个样子。如果我事先知道的话，我绝不会企图去当一名作家。过去的几十年里我的生活一直非常宁静。这是我自己选择的一种生活方式，因为我不善于与人交往；因为我希望工作，喜欢安静；也因为我身体不很好，需要休息。近日来，我的生活已经彻底丧失了那种宁静安谧的气氛"。

《飘》以 19 世纪 60 年代美国南北战争和战后重建时期为背景，以女主人公郝思嘉的爱情纠葛和生活遭遇为主线，着力刻画了姿色迷人、聪明能干的大庄园主女儿郝思嘉这一争强好胜、贪婪冷酷、为达目的不择手段的不屈不挠进行奋争的女性形象，并生动形象地再现了美国南部种植园经济由兴盛到崩溃，奴隶主生活由骄奢淫逸到穷途末路，奴隶主阶级由疯狂挑起战争直至失败灭亡，奴隶制经济终为资本主义经济所取代这一美国南方奴隶社会的崩溃史。本书在描绘人物生活与爱情的同时，勾勒出南北双方在政治、经济、文化各个层面的异同，具有浓厚的史诗风格，堪称美国历史转折时期的真实写照，同时也成为历久不衰的爱情经典。

美国现代小说的一个巨头德莱塞

1925 年，德莱塞的长篇小说《美国的悲剧》出版，立即震动了整个美国社会，给德莱塞带来世界性的声誉。这部作品标志着他的创作进入新阶段，反映了他文学的最高成就，被当时的评论家们赞为"我们这一代最伟大的美国小说"。

德莱塞

德莱塞的父亲是德国移民，曾经营纺织工场，因失火而破产。穷困的家境使他只上了两年中学便被迫走上社会，先后当过洗碗工、机修工、汽车司机等，后受人资助念过一年大学。在校期间，对斯宾塞、赫胥黎的生物社会学思想颇感兴趣，开始形成对社会和人生的基本看法。他认为本能与道德理性的冲突是永恒的不可调和的，社会奉行的"丛林原则"虽然可恶却无法改变。这些思想后来长久地渗透于他的创作。1893 年因在征文比赛中获奖，他被芝加哥《环球报》聘为旅行记者，开始了长达数年的新闻记者和报刊编辑的生涯，开阔了视野，累积了不少创作素材。

1900 年 5 月，他完成了第一部长篇小说《嘉莉妹妹》。小说取材于他姐姐的真实遭遇，却概括了当时美国下层人民的普遍命运。嘉莉是个乡下姑娘，到城里打工，因病失业，生活无着，被迫出卖色相，先后与一个推销员和一个饭店经理姘居，后因机遇成为名演员，名利双收后却感到人生空虚无聊。小说大胆直率的描写和不同流俗的结尾冲破了美国文学"高雅传统"的藩篱，引起了保守人士的不满和围攻，甚至当时的名作家豪威尔斯都表示不能接受。小说销路的低迷和巨大的社会压力，使德莱塞身心交瘁，一度想自杀，后在哥哥和友人的帮助安慰下，才慢慢恢复过来。十年后，德莱塞创作了第二部长篇小说《珍妮姑娘》，同样描写了一个受欺凌的弱女子的悲剧命运，因其宽容和解的结尾投合了世人的道德理想，销路大增，德莱塞因此得以成为专业作家。

▲德莱塞

此后 20 年，德莱塞以惊人的速度完成了 5 部长篇小说、4 部短篇小说集和许多其他文体的作品。这期间，他发表了《欲望三部曲》的前两部《金融家》和《巨人》（最后一部《斯多噶》作于晚年，去世后才发表）。德莱塞的代表作是长篇小说《美国的悲剧》。它记述一个出身于牧师家庭的青年克莱德一心向上爬，为了能与大资本家的女儿成婚，不惜设计害死自己已有身孕的情人，最终阴谋败露，断送了自己。这部作品代表了德莱塞小说创作的最高成就，为他赢得了世界性的声誉。

版本推荐

《珍妮姑娘》 （美）德莱塞著，
潘庆龄译，中国戏剧出版社，2005
年版；

《嘉莉妹妹》 （美）德莱塞著，
人民文学出版社，2003 年版。

《美国的悲剧》

《美国的悲剧》是德莱塞的代表作，为他赢得了世界性的声誉。小说主人公克莱特是穷牧师的儿子，少年时常随父母沿街布道，兜售《圣经》，后厌恶形同乞丐的生活，去一家大旅馆当茶房，由此大开眼界，一心想致富。在一次车祸后逃往芝加哥，投靠身为内衣厂老板的伯父，当上部门主任。先与女工洛蓓达相好，后又获得富家女桑特拉青睐。为了跻身上层，他昧着良心谋杀了已有身孕的洛蓓达，终因罪行败露，被送上电椅处决。

正如书名所示，克莱特的悲剧是"美国的悲剧"。他杀害无辜的女友，是个害人者，但造成他犯罪动机的是美国社会流行的利己主义人生哲学和金钱至上的价值观，所以他又是个受害者。此外，克莱特既无显赫的家世，又无高深的学问，更无突出的才能，他只是一个极普通的美国青年，所以他的悲剧不属于西方文学中古典型的性格悲剧，而是更具普遍性的社会悲剧。因此，这一形象也就更有典型意义。

德莱塞继承了巴尔扎克的现实主义传统，在小说中运用高度典型化的手法，揭示了造成主人公精神堕落、人格异化的典型环境。克莱特在早年生活的贫民窟里看到的凄惨景象，以及家人遭受欺凌的事实，使他急欲摆脱贫困跳出苦海；他在有钱人的世界里，又体会到什么叫灯红酒绿、放纵享受，使他垂涎欲滴，梦想一步登天。贫富两个环境铸成了他的腐朽的灵魂。

"20 世纪最伟大的作家之一" 海明威

1954 年 12 月 10 日第 54 届诺贝尔文学奖颁发给了美国作家海明威，授奖是"因为他精通于叙事艺术，突出地表现在他的近著《老人与海》之中；同时也因为他在当代风格中所发挥的影响"。海明威在美国 20 世纪文学史上占有无可争议的崇高地位，"迷惘的一代"的代表，20 世纪西方文学史上的一个现代神话。

硬汉海明威

在 1961 年 7 月 2 日，海明威在爱达荷州自己的家中，用他心爱的猎枪对着自己硕大的脑袋扣动扳机，从而戏剧性地结束了自己的一生。他在世的时候，可以说是美国最著名的作家，他的作风、他的主人公、还有他的风格与态度，几乎尽人皆知——不单是在讲英语的世界里，而且在只要有知识分子的地方。也许没有别的小说家比得上他对现代小说文笔的影响，因为凡是知道他作品的地方，就有人用他的笔法，模仿、改造或是吸收，形成了一种可称"海明威风格"的传统。他本人又是一个特别出名的富于传奇色彩和独特个性的人，他的后半生的每一次冒险，报纸上都一一报道。但是，对于他的作品，许多人都并不真正了解，就像对他的自杀许多人并不明白一样。

纵观海明威的 62 个年头，的确有让人眼花缭乱之感。他一生追逐的是故事、女人和冒险，像海盗一样，他过的生活，一直介于豪华与原始之间、安适与动乱之间。

海明威于 1899 年出生在伊利诺伊州芝加哥郊外的一个全部是中产阶级的住宅区"橡树园"镇。父亲是著名医生，喜欢狩猎、运动、钓鱼，一心培养海明威"男子汉"的兴趣和性格。母亲是个虔诚的教徒，特别喜爱音乐和绘画，要培养他成为循规蹈矩的上流社会的人物。小海明威应该向哪方面走，引起过一场父母之间的斗争，最后似乎是父亲赢了。据传记作家们说，3 岁时，父亲就给海明威买了第一根钓鱼竿，10 岁时又送他一支一人高的猎枪并教他射击，同年海明威吸了第一支烟，12 岁时喝了第一杯劣质威士忌，

▲ 海明威

13 岁有了第一个女人，14 岁开始学拳击，约 16 岁时开始认真写作，18 岁中学毕业后，没有投考大学，而是去了《堪萨斯明星报》当见习记者，练习了简明的文体风格。

几个月后的 1918 年，海明威虚报年龄参加一战，当上了红十字会救护队的荣誉少

尉，在极度兴奋的状态下去到意大利前线任救护队司机。同年 7 月 8 日，在意大利北部战场分发巧克力时不幸被迫击炮弹炸伤，通过 12 次手术，医生从他身上取出 237 块弹片，拿不出的不算。在住院期间，遇上了一个年轻的女护士，紫罗兰色的大眼睛，一次没有证实的爱情。作为第一个在战场上负伤的美国人，他的事迹上了美国报纸，

▲海明威在创作中

意大利政府奖给他一枚银十字勋章。复原后他又上前线。回国时，他已经获得 3 枚勋章。所以海明威有资格在美国一手挥舞着他负伤时穿过的那条裤子，一手举着勋章，给中学生作报告。但实际上，他在心理和精神上都受到创伤，从此患有严重的失眠症。

20 岁时，海明威终于决定要当作家。他以《星报周刊》驻欧记者的身份，偕妻子去了法国。在巴黎，经安德森的介绍，海明威结识了意象派诗人庞德、散文作家斯泰因、意识流大师乔伊斯以及其他一些作家、艺术家、记者和出版商，跻身 20 世纪 20 年代闻名于世的文学圈子。巴黎习艺，收获颇大，在《流动的宴会》中有大量描述。他还去意大利旅行，会见过墨索里尼。并受命赴中东和瑞士采访了希土战争和国际会议。又去德国，报道法德在鲁尔地区的冲突。记者生涯开阔了他的眼界，锻炼了他的体魄，磨炼了他的简约的文风，为创作提供了素材。

24 岁时，他发表了第一个作品集《在我们的时代里》，赚钱不多但很出名。而1926 年发表的长篇《太阳照常升起》，小说的出版奠定了海明威的文坛地位，他被看作"迷惘的一代"的代表作家。小说描写了战争对青年一代的心灵摧残，他们的精神创伤在战后难以愈合。男主人公巴恩斯如同作者也是个战地记者，因负伤丧失了性功能，无法与相爱的女友结婚，只得与一帮无所事事的朋友在欧洲各地漫游，观看拳赛斗牛，出入酒肆舞场，表面喧哗闹腾，内心悲哀失望，不知出路何在。天际的太阳照样升起，人性的太阳却永远地沉落了。海明威昭示了一代"世纪儿"的悲剧。

1927 年，海明威与第一个妻子离婚、与第二个妻子结婚，然后离开欧洲回国，有十年的时间他多半住在佛罗里达的基维斯岛，另一半时间他去非洲打猎、去西班牙看斗牛，打完猎看完斗牛回来后，创作了重要的非虚构作

名篇介绍

《永别了，武器》是海明威创作成熟期的一部重要作品，也是"迷惘的一代"的代表作之一。作品通过主人公的爱情悲剧谴责了战争的残酷和非理性，如果不是战争造成的动荡不安的生活状态和不良的医疗条件，他们本来是很有希望得到幸福的。何况这场战争只是西方列强争夺霸权的不义之战，正如亨利所说的："什么神圣、光荣、牺牲这些空泛的字眼，我一听就害臊，我可没见到什么神圣的东西，光荣的东西也没有什么光荣，至于牺牲，那就像芝加哥的屠宰场，不同的是把肉拿来埋掉罢了。"作品的反战主题显而易见。

品：《非洲的青山》《午后之死》，后者提出了自己的创作经验"冰山原则"。他以"冰山"为喻，认为作者只应描写"冰山"露出水面的部分，水下的部分应该通过文本的提示让读者去想象补充。这一时期比较重大的事件是他1929年发表长篇小说《永别了，武器》。

1936年，佛朗哥在德、意法西斯的直接参与下发动内战。37岁的海明威以巨大的热情参加了西班牙反法西斯战争，他一方面积极声援运动，一方面四次前往西班牙报道，亲自参加了战斗。国际纵队撤退时，海明威是最后一批。此次西班牙之行的收获一个是另一部重要作品《丧钟为谁而鸣》，另一个收获是第三任妻子。第二个妻子以遗弃为理由和海明威离了婚。

海明威和新妻子以记者身份采访了中国的抗日战争，蒋介石接待过他，宋美龄给他当过翻译。在40年代，海明威这一类非文艺性活动非常耸人听闻，光是他在二战中的冒险，就够做好几部小说的材料。在1942年，他向美国海军自告奋勇，驾驶他自己的游艇沿佛罗里达海峡巡逻，巡逻了两年，他有一个近乎自杀的计划，想毁灭这个区域的德国潜艇。

1944年，他又以记者身份去英国，屡次坐轰炸机参加战斗。战斗中他没有负伤，却在灯火管制时汽车失事受了重伤，几家报纸登了讣告，头部缝了57针，但他在诺曼底登陆那天把伤口上的线抽了出来。突入法国之后，他自动参加他选择的一个著名的师，参加了几次大型战役。按照规定，记者不能直接参战，海明威却指挥着自己的非正式而有效的小部队，这是支机动部队，装备着各种各样的德国和美国武器，被酒瓶和炸药压得几乎不能行动。海明威是最先冲进巴黎的人们中的一员，并独立解放了以藏酒著称的里兹饭店。有许多职业军人可以为海明威作证，说他是他们所见过的最勇敢的人。二战使他获得了铜星勋章和第四个妻子。

战后，海明威和第四个妻子玛丽先是住在哈瓦那附近的一个农庄，古巴革命后，又迁居美国爱达荷州。生活依然热闹，去意大利打野鸭、去非洲打猎、去西班牙看斗牛和在古巴宴饮、钓鱼、斗鸡。在意大利打野鸭时伤了眼镜，在非洲打猎时两天内遭遇两次飞机失事，又一次大难不死。在他生前发表的篇幅较长的小说只有《过河入林》和《老人与海》。1954年，海明威获得诺贝尔文学奖。此后再也没有发表重要的作品。晚年的海明威罹患多种疾病，终因不堪忍受折磨，用猎枪自杀。

《老人与海》

《老人与海》这部小说是根据真人真事写的。第一次世界大战结束后，海明威移居古巴，认识了老渔民格雷戈里奥·富恩特斯。1930年，海明威乘的船在暴风雨中遇难，富恩特斯搭救了海明威。从此，海明威与富恩特斯结下了深厚的友谊，并经常一起出海捕鱼。

1936年，富恩特斯出海很远捕到了一条大鱼，但由于这条鱼太大，在海上拖了很长时间，结果在归程中被鲨鱼袭击，回来时只剩下了一副骨架。海明威在《老爷》杂志上发表了一篇通讯《在蓝色的海洋上》报道这件事。当时这件事就给了海明威很深的触动，并觉察到它是很好的小说素材，但却一直也没有机会动笔写它。

1950 年圣诞节后不久，海明威产生了极强的创作欲，在古巴哈瓦那郊区的别墅"观景社"，他开始动笔写《老人与海》（起初名为《现有的海》）。到 1951 年 2 月 23 日就完成了初稿，前后仅用了 8 周。4 月份海明威把手稿送给去古巴访问他的友人们传阅，博得了一致的赞美。海明威本人也认为这是他"这一辈子所能写得最好的一部作品！"

由于小说中体现了"人在充满暴力与死亡的现实世界中表现出来的勇气"而获得 1954 年的诺贝尔文学奖，获奖原因是："因为他精通于叙事艺术，突出地表现在他的近著《老人与海》中，同时也由于他在当代风格中所发挥的影响。"对于这一赞誉，海明威是当之无愧的。海明威一生的创作在现代文学史上留下了光辉的一页。他以自己的经历披露了当权者的伪善和现实的残酷，刻画了美国年轻一代的迷惘情绪，作品中洋溢着对劳动人民的热爱，在探索艺术创作的途径中使现实主义在开放性的兼容并蓄中获得了新的光彩！

第十章　20世纪现代主义文学

现代主义是资本主义垄断时代的产物。19世纪末期以来，西方社会科学技术飞速发展，工业化程度不断提高。然而伴随着这一过程，人类付出了巨大代价。尤其是两次世界大战的硝烟，无情地嘲弄了人类的尊严和生存权利。战后频繁的经济危机、冷战，使西方各国的社会问题层出不穷。人与人、人与社会、人与自然等，均失去和谐存在的必然性；人们面对的是一个动荡不安的社会环境；文明的发展形成与人相对立的状态；以理性主义为基础的西方价值观受到怀疑等。基于这样的社会现实，现代主义文学便应运而生。它具有强烈的反传统倾向，大胆探索，锐意求新，表现了强烈的挑战意识和先锋精神。现代主义以第二次世界大战为线，大致可分为两个时期。前期的主要流派有：未来主义、超现实主义、后期象征主义、表现主义、意识流小说等。后期的主义流派有：存在主义、荒诞派戏剧、新小说、黑色幽默、魔幻现实主义等，有人将后期的文学称为"后现代主义"。

艾略特的《荒原》把后期象征主义文学推向高潮

20世纪20年代，英国诗人艾略特的《荒原》把后期象征主义文学推向一个高潮。后期象征主义是19世纪末象征主义的继续和发展，继而在20世纪20—40年代形成具有国际性影响的后期象征主义流派。后期象征主义的代表作家还有法国的瓦雷里的《海滨墓园》，奥地利的里尔克，梅特林克的戏剧《青鸟》，俄国勃洛克的《十二个》和叶赛宁，爱尔兰的叶芝，美国的庞德等。

后期象征主义文学的代表

艾略特原籍美国后加入英国国籍，是后期象征主义文学最大的代表，也是西方现代主义文学最有影响的诗人和评论家。1949年因"对当代诗歌做出的贡献和所起的先锋作用"获诺贝尔文学奖，"英王劳绩勋章"。1955年获歌德奖。

艾略特出生于美国密苏里州圣路易斯。祖父是牧师，曾任大学校长。父亲经商，母亲是诗人，写过宗教诗歌。艾略特曾在哈佛大学学习哲学和比较文学，接触过梵文和东方文化，对黑格尔派的哲学家颇感兴趣，也曾受法国象征主义文学的影响。1914年，艾略特结识了美国诗人庞德。第一次世界大战爆发后，他来到英国，并定居伦敦，先后做过教师和银行职员等。1922年创办文学评

▲艾略特

论季刊《标准》，任主编至1939年。1927年加入英国籍。艾略特认为自己在政治上是保皇党，宗教上是英国天主教徒，文学上是古典主义者。这些在他的创作中可以找到印证。

艾略特1909年起发表诗歌，先后出版的诗集有《诗歌》《诗集》《四个四重奏》等。写于1915年的《普鲁弗洛克的情歌》是艾略特最著名的诗作之一。《四个四重奏》是艾略特晚期的代表作，充满了宗教和哲学的冥想。长诗《荒原》是艾略特的代表作。除诗歌外，艾略特还有一些诗剧传世，最著名的是《大教堂的凶杀案》。

艾略特还是英美新批评派的奠基人之一，被称为"现代文学批评大师"。他早年提出的创作和批评的"非个人化"理论，对现代文学产生了很大的影响。

精神的荒原

《荒原》发表以后，成为西方文学中一部划时代的作品，也是西方现代诗歌的一

个里程碑。诗歌的形式模仿贝多芬有 5 个乐章的奏鸣曲，全诗分为 5 章。

第一章《死者葬礼》，一开头套用了乔叟《坎特伯雷故事》中《序言》开篇的春天场景。但是这里，四月是"残忍的月份"，没有水的滋润，缺乏充满生命力的欣欣向荣。现实生活充满了虚伪和邪恶的欲望，概括了第一次世界大战后西欧万物凋零的景象。

第二章《对弈》，是对社会不同阶层的扫描。上流社会的珠光宝气，掩盖不住精神的空虚。自然的美不复存在，只有令人窒息的合成香料。而酒吧间的下层妇女的对话，谈论"装假牙"和"打胎"，显示出生活的变态和丑陋。

第三章《火诫》，镜头对准伦敦的过去和现在。昔日充满诗意的泰晤士河，如今冷风袭人，阴森恐怖。伦敦人的生活卑琐庸俗。诗人认为，火能够烧去情欲，使人再生，重返自然。

第四章《水里的死亡》，通共只有 10 行，行行都是含义深刻的象征，有人说它象征的内容抵得过但丁的一部《炼狱》。人在欲海中死去，死去后忘掉生前的一切，让他静静地在死亡的欲海中反思。艾略特笔下的海既是情欲的象征，它夺去了人的生命，又是炼狱，它让人认清自己生前的罪恶。实际上艾略特是要现代人正视自己的罪恶，洗刷自己的灵魂。

第五章《雷霆的话》。重新回到欧洲是一片干旱的荒原这一主题。诗的起首用耶稣被钉死在十字架上来象征信仰、理想、崇高的精神追求在欧洲大地上消失，诗人认为，从此欧洲便成了一片可怖的荒原。人们渴望着活命的水，盼望着救世主的出现，盼望着世界的复苏，灵魂的再造。他用《圣经》的典故写了耶稣复活后的身影。然而基督并未重临，却听见了惊天动地的声巨响——革命的象征。艾略特把社会主义革命视为人类的一场灾难。最后，诗人借雷霆的话告诫人们：要施舍、同情、克制、皈依宗教，这样大地才会复苏，人们才会摆脱不死不活的处境获得永久的宁静。

《荒原》以启示性的神话构架、独特的叙事方式、深厚的哲学历史意蕴和鲜明的时代精神，成为现代主义诗歌无可置疑的经典作品。

名家介绍

叶芝是爱尔兰诗人，不仅伟大，而且令人着迷。他被艾略特称为"这个时代最伟大的诗人"，一点也没不过分。叶芝几乎没有失败的作品，许多诗篇是如此的饱满圆熟，又不失活力。在诺贝尔文学奖的家族中，很少像叶芝这样深入人心，具备永久魅力的。

叶芝出生在都柏林。生于都柏林一个画师家庭，自小喜爱诗画艺术，并对乡间的秘教法术颇感兴趣。曾读于都柏林艺术学校，不久违背父愿，抛弃画布和油彩，专意于诗歌创作。

代表作有诗剧《胡里痕的凯瑟琳》《1916 年的复活节》等。20 世纪 20 年代中期后，因接近人民生活和热心玄学派诗歌研究，作品融现实主义、象征主义和哲理思考为一体，以洗练的口语和含义丰富的象征手法，表现善恶、生死、美丑、灵肉的矛盾统一，具有较高艺术价值。突出诗作有《钟楼》《盘旋的楼梯》及《驶向拜占庭》等。

卡夫卡的出现形成了表现主义文学的第二个冲击波

表现主义文学产生于 20 世纪初，是继象征主义之后风行欧美的一个现代主义流派。它先从绘画开始，随后波及音乐、戏剧、诗歌、小说等领域。第一次世界大战前后，表现主义以德国为中心，到了 20 年代，声势浩大，影响遍及奥、俄、美、瑞士及北欧诸国，是西方现代派文学中影响较大，成就也较为突出的一个流派。当德国的表现主义 20 年代中期开始低落的时候，卡夫卡的重要的表现主义小说《变形记》《城堡》等相继出现于文坛，成为表现主义文学的第二个冲击波。

一个流血的童话

卡夫卡曾说：陀斯妥耶夫斯基是一个流血的童话。其实这句话完全可以形容他自己，唯一不同的是，也许卡夫卡的伤口更深。他的那些童话或者寓言，他的几乎每一部作品，如《城堡》《变形记》《地洞》等等，无一不在昭示着苦痛、绝望和孤独的命题，这些东西被卡夫卡从人类几乎不可能到达的深处挖了出来，很多年以后，人们被卡夫卡的发现震惊了。

▲卡夫卡

卡夫卡是曾经活在世上的人中，最纯粹的写作者，他只为自己的内心写作，他在逝世前最后遗言是，要求把自己的全部东西烧掉。幸运的是，没有人这样做，幸运的是，人们终于渐渐发现，卡夫卡是 20 世纪绝无仅有的写作天才。

卡夫卡是奥地利著名现代小说家，现代主义文学的奠基人。英国当代诗人奥登指出："如果要举出一位作家，他与我们时代的关系最近似于但丁、莎士比亚、歌德与他们的时代的关系，那么，卡夫卡是首先会想到的名字。卡夫卡之所以对我们重要，是因为他的困惑亦即现代人的困惑。"

卡夫卡出生在奥匈帝国统治下的布拉格一个犹太商人家庭。父亲艰苦创业白手起家，性格坚强、粗暴，家长式的管制与专断，是家中的"暴君"。卡夫卡对父亲非常敬畏，"他一生都活在他那强大的父亲的阴影中"。母亲气质忧郁、耽于冥想，对卡夫卡的忧郁、悲观的性格颇多影响。卡夫卡曾说：在巴尔扎克的手杖上刻着"我能征服一切"，在他自己的手杖上则刻着"一切都能征服我"。卡夫卡兄妹三人，他是长子。

卡夫卡在小学与中学学的是德语，自幼酷爱文学。中学毕业后一度学过文学和医学，后来迫于父亲的压力，进入布拉格大学学习法律，获得了法学博士学位。在法院实习一年后，转入半官方的"工人工伤保险公司"任职。他常联系布拉格的一些无政府主义者，并多借公出和假期之便，旅游过意大利、法国、德国、瑞士、丹麦等地。自 1917 年开始咯血，从此身患结核病，身体羸弱，后病重辞职。1924 年喉头结核恶化，死于维也纳近郊的一所疗养院，年仅 41 岁。

卡夫卡作为公职人员长达 14 年，并非一个勉强糊口的小职员，虽然疾病缠身，他却以勤奋和才华屡屡升迁，但他并不喜欢这一职业，在日记中他写道："我唯一的职业是文学"。"以文学为出发点来看我的命运，则我的命运十分简单，表达自己梦幻一般的内心生活，这一意义使其他的一切都变得次要了，它把一切都扭曲了，并将一直扭曲下去。"

他同父母的关系是扭曲的。为了有人照料自己的食宿，便于业余创作，他直到 31 岁方离开父母身边。但他的父母根本不理解他的创作，嘲讽他的作品。他在著名的《致父亲的信》中有过描述，"我在自己的家里比陌生人还要陌生"。他的恋爱也被写作扭曲了。卡夫卡曾三次订婚，又三次主动解除婚约，始终没有建立自己的家庭，原因是怕失去创作所必需的"孤独"。

卡夫卡的社交圈子惊人地狭窄。与当时文坛隔绝，同周围人也保持一定的距离，即使对莫逆之交也是如此。终其一生，除了曾去瑞士、德国、意大利等欧洲国家作短暂旅行之外，几乎全在布拉格度过。除了最后的 6 年是生活在捷克共和制下，大半生都在腐朽没落的奥匈帝国度过。第一次世界大战、社会主义思想的传播、工业化等时代潮流浩浩荡荡，不过他本人一直游离于社会之外，是个踽踽独行者。

名家介绍

尤金·奥尼尔是美国民族戏剧的奠基人。评论界曾指出："在奥尼尔之前，美国只有剧场；在奥尼尔之后，美国才有戏剧。"

1920 年，奥尼尔的《天边外》在百老汇上演，并获普利策奖，由此奠定了他在美国戏剧界的地位。奥尼尔创作的鼎盛期不仅题材和主题丰富多样，而且形式上也从早期的以自然主义为主，发展成一种糅合着象征主义、表现主义和意识流手法等现代艺术意识和技巧的新型风格。其中《毛猿》广泛运用了象征手法，以邮船象征社会，大炉间象征牢笼，扬克象征人类，使作品的思想内涵更为丰富。1936 年获诺贝尔文学奖。奥尼尔去世后，按他的要求，墓碑只镌"奥尼尔"三字，但他在美国戏剧史上烙下的辉煌印记却是永难磨灭的。

卡夫卡是个勤奋的业余作家。在大学期间，他开始文学创作。首篇问世之作《一场战斗纪实》于 1909 年才公开发表。他的作品在生前发表得不多，1913 年沃尔夫出版社出版了他的小品集《观察》，同年发表了他的长篇小说《美国》的第一章《火夫》，这篇作品在 1915 年获得封塔涅德国文学奖金。1916 年出版《变形记》《判决》。1919 年出版《乡村医生》和《在流放地》。《城堡》是卡夫卡晚年创作的一部长篇小说（未完成）。

在十多年间，卡夫卡利用业余时间写出了数十篇短篇小说、三部长篇小说以及日记、书信等，不下几百万言。临终前，卡夫卡让多拉烧掉了一部分作品，还在给挚友勃罗德留下的遗嘱中写道："凡是我遗物中的一切稿件，日记也好，手稿也好，别人和我自己的信件也好，等等，毫无保留地，读也不必读地统统予以焚毁。"但勃罗德不仅没有执行这份偏激的遗嘱，反而保存并搜集了卡夫卡的大部分文稿，并整理出版了全部作品、日记以及书信。要注意的是，这些作品并非卡夫卡的全部作品，多拉烧掉了一些、后来又被纳粹从多拉住处没收了一些。

《变形记》

《变形记》是卡夫卡最具特色的短篇小说之一。作品的主题是探索现代社会中人的"异化"问题。小说通过小职员格里高尔·萨姆沙做了一个噩梦，早晨醒来发现自己变成大甲虫而最后死去的故事，说明在现代社会中，人是绝对孤独的。在格里高尔看来，世界是陌生的，周围人对他也极其冷漠。5年来，作为一个普通的推销员，他为了养活一家人，没有休息，没有娱乐，早已"异化"；变成甲虫以后，他仍然想挣扎着去工作，但却是不可能的，因而更得不到周围人包括家人的同情与关怀。他的父亲不得不到一家银行当杂役，母亲夜以继日地替别人缝制衬衣，妹妹只好到一家商店当售货员，再也无暇顾及这个从前的"养家人"。他们还不得不腾出一间房子招租，为了讨好房客，父母在一旁过分谦卑地侍立着，妹妹拉起了小提琴，格里高尔为琴声感动，暗怀着一年前就有的送妹妹上音乐学院的梦想，悄悄地爬了出来，表示他最能欣赏妹妹的技艺。但格里高尔的出现吓跑了房客，使本来就对他冷漠不满的父亲勃然大怒，愤而将他赶回房间。格里高尔经受了一系列冷遇和折磨，最后在孤寂中死去。格里高尔死后，父亲说："唔，现在我们可以感谢上帝了！"全家人也舒了口气，准备开始新的生活。

小说深刻表现了人的异化。在资本主义社会里，人与人之间、人与社会之间、人与物之间的关系都被严重扭曲了，主人公格里高尔既无法主宰自己的命运，又得不到周围人的援助，被"异化"了。这是资本主义社会中一种特殊的异化现象，他的死，正是人被异化之后彻底孤独、失望的必然结果。更为可怕的是，格里高尔开始不适应甲虫的生活方式，后来虽然保留了人的思维，却能按照甲虫的方式在房间里、墙壁上爬来爬去，应付自如。异化几乎成了生命的常态。人变成甲虫，无疑是人类的一场最可怕的噩梦。

乔伊斯发表意识流小说的经典之作《尤利西斯》

《尤利西斯》写得犹如天书一般，十分难懂，内容涉及天文学、法学、医学、艺术学、宗教学、哲学等领域内容，令读者在感叹作者思想之博大、学识之渊博的同时，为读懂这部"天书"而必须仔细谨慎地"按图索骥"。"我在这本书里设置了那么多迷津，它将迫使几个世纪的教授学者们来争论我的原意。"这是乔伊斯在《尤利西斯》出版前夕对友人说的话，他甚至认为"这就是确保不朽的唯一途径"。的确，詹姆斯·乔伊斯的创作"宣告了19世纪的末日"，"标志着人类意识新阶段"。

自愿流亡的大师

詹姆斯·乔伊斯，世界上几乎每一个角落都有人在谈论他。那些以文学为业的人也许非常憎恨这个该死的爱尔兰酒鬼，因为他们都不能逃避这样的苦役：研读或浏览他那些诘屈聱牙的巨作并进行表态。赞叹《尤利西斯》伟大、恢弘、渊博甚至有趣的人固然可以凭借自己不俗的艺术品位顾盼自雄，宣称"不喜欢、不合口味"的人至少也能因坚守了某种文学立场和品格而心感慰藉。

当然，大家彼此心照不宣的是，谁都不会轻易读懂乔伊斯。放眼当今欧美各大学的文学系，乔伊斯已经成了许多英语文学教授的金饭碗。然而，就是这些专吃乔伊斯饭的教授学者们，又有几个真能理解和欣赏乔伊斯呢？难怪当初写完《尤利西斯》的乔伊斯曾不无得意地说，他的书怎么也得让后来的研究者皓首穷经地忙活上半个世纪。

一如鲁迅之于中国新文学，乔伊斯在加入西方现代主义文学的开创者行列的同时，也在后继者面前树立起一座难以逾越的高峰。那么这个用自己的才智使他人困窘万端的家伙，究竟是个怎么样的人呢？

连载《尤利西斯》的美国《小评论》杂志主编玛格丽特·安德森这样描述自己去巴黎探望乔伊斯后对他的印象："举止斯文，待人和善，笑中略带贬人

▲詹姆斯·乔伊斯

的幽默，具有贵族气质……我所认识的人当中不乏受尽命运捉弄的人，但他似乎受苦最深，这种印象并不来自他的言语，而来自他的一举手一投足、一颦一笑。"

与他作品豪迈甚至粗砺的风格相反，乔伊斯本人非常羸弱，手无缚鸡之力。他细长的身体上架着一个神童式的冬瓜脑袋，眼睛温和而平静，由于视力极弱而毫无表情。他戴着又沉又厚的眼镜，以便把书上的字放大很多倍。他刚一降生，父亲就扒开他的眼皮看，希望家族遗传的眼疾不会在这个孩子身上重现，然而这个愿望落空了，乔伊斯多年来一直在接受没完没了的手术。

他的姿态优雅而缓慢，步履轻盈，十指纤细、敏感，摸起东西来好像天线一般。从他的脸上可以一目了然地看到严厉、苦修、骄傲、敏感和忧郁。这个公认比其同时代人更有天才的人，却总是沉默寡言，所说的话近乎低吟。他歌喉优美，足以同爱尔兰最好的男高音媲美。

乔伊斯出生在一个信奉国教天主教的家庭，但21岁的时候就与天主教决裂，从此便以一个各种意义上的叛逆者的形象出现。在1904年，乔伊斯有两件大事，一是开始写小说，当年发表了三篇，后来收入《都柏林人》，并写了长篇《英雄斯蒂芬》。二是有了恋人，对方是18岁的姑娘，第一次约会时间定在1904年6月16日，后来他的巨著《尤利西斯》就是以这一天为全书情节发生的日期，使之成为西方文学史上描写最详尽的一天。

在他看来，爱尔兰是一个堕落的窒息人的国度，都柏林是一个堕落的窒息人的城市，逃离是他唯一可选择的道路。于是，他于22岁那年偕女友私奔欧洲大陆，义无反顾地开始了长达一生的流亡生涯，中间仅仅点缀着短期的回乡探亲，1911年后再也不曾踏上爱尔兰的土地。

然而祖国的分量也许恰恰在这个逆子的心中最重。作为一个作家，乔伊斯更愿意从远方从异乡观察、构想和描写他的故乡，他没有一分一秒忘记过自己的誓言：为祖国的精神解放写下自己的一章。可惜，他的祖国不可能理解他。乔伊斯死后也未能同祖国达成谅解，爱尔兰不允许他的遗体回国安葬，这与同样客死他乡的叶芝的载誉荣归相比，何啻天壤！

《尤利西斯》的出版可以说是命途多舛，当初经庞德推荐，由美国的《小评论》杂志连载，不久就遭干涉，刊物多次被邮局整期没收。发表第十章时，纽约防腐化委员会提出诉讼，法院在转年初判定两位女主编"出版淫秽作品"，不许继续发表。后来还是巴黎"莎士比亚书店"美国店主比奇女士对乔伊斯赞赏有加，使此书破例在巴黎出版，并一再重印，在德国又修订再版，不过在爱尔兰、英国、美国，它仍遭禁，导致盗版猖獗。乔伊斯请律师打官司，公开抗议，由世界知名的文化

意识流小说

意识流小说是20世纪初期兴起于西方，以表现人们的意识流动、展示恍惚迷离的心灵世界为主的小说。它以象征暗示、内心独白、自由联想等意识流的创作方法为主要特征，在20世纪20—30年代英、美、法等国形成一个颇为壮观的现代主义文学流派。40年代后，纯粹的意识流小说已不复存在，但意识流小说所锤炼的各种技巧，对此后崛起的现代主义诸流派都产生过深远的影响。意识流小说的代表作家是爱尔兰的乔伊斯、英国的伍尔夫、法国的普鲁斯特和美国的福克纳等。

人士签名，包括爱因斯坦、艾略特、高尔斯华绥、海明威、叶芝等。美国法院在 1933 年方才判定此书可以进入美国。美国兰登书屋在宣判十分钟后立即开始排印。1936 年此书在英国解禁。乔伊斯成为国际知名作家。

从 35 岁以后，即 1917 年开始，乔伊斯胃病和眼病严重，为眼病做了 11 次手术。1941 年十二指肠穿孔，逝世于苏黎世。

詹姆斯·乔伊斯是爱尔兰著名小说家。现代主义文学鼎盛时期的杰出代表。他的主要功绩是把意识流小说推向高峰，使之成为 20 世纪现代主义文学中别具特色又广泛运用的技巧。艾略特称他是自弥尔顿以来最伟大的英语语言大师。而同时，他也走得最远、读者最少的作家。与东方作家不同，他是用理性、科学、细致到繁琐的态度创作小说的，可以剖析，但有时难以欣赏，尤其对东方读者。

意识流小说的经典

《尤利西斯》是乔伊斯的代表作，也是现代西方小说中最富实验性的作品之一，被认为是意识流小说的经典之作。

小说描写的是广告承揽员布卢姆、他的妻子摩莉，以及青年知识分子斯蒂芬大约 18 个小时的经历，表达了作者对现代人精神空虚和道德堕落的看法。布卢姆是爱尔兰匈牙利裔犹太人，他在都柏林整天忙碌，但是一无所获。他 11 年前丧子，现在性功能衰退，妻子和情人相会，他也无可奈何。作为犹太人，他到处受人欺凌，胆小如鼠，但自己又和别的女人鬼混，沉湎于酒色。在道德沦丧，家庭分裂的情况下，他飘零无依，备受精神折磨，在都柏林的中产阶级中很有代表性。斯蒂芬富有理想和激情，对人生和未来有美好的憧憬。他不满爱尔兰的现实，也不满父亲的一味酗酒放荡，决心和国家、宗教以及家庭决裂。这两个人碰到一起，布卢姆找到精神上的儿子，斯蒂芬找到了精神上的父亲。小说中的摩莉对过去有美好的回忆，在性生活方面有过挫折，渴望健全的家庭和社会关系。这三个人物都陷入了无法解决也无法摆脱的矛盾之中，他们在这种毫无结果的混乱和绝境中消耗精力和浪费时间。

作品借用了古希腊神话中的英雄俄底修斯的故事，意在表明现代人生活的空虚和无聊。和古希腊英雄相比，现代人懦弱，卑琐、堕落。小说用了大量的篇幅来描写布卢姆的可怜又可鄙的处境，他的妻子的耽于肉欲，以及斯蒂芬的自命清高、彷徨和玩世不恭。作品十分精细地表现了布卢姆在外游荡的一天生活，象征性地点出现代人到处漂流、无处安身的悲哀、绝望、孤独的处境。

在总体结构上，《尤利西斯》分为三部分，共 18 章，大致与荷马的《奥德修记》相对应。第一部分描写斯蒂芬寻找精神父亲的过程，对应俄底修斯之子远寻父。第二部分讲述布卢姆一天在都柏林的游荡，对应俄底修斯十年的海上飘零，第三部分"回家"对应俄底修斯回家的经历。这种比照将古代的英雄悲壮和现代的卑劣猥琐间的强烈反差勾画得极为鲜明。

《尤利西斯》突出地描绘了人物的意识活动，尤其是潜在的意识活动。现实的当代社会主要是通过人物头脑里不断涌现的意识、人物的感觉和臆测来加以展现的。与那些表现崇高理想、高尚道德和坚强意志的作品不同,《尤利西斯》透过理性表现出来的人的无意识和自然本能,强调的是在人的日常生活中去观察和理解人自身。理想的光环失去之后,剩下的就是非英雄的凡夫俗子。因此,这部作品又是20世纪非英雄文学的杰作。

福克纳获得 1949 年诺贝尔文学奖

1950 年福克纳获得了 1949 年的诺贝尔文学奖。福克纳对获奖反应平静，他对聚集在他家院子外的记者们只说了一句话："这是莫大的光荣，我很感激。不过，我宁可留在家里。"他居然不愿意出席瑞典的颁奖典礼。当家人、朋友和美国国务院特使的请求一概无效时，福克纳的妻子让女儿出面哀求父亲带她到欧洲一游，作为即将结束高中学业的毕业礼物。深爱女儿的福克纳同意了。

福克纳

福克纳的祖父是个传奇性人物，福克纳出生时，家道已中落。作为一个庄园主的后代，福克纳对家族盛极而衰的历史极感兴趣，家族史成了他日后创作的一大题材来源。

福克纳没有读完高中就踏上了社会，在银行里当小职员，后因不忍见女友与他人结婚，离开家乡去一家武器公司任职，不久加入加拿大皇家空军去多伦多受训。未及作战，第一次世界大战已经结束，遂退伍回家。然后进密西西比大学，但很快退学。随后几年，他当过大学邮政所所长，兼任过童子军教练，并出版过一本诗集，但没有引起什么反响。1924 年，他结识了著名作家舍伍德·安德森，后者很欣赏他的才华，劝他改写小说，福克纳由此走上了小说创作的道路。

1929 年对福克纳来说意义非凡。这一年初，《沙多里斯》出版，这是后来被命名为"约克纳帕塔法世系"的系列小说中的第一部。同年 10 月，他的代表作之一《喧哗与骚动》问世，受到评论界的一致好

▲福克纳

评，福克纳脱颖而出，正式登上文坛。另一件大事是他热爱多年的女友终于与丈夫离婚嫁给了他，幸福稳定的家庭生活为他的创作提供了良好的环境和充足的动力。此后的 7 年内，福克纳精力旺盛，出手不凡，接连写出了 9 部重要作品。

1950 年福克纳获得了 1949 年的诺贝尔文学奖。福克纳对获奖反应平静，他对聚集在他家院子外的记者们只说了一句话："这是莫大的光荣，我很感激。不过，我宁可留在家里。"他居然不愿意出席瑞典的颁奖典礼。当家人、朋友和美国国务院特使的请求一概无效时，福克纳的妻子让女儿出面哀求父亲带她到欧洲一游，作为即将结束高中学业的毕业礼物。深爱女儿的福克纳同意了。在典礼上，这位身材矮小、高中也没

有毕业的乡巴佬，多亏女儿的帮助才克服了羞怯和腼腆。讲演时，他说得细声细语，速度很快，又带着浓重的家乡口音，谁也没有听清楚。直到第二天报纸上发表了演讲词之后，人们才知道他说了些什么。

福克纳的妻子崇尚奢华，把家里的财政情况弄得一团糟。为了摆脱负债的状况，福克纳不得已而去好莱坞当电影编剧。

1962 年 7 月 6 日，因为心脏病突发，福克纳在牛津镇去世，终年 65 岁。

南方文学的杰作

长篇小说《喧哗与骚动》是福克纳本人最钟爱的作品，也是首次全面体现作家的思想倾向和纯熟技巧的作品。作为约克纳帕塔法世系小说的扛鼎之作，是备受推崇的南方文学杰作；作为一部复线结构的纯意识流小说，是广受好评的现代文学经典。书名取自莎士比亚的《麦克白》中的一段著名台词。

小说的中心人物是南方世家康普生家唯一的女儿凯蒂，中心事件是凯蒂与北方佬私通，出嫁后又被丈夫休去，留下私生女离家出走，浪迹天涯。小说分成 5 部分，除了最后一部分"附录"以纪传体形式概述了康普生家族史外，其余 4 部分的叙述者依次是班吉、昆丁、杰生和迪尔西。

班吉是凯蒂的白痴小弟弟，他的内心独白时序混乱、事件错杂，他强烈的感觉是疼爱他的姐姐不能再关心他了。昆丁是凯蒂的哥哥，哈佛大学的学生。他为妹妹同北方佬乱搞感到羞辱和愤恨，在他看来，他曾那么自豪的南方的伦理传统就此轰然崩塌。他深感前途无望，投水自尽。杰生是凯蒂的大弟，受托照看凯蒂的私生女小昆丁，他对姐姐一片怨气，因为她的离异使他失去了利用姻亲关系向上爬的机会，为此迁怒于小昆丁，扣押姐姐寄来的抚养费，打算用来做发家的资本。他仇恨传统，也仇恨一切人，竭力顺应资本主义法则，是一个彻头彻尾的利己主义者。迪尔西是康普生家的老黑奴，她勤劳坚毅，乐观豪爽，富有同情心，极力推持这个摇摇欲坠的大家庭，是小说中唯一的亮点，寄寓着作家对普通劳动者和黑人的赞美。小说通过康普生家族末代子孙的精神危机和道德败坏，深刻地揭示了美国南方贵族文明的衰朽本质和不可逆转的覆灭命运，具有巴尔扎克式的洞察力。

第十一章　东方文学

　　东方古代文学取得了辉煌的成就。四大文明古国均为东方国家，其文学是世界文学的滥觞。巴比伦史诗《吉尔伽美什》是世界最古老的史诗，希伯莱的《圣经·旧约》成为犹太教的经典，印度的两大史诗《摩诃婆罗多》和《罗摩衍那》流传全世界。中古时期，东方呈现了民族文学的繁荣，伟大的诗人、小说家和剧作家如群星灿烂。除中国文学成就卓著外，出现了日本的诗歌集《万叶集》，紫式部的《源氏物语》，朝鲜说唱脚本小说《春香传》，阿拉伯的民间故事集《一千零一夜》，波斯的菲尔杜西的《列王记》，萨迪的《蔷薇园》和哈菲兹的抒情诗等。近现代的东方，除日本在明治维新后进入资本主义发展道路之外，许多国家沦为殖民地或半殖民地。这一时期的文学呈现出明显的反殖民反封建特色。总之，东方古代文学在世界文学中处于先导地位，中古文学处于优先地位，近代文学虽有落后但别具特色，现当代文学处于复兴时期，是世界文学最有前途的文学之一。

一个英雄的传奇：《吉尔伽美什》

提起古巴比伦文学，人们总是首先想到著名的《吉尔伽美什》，这部人类历史上第一部史诗，早在4000多年前就已在苏美尔人中流传，经过千百年的加工提炼，终于在古巴比伦王国时期（公元前19世纪—前16世纪）用文字形式固定下来，成为一部巨著。的确，这是两河流域文学最杰出的作品之一，充分展示了东方文学的巨大魅力，足以令美索不达米亚人民感到骄傲和自豪。

▲吉尔伽美什制伏狮子

关于《吉尔伽美什》

《吉尔伽美什》大体上是古代两河流域神话传说精华的汇集。从它内容的丰富性和复杂性来看，显然不是出于一人之手，而是人民群众集体智慧的结晶，是在口头文学的基础上逐渐发展定型的。

全部史诗载于12块泥版，总共3500行。从结构上看，分为前言和正文两大部分。前言主要描述了英雄吉尔伽美什其人其事。吉尔伽美什是乌鲁克国王，他非人非神。众神创造了他完美的身躯，并赋予他美貌、智慧、勇敢，使他具有世人无法具有的完美品质。正文按情节发展可分为7个部分，讲述了英雄一生的传奇故事。

《吉尔伽美什》大约最后完成于原始公社制社会末期至奴隶社会的初期。由于形成时间的漫长以及形成过程中所经历的社会历史阶段不同，再加上统治阶级和僧侣的篡改，它的思想内容和艺术结构显得比较复杂，甚至有些地方是矛盾的。

版本推荐

《吉尔伽美什》（巴比伦史诗），赵乐甡译，译林出版社，1999年版。

史诗情节

关于史诗的情节，故事的梗概是这样的：

吉尔伽美什做了乌鲁克国王后，性情暴戾，荒淫无度，弄得民不聊生。天神听到百姓的哭诉后，就为吉尔伽美什创造了一个对手恩奇都，让恩奇都去制服吉尔伽美什。两位英雄经过艰苦厮杀后，不分胜负。最后，两位英雄相互敬佩，结成了莫逆之交。他们生活在一起，做了许多有益于人类的事，其中主要有杀死保卫松树的怪物洪巴巴，反抗女神伊什塔尔，击毙女神派来的天牛等。

故事描述道：当吉尔伽美什决心为民除害，杀死巨妖洪巴巴、救出女神伊什塔尔时，充满了危险，但他勇敢无畏、不怕牺牲，誓死也要完成这项艰险的事业。经过残酷的战斗，吉尔伽美什和恩奇都终于取得了胜利。吉尔伽美什因此得到了百姓的敬佩，赢得了伊什塔尔的爱情。女神充满激情地向英雄倾诉道："请过来，做我的丈夫吧，吉尔伽美什！"女神还说，如果他接受她的爱情，就能享受无尽的荣华富贵。不料，吉尔伽美什拒绝了伊什塔尔。他不喜欢伊什塔尔的水性

▲吉尔迦美什与恩奇都通力斗天牛

杨花，到处留情，而且不善待自己的爱人。伊什塔尔遭到拒绝后，由爱生恨，便请天牛替她报受辱之仇。吉尔伽美什和恩奇都与天牛展开了生死搏斗，最终除掉了天牛。不幸的是，他们受到了伊什塔尔的父亲、天神安努的惩罚。天神让恩奇都患上致命的疾病，离开了人世。挚友的去世，使吉尔伽美什悲痛欲绝，同时也充满了对死亡的恐惧。

吉尔伽美什决心到人类的始祖乌特·纳比西丁那里去探寻永生的秘密。他在经过长途跋涉、历尽千辛万苦后，终于找到了乌特·纳比西丁。乌特·纳比西丁向他讲述了人类曾经历大洪水的灭世之灾，但自己一家得到神助而获得永生的经过。显然，乌特·纳比西丁获得永生的秘密对吉尔伽美什毫无用处，因为再也不可能有这种机遇了。后来，吉尔伽美什得到的返老还童的仙草又不幸被盗，最后只得万分沮丧地回到了乌鲁克。全诗以吉尔伽美什与恩奇都的灵魂对话而结束。

故事迂回曲折，情节跌宕起伏，语言十分优美，生动地反映了人们探索生死奥秘这一自然规律的愿望，也表现了人们反抗神意但最终难逃失败的悲剧色彩。尽管史诗带有浓厚的传奇色彩，但在一定程度上反映了某些真实的历史过程。在巴比伦时期的泥版以及石刻中，许多是以吉尔伽美什的传奇故事为题材的，说明该史诗不仅有很高的文学价值，而且也有重要的史学价值。

印度出现两大史诗《摩诃婆罗多》和《罗摩衍那》

　　印度古代文学史上，吠陀文学之后的又一个高峰是史诗文学。一个漫长的历史过程，除苏多之外，还经过了无数婆罗门和民间歌手的加工修改。《摩诃婆罗多》和《罗摩衍那》是印度的两大史诗，这两大史诗被看作印度教圣典，在印度家喻户晓，是印度人精神生活中不可少的太阳和月亮，也是进行文学再创造的最重要的源泉。

《摩诃婆罗多》

　　《摩诃婆罗多》的成书年代约在公元前4世纪到公元4世纪的800年间。传说作者是广博仙人（毗耶娑）。他既是史诗的作者又是史诗中的人物——婆罗多族的祖先。实际上广博仙人至多不过是史诗的编订者之一。"摩诃婆罗多"的意思是"伟大的婆罗多族的故事"。它以一部完整的英雄史诗为主干，杂有大量的中、小故事以及政治、伦理、法律、哲学、宗教等非文学的成分。全书共18篇，约10万颂（每颂两行，每行16个音），是世界上已有写本的最长的史诗。

　　中心故事说的是古代印度两大王族——俱卢族和般度族之间争夺王权的斗争。俱卢族有100个王子，以长子难敌为首；般度族5个王子，以坚战为首。双方为王位进行了长期的争战。最后的战役持续了18天。战争结束，最初强大却非正义的难敌，败给了弱小却代表正义的坚战。

　　作品中的坚战是"仁慈的化身"。他最突出的性格就是容忍和宽恕，一次次地容忍难敌的加害，一次次地宽恕难敌的险恶用心。这是一个坚持善行，维护正法和毫无私心的克己复礼的英雄。他与难敌的狡猾、险恶、嫉妒、贪婪形成对照。作品对两个家族的代表人物的描写，表现了古代印度人民的愿望：维护正法，坚持善行；争取国泰民安、和平仁爱的政治理想；追求家族和睦，提倡兄弟友爱。

《罗摩衍那》

　　印度的另一部伟大的史诗《罗摩衍那》的主要情节取自《摩诃婆罗多》的一个插话《罗摩传》，它所表达的思想与《摩诃婆罗多》是完全一致的。《罗摩衍那》也是在长期的民间流传中形成的。它的编订者传说是蚁垤（音译"跋弥"）。"罗摩衍那"的意思是"罗摩的漫游"。全书共7篇。

　　史诗描写罗摩王子一生的曲折经历：早年的宫廷生活，主动离京流浪、在楞迦与十首大战和重回京城执掌政权。罗摩是十车王的长子，有兄弟共4人。成年后，十车王立罗摩为太子，继承王位。登位庆典前夕，王妃吉迦伊却要求国王实现当年对她的许诺，满足她的两个要求：让她的儿子婆罗多继承王位，并流放罗摩14年。为不使父王食言，罗摩同妻子悉多和三弟罗什曼那离开京城，到森林中隐居。婆罗多要求罗摩回城，亦被拒绝。婆罗多代兄摄政。

在森林中，楞伽城十首罗刹王劫走了悉多，悉多坚贞不屈而被魔王囚禁。罗摩同猴王联合，在神猴哈奴曼的帮助下，带领军队，开往楞伽城，消灭了魔王，救出了悉多。但罗摩怀疑悉多的贞洁，悉多投火自明，火神在烈焰中托出悉多，证明了她的纯洁。然而

▲《罗摩衍那》插图

罗摩执政后，听信谣传，遗弃了怀孕的悉多。蚁垤仙人收留了她，后来领着她的两个孩子去罗摩宫中吟唱《罗摩衍那》，罗摩终于发现这两个孩子就是自己的儿子。蚁垤仙人再次证明了悉多的贞洁，但罗摩仍坚持说他无法让人民相信，悉多不得已求救于地母，大地顿时裂开，悉多投入大地母亲的怀抱。最后，罗摩升天还原为毗湿奴大神，并与妻儿在天上团圆。

我们可以看出，罗摩是一个古代的英雄、理想的国王。他主动放弃王位，远离故土过苦行生活。不管是神仙劝说，还是遭遇困苦，他都矢志不变。罗摩又十分勇武，但他的勇武是在他的道德的支配下表现出来的。在森林中与罗刹们的战斗，在楞迦与十首王的交手，一次次地证明罗摩的精神：忠于真理，言行一致。罗摩高尚的品德，代表了印度人民对国王的希望。

古代希伯莱文学《旧约》产生

古代希伯来文学主要保存在《圣经·旧约》中。古代希伯莱文学在世界文学史上占有十分显著的地位。它与古代中国文学、印度文学和希腊文学比肩而立，共同构成世界古文学大厦的四根台柱，它在中东和欧洲文学的发展进程中扮演了重要角色。

《圣经·旧约》的产生

《圣经·旧约》的产生与犹太人的历史和宗教思想密切相关。

公元前15世纪希伯来人从幼发拉底河来到迦南后，对入侵迦南的非利士人进行了英勇的抵抗。希伯来人共推北方部落的扫罗为国王。扫罗战死后，南方犹太部落的大卫得到贵族的支持登上王位，统一了以色列和犹太，又打败非利士人，并控制了腓尼基到埃及的商业通道。大卫在位60余年，国势逐渐强大。所罗门登位后加强管理，发展经济，在经济文化各方面都取得重要的成就。但所罗门死后，统一的王国分裂成南北对峙的两个国家。从此南北战争不断，邻国乘机入侵。

▲反映所罗门王生活的油画

从那以后的数百年间，希伯来人沦于外族的统治之下。公元前64年，罗马将犹太作为属国。犹太人曾起义反抗，但都被镇压。在这过程中，战神耶和华的地位逐渐上升，尤其在"巴比伦之囚"事件后，耶和华的地位大为提高，并最终成为犹太人的救世主和唯一能尊奉的神。

"巴比伦之囚"及之后的时期，是希伯来人思想和文化史上的重要阶段：他们整理了历代的文学精粹，编纂形成了《圣经·旧约》，使民族文学的珍品得以保存；完成了犹太教教义，形成了一神论的犹太教。罗马天主教和东正教使用的《圣经·旧约》的原本都称为"七十子本"，"七十子本"常被用来指《旧约全书》的希腊文译本。之后，《旧约全书》不但成为犹太教的经典，而且以后又为基督教徒接受，并与《新约全书》一起成为基督教的经典。

《旧约全书》

《旧约全书》是希伯来民族发展和以色列犹太王国兴衰盛亡的艺术记录，作品具有了如希腊神话、荷马史诗一样"永久的魅力"，对欧美文学乃至社会生活产生了深远的影响。

《旧约全书》39 卷，可分成四个部分：经书，史书，先知书和诗文集。经书（或法典），即所谓的"摩西五经"，指的是《创世记》《出埃及记》《利未记》《民数记》《申命记》。这是《圣经》中最古老的作品，也是宗教界最重视的作品。《创世记》是希伯来民族神话故事的汇集，从耶和华开天辟地、诺亚方舟洪水救渡、亚伯拉罕西迁定居迦南，到雅各逃荒儿子约瑟在埃及当宰相的故事。这是《圣经》中想象最为丰富的作品之一。《出埃及记》以摩西的出生成长和在耶和华指引下组织犹太人逃离埃及的故事为线索，充满英雄史诗般的气息，流露了对神的敬畏之情。《申命记》则是摩西在约旦河东岸向民众的演说，重申犹太人必须遵循的"十诫"。这五部作品以神话为引子，表现了摩西带领犹太人出埃及入迦南的艰苦历程

史书共 10 卷，包括了《约书亚记》《士师记》《撒母耳记》《列王记》《历代志》等作品。前四部作品，记录了约书亚带领犹太人进入迦南的战斗，与非利士人抗争中士师底波拉、基甸、参孙的可歌可泣的事迹，扫罗、大卫、所罗门掌权时期的由弱而强和所罗门之后的分裂，表现了从以色列人进入迦南，到巴比伦之囚后重返家园的犹太人的发展历史。《历代志》则是希伯来民族的通史，宣传了以耶路撒冷为中心的爱国主义。作品善于通过白描手法刻画人的性格，表现了简洁生动的文风。

先知书共 15 卷，包括《以赛亚书》《耶利米书》等作品，表现的是公元前 8 世纪到公元前 3 世纪的多灾之秋。先知，实际上是社会的改革家和思想家，在民族危亡之际大声疾呼，或发表演说，或写诗作文，企图唤醒民众。先知书揭示了外敌入侵之下的悲惨景象和尖锐的社会矛盾，流露了强烈的爱国热情和无畏的殉道精神。

诗文集有诗歌和小说共 10 部。作品在题材、体裁、情调、风格各方面自有特色，显示出编纂者整理文集时的良苦用心。

▲摩西击石出水

中古东方文学呈现繁荣景象

　　中古东方文学指的是亚非地区封建社会产生、发展和衰落时期的文学。中世纪亚非地区的各民族文学总体上呈现繁荣景象。除中国文学成就卓著外，东亚文化区中出现了日本的和歌集《万叶集》紫式部的《源氏物语》，朝鲜说唱脚本小说《春香传》，越南阮攸的长诗《金云翘传》等；南亚文化区中出现了印度的佛教文学《佛本生经》寓言集《五卷书》等；中亚西亚文化区中出现了阿拉伯的民间故事集《一千零一夜》，波斯的菲尔杜西的《列王记》萨迪的《蔷薇园》等。

印度故事文学的双璧

　　中古印度故事文学丰富发达，其中寓言故事尤为重要。印度历史纷争不断，百姓渴望安居乐业，统治者希望长治久安，于是以物喻人、以事喻理的寓言故事有了肥沃的土壤。《佛本生经》《五卷书》堪称印度故事文学的双璧，两者主要是寓言故事，一是佛教徒编订，一是婆罗门文人编订的。

　　《佛本生经》是佛经中文学性较强的部分之一。主要讲述佛陀释迦牟尼成佛之前，经历无数轮回转生的前生的故事。有固定模式，每个故事由5部分组成：一是今生故事，交代佛陀讲述前生故事的缘起；二是前生故事；三是偈颂，是有总结或描述性质的诗；四是注释，对偈颂总词语含义的解释；五是对应，将前生故事的人物与今生故事的人物一一对应。

▲反映《佛本生经》内容的绘画

　　本生故事保存了古代印度人经济、政治、思想、道德、文化、风俗等方面的宝贵资料，是人类最古老的寓言文学之一。这些故事原是民间流传的神话、传说、寓言等，经佛教徒加工改造，蒙上了一层神秘色彩。

　　《五卷书》译本之多仅次于《圣经》，作为一本故事集，这是一个奇迹。作品78个故事中，展现了各种身份的人物与各式各样的鸟兽鱼虫。和人一样，鸟兽鱼虫也有各自的个性，如狐狸的狡猾、驴子的愚笨，但又带有人的举动和感情，所以又是人的化身。《五卷书》广泛反映了当时的社会生活和人民的思想感情。作品富有东方故事的特点：大故事套小故事；既有故事，又有说教；散文和诗歌并用。

日本的"红楼梦"《源氏物语》

日本女作家紫式部，本姓藤原，名字不详。因其长兄任式部丞，而当时宫中女官往往以其父兄的官衔为名，以显其身份，所以称为藤氏部；后来因她所写《源氏物语》中女主人公紫姬为世人传诵，遂改称紫式部。

紫式部的生卒年月不详，普遍认为是生于978年，死于1015年。紫式部出身于充满书香气的中等贵族家庭，是一位极富才情的女子，其祖父等辈及兄长都是当时有名的歌人，父亲更是长于汉诗和歌，对中国古典文学颇有研习。作者因此自幼得以随父学习汉诗，并熟读中国古代典籍，她不仅对白居易的诗有很深的造诣，而且还十分了解佛经和音乐。

紫式部家道中落，曾给一个官吏做过小妾，丈夫去世后，依赖父兄生活，寡居十年。后进宫做了彰子皇后的侍读女官，这篇小说就是她写给皇后供天皇消遣的读物。因为有宫廷生活的直接体验，对当时日本贵族阶层的淫逸生活及男女间的情爱之事有全面的了解，加上作者内心细腻、敏感，所以《源氏物语》读来令人感动，就仿佛一部古典静雅而又美丽哀婉的"言情小说"。

《源氏物语》共50卷，故事历四朝天皇。以皇子光源氏和他周围许多女性的悲欢离合的故事为主线，通过源氏的一生经历，反映了日本宫廷贵族的生活、思想及内部倾轧的情况，从特定的角度反映了当时的社会现实矛盾。

小说通过光源氏一生沉浮和对女性的追逐，真实而生动地表现了平安贵族生活上的淫乱和政治上的腐败，形象地展示其必然灭亡的历史趋势。小说反映出作者的悒郁哀愁和悲观情调，以及佛教的宿命论思想。其行文温婉细腻、柔美纤巧，长于刻画人物心理，既给人一种宁静、平和、温柔的美，又以一种深刻而浓郁的悲剧气氛触动读者的心灵。

小说气势宏伟、头绪繁多、错综复杂；然而总能围绕中心，重点突出，各自成一个相对独立而完整的故事。小说的语言通俗优美、温柔典雅，行文中时常穿插和歌或汉诗，显示出典雅蕴藉的艺术美。

从体裁看，该书颇似我国唐代的传奇、宋代的话本，但行文典雅，很具散文的韵味，加上书中引用白居易的诗句90余处，及《礼记》《战国策》《史记》《汉书》等中国古籍中的史实和典故，并巧妙地隐伏在迷人的故事情节之中，使该书具有浓郁的中国古典文

▲《源氏物语》插图

学的气氛，我国读者读来有读本国小说那种强烈的亲近感。

该书与《红楼梦》一样，所涉人物都是王公贵族，虽然所展示的场景是日本的贵族阶层，但对爱情生活的着墨点染却与《红楼梦》有异曲同工之妙，但却比红楼梦早

了 700 多年，因此被认为是日本的《红楼梦》。

同一本《红楼梦》，鲁迅先生曾说，道学家看到"梦"，儒学家看到"淫"，才子佳人看到"情"，革命家看到"排满"。同一本《源氏物语》也可以有不同的解读，可以和上文一样依照中国人的现代的价值观解读成一个采花天才的风流传奇的一生，也可以用日本人对于美学的理解，对于情与爱，性与灵那暧昧的分离和统一，对这本在世界文学史上占有重要地位，直到 1000 多年后的今天对日本文学仍有深远影响的爱情巨作有截然不同的，或灿烂如樱花绽放，或沉黯如黄昏永驻的解读。

阿拉伯民间文学的精华

《一千零一夜》（旧译《天方夜谭》）是阿拉伯中古时期的一部优秀的民间故事集，由中东、近东各民族、各地区的民间市井艺人、文人学士在公元八、九世纪至 16 世纪长达数百年的时间内收集、加工、整理而成的。书中共 200 来个故事，包括神话传说、历史故事、现实故事、道德训诫故事、笑话、童话等。但从故事的背景、内容和人物来看，占主导地位的是市井商人故事。

▲《一千零一夜》插图

《一千零一夜》的书名出自这部故事集的第一个故事。相传古时候阿拉伯国王山鲁亚尔酷爱打猎，但每次外出打猎时，王后和宫女就同奴仆们到花园里饮酒作乐。国王一怒之下，便将她们全部杀了。此后他每天娶一个少女，翌晨便将她杀掉。百姓深受其害，携儿带女，四处逃奔。宰相的女儿山鲁佐德为了百姓免受灾难，便自愿嫁给国王。她从第一夜起，就向国王讲述有趣的故事，当讲到最动人的地方，刚好天亮。山鲁佐德有意设下伏笔，吸引国王继续再听。国王欲罢不能，欲杀不忍，日复一日地拖延下来。山鲁佐德一连讲了一千零一夜，终于使国王受到了感动，取消了原来荒唐而残酷的决定。这既是书名的来历，也是将书中形形色色的故事串连起来的一条线索。

《一千零一夜》的流传极其广远。它从不同时期、不同角度反映了人民的思想感情、生活方式、风土人情和社会制度。题材广阔，描写了婚姻恋爱、航海冒险、商业宗教，道德教训等方面的故事。涉及的人物上至帝王将相、下至奴婢乞丐，还有天仙、精灵和魔鬼以及三教九流，都应有尽有。形式多样，有格言、谚语、寓言、童话和神话传说等。

泰戈尔成为第一个获得诺贝尔文学奖的东方作家

　　泰戈尔多才多艺，才华超人。既是作品浩繁的文学艺术大师、学识渊博的哲人、成就卓著的社会活动家，也是锐意革新的教育家。他一生所有的贡献，不但在印度历史上具有划时代的意义，而在国际上也产生了巨大影响。《吉檀迦利》使他于1913年荣获诺贝尔文学奖，成为第一个得到这一殊荣的东方作家。

泰戈尔

　　"当我的声音因死亡而沉寂时，我的歌仍将在你活泼泼的心中唱着。"这是被不少国家称为"诗圣"的印度诗人泰戈尔的一句名言。他的诗歌在印度家喻户晓，至今仍在印度人民中间传唱。

　　泰戈尔出生在加尔各答的一个富有的家庭。在幼年时代，父亲就为他请来了家庭教师，专门给他讲授文学，还让他到农村去听取各种有趣的故事。因此，泰戈尔从小就对文学产生了浓厚的兴趣，14岁就发表了爱国诗篇《献给印度教徒庙会》。他曾赴英国留学，回国后专门从事文学活动。

　　泰戈尔一生的创作活动长达60余年，他写了50多部诗集，12部中、长篇小说，108篇短篇小说，20多部剧本。他还写有大量的有关文学、哲学、政治等方面的论著，创作了1500余幅画，谱写了许多歌曲。

▲泰戈尔（徐悲鸿作）

　　泰戈尔的诗，内容同现实生活和社会问题密切相连，具有浓郁的民间文学色彩和自己的独特风格。《故事诗》是他早期的诗歌创作，大都取材于民间故事和宗教、历史传说，作者经过艺术加工，借古喻今，反映了印度人民的民族自豪感和与殖民统治者斗争到底的决心，表达了印度人民要求改变不合理的种姓制度和反封建压迫的强烈决心。其中最重要的作品是《两亩地》，揭露了印度封建地主勾结法庭残酷剥削、压迫农民的社会现实，表达了作者对贫苦农民的深切同情。

　　20世纪20年代，他先后发表了《吉檀迦利》《新月集》《园丁集》《飞鸟集》等诗集。其中《吉檀迦利》使他于1913年荣获诺贝尔文学奖，成为第一个得到这一殊荣的东方作家。

《吉檀迦利》

《吉檀迦利》是泰戈尔中期诗歌创作的高峰，也是最能代表他思想观念和艺术风格的作品。这部宗教抒情诗集，是一份"奉献给神的祭品"。风格清新自然，带着泥土的芬芳。泰戈尔向神敬献的歌是"生命之歌"，他以轻快、欢畅的笔调歌唱生命的枯荣、现实生活的欢乐和悲哀，表达了作者对祖国前途的关怀，发表之后，引起了全世界的轰动。

版本推荐

《吉檀迦利》（印度）泰戈尔著，冰心译，中国国际广播出版社，2007年版；

《泰戈尔诗选》（印度）泰戈尔著，冰心译，译林出版社，2003年版。

《吉檀迦利》的思想内容有两个方面：第一，诗人日夜盼望与神相会，与神结合，以达到合而为一的理想境界，表现诗人虽强烈追求但却难以达到合而为一境界的痛苦。诗人经过不懈追求，达到合而为一理想境界的欢乐。第二，泰戈尔心目中的神，存在于现实生活之中，在最贫贱最失所的人群中歇足。作者通过对神的礼赞，表达出自己的人生理想。诗人笔下的神十分神秘，诗人正是借"泛神"的思想，来表现生活的真理。它即可求，又缥渺；即实际，又神秘。正是这种特征糅合在一起，构成了《吉檀迦利》的神秘色彩，反映出作家进行理想探索的矛盾心理与一切必归和谐的哲学观念。

在艺术上《吉檀迦利》也独具特色。诗集充满哲理，但抒情意味很浓。诗中泰戈尔对大自然最精彩的描述，春天、雨季纯然一幅幅清晰的画面。诗歌直抒胸臆，似水中月，云中影，飘忽不定，可望而不可即，给人以朦胧之感。诗集想象奇特，韵律幽雅，将哲学思想融合化在优美的诗行之中，神秘而不枯燥。

现代日本的文学泰斗川端康成

作为新感觉派的一员骁将，川端康成可以说是日本现代派的开山祖师之一，与同时代的横光利一和中河与一，稍后的崛辰雄等，成为日后各种现代派文学的先导。1968年，他以《雪国》《千鹤》《古都》三部作品，摘取了当年诺贝尔文学奖桂冠，成为亚洲第二位获诺贝尔文学奖的人。

川端康成

川端康成生于大阪。自幼失去父母，由祖父母带大，极为任性孤独和神经质，不爱上学，但有时学习起来成绩还不错，曾以学校第一名的成绩考入府立中学——茨木中学。

川端康成因写《伊豆舞女》而成名。善于用意识流写法展示人物内心世界。他的代表作中篇小说《雪国》，与《千只鹤》《古都》一起，于1968年获诺贝尔文学奖。

川端康成喜欢清静，对佛教情有独钟，晚年的业余爱好是书法，汉字写得活灵活现，而内心却异常的矛盾。对于获奖后所带来的荣誉和涌来的慕名者，心里十分厌恶，这与幼年的心理封闭有关。他对夫人发脾气"家里并不是旅馆，我也不是为客人活着的。"他对因自杀身亡的古贺春江的口头禅极为赞赏，"再没有比死更高的艺术了。死就是生。"1972年4月16日，川端康成在极度忧郁、矛盾中选择了"最高的艺术"——自杀。

▲川端康成

《雪国》

《雪国》是川端康成的代表作。小说展开的是中年作家岛村三次到雪国与驹子交往的故事。在三次交往的过程中，他与驹子熟识而频繁来往。驹子委身于他，又发现岛村也并非可以长久维持关系的人。这时，岛村为另一姑娘叶子所吸引。但就在准备离开雪国时，岛村却发现叶子坠落在一场大火中。

主人公岛村是一个有妻室儿女的中年男

版本推荐

《雪国·古都·千只鹤》（日）川端康成著，叶渭渠，唐月梅译，译林出版社，2001年版。

子，他依靠父辈留下来的家产，终日游手好闲，无所事事。出于爱好，他偶尔也写点关于西洋舞蹈的评论文章。由于一次偶然的机会，他在雪国某个旅馆里结识了年方十九的驹子。二人一见钟情，岛村在城里一事无成，为了和小驹子幽会，几度来到雪国。他精神空虚，总想追求一种瞬间闪烁的美，纯洁的美，不禁为充满生命活力的驹子那少女的美而魂牵梦萦。后来才知道驹子的身世。原来，驹子迫于生活，曾一度在东京当过侍女。后来被人赎出，让她回家乡雪国拜师学习舞蹈。他从东京来到多雪的上越温泉旅馆，结识在那里出卖声色的驹子，驹子年轻貌美，不单能弹一手好三弦，还努力记日记，他们之间虽说是买卖关系，但驹子对岛村表现了比较真挚的感情；岛村则认为二人无非是露水姻缘，人生的一切均属徒劳。驹子对岛村表示理解，嘱他"一年来一次就成，带夫人来也欢迎，这样可以持久"。岛村一共来雪国 3 次，同驹子厮混，驹子对他则伺候饮食，陪同游玩，二人之间狎昵猥亵无所不至。尽管这一切都按艺妓制度计时收费，但岛村追求驹子的美貌，驹子赏识岛村的大度和学识。两人之间也流露了互相爱慕之情，最后挥手而别。

　　一次，岛村又去雪国与驹子相会，在火车上不禁被一位正体贴入微地照顾一个男病人的漂亮姑娘所吸引。姑娘名叫叶子，青年名叫行男。当时，已是黄昏时分，车窗外夜幕降临在皑皑雪原之上。在这个富有诗情的衬景上，叶子的明眸不时在闪映，望去十分美丽动人。岛村凝视，不禁神驰。后来岛村得知叶子原来是驹子三弦师傅家的人，行男则是三弦师傅之子。岛村风闻三弦师傅活着的时候，曾有意叫驹子和行男订婚，驹子也是为给行男治病才当了艺妓的。但驹子对此表示否认，实际上对行男也毫无感情，甚至岛村二次离开雪国，驹子送到车站时，叶子跑来报告行男咽气，哀求驹子前去看看，驹子也未予理睬。

　　翌年秋天，岛村又来到雪国，他已知道上次在火车上叶子照护的病人就是行男。现在行男早已病故，可叶子仍旧常常去上坟。岛村又一次为叶子的心灵美所倾倒。岛村虽然欣赏叶子年轻貌美，他又舍不得断绝和驹子的肉体关系。在第二次来雪国后的几次接触中，并未对她有爱的表示。最后，叶子在一场大火中从楼上跌落下来摔死了，岛村紧紧地搂抱着惊叫的驹子，虚无的目光凝视着天空。

东方世界首位获得诺贝尔文学奖的女性——戈迪默

戈迪默具有罕见的社会责任感与政治勇气。她的文学创作，是其实现政治理想的具体行动。她不是政治家，但毕生都保持着反对南非种族歧视制度战士的姿态。1991年，她在6次提名之后获诺贝尔文学奖，授奖辞称：以直截了当的方式描述了在环境十分复杂的情况下个人和社会的关系，她的文学深入地考察了历史的进程，同时又有助于历史的进程。从而成为非洲大陆、也是东方世界中获得诺贝尔文学奖的首位女性。

具有罕见的社会责任感与政治勇气的女作家

纳丁·戈迪默，南非现当代文学史上最重要的作家之一，出生于约翰内斯堡附近的种族隔离区斯普林斯镇。其家庭是由欧洲移民组成：父亲来自立陶宛，是犹太人；母亲则来自英国。从小学到大学，她都是在国内接受教育。成名后，她曾多次到非洲其他国家，以及欧洲和美国旅游与讲学，但始终定居国内。

戈迪默具有罕见的社会责任感与政治勇气。她的文学创作，是其实现政治理想的具体行动。她不是政治家，但毕生都保持着反对南非种族歧视制度战士的姿态。她从小就耳闻目睹严重的社会不平等现象。在接受民主主义思想后，她便选择了以文学为武器，反对南非白人种族政权的正义事业。为此，她受到白人极右势力的长期迫害，她的几部重要著作多次被当局宣布为禁书。作为白人，她的人道主义精神还要蒙受广大黑人群众的不理解。但这一切都未改变这位维护人权女作家的初衷。她不仅从未放下手中作战的笔，而且还在1988年公开为被镇压的非洲人国民大会辩护，并在1990年正式参加了该组织。正因如此，她在听到诺贝尔奖颁布的消息时说，这是最近两年里第二件使她激动的事，第一件是曼德拉的获释。她说也

▲纳丁·戈迪默

许它们代表了自己生活中的两个方面。戈迪默不愧为20世纪东方文学中的"斯托夫人"。她以其卓越的成就，实践了自己的宣言："艺术在被压迫者一边。"

戈迪默鲜明的政治态度与进步的社会理想，构成了其文学作品的全部内容。她的60年的文学活动，与南非半个多世纪的民主与反民主斗争进程息息相关。

发表于1979年的《伯格的女儿》，在戈迪默创作中具有重要意义。它由直接揭露

与批判白人种族沙文主义的主题，转向塑造正面白人形象，弘扬进步白人的民主主义思想与人道主义精神的创作。小说通过白人女性罗莎接受父辈的革命洗礼，经过漫长而艰苦的政治斗争磨炼，成长为反种族主义的人权战士的经历，揭示了南非尖锐的社会冲突，展示了南非进步白人前赴后继的民主追求，也通过对这类白人的高度献身精神的讴歌，表达了作者的政治信念。

这部小说的艺术特点也体现了戈迪默成熟的风格。此前，她经历过对现实主义文学传统的模仿与继承的阶段。在《自然资源的保护论者》中，她开始尝试意识流的表现方式。其实在创作《伯格的女儿》时，她已经采用了意识流的表现手法。罗莎的内心活动包容了小说的基本内容。这也决定了小说的结构特点。而且这种精神活动不只是平面的单向的流动。有时，她同时与多个人物在心中交谈。这就形成了立体化的互动的交流网络。显然，这种意识流表现手法已达到较高水准。

戈迪默文学作品浩繁、成就卓著，自 20 世纪 60 年代先后荣获国内外文学大奖 10 余次。主要有 W. H. 史密斯文学奖、詹姆斯·台特黑人纪念奖、南非 CNA 文学奖、英国布克奖、法国埃格尔文学大奖、意大利普莱米欧·马拉帕特奖、德国奈莉·萨克斯奖、美国班奈特奖等。此外，她还是法国文学骑士勋章获得者、美国艺术科学院荣誉院士和国际笔会副主席。1991 年，她在 6 次提名之后获诺贝尔文学奖，授奖辞称：以直截了当的方式描述了在环境十分复杂的情况下个人和社会的关系，她的文学深入地考察了历史的进程，同时又有助于历史的进程。从而成为非洲大陆、也是东方世界中获得诺贝尔文学奖的首位女性。

《自然的变异》

戈迪默真正写出了对新时代的预言的作品，是《自然的变异》（1987）。这是她另一部具有重要意义、也有评论界认为是具有代表性的力作。作家在这里，结束了她从 20 世纪 50 年代便开始了的政治思考，将其反种族歧视的战旗插上了最高峰。小说通过白人姑娘海丽拉十多年间流亡非洲各国，参与黑人运动，先后与黑人运动领袖和国家领导人结合，最终成为确立起新政权的黑人总统夫人的曲折经历，从更广阔的领域表现了波澜壮阔的非洲民主与民族解放运动，畅想了反对种族歧视斗争胜利的美好未来。小说塑造了献身民主政治的白人妇女形象；通过她的归宿，宣扬了非洲人血统高于一切种族血统的思想。

女主人公海丽拉两岁起成为孤儿；19 岁起在流浪中结识流亡的革命者；22 岁时与非洲泛非主义者大会领导人、黑人惠拉结合，生下一女儿，并以曼德拉夫人的名字命名。惠拉因组织武装斗争遭暗杀后，她流亡到过许多国家。后又与非洲某国总统罗埃尔结婚。随其夫在政变后逃亡，又协助他夺回了政权。最终，她以非洲统一组织主席夫人的身份，参加了南非黑人国家的开国大典。

海丽拉是戈迪默塑造的最具理想色彩的形象。这体现在，她没有罗莎那种颇具真实性的革命经历以及悲剧结局；她所体验的胜利，在当时还只能存在于幻想之中，她所能达到的生活与事业高度，距离现实过大。但通过她所展示的理想社会，即南非结束种族隔离制度这一事实，在小说发表后的第 3 个年头开始成为事实。1990 年曼德拉获释出狱，而后是当选南非总统。几年后，在戈迪默这部小说中所预言的"南非共和国第一任黑人总统"将监禁他的监狱甩在身后，乘车检阅军队与群众的场面，奇迹般地但又是绝对真实地出现在南非大地上。这就是她所体现的代表历史发展趋势的典型性。

　　海丽拉这一形象还是戈迪默毕生思考消除南非种族隔离制度的终结形象。从 20 世纪 50 年代起，她就通过作品表现出以血统的改变来改变种族对立的思想。她先是谴责阻断白人女性与黑人男性通婚的种族制度；后是揭示白人没有先天的高贵血统；再次是讴歌为黑人解放而献身的白人女性；最终，她写到了进步白人女性嫁给黑人领袖，从而完成了这种血统革命。

外国文学史大事年表

约公元前 3000 年

出现了一个英雄的传奇：《吉尔伽美什》。

约公元前 13 世纪—前 2 世纪

产生了古代希伯莱文学《旧约》

公元前 11 世纪—前 9 世纪

产生了欧洲英雄史诗的典范：《荷马史诗》。

公元前 6 世纪

奴隶伊索作《伊索寓言》。

公元前 6—前 4 世纪

希腊文学在雅典全盛时期达到了高峰，涌现出著名的三大悲剧诗人埃斯库罗斯、索福克勒斯、欧里庇得斯和著名的喜剧诗人阿里斯托芬。

公元前 4 世纪—公元 4 世纪

出现了印度的两大史诗《摩诃婆罗多》和《罗摩衍那》。

公元前 70—前 19 年

维吉尔的《埃涅阿斯纪》学习、模仿荷马史诗，这是欧洲第一部文人史诗，对后来欧洲的史诗产生重要影响。

公元 8 世纪—16 世纪

由中东、近东各民族、各地区的民间市井艺人、文人学士创作《一千零一夜》（旧译《天方夜谭》），这是阿拉伯中古时期的一部优秀的民间故事集。

11 世纪初

女作家紫式部创作《源氏物语》，这是日本中古物语文学的典范，也是世界上最早的长篇小说之一。

11 世纪末

出现了中世纪最杰出的英雄诗史《罗兰之歌》。

12 世纪末到 13 世纪中叶

产生了中世纪城市文学最重要的作品《列那狐传奇》。

1302 年左右

但丁创作了《神曲》。

1348 年

中世纪的欧洲爆发了有史以来最可怕的一场瘟疫，同时也催生了文艺复兴时代的第一声呐喊——薄伽丘的《十日谈》。

1530 年

拉伯雷开始创作《巨人传》。

1564 年

莎士比亚诞生。

1595 年

莎士比亚创作了《罗密欧与朱丽叶》。

1600—1601 年

《哈姆雷特》创作完成

1605 年

《堂吉诃德》出版。

17 世纪 30 年代

巴洛克文学兴起。对 19 世纪的浪漫主义文学产生了直接作用，对 19 世纪以来的拉美文学也有深刻影响。

1664—1668 年

法国喜剧大师莫里哀的代表作《伪君子》《恨世者》《吝啬鬼》产生。

1719 年

丹尼尔·笛福创作了《鲁滨逊漂流记》。

1721 年

孟德斯鸠出版了书信体讽刺小说《波斯人的信札》，为 18 世纪哲理小说开辟了道路。

1749 年

菲尔丁出版了《汤姆·琼斯》，全名是《弃儿汤姆·琼斯的历史》，为 19 世纪英国批判现实主义小说奠定基础。德国伟大的诗人、剧作家和思想家歌德诞生，他被称为文学世界里"奥林匹斯山上的宙斯"。

1759 年

《老实人，又名乐观主义》，伏尔泰哲理小说成就最高的一部。

1761 年

卢梭出版了《新爱洛绮丝》，在法国文学史上，第一个把爱情当作人类高尚情操来歌颂。

18 世纪 70 年代

德国发生了一次声势浩大的资产阶级反封建的文学运动，即"狂飙突进"运动。

1774 年

歌德出版了《少年维特的烦恼》。

1782 年

席勒出版了《阴谋与爱情》，被恩格斯称为"德国第一部有政治倾向的戏剧"。

1808 年

《浮士德》第一部出版。

1818—1823 年

叛逆的天才诗人拜伦创作绝顶天才之作《唐璜》。

1822 年

天才的预言家雪莱去世。

1823—1830 年

近代俄罗斯文学的奠基人普希金创作了《叶甫盖尼·奥涅金》，被誉为"俄罗斯生活的百科全书"。

1830 年

现代小说之父司汤达发表了《红与黑》，这是一部批判现实主义文学奠基作。

1935—1947 年

文学泰斗川端康成发表《雪国》。

1842—1848 年

巴尔扎克写作《人间喜剧》，这是一部世界文学史中令人叹为观止的鸿篇巨制。

1842 年

果戈理的代表作《死魂灵》出版，是俄国批判现实主义文学发展的基石，也是果戈理的现实主义创作发展的顶峰。

1843 年

德国的伟大诗才海涅创作了《德国，一个冬天的童话》。

1847 年

勃朗特三姐妹的《简爱》《呼啸山庄》和《艾格妮丝·格雷》出版。

1856 年

语言艺术大师福楼拜发表了一部"最完美的小说"《包法利夫人》。

1857 年

恶魔诗人波德莱尔的《恶之花》经过多年的蓄积、磨砺，终于出现在巴黎的书店里。

1859 年

英国的写实主义大师狄更斯出版了《双城记》。

1862 年

永远的人道主义者雨果创作了《悲惨世界》，这是雨果小说创作的里程碑。《父与子》发表，这是屠格涅夫最著名的长篇小说。

1863—1869 年

托尔斯泰的代表作之一《战争与和平》发表，这是一部史诗型长篇小说。

1866 年

残酷的天才陀思妥耶夫斯基发表《罪与罚》，是一部使作者获得世界声誉的重要作品。

1871—1893 年

左拉创作《卢贡—玛卡尔一家人的自然史和社会史》。

1879 年

易卜生完成《玩偶之家》，使他获得世界声誉。

1880 年

短篇小说之王莫泊桑发表处女作《羊脂球》，一跃登上法国文坛。

1884 年

《哈克贝利·费恩历险记》发表，这是马克·吐温的代表作，也是美国文学史上一部影响深远的作品。

1888 年

王尔德的第一本童话集《快乐王子》出版。

1890 年

罗曼·罗兰开始创作长河小说《约翰·克利斯朵夫》。

1900 年

德莱塞完成了第一部长篇小说《嘉莉妹妹》，十年后，德莱塞创作了第二部长篇小说《珍妮姑娘》，德莱塞因此得以成为专业作家。

1891 年

哈代发表《德伯家的苔丝》。

1906 年

高尔基创作了《母亲》。

1912 年

卡夫卡写作《判决》和《变形记》。

1913 年

泰戈尔因《吉檀迦利》荣获诺贝尔文学奖，成为第一个得到这一殊荣的东方作家。

1922 年

乔伊斯的《尤利西斯》发表，这是现代西方小说中最富实验性的作品之一，被认为是意识流小说的经典之作。

1925—1940 年

肖洛霍夫创作他的一部长篇小说《静静的顿河》。

1926 年

米切尔开始着力创作《飘》，10 年之后，作品问世，一出版就引起了强烈的反响，这部仅有的小说奠定了她在美国文学史上不可动摇的地位。

1929 年

福克纳的代表作之一《喧哗与骚动》问世，受到评论界的一致好评，福克纳脱颖而出，正式登上文坛。

1930 年

刘易斯成为美国文学史上第一个获诺贝尔文学奖的作家。

1938 年

"中国通"赛珍珠获得诺贝尔文学奖。

1949 年

艾略特因"对当代诗歌做出的贡献和所起的先锋作用"获诺贝尔文学奖。

1954 年

海明威获得诺贝尔文学奖。

1962 年

乡土作家斯坦贝克获诺贝尔文学奖。

1976 年

川端康成获诺贝尔文学奖。

1991 年

纳丁·戈迪默获得诺贝尔文学奖，第一位获得此奖的东方女作家。